全—本—全—译

两般秋雨盦随笔

（上）

〔清〕梁绍壬 著

谦德书院 译

团结出版社

图书在版编目（CIP）数据

两般秋雨庵随笔 / (清) 梁绍壬著；谦德书院译. —— 北京：
团结出版社, 2022.5
ISBN 978-7-5126-9294-7

Ⅰ.①两… Ⅱ.①梁… ②谦… Ⅲ.①笔记小说—小说集—中
国—清代 Ⅳ.①I242.1

中国版本图书馆CIP数据核字(2022)第003336号

出版：团结出版社
（北京市东城区东皇城根南街84号 邮编：100006）
电话：(010) 65228880　　65244790　（传真）
网址：www.tjpress.com
Email：65244790@163.com
经销：全国新华书店
印刷：大厂回族自治县德诚印务有限公司

开本：145×210　1/32
印张：29.75
字数：523千字
版次：2022年5月　第1版
印次：2022年5月　第1次印刷

书号：978-7-5126-9294-7
定价：136.00元（全二册）

《谦德国学文库》出版说明

　　人类进入二十一世纪以来，经济与科技超速发展，人们在体验经济繁荣和科技成果的同时，欲望的膨胀和内心的焦虑也日益放大。如何在物质繁荣的时代，让我们获得内心的满足和安详，从经典中获取智慧和慰藉，或许是我们不二的选择。

　　之所以要读经典，根本在于，我们应当更好地认识我们自己从何而来，去往何处。一个人如此，一个民族亦如此。一个爱读经典的人，其内心世界必定是丰富深邃的。而一个被经典浸润的民族，必定是一个思想丰赡、文化深厚的民族。因为，文化是民族之灵魂，一个民族如果不能认识其民族发展的精神源泉，必定就会失去其未来的生机。而一个民族的精神源泉，就保藏在经典之中。

　　今日，我们提倡复兴中华优秀传统文化，当自提倡重读经典始。然而，读经典之目的，绝不仅在徒增知识而已，应是古人所说的"变化气质"，进一步，是要引领我们进德修业。《易》曰："君子以多识前言往行，以蓄其德。"实乃读经典之要旨所在。

基于此理念，我们决定出版此套《谦德国学文库》，"谦德"，即本《周易》谦卦之精神。正如谦卦初六爻所言："谦谦君子，用涉大川"，我们期冀以谦虚恭敬之心，用今注今译的方式，让古圣先贤的教诲能够普及到每一个人。引导有心的读者，透过扫除古老经典的文字障碍，从而进入经典的智慧之海。

　　作为一套普及型的国学丛书，我们选择经典，不仅广泛选录以儒家文化为主的经、史、子、集，也将视野开拓到释、道的各种经典。一些大家所熟知的经典，基本全部收录。同时，有一些不太为人熟知，但有当代价值的经典，我们也选择性收录。整个丛书几乎囊括中国历史上哲学、史学、文学、宗教、科学、艺术等各领域的基本经典。

　　在注译工作方面，版本上我们主要以主流学界公认的权威版本为底本，在此基础上参考古今学者的研究成果，使整套丛书的注译既能博采众长而又独具一格。今文白话不求字字对应，只在保证文意准确的基础上进行了梳理，使译文更加通俗晓畅，更能贴合现代读者的阅读习惯。

　　古籍的注译，固然是现代读者进入经典的一条方便门径，然而这也仅仅是阅读经典的一个开端。要真正领悟经典的微言大义，我们提倡最好还是研读原本，因为再完美的白话语译，也不可能完全表达出文言经典的原有内涵，而这也正是中国经典的古典魅力所在吧。我们所做的工作，不过是打开阅读经典的一扇门而已。期望藉由此门，让更多读者能够领略经典的风采，走上领悟古人思想之路。进而在生活中体证，方能直趋圣贤之境，真得圣贤典籍之大用。

经典，是一代代的古圣先贤留给我们的恩泽与财富，是前辈先人的智慧精华。今日我们在享用这一份财富与恩泽时，更应对古人心存无尽的崇敬与感恩。我们虽恭敬从事，求备求全，然因学养所限、才力不及，舛误难免，恳请先贤原谅，读者海涵。期望这一套国学经典文库，能够为更多人打开博大精深之中华文化的大门。同时也期望得到各界人士的襄助和博雅君子的指正，让我们的工作能够做得更好！

团结出版社

2017年1月

前　言

　　一代伟人毛泽东喜爱阅读明清笔记，梁绍壬《两般秋雨庵随笔》就是其中一部，在该书的天头地脚，密密麻麻地留下了他的圈点和批注。在他所有读过的书中，此书是他批注最为丰富的一部。他认为本书可作阅读消遣品，"读来也还有味"。

　　梁绍壬（1793—1834），原名后壬，字应来，号晋竹，浙江钱塘人。清代大学士梁诗正五代孙，著名经学家梁履绳之孙，广东地方县令梁祖恩之子，与著名藏书家振绮堂汪氏是亲戚。道光元年（1821）辛巳恩科举人，三应会试不售，循例补景山官学教习，官内阁中书。濡染家学，工诗善文，学问渊博，性嗜酒。著有《两般秋雨庵随笔》。

　　《两般秋雨庵随笔》共八卷，是一部简洁耐读、写法自由灵活的著名丛著杂纂类笔记随笔小品，涉及颇广，对古代名物佚事的考证论述也有不少独到的见解。本书有文一千余篇，长短不拘，其中篇幅大多短小精悍。梁氏北至北京，南游闽广，所阅颇广，加上治学甚勤，交游甚多，因而书中取材广泛，其内容涵盖政坛野史、文坛逸事、秦楼风情、稽古考辨、读书考据、偶记琐闻等。

因本书是信手写来，遇事而记，有感而发，文字大多简短洗炼，一般不长，且有叙有议。较长之文，则是全文收录《林抚军奏疏》，长达三千余言，文前简单介绍，文后无一字评议。林抚军即时任江苏巡抚要职的林则徐（1785—1850）。书中也收录其他书籍文字，但大多是节录，惟独对林文却是一字不漏。梁氏和林氏是同时代人，但比林氏小七八岁。当时林氏虽身居要职，但他们两人之间并无交往，也就不存在感情上的亲疏，因此也就没有所谓的攀援之嫌。梁氏全文收录林文，既表达了对林氏的敬重之情，也表达了他的政治观点。

十九世纪的清朝，西方国家大力倾销鸦片到中国，鸦片之害日益严重。梁氏也注意到鸦片对国人的影响，因此在卷四"鸦片"特地撰写一篇专文揭露鸦片之害。文章开始引举鸦片的产地、色泽、品种和价格等，认为吸食鸦片会有"耗精伤财，废时失业"的毒害。文末则收录了一首梁氏从个人和家庭受害角度来看待鸦片毒害的歌行体长诗，并集"此与杀人凶器等，不名烟袋故名枪"作为该文的结语，令人警醒。梁氏作为当时有远见卓识的知识界代表，就认清此物的危害，呼吁禁毒，是非常难得的。也从侧面看出，后来的林则徐禁烟是有舆论前导的，并非凭空出现。

梁氏能雅谑，如卷一"汀茫"："顾亭林先生邃于古音，尝宿傅青主家。一日起稍晏，青主于户外呼曰：'汀茫久矣，犹酣卧耶？'先生怪其语。青主曰：'君精古音，岂不知天本音汀，明本音茫耶？'相与大笑。"读者可以通过顾炎武和傅山的对话，能感受到梁氏融学识之中制造幽默俏皮的语言效果。

梁氏随其父梁祖恩来到广东，因此也记载了不少与广东民俗相关的资料，如"金花夫人""白鸽标""金兰会"等，这些对研究清代广东地区的风俗人情提供了参考资料。

本书是着重记录清代文人轶事、收录各文学作品的著作，有着较高的史料价值；同时也是研究梁氏及其师友的最直接材料；另外它较为集中体现了梁氏的诗歌创作思想；也因其文笔清新，行文畅达，构思精巧，简明扼要，而且平易质朴，通俗易懂，对后世产生深远影响，如倪鸿（字延年）就受到《两般秋雨庵随笔》的影响，撰有一部历史琐闻类笔记文——《桐阴清话》，也可以从此看出为梁作在两广的余韵回响。而且，倪作也影响了"清末四大家"之一况周颐（字夔笙）的笔记文创作。

在翻译本书过程中，译文里拟将书中官职别称结合时代改为当时正式官职名称，如方伯在明清则是"布政使"的别称，又如太史则是明清"翰林"的别称等。而且在译文里将官名、地名放置姓名之前，以符合现代阅读习惯。同时，在译文中的一些古人字、号后面用圆括号（）加上古人姓名，以便读者。另外，原文中有"本朝""国初"等，除了对话中的，其余均按时代改为"某朝""某朝初年"等。

　　全书共八卷，分上、下两册，各四卷，并将原篇首的汪适孙（字亚虞，汪諴之子）序放置下册附录中，分成若干段落，以便读者阅读。

　　本书刊本众多，流播颇广，有道光十七年钱唐汪氏振绮堂刊本、文德堂本、光绪十八年铜活字本等。本次以民国年间文明书局印行的《清代笔记丛刊》本为底本，并用振绮堂本、文德堂本和上海古籍出版社整理本等进行参校，不同之处，择善而从，径行改正，不出校记。卷二目录中原有《张月娟》一题，各本均阙，故将这一标题删去。书中引文错漏，或明显错字，如《佩觿》作者郭忠恕误作郭忠愍，《崇祯宫词注》误作《崇祯宫祠注》等，也径行改正。

　　由于译者水平有限，译文当中定有不妥之处，请读者诸君指正。

序

　　予中表兄晋竹梁君，以宰相之华胄，膺孝廉之巍科，等身读书，偻指数典，膏肓箴乎经疾，然疑订为史评。凡夫《北梦琐言》《西京杂记》《诗人玉屑》《艺苑金针》以及《七签》《真诰》之编，《五灯》《珠林》之册，靡不参同结契，考异名邮。陋小说于黄车，约条钞于青简。入张公之室，记事拈珠；登康生之堂，剧谈著录。成《秋雨庵随笔》若干卷。

　　予受而读之，轧轧乎锦线之抽机，磊磊乎星徽之溢目已。综其全旨，约有四端：一曰稽古，则《经典释文》之遗也；一曰述今，则《朝野佥载》之体也；一曰选胜，则模山范水卧游之图也；一曰微辞，则砭愚、订顽、徇路之铎也。

　　夫田敏白及，识物昧其名；杨修赤泉，论族紊于系。或目骇豹文之鼠，或口咶同穴之鹩，导鲜通津，佩无迷谷。君则画疑在掌，藏慧以胸。辨子尾之铜盘，搜比干之墓碣。奥如羊绩，不误于枕枝；博如马迁，无讥于尸口。岂非事求其实，而解别于常乎？

又若见涫焘而不知，问鲁壶而莫对。人非稷嗣，孰究朝仪；地限伧荒，徒工野录。君则沐浴乎家泽，晋接乎祖庭。登多宝之船，咳唾无非珠玉；人众香之国，薰陶尽是旃檀。故能掇英拾华，吐糟弃粕，总四朝之闻见，通万国之语言，绍《矢音》之遗芬，文庄公集名《矢音》。演《瞽记》之绪。谏庵先生有《瞽记》。韩家经纬，王氏璠玙，吾于此书，信其济美矣。今夫龙门之作，因阅历而始奇；东坡之文，引江山而为助。士有心通八极，身局一隅者，其所撰著，不过瓮牖之闲评、枫窗之小牍已耳。君则近游吴市，远适燕郊，徘徊善卷之山，洄溯羚羊之峡。盖吾舅氏宦辙所至，君每从焉。借官舍以作书堂，采土风而襄县谱。登高克赋，遇物能名，具升岳浮海之才，为凿险缒幽之致。方音辑去，轶事探来，贤俊咸接其履綦，草木亦助其馨逸。其情畅，其兴豪，此所以纵吻生涛，把金杯而跌宕，锯辞落雪，捉麈尾而流连也乎？至于五门嗷嗷，闻马舍之猪声；三台峨峨，贡虞卿之虾鮓。往往消深郑酤，毁甚滕屠，矜对镜之青瞳，吐烧城之赤舌。君则无心玩世，有意牖民，不删寺人孟子之诗，窃比公是先生之记。而或谓雕刻世态，有干天和；摹绘物情，微伤厚道。是又未知草能指佞，角善触邪者，固不能学味道之模棱，等魏公之妩媚也。

嗟乎！秋无可梦，一灯黯淡而摇青；雨最能愁，万叶凄凉而坠碧。君之书成，而君之身杳矣。又况双双鹣翼，听冷月于泉台；君配蕉卿黄夫人撰有《听月楼诗》二卷。貌貌凤雏，少孤星于曙后。极才子伤心之遇，为文人薄命之尤。蚕吐余丝，蠹留剩字，又曷禁拔剑斫地，把笔问天也哉！

　　昔先兄为外大父刊《左通补释》，今予拟为君刻所著述，而以是编先之。零章断简，虽难侔武库之珍；选义考辞，要无愧杂家之作。览之者爱其记丑而博乎，吾恐畏甚口而适适然惊且走也。

　　道光十七年，太岁在丁酉，夏五月朔，表弟汪适孙拜序。

　　【译文】我中表兄梁晋竹，身着华服高居宰相位，荣登孝廉之榜，读过的书和自己身高一样厚，曲指翻阅典籍，俯身辨析经典的不当之处，然后才将他的疑惑不解编订为史评。如他编订的《北梦琐言》《西京杂记》《诗人玉屑》《艺苑金针》以及《七签》《真诰》，还有《五灯》《珠林》这些书册，无一不内容丰富，契调融合，他还认真考订书籍版本的文字、所记事实的名称在传送中产生的异同之处。把小说之类的文字归于黄车使者（编著小说的人），逐条抄录在书卷之上。表兄在张公居所，可以心神开悟，一无所忘；登入康生的内堂，可以畅谈无阻，著写文章。最终写就了《秋雨庵随笔》若干卷。

　　我读完这部书后，所悟所感如纺织机抽机剥茧而成的锦线，顿悟透彻，眼中都充溢着闪烁耀目的光芒。概括这部书的所有要点，大约有四个方面：一是考察古代的事迹，明辨道理是非，这是对《经典释文》的查缺补漏；二是评述当今之事，记载朝野轶闻，这和唐代张鷟所著的《朝野佥载》体裁一致；三是寻游名胜之地，用文字和图画描绘山水景物；四是对有些东西委婉而隐晦的言辞，规劝愚昧、订正愚顽，是宣示正道的木铎。

　　田敏虽然皓首穷经，但却只知道事物表面，不能辨识真实之名；杨修与赤泉侯杨喜虽为宗系氏族，但终是祸乱四起殃及后世子孙。无论是让人看了吃惊的鼮鼠，还是张嘴与鼮鼠同穴而居的鵋，他们都能在四通八达的洞穴中，互相引导而不迷路，做学问也当如此。

表兄梁晋竹在手掌之间化解疑惑，将他的智慧掩藏在内，不以外在的方式展现。他认真考辩孑尾的铜盘器皿，艰辛的搜寻比干的墓碑。学问深奥如同羊续，而不被那些孤立的观点迷惑；才识渊博如同司马迁，并不被那些博学之人所讥讽。若不是每件事都考求它的真实性，解释又怎么会异于常人呢？

（对于读者而言）又好像看到了宴请宾客的肉却不认识，询问鲁国进贡周王室的壶却没有人回答。人们不是通晓礼制的叔孙通，谁会去推究那些典礼仪式；身处北地荒远、粗鄙之地，也只是擅长撰写趣闻野史罢了。但表兄梁晋竹却遗泽后世子孙，秉承、发扬先祖的荣光。他如同登上满是知识宝藏的大船，（浸淫典籍）言辞议论无一不精当高明；让人犹如身处百花盛开之境，时刻受到旃檀之香的薰习。所以才能吸取精华，弃其糟粕，总览四朝的所见所闻，精通各个国家的语言，承继了《矢音》文庄公集《矢音》。的余香，推广发挥《瞥记》谏庵先生有《瞥记》。中前人未完成的事业。聚集了韩氏写文章的结构条理，王氏的贤才美德，我认为这部书，无疑是继承了前人的美德。今天表兄的著作，因为他深厚的阅历令人称奇；往日苏东坡的诗文，因为援引大江河山增加了文章的宏大气势。读书人的想法不切实际，心眼过高，身体局限在一个角落里，这样的人的著述，不过是以破瓮为窗口的非常浅薄的评述，没有深度地记载无关紧要的杂事的小书罢了。表兄梁晋竹则不同，（足迹遍及甚广），近的地方他到江苏游玩过，远的地方到过河北北部，往返于善卷山，穿游在羚羊峡，流连忘返。大概是因为我舅舅辗转各地当官的原因，表兄每次都跟随他。借用政府的房子作为他自己的书房，采集所在地方的世风民情，完善县志。登临高山，撰写诗赋，遇到不常见的东西可以叫出它的名称，身具登临山岳，浮游大海的才能，去做探求险要，缘绳在幽深之处的事。他的音容刚刚逝去，有关他的趣闻又浮现在脑海里，有贤德的青年才俊都踩着他的足迹，花草树木也让他更加的香气喷溢。性情畅达，兴致豪迈，手握酒杯跌宕起伏，无视寒冷，不避风雪，手拿麈尾闲散打趣，这难道是贪恋玩乐吗？至于五门之外的扰嚷喧哗声，马房中猪的嘶叫声；三台之上贡给虞卿虾鲊的高亢奔放乐声。对于那些冷言冷语的讽刺郑酣，大力诋毁滕屠粗鄙的人，在婚房内对着镜子自夸，挥动舌头说着诽谤、离间别人的话。对于以上种种世家百态，表兄没有心思游乐人间，却有意地去引导人民，不删除刑馀之人孟子的诗，私下认为是汉代高官记录下来的。也有人说刻意改变世态，有违自然和顺之理；描绘物理人情，轻微的损伤了人本身的宽厚。草能辨识奸伪，角能触碰到邪恶，他不了解那种细小事物的敏感性，所以（他）学不了唐朝宰相苏味道不分正邪，不辨善恶的做法，但和魏征敢于上谏的铮铮铁骨等同。

哎！秋天没有什么可梦，好像什么事都没有发生，一盏灯光阴沉昏暗如制作茶叶；秋雨最能让人感到忧愁，所有的花草树木没有了绿色，凄然落地。表兄的书写完了，而他却已杳无踪迹。更何况他和妻子情投意合，又同时逝世，在九泉之下共听冷月；那幼小贤隽之人，是他仅遗的孤女。（表兄的逝世）是才子佳人遭遇不幸之事的极点，更是文人士子不能长寿，命运不好的写照。蚕吐尽了所有丝，（文人）读遍典籍留下自己的心得，又怎能不让人拔出宝剑去砍地，手握着笔对天发问啊！

以前我已逝兄长刊印了外祖父的著作《左通补释》，现在我也打算刊印表兄的著作，不过是先编写他们的著作而已。零散的文章和残篇，虽然难以比肩武库编辑的珍品；义理的择取和言辞的考究，要不愧对杂家的作品。读书的人往往喜欢大量的记那些不好的东西，我害怕不能满足所有人的喜好，惶恐不安，深感自己的不足。

道光十七年（1837年），丁酉，夏季五月初一，表弟汪适孙恭敬地献上序言。

总 目

上 册

下 册

目 录

卷 一

卷 二

卷 一

咏物诗

近时诗家咏物，钩心斗角，有突过前人者。扬州张喆士《咏胭脂》云："南朝有井君王辱，北地无山妇女愁。"长洲女士陶庆余《咏鹦鹉》云："一梦唤回唐社稷，千秋留得汉文章。"皆合两典成一联，而雄浑独绝。胶州李霞裳进士《咏甘草》云："历事五朝长乐老，未曾独将汉留侯。"题外使事，尤奇而确。仁和周南卿茂才《咏钱》云："眼孔小于穷措大，面形团似富家翁。"尽相穷形，嬉笑怒骂皆有。钱唐卢小凫布衣《咏夹竹桃》云："佳士性情原烂漫，美人消息总平安。"隽妙之思，令人意远。又相传有《咏新月》句云："映水有钩鱼却钓，衔山无箭鸟惊弓。"可谓刻画入神。至吴江郭频伽明经《咏诗筒》云："之子远行少鸿雁，美人赠我有琅玕。"则如羚羊香象，微妙不可思议矣。

【译文】近年来诗人写咏物诗，构思布局极为精巧甚至超过了前人的诗歌出现。比如扬州张喆士（张四科）的《咏胭脂》诗写道："南朝有井君王辱，北地无山妇女愁。"长洲（今江苏常州）女士陶庆余的《咏鹦鹉》诗写道："一梦唤回唐社稷，千秋留得汉文章。"都是将两个典故合在一起组成一句诗的上下联，充满了雄浑独绝的诗歌气息。胶州进士李霞裳在其《咏甘草》诗中写道："历事五朝长乐老，未曾独将汉留侯。"借古喻今，奇特而又准确。浙江仁和县秀才周南卿（周三燮）在《咏钱》诗中说："眼孔小于穷措大，面形团似富家翁。"说尽了钱的形态，甚至于将人生中的嬉笑怒骂都包含其中。钱唐县平民卢小凫有《咏夹竹桃》诗，他写道："佳士性情原烂漫，美人消息总平安。"诗思隽永神妙，令人欣然意会。相传还有一首《咏新月》诗，诗中有句子是这样写的："映水有钩鱼欲钓，衔山无箭鸟惊弓。"可以说将月的神态尽数刻画入诗歌中。到了吴江县贡生郭频伽（郭麐）的《咏诗筒》诗，则说："之子远行少鸿雁，美人赠我有琅玕。"则如佛家所谓羚羊（挂角）香象（渡河），超脱物外，不落言荃，其微妙的诗歌情趣不能用常人之思解析。

周诗多韵少韵

《周颂·烈文》篇末多一韵，《天作》篇末少一韵。仁和范茂才景福云："移'呜呼前王不忘'六字于'子孙保之'之下，则两篇皆叶韵矣。二诗相连，盖误简也。"说甚精确，具见读书细心。

【译文】《诗经·周颂·烈文》一诗的末尾有一个多余的韵脚，而《诗经·周颂·天作》的末尾少了一个韵脚。浙江仁和县范秀才景福说："将《烈文》里'呜呼前王不忘'六字移到《天作》一诗的'子孙保之'的下面，那么这两篇的韵律就都和谐了。两诗在《诗经》是相连排列的，大概是竹简排列错误的原因吧。"这个说法十分精准正确。由此可见范氏读书之细致用心。

桑中诗别解

《鄘风·桑中》一篇，《小序》《集传》皆以为刺淫而作。仁和李海匏学博光彝云："此戴妫答庄姜之诗，所以报'燕燕于飞'一什也。其曰桑中、上宫、淇上者，皆当日话别送行之地也。其曰孟姜者，指庄姜而言也。下二章曰孟庸、孟弋者，庸与弋皆姜氏同姓之国，因怀庄姜而兼及当时之媵妾也。"其说甚新。海匏五经皆有著作，今殁后不知稿尚存否？

【译文】《诗经·鄘风·桑中》这首诗，诗前的《小序》与朱熹的《诗经集传》都认为作者是为讽刺男女淫乱而作。浙江仁和人、学官李海匏李光彝解释道："这是戴妫答复庄姜的诗作，故而放在'燕燕于飞'后的十篇诗歌中。《桑中》诗中提及的'桑中''上宫''淇上'等地名、水名，都是送行当日经过的地点。诗中的'孟姜'所指的就是庄姜。后两章所说的'孟庸''孟弋'，庸与弋都是姜氏同宗同姓的诸侯国，因为怀念庄姜而爱屋及乌，也怀念起其时的陪嫁姬妾来。"这种说法十分新颖，这位李海匏对《易经》《尚书》《诗经》《礼记》《春秋》这五经都有著述，如今他过世之后，不知道其稿本是否尚在世间。

张船山诗

张船山太守问陶尝于吴门密蓄一妾，于其夫人游虎丘时，故使相遇于可中亭畔，晤谈许久，而夫人未之知也。太守赋诗云："秋菊春兰不是萍，故教相遇可中亭。明修云栈通秦蜀，暗画蛾眉斗尹邢。梅子含酸都有意，仓庚疗妒恐无灵。天孙冷被牵牛笑，一角银河露小星。"韵人韵事，足为山塘生色。

【译文】知府张船山名问陶曾经在浙江吴门秘密地藏了一位妾室。一次他与夫人去虎丘游玩时，有意让两人在可中亭边相遇，会面后三人交谈了很久，张知府的夫人都未发现其中玄机。张知府于是写了首诗，说："秋菊春兰不是萍，故教相遇可中亭。明修云栈通秦蜀，暗画蛾眉斗尹邢。梅子含酸都有意，仓庚疗妒恐无灵。天孙冷被牵牛笑，一角银河露小星。"其人其事都颇具情趣，足以为虎丘山水增添一抹亮色。

集 对

家大人尝集一楹联云："大儿孔文举，小儿杨德祖；前身陶彭泽，后身韦苏州。"以东坡诗对祢衡传，天然比偶，惜无人能当此语者。

【译文】我的父亲（梁祖恩）曾经写过一篇对联，说："大儿孔文举（孔融），小儿杨德祖（杨修）；前身陶彭泽（陶渊明），后身韦苏州（韦应物）。"用苏轼《次韵鲁直书伯时画王摩诘》中的诗句（下联）去对《后汉书·祢衡传》里的句子（上联），此等巧夺天工的排比、对偶之法，可惜再无人能配得上对联中的评价了。

张 仙

吴县蒋国源题孟昶像云："锦江花草化春烟，蜀主风流绝可怜。赢得美人怀旧宠，赵家宫里祭张仙。"按花蕊夫人入宋，私绘蜀主孟昶像祀于宫中。太宗见而问之，诡其词曰张仙，云祀之可以宜男也。

【译文】吴县人蒋国源曾题孟昶像，写道："锦江花草化春烟，蜀主风流绝可怜。赢得美人怀旧宠，赵家宫里祭张仙。"当是后蜀主孟昶的妃子花蕊夫人被掳入宋宫后，私下画了孟昶的画像并且在自己宫内秘密地祭拜。宋太宗（应为宋太祖）撞见后诘问花蕊夫人，花蕊夫人就欺骗他说这是张仙人，宣称祭祀张仙可以保佑生下男孩。

瓯北控词

赵云松观察戏控袁简斋太史于巴拙堂太守。太守因以一词为袁、赵两家息讼，并设宴郡斋以解之，想见前辈风趣。其控词云："为妖法太狂，诛殛难缓事：窃有原任上元县袁枚者，前身是怪，括苍山忽漫脱逃；年老成精，阎罗殿失于查点。早入清华之选，遂膺民社之司。既满腰缠，即辞手版。园伦宛委，占来好水好山；乡觅温柔，不论是男是女。盛名所至，轶事斯传。借风雅以售其贪婪，假觞咏以恣其饕餮。有百金之赠，辄登诗话揄扬；

尝一脔之甘，必购食单仿造。婚家花烛，使刘郎直入坐筵；妓宴笙歌，约杭守无端闯席。占人间之艳福，游海内之名山。人尽称奇，到处总逢迎恐后；贼无空过，出门必满载而归。结交要路公卿，虎将亦称诗伯；引诱良家子女，蛾眉都拜门生。凡在胪陈，概无虚假。虽曰风流班首，实乃名教罪人。为此列款具呈，伏乞按律定罪。照妖镜定无逃影，斩邪剑切勿留情。重则付之轮回，化蜂蝶以偿凤孽；轻则递回巢穴，逐狝猴仍复原身。"其罗织之词，虽云游戏，亦实事也。

【译文】道台赵翼（字云松）玩笑般地向巴拙堂太守指控（友人）袁枚（字简斋），巴太守凭借一首词，平息了这场诉讼案件，还在自己的居所摆好宴席为两人调解，可以想见前人的风趣幽默。赵翼在控词中写道："为妖法太狂，诛殛难缓事。窃有原任上元县袁枚者，前身是怪，括苍山忽漫逃脱。年老成精，阎罗殿失于查点。早入清华之选，遂赝民社之司。既满腰缠，即辞手版。园伦宛委，占来好水好山。乡觅温柔，不论是男是女。盛名所至，轶事斯传，借风雅以售其贪婪。假觞咏以恣其饕餮。有百金之赠，辄登诗话揄扬；尝一脔之甘，必购食单仿造。婚家花烛，使刘郎直入坐筵；妓宴笙歌，约杭守无端闯席。占人间之艳福，游海内之名山。人尽称奇，到处总逢迎恐后；贼无空过，出门必满载而归。结交要路公卿，虎将亦称诗伯；引诱良家子女，蛾眉都拜门生。凡在胪陈，概无虚假。虽曰风流班首，实乃名教罪人。为此列款具呈，伏乞按律定罪。照妖镜定无逃影，斩邪剑切勿留情。重则付之轮回，化蜂蝶以偿凤孽；轻则递回巢穴，逐狝猴仍现原身。"赵翼词中网罗虚构的话，既是玩笑之词，却也有属实的地方。

诗值五千金

江南昔有贵公子，年少登科。乃翁故膴仕家居，于其公车北上，以五千金遣之。公子赋性不羁，楚馆秦楼，一路挥霍，比至京师，已囊空若洗矣。兼以抱病不得入场，嗒焉若丧，称贷而归。翁初怒其不肖，欲诃责之，及还家，首搜行箧，见诗稿中有二句云："比来一病轻于燕，扶上雕鞍马不知。"翁且怜且喜曰："得此二句诗，则五千金花得值也。"公子次科旋中式，入词馆，此可为花柳诸公作一段佳话，今则无此撒漫浪子，并无此跌宕诗人矣。

【译文】从前江南地区曾有一位富贵人家的公子，年纪轻轻就考中了举人。他的父亲原任高官厚禄之职但现在闲居在家，因儿子要北上前往京城参加会试，就拿给他五千两银子。但是，这位公子天性放荡不羁，一路上流连于风月场所，挥霍无度。到达京城时，行囊中的银子已经一文不剩了。这时，公子还染上了病，被禁止进入考场，他沮丧不已，向人借了银子返回了家乡。起初他的父亲对这个不孝之子愤怒至极，打算责骂处罚他。等公子回到家，父亲先去其书箱中搜索，发现他的诗稿中有两句诗，写得是："比来一病轻于燕，扶上雕鞍马不知。"父亲又怜惜又高兴，说道："能写出这样两句好诗，这五千两银子花得真是值。"公子第二次科举就考中了，进入翰林院当差。这段故事可作为在流连风月的人中间传为一段佳话。如今再没有这样挥霍金银的浪荡公子，也再没有这般放荡不羁的诗人了。

秦良玉词

尝于友人斋中，见悬秦良玉小像一帧，上钱谢盦先生^枚题《金缕曲》一阕，风流悲壮，殆罕其俦。其词云："明季西川祸，自秦中飞来天狗，毒流兵火。石砫天生奇女子，贼胆闻风先堕。早料理夔巫平妥。应念军门无将略，念家山只怕荆襄破。妄男耳，妾之可。　蛮中遗像谁传播？想沙场弓刀列队，指挥高座。一领锦袍殷战血，衬得云鬟婀娜。更飞马桃花一朵。展卷英姿添飒爽，论题名愧杀宁南左。军国恨，尚眉锁。"

【译文】我曾在朋友的书斋中，看见一幅悬挂在墙上的秦良玉画像，上面有钱谢庵先生钱枚题的一首《金缕曲》，韵味深厚，悲哀雄壮，很少有人有能匹敌的。这首词写得是："明季西川祸，自秦中飞来天狗。毒流兵火，石砫天生奇女子。贼胆闻风先坠，早料理夔巫平妥。应念军门无将略，念家山只怕荆襄破。妄男儿，妾之可。　蛮中遗像谁传播？想沙场弓刀列队，指挥高座。一领锦袍殷战血，衬得云鬟婀娜。更飞马桃花一朵。展卷英姿添飒爽，论题名愧杀宁南左。军国恨，尚眉锁。"

二名偏称

今人二名者，往往于笺牍中单称一字。按晋文名重耳，而《左氏定四年传》，祝鮀述践土之盟，其载书云："晋重鲁申。"昭二年，莒展舆奔吴，而《传》曰："莒展之不立。"又《晋语》曹僖负羁，称叔振铎为先君叔振，则割裂之称，由来已久，马迁、葛亮，其滥觞耳。

【译文】如今若一个人的名字是两个字的，通常会在书信里以其中一个字来称呼他。比如晋文公名叫重耳，而《左传·定公四年》中讲述了"祝鮀述践土之盟"一事，《左传》记载道："晋重鲁申。"鲁昭公二年，莒展舆奔往吴国。《左传》说："莒展之不立。"而《国语·晋语》中的"曹喜负羁"，将"叔振铎"称为"先君叔振"。可以见得割裂名字的称呼方式，由来已久。譬如"马迁""葛亮"这样的叫法，就是这种称呼方式的源头。

弄　堂

今堂屋边小径，俗呼弄堂，应是弄唐之讹。宫中路曰弄，庙中路曰唐，字盖本此。

【译文】如今人们将正房屋边的小路，俗称为"弄堂"，这应该是"弄唐"一词的讹误。皇宫中的路称作"弄"，寺庙中的路称作"唐"，"弄堂"这两个字大概是由此演变而来的。

汀　茫

顾亭林先生邃于古音，尝宿傅青主家。一日起稍晏，青主于户外呼曰："汀茫久矣，犹酣卧耶？"先生怪其语。青主曰："君精古音，岂不知天本音汀，明本音茫耶？"相与大笑。

【译文】顾亭林（顾炎武）先生在古音韵研究方面很有建树，他曾寄宿在傅青主（傅山）家中。一天顾亭林起得稍晚了一会儿，傅青主就站在他屋外喊道："汀茫久矣，犹酣卧耶？"顾亭林觉得他说的话很奇怪，傅青主说："您精通古音韵学，怎么会不知道'天'字的古音是'汀'，'明'字的本音是'茫'呢？"由此，两人相视大笑起来。

辨姓诗

潮州太守黄霁青先生_{安涛}，嘉善人，工诗，善滑稽。有同年某投札，误书黄为王。先生作诗答之云："江夏琅玡未结盟，廿头三画最分明。他家自接周吴郑，敝姓曾连顾孟平。须向九秋寻鞠有，莫从四月问瓜生。右军若把涪翁换，辜负笼鹅道士情。"工整熨贴，风趣独绝。

【译文】潮州知府黄霁青名安涛先生是浙江嘉善人，擅长写诗，语言诙谐风趣。曾有同年朋友写信给他时将"黄"字写成了"王"。黄安涛先生就做了一首诗回复他说："江夏琅玡未结盟，廿年三画最分明。他家自接周吴郑，敝姓曾连顾孟平。须向九秋寻鞠有，莫从四月问瓜生。右军若把涪翁换，辜负笼鹅道士情。"整首诗格律工整，用意贴切，风趣幽默，独树一格。

西湖竹枝词

陶月山先生_{文彬}，篁村先生之祖也，著有《金台》《锦城》

《摩云》等集。《西湖竹枝词》二十首，为人传诵。录其三首云："钱唐太守醉西湖，堤上花枝也姓苏。郎是东风侬是草，将春吹绿到蘼芜。""叶叶东风杨柳青，青骢得得傍花行。劝郎收却金丸弹，留个莺儿叫一声。""十景塘边是姜家，小楼斜对木兰花。西邻阿妹声相似，莫误敲门去吃茶。"清丽芊绵，情文斐亹，铁崖诸老不得专美于前矣。

【译文】陶月山名文彬先生是陶篁村（陶元藻）先生的祖父，曾著有《金台》《锦城》《摩云》等文集。他的《西湖竹枝词》二十首，被广为传诵，现摘录其中三首："钱唐太守醉西湖，堤上花枝也姓苏。郎是东风侬是草，将春吹绿到蘼芜。""叶叶东风杨柳青，青骢得得傍花行。劝郎收却金丸弹，留个莺儿叫一声。""十景塘边是姜家，小楼斜对木兰花。西邻阿妹声相似，莫误敲门去吃茶。"诗风清新明丽，诗风缠绵悱恻，情思与文字兼具风貌。铁崖（杨维桢）等老前辈恐怕不能再独享美名了。

金元七总管

吾杭清波门外，有庙曰"金元七总管"。姚古芬述其友人陈姓者云："可对'唐宋八大家'。"众赏其工绝。案康熙间徐紫珊所撰碑记，谓神元时人，七者行次，总管其官名也。

【译文】在我家杭州的清波门外，有一座庙被称作"金元七总管"。姚古芬（姚伊宪）说，他一位姓陈的朋友说过："这庙名可以与'唐宋八大家'组成对联。"大家都赞赏他对的对联工整绝妙。按语：清圣祖康熙年间曾有徐紫珊（徐渭仁）为"金元七总管"撰写碑记，称他是南宋、元朝间人（《严州府志》称其为"南宋时人……幼即为神，元以功封利济侯"），"七"是他在家族的排行，"总管"则是他所任官职的名字。

金陵诗僧

金陵水月庵僧镜澄，能诗，然每成辄焚其稿。樵李吴澹川文溥录其数首，呈随园先生，先生激赏之。吴谓镜澄宜往谒先生。镜澄曰："和尚自作诗，不求先生知也。先生自爱和尚诗，非爱和尚也。"卒不往。其《留澹川度岁》诗云："留君且住岂无因，比较僧贫君更贫。香积尚余三斛米，算来吃得到新春。""新栽梅树傍檐斜，待到春来便着花。老衲不妨陪一醉，为君沽酒典袈裟。"其风致如此。

【译文】金陵水月庵中的镜澄和尚能够作诗，但每次刚作成就把诗稿烧掉。浙江樵李人吴澹川吴文溥将镜澄的数首诗抄录下来，送到随园先生（袁枚）跟前，随园先生对这些诗极为赞赏。吴澹川劝说镜澄应该去拜访袁先生。镜澄说："和尚我作我自己的诗，不乞求先生知晓，先生喜爱的是我作的诗，而不是我这个人。"最终他没有前去拜访。镜澄有《留澹川度岁》诗，写道："留君且住岂无因，比较僧贫君更贫。香积尚余三斛米，算来吃得到新春。""新栽梅树傍檐斜，待到春来便著花。老衲不妨陪一醉，为君沽酒典袈裟。"其风度品格可见一斑。

武弁能诗

浦情田守戎，尝诵其寅友某《岳王墓》句云："宰相若逢韩侂胄，将军已作郭汾阳。"立论新奇，得未曾有。情田金陵人，余向于吴门响山堂陈氏见之，出诗文稿若干卷见示，多有可观。记其五言绝句一首云："最爱春三月，弯环恰似钩。郎心钩不转，钩起妾心愁。"情词婀娜，绝非弁员口吻。

【译文】守备浦情田曾诵读他的同僚朋友所作的《岳王墓》诗句："宰相若逢韩侂胄，将军已作郭汾阳。"其所提观点新颖奇妙，前人未曾提及。浦情田是金陵人，我曾在浙江吴门响山堂陈家与他见过面。他拿出自己的若干诗文稿件给我看，大多数水平都很高。记得其中有一首五言绝句，写的是："最爱春三月，弯环恰似钩。郎心钩不转，钩起妾心愁。"该诗句情意委婉，用词婀娜有致，绝不是武官能有的诗风。

徐宝幢

仁和徐宝幢茂才^{恭俭}，工诗文，年四十，目双瞽，口授经文课徒，家徒四壁，亦文士之厄也。记其《西湖棹歌》二首云："大船埠头杨柳青，小船埠头春水深。劝君莫惜买船费，过却春光无处寻。""钱唐江上大潮多，游客登舟唤奈何。侬自年年弄湖水，生来从不识风波。"音韵深得竹西之遗。

【译文】浙江仁和县秀才徐宝幢 名恭俭，擅长诗文创作，四十岁时双目就失明了，用口述的方式将"四书五经"教授给自己的学生，家中贫困无所有，这是文人学者的苦痛啊。记得他有《西湖棹歌》两首，写道："大船埠头杨柳青，小船埠头春水深。劝君莫惜买船费，过却春光无处寻。""钱塘江上大潮多，游客登舟唤奈何。侬自年年弄湖水，生来从不识风波。"诗歌音韵深得竹西（杜牧）的遗风。

杜 撰

"青春鹦鹉，杨柳楼台。"司空表圣《诗品》句也。陈曼生司马集二句对云："绿绮凤凰，梧桐庭院。"注云："张子野词。"请曾伯祖山舟学士为书楹帖。学士爱其工丽，欣然书之。后遍查子野词，并无此二句，盖竟属司马杜撰也。才人好事，往往如此。

【译文】"青春鹦鹉，杨柳楼台。"这是司空表圣（司空图）《诗品》里的语句。陈曼生（陈鸿寿）曾在其司马集中以句对仗，他说："绿绮凤凰，梧桐庭院。"注释说："张子野词。"我曾请我的曾伯祖山舟学士（梁同书）为这两句诗词书写对联。山舟学士因为对联工整明丽，非常喜欢，欣然为我书写成联。之后，我将张先的词全部查询了一遍，却并未发现有这两句。才知道大概是司空图杜撰的。文人喜欢多事，往往就是这样。

西泠感旧诗

　　姚大升孝廉，江苏人，寓杭，有所眷，留割臂之盟。后随父宦闽，重过武林，访之，则香消已逾岁矣。因赋《西泠感旧》诗四章云："江南荡子恨无家，锦字坊西问狭邪。芜馆秋灯留蝙蝠，荒陵春水没虾蟆。故人尚指楼头柳，渔父空迷洞口霞。辜负沙棠舟上客，酒尊诗卷到天涯。""窈窕文窗启碧轩，美人家近苎萝村。芳兰佩结翻经样，杏子衫娇泼酒痕。斗草人归春绰约，卖花声破梦温存。争知旧日青骢客，哭过枇杷白板门。""楼头别语太凄清，乍似长生七夕盟。绝代可怜人早死，十年未见我成名。临流浅土埋苏小，残月香词唱柳卿。安得并骖瑶岛鹤，苍烟吹破岭头笙。""西泠曲港漾平沙，桥上黄昏噪暮鸦。榆柳洲边新鬼火，桃花门里旧儿家。玉鱼葬合肌犹暖，金蜕魂归月易斜。知否萧郎重到此，短诗和泪泣琵琶。"哀艳之音，令人酸鼻。未半年，姚亦卒。言为心声，固不宜尔也。

　　【译文】举人姚大升是江苏人，寄居在杭州，有一位思慕的女子，于是两人秘密订下了婚约。之后姚大升跟随父亲到福建任职，再次来到杭州找那女子时，才得知女子已经在一年多前就香消玉殒了。姚大升由此作了《西泠感旧诗》四首，写道："江南荡子恨无家，锦字坊西问狭邪。芜馆秋灯留蝙蝠，荒陵春水没虾蟆。故人尚指楼头柳，渔火空迷洞口霞。辜负沙棠舟上客，酒尊诗卷到天涯。""窈窕文窗启碧轩，美人家近苎萝村。芳兰佩结繙经样，杏子衫娇泼酒痕。斗草人归春绰约，卖花声破梦温存。争知旧日青骢客，哭过枇杷白板门。"楼头别语太凄清,乍似长生七夕盟。绝代可怜人早死,十年未见我成名。临流浅土埋苏小,残月香词唱柳卿。安得并骖瑶岛鹤,苍烟吹破岭头笙。""西泠曲港漾平沙,桥上黄昏噪暮鸦。榆柳洲边新鬼火,桃花门里旧儿家。玉鱼葬合肌犹暖,金蜕魂归月易斜。知否萧郎重到此,短诗和泪泣琵琶。"诗词凄切艳丽,令人为之心伤不已。不到半年,姚大升也去世了。语言是人心思的外在表现,所以作诗不应过度悲伤。

拾 没

字典:不知而问曰"拾没"。没,母果切,音么,今北人所谓什么也。

【译文】关于文字的典故:(有人)不了解其意,就询问道:"'拾没'是什么意思?"(有人回答道:)"没"字是母果反切,读作"么"音,也就是现在北方人所说的"什么"了。

不 惜

草履名"不借",其来已久。按《齐民要术》作"不惜"。黄扶孟云:"当以不惜为是,谓此物极贱,虽履泥湿弃之,亦不爱惜也。

【译文】草鞋别名"不借",这个称呼由来已久。《齐民要术》将其称为"不惜"。黄扶孟(黄生)说:"应当以不惜为准,说的是草鞋十分便宜，即使穿着它去踩踏泥泞湿滑的道路然后扔掉（也可以），也不用爱惜它。"

吕叔简语

明吕叔简云："今之用人，每恨无去处，而不知其病根在来处。今之理财，每恨无来处，而不知其病根在去处。"二语可为居官、居家者座右铭。

【译文】明朝吕叔简（吕坤）曾说："现今任用人，每每懊悔不知该让他们去什么地方干活，却不知这样无用之人的病根在其来处；如今管理财产，常常难过没有钱可管，却不知道无财的病因在不知怎样花。"这两句话可以当作为官者、管家者的座右铭。

伯夷叔齐

张船山太守在登州府试，以伯夷、叔齐命题。有作八比文者，则伯二比，夷二比，叔二比，齐二比也。先生题俳语于卷上云："孤竹君，哭声悲。叫一声，我的儿子呵！我只道你在首阳山下做了饿杀鬼，谁知你被一个混帐的东西，做成了一味吃不得的大炸八块。"可为喷饭。

【译文】知府张船山（张问陶）在登州府主持府试的时候，以"伯夷叔齐"命题。有人将这个题目作成了八股文，即"伯"字二股，"夷"字二股，"叔"字二股，"齐"字二股。张船山先生在卷子上题俳语(戏笑嘲谑的言辞)道:"孤竹君,哭声悲,叫一声,我的儿子呵!我只道你在首阳山下做了饿杀鬼,谁知你被一个混帐的东西,做成了一味吃不得的大炸八块。"这批语读来令人喷饭。

兰因馆

白香山诗云:"钱唐苏小是乡亲。"家在钱唐而墓不在钱唐,竹垞老人辨之详矣。然西泠抔土,千古艳称,官斯土者,一再修葺,借以为湖山点缀,亦何不可?竹垞必欲夺归秀州,未免已蹈争墩之习。至小青诗云:"杯酒自浇苏小墓,可知妾是意中人。"小青为虎林冯氏家姬,虽杂见诸家小说,而衣香鬓影,若有若无,人尚凭虚,墓于何有?乃陈云伯大令文述特筑其墓于孤山之麓,并附以云友、菊香,且为之志以征之,复建所谓兰因馆以实之,可谓极才人之好事矣。咏巫山者不云乎:"朝云暮雨连天暗,神女知来第几层。"赋洞庭者不云乎:"日落长沙秋色远,不知何处吊湘君。"引人入胜,正在缥缈,必欲求其人以实之,不几梅鹤笑人耶?然其题咏之作,有不可磨灭者,兹特录其佳句。大令原唱云:"芳姓偶同杨妹子,小名应唤菊夫人。"方稚韦孝廉懋朝句云:"乐府好歌三妇艳,乡亲况有六朝人。"吴飞卿女史规臣云:"桃叶画船题叶女,梅花禅榻散花人。"大令媳汪小韫女史端纪事四首最佳。其诗云:"郑家娇婢解吟诗,和靖风流想见之。遗址误寻高菊磵,瞿晴江以菊香墓为高菊磵,臆说也。前身合是谢芳姿。踏青春访琼姬墓,朱竹垞、毛驰黄两先生曾访之。飞白宵题

玉女碑。诸九鼎作墓志。更乞茂漪书一过，簪花楷法妙临池。"翁大
人乞墨琴夫人楷字勒石。此咏菊香。"焚馀诗草返魂香，遗集真应号断
肠。齐国淑妃原著姓，小青，冯姓。蒋家小妹是同乡。小青，广陵人。
镜湖桃叶鸥盟远，女弟紫云适会稽马髦伯。画阁梅花鹤梦凉。屏居孤
山别业。最忆横波摹小影，眉楼一角写斜阳。"顾眉楼有摹小青小影。
此咏小青。"又见杨娃小印红，容华才笔丽惊鸿。容华，杨炯女侄。从
残著录留湖上，诗见张遂辰《湖上编》。轻薄姻缘说意中。李笠翁《意
中缘》传奇以杨云友配董香光，谬论也。谢逸画图寒翠晚，谢彬有云友及
林天素小像。汪伦潭水夜星空。尝客汪然明春星堂。依然智果西头路，
绝胜仙霞万点枫。"云友死，天素返闽中。此咏云友。"碧城坛坫久名
家，多少蛾眉礼绛纱。仙子玉炉三涧雪，美人湘管一枝花。隔湖
香冢秋飞蝶，映水红楼晚噪鸦。更访吴宫双玉墓，牡丹厅畔竹阴
斜。"翁大人近为琼姬、小玉营墓于虎阜塔院牡丹厅下。琼姬，兰间女，名胜玉，
又名滕玉。小玉，夫差女，亦名紫玉。四诗典丽风华，洵堪垂远，传之后
人，遂成湖山掌故矣。

【译文】白香山（白居易）诗中说："钱唐苏小是乡亲。"苏小家
在钱唐，但其坟墓未安葬在钱唐。竹垞老人（朱彝尊）考证得十分详
细。然而抔土西泠桥下，千古以来称其艳，在当地做官的人不断修葺
苏小墓，使其成为西湖孤山风光的点缀，这也无可厚非的。竹垞老人
一定要说其墓在秀州（今属浙江），未免重蹈古人争名人坟墓所在的
习俗。到了小青写诗说："杯酒自浇苏小墓，可知妾是意中人。"小青
是虎林冯氏家的姬妾，虽散见于各位小说家的笔下，但衣香鬓影，若
隐若现。人尚且不知是否真的存在，又哪里会有墓穴呢？然而县令陈

云伯名文述特别为冯小青在孤山山麓筑一座坟墓，并附以云友、菊香，并且作了墓志为其正名，后来又建兰因馆来充实她的故事，这样的做法真是将文人好事之心发挥到了极点。歌咏巫山的人这样写道："朝云暮雨连天暗，神女知来第几层。"赋洞庭的人这样写道："日落长沙秋色远，不知何处吊湘君。"引人入胜之处，正在虚无缥缈之间。一定要访求到这个人的真实事迹，确认其真的存在过，这难道不会贻笑大方吗？但这些人题咏的诗词的确有能够传世的佳作，所以特地摘录其中的好句。陈县令的诗句说："芳姓偶同杨妹子，小名应唤菊夫人。"举人方稚韦名懋朝有诗句说："乐府好歌三妇艳，乡亲况有六朝人。"女史吴飞卿名规臣有诗句说："桃叶画船题叶女，梅花禅榻散花人。"陈县令儿媳、女史汪小韫端纪事四首写得最好，诗中说："郑家娇婵解吟诗，和靖风流想见之。遗址误寻高菊磡，翟晴江（翟灏）将菊香墓当作菊磡，这是毫无根据的说法。前身合是谢芳姿。踏青春访琼姬墓，朱竹垞（朱彝尊）、毛驰黄（毛先舒）两先生曾经求访过琼姬墓。飞白宵题玉女碑。诸九鼎撰写墓志。更乞茂漪书一过，簪花楷法妙临池。"翁大人请求墨琴夫人用楷字撰写并刻石。这诗句咏菊香。"焚馀诗草返魂香，遗集真应号断肠。齐国淑妃原著姓，小青，冯姓。蒋家小妹是同乡。小青，是广陵人。镜湖桃叶鸥盟远，妹妹冯紫云嫁给浙江会稽人马髻伯。画阁梅花鹤梦凉。退隐孤山别业。最忆横波摹小影，眉楼一角写斜阳。"顾眉楼有临摹小青的小像。这诗句咏小青。"又见杨娃小印红，容华才笔丽惊鸿。容华，是杨炯的侄女。丛残著录留湖上，诗参见张遂辰《湖上编》。轻薄姻缘说意中。李笠翁（李渔）《意中缘》传奇将杨云友配给董香光，是一个谬论。谢逸画阁寒翠晚，谢彬有云友及林天素的小像。汪伦潭水夜星空。曾客居汪然明（汪汝谦）春星堂。依然智果西头路，绝胜仙霞万点枫。"云友去世后，林天素返回福建。这诗句咏云友。"碧城坛坫久名家，多少蛾眉礼绛纱。仙子玉炉三涧雪，美人湘管一枝花。隔湖香冢秋飞蝶，映水红楼晚噪鸦。更访吴宫双玉墓，牡丹厅畔竹阴斜。"翁大人最近为琼姬、小玉在虎阜塔牡丹厅下建造坟墓。琼姬，是兰间之女，名为胜玉，又名滕玉。小玉，是夫差之女，也名紫玉。这四首诗典雅华丽风韵动人，诚然可以留芳后世，顺理成章其能成为湖山的历史遗闻。

猪语牛鸣

"公冶长解猪语"，见皇侃《论语疏》，可与"介葛卢闻牛鸣"作的对。

【译文】"公冶长解猪语"（公冶长通晓猪语），皇侃《论语疏》记载了这件事，这个轶闻可以和"介葛卢闻牛鸣"（介葛卢懂得牛叫之意）一事组成一副对联。

须换银米

京师四喜班陈双者，名小生也。年逾四十，将留须，掌班者苦止之，每年愿加包银若干，遂不果留。偶阅《莼乡赘笔》，华亭顾威明，家豪富，性酷好梨园。一日，家演剧，有名旦善装杜丽娘，而已须髯如戟，因强其剃须。乃曰："俗语去须一茎，偿米七石，倘勿吝，乃可从命。"顾抚掌大笑曰："此易事耳。"遂令家人从旁细数，计削去四十三茎，立取白粲三百石送之。须之遭际，亦奇矣哉！

【译文】京城四喜班里的陈双，唱戏以扮小生闻名。年过四十岁时想留胡须（指不再演小生），班主不停规劝阻止他，承诺每年给他加数倍工资，陈双果然不再留须。我偶然翻阅董含《莼乡赘笔》一书时，看到书中有一华亭人名叫顾咸明，家中十分有钱，天生喜欢听戏。一天，他家中摆台唱戏，戏班中有一位名旦擅长演杜丽娘，但其胡须已经又长又硬怒张如戟了，顾咸明于是强行让他把胡须剃掉。这位名旦说："俗话说'去须一根，补偿七石米'，只要您不吝啬米粮，我就愿意从命。"顾咸明拍着巴掌大笑，说道："这太容易了。"于是他命令家仆细细地数清楚胡须的数量，总共削去四十三根胡须，顾咸明立刻遣人取来三百石白米送给这位名旦。这胡须的遭遇也算是奇事一件啊！

琴　娘

琴娘者，珠江戴氏妇也。雅善鼓琴，偕其夫游楚南，某中丞耳其名，延请授琴，群姬并从学焉。不二年，中丞卒，戴夫妇遂流落，转辗至浙，往来大姓家，虽略行其道，要非复曩时之尊重。每当酒阑灯灺，缕述旧情，未始不泪涔涔也。余闻而感焉，为赋《金缕曲》二阕云："双泛珠江橹。尽风流，秦娘身样，莹娘眉妩。生小自娴文君技，花底秋桐惯抚。总羞学、寻常菊部。一曲水云潇湘调，竟公然转入临淮府。鹣比翼，凤鸾伍。

鏊鏊夜静军门鼓。好良宵，阑干月转，花阴亭午。半臂添寒尚书醉，屏后金钗楚楚。齐俯首、邯郸学步。绛帐高谈勾挑法，把霓裳谱作鸳鸯谱。飘泊恨，不须诉。""划地鹃啼血。怪无端，房中曲奏，鼓宫宫绝。华屋俄成山丘感，化去朱门剑舄。有多少、花啼柳泣。何况堂前双飞燕，更谁容重向雕梁歇。飞絮影，化萍叶。　　漂流却向明湖侧。恁匆匆,宫移羽换,珠狼翠藉。旧日鞋尖三千拜,今日鹑衣百结,回首望、侯门天隔。大有水云捶琴意,莽江山重话梁园雪。春梦事,感而述。"嗟乎!始则王侯笑傲,继则宾客飘零,比比是也,独一琴娘也哉?

【译文】有一位名叫琴娘的女子,是珠江戴氏家的媳妇。性情风雅擅长弹琴,与丈夫一起在荆楚之地游玩时,有一位中丞听说琴娘的声名,请她教授自己弹琴,他的众姬妾也跟着一起学习。不到两年,这位中丞去世了,戴氏夫妇于是开始漂泊的生活,辗转来到浙江,在大户人家之间来往谋生。戴氏夫妇虽然还是弹琴,但却不像从前中丞那样的官员尊重他们。每当酒尽灯残,戴氏夫妇常回忆起当年与旧主的情意,每次都潸潸泪下。我听说这件事后很感动,便为他们写下两阕《金缕曲》:"双泛珠江橹。尽风流,泰娘身样,莹娘眉妩。生小自娴文君技,花底秋桐惯抚。总羞学、寻常菊部。一曲水云潇湘调,竟公然转入临淮府。鹣比翼,凤鸾伍。

　　鼕鼕夜静军门鼓。好良宵,阑干月转,花阴亭午。半臂添寒尚书醉,屏后金钗楚楚。齐俯首、邯郸学步。绛帐高谈勾挑法,把霓裳谱作鸳鸯谱。飘泊恨,不须诉。""刬地鹃啼血,怪无端,房中曲奏,鼓宫宫绝。""华屋俄成山丘感,化去朱门剑舄,有多少、花啼柳泣。何况堂前双飞燕,更谁容重向雕梁歇。飞絮影,化萍叶。　　漂流欲向明湖侧。恁忽忽,宫移羽换,珠狼翠藉。旧日鞋尖三千拜,今日鹑衣百结。回首望、侯门天隔。大有水云捶琴意,莽江山重话梁园雪。春梦事,感而述。"唉!风光时在王公贵族间嬉闹玩笑,没落时普通客人都不愿光顾,这种事世间比比皆是,又何独一个琴娘呢?

杨妃诗

美人例为人怜，虽至亡国败家，犹有起而原之者。袁简斋先生先开脱杨妃，一则曰："《唐书》新旧分明在，那有金钱洗禄儿？"再则曰："如何手把黄金钺，不管三军管六宫。"赵瓯北先生竟褒奖杨妃，一则曰："马嵬一死诸军退，妾为君王拒贼多。"再则曰："张均兄弟今何在，只有杨妃死殉君。"

【译文】美人向来让人怜惜，即使因为她而国破家亡，仍然有人为其开脱。袁简斋（袁枚）先生为唐朝贵妃杨玉环开脱的一句诗写道："《唐书》新旧分明在，那有金钱洗禄儿？"另一首则说："如何手把黄金钺，不管三军管六宫。"赵瓯北（赵翼）先生自始至终都在夸奖杨贵妃，一说："马嵬一死诸军退，妾为君王拒贼多。"又说："张钧兄弟今何在，只有杨妃死殉君。"

世俗诞妄

吾杭清泰门外，有时迁庙，凡行窃者多祭之。济宁有宋江庙，为盗者尝私祈焉。汲县有纣王庙，凡龙阳胥祷于是。颍之卫灵公庙，闽之吴天保庙，亦然。涌金门外有张顺庙，赤山埠有武松庙，石屋岭有杨雄、石秀庙，闽楚多齐天大圣庙，黔中多杨老令婆庙，此皆淫妄之祀。又有谬误者，陈州城外厄台有庙，颜曰一字王佛，即孔子也。北方牛王庙，画百牛于壁，牛王居其中，则冉伯牛也。温州有土地，杜十姨无夫，五髭须相公无妇，于是合而为一，则杜拾遗、伍子胥也。雍丘范郎庙，塑孟姜女，偶坐者乃蒙将军恬也。孤山林和靖祠，塑女像为偶，题曰"梅影夫人之位"。或戏之曰："何不兼塑仙鹤郎君？"世俗诞妄，真是匪夷所思。又凡庙中司事之人，吾乡名之曰"庙鬼"，所作所为，往往戏侮神圣，如关帝手中所执之扇，末署款云："云长二兄大人属书，愚弟诸葛亮。"真堪发噱。又某年吾郡作保沙会，各庙神像俱迎聚于西湖玛瑙寺前，于是诸神持帖互拜。最奇者大士名帖云："愚妹观世音敛衽拜。"尤堪捧腹也。

　　【译文】我的家乡杭州清泰门外，有一座时迁庙，有很多小偷跑去祭祀。济宁有一座宋江庙，强盗们曾私下祭祀过。汲县有一座纣王庙，有断袖之癖者都这里祷告。颍州的卫灵公庙，福建的吴天保庙，也都是这样的行径。涌金门外有张顺庙，赤山埠有武松庙，石屋岭有扬雄、石秀庙，福建、湖北之地大多是齐天大圣庙，贵州大多是杨老令婆庙，这些都是不合礼义而设置的祠庙祭祀之处。更有荒唐错误之举，陈州城外厄台处有一座庙，匾额上写着"一字王佛"，即指孔子。北方的一座牛王庙里，墙上画着一百头牛，牛王画在中间，就称为冉伯牛。温州有一座土地庙，因为杜十姨没了丈夫，五髭须相公有媳妇，于是将其合二为一，就称其为杜拾遗和伍子胥。雍丘范郎庙里供奉着孟姜女，陪坐在一边的竟是大将军蒙恬。孤山林和靖祠内，塑了一位女子的神像用来拜祭，匾额上写着"梅影夫人之位"。有人开玩笑说："为什么不再塑个"仙鹤郎君"陪着她呢？"世间的流俗荒唐虚妄，简直不可思议。更有甚者，在庙中管理主事的人，在我的家乡被称为"庙鬼"。他们的行为每每体现出对神明的侮辱。如关圣帝君手中所拿的扇子，末尾署名是："云长二兄大人所写，愚弟诸葛亮。"这真令人发笑。还有一年我们县里举办保沙庙会，各庙神像都聚在西湖玛瑙寺前，各位神明在这里手持名帖互相见面参拜。最奇怪的是观音大士名帖上写道："愚妹观世音敛衽拜。"尤其令人捧腹。

陶篁村

会稽陶篁村先生元藻买墅于西湖葛岭之麓，名曰"泊鸥山庄"。六十余，娶一妾，为馈老计。家曾伯祖山舟学士调以诗云："病来久不见陶潜，隔着重城似隔天。昨夜中庭看星象，小星正在少微边。""闻说蓉江泛橹枝，已成阴后未凉时。一枝椰栗无人管，付与樵青好护持。""不是朝云侍老坡，也如天女伴维摩。对门有个林和靖，冷抱梅花奈尔何？""好将斑管画眉双，莫染星星鬓上霜。比似诗人张子野，莺花还有廿年狂。"此四首随园老人已采入诗话中。复有《再调篁村》二首云："湖光如镜复如奁，中有飞来比翼鹣。恼煞画船楼外泊，红阑添上一重帘。""一幅新翻秘戏图，海棠侧畔老梅株。问年三五盈盈月，不见犹怜况老奴。"先生没后，如君守志不嫁。后四十余年，余与先生令孙春田学博轩游，询之，如君尚在，年已六十余，长斋绣佛，足不出户，每食则设于先生小像之侧，进酒侑食，如事生礼，亦一段风流佳话也。先生工诗古文词，兼长制义，顾南北十上乡闱，不得售。在京师有日者兼精风鉴，谓之曰："君命中金寒水冷，无分功名。虽然骨格清奇，不名世，当寿世也。"使相诸郎，则曰："皆科第中人也。"先生遂绝意进取。二子廷琛、廷瑊，先后登甲科，出宰剧县。先生买宅湖山，徜徉诗酒。乾隆甲寅，春田以新补弟子员入场，先生见猎心喜，意欲重携铅椠。诸侄辈止之，不可。戚友咸止之，亦不可。于是春田来奔告于山舟学士，学士往谓之曰："篁村，尔求死耶？何其老而无耻也？"先生曰："吾文兴颇勃勃，故偶作是想耳。"学士曰："是不难，俟首场毕后，君为拟程，吾来同作。"届期，学士偕先生至青云街陶氏书坊接考，知首题为"夫子之墙"一节，两公共砚，凝思论题，举笔文成，皆清微淡远之音。比榜发，则是科中式之文，皆捃摭《尔雅》及《广雅》《考工》《三礼》而成者。学士谓先生曰："此中须丹壁垣墉，吾与子黄土颓墙，复从何处讨生活耶？"相与干笑而已。

【译文】浙江会稽人陶篁村名元藻先生在西湖葛岭的山麓买了一幢别墅，取名为"泊鸥山庄"。在六十多岁时娶了一位小妾，以此作为给自己服侍养老。我家曾伯祖山舟学士（梁同书）写诗调侃他，写道："病来久不见陶潜，隔着重城似隔天。昨夜中庭看星象，小星正在少微边。""闻说蓉江泛櫓枝，已成阴后未凉时。一枝柳栗无人管，付与樵青好护持。""不是朝云侍老坡，也如天女伴维摩。对门有个林和靖，冷艳梅花奈尔何。好将斑管画眉双，莫染星星鬓上霜。比似诗人张子野，莺花还有廿年狂。"这四首诗已经被随园老人（袁枚）收入其《随园诗话》中。后来，山舟学士又写了两首《再调篁村》诗："湖光如镜复如奁，中有飞来比翼鹣。恼然画船楼外泊，红阑添上一重帘。""一幅新翻秘戏图，海棠侧畔老梅株。同年三五盈盈月，不见犹怜况老奴。"陶先生去世后，那位小妾为他守节，没有改嫁。四十多年之后，我和陶先生的孙子、学官陶春田陶轩交往时，询问这位小妾的情况时，才知道她还在世，已六十多岁了。她每日吃斋饭、绣佛像，足不出户，吃饭时将饭桌设在陶先生的画像旁边，为先生倒酒、添饭，就如陶先生在世时一样，这也算得上一段风流佳话啊。陶先生精通古文诗词，又擅长写八股文。来往南北两地十几次乡闱都没考中，无法进入官场。在京城的时候，有一位懂得相面的人对他说："你的命中金寒水冷，无缘功名。即使如此，你却骨格清奇，虽无法扬名于世，寿数却很长久。"陶先生让那位相面的人给他的儿子相面，那人说："诸位公子都能中举。"先生于是不再参加科考了。他的两个儿子陶廷琛、陶廷琡先后登科甲榜，都到政务繁重的县分做了官。陶先生在湖山买了一座住宅，在诗酒之间陶醉。乾隆五十九年（1794），陶春田以新补弟子的名额入场参加科举考试。陶先生见到此时此景，不由心动，也想重新拿起笔来参加考试。他的侄孙辈劝阻，他不听，亲戚朋友都来劝他，他也不听。于是陶春田跑来告诉山舟学士，山舟学士便去找到陶篁村先生，说："篁村，你是想求死吗？这难道不是'老而无耻'吗？"陶先生说："我现在文思泉涌，兴致勃勃，所以又有了参加考试的想法。"山舟学士说："这不难，首场考试结束后，你来撰写应试的程文，我和你一起考试。"到了考试那天，山舟学士和陶先生一起来到青云街陶氏书坊等待考试，知道第一题为"夫子之墙"中的一节。两位先生共用一块砚台，凝聚深思考虑题目，流畅地创作完文章，文风都饱含清微淡远之音。到了发榜的时候，这一科中选的文章中，却都是摘取《尔雅》以及《广雅》《考工记》《仪礼》《周礼》《礼记》做成的文章。山舟学士对陶先生说："考上科举的人才都好比宫殿的台阶、祭祀用的高墙，咱们却是黄土颓墙，不堪重用，又怎么能靠考科举来谋求生路呢？"两人相视，只是勉强干笑，说不出话来。

钱宗伯对

嘉兴钱萚石侍郎_载奉命祭尧陵，辨今尧陵之非。既覆命，具折奏之。折计二十七扣，奉旨申饬。又乾隆庚子典江南试，取顾问作解首，三艺皆骈体，经磨勘停三科。京师以二事为对云："三篇四六短章，欲于千万人中，大变时文之体；一折廿七余扣，直从五千年后，上追古帝之陵。"

【译文】浙江嘉兴人、侍郎钱萚石_{钱载}奉命去祭祀尧陵。经过考证他发现，现今的尧陵并非真的尧陵。回京覆命之后，将所作的考证都详细写在奏折里然后上奏给了皇帝。一篇奏折竟写了二十七扣（奏折每幅六行，左右两幅称为一扣）的篇幅，因此被皇帝申斥了。此外，乾隆九年（1744）主持江南庚子科考试，钱先生将一位名叫顾问的学生定为解元，三道考题都用骈文撰写完成，经过磨勘停在三科。京城中有以这两件事作对联的，写道："三篇四六短章，欲于千万人中，大变时文之礼；一折廿七余扣，直从五千年后，上追古帝之陵。"

石 异

宋牧仲《筠廊偶笔》载，有人于归州香溪得一石，大如斗，剖之，得雌鸳鸯石一枚。后复过此溪，又得一石，剖之，得雄鸳鸯石一枚。因琢双杯，宝用之，已奇绝矣。壬幼时尝闻山舟学士云："有人宝一水石，上作山树形，尾有杜诗一句云：'石出倒听枫叶下。'其人绝爱，行箧中常以自随。一日过黔州某溪，偶于篷窗把玩，失手堕水，因停舟雇人捞取。良久，得一石，大小无异前石，而花纹迥殊，末亦有诗句，则'橹摇背指菊花开'也。再下搜取，复得前石。"此等神物，其生之也奇，其合之也尤奇。

【译文】宋牧仲（宋荦）《筠廊偶笔》记载，有一个人从归州香溪中得到一块石头，像斗具一样大，切开石头，发现是一枚雌鸳鸯形状的石头。后来又经过这条香溪，又得到一块石头，切开后，又发现是一枚雄鸳鸯石。这人于是用这两块石头雕琢出两个杯子，将它们惜若珍宝，这已经是很奇妙的事了。我幼年时曾听山舟学士（梁同书）说："有一个将一块水中的石头当作宝贝，因为这石头上有山和树的形状，下方还有杜甫《送李八秘书赴杜相公幕》中的一句：'石出倒听枫叶下。'这个人非常珍爱这块石头，总把它装在自己的行李箱中随身携带。一天他过黔州的某条小溪时，在船的篷窗把玩石头，一不小心将石头掉进了水里。于是他便停下行船，雇人捞取石头。打捞了很久，果真捞到一块石头，大小和先前那块一样，石头上的纹路却与他之前的那块截然不同。石头下方也有该诗的一句'橹摇背指菊花开'，再下水去搜寻，又找到了他丢的那块石头。"这样神奇的宝物，能生成就是一个奇迹，能遇到一对就更是奇迹了。

高小姊

天启时，御前牌子高永寿，年未弱冠，丹唇鲜眸，姣好若处女，宫中以高小姊呼之。凡宴饮之际，高或不与，合座为之不欢。后端午日，随帝游西苑溺死，见《天启宫词注》。

【译文】明熹宗天启年间，有一位御前牌子的宦官名叫高永寿，未满二十岁，因为唇红齿白，眼明心亮，容貌美丽得像一位少女，宫里人都称呼他为高小姊。聚会欢饮之时，他若不高兴了，满座的人都会为他难过伤心。后来，他在端午节跟随明熹宗游览西苑时溺水而死。这件事被记载在《天启宫词注》中。

鳖子亹

乾隆中有方伯某公莅浙，见文牍中有"鳖子亹"三字，投牍于地曰："此明明是亹字，何得误读为门耶？"一吏从旁从容拾牍，援《大雅·凫鹥》之说以进曰："旧注，亹，音门，谓水流峡中，两峰如门也。"某公怃然曰："微子几误乃公事，子即吾一字师也。"某公之虚怀，此吏之博雅，人两美之。

【译文】乾隆年间，有位布政使某先生到浙江做官。看到公文中有"鳖子亹"三字，就把文书扔到地上，说："这明明是'亹'字，怎么能误读成'门'呢？"一个胥吏在旁边从容地捡起了公文，引用《大雅·凫鹥》中的句子进言道："旧注中'亹'就读作'门'，说的是水流淌于峡谷中，两侧的山峰看起来像门一样。"某先生怅然说道："要不是因为你，我险些耽误了公事，你就是我的'一字之师'呀。"某先生虚怀若谷的气度和那位胥吏的渊博学识，都令人们称赞不已。

讽刺诗

讽刺之诗，意不可不露，亦不可太露，故不宜赋而宜比兴也。咏蝉诗云："莫倚高枝纵繁响，也应回首顾螳螂。"咏瀑布诗云："流到前溪无一语，在山作得许多声。"咏铁马诗云："底事丁冬时作响，在人檐下不平鸣。"咏夏云诗云："无限旱苗枯欲死，悠悠闲处作奇峰。"皆急切言之，而仍出之以蕴藉者。惟仁和单斗南先生咏蚊诗云："性命博膏血，人间尔最愚。嘬肤凭利喙，反掌陨微躯。"此则痛诋之不遗余力，贪谗之吏，读此能无凛乎？

【译文】创作以讽刺为主题的诗歌，诗意不能完全不露出来，但也不可太过于明白易懂，所以这种诗不适于平铺直叙而适合用比喻和起兴的表现手法。咏蝉的诗说："莫倚高枝纵繁响，也应回首顾螳螂。"咏瀑布的诗说："流到前溪无一语，在山做得许多声。"咏铁马的诗说："底事丁冬时作响，在人檐下不平鸣。"咏夏云的诗说："无限旱苗枯欲死，悠悠闲处作奇峰。"都是写得诗意太露，而失去了含蓄内敛的诗旨。只有浙江仁和人单斗南先生的咏蚊诗，写道："性命博膏血，人间尔最愚。嘬肤凭利喙，反掌陨微躯。"这首诗痛斥诋骂不遗余力，贪官污吏读到这首诗能不害怕吗？

不 白

陈太仆句山先生，年逾耳顺，须尚全黑。裘文达公戏之曰："若以年而论，公须可谓抱不白之冤矣。"

【译文】太仆陈句山（陈兆仑）先生，年过六十，胡须仍然全是黑的。裘文达公（裘曰修）开玩笑地对他说："若以岁数而论，先生的胡须可以说是含了'不白之冤'啊。"

廿四堆

越中鳢湖之滨，狮山之侧，俗名廿四堆，皆南宋宫人墓也。山阴邵姜畦先生诗云："鳢湖湖水明如镜，照出兴亡事可哀。二十四堆春草绿，钱唐风雨翠华来。"余曾过其地赋二绝云："鳢湖一水近兰亭，浅土埋香尚有灵。当日承恩知未遍，翻从地下傍冬青。""零落花钿冷翠翘，谁将遗事问前朝。宫人斜外雷塘路，一样伤心廿四桥。"

【译文】浙江绍兴鳢湖之畔、狮山旁边，有一处景观俗称"廿四堆"，那里都是南宋宫女的墓地。浙江山阴人邵姜畦（邵廷镐）先生写诗说："鳢湖湖水明如镜，照出兴亡事可哀。二十四堆春草绿，钱唐风雨翠华来。"我曾路过此地，也写了两首绝句："鳢湖一水近兰亭，浅土埋香尚有灵。当日承恩知未遍，翻从地下傍冬青。""零落花钿冷翠翘，谁将遗事问前朝。宫人斜外雷塘路，一样伤心廿四桥。"

食 酒

有阛阓子作日记册云："某日买烧酒四两食之。"人遂传为笑柄，而不知亦未可非也。《于定国传》曰："定国食酒数石不乱。"柳子厚《序饮》亦云："吾病痞，不能食酒。"则酒之言食，其来有自。

【译文】有一位商人在自己的日记册里写到："某日买烧酒四两食之"（某某天我买了烧酒四两，吃掉了。）这"食酒"的说法被许多人笑话，但这些人却不知道"食酒"之说不能嘲笑。《汉书·于定国传》上说："定国食酒数石不乱。"（于定国吃了好几石的酒仍然神思不乱。）柳子厚（柳宗元）的《序饮》也说："吾病痞，不能食酒。"（我得了病，不能吃酒。）所以"酒"与"食"搭配，是有来由的。

方子云诗

歙县方子云僦屋长干，忘情荣利，诗凭意造，近体尤工。五言如《送夏湘人出关》云："山势盘元气，湖声折大荒。"《舟次》云："石争双派水，云斗雨来风。"《登金山》云："万古不知地，金山如在舟。"《竹林寺》云："石气青楼阁，湖光白古今。"七言如《句曲山》云："双峡束江通楚蜀，万峰送雨落淮徐。"《润州怀古》云："人锄北府新生草，江走南朝旧夕阳。"《舟次即目》云："潮初出海如云白，月乍离山抵日红。"《石湖舟中》云："风急忽疑星欲堕，舟移如与月同行。"《镇海楼》云："急水与天争入海，乱云随日共沉山。"《清凉山》云："高阁红扶临涧树，小亭青受隔江山。"绝句如《长干寺见隔院玉兰》云："粉装玉琢素衣裳，拂面风来特地香。不阻游人阻词客，人间无赖是红墙。"《新月》云："云际纤纤月一钩，清光未夜挂南楼。宛如待字闺中女，知有团圞在后头。"《小亭独坐》云："小亭三面叠云根，坐把浇愁酒一尊。西下夕阳东上月，一般花影有寒温。"风韵独绝。

【译文】安徽歙县的方子云在长干(指南京)租房居住,他不看重功名利禄,写诗随神思而发,尤其擅长写近体诗。他的五言诗如《送夏湘人出关》:"山势盘元气,湖声折大荒。"《舟次》:"石争双派水,云开雨来风。"《登金山》:"万古不知地,金山如在舟。"《竹林寺》:"石气青楼阁,湖光自古今"。七言诗如《句曲山》:"双峡束江通楚蜀,万峰送雨落淮徐。"《润州怀古》:"人锄北府新生草,江走南朝旧夕阳。"《舟次即目》:"潮初出海如云白,月午离山抵日红。"《石湖舟中》:"风急忽疑星欲堕,舟移如与月同行。"《镇海楼》:"急水与天争入海,乱云随日共沉山。"《清凉山》:"高阁红扶临涧树,小亭青受隔江山。"绝句如《长干寺见隔院玉兰》:"粉装玉琢素衣裳,拂面风来特地香。不阻游人阻词客,人间无赖是红墙。"《新月》:"云际纤纤月一钩,清光未夜挂南楼。宛如待字闺中女,知有团圞在后头。"《小亭独坐》:"小亭三面叠云根,坐把浇愁酒一尊。西下夕阳东上月,一般花影有寒温。"诗风诗韵绝妙非常。

科场对

谢金圃墉、吴玉纶、德定圃保、沈云椒初典试,颇不满于众口,作对云:"谢金圃抽身便讨,吴玉纶倒口就吞;德定圃人傍呆立,沈云椒衣里藏刀。"双关拆字,巧不可阶。又浙江乾隆丙子乡试,两主考一姓庄,一姓鞠,庄公颟顸而鞠公不谨。有人集杜句嘲之云:"庄梦未知何日醒,鞠花从此不须开。"尤极现成。鞠试毕回京,语陈句山太仆云:"杭人真欠通,如何鞠可通菊?"公不答。鞠诘之，公曰："吾适思《月令》'鞠有黄华'耳。"鞠大惭，未几死，人以为语谶云。近有某公分校礼闱，卷中有用《毛诗》"佛时仔肩"者，则批云："佛字系梵语，不可入文内。"复有用《周易》"贞观"二字者，则又批云："贞观系汉代年号，不可入文内。"因有为之对者云："佛时是西域经文，宣圣悲啼弥勒笑；贞观系东京年号，唐宗错愕汉皇惊。"又姚秋农总宪典顺天乡试，有用《尚书》"率循大卞"者，则批云："'大卞'二字，疑'天下'之误。"是科蒋秋吟侍御分校，有用《尚书》"不率大戛"者，则批云："'大戛'二字不典。"因对云："蒋径荒芜，大戛含冤呼大卞；姚墟榛莽，秋农一笑对秋吟。"语妙绝伦，皆可与"左邱明两目无珠，赵子龙一身是胆"，同作科场话柄也。

【译文】谢金圃谢墉、吴蓼园吴玉纶、德定圃德保、沈云椒沈初负责典试，众人对他们并不满意，写下一副对联："谢金圃抽身便讨，吴玉纶倒口就吞，德定圃人傍呆立，沈云椒衣里藏刀。"用双关与拆字的修辞手法，体现出妙不可言的巧思。另有一次是在乾隆二十一年（1756）丙子科浙江乡试上，两个主考官一个姓庄（存与）一个姓鞠（恺），庄公糊涂又马虎而鞠公随便又放荡。有人便辑取杜诗来嘲讽他们："庄梦未知何日醒，鞠花从此不须开。"这两句诗信手拈来，浑然天成。鞠公在考试结束后回到京城，对同僚太仆陈句山（陈兆仑）说："杭州人真是不通文理，'鞠'字与'菊'字怎么是通假字呢？"陈先生并不回答他，鞠公继续追问，陈先生才说："我刚才在想《礼记·月令》'鞠有黄华'而已。"鞠公惭愧不已，不久便过世了。人们都认为这是陈句山说的话造成的。最近有某位先生分校礼部考试，考卷中有一位考生引用《毛诗》中"佛时仔肩"之语的，于是批道：

"佛字系梵语，不可入文内。"还有考生用《周易》中"贞观"两个字的，又批道："贞观系汉代年号，不可入文内。"有人因此写了对子说："佛时是西域经文，宣圣愁啼弥勒笑。贞观系东京年号，唐宗错愕汉皇惊。"还有一件事，是都察院左都御史姚秋农（姚文田）主持顺天府乡试，有考生引用了《尚书》中"率循大卞"之言，姚秋农批道："'大卞'二字，似乎是'天下'之误。"这次科举是蒋秋吟（蒋诗）分校考卷，有人引用《尚书》"不率大夏"，蒋秋吟于是批道："'大夏'二字没有出处。"有人因此写对子说："蒋径荒芜，大夏含冤呼大卞。姚墟榛莽，秋农一笑对秋吟。"用语精妙绝伦，可以和"左丘明两目无珠，赵子龙一身是胆"这幅对联媲美，以上的事情都成为科场的笑柄。

因诗得赠

三山郑汝昂工诗，贫甚。一相知令广东，郑寄诗云："三尺儿童事未谙，饥来强扯我襕衫。老妻牵住轻轻语，爷正修书去岭南。"其人得诗，因厚赠之。案《青琐集》载，张球献诗于吕许公云："近日厨中乏短供，儿童啼哭饭箩空。内人低语向儿道，爷有新诗上相公。"郑诗盖本于此。

【译文】福建三山人郑汝昂擅长写诗，家境十分贫困。他一位知己在广东做县令，郑汝昂寄给他一首诗，写道："三尺儿童事未谙，饿来强扯我襕衫。老妻牵住轻轻语，爷正修书去岭南。"那位县令看到诗后，赠给他许多厚礼。原来《青琐集》曾记载，张球献诗给吕许公（吕夷简），写道："近日厨中乏短供，儿童啼哭饭箩空。内人低语向儿道, 爷有新诗上相公。"郑汝昂的诗大致便是从这首诗得到灵感的。

张子野

宋祁呼张子野为"云破月来花弄影"郎中, 此人人知之也。欧阳文忠又呼为"桃李嫁东风"郎中, 以子野《一丛花》词有"不如桃李, 犹得嫁东风"之句也。见范公称《过庭录》。

【译文】宋祁称张子野 (张先) 为"云破月来花弄影"郎中 (诗见《天仙子·水调数声持酒听》)。这件事人人皆知。欧阳文忠 (欧阳修) 又称他为"桃李嫁东风"郎中。这是从张先《一丛花》词"不如桃李, 犹得嫁东风"句来的。范公偁的《过庭录》中记载了这件事。

火浣布

庄芝阶舍人仲方自蜀中归, 携火浣布一方, 遍示同人, 质厚且粗。以手扪之, 泠泠然冷湿僭肤, 虽入火不燃, 而见焰则黑, 并无愈濯愈洁之说。考火浣布有三: 最上者火鼠之毛所织; 其次火木之皮所织, 纹理细腻, 并出海南诸国; 最下则蜀中建昌所出, 名曰石绒, 生岩隙间, 土人采以为布, 能去诸物之垢, 不可为衣, 芝阶所携, 即此是也。

【译文】舍人庄芝阶庄仲方从四川回来, 带来一块火浣布, 拿出来给大家展示。这块布质地厚实, 布料粗糙, 用手触摸, 感觉寒凉湿冷沁入皮肤。把它扔进火里，虽然不会燃烧，但会被火焰熏黑，也并不像传说的那样越洗越白。据考证，火浣布分为三等：最上等的是以火鼠毛编织而成；其次是用火树皮织成的，布料织纹细腻，这两种火浣布的原料都来自南海诸国；最下等则产自四川建昌，原料称为"石绒"，生长在岩石缝隙间，当地人摘来做成布，能除去各种东西上的污垢，但不能做衣服穿，庄芝阶带回来的，就是这种火浣布。

苏州状元

本朝殿撰，吴下为多，有苏人以此夸于座中。忽一人冷语曰："苏州出状元，亦犹河间出太监，绍兴出惰民，江西出剃头师，句容出剔脚匠，物以类聚，无足怪也。"案此戏语，亦有所本。唐王定保《摭言》载一则云："卢肇初举，先达或问所来，肇曰：'我袁民也。'或曰：'袁州出举人耶？'肇曰：'袁州出举人，亦犹沅江出龟甲，九肋者盖希矣。'"

【译文】清朝状元大多来自苏州，有一个苏州人便以此在众人中夸耀，有人冷言说："苏州出状元，好比河间出太监，绍兴出惰民（不务正业的游民），江西出理发的剃头匠，句容出修脚的剔脚匠。物以类聚，这没有什么可奇怪的。"这是玩笑话，但也有根源。唐朝王定保的《唐摭言》里记载了一则故事："卢肇初次参加科举，前辈当中有人问他从哪来的。卢肇说：'我是袁州人。'那前辈说：'袁州出举人吗？'卢肇说：'袁州出举人，好比沅江出龟甲一样，是因为九肋形状的龟甲本身就很少见啊。'"

乳姑图

山阴某，忘其姓名，有题《乳姑图》诗云："儿勿啼，婆婆将与汝枣梨，儿且去骑竹马嬉。儿前牵娘双泪流，东边一只儿要留，口讲指画向婆语，婆婆不小吃乳羞！婆婆不小吃乳羞！"不铺张尽孝门面语，而描写妮妮之态，自然入情。

【译文】浙江山阴有一个人，我不记得他的姓名了。他曾经写过一首《题乳姑图》诗，写道："儿勿啼，婆婆将与汝枣梨，儿且去骑竹马嬉。儿前牵娘双泪流，东边一只儿要留。口讲指画向婆语，婆婆不小吃乳羞，婆婆不小吃乳羞！"这首诗不大肆渲染尽孝表面虚饰之言，反而描写大人与孩子之间亲昵自然的状态，让人自然而然地就体会到两人的情意。

宽恕

唐唐临性宽仁多恕，欲吊丧，令僮归取白衫。僮乃误持余衣，惧不敢进。临察之，谓曰："今日气逆，不宜哀泣，向取白衫且止。"又一日，令煮药不精，潜觉其故，乃曰："今日阴晦，不宜服药，可弃之。"宋王旦局量宽厚，家人欲试之，以少埃投羹中，公惟啖饭。问何不食肉，曰："我今日偶不喜肉。"一日，又墨其饭。公曰："我今日偶不喜饭，可具粥。"二公之度相似，凡褊急而苛刻者，可以为法。

【译文】唐朝的唐临性格宽厚，对别人多有宽恕。有次他去参加丧礼，让仆人回家取他的白色衣衫来，仆人错拿了别的衣服，害怕得不敢拿给他。唐临发现了，就对仆人说："今天我气机上逆（身体不适），不适合悲哀哭泣。不用去帮我拿白衣了。"又一天，仆人没将药煎熟，他默默尝了出来，便说："今天天气阴冷，不适合吃药，把药倒掉吧。"宋朝王旦气量宽大，家人想试试他究竟有没有脾气，就倒了些许尘土到肉羹里，（结果发现）王旦只吃饭。家人问他今天为什么不吃肉，王旦说："今天我偶尔不想吃肉了。"又一天，家人把他的饭滴上墨，王旦便说："今天我不想吃饭，吃点粥吧。"这两人气度相近，大凡气量狭小、严厉刻薄的人，可以向这两人学习。

代 笔

　　古书名家，皆有代笔。苏子瞻代笔，丹阳人高述。赵松雪代笔，京口人郭天锡。董华亭代笔，门下士吴楚侯。山舟学士书名噪海内，而从无代笔。汤昼人庶常锡蕃、沈友三明经益颇肖公书，尝为人作字，署学士名，实非代笔也。

【译文】古代书法名家都有人代写。为苏子瞻（苏轼）代笔的是丹阳人高述。为赵松雪（赵孟頫）代笔的是京口人郭天锡。为董华亭（董其昌）代笔的是他的学生吴楚侯。山舟学士（梁同书）的书法名气传遍天下，却从未找人代笔。庶吉士汤昼人汤锡蕃与贡生沈友三沈益的书法作品与山舟学士写的颇为相似，曾经在给人写字时署了山舟学士的名字，（但是）这实在不是山舟学士的代笔。

镜 听

昆山徐大司寇乾学昆季三人，未第时，除夕相约镜听。乃翁侦知之，先走匿门外，俟三子之出，揖而前曰："恭喜弟兄三鼎甲。"诸子知翁之戏己也，不顾而走。则有二醉人连臂而来，甲拍乙之肩而言曰："痴儿子，你老子的话是不错的。"盖以俳语相戏也。已而果应其言。又钱唐黄文僖公机未遇时，镜听闻二妇人相语云："家有二鸡，明日敬神，宰白鸡乎？宰黄鸡乎？"其一曰："宰黄鸡可也。"机鸡同音，遂以为谶。

【译文】江苏昆山人、刑部尚书徐乾学兄弟共三人（其他两人为徐秉义、徐元文），未中举时，在除夕之夜在一起镜听（除夕或岁首的夜里抱着镜子偷听路人的无意之言，以此来占卜吉凶祸福）。他们的父亲（徐开法）听到这个消息，提前藏到屋门外，等兄弟三人走过，作了个揖走上前说："恭喜你们弟兄三人名列状元、榜眼和探花。"兄弟三人知道父亲是在戏弄自己，并未理会，往前走去。这时有两个醉汉勾肩搭背而来，甲拍乙的肩膀说："傻儿子，你父亲的话是不错的。"这是用俳语戏笑嘲谑而已，谁想到后来真应了他们的话（兄弟三人名列鼎甲）。又有钱唐人、文僖公黄机未发迹之时，镜听到两个妇人在说话，一个妇人问："家里有两只鸡，明天祭神，是宰白鸡呢？还是宰黄鸡呢？"另一个妇人回答："宰黄鸡。"机和鸡同音，这话便成了日后黄机发达的预兆。

瓦 剌

西海有鱼，名瓦剌，其目入水则暗，出水则明。凡物皆动下颏，此鱼独动上腭。见人远则哭，近则噬，故西域称假慈悲者曰瓦剌，制之者惟仁鱼。盖此物遍身鳞甲，刀箭不能入，惟腹下寸许是肉，仁鱼鬐最利，故能克也。仁鱼性极慈，尝负小儿登岸，误毙之，遂触石死，而独能制彼，所谓以至仁伐至不仁也。

【译文】西海有一种鱼名叫瓦剌。它眼睛的颜色在水中是暗沉的，浮出水面就变得明亮；大多动物张嘴都是动下巴，这条鱼却是动上腭。远远地看见有人它便会发出哭泣的声音，人走进了它张口便咬。因此西域便将表面上慈爱的人称作"瓦剌"。能克制住这种瓦剌鱼的只有一种名为仁鱼的鱼。这是因为瓦剌鱼浑身都是鳞甲，连刀箭也扎不进去，只有腹下面一寸多是软肉，而仁鱼的鱼鳍最是锋利的，所以能克制住它。仁鱼性情非常慈善，曾经在背着小孩子过河时，小孩不小心掉入水中淹死了，仁鱼难过得也一头撞在石头上而死。仁鱼如此仁慈，却只有它能克制瓦剌鱼，这就是说只有大仁大义才能战胜不仁不义吧。

无题诗

余在京师，凡遇诸伶侑座，酒阑灯炧，往往漠然。人或以矫情讥，或以木石诮，遄然不顾也。一日见某部某郎，不觉倾倒，形输色授，颇难自持，然独茧抽丝，无由作合也。凶赋无题二章云："寻到蓬山别有春，好将绮笔写芳因。钩辀格磔浑难语，扑朔迷离两不真。愿作鸳鸯申后约，化为蝴蝶梦前身。玦镮消息全无准，肠断愁红闷翠人。""不沾情处惹情魔，如此相思可奈何！后落梅花酸意透，倒垂莲子苦心多。鸟因衔恨思填海，狐为生疑怕渡河。欲托微波通一语，生防前面有鹦哥。"

【译文】我在京城时，经常遇到唱戏的乐人陪伴助兴。灯明酒残之际，我往往非常冷淡无言。有的人嘲讽我虚伪矫情，还有人嘲讽我如木头般呆头呆脑，我却悠然自得，不管不顾。一天，一个乐人见到了某部的一位官员，为之倾心，举止神态无不传出倾慕之意，不能自已。但因只是一厢情愿，无人为两人介绍说合。所以我为她写了两首无题诗，写得是："寻到蓬山别有春，好将绮笔写芳因。钩辀格磔浑难语，扑朔迷离两不真。愿作鸳鸯申后约，化为蝴蝶梦前身。珙镶消息全无准，肠断愁红闷翠人。""不沾情处惹情魔，如此相思可奈何。后落梅花酸意透，倒垂莲子苦心多。鸟因衔恨思填海，狐为生疑怕渡河。欲托微波通一语，生防前面有鹦哥。"

赵篠珊

仁和赵篠珊先生铭，湖北安陆县知县，以罣误归，一琴一鹤，颇有祖风，担石无储，不改其乐。尝作小词自遣，记其游西溪《齐天乐》云："清流澹沱，有一鹭飞来，白头似我。"又《临江仙》咏秋海棠叶云："断肠人不见，留得绿衣裳。"皆绰有风趣也。

【译文】浙江仁和人赵篠珊赵铭先生是湖北安陆县的知县。因为失责丢官回乡，身边清廉得只剩一琴一鹤，颇有祖辈风范，家中米粮尽无，仍不改其乐。曾作小词来消遣，记得他游览西溪的一首《齐天乐》中写道："清流澹沱，有一鹭飞来，白头似我。"又有《临江仙》词歌咏秋海棠叶，写道："断肠人不见，留得绿衣裳。"都十分风趣。

和尚太守

王树勋者，山西人，始为京师木兰院道者，后剃发为悯忠寺僧，饶于资，遂潜自蓄发，遵例报捐同知，选授湖北某缺，旋擢郡守。会调繁入京，侍御石公承藻首发其奸，严询得实，遂编管黑龙江，先于刑部衙门前荷校两月，然后发遣。大兴舒铁云孝廉有《和尚太守谣》一篇纪其事，诗长不备录，记其起四句云："弃民为僧如秃鹙，弃僧为官如沐猴，宦成黄鹤楼边住，事败黑龙江上去。"读之失笑。

【译文】王树勋是山西人，起初在京城木兰院作道者，后落发在悯忠寺出家当和尚。因其资产颇丰，于是偷偷留起头发，按律例纳捐买了同知的官职，后被选定授以湖北的某个官职，不久又被提拔为知府。正赶上朝廷调任政务繁剧的州县官员进京城。侍御石承藻最先揭发他的虚假情况，严厉责问后他吐露实情，朝廷于是把他贬谪到黑龙江看管起来。先在刑部衙门戴着枷锁站两个月，随后发配地方。大兴人、举人舒铁云（舒位）写有《和尚太守谣》一篇，记录这件事，原诗很长，就没有全部收录，记得该诗其中四句："弃民为僧如秃鹙，弃僧为官如沐猴。宦成黄鹤楼边住，事败黑龙江上游。"读来令人忍不住发笑。

五时衣

今江南人嫁娶新妇，必有五时衣。按《齐明帝纪》："武陵王阅太后遗物，命留五时衣各一袭。"五时者，谓春青、夏赤、季夏黄、秋白、冬黑也。江南沿六朝之遗，故犹有此名。

【译文】如今江南地区嫁娶新娘，必须准备"五时衣"。据《齐明帝纪》记载："武陵王阅太后遗物，命留五时衣各一袭。"（该引文或误，事见《后汉书·东平宪王苍传》）"五时"指的是春天青、夏天红、晚夏黄、秋天白、冬天黑。江南地区沿袭六朝遗留下来的风俗，所以仍然有这个名称。

中秋诗

王次农明府辰在京师，集同人赏中秋，限秋字赋诗。有某君句云："十分明月五分秋。"为时传诵。又吾杭同人小课，以月饼命题，姚古芬五律起联云："举头看明月，把酒问青天。"以苏对李，天造地设，黄相圃先生模击节叹赏，以为此题绝唱也。

【译文】县令王次农王辰在京城时，召集同仁赏中秋之月，限定以"秋"字为题赋诗，一位同仁写道："十分明月五分秋。"成为一时传诵。又有一回我们一些杭州同僚聚会时，以月饼为题作诗，姚古芬（姚伊宪）的五律第一联写到："举头看明月，把酒问青天。"以苏轼诗对李白诗，真是天造地设。黄相圃黄模先生打着节拍不停地称赞叹赏，认为这联诗乃是绝唱。

张晏埋骨

金玉珠宝，无不出土者，故古人戒厚葬也。然亦有时相反者。宋寿州张侍郎、抚州晏丞相俱葬阳翟，相去数里。有盗发张墓，得宝器甚多，遂完其棺，掩覆其穴。继发晏墓，棺中惟木胎金裹带一，盗失望大恚，以刀斧碎其骨而出。一以厚葬完躯，一以薄葬碎骨，事之不可知者也。

【译文】（陪葬用的）金玉珠宝，没有不被挖出来的，所以古人力戒厚葬。但也有时会出现相反的情况。宋代寿州人张侍郎（张耆）与抚州人晏丞相（晏殊）都葬在河南阳翟，两人墓地相隔几里远。有盗墓贼挖了张侍郎的墓，得到了很多宝物，就完好保留了他的棺材，又把他的墓穴封好。继而又挖开晏丞相的墓，发现墓中只有木胎金裹的腰带一条，盗墓贼非常失望又愤怒，用刀砍碎了晏丞相的骨头才离开。一个因为厚葬得以保全尸骨，一个因为薄葬而被碎骨，世事不能预知到这种地步！

干支戏

明王完虚中丞点，万历甲辰进士，好谐谑，初仕为邹平知县，与章丘接境。一日，与章丘令相见。令问公年，答云："乙亥。"回问之，答云："亦乙亥。"公笑云："某是邹平一害，兄便是章丘一害。"又有人贺新婚回，人问新人容貌如何，曰："未言其貌，先言其命，辛酉戊辰，乙巳癸丑。"其人不悟，则曰："新有妇人，一似鬼丑也。"

【译文】明朝中丞王完虚王点是万历三十二年（1604）甲辰科进士，喜欢开玩笑。刚出仕为邹平知县，邹平与章丘接壤。一天，王点与章丘县令见面，县令问他的年龄，王公回答说："我是乙亥年（万历三年，1575）生人。"又回问县令，县令回答说也是乙亥年生人。王公笑着说："我是邹平一害，您便是章丘一害啊。"还有，一个人祝贺别人新婚回来，另一个人问他新娘容貌怎么样，那人说："先别说她的容貌，先说说她的生辰八字：辛酉戊辰，乙巳癸丑。"另一个人不明白，那人就解释说："（用的是谐音字）新有妇人，一似鬼丑也。"

名士受窘

达官厌弃名士，名士遂傲慢达官，然亦有时受其窘者。吴江郭频伽麐饮于友人处，有某太史在座，少年甲第，未免意气凌人。频伽语气之间，多所狎侮。太史不堪其谑作而言曰："频伽先生有何开罪，却句句奚落下官？"频伽曰："公读书中秘，言当雅驯，奈何以稗史之谈，挂诸齿颊？"太史曰："《晋书·百官志》：朝士七品以下，不得称臣，但称下官。《南、北史》亦然。某承乏翰林，官止七品，称下官，礼也。先生独未之前闻乎？"频伽惭不能答。

【译文】达官不喜欢名人，名人在达官面前也十分傲慢无礼，但也有名人被达官奚落的事情发生。吴江人郭频伽郭麐有次在朋友家喝酒，有一位翰林也在宴会上，因为少年登科，这位翰林说话未免意气凌人。郭频伽话语之间，便多有羞辱之意。翰林不堪被他戏谑耍弄，就说："频伽先生有何开罪，却句句奚落下官。"郭频伽说："先生在朝廷中读书，言词应当文雅，为什么以下官自称，把这种野史之话挂在嘴上呢？"翰林说："《晋书·百官志》中记载着，七品以下的官员不能称臣，只能称为下官，《南史》《北史》也是如此，我充任翰林，只是个七品官，自称下官，是符合礼制的。先生难道之前不知道这件事吗？"郭频伽惭愧而无话可说。

毒　谑

明嘉靖间，一内珰衔命入浙，与司北关南户曹、司南关北工曹饮宴。珰欲侮缙绅，乘酒酣为对云："南管北关，北管南关，一过手，再过手，受尽四方八面商商贾贾辛苦东西。"此珰故卑微，曾司内阍，工部君所素识者，因答曰："我须相报，但勿瞋乃可。"遂云："前掌后门，后掌前门，千磕头，万磕头，叫了几声万岁爷爷娘娘站立左右。"珰怒愤攘臂，至欲自裁，二司力劝而止。虽属毒谑，实侮由自取也。

【译文】明世宗嘉靖年间，一个内廷太监带着皇命来到浙江，与司北关南户曹、司南关北工曹饮酒作乐。太监想侮辱这两位官员，乘着酒兴出了一个上联："南管北关，北管南关，一过手，再过手，受尽四方八面商商贾贾辛苦东西。"这位太监职位本来很低，曾在宫内守门。工曹知道这些事，便说："我可以对上您的上联，但您不能因此而生气。"于是说："前掌后门，后掌前门，千磕头，万磕头，叫了几声万岁爷爷娘娘站立左右。"太监非常愤怒地捋起袖子，羞愤地几乎要自杀。两位官员奋力阻劝才作罢。虽然这是非常刻毒的调侃，但也实属咎由自取。

中庸非孔门书

叶书山庶子谓《中庸》一书，非子思所作。其说云："伪托之书，罅隙有无心而发露者。孔、孟皆山东人，论事俱就眼前指点。孔子曰：'曾谓太山。'又曰：'太山其颓。'孟子曰：'挟太山以超北海。'又曰：'登太山而小天下。'就所居之地，指所有之山，人之情也。汉都长安，华山在焉。《中庸》引山称华岳，明明以长安之人，指长安之山，其为汉儒伪托无疑。"

【译文】左庶子叶书山（叶酉）说，《中庸》一书不是子思（孔伋）写的。他的说法是："假托前人姓名所作之书，无意中就会让人发现漏洞。孔子、孟子都是山东人，议论事物时常以眼前之物为例。孔子说：'曾谓太山。'又说：'太山其颓。'孟子说：'挟太山以超北海。'又说：'登太山而小天下。'在居住的地方，以眼前之山为例，这是人之常情。汉代京城长安（今陕西西安）的所在地正是在华山附近。《中庸》在以山峰为例时称"华岳"，明明是长安的人，指长安的山，那么《中庸》毫无疑问是汉朝儒生的伪托之作。"

阮王二宫保撰联

刘文清公在相位，太夫人九十诞辰，仁庙赐寿，备极恩荣。

阮芸台宫保撰联云：“夫为宰相，哲嗣为宰相，历六科之贤孙，又将为宰相，八座声名惊海内；帝祝期颐，卿士祝期颐，合三省之黎庶，以共祝期颐，九旬福寿庆江南。”盖其时文清以两江总督，遥执相权，而洵芳先生已阶至二品也。冠冕堂皇，罕有其匹。庆蕉园宫保镇粤，王省厓尚书鼎赠联云：“恩衍韦平，祖父子孙三宰相；家传忠孝，弟兄叔伯四将军。”巨制鸿题，足以称其家乘。又先文庄既相后，嵇文恭赠联云：“秋闱黄花韩相国，春风红杏宋尚书。”台阁颂扬，又何其妍丽也。

【译文】刘文清公（刘墉）在相位时，其母九十寿辰时，清仁宗（年号嘉庆）下旨祝寿，恩宠非常。太子少保阮芸台（阮元）为他母亲撰写了一幅寿联：“夫为宰相，哲嗣为宰相，历六科之贤孙，又将为宰相，八座声名惊海内；帝祝期颐，卿士祝期颐，合三省之黎庶，以共祝期颐，九旬福寿庆江南。”在当时，文清公任两江总督，遥执相权，而洵芳先生已官至二品，体面庄严，少有人能与之媲美。少保庆蕉园（庆保）镇守广东，尚书王省崖王鼎赠联：“恩衍韦平，祖父子孙三宰相；家传忠孝，弟兄叔伯四将军。”这样的杰作，配得起他家的记录。又有我先祖文庄公（梁诗正）任相后，嵇文恭（嵇璜）赠一副对联说：“秋闱黄花韩相国，春风红杏宋尚书。”官场上的颂扬，多么明艳华丽。

琵琶记

高则诚《琵琶记》，相传以为刺王四而作。驾部许周生先生宗彦尝语余云：“此指蔡卞事也。卞弃妻而娶荆公之女，故人作此以讥之。其曰牛相者，谓介甫之性如牛也。”余曰：“若然，则元人纪宋事，斥言之可耳，何必影借中郎耶？"先生曰："放翁诗云：
'身后是非谁管得，满村听唱蔡中郎。'据此，则斯剧本起于宋
时，或东嘉润色之耳。"然则宋之《琵琶记》为刺蔡卜，元之《琵
琶记》为指王四，两说并存可也。

【译文】高则诚（高明）的《琵琶记》，相传是为讽刺王四而创
作的。驾部许周生名宗彦先生曾经告诉我："这出戏是根据蔡卜的事
而作的。"蔡卜抛弃了自己的妻子，娶了王荆公（王安石）的女儿，所
以有人写了《琵琶记》来讽刺他。他说："戏里出现的牛丞相（宋人
戏称王安石为拗相公），就是在影射性格像牛一样执拗的王介甫。"
我说："如果是这样，那么元代人去写宋代事，大可直言斥责，何必假
借牛丞相其人来影射呢？"许先生说："陆放翁（陆游）有句诗说：
'身后事非谁管得，满村听唱蔡中郎。'由此可知，《琵琶记》的戏本
在宋代就有了，也许高则诚只是依原本润色罢了。"那么宋朝的《琵
琶记》为讽刺蔡卜而作，元朝的《琵琶记》为讽刺王四而作，这两种
说法也是可以并存于世的。

毛

《佩觽集》云："河朔谓无曰毛。"今粤中及西蜀皆然。按
东坡请人吃麨饭曰："饭也毛，菜也毛，萝葡也毛。"则古人行文
往往用之，然犹曰纪载方言，叙述游戏耳。《后汉书·冯衍传》：
"饥者毛食。"《五代史》："黄幡绰赐绯毛鱼袋。"则典册高
文，亦用之矣。

【译文】《佩觿集》说：河朔地区把"无"说成"毛"，现在的广东及四川也都这样叫。从前苏东坡请人吃"囊饭"，说："饭也毛，菜也毛，萝葡也毛。"可知古人写文章，经常用这个字，如果还有人认为这是在记载方言，当做游戏时才用的话。《后汉书·冯衍传》有"饥者毛食"，《五代史》有"黄幡绰赐绯毛鱼袋"的记载，可见重要的册籍文章中也会用到这个字。

番枪子

万红友先生《词律》一书，其辨《洞仙歌》之杂入《丑奴儿》，《揉碎花笺》之为残缺，《祝英台近》《莺啼序》之别无添字，《三台》之分两段为三段，《笛家》之当移掇句读，细心校订，允推词学功臣。他如《啸余图谱》之复收误收，如《金人捧盘》之即《上西平》，《蝶恋花》之即《一箩金》，《念奴娇》之即《赛天香》，《六丑》之即《个侬》，《高阳台》之即《庆春泽》，《望梅》之即《解连环》，《过秦楼》之即《惜余春》，《雨中花》之即《夜行船》，《玉人歌》之即《探芳信》，《红情》《绿意》之即《暗香》《疏影》，莫不丑诋之不遗余力，其辨体辨句，可谓精且确矣。然亦有时校勘未精者。律中第十一卷，收韩玉《番枪子》一调，而数阕以后，又收李献能《春草碧》一调，细考字数句法，无不相同。且韩词尾句三字是"春草碧"，而李即以为名，亦犹《贺新郎》之名《乳燕飞》，《水龙吟》之名《小楼连苑》，《临江仙》之名《庭院深深》，偶立新标，并非异制。然则《春草碧》之即为《番枪子》，无疑也。惟有数字平仄稍异，依先生旧例，则当

收作又一体，或于韩词旁注可平可仄字样，而以《春草碧》之名
附于《番枪子》之下，则事归一律矣。

【译文】万红友（万树）先生在其所写的《词律》一书，辨认出
《洞仙歌》搀杂了《丑奴儿》的词调，《揉碎花笺》是残缺不全的，
《祝英台近》《莺啼序》中并没有增加文字，还将《三台》由两段分
成三段，提出《笛家》中的句读应该改动，校订十分细心，万先生由
此被推举为校订词曲的功臣。其他如《啸余图谱》重复、错误的收纳
诗词，《金人捧盘》就是《上西平》，《蝶恋花》就是《一箩金》，《念
奴娇》就是《寒天香》，《六丑》就是《个侬》，《高阳台》就是《庆
春泽》，《望梅》就是《解连环》，《过秦楼》就是《惜余春》，《雨中
花》就是《夜行船》，《玉人歌》就是《探芳信》，《红情》《绿意》就
是《暗香》《疏影》，没有哪个不是全力斥责诋骂。他对词体、词句
的辨析，可以说非常精确。但是他也有校勘不精确的时候，《词律》
第十一卷里，收录了韩玉《番枪子》这个词调，然后在几首词后又收
录了李献能的《春草碧》一调，仔细考证了这两首词的字数句法后，
（我）发现这两首词的格律是一样的。而且韩词尾句三个字是"春草
碧"，李就以它为自己词的题目，犹如《贺新郎》也叫《乳燕飞》，《水
龙吟》也叫《小楼连苑》，《临江仙》又名《庭院深深》，偶然用新的
题目作原词牌的词，算不上新鲜奇异。所以《春草碧》一定就是《番
枪子》，只是词中几个字的平仄稍作了改动。依照先生的习惯，应当
将其收作《番枪子》的另一个体例，或者在韩词旁边写上"可平可
仄"的评注，却把《春草碧》放在《番枪子》之下，两词归为一律。

南屏僧

净慈寺主讲明中_{大恒}，善诗画，画笔雅近井西老人，诗五言特隽。《过平和桥》云："鱼虾争小市，鸡犬乱孤村。"《雨中送客》云："落花成小劫，流水悟前因。"皆不愧高人吐属。示寂时寿五十八。辞世偈曰："五十八年一报周，谢家活计霎时收。披蓑赤脚千峰去，不问芦塘旧钓舟。"继之者曰让山篆玉，工隶字。五言句云："凉话竟忘久，松风不断吹。"是真得静中三昧者。又继之者曰主云际祥，工画淡墨山水。今主席者曰松光了义，善鼓琴饮酒，画山水，兼工小诗。此外则有万峰庵之小颠，尤能以游戏具神通者。得毋南屏例得诗僧，其泉石秀灵有以致之欤？

【译文】净慈寺的主讲明中_{大恒}，擅长诗画，画法非常接近井西老人（黄公望）。其五言诗诗意隽永，《过平和桥》写道："鱼虾争小市，鸡犬乱孤村。"《雨中送客》写道："落花成小劫，流水悟前因。"真不愧是写诗高手的口吻。明中圆寂时五十八岁，他的辞世偈上说："五十八年一报周，谢家活计霎时收。披蓑赤脚千峰去，不问芦塘旧钓舟。"继他之后的主讲为让山篆玉，精通隶书书法。五言诗有："凉话竟忘久，松风不断吹。"是真的得到静心之奥妙的人啊。继他之后的主讲为主云际祥，擅长淡墨山水的绘画。现在的主讲为松光了义，喜欢弹琴喝酒，山水绘画，也擅长写小诗。此外还有万峰庵的小颠，最擅长的是通过游戏与神灵沟通。莫非南屏出诗僧，是因为泉石灵秀才会如此吗？

学海堂

阮芸台宫保到处好提唱风雅。道光四年，于广东观音山建学海堂，仿浙江诂经精舍例也。其地梅花夹路，修竹绕廊。中建厅事三楹，后有小亭邃室。高依翠岫，平挹珠江，颇极潇洒之致。每月集书院生童于此，课诗古文词焉。宫保自撰楹帖云："公羊传经，司马记史。白虎论德，雕龙文心。"极古香古艳之致。

【译文】太子少保阮芸台（阮元）喜欢四处宣扬风雅之音。道光四年（1824），他在广东观音山建了一座学海堂，仿的是浙江诂经精舍。那地方路两边伫立着梅花，修长的竹子绕廊而生，中间建大厅有三楹，后面是小亭深室。其院高依山岩，极目珠江，极尽潇洒之意。每月招集书院生童在此，讲授诗词古文。阮少保自写楹帖："公羊传经，司马记史。白虎论德，雕龙文心。"十分有古香古色的韵味。

律中变调

旧人咏梅花句云："惟三更月是知己，此一瓣香专为春。"陈子肃妓馆诗云："青铜三百一斗酒，荔支十八谁家娘？"余姚郑耕余赠人句云："人皆欲杀今之白，我醉须埋昔者伶。"嘉兴吴澹川题《周香度诗稿》句云："抛五斗米就三径，腹万卷书手一杯。"海昌陈益斋句云："古松奇似老名士，初月媚于新嫁娘。"会稽胡西垞咏蓼花句云："何草不黄秋以后，伊人宛在水之湄。"又有人咏十月桃句云："刘郎再来岁云暮，王母一笑天为春。"诸联倔强盘曲，句法新而用意别，皆七律中之变调也。

【译文】前人咏梅花的诗句有："惟三更月是知己，此一瓣香专为春。"陈子肃妓馆诗说："青铜三百一斗酒，荔支十八谁家娘。"余姚人郑耕余在赠给别人的诗句中说："人皆欲杀今之白，我醉须埋昔者伶。"浙江嘉兴人吴澹川（吴文溥）在其《题周香度诗稿》中写道："抛五斗米就三径，腹万卷书手一杯。"海昌人陈益斋有诗句说："古松奇似老名士，初月媚于新嫁娘。"浙江会稽人胡西垞（胡裘錞）咏蓼花说："何草不黄秋以后，伊人宛在水之湄。"又有人咏十月桃说："刘郎再来岁云暮，王母一笑天为春。"这些诗句都倔强曲折，句法新奇，用意别致，都是七律中的变调。

索诗癖

"尽日觅不得，有时还自来。"贯休觅句诗也，人以为是失猫诗。"若教解语应倾国，任是无情也动人。"罗隐咏牡丹诗也，人以为是女障子诗。"树底有天春寂寂，人间无路月茫茫。"曹唐汉武宴西王母诗也，人以为是鬼诗。"天末楼台横北固，夜深灯火见扬州。"杨蟠咏金山寺诗也，人以为是牙人量四至诗。"到江吴地尽，隔岸越山多。"吴僧白塔寺诗也，人以为是分界堠子诗。"上穷碧落下黄泉，两处茫茫皆不见。"白香山咏杨妃诗也，人以为目连救母诗。"秦地关河一百二，汉家离宫三十六。"骆宾王咏古诗也，人以为是算博士诗。"每日更忙须一到，夜深还自点灯来。"程师孟咏所筑堂诗也，人以为是登溷诗。"王莽弄来仍半破，曹公将去定平沉。"李山甫览汉史诗也，人以为是破船诗。虽属揶揄，然亦切中。至若和靖先生《梅花》诗云："疏影横斜水清浅，暗香浮动月黄昏。"陈辅之以为有类于野蔷薇诗。夫蔷薇丛生，初无疏影，花影散漫，乌得横斜，是真无理取闹，不待辨而自明。又有人谓坡公曰："此二句咏桃咏杏，亦何不可？"坡公曰："有何不可，只恐桃杏不敢当耳。"斯言最为冷隽。近有人咏梅花句云："三尺短墙微有月，一弯流水寂无人。"语极幽静，有轻薄子见而笑曰："此一幅绝妙偷儿行乐图也。"可谓诙谐入妙矣。

【译文】"尽日觅不得，有时还自来。"这是贯休的《觅句诗》，有人认为这是写猫丢的诗句。"若教解话应倾国，任是无情也动人。"这是罗隐咏牡丹花诗，有人认为是写女障子的。"树底有天春寂寂，人间无路月茫茫。"这是曹唐写汉武帝宴请西王母诗，有人认为是写鬼的诗。"天末楼台横北固，夜深灯火见扬州。"这里杨蟠咏金山寺的诗，有人以为是写经纪人丈量货物的。"到江吴地尽，隔岸越山多。"这是吴地僧人处默在写白塔寺诗，有人认为是写分界堠子的。"上穷碧落下黄泉，两处茫茫皆不见。"是白香山（白居易）咏杨妃的诗歌，有人认为是写目连救母的。"秦地关河一百二，汉家离宫三十六。"这是骆宾王咏古诗，有人认为是写算博士骆宾王的。"每日更忙须一到，夜深还自点灯来。"是程师孟歌咏自己搭建厅堂的，有人认为写的是上厕所。"王莽弄来仍半破，曹公将去定平沉。"是李山甫读汉史的诗，有人认为是写船破了的。虽然属于揶揄诗人，但说得也算贴切。至于和靖（林逋）先生咏梅花的诗说："疏影横斜水清浅，暗香浮动月黄昏。"陈辅之认为有些像在写野蔷薇。然而蔷薇是丛生的，并不会有疏影，花影是散的，怎么能横斜，这真的是无理取闹，不用分辨就能明白。还有人对苏东坡说："此二句要是写咏桃咏杏，难道也不行吗？"苏东坡说："有什么不行，只怕桃杏当不起这两句诗吧。"这句话意味深长。现在有人咏梅花诗道："三尺短墙微有月，一弯流水寂无人。"诗意十分幽静，有一个轻佻不检点的少年见到这首诗，笑着说："这是一幅多美妙的偷欢图呀。"可以说是诙谐幽默，妙不可言。

老少年诗

赵瓯北先生《咏老少年》句云："鸡皮三少候，鹤顶百年功。"李散木先生《咏老少年》句云："白发上阳重被召，青衿歧路忽登科。"一写其貌，一写其意。又有人一绝云："一曲琵琶塞外哀，梦为小草傍宫苔。秋风系足书传到，犹带阏氏血泪来。"全从雁来红三字着想，巧不可阶。

【译文】赵瓯北（赵翼）先生《咏老少年》诗中说："鸡皮三少候，鹤顶百年功。"李散木先生《咏老少年》诗句中说："白发上阳重被召，青衿歧路忽登科。"一个写老少年的外貌，一个写老少年的想法。又有人写一首绝句说："一曲琵琶塞外哀，梦为小草傍宫苔。秋风击足书传到，犹带阏氏血泪来。"这诗的诗意全是由"雁来红"三字想象，妙不可言。

治蘷离

俗凡小儿女喷嚏，呼"千岁"及"大吉"。考《燕北录》，戎主太后喷嚏，近侍臣僚齐声呼"治蘷离"，犹汉呼"万岁"也，俗盖本此。

【译文】在民间，一般小孩打喷嚏，大人都会喊"千岁"和"大吉"。据考证，王易《燕北录》中，辽主太后打喷嚏时，侍臣百官齐声喊"治蘷离"，就像是中原人山呼万岁。这习俗大概由此而来。

桴 炭

《老学庵笔记》：谢景鱼家藏陈无己十余札，皆托酒务官买浮炭者。浮炭入水即浮，盖即桴炭也。按浮、桴二字，古或通用，观"浮思"《广雅》作"桴思"可见。白香山诗："日暮半炉桴炭火。"则桴炭之称，唐时已有之矣。又蜀人烧竹为炭，亦见笔记。

【译文】陆游《老学庵笔记》中记载：谢景鱼家中藏有十多扎陈无己（陈师道）的书信，都是为了托酒务官买浮炭。浮炭入水就会浮起来，所以也叫桴炭。这浮桴两个字在古代也许是通用的。比如"浮思"，在《广雅》中写作"桴思"，就可以知道。白香山（白居易）的诗句"日暮半炉桴炭火"，那么桴炭的称呼唐朝时就有了。又有四川人燃烧竹子做成炭，也在笔记上出现。

姚古芬

姚古芬^{伊宪}，仁和诸生，工诗赋，九试棘闱不得售。戊子出场，以暴疾卒，亦可悲已！娶秀水朱氏庚垣编修^{阶吉}、颖双侍御^{遂吉}之胞妹。生小工诗，貌亦妍雅。乃结缡未及一年，猝患疯疾，蓬垢独居，时而对影喃喃，时而书空咄咄，顾矇昧之中，犹日诵《文选》《离骚》不去口。古芬百计延治，迄于无功，然终身鳏居，不易其志。曾赋无题四章云："彩鸾六六数双眠，记聘云英已十年，越国村溪看姊妹，汉家楼殿寓神仙。红檐风怯丁冬铁，锦瑟春安子夜弦。指点蓬莱山不远，只教为雨莫为烟。""岂关噩梦召巫医，^{病从一梦而起}。毕竟聪明误可知。人世因缘来鬼妒，女儿心地亦书痴。幻成海蜃空空见，想落杯蛇渐渐疑。不是飞龙真没药，当归情事费猜思。""手把芙蓉读楚骚，一声楼笛下江皋。酒怀蕉萃羞郎索，镜影蓬飞怨伯劳。梦里月干双照泪，天边云阁远题毫。北征杜子归来日，旧绣空江坼海涛。""秋河牛女各西东，掩抑心犀未敢通。杜宇卿为且过鸟，守宫侬亦可怜虫。难消香茗多才福，忍种离支侧挺丛。谁夺王珉好团扇，紫樱花下太匆匆。"读其诗，亦可想其情之不薄矣。

【译文】姚古芬姚伊宪是浙江仁和县的诸生，擅长写诗赋，九次科考都没能中榜，戊子年（道光八年，1828）走出考场后，暴病而死，实在可悲。他娶了浙江秀水县朱家的女儿为妻，这位女子是编修朱庚垣^{朱阶吉}、侍御朱颖双^{朱遂吉}的胞妹，从小就擅长写诗，相貌也漂亮文雅。但结婚不到一年，朱氏就患了疯病。蓬头垢面，独自居住，时而对影喃喃自语，时而对着虚无之处写写画画。可即便在糊里糊涂的时候，还总是在吟诵《文选》《离骚》中的句子。姚古芬想尽办法为妻子治疗，也没有效果。他却终身都未再娶，不抛弃自己的发妻。姚古芬曾作《无题》四章："彩鸾六六数双眠，记聘云英已十年。越国村溪看姊妹，汉家楼殿寓神仙。红檐风怯丁冬铁，锦瑟春安子夜弦。指点蓬莱山不远，只教为雨莫为烟。""岂关噩梦召巫医，疾病因一个噩梦而患有。毕竟聪明误可知。人世因缘来鬼妒，女儿心地亦书痴。幻成海蜃空空见，想落杯蛇渐渐疑。不是飞龙真没药，当旧情事费猜思。""手把芙蓉读楚骚，一声楼笛下江皋。酒怀蕉萃羞郎索，镜影蓬飞怨伯劳。梦里月乾双照泪，天边云阁远题毫。北征杜子归来日，旧绣空江坼海涛。""秋河牛女各西东，掩抑心犀未敢通。杜子卿为且过鸟，守宫侬亦可怜虫。难消香茗多才福，忍种难支侧挺丛。谁夺王珉好团扇，紫樱花下太匆匆。"读他的诗，也可以想见他的情深意切。

药 转

玉溪生《药转》诗向无明解，江都陈午桥太史笺注，谓闻之朱竹垞云："是如厕之义。"本道书，然亦只五六一联用如厕故事耳。又有以为男色者，亦苦无据。近有注义山诗者云："此系咏闺人弃私产者，次句换骨者，谓饮药堕之，三四谓弃之后苑，五六借以对衬，结则指归卧养疴也。"此说奇辟，然不知何本。

【译文】玉溪生（李商隐）《药转》诗的诗意向来不明确，江都人、翰林陈午桥（陈鸿）在为这首诗作笺注时说："听朱竹垞（朱彝尊）说，这首诗写的是上厕所。"朱竹垞的说法是把诗句直接翻译过来的结果，而且也只有第五、六两句写的与如厕有关。还有人认为描写男子色相的，也苦无根据。最近有注李商隐诗的人说："这首诗说的是没有出嫁的女子扔掉了私生婴儿，第二句'换骨'指的是喝药堕胎，第三、四句指将孩子扔在后院。五、六句是用来对称的。最后两句写指妇人卧床养病。"这种说法奇怪又少见，但不知根据什么而判定的。

飞吟亭卢生庙诗

世传吕纯阳应举时，遇钟离子于逆旅，授以仙诀，遂不复之长安。今岳阳飞吟亭，是其处也。有人作一绝云："觅官千里赴神京，钟老相逢盖便倾。未必无心唐事业，金丹一粒误先生。"针砭处意极正大。有人《过邯郸卢生庙》诗云："四十年中公与侯，虽然是梦也风流。我今落魄邯郸道，要向先生借枕头。"诙谐处意极洒脱。

【译文】据传说吕纯阳（吕洞宾）在参加科举时，在旅店遇见了钟离子。钟离子就教授了仙诀，所以吕纯阳就没去长安。而现在岳阳的飞吟亭就是他们相遇的地方。有人作一首绝句说："觅官千里赴神京，钟老相逢盖便倾。未必无心唐事业，金丹一粒误先生。"针砭之意写得正大光明。有一个人经过邯郸的卢生庙时写了首诗，说："四十年中公与侯，虽然是梦也风流。我今落魄邯郸道，要向先生借枕头。"这首诗诙谐之处写得很洒脱。

中兴文字

宋高宗南渡禅位，太后诏书云："汉家之厄十世，宜光武之中兴；献公之子九人，惟重耳其犹在。"秦桧在相位，建一德格天阁，有朝士贺以启云："我闻在昔，惟伊尹格于皇天；民到于今，微管仲吾其左衽。"虽皆不称，然俊伟高华，自是中兴文字。

【译文】宋高宗南渡继承帝位，孟太后颁下诏书称："汉家之厄十世，宜光武之中兴。献公之子九人，惟重耳其犹在。"秦桧任丞相时，建了一德格天阁，有官员贺道："我闻在昔，惟伊尹格于皇天。民到于今，微管仲吾其左衽。"虽然这两个人和事都不相称，但文字都出类拔萃高峻瑰丽，自然是赞颂中兴的文字。

春阴词

吴穀人祭酒词华盖代，然偶以雕琢掩其才气。稚存洪太史评其诗如"青绿溪山，尚未苍古"是已。余谓祭酒著作，以倚声为最，余酷爱诵其《望湘人·春阴》词一阕云："惯留寒弄暝，非雨非晴，误抛多少春色。半带闲愁，半迷归梦，黯黯蘼芜空碧。阁处云浓，禁余烟重，欲移无力，最晚来、如雪东栏，一树梨花明白。　辜负饧箫巷陌，已清明时过，懒携游屐。只润逼薰炉，约略故香留得。天涯燕子，问伊来也，可有斜阳信息？听傍人、半晌呢喃，似怨暮寒帘隙。"按《望湘人》上半段第五句，下半段第七句，旧皆有韵，自竹垞先生误之，遂沿讹至今。细腻熨贴，玉田、白石不得专美于前。余向拈此题，曾赋《金缕曲》云："春在冥濛处。怪东风，无端收拾，蜂情蝶趣。淡煞梨花浓煞柳，娇煞海棠一树。更何俟绿章乞取。庭院深深帘窄地，腻薰炉润，逼沉檀炷，香篆外，逗飞絮。　佳游已误寻芳侣。好繁华，楼台十里，莺花无主。划厚浓云痴不醒，竟把韶光勒住。更不放，斜阳一缕。梁燕呢喃声不定，似猜详明日风还雨。镇相对，说愁绪。"脱稿颇自惬心，读先生作，爽然失矣。

【译文】国子监祭酒吴榖人（吴锡麒）的词冠绝当代，但偶尔出现的雕琢痕迹掩盖了他的才气。翰林洪稚存（洪亮吉）评他的诗如青绿溪山般稚嫩青色，还未磨炼得老成沧桑。我认为吴榖人的作品中，以词为最佳。我酷爱读他《望湘人·春阴》词中的一阕："惯留寒弄暝，非雨非晴，误抛多少春色。半带闲愁，半迷归梦，黯黯藦芜空碧。阁处云浓，禁余烟重，欲移无力，最晚来、如雪东栏，一树梨花明白。　辜负饧箫巷陌，已清明时过，懒携游屐。只润逼薰炉，约略故香留得。天涯燕子，问伊来也，可有斜阳信息？听傍人、半响呢喃，似怨暮寒帘隙。"按《望湘人》上半段第五句，下半段第七句，以前都有韵，自从竹垞（朱彝尊）先生搞错之后，就沿袭错误到如今。诗写得细腻非常，很是妥贴舒适，让词人玉田（张炎）、白石（姜夔）再不能独享美名。我用此题曾写过《金缕曲》："春在冥蒙处。怪东风，无端收拾，蜂情蝶趣。淡煞梨花浓煞柳，娇煞海棠一树。更何俟绿章乞取。庭院深深帘窄地，腻薰炉润，逼沉檀炷，香篆外，逗飞絮。佳游已误寻芳侣。好繁华，楼台十里，莺花无主。划厚浓云痴不醒，竟把韶光勒住。更不放，斜阳一缕。梁燕呢喃声不定，似猜详明日风还雨。镇相对，说愁绪。"脱稿时觉得这首词很称心，看到吴榖人的词时，突然感到失意茫然不知所从。

山 人

明季士大夫多重山人，如陈眉公、王伯毂，皆名噪一时。有黄白仲者，闽人，惯游秣陵，僦大宅以居，以诗自负，好衣鲜衣，曳华靴，乘大轿，往来显者之门。一日，拜客归，橐中窘甚，與夫索雇钱，则曰："汝日扪黄先生，其肩背且千古矣，尚敢索钱耶？"與夫曰："公贵人也，无论舁五体以出，即空舁此两靴，亦宜酬我厚值。"彼此争言不已，一友过而解之曰："一荣其肩，一高其足，两说俱有理，各不受赏可也。"與夫掩口而去，此事可入笑林。

【译文】明末的士大夫很多看重隐居之人。如陈眉公（陈继儒）、王伯毂（王稚登），都名噪一时。有一个福建人黄白仲（黄之壁），常游吟在秣陵（指南京）之间。居住在深宅大院，以诗自负，喜欢穿鲜艳的服装，穿着漂亮的靴子乘坐大轿，在名门显贵之间来往。有一天，拜客回来，口袋里没钱，轿夫索要雇钱。黄白仲说："你拉的黄先生，肩背千古，怎敢向我要钱。"轿夫说："您是贵人，不用说抬您的人出门，就是只抬您的两只靴子，也该多给我钱。"彼此由此争吵不休。一个朋友过来解围说："一贵在肩上，一高在脚上，两种说法都有道理，（我看）你们两方各不接受赞赏就可以了。"轿夫掩口笑着走了，这件事可以记入笑林。

禁宰犬猪

宋徽宗崇宁间，范致虚为谏议，谓"上生壬戌，于生肖属犬，人间不宜杀犬。"徽宗允其议，命屠狗者有厉禁。明武宗南幸扬州，兵部左侍郎王抄奉钦差总督军务、威武大将军总兵官、后军都督太师镇国公朱钧帖云："照得养豕宰猪，固寻常通事，但当爵本命，且姓字异音同，况食之随生疮疾，深为未便。为此晓谕地方，除牛羊等不禁外，将豕牲不许喂养，并易卖宰杀，如敢故违，本犯及当房家小，发极边永远充军。"古今怪事，无独有偶如此。

【译文】宋徽宗崇宁年间，范致虚任谏议，说皇上生于壬戌年（元丰五年，1082），在十二生肖来说属狗，所以民间不应杀狗。宋徽宗同意了他的谏议，下令对杀狗的人严禁。明武宗南至扬州，兵部左侍郎王（宪）抄奉皇命总督军务。威武大将军总兵官、后军都督太师镇国公朱钧帖对他说："按道理说养猪杀猪是寻常小事，但正好是我的诞辰生肖，而且姓字不同读音相同，况且吃猪肉会长疮，对人的身体健康很不适宜。为此晓谕地方，除牛羊等不禁之外，不许养猪，以及交换买卖宰杀。如敢违抗命令，犯人连同一家妻儿老小，发落到非常遥远的边境永远充军。"古今怪事，居然无独有偶到这种地步。

群仙液

奉圣夫人客氏，命美女数辈各持梳具，环侍左右。偶欲饰鬓，遽抿诸人口中津用之。自云："此方传自岭南祁异人，名之曰群仙液，服之令人老无白发。"见《天启宫词注》。

【译文】奉圣夫人客氏，命令美女数人各自拿着梳头用具，在周围侍候，偶尔想装饰她的头发，就用她们口中的津液抹在头发上。自称这个药方传自岭南姓祁的一位怪人，名叫"群仙液"，服用它能让人即使年老也没有白发。这件事情见《天启宫词注》记载。

续榜进士

湖州严海珊先生遂成，雍正二年续榜进士。尝有句云："彭衙分拜三年赐，绛市俄传六日苏。"运典极天成之巧。

【译文】湖州人严海珊先生严遂成，是雍正二年（1724）续榜进士，他曾有诗句说："彭衙分拜三年赐，绛市俄传六日苏。"用典极尽浑然天成之巧。

朱闲泉诗

仁和朱闲泉司训人凤，青湖先生之子也。工诗善画，久困场屋，遂改习度支，游粤东为名幕者垂二十年，著有《祖砚堂诗词稿》。余最爱诵其《金陵怀古》二首云："要典重刊马凤阳，小朝廷上剧披猖。下流地岂唐灵武，伪种人非夏少康。一网尽成罗汉狱，两年空似俳优场。可怜南部烟花录，断送留都土一方。""谁言淮北不须忧，警报时闻急上游。蟋蟀相公空富贵，虾蟆天子太风流。金牌曲谱桃花恨，铁瓮戈沉燕子愁。留得繁华旧明月，照他歌舞十三楼。"沉雄顿挫，音节苍凉。其他佳句，五言如《霁雪》云："日冷难争色，山明不受烟。"《湖上寓楼》云："波光沉小艇，塔影压春愁。"《冲泉逭暑湖上白云庵》云："楼开三面水，风乱一池荷。"七言如《将抵邗上舟中遣怀》云："吟情似水初分派，归梦如云欲渡江。"《半闲堂》云："江上生逢汪立信，尊前死别廖莹中。"《临安怀古》云："塞外已忘援父母，梦中始信索山河。"《寄家信》云："客路大都多寂寞，旅人强半说平安。"《夕阳》云："尽多寒色翻鸦背，大有闲心送马蹄。"《送何兰士太守出守宁夏》云："酒泉太守真名士，水部郎官旧谏臣。"《出都别友》云："人从漂泊遗鸿爪，天入清寒健马蹄。"《落叶》云："平野尽消无赖绿，夕阳都作可怜红。"《白楼送别》云："半幅帆开风五两，一枝笔走路三千。"《南城寓斋》云："树因驱暑生风叶，蝉已知秋怕雨声。"《塘栖夜泊》云："雁将来候芦先白，霜到浓时月有烟。"《集湖上第一楼》云："湖云贴水欲成雨，风叶当窗先借秋。"警炼超拔，皆卓然可传之句也。

【译文】浙江仁和县人、司训朱闲泉朱人凤，是青湖先生（朱彭）之子。擅长写诗画画，长期科举不中。后来改学经济运筹，游历到广东，成为著名的幕僚长达二十年，著有《祖观堂诗词稿》，我最爱读他的《金陵怀古》二首中说："要典重刊马凤阳，小朝廷上剧披猖。下流地岂唐灵武，伪种人非夏少康。一网尽成罗汉狱，两年空似俳优场。可怜南部烟花录，断送留都士一方。""谁言淮北不须忧，警报时

闻急上游。蟋蟀相公空富贵,虾蟆天子太风流。金牌曲谱桃花恨,钱
瓮戈沈燕子愁。留得繁华旧明月,照他歌舞十三楼。"这些诗句深沉
雄健、抑扬顿挫,音节苍凉。其他佳句,五言如《霁雪》中写道:"日
冷难争色,山明不受烟。湖上寓楼云,波光沈小艇。塔影压春愁,冲
泉谊暑湖。"《上白云庵》中写道:"楼开三面水,风乱一池荷。"七
言如《将抵刊上舟中遣》中写道:"吟情似水初分派,归梦如云欲渡
江。"《半闲堂》中写道:"江上生逢汪立信,尊前死别廖莹中。"《临
安怀古》中写道:"塞外已忘援父母,梦中始信索山河。"《寄家信》中
写道:"客语大都多寂寞,旅人强半说平安。"《夕阳》中写道:"仅多
寒色翻鸦背,大有闲心送马蹄。"《送何兰士太守宁夏》中写道:"酒
泉太守真名士,水部郎官旧谏臣。"《出都别友》中写道:"人从漂泊
遗鸿爪,天入清寒健马蹄。"《落叶》中写道:"平野尽消无赖绿,夕
阳都作可怜红。"《白楼送别》中写道:"半幅帆开风五两,一枝笔
去路三千。"《南城寓斋》中写道:"树因驱暑生风叶,蝉已知秋怕雨
声。"《塘栖夜泊》中写道:"雁将来候芦先白,霜到浓时月有烟。"
《集湖上第一楼》中写道:"湖云贴水欲成雨,风叶当窗先借秋。"警
策精炼出类拔萃,都是可以作为流传后世的诗句。

狼跋鸳鸯

《豳风·狼跋》一篇,诗人比兴以类,奈何以狼比圣,周公
虽处危疑,何至如狼之跋疐。蜀人杨少卿民望。云:"狼之遇人,
先旋绕于人之四旁甚疾,人为之战惧自失,然后食之。诗人盖以
狼之跋疐比四国,而周公处其中不惧也。"又《小雅·鸳鸯》一篇
注云:"鸳鸯于飞,则毕之罗之矣;君子万年,则福禄宜之矣。"

夫鸳鸯之罹毕罗，此岂吉祥善事，而以兴主人之福禄。管东溟曰：

"此刺幽王之诗也。二章一反一正，以为讽谏，于飞则毕之罗之，在梁则戢其左翼，明静者之无咎，动者之有灾也。"二说最得。

【译文】《豳风·狼跋》一篇，诗人用同类事物作比喻，为什么用狼比周公，周公虽然处境危险，也不至像被狼围住一样进退不得。四川人杨少卿杨民望说："狼如果遇到人，首先飞快地在人四周绕着跑，当人被吓得惊慌失措，再将人吃掉。诗人用狼围困人的情状比喻四方之国围周公，但周公身处其中却不惧怕。"又有《小雅·鸳鸯》一篇注说："鸳鸯于飞，则毕之罗之矣。君子万福，则福禄宜之矣。"鸳鸯遭遇了罗网，难道是吉祥的好事吗？却用来作祝祷主人福禄的发端之语。管东溟（管志道）说："这是讽刺周幽王的诗句。"前后两章一反一正，是为讽谏。飞起来便容易陷入罗网，伫在梁上收起翅膀就可平安无事。说明宜静者就不容易犯错，宜动者就常常会招致灾祸。以上这两种说法最有道理。

李逊之

羊城旧仓巷花林小玉者，貌不甚佳，而娇小殊甚，双翘之窄，目所未睹。惠州李逊之颇眷恋之，余戏赠四绝云："芳草芊绵易夕阳，枇杷门巷旧平康。分明紫玉钗儿梦，合让风流李十郎。""百啭歌喉一捻腰，媚香扇坠比风骚。销魂最是双莲瓣，风飐蜻蜓立不牢。""门隔王家对仲家，桃源有路认无差。怪他多事闲蜂蝶，误叩柴扉去吃茶。"同寓苏星伯醉中访之，误叩别家之门，大遭辱詈而返。"江上蒲帆十幅悬，酒酣曾否意团圞。君将有事佛山。

勾花伴柳休猜我，李下从来不整冠。"

【译文】羊城旧仓巷有一个叫林小玉的女子，相貌不是很娇美，但身材娇小非常，三寸金莲的双脚极其窄小，世所罕见。惠州的李逊之很是眷恋她。我曾赠他四首绝句调侃他，写道："芳草芊绵易夕阳，枇杷门巷旧平康。分明紫玉钗儿梦，合让风流李十郎。""百啭歌喉一捻腰，媚香扇坠比风骚。销魂最是双莲瓣，风飐蜻蜓立不牢。""门隔王家对仲家，桃源有路认无差。怪他多事闲蜂蝶，误叩柴扉去吃茶。"住在同地方的苏星伯醉酒时前去拜访，不料敲错别人家的大门，受到很大的辱骂才失落而归。"江上蒲帆十幅悬，酒酣曾否意团圞。该君即将有事到佛山。勾花伴柳伴猜我，李下从来不整冠。"

新婚词

家凫舫兄敏事，眉有断痕。其完姻也，张舫怀茂才玉海作《贺新郎》词调之。记其后阕起处数语云："羊车玉貌真无偶，只微瑕眉峰青处，断云横岫。我有传家京兆笔，先与檀郎补就。"诙谐入妙，可谓雅谑矣。

【译文】我家凫舫兄敏事，眉毛上有断痕。在他成婚后，秀才张舫怀玉海作《贺新郎》一词，来调侃他。记得后阕起处有这样几句："羊车玉貌真无偶，只微瑕，眉峰青处，断云横岫。我有传家京兆笔，先与檀郎补就。"写得诙谐巧妙，可以称得上是雅谑了。

刘子明语

宋刘十功字子明，隐居不仕，赐号高尚先生。答王子常书曰："常人以嗜欲杀身，以财货杀子孙，以政事杀民，以学术杀天下后世。"此数语甚奇辟。

【译文】宋朝的刘十功（字子明），隐居不出仕为官。世人赠给他一个号为"高尚先生"。刘十功在《答王子常书》中说："普通人因为贪图享受、放纵欲望而戕害了自身；给子孙后代留有财货，却戕害了子孙后代；掌权执政时忙于政事，却戕害了百姓；留下学术思想，却戕害荼毒了天下之人、后世之人。"这句话寥寥数语，非常新奇精辟。

谢叠山琴

新安吴素江于土中掘得谢文节公琴一张，长三尺四寸，额广四寸，蛇腹断纹，琴背署曰"号钟"，铭曰："东山之桐，西山之梓，合而为一，垂千万古。"分隶凡二十字，下有叠山款识。吴君遍徵题咏，题者不下数百人。原唱四首，余酷爱其第三首云："南渡官家事事非，抱琴人已变麻衣。催来江上潮无信，弹响冬青叶乱飞。青鸟罢歌皋羽泣，黄冠相送水云归。只应一例沧溟外，同调西山赋采薇。"音节清逸，和者皆勿及也。

【译文】河南新安人吴素江从土中挖出一张谢文节公（谢枋

得）的琴。琴长三尺四寸，琴头宽四寸，蛇腹断纹，琴的背面写着"号钟"二字，还有铭文："东山之桐，西山之梓，合而为一，垂千万古。"以八分书和隶书书写，总共二十个字，下面有叠山落款。吴素江四处征集作品，请人为此琴题咏，回应者多达数百人。原唱有四首，我最爱其中第三首："南渡官家事事非，抱琴人已变麻衣。催来江上潮无信，弹响冬青叶乱飞。青鸟哀歌皋羽泣，黄冠相送水云归。只应一例沧溟外，同调西山赋采薇。"这首诗音节清朗俊逸，远超出其他唱和之作。

春 寒

吴县周茂才以丰有句云："晚风吹雨百花残，不典绨袍买醉难。还是去衣还去酒，费人斟酌是春寒。"陈云伯大令文述摄宝山篆，有吏工诗，大令镌宝山诗吏印章赠之。吏有句云："晨爨虚时偏昼永，敝裘典后忽春寒。"两押春寒字，俱有风致。

【译文】江苏吴县秀才周以丰有诗句说："晚风吹雨百花残，不典绨袍买醉难。还是去衣还去酒，费人斟酌是春寒。"县令陈云伯陈文述担任宝山县令时，下属中有一名小吏擅长写诗。陈县令便镌刻了一枚"宝山诗吏"的印章送给他。小吏有诗句写道："晨爨虚时偏昼永，敝裘典后忽春寒。"这两首诗押韵都押了"春""寒"二字，写得都很有风致。

雷琼道署堂联

广东雷琼道驻扎琼山县，大堂楹联暗藏琼州全府州县名色。其句云："定安全之策，坐镇琼山，开乐会以会同官，统府州县群僚，独临高位；澄迈往之怀，清扬陵水，佐文昌而昌化理，合万儋崖诸邑，共感恩波。"组织极自然之致。

【译文】广东雷琼道官府设在琼山县，官府的大堂上挂有一副楹联，楹联内容中暗藏了琼州全府州县的名称，句子是这样写的："定安全之策，坐镇琼山，开乐会以会同官，统府州县群僚，独临高位。澄迈往之怀，清扬陵水，佐文昌而昌化理，合万儋崖诸邑，共感恩波。"文字内容组织得极其自然。

西楼记

袁箨庵于令以《西楼记》得名。一日，出饮归，月下肩舆过一大姓家。其家方宴客，演霸王夜宴。舆夫曰："如此良宵风月，何不唱绣户传娇语，乃演《千金记》耶？"箨庵狂喜欲绝，几至堕舆。真卖菜佣奴，俱有六朝烟水气也。

【译文】袁箨庵袁于令因为撰写《西楼记》而闻名一时。一天，他外出饮酒后回家。月下乘轿，路过一户大姓人家，那户人家正宴请客人，家中正演着《霸王夜宴》。轿夫见此说道："面对着这样的良辰美景，为什么不唱绣户传娇语，却演《千金记》呢。"袁箨庵大乐狂喜，笑得差点从轿上掉下。连这些贩夫走卒身上，都带有六朝风流的烟水之气啊。

浓墨淡墨

国朝书家刘石庵相公专讲魄力，王梦楼太守全取丰神，时有浓墨宰相、淡墨探花之目。

【译文】在清朝书法家当中，刘石庵（刘墉）相公的书法专门讲究魄力，知府王梦楼（王文治）则全取丰神。因此当时社会上对这两人有着"浓墨宰相""淡墨探花"的称誉。

象　棋

宋玉《招魂》："菎蔽象棋，有六簙些。"所云象棋，乃是以象牙为棋子，非今之所谓象戏也。今象戏不知起于何时。刘向《说苑》云："雍门周谓孟尝君曰：'足下闲居好象棋，亦战争之事。'"似七国时已有此戏。《太平御览》又谓象棋乃周武帝所造，然有日月星辰之象，此复与今之象戏不同。近又有三人象戏，士角添旗二面，在本界直走二步，至敌国始准横行，然亦止二步。去二兵添二火，火行小尖角一步，有去无回。棋盘三角，中为大海。三角为山为城，兵旗车马俱行山城，炮火过海。起手大抵两家合攻一家，然危急之际，亦须互相救援，缘主将一亡，则彼军尽为所吞，以两攻一，势莫当也。故往往有彼用险著制人，而我反从而解之者。夫救彼正所以固我也。钩心斗角，更难于二人对局者。谱见《昭代丛书》。

【译文】宋玉《招魂》中有一句："菎蔽象棋，有六簿些。"所谓的"象棋"，是以象牙作为棋子，和我们现在所说的"象戏"并不相同。现在的象戏不知起源于何时。刘向《说苑》中记载："雍门周对孟尝君说，'您闲居时喜好下象棋，这和军事战争是相通的啊。'"由此可推知，战国时可能已经出现这种棋类游戏了。《太平御览》中又道："象棋是周武帝所造，但是那个游戏中有日月星辰的设定。"这也与现在的象棋规则有所不同。近期还出现了三人象棋。这种游戏的棋子，在士旁添加了两面旗，它可以在本界直走两步，到了棋盘中的敌国领地才能够开始横向行进，但也是每次只许走两步。同时，在棋子中除去了两兵，添加了两火。火，每次向对角方向行进一步，可以前进，但不可以折返。棋盘有三角，中间是大海，三角是山是城，兵、旗、车、马，这些棋子都在山城区域行进。炮、火可以过海。游戏刚开始时，一般是两家合攻一家。但如果当游戏进行到危急时刻，两家也要互相救援，因为一旦某家的主将阵亡，那么其所有棋子都将被吞吃。以二攻一，势不可当。因而常常出现某方用险招压制别人，而我方必须通过拯救别人来保护自己，如此一来，三人象棋中三方勾心斗角，游戏比两人的对局模式，更为艰险。该棋谱见于张潮《昭代丛书》。

小 照

小照之例，景则春花秋月，事则弹琴咏诗，千潭一印，已成习套。何梦华丈元锡曾有小影一，绝不布景，已则云帔星冠，内家妆束，题曰："维摩居士现天女身而说法像。"于胶山绢海中，别立一帜。

【译文】按照惯例，画小照时，如果要画景物就画春花秋月，要画情境便画弹琴吟诗，千篇一律，已成俗套。何梦华何元锡老人曾有一张小照，完全没有布景，穿着轻软披肩戴着星冠，装扮成女子的模样。小照旁的题字是："维摩居士现天女身而说法像。"这张画像，在众多的小照作品当中独树一帜。

郭婆带

郭学显乳名郭婆带，粤洋巨盗也。虽剽掠为生，而性颇好学，舟中书籍鳞次，无一不备。船头榜二句云："道不行，乘桴浮于海；人之患，束带立于朝。"在洋驿骚多年，官兵莫敢捕治。柏菊溪制军莅任，议主招降。郭率众投诚，予以官爵，力辞不受。于羊城买屋课其诸子，以布衣终，殆盗中之有道者欤？

【译文】郭学显乳名郭婆带，是广东的海上巨盗。虽然以抢劫掠夺为生，但是他性情好学，船上书籍像鱼鳞般紧密排列，类别齐全。船头两边写道："如果信念主张无法实现，就乘坐着小筏子去海上漂浮避世（此句引用自《论语》）。在朝为官之时，人的忧患也就出现了。"他在海面横行多年，官兵都不敢抓捕他治罪。总督柏菊溪（疑为张百龄）到任后，商议主张招降。于是郭学显带领着众人投诚。朝廷授予其他官位，他却坚辞不受。最后，他在羊城买下屋子，教几个孩子读书，以寻常百姓的身份终老。他大概算得上是强盗中的有识之士吧？

变身韦陀

雍正中，有番僧号活佛，倨受王公礼拜，绝不为动。惟岳襄勤公钟琪则必先膜手。人问之，答曰："此变身韦陀也。"

【译文】雍正年间，有一位西域僧人号称活佛，伸开双脚坐着接受王公的礼拜，他绝不为所动。只有岳襄勤公岳钟琪就必然会作"膜手"礼。有人因这件事问僧人。僧人回答说：他是"变身韦陀"啊。

葬 说

青田端木国瑚著《葬说》二卷，全以《周易》为经纬。按《文献通考》有《八五经》一卷，八卦五行，相墓书也，则古人已先有言之者矣。

【译文】浙江青田人端木国瑚著有《葬说》，共两卷，全书以《周易》为编排体例。《文献通考》中记载的《八五经》，全书一卷，内容主要涉及八卦五行，也是供人们相墓的用书。在《葬说》之前，古人已经早有人写过这类的书了。

都鄙盐阜

都鄙二字，鄙字音闭，本《周礼》都鄙之旧，从鄙，省文也。广东盐店皆称某阜，其实各店大书特书者，悉埠字也。然今日寻常话及鄙作闭音，阜作部音，鲜不以为怪者，而究之原本不可不知也，此与浒关作许关，同一沿习。

【译文】都酃二字，酃字读音是"闭"，原本是《周礼》都鄙的古文写法，从酃，且省略了一些笔划。广东的盐店，店名常称为"某阜"，其实各店大书特书的原本都是"埠"字。现在日常生活中说到了"酃"读"闭"，"阜"读作"部"，很少人不觉得奇怪。如果能追溯到词语源头，我们便能明白其中的缘由，这与"浒关"常被读作"许关"是同样的道理。

挽对

韩芸舫先生克均为福建巡抚，其夫人以四月八日卒于官署。僚属公挽，多主颂扬，先生俱不惬意。制军孙平叔先生尔准一联云："解脱拈花刚佛日，证明因果在仙霞。"韩公见而叹曰："毕竟名士吐属，自与人不同也。"

【译文】福建巡抚韩芸舫先生韩克均的夫人于四月初八在官署离世。同僚下属所写的挽联，以颂扬为主，韩先生看了之后都不满意。总督孙平叔孙尔准先生撰有一联，这样写道："解脱拈花刚佛日，证明因果在仙霞"。韩先生看了之后感叹道："毕竟是名士的谈吐，原本就与别人不同啊。"

汪彦章

《韩诗外传》云："君子避三端，避武士之锋端，避辩士之舌端，避文士之笔端。"三端之中，笔端最烈，谓其冰霜一语，斧钺千秋也。然亦有时不足凭者，宋汪彦章为南渡词臣弁冕，人《文苑传》，其贺李纲右丞启云："精忠贯日，正二仪倾侧之中；凛气横秋，挥万骑笑谈之顷。既名高而众媢，乃谗就而身危。士讼公冤，亟举幡而集阙下；帝从民望，令免胄以见国人。"其推崇可谓至矣。及李为张浚所诬落职，彦章草制云："朋奸罔上，有虞必去于骓兜；欺世盗名，孔子先诛夫正卯。专杀尚威，伤列圣好生之德；信谗喜佞，为一时群小之宗。"同一人也，前则美谀之如彼，后则丑诋之如此，尚论者将何所适从乎？迄今千载而下，李公之名，争光日月，而彦章则人人知为有文无行之人。此等笔端，不足避而反为助矣。

【译文】《韩诗外传》说："君子避三端，避武士之锋端，避辩士之舌端，避文人之笔端。"在这三端之中，笔端最厉害。文人笔端的一句非议攻讦，就像斧钺一样有威力，足以让人在死后千载背负骂名。然而有时文人的言论也不足为凭，如宋朝汪彦章（汪藻）是南渡词臣中数一数二的高手，还被选入了《宋史·文苑传》。他的《贺李纲右丞相启》中说："精忠贯日，正二仪倾侧之中；凛气横秋，挥万骑笑谈之顷。既名高而众媢，乃谗就而身危。士讼公冤，亟举幡而集阙下。帝从民望，令免胄以见国人。"他对李纲的推崇备至，而等李纲被张浚诬陷而罢免官职，汪彦章起草的文书中这样写道，"朋奸罔上，有虞必去于骓兜；欺世盗名，孔子先诛夫正卯。专杀尚威，伤列圣好生之德；信谗喜佞，为一时群小之宗。"面对同一个人，前文极尽赞美阿谀之词，后文却又百般诋毁。后世人将相信这两种评价中的哪一种呢？在千年后的今日，李纲的名声与日月同辉，而人人皆知汪彦章是有文采而无德行。像汪彦章这种人的笔端，君子是不须躲避的，这种小人的攻讦，反而将助君子扬名于后世。

高凤卿

高凤卿名殷，吴妓，寓扬之小秦淮，知文翰，豪爽有丈夫气。其楹帖云："愧他巾帼男司马，饷我盘飧女孟尝。"语颇跌宕。尝病中自画兰竹帐额，题绝句云："袅袅湘筼馥馥兰，画眉笔是返魂丹。旁人漫拟图花谱，自写飘蓬与自看。"遂卒，年未三十也。

【译文】高凤卿名殷，是吴地的妓女。她寓居于扬州小秦淮，熟悉文章，性格豪爽，有大丈夫的气概。其住处的楹联写道："愧他巾帼男司马，饷我盘飧女孟尝。"语气阔大豪迈。她曾在病中自己手绘兰竹帐额，帐额上题有绝句："袅袅湘筼馥馥兰，画眉笔是返魂丹。旁人漫拟图花谱，自写飘蓬与自看。"她离世时，未满三十岁。

蚌 佛

屠琴隖太守倬游真州，寓居楞伽禅院，即东坡先生写经处也。夜梦室中光明，现佛像六七，旦日得半蚌壳，中有七佛像，太守作歌纪其事，一时和者甚众。

【译文】知府屠琴隖屠倬在真州（今江苏仪征）游玩时，曾住在楞伽禅院。楞伽禅院就是当年苏东坡先生写经之处。他在夜里梦见房中一片明亮，六七尊佛像出现在光芒之中。次日白天屠知府得到半个蚌壳，蚌壳中有七尊佛像。于是屠知府作诗歌来记录这件奇事，一时之间写诗回应唱和者非常多。

四书偶语

诸葛武侯庙集四子书为对云："可托六尺之孤，可寄百里之命，君子人与？君子人也；隐居以求其志，行义以达其道，吾闻其语，吾见其人。"关帝庙对云："乃所愿则学孔子也，知我者其惟《春秋》乎！"义冢对云："挽之诚是也，逝者如斯夫！"当铺对云："以其所有，易其所无，四境之内，万物皆备于我；或曰取之，或曰勿取，三年无改，一介不以与人。"又挂杖铭云："用之则行，舍之则藏，惟我与尔有是夫；危而不持，颠而不扶，则将焉用彼相矣。"俱确切不移。

【译文】诸葛武侯庙中，有一则对联集录了《四书》中的诸多内容，写道："可托六尺之孤，可寄百里之命，君子人与，君子人也；隐居以求其志，行义以达其道，吾闻其话，吾见其人。"关帝庙的对联是："乃所愿则学孔子也，知我者惟《春秋》乎。"义冢上有对联写道："挽之诚是也，逝者如斯夫。"当铺中有一则对联写道："以其所有，易其所无，四境之内，万物皆备于我；或曰取之，或曰勿取，三年无改，一介不以与人。"还见到过拐杖上的铭文这样写道："用之则行，舍之则藏，惟我与尔有是夫；危而不持，颠而不扶，则将焉用彼相矣。"这些对联都生动确切。

异　禀

　　鲜于叔明嗜食臭虫，权长孺嗜食人爪，刘邕之嗜食疮痂，唐舒州刺史张怀肃、左司郎中任正名、李拣之好服人精，贺兰进明好啖狗粪，辽东丹王好啖人血，明驸马都尉赵辉喜食女人阴津月水，南京祭酒刘俊喜食蚯蚓，《二酉委谈》载吴江妇人好食死人肠胃，皆理之不可解者也。

　　【译文】唐代鲜于叔明爱吃臭虫，权长孺爱吃人的手指，刘邕之爱吃疮痂。唐代舒州刺史张怀肃、左司郎中任正名、李拣之爱吃人的精液，贺兰进明爱吃狗粪，辽东丹王耶律倍爱喝人血，明代驸马都尉赵辉爱吃女人的阴津月水，南京国子监祭酒刘俊爱吃蚯蚓，王世懋《二酉委谈》中记载过一名吴江妇人爱吃死人肠胃，这些都是令人费解的怪癖嗜好。

徐文长

　　会稽家文定公国治里第，在绍兴府城东，地名曲池，明徐文长青藤书屋故址也。中有先生塑像，举家崇祀甚谨。此屋每遇科场之岁，尝有人借寓读书，先生必显灵异。如有人入彀者，则红袍而出，否则青衿也。又曾于萧山王氏见所藏文长小像一幅，方颐广额，白皙朗秀，戴乌巾，衣白袍，斜坐鹿皮裀上，旁侍立一子，自题赞语于上云："骨法重，躯弧白，便便经史一百册。须积风，起大翼，最晚明岁此时得。子能和，在阴鸣，复似雨鹳不作鹏。"下有"天池漱仙渭"五字。又一行写"万历乙亥仲秋,绘者沈樵仙也"十二字,书法苍逸,画亦简老。

【译文】浙江会稽人梁文定公梁国治在绍兴府城东修建了一处住宅,名为"曲池"。这里原是明朝徐文长(徐渭)青藤书屋的故址。住宅内立有徐先生塑像,文定公全家崇敬奉祀徐先生都十分恭谨。每逢科举考试时,都有人借宿于此读书。这时徐先生一定会显灵,如果有人考中,就穿着红袍而出,若考不中则穿青衣。我曾在浙江萧山王氏家见到其所收藏的一幅徐文长小像,画中的徐文长方脸宽额,皮肤白皙,面目清秀,头戴乌巾、穿着白袍,斜坐在鹿皮垫上,旁边站着个侍童。小像上题有赞语:"骨法重,躯瓠白,便便经史一百册。须积风,起大翼,最晚明岁此时得。子能和,在阴鸣,复似雨鹳不作鹏。"下面写有"天池漱仙渭"五个字。另一行写着"万历乙亥(万历三年,1575)仲秋,绘者沈樵仙也"十二字。书法苍逸,小像也画得简练老到。

贡院对

杭人观潮,例于八月十八日,盖因宋时以是日教演水军,倾城士女,无不往观,非谓江潮独大于是日也。阮芸台宫保为浙江监临,于行台中题一对云:"下笔千言,是槐子黄时,木犀香候;出门一笑,正西湖月满,东海涛来。"何等风流兴会! 又宫保于江西百花洲集一对云:"枫叶荻花秋瑟瑟,闲云潭影日悠悠。"既切西江,又合风景,而成句又在人人意中口中,所谓文章本天成,妙手偶得之也。

【译文】杭州人观看钱塘江潮，按照惯例是在八月十八日，大致因袭宋代时在这天训练水军，全城男女，无不前往观看，不是说江潮在这天非常壮观。太子少保阮芸台（阮元）担任浙江监临时，在行台中题了一个对联。写道："下笔千言，是槐子黄时，木犀香候；出门一笑，正西湖月满，东海涛来。"这是何等的风流兴会！又有阮少保在江西百花洲集了一个对联："枫叶荻花秋瑟瑟，闲云潭影日悠悠。"既切合西江，又符合风景，而现成文句又在人人意中口中，所谓文章本来天成，只是妙手偶得而成。

题画诗

题画之诗，全要逸趣横生，国朝以金冬心先生农为最。其题画马诗云："芳信传来第几番，双蹄踏遍杏花繁。怪他蹀躞春风里，骑过吾家两状元。"盖一谓金公德瑛一谓金公蛙也。因马而思及状元，奇矣；因状元而附入作者，更奇。又有题老马诗云："玉辔金鞯锦作鞍，嘶风啸月渡桑干。而今衰草斜阳里，只作牛羊一例看。"言之呜咽。又有李蝉者，善画，与冬心先生齐名。画水仙一帧，题诗云："绝世风姿陈妙常，绝无脂粉杜兰香。最天然处难描画，愁煞苏州陆子纲。"别有风趣，可想其人韵致。

【译文】题画的诗，重在逸趣横生。清朝以金冬心先生金农的题画诗写得最好，他的题画马诗写道："芳信传来第几番，双蹄踏遍杏花繁。怪他蹀躞春风里，骑过吾家两状元。"这里所说的"两状元"，一个是指金德瑛先生，一个是金蛙先生。金冬心先生看见画中之马，而联想到状元，这个思路很是奇特，再因状元而联系到作者，就更是奇思妙想了。金冬心先生还有一首题老马诗写道："玉辔金鞯锦作鞍，嘶风啸月渡桑乾。而今衰草斜阳里，只作牛羊一例看。"言语伤感。又有一位叫李鱓的人，擅长绘画，与冬心先生齐名，他曾画过一幅水仙图，其上题诗写道："绝世风姿陈妙常，绝无脂粉杜兰香。最天然处难描画绘，愁煞苏州陆子纲。"内容风雅有趣，从这首诗可推知其人的情韵风致。

潞王琴

吾杭南关榷署，为明季潞藩旧邸，见张廷谟府志。本朝定两浙，潞王首先投诚，救免一城生灵，杭人德之，呼为潞佛子。王平生善音律，尝制潞琴数百，编列字号。余曾藏一张，乃第十三号，西斋李大有《清平乐》词一阕咏之。

【译文】我们杭州南关的榷署，原本是明末潞王朱常淓的府邸，张廷谟府志中有所记载。清朝平定两浙，潞王率先投诚，拯救了一城百姓。杭州人感戴他的恩德，称他为"潞佛子"。潞王平生擅长音律，曾制作了数百张潞琴，并将这些潞琴编上序号。我曾收藏一张潞琴，是第十三号，西斋李大有填写了一阕《清平乐》来歌咏这件事。

武庙对联

关帝庙对联，集句则"旧官宁改汉，遗恨失吞吴"，最道得壮缪心事出。其次则"汉家宫阙来天上，武帝旌旗在眼中"；"吴宫花草埋幽径,魏国山河影夕阳",俱浑成。至撰句最夥,而佳者寥寥。"先武穆而神,大汉千古,大宋千古;后文宣而圣,山东一人,山西一人。"伦拟无惭,允当首屈。又"圣以武成名,刚毅近仁,于清任时和中,更增一席;学于古有获,《春秋》卒业,在《诗》《书》《易》《礼》外,别有专经。"厚重矜庄,工力悉敌。京师前门外侯庙有一对云:"汉封侯,晋封王,有明封帝,圣天子非无意也;内有奸,外有虏,中原有贼,大将军何以处之?"闻此一联为左忠毅劾魏奄时所上,然此乃请命之词,非表彰之语也。曾在武林门外见一对云:"此吴地也,试问孙郎有庙否?今帝号矣,何烦曹氏赠侯乎?"立意甚新,嫌其少庄雅气。至所传侯降乩诸联,同是稗官气太重,为后人伪托无疑。又许州有地曰"辞曹处",有对云:"亦知吾故主尚存乎,从今后走遍天涯,再休言万钟千驷;曾许汝立功乃去耳,倘他日相逢歧路,岂敢忘杯酒绨袍。"全组织本传语,别有机杼。

【译文】 在众多的关帝庙对联集句中,以"旧官宁改汉,遗恨失吞吴"一联最能说出关壮缪(关羽)心声。其次则"汉家宫阙来天上,武帝旌旗在眼中","吴宫花草埋幽径,魏国山河影夕阳",这两联都写得浑然天成。到了近代撰写的对联虽多,但佳作寥寥。"先武穆而神,大汉千古,大宋千古。后文宣而圣,山东一人,山西一人。"这一联出类拔萃,水平远超他作,可以说首屈一指。还有一联"圣以武成名,刚毅近仁,于清任时和中更增一席。学于古有获,《春秋》卒业,在《诗》《书》《易》《礼》外,别有专经。"写得厚重庄矜,笔力不凡。在京城前门外的关帝庙中有一对云:"汉封侯,晋封王,有明封帝,圣天子非无意也。内有奸，外有虏，中原有贼，大将军何以处之？"听说此联是左忠毅公（左光斗）弹劾阉逆魏忠贤时所上。但此联内容是请命之词，而非表彰之语，和其他关帝庙的对联相比，口吻有差异。我曾在武林门外见一对联曰："此吴地也，试问孙郎有庙否？今帝号矣，何烦曹氏赠侯乎。"立意新奇，然而可惜缺少庄重文雅之气。至于民间流传的关羽降乩对联，同样是稗官气太重，显然是后人伪作。此外，许州有一个"辞曹处"，有对联写道："亦知吾故主尚存乎，从今后走遍天涯，再休言万钟千驷。曾许汝立功乃去耳，倘他日相逢歧路，岂敢忘杯酒绿袍。"对联模仿关羽本传的语气，写得另辟蹊径、不落俗套。

宋端宗屐砚

石径尺许，里凹外刓，底有四足，如屐形，一足刻端宗押。相传毗陵唐荆川太史所藏，后其孙孝廉贫甚，有欲购者，请以黄金对值。孝廉摩挲三日夕而后去之。说见陶馨之《屐砚履历》。既归桐乡汪季青舍人，舍人属顾文渊为屐砚斋图，汪苕文有记，沈山子、周青士各有诗。

【译文】屐砚石长度约一尺有余，向里凹陷，外部有磨损的痕迹，底下有四足，和鞋子的形状相似，在一足上刻有宋端宗的押印。相传这端砚台之前是毗陵人、太史唐荆川（唐顺之）的藏品，他的孙子是一名举人，后来家庭困窘。有人想以等重的黄金来购买这块砚台。其孙把玩了三天后才忍痛出售。陶馨之《屐砚履历》中记载了这个故事。后来，此砚被桐乡人、舍人汪季青（汪文柏）所收走，汪舍人请顾文渊为展砚斋作画，汪苕文（汪琬）撰文为记，沈山子（沈进）、周青士（周篔）都为此写有诗句。

西施诗

袁简斋先生咏西施诗云："妾自承恩人报怨，捧心常觉不分明。"立意既新，措词亦婉。及读毛驰黄先生句云："别有深恩酬不得，向君歌舞背君啼。"觉含蓄蕴藉，较袁更胜。

【译文】袁简斋（袁枚）先生咏西施诗云："妾自承恩人报怨，捧心常觉不分明。"立意新奇，措辞也委婉。等后来读了毛驰黄（毛先舒）先生的句子："别有深恩酬不得，向君歌舞背君啼。"觉得更是含蓄蕴藉，比袁诗更胜一筹。

黄梅桥

黄梅桥先生彬，外舅铁年先生胞弟也，钱塘诸生，久困棘闱，四旬外以瞽废。记某年太翁晴江先生卒，山舟学士赙赠，其时仓卒，未有谢柬，梅桥先生自以素笺书之。学士见而藏诸箧中，谓壬曰："我生平睹临松雪书者多矣，未见有如此神似者，汝辈学赵字，以此为金科玉律可也。"梅桥先生今将六旬，尚无恙，居武林门外之夹城巷。

【译文】黄梅桥黄彬先生，是我岳父黄铁年（黄超）先生的胞弟。他是钱塘诸生，屡次考试不中。四十多岁时失明。记得有一年太翁晴江（翟灏）先生去世，山舟学士（梁同书）赠送财物帮助他们家，因时间仓猝，未能备好谢束。黄梅桥先生用白纸写好谢束，山舟学士看了后收藏在书箱中。他对我说："我生平见过众多临写模仿松雪（赵孟頫）书法的作品，但从未见过如此神似的。你们如果要练赵体书法，可以把黄梅桥先生的字当作做学习的典范。"黄梅桥先生现今年近六十，身体仍旧康健，住在武林门外的夹城巷内。

寻常音误

寻常之字，本有专音，古昔之文，或多假借，而习焉不察，信口讹传，未免伏猎金根，贻讥大雅，连蜷雌霓，见笑文人。兹特胪举之，以便初学。飓风，海大风也。飓，音具，误作贝。潢污，积水也。潢，音横，误作黄。鳆鱼，海鱼，即石决明也。鳆，音暴，误作复。峥嵘，山峻也。音橙宏，误作争荣。覆瓿，废纸覆瓮也。瓿，音蒲，误作剖。滑稽，诙谐也。滑，音骨，误作猾。粲然，大笑。粲，音辗，误作展。侯鲭，侯家之馔也。鲭，音蒸，误作精。鼎铛，鼎镬也。铛，音撑，误作当。阌乡，陕州县名也。阌，音闻，误作受。老媪，女老之称也。媪，音奥，误作愠。隽永，言有味而长也。隽，前上声，误作俊。神荼郁垒，门神也。音伸舒郁律，误作本音。暴露，显露也。暴，音卜，误作抱。灾祲，阴阳气乱也。祲，音浸，误作疹。卢、潍、兖州二水名也。音雷雍，误作芦惟。虑虒，邑名也。音卢夷，误作本音。祆庙，胡神庙也。祆，音轩，误作妖。泛驾，马有逸气不循轨也。泛，音捧，误作贩。粮饷，军食也。饷，商去声，误作向。膃肭，肥也。音兀纳，误作温芮。土著，土人也。著，音酌，误作注。冰檗，寒苦也。檗，音柏，误作蘖。口吃，口不便言也。吃，音格，误作吃。悃愊，至诚也。愊，音逼，误作福。狻猊，狮属也。狻，音酸，误作俊。竣事，葳事也。竣，音逡，又音悛，误作俊。郦食其，汉人名也。音历异基，误本音。楚些，宋玉《招魂》助语词也。些，梭去声，误作本字。睤睨，目相忤也。音爱蔡，误作涯疵。驵侩，牙人会两家贸易者也。驵，音掌，误作疽，或作徂。愧恧，惭也。恧，音忸，误作报。靓妆，妆饰明婳也。靓，音倩，误作觏。劻勷，急遽也。勷，音禳，误作裹。斡旋，转圜也。斡，音掘，误作幹。欃枪，彗星也。枪，音撑，误作锵。鄜州，地名也。鄜，音孚，误作鹿。朱提，邑名，地出银，故白金曰朱提也。音殊时，误作本音。屏营，惶恐不安也。屏，本音，误作丙。酗酒，醉怒也。酗，音许，误作汹。孤鹜，鸟孤飞也。鹜，音木，误作务。宓子贱，春秋人名也。宓，音伏，误作密。金日磾，汉人名也。日磾，音密低，误作本字。万俟卨，宋人名也。音木其屑，万俟误本音，卨误窝。李阳冰，秦人名也。冰，音泞，误作本字。樊於期，燕人名也。於，音乌，误作本字。谷蠡，匈奴王名也。谷，音鹿，误作本字。吐谷浑，夷人名也。音突浴魂，误作本音。可汗，戎酋之称也。音克寒，误作本音。甪里先生，汉人名也。甪，音鹿，误作角。曲逆，邑名也。逆，音遇，误本音。嫪毐，士无行者之称，又姓也。音涝蔼，误作廖毒。冒顿，匈奴也。音墨突，误作本音。绵蕝，叔孙通草创习礼处也。蕝，音撮，误作绝。格泽，星名，妖气自地属天也。音霍铎，误作本音。诸如此类，不可枚举，看书细心不师心，则得之矣。

【译文】许多常用字，本来有专门的发音。古人用字，大多假借。

而我们后人使用习惯后，未能察觉其假借的用法，进而随口讹传。这样未免有失大雅，让文人见笑。现在特意列举一些词例，供初学者参考。"飓风"，是海上刮大风的意思。"飓"，读作具，被错读为"贝"。

"潢汙"，是积水的意思。"潢，"读作"横"，被错读为"黄"。"鳆鱼"，是一种海鱼，即"石决明"。"鳆"，读作"暴"，被错读为"复"。"峥嵘"，是山险峻的意思。读作"橙宠"，被错读为"争荣"。"覆瓿"，是废纸覆瓮的意思。"瓿"，读作"蒲"，被错读为"剖"。"滑稽"，是诙谐的意思。"滑"读作"骨"，被错读为"猾"。"冁然"，是大笑的意思。"冁"，读作"辗"，被错读为"展"。"侯鲭"，是侯家菜肴的意思。"鲭"，读作"蒸"，被错读为"精"。"鼎铛"，是鼎镬的意思。"铛"读作"螳"，被错读为"当"。

"阌乡"，是陕州县的名称。"阌"读作"闻"，被错读为"受"。"老妪"，是对年长女性的称呼。"妪"读作"奥"，被错读为"怄"。"隽永"，意思是说话意味深长。"隽"，发前上声，被错读为"俊"。"神荼郁垒"，是指门神。读作"伸舒郁律"，被错读为原字的本音。"暴露"，是显露的意思。"暴"读作"卜"，被错读为"抱"。"沴沴"是阴阳之气混乱的意思。"沴"读作"戾"，被错读为"疹"。"卢""瀍"，是兖州两条河流的名字。读作"雷瀍"，被错读为"芦惟"。"虑虒"，是城名。读作"卢夷"，被错读为原字的本音。"祆庙"，是胡人的神庙。"祆"读作"轩"，被错读为"妖"。"泛驾"，指的是马儿精神涣散不走正道。"泛"，读作"捧"，被错读为"贩"。"粮饷"，指军队的粮食供应。"饷"读作"商"，去声，被错读为"响"。

"腽肭"，是肥胖的意思。读作"兀纳"，被错读为"温芮"。"土著，"是土人的意思。"著"读作"酌"，被人错读为"注。""冰檗"，是寒苦的意思。"檗"读作"柏"，被错读为"蘗"。"口吃"，是嘴上说话不利索的意思。"吃"读作"格"，被错读为"吃"。"悃愊"，是极其诚实的意思。"愊"读作"逼"，被错读为"福"。"狻猊"，是狮子一类的动物。"狻"读作"酸"，被错读为"俊"。"竣事"，是完事的意思。"竣"读作"逡"，又读作"悛"，被错读为"俊"。"郦食其"，是汉代人。读作"历异基"，被错读为原字的本音。"楚些",是宋玉招魂时用的语气词。"些"发"梭"的音,去声,被错读为原字的本音。"睢眦",是用眼睛瞪人的意思。读作"爱蔡",被错读为"涯疵"。"驵侩",是经纪人与两方商家会面的意思。"驵"读作"掌",被错读为"疽"或"徂"。"愧恧",是羞惭的意思。"恧"读作"忸",被错读为"赧"。"靓妆",是妆饰明艳的意思。"靓"读作"倩",被错读为"觐"。"劻勷",是急剧的意思。"勷"滨作"禳",被错读成"襄"。"斡旋",是转圈的意思。"斡"读作"握",被错读为"幹"。"欃枪",是彗星。"枪"读作"撑",被错读为"锵"。"鄜州"是地名。"鄜"读作"孚",被错读为"鹿"。"朱提"是城名,那个地方出产的白银。读作"殊时",被错读为原字的本音。"屏营",是惶恐不安的意思。"屏"被错读为"丙"。"酗酒",是醉酒后发怒的意思。"酗"读作"许",被错读为"汹"。"孤鹜"是指鸟儿孤单飞行。"鹜"读作"木",被错读为"务"。"宓子贱",是春秋时代的人名。"宓"读作"伏",被错读成"密"。"金日磾",是汉代的人名。"日磾"二字读作"密低",被错读为原字的本音。"万俟卨",是宋代的人名。读作"木其屑","万俟"二字被错读为原字的本音,"卨"错读为"窝"。"李阳冰",是秦代人名。"冰"读作"泞",被错读为原字的本音。"樊於期"是燕国人名。"於"读作"乌",被错读为原字的本音。"谷蠡",是匈奴王名。"谷"读作"鹿",被错读为原字的本音。"吐谷浑",是外族人名。读作"突浴魂",被错读为原字的本音。"可汗"是戎族首领的称呼。读作"克寒",被错读为原字的本音。"角里先生,"是汉代人名。"角"读作"鹿",被错读为"角"。"曲逆"是城名。"逆"读作"遇",被错读为原字的本音。"嫪毒",是一种姓氏。读作"涝蔼",被错读为"瘳毒"。"冒顿"是匈奴。读作"墨突",被误读为原字的本音。"绵蕝",是叔孙通创立的学习礼仪的场所。"蕝"读作"撮",被错读为"绝"。"格泽",是星体的名字,这种星体有一种不祥之气。读作"霍铎",被错读为原字的本音。诸如此类,不胜枚举,只要看书细心,不以心为师自以为是,就能避免错误。

对　联

太白酒楼对云："我辈此中宜饮酒，先生在上莫题诗。"浑脱无对。又黄鹤楼对云："楼未起时原有鹤，笔经搁后更无诗。"亦飘忽有致。蠡矶祠对云："思亲泪落吴江冷，望帝魂归蜀道难。"工稳贴切，独有千古。西湖白云庵月老对云："愿天下有情人都成了眷属，是前生注定事莫错过姻缘。"以曲对曲，尤极现成。潮州双忠祠祀张、许二公，对云："国士无双双国士，忠臣不二二忠臣。"本色语颠扑不破。于忠肃公庙对云："恃社稷之灵，国有君矣；竭股肱之力，死以继之。"古雅切实。史阁部墓对云："心痛鼎湖龙，一寸江山双血泪；魂归华表鹤，二分明月万梅花。"洒落有致。送子观音殿对云："我费尽一片婆心，抱个孩儿付汝；你须做百般好事，留些阴骘与他。"佛口圣心，自然入妙。痘神庙对云："溯从前未判妍媸，到此鸿濛开面目；过这关方为儿女，全凭祖父种心苗。"亦亲切有味。广东香山书院对云："诸君到此何为？岂徒学问文章，擅一艺微长，便算读书种子；在我所求亦恕，不过子臣弟友，尽五伦本分，共成名教中人。"措词质而不郛。

【译文】太白酒楼上有一则对联写道："我军此中宜饮酒，先生在上莫题诗。"对仗工稳，浑然天成。黄鹤楼上有一则对联道："楼未起时原有鹤，笔经搁后更无诗。"也写得飘然有情致。蠡矶祠有一则对联说："思亲泪落吴江冷，望帝魂归蜀道难。"工稳贴切，独占千古。西湖白云庵月老有一则对联是："愿天下有情人，都成了眷属。

是前生注定事, 莫错过姻缘。"以曲对曲, 非常流畅。潮州双忠祠堂, 祭祀张巡、许远两位先生, 对联道: "国士无双双国士, 忠臣不二二忠臣。"语言朴素, 颠扑不破。于忠肃公(于谦)庙中有一则对子写道: "恃社稷之灵, 国有君矣。竭股肱之力, 死以继之。"写得古雅又贴切。史阁部(史可法)墓地有对子写道: "心痛鼎湖龙, 一寸江山双血泪。魂归华表鹤, 二分明月万梅花。"写得洒脱有致。送子观音庙中有对联说: "我费尽一片婆心, 抱个孩儿付汝。你须做百般好事, 留些阴骘与他。"佛口圣心, 对仗自然绝妙。痘神庙中有对联写道: "溯从前未判妍媸, 到此鸿蒙开面目。过这关方为儿女, 全凭祖父种心苗。"写得亲切有味。广东香山书院有对联写道: "诸君到此何为, 岂徒学问文章。擅一艺微长, 便算读书种子。在我所求亦恕, 不过子臣弟友。尽五伦本分, 共成名教中人。"措辞质朴得当。

过洋乐

李竹隐用, 字叔大, 东莞人, 以孝闻。宋末, 中国丧乱, 竹隐使其婿熊飞起兵勤王。自浮海至日本, 以诗书教其国人, 皆被化, 呼为夫子。及卒, 以鼓吹一部, 送枢归里, 人以为荣。至今会城举殡, 必用此乐前导, 倭衣倭帽, 名曰过洋乐。

【译文】李用, 字叔大, 号竹隐, 广东东莞人, 以孝顺闻名当时。宋朝末年, 国家动荡, 竹隐让他女婿熊飞起兵勤王。自己从海上乘船东渡日本, 以诗书教化当地人。受过他教导的人, 都被他熏染, 品德高尚, 日本人称其为夫子。当他去世, 日本人奏着吹鼓乐一部, 恭送棺枢还归于李竹隐的故里。李先生的乡人都以此为荣。因此至今东莞城的民众出殡时, 必先用此乐作为前导, 并穿戴着日本人的衣帽,来举行仪式，（大家将此音乐）称为"过洋乐"。

孔　万

陈都官尚书孔范与孔贵嫔结兄妹，明丞相万安与万贵妃通族，奸邪行事，千古一辙。又万文康晚年阳痿，得门生倪姓御史海上方，洗之遂起，世传洗鼻御史是也。因以其方进帝，署曰："臣安恭进。"后帝崩，大珰出示朝堂，厉词诮责，文康唯唯。此等谄媚，虽严分宜亦不屑为也。

【译文】陈朝都官尚书孔范与孔贵妃结为兄妹。明代内阁首辅万安与万贵妃互认为同族。可见奸邪之辈的行事，千古如出一辙。此外，万文康（万安）晚年阳痿，门生中一位姓倪（进贤）的御史进献了海外药方。用此药洗浴，可以治疗阳痿。世人称呼其为洗鼻御史。万文康趁机将以此药方也进献给皇帝（明宪宗），署名："臣安恭进。"皇帝驾崩后，内官把万文康的药方拿出来，出示于朝堂。万文康遭到厉问斥责，只能唯唯喏喏。此等谄媚的小人行径，即使是大奸臣严分宜（严嵩）也不屑于这样做啊。

曲阜孔林

曲阜圣林，相传周公曾卜葬于此。既而曰："吾无德以当之，五百年后，有圣人出而当之。"夫周公之邃于易，精于数，宜其前知若此。厥后孔子之葬，曾子、子贡实主持之。虽后来之神灵屡显, 杯土绵长, 固由圣德之自承天眷, 而二子之相方定穴, 尽善经营, 固有百倍于后世青鸟之术者。而四方观葬, 曾子且谓之曰: "圣人之葬人与人之葬圣人也, 子何观焉?" 其词之谦退雍容若此。可见圣贤无所不学, 而又不欲以诡异之说示人也, 量顾可及哉?

【译文】相传周公曾看中过曲阜的孔林, 想要以此作为自己的墓地。占卜之后, 周公说道: "以我的品德, 配不上这块风水宝地。五百年后, 将出现一位圣人出现, 并葬于此处。" 周公精通易、数, 难怪他能够预知后世之事。其后, 孔子果然葬于此地, 曾子、子贡为孔子主持葬礼。葬后常有神异之事显现, 这是因为孔圣人的德行出众, 上天有意特殊眷顾啊。曾子、子贡两人相地定墓, 尽力经营, 比后世的青鸟之术强上百倍。当时四方的人们来参加孔子葬礼, 曾子对他们说: "我们只是普通人来为圣人举行葬礼, 而不是圣人在主持葬礼。这又有什么可看的呢?" 他的话语谦让又雍容。可见, 圣贤无所不学, 而且从不对人言诡谲之说。这样的雅量胸怀, 我们有谁比得上呢?

青 词

青词乃醮坛请祷之词。明世宗朝, 大臣词臣悉从事于此, 以希天眷, 有极工者。曾见一联云: "撷灵蓍之草以成爻, 天数五, 地数五, 五五二十五数, 数生于道, 道合元始天尊, 尊无二上; 截嶰竹之筒以协律, 阳声六, 阴声六, 六六三十六声, 声闻于天, 天生嘉靖皇帝, 帝统万年。" 相传系夏贵溪手笔。

【译文】青词是醮坛祝祷时用的词句。明世宗时，大臣词臣都填写过青词，希望以此博得皇帝的眷顾。当中有一位极善此道的人，曾见一联道："揲灵蓍之草以成爻，天数五，地数五，五五二十五数。数生于道，道合元始天尊，尊无二上。截嶰竹之筒以协律，阳声六，阴声六，六六三十六声。声闻于天，天生嘉靖皇帝，帝统万年。"相传这是夏贵溪（夏言）亲手所写。

尧舜禹汤所举

宋试士策，以尧、舜、禹、汤所举为问，则皆以四岳、伯益、皋陶、伊尹为对，而不知所问者，汉时阁门谒者四人，四时各有所举，乃赵尧举春，李舜举夏，张汤举秋，贡禹举冬也。见《宋稗类钞》。

【译文】宋朝科举考试，曾经考过一题，题目是"尧舜禹汤所举"，考生们都以四岳、伯益、皋陶、伊尹为例来作答，却不知道问题所问的是汉代的四位阁门谒者，当时四季由不同的人负责选拔人才，赵尧在春季举荐人才，李舜在夏季举荐人才，张汤在秋季举荐人才，贡禹在冬季举荐人才。这个故事在《宋稗类钞》中有所记载。

乱世之臣识大体

三代以下，乱世之臣识大体者，孔明、王猛二人而已。亮仕汉而心乎汉，猛不仕晋而心乎晋。亮临终不辍伐魏之师，猛临终谏止伐晋之举。其事虽异，其意则同也。此论震泽任心斋兆麟发之, 而其说则本于侯朝宗。

【译文】夏、商、周三个朝代以后, 身处乱世, 依旧识大体的臣子, 只有孔明、王猛两人而已。诸葛亮在蜀汉任职出仕, 一心为蜀汉谋划, 王猛不担任东晋的任何官位, 但也是心向东晋。孔明临终前坚持北伐曹魏, 王猛临终劝谏前秦苻坚, 阻止他南伐东晋。他们所做的事情虽不相同, 但用意是相通的。这个观点由江苏震泽人任心斋任兆麟提出, 而其说法来源于侯朝宗（侯方域）。

借 书

"借人书一痴, 还人书一痴。"见杜征南与儿书。后人作借书一瓻。孙愐《唐韵》瓻字注云:"瓻, 酒器也, 大者容一石, 小者五斗, 古借书盛酒器也。"而黄山谷《借书》诗:"时送一鸱开锁鱼。"瓻又作鸱, 当别有所本。但痴之易瓻, 不知起于何时。余意古人于书, 矜重之至, 不肯轻易假人, 而阴谋者乃设为贿赂以饵之。藏书之人或因良酝可恋, 偶尔破悭, 未可知也。渔洋《池北偶谈》载, 归熙甫与门生王子敬一帖云:"东坡《易》《书》二传, 曾求魏八不与, 此君殊俗恶, 乞为书求之。畏公作科道, 不敢秘也。"借书雅人事, 乃亦徇势力如此, 异哉!

【译文】杜征南（杜预）《与儿书》中说:"借人书一痴, 还人书一痴。"后人写作"借书一瓻"。孙缅在《唐韵》瓻字注中说:"瓻, 酒器也, 大者容一石, 小者五斗。古借书、盛酒之器。"黄山谷（黄庭坚）借书诗说："时送一鹐开锁鱼。"鹐又被写作鸥，应该是有其他根据的。但"痴"字被替换成"瓻"，这种说法不知起源自何时。我推测，古人看重藏书，不肯轻易出借给他人。那些诡计多端者，便设下贿赂来诱惑藏书的主人。藏书的主人中，也许有人曾因贪嗜美酒，偶尔破例，将书出借。渔洋山人（王士禛）的《池北偶谈》中记载过，归熙甫（归有光）写给门生王子敬（王执礼）的书信，信中道："我曾向魏八借苏东坡《易》《书》两传，他不借给我，这个人非常可恶，请求你写封信为我借来。惧怕你为科道官员，由你出面，他不敢再秘藏。"借书本是风雅之事，现在却要依仗势力强人所难，这真是怪事啊！

丧心语

宋吴伯举守姑苏，蔡京一见大喜，入相首荐其才，三迁中书舍人。后以忤京落职，知扬州。客或有以为言者，京曰："既作官，又要做好人，两者可得兼耶？"此真丧心病狂之语。

【译文】宋代时吴伯举镇守姑苏（苏州知府），蔡京初次见面就非常欣赏他。到蔡京为相时，便立刻推举提拔吴伯举，多次升迁后，官至中书舍人。后来吴伯举因忤逆蔡京而丢官，被贬扬州。当时有人向蔡京为他说好话，蔡京说："既要做官，又要做好人，两者怎么可能兼得呢？"这真是丧心病狂之语。

博士待诏

博士待诏，皆翰林院官名也。而何以有茶博士、酒博士、算博士之称，剃头匠又有待诏之号，积习之沿，不知何昉。

【译文】博士和待诏，原本都是翰林院的官职名。但为什么会有茶博士、酒博士、算博士这类的叫法呢，为什么剃头匠会有"待诏"的称号呢。这些习俗不知始于何时，竟沿续流传至今。

尼　姑

汉刘峻女出家，乃尼姑之始，而尚未立名。东晋妇人阿藩，习西域之教，始有尼姑之称。何充舍宅安尼，乃尼寺之始。

【译文】汉代刘峻之女出家，是尼姑的开始，而当时尚未立下名号。东晋妇人阿藩，学习西域的教法，才有尼姑的称号。何充将宅第改为尼姑居住的地方，是尼姑庵的开始。

小说传奇

小说起于宋仁宗时，太平已久，国家闲暇，日进一奇怪之事以娱之，名曰"小说"。而今之小说，则纪载矣。传奇者，裴铏著小说多奇异，可以传示，故号"传奇"，而今之传奇，则曲本矣。

【译文】小说起源自宋仁宗时代。当时天下承平已久，国家安定，人们生活闲暇，于是创作奇闻怪事来娱乐解闷，并给这些作品命名为"小说"。而今天的小说，主要用以记叙一些事情。传奇，是唐代裴铏所写的小说作品，故事奇异曲折，又可以传示于人，所以称作

"传奇"。而现在我们所说的传奇，指的则是曲戏的本子。

镣 子

《宋稗类钞》："仁宗幸后苑回宫，索浆甚急。宫人曰：'大家何不向外面索，而致久渴耶？'帝曰：'吾屡顾不见镣子，苟问之，则所司必有得罪者，故不忍也。'"始以镣子必是盛酒浆之器，如今铫子、锜子之类，下语所司，乃是主器之人。而杨升庵则曰："镣子，庖人之别名也。"引军牢牢子为证。以为镣牢音近，义颇牵强。及阅宋陈随隐《从驾记》，载茶酒等班有御镣子之名，此则可为确证。又阅魏泰《东轩笔录》，亦载此事："帝曰：'吾屡顾不见僚邻女子。'"名色又异。且镣字三处不同，究不知宜何从也。

【译文】《宋稗类钞》中记载，"宋仁宗从后苑游玩后回宫，急着找水喝，宫人问：'皇上为什么在外面口渴了，却不要水呢？何必让自己久渴这么长时间呢？'仁宗说：'我屡次回头都没有见到镣子。如果我表露出口渴，问水喝，那么负责这件事的相关部门中，一定会有人被问罪受罚，我实在于心不忍。'"因而，我之前认为镣子应当是盛水盛酒的器皿，与如今的钝子、锜子是一类物品。所说的"所司"，就应当是宫中掌管器具的人。但是杨升庵（杨慎）说："镣子是厨师的别名。"并且引用"军牢""牢子"作为例证，他认为"镣""牢"的读音相近，但这种说法未免牵强。等我读到宋代陈随隐的《从驾记》后，才得知负责上茶上酒的宫廷仆从，也有"御镣子"的别称，这件事可以作为确切的例证。之后，我又看到魏泰的《东轩笔录》中也记载过这件事："皇帝说：'我屡次回头都不见僚邻女子。'"所用的名称又与之前的说法不同，三处"镣"字有着不同的解释，让人不知应当采纳哪一种说法。

赵 普

宋太宗尝与赵普议不合，上曰："宰相安得如桑维翰者与之议乎？"普曰："维翰爱钱，陛下恐亦不用。"上曰："措大眼孔小，苟赐与十万贯，则塞破屋子矣。"此语分明隐刺瓜子金事。

【译文】宋太宗曾与赵普议事，两人看法不合。太宗说："到哪里能找到桑维翰那样的宰相，来一起商议政事呢？"赵普回答说："桑维翰爱钱贪财，皇上您恐怕不会重用他。"太宗说："穷酸文人眼皮子浅，如果赐他十万贯钱，他的破屋子也就被塞满了。"太宗这句话，分明在讽刺赵普之前收到吴越王钱俶送的瓜子金一事。

国 书

《法苑珠林》云："造书凡三人，长曰梵，其书右行；次曰佉卢，其书左行；少曰仓颉，其书下行。"今国书下行而兼左旋，是又一格也。

【译文】《法苑珠林》中记载说：参与创造文字的，总共有三人。年长者叫梵，他创造出来的文字从右向左书写。次者叫佉卢，他创造出来的文字从左向右书写。年少者叫仓颉，他创造出来的文字向下书写。国书在书写时向下而同时左旋，这是另外一种格式。

滇南不知孔子

滇南人初不知有孔子，祀王右军为先师。元世祖至元十五年，始建孔子庙。

【译文】云南人之前不知道有孔子的存在，而把王羲之当作先师来祭祀。等到元世祖至元十五年(1278)，云南地区才开始兴建孔子庙。

贵贱同诞

《宋稗类钞》："文潞公八字，洛阳一老人与之符合，而穷达不同。浼一日者推之，是或南北之分，水陆之异，然明年某月，当与公起居饮食，同一享用，不过止九月耳。次年，潞公入洛，欲觅一旧人谈往事，或以老人荐者，公一见大喜，出入必偕，凡官府宴会及亲友招游，亦携以往。公坐右则拐老人于左，坐左则拐于右。九月后，公去洛，而老人之踪迹疏矣。"又宋人小说载，蔡京八字是丁亥壬寅壬辰辛亥，与东京郑粉儿子支干并同。

【译文】《宋稗类钞》中记载，"文潞公（文彦博）的生辰八字与洛阳一位老人一样，但是两人一穷一达，人生际遇大不相同。恳托一位占卜者来推算这件事，占卜解释说，这与南北地理位置，和水陆环境差异有关。不过，第二年的某月，这位老人将和文潞公同吃同住，共享富贵，但这段经历只能维持九个月。第二年，文潞公来洛阳，想找一亲友聊聊往事，有人把这个老人推荐给文潞公。文潞公大喜，日常行程出入，不管是官府宴请，还是亲友招待，都带上老人。文潞公坐右，就让老人坐左，坐左则让老人坐右。九个月后，文潞公离开洛阳之后，大家就不知道这位老人的行踪了。此外，还有宋人的小说中记载过，蔡京的八字，是丁亥（庆历七年，1047）壬寅壬辰辛亥，与东京的名妓郑粉儿生辰相同。

古人名作

储中子在文云："陆士衡《五等诸侯论》，苏廷硕《东封朝觐坛颂》，独孤至之《梦远游赋》，韩退之《进学解》《毛颖传》，孔可之《大明宫纪梦》，欧阳永叔《王镕传》《王淑妃传》《伶官传》，苏子瞻《十八罗汉像赞》《战国养士论》，陈同甫《上孝宗书》，皆得太史公之神，当与《项羽本纪》同读。"李安溪光地云："辟佛几篇名文，宜汇置一处。范蔚宗《西域传赞》，傅奕《表》，韩退之《原道》《佛骨表》《与孟简书》，宋景文《李蔚传赞》，朱文公《释氏论》，合而观之，彼教无所逃罪矣。"

【译文】储中子储在文说："陆士衡（陆机）《五等诸侯论》，苏廷硕（苏颋）《东封朝觐坛颂》，独孤至之（独孤及）《梦远游赋》，韩退之（韩愈）《进学解》《毛颖传》，孔可之《大明宫纪梦》，欧阳永叔（欧阳修）《王镕传》《王淑妃传》《伶官传》，苏子瞻（苏轼）《十八罗汉像赞》《战国养士论》，陈同甫（陈亮）《上孝宗书》，都得到太史公司马迁的神韵，应当与《项羽本纪》一同阅读。"李安溪李光地说:"排斥佛教的几篇名文,应该汇总放置一处。范蔚宗(范晔)《西域传赞》,傅奕《请废佛法表》,韩退之《原道》《佛骨表》《与孟简书》,宋景文(宋祁)《李蔚传赞》,朱文公(朱熹)《释氏论》,合起来一起阅读,佛教(的弊端)就难以逃脱罪责了。"

笔端刻薄

赵秋谷始与阮翁相得,后乃龃龉,因作《谈龙录》一编,句句赞,却句句刺,至尖极冷,下笔如刀。推其由,不过因不借声调谐之故,亦何至忮刻如此,然犹曰文人相轻,积习使然耳。至梅圣俞《碧云騢》一书,其于文潞公、范文正公,信口诋污,不遗余力,夫人知为必无之事,而凿凿言之,跃跃书之,究之于二公非有不共深仇,特以怀才不偶,因而归怨宰执,为此丑诋,妾媵婢女之所为,而乃名士为之乎?且迄今千载而下,两公之名,争光日月,而圣俞反因此而共识为有文无行之人,则亦何苦以己矛刺己盾耶?又钱世召《钱氏私志》于欧阳文忠多有微词,而簸钱一事,尤哓哓不休,末乃自露口供,因《五代史·十国世家》痛毁吴越,而《归田录》又未叙文僖美政之故,怨讟之于人,顾不甚哉!总之,发人阴私,攻人暧昧,实则丧人德,虚则丧己名,快一时之笑骂,淆千古之是非,文人最易犯,而实宜切戒者也。或曰:"魏泰所作,嫁名圣俞者。"

【译文】赵秋谷(赵执信)曾经与阮翁(王士禛)交好,之后两人之间产生了矛盾,于是,赵秋谷撰写了一篇《谈龙录》,看似句句称赞阮翁，实则句句都是讽刺，写得极其冷峻尖刻，下笔如刀。推其原由，不过是因为阮翁不肯将《声调谱》借给赵秋谷罢了。赵秋谷又何至于如此刻薄呢。然而就像俗语所言："文人相轻。"这是自古的积习啊。至于梅圣俞（梅尧臣）写一书《碧云騢》，书中对文潞公（文彦博）、范文正公（范仲淹），信口诬蔑诋毁，不遗余力。有些传闻，哪怕是人们都知道是子虚乌有的，梅圣俞也依旧写得言之凿凿，大书特书。究其因由，他和二公并无深仇大恨，主要是自己怀才不遇，因此归怨于两位曾经当权的宰执。此种丑陋的行径，是媵妾婢女才做的，难道名士会去做么？现在千年过去了，文潞公、范文正公两公的名声与日月同辉，而梅圣俞反被公认为有文而无德的人。何苦以己之矛攻己之盾呢？又有钱世召在《钱氏私志》众对欧阳文忠公（欧阳修）多有微词，关于籴钱一事，更是喋喋不休，最后却自露口供。大致是因为欧阳修在撰写《五代史·十国世家》时，对吴越国有颇多批判，而且在《归田录》中又没有表彰文僖（钱惟演）的美政。钱世召由是怨恨诽谤欧阳修。总之，揭发他人的隐私，以暧昧不明之事来攻击他人，在实这是道德沦丧，在虚这样只会连累自己的名声。一时的笑骂，虽然痛快，但却混淆是非，颠倒历史。这是文人最易出现的问题，也是文人最应当自我克制、自我警戒之事。有人说："魏泰所作，假借梅圣俞的名义。"

三 杨

明永乐宣德间，杨荣、杨溥、杨士奇皆秉钧轴，同在阁中，则参谒者难于称姓，故以东西南位别之。士奇，江西人，故曰西杨；溥，荆州人，荆古南郡，故曰南杨；荣，闽人，闽在京师之东，故曰东杨。亦犹本朝北刘中堂、南刘中堂之称。

【译文】明朝永乐、宣德年间，杨荣、杨溥、杨士奇都在馆阁任职，担负国家政务重任。拜谒的人，无法通过称呼姓氏来区别此三人。因此人们用东、西、南三个方位来代指杨荣、杨溥、杨士奇。杨士奇是江西人，所以称他为西杨；杨溥是荆州人，荆州古时又名南郡，所以称杨溥为南杨；杨荣是福建人，福建在京城的东边，所以称杨荣为东杨。这就和清朝将两位刘姓中堂分别称为北刘中堂、南刘中堂是一个道理的。

墓 树

西湖岳忠武墓，树枝皆北向，人人知之也。韩城有苏属国墓，树枝皆南向，可为的对。

【译文】西湖岳忠武（岳飞）墓旁的树枝，都向着北方生长。人人都知其原因。韩城苏属国（苏武）墓的树枝，都向南生长，二者真是绝好的对应。

牡 丹

青城山丈人观前，有牡丹二株，一高十丈，号大将军；一高五丈，号小将军。牡丹向比美人，此忽擅阃外之尊，尤为众香国中生色。

【译文】青城山丈人观前，有两株牡丹。一株高十丈，称为"大将军"。另一株高五丈，称为"小将军"。牡丹自古被用来比喻美人，但此两株外观特殊，并非闺房之秀的模样，气势倒像纵横在朝廷之外的尊者，真给各种名香增添光彩。

簪花楼

明武宗幸清江浦，驻尚书金濂第，以后楼居刘美人。刘性爱花，当时供顿必进鲜花朵，日凡数次，后人呼其楼曰刘美人簪花楼。

【译文】明武宗驾临清江浦时，曾住在尚书金濂的府第里。后楼住着刘美人，刘美人天性爱花。当时供给行旅宴饮所需之物，必须向刘美人提供鲜花，一天多达数次，因此后来人称呼此楼为"刘美人簪花楼"。

武王

孔子以周德为至德，而谓武尽美矣，未尽善也。立言何等婉约！韩文公《伯夷颂》无一词及武王，末乃云："虽然，微二子，则乱臣贼子接迹于后世矣。"其罪武也，凛然如刀锯斧钺之加，而锋铓不露。至东坡"武王，非圣人也"，乃以六字一口道破矣。

【译文】孔子认为周朝的道德是至高无上的道德，而评价周武王时，说武王尽美而未尽善。孔子的表述是多么婉约含蓄啊。韩文公（韩愈）的《伯夷颂》中，没有一个词谈及周武王，文末才说："即使这样，假如没有伯夷、叔齐两人，后世的乱臣贼子更会接连不断地出现啊"。这其实就是在责备周武王。这段话，凛然如刀锯斧钺，说得透彻抨击有力，但却不露锋芒。至于苏东坡说"武王，非圣人也"，这六个字，也是将周武王为人，一语道破。

江河赤水

江河水赤，名曰"泣血道路"，见晋张华《博物志》。四字觉惊心动魄。

【译文】当江河水发红时，人们称之为"泣血道路"。这种说法在晋代张华的《博物志》中有记载，这四字，让人读来惊心动愧。

勤王兵解

梁武帝纸鸢系诏，而援卒不来。隋炀帝木鹅系诏，而救兵不至。此天下诸侯解体已久，视等弁髦，更不可以骊山烽火例也。

【译文】梁武帝在风筝上系诏书，想要调来援兵，然而援兵最终没能到来。隋炀帝在木鹅上系诏书，想要寻求援兵，援兵最终也没来。天下长期分崩离析，诸侯并立，将君主的命令视为"弁髦"一般的弃置无用之物，和周幽王在骊山烽火戏诸侯一事，不可相提并论。

圣 讳

前代虽未有避圣讳之令，然而日在人心，能无凛凛。唐文宗赐裴度诗："我家柱石裴，忧来学丘祷。"以天子而名圣人，且用其语，故无嫌。韩文公诗："柄用儒术崇丘轲。"王荆公诗："驱马临风想圣丘。"犹云出以庄雅也。至杜子美《醉时歌》："儒术于我何有哉，孔丘盗跖俱尘埃。"以帝王百世之师，呼而侪之于盗跖，可乎？

【译文】在前代虽然没有避讳圣人名字的例子，但人们发自内心地尊敬孔圣人，谈及孔圣人时恭敬庄重。唐文宗赐给裴度的诗中说："我家柱石裴，忧来学丘祷。"是以天子之尊来称呼孔圣人之名，而且其用语中并没有不尊重之意。韩文公（韩愈）的诗中说："柄用儒术崇丘轲。"王荆公（王安石）的诗中有："驱马临风想圣丘。"至于杜子美（杜甫）的《醉时歌》中更有"儒术我何有哉，孔丘盗跖俱尘埃"一句。把获得历代帝王认可的百世之师孔子，和盗跖这样的人相提并论，这难道是可以的吗？

三 虫

唐咸通中，荆州书生号唐五经，聚徒五百，束脩自给，有西河济南之风。尝谓人曰："不肖子弟有三变：第一变为蝗虫，谓鬻田庄而食也；第二变为蠹虫，谓鬻书而食也；第三变为大虫，谓鬻奴婢而食也。"见五代孙光宪《北梦琐言》，说甚解颐。

【译文】唐懿宗咸通年间，荆州有一个书生号称"唐五经"，招收了五百名学生弟子，通过收取束脩（干肉），自给自足，有河西（子夏）、济南（伏胜）之风。他曾对人说："不肖子弟有三变，第一种变为蝗虫，意思是这类人将通过出售祖产田庄来维持生计，第二为种变蠹虫，意思是这类人将通过变卖家族藏书来维持生计；第三种变为大虫，意思是这类人将出售家中奴婢来维持生计。"五代孙光宪的《北梦琐言》有相关记载。这种说法，形容贴切，幽默风趣。

卷 二

周芷卿

　　周芷卿颐庆，钱唐人，年十六，补博士弟子员，工诗及词，性极风流。有所目成，格不得遂，因赋《西泠惆怅词》，而属余为之序云："山横西曲，绿珠未嫁之年；雨过南园，红豆初生之地。青溪白石，一水通门；碧汉红墙，半天隔路。采蘼芜而不见，赠芍药以无由，此西泠惆怅之词所以作也。芷卿茂才，以卫玠乘车风貌，当陆机作赋年华，偶游西子之湖，忽入东家之里。柴扉白板，相逢一面之缘；油壁青骢，便拟同心之结。而乃东南孔雀，妾是罗敷；西北牵牛，郎非河鼓。拥双楫于十三湾下，桃叶难迎；恨一枝于五百年前，莲花未蒂。然而两情叩叩，一脉依依。愿作鸳鸯，绣上双函之枕；思为胡蝶，飞来百褶之裙。于是雪绛缄愁，云蓝织恨。梦中彩笔，化作烟云；空际华严，弹成楼阁。《青玉案》声声肠断，梅子黄时；碧纱厨黯黯魂销，桐花白后。几家帘阁，遍传绝妙之词；何处阑干，不划相思之字。问柔肠其脉脉，怜弱骨以珊珊。剪来半幅秋江，有谁涉汝？吹皱一池春水，何事干卿？犹复诗托无题，心怀有美。宓妃留枕，陈思设想之词；神女为云，宋玉荒唐之赋。信琅玡之情死，遂湖海之气消，君意缠绵，予怀怅触。吴宫花草，平原十日之留；隋苑笙歌，杜牧三生之梦。偶留鸿爪，遂缚蚕丝，追思椒壁红时，枣帏绿处，钗头赠玉，约指留金，图白傅于屏风，画放翁于团扇。今者柔情似水，软梦成烟。尚怜昔日风姿，枇杷树底；空忆旧时月色，杨柳梢头。仆本恨人，怕听凄凉之笛；卿须怜我，莫吹宛转之箫。"芷卿艳思绮想，终以此等事回肠荡气，不永其年，惜哉！殁后诗稿零落，记其集玉溪生诗三十二首，中有句云："刻意伤春复伤别，可堪无酒又无人。""地下若逢陈后主，人间惟有杜司勋。""神女生涯原是梦，月娥孀独好同游。"真是天衣无缝。又同塾时共作帖体，何星桥夫子烺以"南村诸杨北村卢"命题，芷卿句云："太真红玉色，少妇郁金香。"运典入化，真綮花妙舌也。

【译文】钱唐人周芷卿周颐庆，在十六岁时补为博士弟子员。周芷卿擅长写诗填词，性情风流倜傥，曾经与一女相恋却未能结合，于是写下《西泠惆怅词》，并托我写序："山横西曲，绿珠未嫁之年。雨过南园，红豆初生之地。青溪白石，一水通门；碧汉红墙，半天隔路。采蘼芜而不见，赠芍药以无由。此西泠惆怅之词所以作也。芷卿秀才，以卫玠乘车风貌，当陆机作赋年华，偶游西子之湖，忽入东家之里。柴扉白板，相逢一面之缘。油壁青骢，便拟同心之结。而乃东南孔雀，妾是罗敷。西北牵牛，郎非河鼓。拥双楫于十三湾下，桃叶难迎。恨一枝于五百年前，莲花未蒂。然而两情叩叩，一脉依依。愿作鸳鸯，绣上双函之；思为蝴蝶，飞来百褶之裙。于是雪绛缄愁，云蓝织恨，梦中彩笔，化作烟云。空际华严，弹成楼阁。《青玉案》声声肠断，梅子黄时；碧纱厨黯黯魂销，桐花白后。几家帘阁，遍传绝妙之词。何处阑干，不划相思之字。问柔肠其脉脉，怜弱骨以珊珊。剪来半幅秋江，有谁涉汝。吹皱一池春水，何事干卿？犹复诗托无题，心怀所美。宓妃留枕，陈思设想之词；神女为云，宋玉荒唐之赋。信琅琊之情死，遂湖海之气消。君意缠绵，予怀怅触。吴宫花草，平原十日之留；隋苑笙歌，杜牧三生之梦。偶留鸿爪，遂缚蚕丝，追思椒壁红时，枣帘绿处，钗头赠玉，约指留金，图白傅于屏风，画放翁子团扇。今者柔情似水，软梦成烟。尚怜昔日风姿，枇杷树底。空忆旧时月色，杨柳梢头。仆本恨人，怕听凄凉之笛。卿须怜我，莫吹宛转之箫。"芷卿向往着绮丽缠绵的爱情怀，最终却不得如愿。文采出众，作品回肠荡气，却英年早逝，真是可惜啊！芷卿去世后，他的诗稿作品零落失传。我还记得他曾以玉溪生（李商隐）的诗歌完成了三十二首集句，其中有这样几联："刻意伤春复伤别，可堪无酒又无人。地下若逢陈后主，人间惟有杜司勋"。"神女生涯原是梦，月娥孀独好同游。"组合得真是天衣无缝。当初我们在同塾共读时，曾一起作贴体，夫子何星桥何煨，以"南村诸杨北村卢"命题。芷卿答作云："太真红玉色，少妇郁金香。"用典出神入化，真可以说是口才出众，舌灿莲花啊。

京官苦况

余屡次入都，皆寓京官宅内，亲见诸公窘状，领俸米时，百计请托，出房租日，多方贷质。偶阅《宋稗类钞》，章伯镇学士云："任京职有两般日月，望月初请料钱，觉日月长；到月终供房钱，觉日月短。"可见此风自古已然矣。

【译文】我多次进京，都住在京官宅内，亲眼目睹了诸多京官的生活窘状。他们在领俸米时，百般请托，希望能够多得俸米。交房租时，用尽办法借贷典质来缴纳费用。我偶然翻阅《宋稗类钞》，看到学士章伯镇说过："担任京官职务，一个月内两种不同的生活状态。月初时，等待料钱，只觉得时间过得太慢。到月终，要缴纳房钱了，又只觉得时间过得太快。"可见，京官之苦，自古就有了。

吃 醋

浙江转运张映玑，山东人，性宽和，善滑稽。一日出署，有妇人拦舆投呈，则告其夫之宠妾灭妻者也。公作杭语从容语之曰："阿奶，我系盐务官职，并非地方有司，但管人家吃盐事，不管人家吃醋事也。"笑而善遣之。

【译文】浙江转运使张映玑是山东人，性情宽和，擅长开玩笑。一天，他从公署出来时，有一位妇人拦住他的轿舆投状子，状告他丈夫不顾礼法宠妾灭妻。张公模仿着杭州的方言，说道："阿奶，我系盐务官职，并非地方有司，但管人家吃盐事，不管人家吃醋事也。"说罢，笑着将这位妇人打发走了。

焦烈妇

乾隆元年，宣城陆某，生员也，娶妻焦氏。陆好呼卢，荡其家。一日赌负，将售妻以偿。焦侦知之，赋诗八章，投缳死。邻族鸣于官，题请旌表，得旨褫陆衿，断其八指，一时快之。八诗末首云："百结鹑衣冷不支，郎归休在五更时。风酸月苦空闺里，犹有床头四岁儿。"言之呜咽。凡嗜博者，可以为戒。

【译文】乾隆元年（1736），宣城有一个姓陆的生员，娶焦氏为妻。陆生好赌博，因赌博倾家荡产。一天，又赌输了，打算出售妻子来抵债。其妻焦氏得知消息后，赋诗八首，上吊自杀而亡。邻居和亲戚将这件事告官，为焦氏请旌表。官府下令褫夺陆生的衣冠，革除其功名，斩断其八指，此举大快人心。焦氏所作八首诗中的最后一首写道："百结鹑衣冷不支，郎归休在五更时。风酸月苦空闺里，犹有床头四岁儿。"言辞哀婉，嗜好赌博的人，应当引以为戒。

花帘词

吴蘋香女史初好读词曲。或劝之曰："何不自作？"遂援笔赋《浪淘沙》一阕云："莲漏正迢迢，凉馆灯挑，画屏秋冷一枝箫。真个曲终人不见，月转花梢。　何处暮砧敲？黯黯魂销，断肠诗句可怜宵。欲向枕根寻旧梦，梦也无聊。"轻圆柔脆，脱口如生，一时湖上名流，传诵殆遍。自后遂肆力长短句，不二年，著《花帘词》一卷，逼真《漱玉》遗音。《祝英台近·咏影》云："曲阑低，深院锁，人晚倦梳裹。恨海茫茫，已觉此身堕。那堪多事青灯，黄昏才到，又添上、影儿一个。　最无那，纵然着意怜卿，卿不解怜我。怎又书窗，依依伴行坐。算来驱去应难，避时尚易，索掩却绣帏推卧。"《河传》云："春睡刚起自兜鞋，立

近东风费猜。绣帘欲钩人不来，徘徊，海棠开未开？　料得晓寒
如此重，烟雨冻，一定留春梦。甚繁华，故迟些，输他，碧桃容易
花。"《南乡子》云："吹到鲤鱼风，凉杀秋花一朵红。怪得黄昏
寒又力，濛濛，人在疏帘细雨中。　香篆袅房栊，倦倚熏篝鬓影
松。多事青灯挑不尽，重重，偏向钗头缀玉虫。"《柳梢青·题无
人院落图》云："不索烧茶，一重帘卷，几折阑遮。杨柳楼台，桃
花世界，燕子人家。　东风幅幅窗纱，望翠袖非耶是耶？鹦鹉前
头，秋千背面，没处寻他。"《如梦令·燕子》云："燕子未随春
去，飞入绣帘深处。软语话多时，莫是要和侬住。延伫，延伫，含
笑回他不许。"蘋香父夫俱业贾，两家无一读书者，而独呈翘秀，
真凤世书仙也。又尝作饮酒读骚长曲一套，因绘为图，己作文
士妆束，盖寓速变男儿之意。余为题图有句云："南朝幕府黄崇
嘏，北宋词宗李易安。"盖非虚誉也。

　　【译文】女士吴蘋香（吴藻）喜好阅读词曲，有人劝她说："为
什么不自己写呢？"于是蘋香填了一阕《浪淘沙》云："莲漏正迢迢，
凉馆灯挑。画屏秋冷一枝箫。真个曲终人不见，月转花梢。　何处
暮砧敲？黯黯魂销，断肠诗句可怜宵。欲向枕根寻旧梦，梦也无聊。"
写得轻圆柔脆，音韵和谐，又自然生动，此作在湖上名流之间广为
流传。此后，蘋香致力于创作长短句，不到两年，完成了《花帘词》一
卷，水平接近李清照的《漱玉词》。《祝英台近·咏影》写道："曲阑
低，深院锁，人晚倦梳里。恨海茫茫，已觉此身堕。那堪多事青灯，
黄昏才到，又添上、影儿一个。　最无那，纵然著意怜卿，卿不解怜
我，怎又书窗，依依伴行坐。算来驱去应难，避时尚易，索掩却绣帏

推卧。"《河传》写道："春睡刚起自兜鞋，立近东风费猜。绣帘欲钩人不来，徘徊，海棠开未开。　料得晓寒如此重，烟雨冻，一定留春梦。甚繁华，故迟些，输他，碧桃容易花。"《南乡子》写道："吹到鲤鱼风，杀秋花一朵红。怪得黄昏寒，又力蒙蒙，人在疏帘细雨中。香篆袅房栊，倦倚熏篝鬟影松。多事青灯挑不尽，重重，偏向钗头缀玉虫。"《柳梢青·题无人院落图》写道："不索烧茶，一重帘卷。几折阑遮，杨柳楼台，桃花世界，燕子人家。　东风幅幅窗纱，望翠袖非耶是耶？鹦鹉前头，秋千背面，没处寻他。"《如梦令·燕子》写道："燕子未随春去，飞入绣帘深处。软语话多时，莫是要和侬住。延伫，延伫，含笑回他不许。"吴蘋香的父亲（吴葆真）、丈夫（许振清）都是商人，娘家夫家中都没有读书人，而她却能一枝独秀，天资超绝，她前世或许是书仙吧。她创作了一套饮酒读骚长曲，并绘制成画，画中将自己装扮成文士模样，暗含自己想要变为男儿之身的寓意。我为她的画作题诗，当中有这样两句："南朝幕府黄崇嘏，北宋词宗李易安。"如此评价她，恰如其分，并非虚夸。

寿　联

锡山邹小山先生一桂有门生某，弟兄皆词林，二子并登甲科，而其母则以侧室正位者也。七十诞辰，求先生撰寿言，先生令诸门生拟之，俱不称意。盖不难于颂扬得体，而难于得尊者之口气也。先生自撰俪句云："有子有孙，都成名进士；多福多寿，是谓太夫人。"于是执笔者咸叹服。又张船山太守为吴榖人祭酒太夫人撰寿联："惟善人现寿者相，有令子为天下师。"亦古朴有味。

【译文】江苏锡山邹小山邹一桂先生有一位学生，学生家弟兄二人都写擅长写词。弟兄二人一同考中甲科，而兄弟二人的母亲从侧室扶为正室。他们母亲七十诞辰时，这位学生请邹先生为其母亲撰写寿联。邹先生先让各位学生来撰写，但结果都不称心，学生们写得虽然都颂扬得体，但不口气吻合先生作为老师的尊者身份。邹先生亲自撰联道："有子有孙，都成名进士。多福多寿，是谓太夫人。"之前尝试撰写的学生看了，都很叹服。此外，知府张船山（张问陶）曾为国子监祭酒吴榖人（吴锡麟）太夫人撰寿联，道："惟善人现寿者相，有令子为天下师。"也写得古朴有趣味。

秋潭二乡先生诗

家秋潭先生，讳文泓，文庄胞叔，钱唐诸生，以文庄贵，遂不乡试，耻以官卷中故也。诗境冲淡孤冷，《垂钓》云："一溪新涨失前汀，照见青山处处青。香饵自香鱼不饵，钓竿只许立蜻蜓。"《题采芝图》云："山间石上烂生光，曾受青城道士方。自采自茹还自寿，不来朝市说祯祥。"品致之高，可以想见。二乡先生文浣，钱唐布衣，好以俗语入诗，工稳熨贴，人比之杨诚斋。殁后诗稿零落殆尽，仅传剩句，如"天地多情犹与活，江湖何处不容狂。""人间冷语能销骨，夜半清愁直刺心。"又《雨霁》云："溶溶白满桃花港，郁郁青迷松木场。"《漫成》云："廉如蜩蚑依然瘦，懒似蜓蚰总不肥。"《不雨》云："雷声请客空生喜，雨点当官忽散场。"《感怀》云："愁多不了消除帐，老去难悬回避牌。"皆可诵也。

【译文】我家的秋潭先生，名文泓，是文庄公（梁诗正）的胞叔，是钱唐诸生，因为侄儿文庄公地位尊贵，便没有参加乡试，因为他不愿意通过官卷来考取功名。秋潭先生的诗，意境冲淡孤冷，《垂钓》一诗写道："一溪新涨失前汀，照见青山处处青。香饵自香鱼不饵，钓竿只许立蜻蜓。"《题采芝图》一诗写道："山间石上烂生光，曾受青城道士方。自采自茹还自寿，不来朝市说祯祥。"其人品德节操之高，可以想见。二乡先生梁文浣，是钱唐平民，爱好用俗语写进诗里，诗写得工稳贴切，人们常把他与杨诚斋（杨万里）相提并论。二乡先生去世后，诗稿零落殆尽，仅传几句佳句如："天地多情犹如活，江湖何处不容狂。人间冷语能销骨，夜半清愁直刺心。"又《雨霁》一诗写道："溶溶白满桃花港，郁郁青迷松木场。"《漫成》一诗写道："廉如蜩蚻依然瘦，懒似蜿蚰总不肥。"《不雨》一诗写道："雷声清客空生喜，雨点当官忽散场。"《感怀》一诗写道："愁多不了消除账，老去难悬回避牌。"这些都是值得传诵的佳作。

谢　表

乾隆中，有某镇李总兵，上忽赐以御制诗全部。李谢表中有云："乍聆天语，真目所未睹之奇；欲赞微词，凛口不能言之惧。"措词得法，适如其分。

【译文】乾隆年间，某镇有一位李总兵，清高宗忽然赐与他御制诗全部。李总兵在谢表中写道："乍聆天语，真目所未睹之奇。欲赞微词,凛口不能言之惧。"这谢表措词很有章法,表达恰如其分。

典试改充

大学士无锡嵇文敏公^{曾筠},雍正癸卯以河南巡抚即为河南正考官。交河少司寇王公^{兰生},雍正壬子以安徽学政即为江南正考官。典试由外改充,前此未之有也。

【译文】大学士、文敏公嵇曾筠是江苏无锡人,雍正元年(1723),以河南巡抚的身份兼任河南癸卯科正考官。此后直隶交河人、刑部侍郎王兰生,在雍正十年(1732),以安徽学政的身份兼任江南壬子科正考官。在此之前,典试由省外官员充任,这样的安排并无先例。

圣 童

鄞县全^{祖谦},谢山太史^{祖望}之兄也。四龄入塾,即通诸经章句。蒋蓼厓先生见而奇之曰:"此圣童也。"一日,戏以小剪剪纸,伤指,感风而病遂笃。临危,于几上大书"鲤也死"三字,而破之曰:"圣人不得有子,圣人之不幸也。"竟卒,止六岁耳。

【译文】鄞县的全祖谦,是翰林全谢山^{全祖望}的兄长。四岁刚入私塾,就能读通经书章句。蒋蓼厓先生见后,大为惊叹,称赞道:"这是个圣童啊!"一天,全祖谦在做游戏剪纸时,不小心被小剪刀刺伤手指,而后感风病重。临终前,还在书案上写下"鲤也死"三字,解释说："圣人丧子，是圣人的不幸啊！"最终去世，年仅六岁。

圈儿信

有妓致书于所欢，开缄无一字。先画一圈，次画一套圈，次连画数圈，次又画一圈，次画两圈，次画一圆圈，次画半圈，末画无数小圈。有好事者题一词于其上云："相思欲寄从何寄，画个圈儿替。话在圈儿外，心在圈儿里。我密密加圈，你须密密知侬意。单圈儿是我，双圈儿是你，整圈儿是团圆，破圈儿是别离，还有那说不尽的相思，把一路圈儿圈到底。"无中生有，令人忍俊不禁。

【译文】有一个妓女给所喜欢的人写信，那人收信后，发现信上没有文字。原来妓女写信时，先画了一个圆圈，跟着再画一个圈套住之前那个圈，连续又画几个圈，再画一个圈，又画两个圈，再画一圆圈，又画个半圈，末尾画无数小圈。有多事的闲人知道这件事后，在信上题词道："相思欲寄从何寄，画个圈儿替。话在圈儿外，心在圈儿里。我密密加圈，你须密密知侬意。单圈儿是我，双圈儿是你。整圈儿是团圆，破圈儿是别离。还有那说不尽的相思，把一路圈儿圈到底。"这首词无中生有（有人从无字信解读出诸多内涵），仔细读来令人忍俊不禁。

铁鞋岭

杭城黄泥潭，上曰铁鞋岭，亦曰铁冶，其实则铁崖也。昔人于此掘得一石，曰"杨铁崖读书处"，故名。其下别有真修庵，旧为海昌查伊璜孝廉别墅，即款留大力将军处也。铁崖岭山麓，相传有败更楼。败更不知何意，或云犹言煞更也。国初毛驰黄先生《吴山踏月记》有"过败更楼叩吴廷彝门"云云，则当时尚有此楼，不知废是何年。又带湖楼在清波门南，明嘉靖三十四年督臣胡忠宪设以备倭寇者，今久废矣。乡先生陈墨樵景钟诗云："清波门外带湖楼，闻说巍巍俯碧流。四面峰峦窗外人，两堤云物望中收。旌旗五色迷春日，鼓角千声壮晓秋。今日荒城访遗迹，斜阳粉堞动深愁。"又笙鹤楼在吴山城隍庙，羽士陆天乙作，董思翁为颜之曰笙鹤，今亦久废矣。

【译文】杭州的黄泥潭，曾被称为铁鞋岭，也叫铁冶，其实就是指铁崖。古人在此地挖出过一块石头，石上写着"杨铁崖（杨维桢）读书处"，由此得名。下方有一座真修庵，原是海昌县举人查伊璜（查继佐）的别墅，就是款识是"大力将军处"。相传在铁崖的山麓有一幢"败更楼"。不知"败更"是什么意思，有人说是"煞更"的意思。清代初年，毛驰黄（毛先舒）先生在《吴山踏月记》中写有"有过败更楼，叩吴廷彝门"等句。当时此楼尚存，只是不知何时荒废了。此外，清波门南原有带湖楼，明世宗嘉靖三十四年（1555），督臣胡忠宪（应为胡宗宪）建造此楼以防备倭寇，现在也荒废很长时间了。同乡陈墨樵陈景钟先生诗中写道："清波门外带湖楼，闻说巍巍俯碧流，四面峰峦窗外人，两堤云物望中收。旌旗五色迷春日，鼓角千声壮晓秋。今日荒城访遣迹，斜阳粉堞动源愁。"此外，吴山城隍庙曾有笙鹤楼，是道士陆天乙所建，董思翁（董其昌）为其题名曰"笙鹤"。此楼现在也荒废很长时间了。

赵秋舲

仁和赵秋舲_{庆熺}，铁岩大空_{殿最}来孙也。性倜傥，工诗词，家贫读书，傲骨风棱，逸情云上。道光辛巳举于乡，壬午连捷南宫，引见归本班铨选，此才不入词馆，惜哉！弱冠时曾随其叔祖筱山大令铭宦游楚北，赋《楚游草》一卷。犹记其《金陵杂诗》十首之二云：“璧月姐娥镜殿光，六宫学士女儿妆。南朝才子都无福，不作词臣作帝王。”“出身皇觉忽飞升，孙祖传家感孝陵。孙作缁流祖还俗，入山天子出山僧。”议论新警，足以夺目。又在楚时，其所聘室卒，作《续离骚招魂》哭之，词旨悲艳，末题《浣溪沙》一阕云：“检点青衫有泪痕，十年前事最销魂，偏他细雨又黄昏。　鹦鹉一篇才子泪，桃花三尺女儿坟，不知何处吊湘君？”又《长相思·薄游西湖》云：“苏公堤，白公堤，十里亭台高复低，断桥流水西。　杜鹃啼，鹧鸪啼，楼外斜阳一酒旗，杨花不住飞。”《苏幕遮》云：“玉阑干，金屈戌，帘外长廊，廊响弓弓屧。鬓影春云衫影雪，如水裙拖，幅幅相思褶。　阮弦松，笙字涩。心上烧香，香上心先灭。安得返魂枝底叶，便做青虫也褪花蝴蝶。”《生查子》云：“青溪几尺长，中有双枝橹。杨柳小于人，便解留船住。　歌声遏暮云，酒气蒸香雾。又落碧桃花，红了来时路。”此种小令，柔脆轻圆，酷肖北宋人手笔。

【译文】浙江仁和人赵秋舲赵庆熺是铁岩大空（赵殿最）的来

孙,性情倜傥,擅长诗词。家庭贫困但喜好读书,傲骨铮铮,闲雅脱俗。道光元年(1821)癸巳科乡试中试,道光二年(1822)壬午科会试登科,科举顺利连连告捷,按照本班铨选授官,这样的人才不入词馆,实在太可惜了。赵秋舲在未满二十岁时,曾随他叔祖筱山太令(赵铭)宦游楚北,写成一卷《楚游草》。我还记得他的《金陵杂诗》十首之二写道:"璧月姮娥镜殿光,六宫学士女儿妆。南朝才子都无福,不作词臣作帝王。""出身皇觉忽飞升,孙祖家传感孝陵。孙作缁流祖还俗,入山天子出山僧。"议论新颖深刻,夺人眼球。在楚地时,他的未婚妻夭亡,于是作《续离骚招魂》来哀悼她,词旨悲艳,最末所写《浣溪沙》中写道:"检点青衫有泪痕,十年前事最销魂。偏他细雨又黄昏。　鹦鹉一篇才子泪,桃花三尺女儿坟,不知何处吊湘君。"又有《长相思·薄游西湖》云:"苏公堤,白公堤,十里亭台高复低。断桥流水西。　杜鹃啼,鹧古鸪啼,楼外夕阳一酒旗,杨花不住飞。"《苏幕遮》云:"玉阑干,金屈戍,帘外长廊,廊响弓弓屧。鬓影春云衫影雪,如水裙拖,幅幅相思褶。　阮弦松,笙字涩,心上烧香,香上心先灭。安得返魂枝底叶,便做青虫也褪花蝴蝶。"《生查子》云:"青溪几尺长,中有双枝橹。杨柳小于人,便解留船住。歌声过暮云,酒气蒸香雾。又落碧桃花,红了来时路。"这些小令,写得柔脆轻圆,酷似北宋人的手笔。

信

今人寄书,通谓之信,其实信非书也。古谓寄书之使曰信。陶隐居云:"明旦信还仍过取。"又虞永兴帖云:"事已信人口具。"又古乐府云:"有信数寄书,无信心相忆。莫作瓶坠井,一去无消息。"皆可证也。高江村《天禄识余》辨之甚详。

【译文】今人寄书信，通称为"信"，但其实"信"与"书"不同。古代寄书的差役叫"信"。陶隐居（陶弘景）说："明旦信还仍过取。"再有虞永兴（虞世南）帖子说："事已信人口具。"另外《古乐府》中："有信数寄书，无信心相忆。莫作瓶坠井，一去无消息。"这些都可以作为例证。高江村（高士奇）的《天禄识余》中对此有着详细辨析说明。

十半软半

韦昭曰：凡数三分有二曰大半，有一分曰少半，大半亦曰强半，亦曰太半。又《枚乘传》：尚得十半，谓十分中可冀五分也。白香山诗："家酿唯残软半瓶。"犹小半也。十半、软半字甚新。

【译文】韦昭说："凡是所占数额三分之二，叫做'大半'，三分之一叫做'少半'。'大半'也叫'强半'，也可叫'太半'。"再有《汉书·枚乘传》中有"尚得十半"的说法，说的是"十分中稍少于五分"。白香山（白居易）诗有"家酿唯残软半瓶"之句，这里就是指"小半"。"十半""软半"，这些叫法更是新奇。

吴台卿

平湖吴台卿先生显德，松圃协揆之侄，山舟学士之甥也。幼聪敏，年十六，受知于提学大兴相国朱公，补博士弟子员，才藻冠时，以为芥拾青紫矣。乃十上乡闱，未离席帽，郁郁不得志，遂遁而学仙，日从事乩鸾，叩长生之术。年未及四十，以病瘵卒。时太夫人寿逾六旬，犹在堂也。学士挽联云："天道竟何知，不许阿奶留李贺；神仙今安在？翻教老泪哭羊昙。"读之令人酸鼻。

【译文】平湖人吴台卿吴显德先生，是协办大学士吴松圃的侄子，山舟学士（梁同书）的外甥。小时聪慧过人，十六岁时，受教于提学大兴、相国朱公，补为博士弟子员，才华出类拔萃，名显一时，大家认为其仕途前程似锦，成为高官指日可待。然而考了十次乡试，累举不第，仍是白身，郁郁不得志。于是弃考转而学道修仙，每天从事乩鸾之事，叩求长生不老之术。未满四十，因病去世。当时他的母亲已过六十，还健在。山舟学士为他撰写挽联，道："天道竟何知，不许阿奶留李贺。神仙今安在，翻教老泪哭羊昙。"读来令人鼻酸。

下第制义

举子下第，情状可怜。陈午桥通参鸿未第时，戏为制义二比写之，全套金正希先生德行一节题文句调。其文云："榜大莫能容，所不得者进士，而于举人无恙也。设诸公非为进士故，挟其文章经义，试帖楷法，以博取人间馆与幕，与一切誊录教习，固自易易，何困阨若斯也，而诸公不愿也。文人无厄地，所自信者学问，而命运则不敢必也。设诸公以不中进士故，当其袍褂靴帽，服饰铺盖，以博相公之一笑，且下及夫清唱鱼池，岂不甚乐，何忧闷若斯也，而诸公不敢也。"沉快之处，令人破涕为笑。忆丙戌下第，寓全浙会馆，叶嵋生明经来为余述之。

【译文】举子科举落第之后，情状可怜。陈午桥陈鸿尚未考中时，戏作了两篇八股文写下，全套金正希先生德行一节题文句调侃说："榜大莫能容，所不得者进士，而于举人无恙也。设诸公非为进士故，挟其文章经义，试贴楷法，以博取人间馆与幕。与一切誊录教习，固自易易，何困阨若斯也，而诸公不愿也。文人无厄地，所自信者学问，而命运则不敢必也。设诸公以不中进士故，当其袍褂靴帽，服饰铺盖，以博相公之一笑。且下及夫清唱鱼池，岂不甚乐，何忧闷若斯也，而诸公不敢也。"写到痛快之处，令人破涕为笑。我回忆起自己在道光六年（1826）丙戌科考试不中，寓居于全浙会馆，贡生叶媚生向我讲述这件趣事的过程。

吴公雅谑

金棕亭博士兆燕，全椒人，好交结，教授扬州时，四方往来，凡知名之士，无不投见。推襟送抱，文酒流连，殆无虚日。饮馔极丰，或有诮其过侈，类于鹾商，不似广文苜蓿者。兴化谕吴公曰："师也过，商也不及。"坐客为之哄堂。吴名逢圣，桐城人，后知台湾府。

【译文】博士金棕亭金兆燕，是安徽全椒人。喜欢结交朋友，在扬州任教授时，四方往来，凡知名之士，没有不来投见他的。推襟送抱，日日写文作诗，饮酒欢会不断。因为宴请时饮馔丰盛，有人批评这太过于奢侈，追求浮华，像是盐商的作风，不是儒学教官应有的举止。兴化县吴先生说："师也过，商也不及。"在坐宾客为此哄堂大笑。吴公名逢圣，安徽桐城人，后来在台湾当知府。

竹影词人

海昌陈攽贞，工词。有句云："见他竹影横窗，疏疏密密，总写着个人两字。"杭堇浦太史呼为竹影词人。

【译文】海昌陈攽贞擅长写词，曾写过一个句子："见他竹影横窗，疏疏密密，总写着个人两字。"于是，翰林杭堇浦（杭世骏）就称他为"竹影词人"。

喝火令

汪焜，字宜伯，号忆兰，钱唐人，著《怀兰室词》。有《喝火令》一阕云："弱絮黏红豆，名花委绿苔，一夜秋水镜初揩。闻道香泥旧径，重印凤头鞋。　欲见无端借，相期有梦来，模糊心事系春怀。记得盟时，笑指鬓边钗。记得鬓边钗上，双凤不分开。"旖旎独绝。

【译文】汪焜，字宜伯，号忆兰，钱唐人，著有《怀兰室词》。《喝火令》一阕写道："弱絮粘红豆，名花委绿苔。一夜秋水镜初揩，闻道香泥旧径。重印凤头鞋。　欲见无端借，相期有梦来，模糊心事系春怀。记得盟时，笑指鬓边钗。记得鬓边钗上，双凤不分开。"这首词风格旖旎，造诣独绝。

条幅扇头诗

偶见条幅书一绝云:"山映帘栊水映窗,浣纱人在苎萝江。年年寒食梨花雨,门掩东风燕子双。"极其风致,惜不知为何人所作。又于扇头见一绝云:"一夜东风草剪齐,如丝春雨湿香泥。销魂细柳营前路,半踏弓鞋半马蹄。"亦爱不忍释。询之,知为姑苏翟某所作,惜忘其名。

【译文】我偶然在条幅上看到一首绝句:"山映帘栊水映窗,浣纱人在苎萝江。年年寒食梨花雨,门掩东风燕子双。"写得极其有风致,可惜不知是谁所作。此外,还曾经在面扇上看到一首绝句:"一夜东风剪草齐,如丝春雨湿香泥。销魂细柳营前路,半踏弓鞋半马蹄。"看后令人爱不释手。探问后得知,是苏州翟某所写,可惜我忘了他的名字。

长十八

《花十八》,琵琶曲名,前人诗词中常用之。长十八,草花名也。元葛逻禄《塞上曲》云:"双鬟小女玉娟娟,自卷毡帘出帐前。忽见一枝长十八,折来簪在帽沿边。"名色甚新,究不知何花也。

【译文】《花十八》是琵琶曲名,前人的诗词中常用。"长十八"是花草名,元代葛逻禄《塞上曲》中道:"双鬟小女玉娟娟,自卷毡帘出帐前。忽然一枝长十八,折来簪在帽沿边。"此名称极为新颖,然而终究不知是指哪一种花。

李后主词

南唐李后主词:"最是仓皇辞庙日,不堪重听教坊歌,挥泪对宫娥。"讥之者曰:"仓皇辞庙,不挥泪于宗社,而挥泪于宫娥,其失业也,宜矣。"不知以为君之道责后主,则当责之于在位之日,不当责之于亡国之时。若以填词之法绳后主,则此泪对宫娥挥为有情,对宗社挥为乏味也。此与宋蓉塘讥白香山诗,谓忆妓多于忆民,同一腐论。

【译文】南唐李后主词:"最是仓皇辞庙日,不堪重听教坊歌,挥泪对宫娥。"讥讽他的人说:"仓皇辞庙,不挥泪辞宗社,而对着宫娥挥泪,这是身为帝王却失职。"唉!这些人不懂得,如果要以为君之道来责难李煜,应当责难他在位之日无所作为,有愧于帝位,而不应当责难他亡国时的表现。如果从填词的角度来衡量评判李后主此作,对着宫娥挥泪反而是最有情致,最有美感的,如果改为对着宗庙社稷挥泪,会使得词作失去韵味。这与宋蓉塘讥讽白香山(白居易)的诗作,说白居易怀念妓女多于怀念百姓,都是同样迂腐的论述。

沈去矜卷子

丙戌至京,寓土地庙下斜街全浙会馆,塘栖姚镜生孝廉亦寓焉。一日，出卷子属题，则西泠十子沈去矜先生谦手书诗卷也。先生于顺治乙酉泛棹苏常，时南都新破，百姓流离，目击情形，凄然有感，取是年所作之诗，写成长卷，计古今体诗四十余篇，末缀小跋，字画苍劲，诗格浑成，允为名迹。是卷藏塘栖金氏，姚君部试，托其携入都中，遍征题咏。展卷名公巨卿，山人墨客，诗词歌赋，无美不臻。余为填南北曲一套云："〔新水令〕黍禾荒后蕨薇高，莽乾坤泪痕多少。江山余战伐，发鬓剩刁骚，凤泊鸾飘，留下这磨不灭的遗民数行稿。〔步步娇〕落日姑苏寒山道，小泊停孤棹，见流离战骨抛。叹几劫红羊，歌几回朱鸟，雪涕太无憀，对篷窗写出伤心调。〔折桂令〕这几首过明湖，清泪频飘，恨一时鼗鼓，闲却笙箫。那几首秀水苕溪，扁舟跌宕，短策逍遥。这几首哭忠魂，岳王墓表，吊毅骨，于相祠高。这几首江左萧条，海国游遨，还有那送行感逝，泣青衫死别生交。〔江儿水〕呜咽青陵笛，悲哀赤壁箫。你天涯眼见黄尘扫，你浮生梦醒黄粱觉，你闲身许作黄冠老，幸免白衣宣召，底事神伤，别有这凄凉怀抱。〔雁儿落〕想当年酒三杯，浇来义胆豪。泪千行，流得诗肠燥。橹双枝，撑开战血波。笔千言，写不尽惊心貌。呀！早玉箫声断广陵潮，眼见那边上将军万宝刀，当不起玉弩儿三千搅，留不住金瓯儿一半牢，波也么焦，更谁将东节移王导。悲也么号，赢得个西台哭谢翱。〔侥侥令〕留几幅残笺兼断楮，尽教人短诵又长谣。心香一瓣虔烧，恨不识先生貌，只认得押角的红泥把姓氏标。〔收江南〕待提起昔年遗老呵！笑忠义，枉云高，有几个西山曾赴辟贤辂，有几个北山又被移文诮。怅贞松自雕，叹芳兰自熬，只剩得梅边一集殿南朝。〔园林好〕展遗书龙眠虎跳，诵遗诗鸾姿鹤标，有大节千秋照耀，算兵火不能烧，算纸劫不相遭。〔沽美酒〕喜装签，玉共瑶，喜装签，玉共瑶，留下这伤心一卷续离骚，看故国河山裂纸条，这些些墨藻，问几番零落几搜牢。零落在蛛丝虫爪，搜牢在海绢山胶，看待作兰亭墨妙，何处许茂陵求稿。今日个风凄月寥，茶干酒销，许诗人展图凭吊。〔清江引〕寸金尺璧真堪宝，问何人笔尖儿横扫？这是那十子内的西泠沈氏草。"

【译文】丙戌年（道光六年，1826），我曾到京城，住在土地庙下斜街的金浙会馆，塘栖县举人姚镜生也住在这里。一天，出卷子写题，读到了西泠十子之一的沈去矜沈谦先生亲手写的诗卷。沈先生于顺治乙酉（顺治二年，1645）在苏州一带游吟，当时南京刚被清军打下，百姓流离，看到这般情景，沈先生凄然有所感，取当年所作的诗，写成长卷，古今体诗共计四十余篇。末尾写有小跋，字画苍劲有力，诗格浑然天成，实是名作，此卷现今由塘栖金氏珍藏。因姚先生部试，便托他将此卷带入京城，广泛地邀请名人雅士鉴赏题诗。吟咏展卷，名人高官，山人墨客，诗词歌赋，无不尽善尽美。我也为此，填南北曲一套，云："〔新水令〕黍禾荒后蕨薇高，满乾坤泪痕多少。江山余战伐，发鬈胜刁骚。凤泊鸾飘，留下这磨不灭的遗民数行稿。〔步步娇〕落日姑苏寒山道，小泊停孤棹，见流离战骨抛。叹几劫红羊，歌几回朱鸟。雪涕太无憀，对篷窗写出伤心调。〔折桂令〕这几首过明湖，清泪频飘。恨一时鼛鼓，闲却笙箫。那几首秀水苕溪，扁舟跌宕，短策逍遥。这几首哭忠魂，岳王墓表，吊毅骨，于相祠高，这几首江左萧条，海国游遨，还有那送行感逝，泣青衫死别生交。〔江儿水〕呜咽青陵笛，悲哀赤壁箫。你天涯眼见黄尘扫，你浮生梦醒黄粱觉。你闲身许作黄冠老，幸免白衣宣召，底事神伤，别有这凄凉怀抱。〔雁儿落〕想当年酒三杯，浇来义胆豪。泪千行，流得诗肠燥。橹双枝，撑开战血波。笔千言，写不尽惊心貌。呀！早玉箫声断广陵潮，眼见那边上将军万宝刀。当不起玉弩儿三千撼，留不住金瓯儿一半牢。波也么焦，更谁将东节移王导。悲也么号，赢得个西台哭谢翱。〔侥侥令〕留几幅残笺兼断楮，尽教人短诵又长谣。心香一瓣虔烧，恨不识先生貌，只认得押角的红泥把姓氏标。〔收江南〕待提起昔年遗老呵！笑忠义，枉云高，有几个西山曾赴辟贤轺，有几个北山又被移文诮。怅贞松自雕，叹芳兰自爇，只胜得梅边一集殿南朝。〔园林好〕展遗书龙眼虎跳，诵遗诗鸾姿鹤标，有大节千秋照耀。算兵火不能烧，算纸劫不相遭。〔美酒沽〕喜装签，玉共瑶，喜装签，玉共瑶，留下这伤心一卷《续离骚》。看故国河山裂纸条。这些些墨藻，问几番零落几番牢。零落在蛛丝虫爪，搜牢在海绡山胶，看待作兰亭墨妙，何处许茂陵求稿。今日个风凄月寥，茶干酒销，许诗人展图凭吊。　　〔清江引〕寸金尺壁真堪宝，问何人笔尖儿横扫？这是那十子内的西泠沈氏草。"

短　钱

　　唐元和中，京师用钱，每贯除二十文。梁武帝时，有东钱、西钱、长钱之分，以七八十为一百。《抱朴子》云："取人长钱，还人短陌。"则晋时似已有之，即今之所谓八扣九扣也。

　　【译文】唐宪宗元和年间，在京城使用钱币时，每一贯，实际只作九百八十文。梁武帝时，有东钱、西钱、长钱的分别，以七八十钱为一百钱。葛洪《抱朴子》中记载："取人长钱，还人短陌。"那么东晋时似乎也有这种情况，就是今天所谓的"八扣九扣"。

侄

《尔雅·释亲》篇云："女子谓晜弟之子曰侄。"引《左传》"侄其从姑"为证。今男子称兄弟之子曰侄，失之矣。兄弟之子当称从子，谓从子而别也。又呼犹子。案，《论语》子曰："回也，视予犹父也，予不得视犹子也。"则犹子二字，似又可作师呼弟子之称。兄弟之孙曰犹孙，见唐元稹《李公建墓志铭》。

【译文】《尔雅·释亲》篇说："女子将兄弟之子称为侄。"引《左传》"侄其从姑"为证。现在男子称兄弟之子为侄，这个称呼有误，兄弟之子，应当称为"从子"。称从子来区别自己的儿子，又称犹子。《论语》子曰："回也，视予犹父也，予不得视犹子也'。"那么犹子二字，似乎又作为老师对弟子称呼。兄弟的孙子叫犹孙，这个叫法在唐朝元稹《李公建墓志铭》中有记载。

达 诗

会稽陶菊坡章焕《五十初度》诗云："纵然便死原非夭，若竟长生也听天。"真是达人之语。又有人《垂老娶妾》诗云："我已轻舟将出世，得卿来作挂帆人。"感喟处更写得蕴藉。至唐子畏句云："黄泉若遇好朋友，只当飘零在异乡。"小颠僧句云："九京多少相知友，道我来迟罚一杯。"虽同一达观之语，而一觉其伤感，一觉其俳优矣。

【译文】浙江会稽人陶菊坡陶章焕的《五十初度》诗中写道，"纵然便死原非夭，若竟长生也听天。"真是达观之人说的话。又有人作《垂老娶妾诗》，道："我已轻身将出世，得卿来作挂帆人。"写得含蓄感人。唐子畏（唐寅）诗中写道："黄泉若遇好朋友，只当飘零在异乡。"小颠僧诗句说："九京多少相知友，道我来迟罚一杯。"虽然同样达观，但一个读来令人觉得伤感，一个觉得像是俳优在戏谑调侃。

集　句

姚古芬尝集旧句云："北方佳人，遗世而独立；东邻处子，窥臣者三年。"对仗天造地设。又山舟学士尝集《水经注》语云："帛什理于是山，作金五千斤，救百姓；小夫人以两手，将乳五百道，向千儿。"其语甚奇。

【译文】姚古芬（姚伊宪）曾集旧句说："北方佳人，遗世而独立。东邻处子，窥臣者三年。"对仗工整，天造地设。此外，山舟学士（梁同书）曾集《水经注》中的内容为对联，道："帛什理于是山，作金五千斗，救百姓。小夫人以两手。将乳五百道，向千儿。"奇思妙想，令人叹服。

蜘　蛛

海州蜘蛛怪，不知何代物也。能嘘气为黑风，居民每望见风起如黑烟蓬蓬，则皆严闭户牖，风过乃已。一日，龙击之，雷雨既作，蛛吐丝网，龙窘不得出，格斗凡数十，须臾而濒海皆水矣。始有火龙者二，焚网出龙，蜘蛛遁不知所往。诘旦，于数十里外，有物纵横散落，圆腻色灰，围如人臂，或数寸，或一二尺，金石无所伤，而两头皆焦火痕，盖蛛丝也。大兴舒铁云孝廉有《蛛丝网龙篇》纪其事。

【译文】海州（今属江苏）有蜘珠怪，不知是何时成精。它所吹之气，能够化为黑风，居民常看见风起如黑烟蓬蓬，人们都关紧门户，风过之后才把门窗打开。一天，龙击蜘珠，雷雨大作，蛛吐丝网，龙被困住无法脱身，格斗了数十轮，一路缠斗，没多久就到了海边。这时，有两条火龙出现，焚烧蛛网，救出了被困之龙，蜘珠不知逃到哪里。第二天，数十里之外有东西纵横散落，呈圆柱形，灰色，触感细腻，如同人臂一样粗，有几寸的，也有一二尺的，质地坚固，金石也不能磨损它，而二头有烧焦的火痕，原来是蜘珠丝啊。大兴人、举人舒铁云（舒位）的《珠丝网龙篇》中记载了这件事。

破 题

商邱安舜庭^{世凤}童子时，向郡守求试。守指路旁"此屋实卖"四字，令作破题。安应声云："旷安宅而弗居，求善贾而沽诸。"郡守首拔之。又有人作"伯夷叔齐"四字破题云："甲子以后无天，首阳之外无地。"亦觉奇伟可喜。

【译文】河南商丘人安舜庭安世凤年幼之时，自请郡守出题考验自己，郡守指路边"此屋实卖"四字，让他破题，安舜庭应声答道："旷安宅而弗居，求善价而沽诸。"后来郡守选材时首选安舜庭。还有人作"伯夷叔齐"四字破题曰："甲予以后无天，首阳之外无地。"也写得奇伟壮阔，令人心喜。

阮大铖祭文

明沈士柱祭阮大铖文，极狡狯。文曰："某年月日，故降大司马阮公之丧，至自浙东，沈某为文以祭曰：'古称知己，重于感恩，以余观之，岂独恩为知己哉？孔融博文强记，操非不知之；颜真卿纯忠大节，卢杞非不知之；惟知之深，故忌愈切，杀愈速。天下后世但知操、杞妒贤，而不知于两公未始不称相知也。余少贱，未识司马，闻公掇巍科，登华膴，附中常侍势，与士君子为仇。说者遂诋公为假子，导杀正人。余谓不然，逆珰嗣子满天下，得公不加益，失公不加损，效吮痈舐痔之行，媚衔宪握爵之人，具翻江搅海之才，行坠石下井之事，何求不遂，何欲不行，而位不过光禄。雄狐九尾，不得与彪虎雁行，于以知公之迹巧而事拙也。烈皇手定逆案，阅公封事，入赞道列，终身不齿。说者谓公深仇先帝。余谓不然，使先帝悉公才智，复为采录，则恩怨亲仇，与众相忘久矣。惟毅然不摇群论，使公十七年林壑，养鳞甲，丰羽毛，得甘心快意为杀人具者，伊谁之赐耶？于以知公之阳仇而阴德也。公诃曲奔走一时，说者谓愤时嫉俗，科诨皆指正人。余谓不然，弘光半载，公涂面登场，自为玩弄，及审鸠兹，公曰："我必不学伯嚭走钱唐。"无论自比宰嚭，作谶钱唐，一语不出前史，作剧者神子胥之灵，以褫公等逊邪之魄，公目不识史，胸中但有梨园稿本，以国为戏，于以知公之胆大而才小也。公以小怨杀周、雷二公，复兴钩党狱，说者谓公流毒宗社。余谓不然，周、雷亢直，忌者不独公也。公不杀，群小必杀之。即不然，而贤奸并列，邪正不分，终令大厦莫支，狂澜失砥，而后殒命报国。论者不责其见几之不早，即讥其返正之无术，故死于公，犹愈自死也。即同难诸君，雕虫小技，当与草木同腐，天假公手，登弹墨以永其名，虽公为国谋不忠，为身谋不祥，而为诸君子谋则善也，于以知公之事险而意厚也。公闻变倡逃，说者以卖君误国，律与马同罪。予谓不然，公与马密谋定策，如置弈棋。然马贪夫败类，自公出而劝以戕贼毒螫，及悔为所用而事已去。浙东一战，马尚同方合志，不知输诚纳款，公又先马效之矣。使公同受戮西市，一生恶迹，补过盖愆，何委质后方糜烂以死，生与马同丑行，死并不得与马同荣名，天实为之也。公临岩一跌，身首异处，智能保首领于生前，不能全躯于身后，谁分其尸，谁传其首，岂非天哉！于以知公之意狡而神愚也。此五者，人议公险，予为公平之；人议公深，予为公浅之；人议公毒，予为公厚之；人议公巧，予为公拙之。独人高公词曲，予独畜以俳优。谓公以人国侥幸，正坐此病，九原有知，当亦以为知言也。予隔县诸生，不知公何风闻，怨毒为甚。友人曰："君庚午闱后，有人以闱义质公爪牙，君见评阅，当座吡之，其人忿而谒公，借君为质，公于是伏欲杀之机矣。"或又曰："君渭阳侍御，公未第，辱公推分，及公为大行给谏，侍御绝不与通。又，公欲以故人礼遇子，子不屑仕也，公于是又增欲杀之目矣。"夫士睥睨王侯，莫如祢衡，其面辱阿瞒无人礼，而操能容之。若以通家子视余，昔秦桧、胡安国始未尝非同党，及末路败坏，子胡寅、胡宏以和议不合，答书甚严，桧虽心恨，未至于杀也，公何必欲置予死地耶？然公虽欲杀予，予即未见杀于公，而以称相知，则有窃附古人者。忆党祸初发，公庭语坐客，二沈倔强，必生致。二沈，眉生与余也。夫倔强之名，世所讳，古所尊。公不吝以加之余，公不可谓不知我。自公降后，同人为余动色相戒，余笑曰："公狡狯人也，其于余一发不效，有懈志矣。且自度向以搏象全力，兔尚得脱，今游魂余烬，焉能钩致周内，复陷人罪罟哉？余知公必不为也。"余不可谓不知公。今有人绸缪款洽，而实泛常，公操利刃，设深阱，使我流离琐尾，然犹窃附知己，魂如有灵，当临风一笑也。'"文甚长，节录之。此文嬉笑甚于怒骂，朽骨有知，能无汗泚。

【译文】明朝沈士柱给阮大铖撰写祭文时，表达狡黠，多用反讽。文章这样写道："某年某月某日，大司马阮公离世的消息传至浙东，沈某写文章来祭阮公。祭文如下：'古人提到知己时，大多感戴对方的恩情。但是在我看来，不光是于己有恩之人，可以称为知己。孔融博闻强识，曹操并非不知道其才华。颜直卿为人忠纯，大仁大义，卢杞并非不知道其品行。正是因为曹、卢对孔、颜了解得越深，曹、卢就越是忌惮孔、颜，所以越是急着杀害孔、颜。后世人只知曹操和卢杞嫉贤妒能，却不知道这两个人也称得上是孔、颜两位贤才的知己了。我出身卑贱，未能结识大司马，只听说阮大铖先生曾金榜题名，登高官之位，后来依附宦官近侍的势力，跟世间的君子结下仇怨。有人诽谤阮公，说他是宦官的假子，枉杀忠贤，但我不这样看。朝廷中，奸臣的孝子贤孙到处都有，多阮大铖一个不多，少阮大铖一个不少，没有什么实质性的影响。仿效吮痈舐痔这样低三下四的行径，讨好当权者，凭着翻江倒海的才能，干落井下石的事情，这样一来，自己有什么愿望不能实现呢？但是实际上，阮公却始终没有升至高位，最多不过区区光禄大夫。就如雄狐九尾，却不得与彪虎雁行。这是因为他头脑聪明，但是办事拙劣。烈帝亲自参与审理逆案，因而阮大铖写史时，颇多非议，为人耻笑。有人攻讦阮大铖，说他与先帝间有很深仇大恨。我认为，并非如此。如果先帝了解阮大铖的才智，重新提拔重用他，那么其间的恩怨，早就被人们忘却了。只是他态度坚决，不为众人的言论而动摇，使阮先生得以隐藏十七年，积蓄力量，后来甘心情愿地成为杀人工具，是谁给他这样的机会呢？从此可以看出阮大铖是表面上仇恨先帝，而私下里感恩戴德。阮大铖创作的词曲传诵一时，论者说他愤世嫉俗，插科打诨都是在愤世嫉俗，我不这样看。弘光年间，先生曾粉墨登场，自为游戏。等到逃窜至鸠兹时，先生说："我一定不学伯嚭走钱唐"，无论是自比伯嚭，还是作谶钱唐，每一句话都不离前朝历史。他作剧时，尊奉伍子胥之灵，来隐藏自己谄邪的品行。先生不了解历史，胸中只有梨园唱本，把国家大事当成唱戏，由此可见，先生胆大才微。先生因为私人间的琐事恩怨杀掉了周、雷两位先生，又重新钩连出党狱一案。评论先生的人说他流毒宗社，我认为，并非如此。周、雷为人正直，刚直不阿，忌恨他们的大有人在，不独阮公一人。即便阮公不杀他们，其他小人也一定会杀害这两人。即使不这样，贤才和奸臣并列，邪恶与正义无所区分，最终江山社稷一定如大厦将倾，狂澜失砥。在此之后，即便是牺牲生命报效国家，人们不责怪他们醒悟得太晚，反而讥笑他们没有办法力挽狂澜。所以，他们虽然被阮公杀死，但实际上，等于是自杀啊。而那些被牵连,与他们一同遇难的几位朋友,他们的死,更是区区小事,不值一提,是上天借阮公之手,使他们留名后世。虽然阮公对国不忠,对自己也没谋得好下场,但却为诸位君子干了件大好事。由此可见,阮公办事虽然看似阴险,但用意厚道。阮公听说变乱,仓皇逃跑,议论者说他出卖国君,危害国家,按律法当与马氏同罪。我认为并非如此。阮公与马氏密谋策划,就像下棋博弈。但马氏是贪夫败类,受阮公的推举,却以恶毒的计谋来劝阮公,等阮公后悔用了马氏的计策时,大势已去。浙东一战,马氏尚且拒绝投敌,而阮公投降叛国。如果阮公在西市一道受刑,以殉国来修补前罪过失,那么他一生的丑恶行径可能就可以被掩盖,总好过等降清名声扫地后,以一种荒诞的方式死去。阮公在世的时候与马氏有同样的丑行,死后却不能得到与马氏一样的荣名,这实在是天意。阮公在高处岩石上意外跌伤,沦落得身首异处,他在生前能够出卖国家,换取苟活于世的机会,却最终不能保有全尸。是谁让他身首异处,不得全尸,这难道不是天意吗?由此可知,阮公虽然用心狡狯但是实则为人糊涂啊。在这五个方面,人们说阮公阴险,我说他平实。人们说阮公城府很深,我认为他思虑浅。人们说阮公恶毒,我认为他厚道。人们说阮公巧诈,我认为他笨拙。人们只推崇阮公所作的词曲,但我认为是这不过是卖弄文辞,是倡优所为。阮公行事侥幸,这才是他为人最大的弊病。阮先生在九泉之下,也会认为我说的是知己之言。我是隔壁县小小的诸生,不知道先生从何处知道了我的存在,特别怨恨我。朋友曾和我说,庚午年科举考后,有人将带着考场文章去拜谒阮公的爪牙。你知晓后,当场斥责他,之后此人气愤地去拜谒阮公,借你斥责他之事作为礼物由头,向阮公讨好投诚。阮公由此对你有了杀心。有人还说,你的舅父是侍御,而阮公未中科举时,曾让他安时守分,等到阮公在先帝朝担任给谏,侍御拒绝与他往来。还有,阮公曾经想将你视为世交,礼遇提拔你,但你不屑于出仕做官,阮公因此又增了新的杀机。在蔑视王侯的士人中，谁也比不上祢衡，他当面羞辱曹阿瞒，指责其不知礼义，但是曹操都能容忍他。如果想将我视为通家子弟，从前秦桧、胡安国，最初曾经交好，到后来两人关系破裂，胡安国之子胡寅、胡宏因为对和议不满，在给秦桧的答信中措词甚严，秦桧虽然心狠手辣，但也不至于想要除去胡寅、胡宏。阮先生您何必一定要置我于死地呢？不论如何，先生虽然想杀我，但却未能杀我。因此我还是冒昧地窃附古人，称先生是知己。回想起，党祸刚刚发生之时，阮公在庭中对坐客说，二沈为人倔强，一定要活捉二沈。阮公所说的二沈，指的正是眉生（沈寿民）与我。当世人避讳倔强之名，但在古代，倔强之名，实是褒称，为人尊崇的，先生毫不吝啬地把倔强之名加在我头上，不能说先生不了解我啊。自先生降清死后，朋友担心我遭到报复，劝我小心防备。我笑着回答道：阮先生为人很狡诈，他对付我一次，却不见效，便会松懈。更何况，阮公曾经竭尽全力要谋害我，尚且未能得逞。现在他只剩下游魂余烬，又怎能和小人继续串通勾结、谋划周密地再次害人，使人陷入他编织的罪网呢？我知道先生一定不会这样做。我实在是先生的知己啊。如今有人绸缪款洽，其实平平常常，如何比得上阮先生手操利刃，设下陷阱，使我颠沛流离。但我还是要将他视为知己。如果阮公九泉之下，亡魂有灵，当临风一笑。'"文章很长，节录一些。此文章笔墨重在讽刺嘲讽，而非怒骂，阮大铖如果泉下有知，能不汗颜么？

频罗庵挽寿联

山舟学士所撰挽寿联极多，兹择其尤者敬录之。"四十年生有自来，身到蓬瀛天遽召；三千里殁而犹视，心伤桑梓母何依。"挽汤昼人妹丈，辛未庶常，甲戌未及散馆，殁于京师，年四十，生母犹在堂。"天北掩台垣，见说槐音中夜断；江东失宗衮，心伤荆树一齐摧。"挽家文定公，时冲泉弟亦没。"朝无谏草，家有赐书，卅载清声光简册；公应骑箕，我悲陟岵，一时血泪洒蒉莩。"挽姑丈张藻川侍郎。"刘先生之夫人，无惭铭志；宣文君之家法，具在孙曾。"挽丁龙泓夫人。"孝思尽宦海家园，荣亲养亲，一笑生天证佛果；道望齐太山梁木，吾仰吾放，几人入座哭春风。"挽庄对樵师。"青宫授几，洛社图形，官府神仙皆慧业；备达尊三，擅绝诣四，儒林文苑并传人。"挽钱萚石侍郎，时以上书房致仕。"帝畀以河，三策勤劳著淮北；臣心似水，四知风节媲关西。"挽蓝素亭河督。"万里儿啼，此日愁攀贤令辙；卅年老泪，隔江空盼少微星。"挽陶篁村，时令子宫黔。"名在千秋，服郑说经刘杜史；神归一夕，仙人骨相宰官身。"挽钱竹汀宫詹。"画里传衣，凤契偶同永长老；山中献盖，前尘谁证衲禅师。"挽明中和尚。余画过去僧像，师为补衲。又师与先君同在诗社。
　　"绝笔诗成，写照羼仙，明月清风人已远；平生墨妙，瓣香冰叟，虹楼瀛海世争传。"挽孔谷园。殁前，有题苏尺牍诗，"明月清风"，诗中语也。天瓶居士，谷园妇翁。玉虹楼，谷园斋名。瀛海仙班帖，天瓶书也。"竹萎蕉枯，此日是师真面目；焚香洒水，当年惟我旧朋俦。"挽佛斋师，次句指恒公寂时。"海邦至竟思贤宰，湖社从今感寓公。"挽华秋槎。"路近西州，争忍重过空洒泪；门荒孟氏，从教明日罢登高。"挽许表母舅，九月八日卒。"一品恩还，魂魄长依华屋；九重念旧，馨香宜彻幽泉。"挽家春淙二兄。"天际彩衣荣右衮，手中色线补垂裳。"寿曹司农令堂八十。"螭蚴旧齿符天寿，雁塔新题冠佛名。"寿稽中堂八十以万寿年生日，重赴琼林。"八座起居，令子宫袍慈母线；

重闱燕喜，南阳仙菊北堂萱。"甲寅九月十八，吴年伯母八十寿，令子开藩河南，故用南阳菊事。"盾鼻弓衣，行世文章皆事业；屏风团扇，还山官府即神仙。"寿王述庵八十。"甲子从头开上寿，神仙自古有曾孙。"寿许小范六十，时已有曾孙。"东方先生善谐谑，南极老人应寿昌。"寿赵次乾。

【译文】山舟学士（梁同书）所撰挽联、寿联非常多，在这里选择最佳的抄录如下。"四十年生有自来，身到蓬瀛天遽召；三千里殁而犹视，心伤桑梓母何依。"追悼汤昼人（汤锡蕃）妹丈，辛未（嘉庆十六年，1811）庶吉士，甲戌（嘉庆十九年，1814）还没到散馆，在京城去世，年仅四十，其生母依然在世。"天北掩台垣，见说槐音中夜断；江东失宗衮，心伤荆树一齐摧。"追悼家人文定公（梁国治），当时其弟梁冲泉（梁敦书）也去世。"朝无谏草，家有赐书，卅载清声光简册；公应骑箕，我悲陟岵，一时血泪洒葭莩。"追悼姑丈张藻川（张映辰）侍郎。"刘先生之夫人，无惭铭志；宣文君之家法，具在孙曾。"追悼丁龙泓（丁敬）夫人。"孝思尽宦海家园，荣亲养亲，一笑生天证佛果；道望齐太山梁木，吾仰吾放，几人人座哭春风。"追悼其师庄对樵。"青宫授几，洛社图形，官府神仙皆慧业；备达尊三，擅绝诣四，儒林文苑并传人。"追悼钱萚石（钱载）侍郎，当时以上书房当差身份辞官退休。"帝畀以河，三策勤劳著淮北；臣心似水，四知风节媲关西。"追悼河道总督蓝素亭。"万里儿啼，此日愁攀贤令辙；卅年老泪，隔江空盼少微星。"追悼陶篁村（陶元藻），当时其子在贵州任职。"名在千秋，服郑说经刘杜史；神归一夕，仙人骨相宰官身。"追悼太子詹事钱竹汀（钱大昕）。"画里传衣，凤契偶同永长老；山中献盖，前尘谁证衲禅师。"追悼明中和尚。我曾画过去僧像，明中和尚在上面题词。又明中和尚与先父同在诗社里。"绝笔诗成，写照髯仙，明月清风人已远；平生墨妙，瓣香冰叟，虹楼瀛海世争传。"追悼孔谷园（孔继涑）。

去世前，有题过苏轼尺牍诗，"明月清风"，是诗中的语句。天瓶居士（张照），是孔谷园妻子的父亲。玉虹楼，是孔谷园的书斋之名。瀛海仙班帖，是天瓶居士的书帖。"竹菱蕉枯，此日是师真面目；焚香洒水，当年惟我旧朋俦。"追悼佛裔师，第二句指恒公圆寂之时。"海邦至竟思贤宰，湖社从今感寓公。"追悼华秋槎（华瑞潢）。"路近西州，争忍重过空洒；门荒孟氏，从教明日罢登高。"追悼许表母舅，九月初八去世。"一品恩还，魂魄长依华屋；九重念旧，馨香宜彻幽泉。"追悼家二兄梁春淙（梁肯堂）。"天际彩衣荣右袞，手中色线补垂裳。"祝寿曹司农（曹文埴）母亲八十岁。"螭坳旧齿符天寿，雁塔新题冠佛。"祝寿嵇中堂（嵇璜）八十岁因清高宗万寿年生日，再次前往参加新科进士琼林之宴。"八座起居，令子宫袍慈母线；重闱燕喜，南阳仙菊北堂萱。"甲寅（乾隆五十九年，1794）九月十八日，吴年伯母亲八十寿辰，其子在河南为一方大员，因此用南阳菊之事。"盾鼻弓衣，行世文章皆事业；屏风团扇，还山官府即神。"祝寿王述庵（王昶）八十岁。"甲子从头开上寿，神仙自古有曾孙。"祝寿许小范六十岁，当时已有曾孙。"东方先生善谐谑，南极老人应寿昌。"祝寿赵次乾。

中书诗

有人作嘲中书诗云："莫笑区区职分卑，小京官里最便宜。也随翰苑称前辈，且喜中堂是老师。四库书成邀议叙，六年俸满放同知。有时溜平到军机处，一串朝珠项下垂。"形容入妙，南海孝廉谢尧山念功为余言之。

【译文】有人作嘲中书诗说："莫笑区区职分卑，小京官里最便宜。也随翰苑称前辈，且喜中堂是老师。四库书成邀议叙，六年俸满放同知。有时溜到军机处，一串朝珠项下垂。"形容巧妙，广东南海县举人谢尧山谢念功为我转述这首诗。

供 春

　　宜兴砂壶，供春为上，时大彬次之。时壶尚可得，供春则绝迹矣。供春者，《阳羡名陶录》以为童子，查初白词注以为吴家婢也，未知孰是。

　　【译文】宜兴砂壶，以供春制作的为上品，时大彬的则在于其次。现今时大彬的壶还可找到，但供春的壶已经绝迹了。《阳羡名陶录》认为"供春"是一位童子，查初白（查慎行）的《词注》认为她是吴家的婢女，不知当以哪种说法为准。

御 舟

　　高宗南巡渡江，于文襄敏中扈跸进诗。时会稽陶篁村先生在文襄幕中，因属其代作。内有句云："千帆飞渡江南岸，一片黄旗识御舟。"文襄击节，惟援笔将飞字改拥字。先生尝语人曰："易飞为拥，便见警跸尊严，此真一字之师也。"

　　【译文】清高宗南巡渡江，于文襄公于敏中随行伴驾，需要向高宗进诗。当时浙江会稽人陶篁村（陶元藻）先生，是于文襄公的幕僚，因此于文襄公嘱咐他代写诗作。写好的诗作内有一句说："千帆飞渡江南岸，一片黄旗识御舟。"于文襄公拍掌称绝，只是持笔将"飞"字改为"拥"字，陶先生曾对别人说："把飞改成拥，更可以突出皇家威严"。这可以称为一字之师了。

白撞雨

凡暴雨忽作，雨不避日，日不避雨，雨点大而疏，粤人谓之白撞雨。土谚曰："早禾壮，宜白撞。"见《广东新语》。

【译文】凡是突下大暴雨的同时，雨水不回避太阳，太阳不回避雨水，雨点很大但稀疏，广东人都称之为"白撞雨"。地方谚语道："早禾壮，宜白撞"。屈大均《广东新语》中有相关记载。

珊瑚树

吴淞总兵杨华言："澎湖之南，海清见底，然悬絙百丈不能测也。中有珊瑚树四株，大可合抱，巨鱼数十环之，若典守者然。"

【译文】吴淞总兵杨华说："澎湖以南，海水清澈见底，纵使垂下百丈长的绳子，也无法测量其深度。在那片海域中，有四株珊瑚树，树形巨大粗壮，需两臂抱拢，还有数十尾大鱼环绕着它，好像是在看守这些珊瑚树一样。"

岳王诗

向阅某小说，见有咏岳王诗一首云："臣飞死，臣俊喜，臣浚无言世忠靡, 臣桧夜报四太子, 臣构称臣自此始。"寥寥数语, 用笔严冷之至。

【译文】从前阅读小说, 见到有一首歌咏岳王 (岳飞) 的诗: "臣飞死, 臣俊喜, 臣浚无言世忠靡。臣桧夜报四太子, 臣构称臣自此始。"寥寥数语, 用笔极其犀利透彻, 一针见血。

三百三十有三士亭

亭在福州学使者院中, 朱筼河先生所建。亭前有石三百三十三峰, 每一石镌诸生一人姓名, 即其人所献也。

【译文】这座亭子在福州学使院中, 为朱筼河 (朱筠) 先生所建。亭前有三百三十三块巨石, 每一块巨石上都刻着一个诸生的姓名, 表明该石就是这位诸生出资捐献的。

武陵娘子

常德蠡山庙, 祀越相蠡, 山畔有武陵娘子祠, 土人云: "以祀西子也。"

【译文】常德有一座蠡山庙, 专门祭祀春秋时期越国国相范蠡。山旁有一座武陵娘子祠, 当地人说: "这是祭祀西施的。"

梅龛诗佛

西江吴兰雪中翰嵩梁工诗，高丽使臣得其所著诗，称为诗佛，而筑一龛以供之，种万梅树云。

【译文】西江人、内阁中书吴兰雪吴嵩梁擅长作诗，高丽使臣得到他所写的诗后，大为叹服，称赞他为"诗佛"。因而筑一神龛来供奉他，并在神龛附近种了许多株梅树。

命

圣人言知命、定命、立命、俟命，而其理究微而莫测也。故孔子卒罕言命。乃世之谈命者，以所生年月日时之干支，合为八字，遂以为命可推测而知。番禺张南山维屏司马作《原命》驳之，其说云："推年月日始于唐之李虚中，推年月日时始于宋之徐子平。夫言命以干支为凭，亦思干支何自昉乎？昉于唐尧之元，载《通鉴前编》。《本经世历》定为甲辰，《竹书纪年》则以为丙子，《路史》则以为戊寅，《山堂考索》则以为癸未，是则今所据之干支，其为此干支与否，亦尚未可知也，而谓人之命在是，噫其惑也！"此说新快，足破术士之愚。

【译文】圣人说知命、定命、立命、俟命，其中的道理深奥难测，所以孔子始终很少提及命数。而现在世人所谈的"命"，是以某人所生年月日时之干支，合为八字，认为这就是命，可通过分析八字而推测其人一生运势。广东番禺人、司马张南山（张维屏）作《原命》批驳道："推年月日，这种算法开始于唐代的李虚中，推年月日时，这种算法开始于宋代的徐子平。人们以干支作为解读命运的凭据，但为何不想想干支的出现源于何时呢？《通鉴前编》认为干支始于唐尧时代。《本经世历》中将起点定为甲辰，《竹书纪年》则定为丙子，《路史》则以为戊寅，《山堂索考》则定为癸未。现在所说的干支，与古人所言是否相同呢，我们尚且不得而知。既然如此，那么还说什么人的命数取决于干支呢，这种论述真是糊涂啊！"此种说法，新鲜痛快，足以反驳术士们愚昧的观点。

莫如用猛

天下大小衙署扁额楹联，或意主颂扬，或心存景仰，大抵崇尚宽和，政体然也。独广东东莞县署二门以内，高营绰楔，大书四字曰："莫如用猛。"为江南仲柘泉明府振履所题。仲公宰是邑，颇有政声，盖东莞之俗，好勇斗狠，急则治标，刑乱用重，亦是权宜之一术。然操切之治，究非常法，此语能吏言之，循吏必不肯言也。大书特书，乌可以示后人哉？闻直隶枣强县署一对云："苦心未必天终负，辣手须防人不堪。"不知为何人所作，此等居心，则得之矣。

【译文】天下大小衙署中的匾额楹联，有的主旨在于颂扬，有的心存景仰，大抵风格崇尚宽和，因为我们的行政体法是这样的。唯独广东东莞县署二门以内，写着四个大字，"莫如用猛"，这是江南人、县令仲柘泉仲振履所写，仲先生主政此地时，颇有政绩。大概是因为东莞当地民风彪悍，人民好勇斗狠，当地官员急于治标，因此偏好重刑，这也是一种权宜之计啊。但此猛政，终究不是常法。这句话是有才干的官吏所说的，但因循守旧的官吏一定不会说这种话。又怎么能将此法，大书特书，来指导后人呢？听说直隶枣强县署内有一副对联，说："苦心未必天终负，辣手须防人不堪"。不知是什么人所写，这等用心良苦，就知晓了世俗人情的实际情况。

分茅柱

吾杭学使署前有石硅，硅上刻"天禄"字，下有云雷文，名"分茅硅"。盖学署初为都指挥府，今官废而硅犹存，土人尚以都司卫名其地焉。

【译文】我们杭州学使署前有一座石硅，硅上刻着"天禄"二字，下面有云雷文，这个石硅叫"分茅硅"。学署当初原是都指挥府所在地，现在都指挥府的官署已废弃，而硅石尚在，当地人仍然叫此地为都司卫。

红　豆

葛秋生姑丈庆曾斋中悬一联云："书似青山常乱叠，灯如红豆最相思。"语极清新。青山句秋生自拟，红豆句则许滇生侍讲所对也。又姚古芬丈赠秋生句云："名士青衫千日酒，故人红豆两家灯。"上句豪宕，下句情挚。

【译文】姑丈葛秋生葛庆曾书斋中悬挂一副对联："书似青山常乱叠，灯如红豆最相思。"语言清新，前一句是葛秋生自拟，后一句是侍郎许滇生（许乃普）所对。曾有姚古芬（姚伊宪）赠葛秋生一联，道："名士青衫千日酒，故人红豆两家灯。"上一句豪放不羁，下一句情谊真挚。

木龙血

绍兴三江闸，名应宿闸，明郡守汤公所筑。初筑时，水大不得合，祈于神，梦神语曰："若要此闸成，除非木龙血。"寤而不解所谓。适有皂吏名莫龙者，挺身曰："以一命而全数十万人，吾何惜焉！"遂禀郡守，自投于水而闸以成。至今汤公祠犹以莫龙配祀。陶春田广文轩《应宿闸》诗云："漂流皂吏生前血，成就黄堂死后功。"盖纪实也。

【译文】绍兴的三江闸，又名"应宿闸"，是明朝郡守汤公所建。初建时，水势过大，闸门不能合拢，于是汤公向神仙祈祷，梦见神仙说："若要此闸成，除非木龙血。"醒后汤公不明白这句话。此时正好有一个小吏名叫莫龙，挺身而出说："（神谕中说的木龙，也许是我吧。）如果能牺牲我一人而保全数十万民众，我的性命又有什么好顾惜呢。"于是上报郡守，自己投入水中，就此闸门终于合拢。至今汤公祠还以莫龙配祀。教官陶春田陶轩《应宿闸诗》写道："漂流皂吏生前血，成就黄堂死后功。"这诗是关于这件事的纪实作品啊。

王廉访挽联

道光乙酉，德清徐倪氏之案，自巡抚以至典史，一城之官处分殆遍。廉使王公惟恂以无术平反此案，遂至自裁。身为三品大员，轻生以殉，识者少之，而其志则可闵也。蔡生甫学士之定挽联云："刚毅木讷近仁，生原无忝；聪明正直而一，没则为神。"

【译文】道光乙酉（道光五年，1825），德清徐倪氏命案（应为德清徐蔡氏命案），从抚巡到典使，一城之官，几乎都受到处分。按察使王惟恂，因为无法平反这件命案而自杀了。身为三品大员，轻生殉职，有识之士轻视这行为，但是其志可嘉。学士蔡生甫蔡之定写有一幅挽联说："刚毅木讷近仁，生原无忝。聪明正直而一，没则为神。"

寿 星

临海王芝圃先生世芳，生于顺治己亥九月九日寅时。康熙丙辰，从贝子征耿逆，血战斩寇数十人，适贝子遽卒，未及奏功议叙，年四十九始补博士弟子员，继而贡成均，官遂昌司训。乾隆辛巳，蒙恩授国子监司业，庚寅加翰林院侍讲，时已百十二岁矣。当七旬时，孙曾已盛，逮百龄外，曾孙复举曾孙，因赋诗云："身历四朝沾浩荡，眼看七代长儿孙。"盖纪实也。陈太仆句山先生赠诗云："华皓何来云水头，宠加新秩返扁舟。酒钱未卜凭谁与，壶药翻叨为我投。薄宦梦惊山北檄，散仙行逐海东鸥。独留佳话传台阁，曾与耆英大父游。"相传王中年入天台，有人授水二勺，一热一冷。王饮其热者，人或叩之，笑不答，但曰："吾生平无他过人，视声色货利淡而已。"由是人皆以王寿星呼之。又杭有乡民赵振鲸者，嘉庆甲戌一百岁，蒙恩赐六品顶带。山舟学士为书坊对云："身历四朝，太平黎庶；寿登两甲，盛世耆英。"赵来谢时，自江干拿舟入城，泊盐桥，步行至竹竿巷，不持杖，拜跪无所苦，同来者系其长孙，已六十三矣。赵君为人短小，无须髯，好观剧。会里社演剧，赵挺身挨入人丛，有拍其肩者曰："老弟莫用力，我老年人筋骨不耐揉搓也。"赵回视之，其人须发皓然，因问曰："翁年几何？"曰："八十三岁矣。"赵笑曰："然则与我大小儿同年也。"于是闻者哗然。后年百有九岁，无疾而逝。又家接山叔祖，守广西庆源，有蓝祥者，年一百四十四岁，乡人耕凿自安，不谙朝典，叔祖为详请旌褒，恩赐六品顶带，并设宴府堂以待之。其曾元扶掖而来，耳目无翳障，饮啖过人，顾能画人物，因倩其画寿星一幅，寄呈山舟学士。学士题寿星赞百余字，并画勒诸石，今其碑犹存清勤堂中也。

【译文】临海王艺圃先生王世芳，生于顺治己亥（顺治十六年）九月九日（1659年10月24日）寅时。康熙丙辰（康熙十五年，1676），跟随贝子征讨逆贼耿精忠，经过血战，王先生斩敌数十人。战后因贝子早逝，无人将他的战功上报，因而等到了四十九岁，才补博士弟子员，为成均贡生，官至昌司训。乾隆辛巳（乾隆二十六年，1761），受皇恩被提拔为国子监司业，乾隆庚寅（乾隆三十五年，1770），加翰林院侍讲，当时王艺圃先生已是一百一十二岁高龄。当他七十岁时，他的孙子、曾孙已年富力强，百余岁时，曾孙已经抱上曾孙了。王艺圃先生写诗道："身历四朝沾浩荡，眼看七代长儿孙。"此言非虚。太仆陈句山（陈兆仑）先生赠诗说："华皓何来云水头，宠加新秩返扁舟。酒钱未卜凭谁与，壶药翻叨为我投。薄宦梦惊北山檄，散仙行逐海东鸥。独留佳话传台台阁，曾与耆英大父游。"相传王先生中年时，曾经到过浙江天台山，有人拿着一热一冷两勺水给他，王先生选择了热的那一勺。后来有人问起这件事，他笑而不答，只说："我平生没有过人之处，只是看淡名利、不好声色罢了。"由此，人们都叫他王寿星。再有杭州有乡民赵振鲸，嘉庆甲戌（嘉庆十九年，1814）已满一百岁，蒙皇恩赐六品顶带。山舟学士（梁同书）为他撰写一联，道："身历四朝，太平黎庶。寿登两甲，盛世耆英。"赵振鲸来道谢时，从江上撑舟入城，将船停泊在盐桥，步行到竹竿巷，没有持杖，拜跪自如。与他同来的是他长孙，年已六十三岁了。赵公身材短小，没有髯髯，喜好看戏，正赶上民间演剧，赵公挺身挤进人丛，有人拍他肩膀说："老弟不要用力，我老年人筋骨不耐操搓。"赵公回头看看他，那人须发皆白，于是问道："老先生多大岁数？"那位老者回答说："八十三岁了。"赵公听后笑着说："你与我最大的儿子同年。"听到这话，众人大为惊叹。后来赵公活到一百零九岁，无疾而终。再有本家接山叔祖，曾镇守广西庆源，当地有一个叫蓝祥的老者，活到一百四十四岁，乡人耕种自安，不熟悉朝典，叔祖为他请奏褒赐，恩赐六品顶带，并在府堂设宴招待他。蓝翁来时，不用人搀扶，耳聪目明，酒量饭量过人，还能画人物图，因此叔祖请他画一幅人物图，寄呈山舟学士。山舟学士题写下一篇《寿星赞》，共一百余字，并让人将此画和文章刻在石碑上，这块石碑至今尚存于清勒堂中。

毛西河

　　西河先生凡作诗文，必先罗书满前，考核精细，始伸纸疾书。其夫人陈氏，以先生有姜曼殊，心尝妒恨，辄詈于诸弟子之前曰："君等以毛大可为博学耶？渠作七言八句，亦须獭祭乃成。"先生曰："凡动笔一次，展卷一回，则典故终身不忘，日积月累，自然博洽，后生小子，幸仿行之，妇言勿听也。"又尝僦居矮屋三间，左图右史，兼住夫人，中为会客之所。先生构思诗文，手不停缀。质问之士，环坐于旁，随问随答，井井无误。夫人室中詈骂，先生复还诟之，盖五官并用者。同时萧山包秉德、沈禹锡、蔡用光，皆淹贯博雅，故时有包、毛、沈、蔡之称。后三公皆以诸生老，而先生独名满天下，并三人姓名亦罕知者，亦有幸有不幸也。

　　【译文】西河（毛奇龄）先生，每次作诗文时，必先将书籍罗列桌前，考核精细之后，才铺开纸张奋笔疾书。他的夫人陈氏，因为先生有美妾，心怀嫉妒，曾在先生的各位弟子面前尖刻地讽刺先生，说："你们以为毛大博学吗，他写七言八句，也须獭祭，极力罗列典故。"先生回应道："凡是动笔一次，就展卷阅读一回，那么将终身不忘这些典故，日积月累，自然博学，年轻人，希望你们照此力行，不要听信妇人之言。"先生一家曾居住在矮屋三间内，左一间装图画，右一间装史书且供夫人居住，中间为会客之所。先生构思诗文，手没有停下，求教的弟子，围坐在四周，先生能够随问随答，井井有条，没有错误。同时，如果夫人在室中詈骂，先生还会不甘示弱回骂，先生可以说是"五官并用"了。当时还有浙江萧山的包秉德、沈禹锡、蔡用光，都以博学多识而闻名，因而四人并称为"包毛沈蔡"。后来，另外三位先生仕途不顺，都以诸生身份终老，逐渐默默无闻，而唯独毛先生名满天下，真是有幸运者也有不幸者。

同年嫂

江山船妇曰"同年嫂"，女曰"同年妹"，向不解其义，询之舟人，曰："凡业此者，皆桐庐严州人，故名桐严曰同年，字之讹也。"

【译文】江山的船妇旧时被称为"同年嫂"，女孩则称为"同年妹"，我之前不解其意，找舟人询问其中缘故，舟人说："凡是从事这个行业的人，都是桐庐严州人，因此叫'同严'。而'同年'，则是'同严'的讹误。"

尚絅堂诗

阳湖刘芙初先生嗣绾，以名孝廉困顿场屋，春官十上，始得抡元，授职编修，十余年而一阶未展，殁于京师，著《尚絅堂诗》五十二卷。五言如《客枕》云："连天鸡唱乱，到地雁声孤。"《溪路》云："天寒鱼减脑，月晕蚌添胎。"《白沟河》云："地余南渡恨，人数北征才。"《宿龙泉寺简周莇云》云："古佛与苔绿，病僧如菜黄。"《荀卿墓》云："三迁齐祭酒，一脉鲁诸生。"七言如《草堂杂诗》云："贪灌名花延井近，誓删恶竹让墙高。"

《佛音阁》云："野花都已得禅意，山鸟半能呼佛名。"《中秋后一夕独步故园》云："碧天无语又今夕，红树笑人非少年。"《无题》云："新样东风吹玉笛，旧家明月在银钩。"《散步》云："篱花有意争先发，野草无名转后凋。"《病起有怀》云："好日短于磨剩墨，清宵长似篆余香。"《到庶常馆纪恩诗》云："人说传灯须选佛，自惭舐鼎便成仙。"《废堠》云："车犹记里分双只，戍不知更误短长。"《荒墅》云："赌残绿墅棋都散，卖到青山画亦寒。"《金川门》云："已见殷汤传太甲，谁知姬旦负成王。"《春暮湖楼》云："碧槛空时齐放鸭，红楼好处不离莺。"皆可诵也。

【译文】江苏阳湖人刘芙初刘嗣绾先生，仕途坎坷，以举人的身份，困顿于科举之中，考了十年才得中榜首，后来授职编修，又十多年未得提拔，职级一级未升，最后在京城去世。他著有诗集《尚絅堂诗》，共五十二卷。其中的五言诗，如《客枕》中写道："连天鸡唱乱，到地雁声孤。"《溪路》中写道："天寒鱼灭脑，月晕蚌添胎。"《白沟河》中写道："地余南渡恨，人数北征才。"《宿龙泉寺简周到云》中写道："古佛与苔绿，病僧如菜黄。"《荀卿墓》中写道："三迁齐祭酒，一脉鲁诸生。"七言诗，如《草堂杂诗》写道："贪灌名花延井近，誓删恶竹让墙高。"《佛音阁》中写道："野花都已得禅意，山鸟半能呼佛名"。《中秋后一夕独步故园》中写道："碧天无语又今夕，红树笑人到少年。"《无题》中写道："新样东风吹玉笛，旧家明月在银钩。"《散步》中写道："篱花有意争先发，野草无名能后凋。"《病起有怀》中写道："好日短于磨剩墨，清宵长似篆余香。"《到庶吉士馆纪皇恩诗》中写道："人说传灯须选佛，自惭舐鼎便成仙。"《废堠》中写道："车犹记里公双只，戍不知更误短长。"《荒野》中写道："赌残绿墅棋都散，卖到青山画地寒。"《金川门》中写道："已见殷汤传太甲，谁知姬旦负成王。"《春暮湖楼》中写道："碧槛空时齐放鸭，红楼好处不离莺。"都是佳作，值得传诵。

卢费对

周莲塘大司空^{兆基薨}，卢南石少宰^{荫溥代之}，费西雍京兆锡章往吊于周，一哭而殂。京师为之对云："一品头衔让南石，三声肠断失西雍。"属对工绝。

【译文】工部尚书周莲塘^{周兆基}离世，吏部侍郎卢南石^{卢荫溥}将代领其职位，顺天府尹费西雍^{费锡章}去凭吊周莲塘，却在哭祭后离世。京城有人为这件事写了一则对联道："一品头衔让南石，三声肠断失西雍。"对仗工整，天衣无缝。

毂城诗

李长蘅《毂城口号》诗云："毂城山好青如黛，滕县花开白似银。"渔洋山人酷爱此二句，后过毂城不见一花，因赋诗云："薛北滕南屡问津，远看山色黛痕新。惟余一事堪惆怅，不见花开白似银。"几疑下句有可议矣。先高祖文庄公《东阿旅店题壁》诗云："东阿南望尽模糊，如黛山光黯欲无。我比渔洋更惆怅，风蓑雨笠毂城图。"则上一句又几几乎在可疑可信之间。今读先大父《丙午过毂城》诗："惆怅渔洋句漫猜，看山毂下独徘徊。檀园自是诗中画，滕县花偏为我开。"自注云："余今过穀城，见四围山色，遍野白花，始信前辈诗不妄作，渔洋或非其时耳，遂成二十八字证之。"因思十四字偶然脱口，乃经三四人，经二百余年，始能坐实，可为笔墨中一段佳话也。

【译文】李长蘅（李流芳）的《穀城口号》诗中写道："穀城山好青如黛，滕县花开白似银。"渔洋山人（王士禛）酷爱这两句。后来渔洋山人路过穀城时，却见穀城无花，于是赋诗道："薜此滕南屡问津，远看山色黛痕新。惟余一事堪惆怅，不见花开白似银。"渔洋山人至此对李长蘅花开似白银之句改观，认为此句有待商榷之处。我的高祖文庄公（梁诗正）所作《东阿旅店题壁》诗中写道："东阿南望尽模糊，如黛山光黯欲无。我比渔洋更惆怅，风蓑雨笠穀城图。"认为上一句的"穀城山好青如黛"也令人半信半疑。现在又读到我祖父（梁履绳）的《丙午过穀城》诗，诗中写道："惆怅渔洋句漫猜，看山穀下独徘徊。檀园自是诗中画，滕县花偏为我开。"自己注释说："我现在路过穀城，见四周山色青翠，遍野开满白花，才相信前人的诗不是妄作，只是渔洋山人路过穀城的季节时间不是李诗中所写的季节罢了，因此我特意写下二十八字，来为李诗作证。"只因李长蘅脱口而出写成的十四字诗句，后世经过三四人，时隔二百多年，最后才得到证实，这件事堪称诗坛佳话。

贺知章

大父《冬夜读诸史提要》诗云："醉里神仙有几人，镜湖未赐敢抽身。墙头喧诉声如海，急杀风流贺季真。"按《唐书》贺知章在礼部选郎,取舍不公,门荫子弟喧闹盈门,知章不敢出,乃舁一梯于后园,出头墙外以决事。康熙辛丑科,李穆堂先生用通榜法,所取皆知名之士,下第者纠众于琐闱外作闹,新进士徘徊门外,无由入谒。或呈一诗嘲之云:"门生未必敢升堂,道路纷纷正未央。我献一梯兼一策,墙头高立贺知章。"亦用此典也。

【译文】我祖父(梁履绳)在《冬夜读诸史提要》中写道:"醉里神仙有几人,镜湖未赐敢抽身。墙头喧诉声如海,急杀风流贺季真。"根据《唐书》记载,贺知章在礼部选郎时,选拔人才的方式不公平,所选之才大多是门荫子弟,其他士人不服,在门口抗议喧哗。贺知章见此情形,不敢出门,只能架一个梯子,从后园墙上探头来处理公务。康熙六十年(1721)辛丑科科举,李穆堂(李绂)先生,用唐宋的通榜之法,录取的全是知名的士人。落第者不服,聚集一起,在考场外闹事,新进士们则徘徊门外,没办法进去拜谒考官。就此有人作诗嘲讽道:"门生未必敢升堂,道路行行正未央。我献一梯兼一策,墙头高立贺知章。"用的正是此典。

落 英

《离骚》:"夕餐秋菊之落英。"洪兴祖补注云:"秋花无自落者,当训如我落其实而取其材之落。"或又一说云:"访落诗,训落为始,意落英为始开之花。"其说甚新,然以上句堕字意合之,似从前说为是。

【译文】《离骚》中有"夕餐秋菊之落英"之句，洪兴祖注释说："秋菊不会自落的，此处的'落'应当解释为《左传》'我落其实而取其材'中'落'的词义。"还有一个说法认为："'落'是开始的意思，落英就是刚开的花。"此种说法非常新奇，但考虑到"落"的词义，应当与"夕餐秋菊之落英"的上句（"朝饮木兰之坠露兮"）中"坠"字的意思对上，似乎第一种说法更为正确。

嫁

妇人谓嫁曰归，不知男子亦可称嫁。列子云："国不足，将嫁于卫。"注："嫁，往也。"妇人曰归宁。钱起诗："才子欲归宁，棠花已含笑。"则归宁二字，亦可施之男子。蒋子《万机论》云："主失于国，其臣再嫁。"若是则嫁亦可训为仕也。

【译文】妇人出嫁，我们称之为"归"，但殊不知男子也能称"嫁"。《列子》说："国不足，将嫁于卫。"注中说："嫁，是往的意思。"妇人回娘家，我们称之为"归宁"，钱起的诗中有"才子欲归宁，棠花已含笑"之句，可见"归宁"二字也可用在男子身上。蒋子万《机论》说："主失于国，其臣再嫁。"在此处，"嫁"也可以解释为"出仕"。

厶 字

今商贾记帐，银每两换钱若干，或每人分钱若干，每字俱作厶字。按《穀梁》桓二年，"蔡侯郑伯会于邓"。注："邓，厶地。"陆德明《释文》云："不知其国，故云厶地。"厶，古某字也，今借作每字用耳。

【译文】现在的商贾记帐，银子每两换钱若干，或每人分钱若干，"每"字常常写作"厶"。按照《穀梁传》鲁桓公二年的记载，"蔡侯郑伯在邓会面。"注中解释道："邓，即'厶'。"陆德明《经典释文》说："不知那个地方属于哪一国的领地，因此称为厶地。""厶"，就是古代的"某"字。现在"厶"常常被借作"每"字。

商 灯

今人以隐语黏于灯上，曰"灯谜"，亦曰"灯虎"。按《帝京景物略》云："灯市有以诗影物，幌于寺观之壁，名之曰'商灯'。"则此制由来已久矣。

【译文】现在的人们喜欢将用谜语粘在灯上，叫"灯谜"，也叫"灯虎"。根据《帝京景物略》的记载："灯市中有一些灯上有诗用来影射物品，这些灯被挂在寺观的墙上，名叫'商灯'。"看来此种灯谜的习俗，由来已久。

任丘边

直隶河间府任邱县边氏，大家也，累世科第不绝，故北闱有

"无边不开榜"之谣。有孝廉边君，在京师广座中，一人展问乡里氏族，答曰："某乃任邱边。"盖自矜其门阀无人不知也。俄而回问其人，其人逡巡曰："某乃曲阜孔。"于是孝廉大惭。

【译文】直隶河间府的任丘县有一户边氏，此家是大户人家，每代子弟中都有登科之人，因此北方的科举闹场中，有"无边不开榜"之说。有一位举人姓边的先生，移居京城，某次聚会，在大庭广众的场合中，有人问他乡里族氏，他回答道："我是任丘边氏。"自恃门第，以为任丘边氏是名门望族，无人不知。过了片刻，这位边君回问问话之人的乡里族氏，那人犹豫半晌，答道："我是曲阜孔氏。"边姓举人听后，非常惭愧。

赛鹦哥

杜鹃花盛行南中，阳羡土人有染成浅绿色者，名之曰"赛鹦哥"。

【译文】杜鹃花在南中地区非常盛行，阳羡当地人中，有人把它染成浅绿色，并命名为"赛鹦哥"。

咏史诗

咏史以组织工稳，比拟熨贴为上。秀水王仲瞿孝廉咏秦始皇云："三百童男浮海去，八千子弟过江来。"山阴陈某咏周平王庙云："扫除文武千年业，成就《春秋》一部书。"又咏曹娥碑云：
"伤心少女随严父，题背中郎诵外孙。"歙县曹俪笙相国咏司马
相如云："才子同时夸武帝，美人知已有文君。"扬州闵莲峰咏孔
北海祠云："要为鲁国奇男子，不比杨家最小儿。"舒铁云孝廉咏
郝经使馆云："北海已闻苏属国，西河犹馆鲁行人。"昭文屈宛仙
女士咏汪水云云："祭文已哭王炎午，降表空签谢道清。"以上诸
联，或运用见长，或浑脱制胜，皆卓然可传之句也。余有咏周公
庙诗句云："一相祸延明叔侄，六官书误宋君臣。"自谓钦奇，愿
以质之大雅。

【译文】咏史诗中，向来以组织工稳、比喻熨贴的作品为上品。
浙江秀水县举人王仲瞿（王昙）咏秦始皇道："三百童男浮海去，八千
子弟过江来。"浙江山阴陈某人咏周平王庙道："扫除文武千年业，成
就春秋一部书。"又有咏曹娥碑写道："伤心少女随严父，题背中郎诵
外孙。"歙县、相国曹俪笙（曹振镛）咏司马相如写道："才子同时夸武
帝，美人知已有文君。"扬州闵莲峰（闵华）咏孔北海（孔融）祠写道：
"要为鲁国奇男子，不比杨家最小儿。"举人舒铁云（舒云）咏郝经使
馆写道："北海已闻苏属国，西河馆鲁行人。"江苏昭文县女士屈宛仙
（屈秉筠）咏汪水云（汪元量）云："祭文已哭王炎午，降表空签谢道
清。"以上各联有的以用典见长，有的浑脱制胜，都是值得流传后世
的佳句。我也写过咏周公庙诗句："一相祸延明叔侄，六官书误宋君
臣。"自觉写得还算品格特异，不同于众，希望请方家指正。

腋 气

人患腋气,俗谓之狐骚臭,粤人为尤甚。崔令钦《教坊记》云:"范汉女大娘子,亦是竿木家,开元二十一年出内,有姿媚而微愠羝。"谓腋气也。

【译文】人如果得了腋气,俗称"狐骚臭",广东人中患有此病的人很多。崔令钦在《教坊记》中写道:"范汉女大娘子,亦是竿木家,开元二十一年出内,有姿媚而微愠羝。"说的就是腋气。

于庙祈梦

毗陵周蓉和先生未遇时,祈梦于忠肃庙,梦神予字一帧,录唐诗云:"寒雨连天夜入吴,平明送客楚山孤。洛阳亲友如相问,一片冰心在玉衡。"先生曰:"结句是玉壶,何云玉衡?"神曰:"玉衡妙,玉壶便不妙矣。"醒而不解所谓。后举博学鸿词,制题为《璇玑玉衡赋》,恍忆前所梦,文思沛然,遂中选,授检讨。所谓玉衡妙也。后历官清要,以宫詹予告,谢恩讫,赐印章一方,出朝视之,其文云:"一片冰心在玉壶。"寻思旧梦,忽然惊悸,返第而卒,所谓玉壶不妙也。又韩城相公未遇时,祈梦忠肃庙,至则先有人在焉。问占何事,曰:"求子也。"遂并铺而卧。其人梦神赐以竹管二枝,再叩,则曰:"问汝并卧之人。"公梦神与语,叩请终身,则亦曰:"问并卧之人。"寤而各述所梦,公告其人曰："昔孤竹君有二子，今梦此是佳兆也。"其人喜极，举手加额而祝曰："愿你状元宰相。"后皆如其言。

【译文】江苏毗陵人周蓉和先生尚未发迹时，在忠肃庙里求梦兆。梦中，有一位神人给了他一帧字，上面写着唐诗说："寒雨连天夜入吴，平明送客楚山孤。洛阳亲友如相问，一片冰心在玉衡。"先生说："结句应该是玉壶，为什么是玉衡呢？"神说："还是玉衡好，如果是玉壶就不妙了。"醒后周蓉和先生困惑不解。后来参加博学鸿词科的考试，试题为《璇玑玉衡赋》，他回忆起先前所做之梦，文思泉涌，最终科举中选，被授予检讨之职。这就是神人所说的"玉衡妙"啊。后来，周先生仕途顺利，官至清贵要职，以太子詹事身份告老，还获得了一枚御赐印章，出朝后周先生一看，发现印章上写的是："一片冰心在玉壶。"周先生回想起旧梦，大惊失色，返回家中就去世了，这印证了神人"玉壶不妙"的预言。此外，还有韩城相公，在未得志之时，曾在忠肃祠里求梦兆。去时，已有人在那儿。问那人，其所求何事，那人回答说："求子。"于是，两人铺地并卧。那人梦见神赐给他两枝竹管，当他再叩问请示时，神说："问你旁边那人。"韩城相公也梦见神与他说话，也向神叩问自己一身的仕途命运，神说："问你旁边那人。"醒后，两人各自讲述了自己所做之梦。韩城相公对那人说："从前的孤竹君，有两个儿子，预示着你将有两个儿子，这个梦是喜兆。"那人大喜过望，举手加额，对韩城相公祝福道："愿你日后成为状元宰相。"后来，两人果然如愿，一切皆如对方所说。

门 对

董观桥制府 教增，金陵人，节钺闽浙，爱西湖山水之胜，买宅于杭城之三拨营，拟解组后作平泉之墅，榜其门云："圣代即今多雨露，故乡无此好湖山。"妙偶天然，人多诵之。乃未及予告而先生已归道山，所买之宅转售于顾渚茶中翰。易其联句云："圣代即今多雨露，先生有道出羲皇。"盖其时中翰甫自戍所归来，丁艰后主讲山东历城书院故也。

【译文】总督董观桥董教增，是金陵人，节制闽浙。因为偏爱西湖水山胜美，于是在杭州城的三拨营购买宅第，准备当做平泉别墅，在辞官退休后居住。在所买宅院的门口，董先生写道："圣代即今多雨露，故乡无此好湖山。"写得非常巧妙，浑然天然，一时广为传诵。然而，未等告老，董先生已魂归道山了，将所买的住宅转售给内阁中书顾渚茶。新主人修改了之前的门联，改为："圣代即今多雨露，先生有道出羲皇。"当时内阁中书刚刚从戍所归来，丁忧之后，在山东历城书院担任主讲。

单传句

偶集湖舫，关方谷学博秘以古人独传名句为令，首举曰："满城风雨近重阳。"于是有曰："池塘生春草。"有曰："枫落吴江冷。"有曰："空梁落燕泥。"有曰："庭草无人随意绿。"令官并命饮酒。众问其故，方谷曰："诸公所举并有全篇，若重阳七字，则自催租败兴以后，不闻有起而续之者，是真千古单传之句也。"于是众乃心服，以次受罚。

【译文】有一次，大家偶然聚集在湖中船上，学官关方谷关枢用古人独传名句作为酒令，第一个说道："满城风雨近重阳。"于是有人应："池塘生春草。"有人说："枫落吴江冷。"有人说："空梁落燕泥。"有人说："庭草无人随意绿。"令官罚大家喝酒，众人问其原因，方谷说："诸公所举的作品，都留有全篇，不像满城风雨近重阳这七字，自从催租人败了作者的诗兴以后，再也没听说有人能续写这句诗，这才是真正的千古单传之句。"于是众人心服，按顺序受罚。

袁赵蒋

简斋大令、云松观察、苕生太史，一时齐名。桐乡程春庐同文心仪三公，而蒋以未见而没，因绘拜袁揖赵哭蒋图，以志景仰。昭文孙子潇太史原湘则专推袁、蒋二公，其诗云："平生服膺止有两，江左袁公江右蒋。庐山瀑布钟山云，一日胸中百来往。"钱唐张仲雅大令云璈又瓣香袁、赵二公，颜所居曰"简松草堂"，后即以名其诗集。盖性情之地，各有沉潴也。阳湖洪稚存太史亮吉评三公之诗云："袁诗如通天老狐，醉则见尾；赵诗如东方正谏，时杂诙谐；蒋诗如剑侠入道，犹余杀机。"洵称确论。稚存先生诗才奇险，好作惊人之句，有人仿其体调之云："黄狗随风飞上天，白狗一去三千年。"闻者绝倒。洪聚生平所识诗人，作为诗评，凡数十家。或问之曰："公诗如何？"洪自评云："仆诗如急湍峻岭，殊少回旋。"

【译文】县令袁简斋（袁枚）、道台赵云松（赵翼）、翰林苕生

（蒋士铨），文采斐然，并称于世。桐乡程春庐程同文心中崇拜三位先辈，还没能等有机会拜谒三人，蒋苕生便离世了，因此程春庐画拜袁揖赵哭蒋图，来表示自己对三位名人的景仰。江苏昭文人、翰林孙子潇孙原湘只推崇袁、蒋二公，其诗写道："平生服膺止有两，江左袁公江右蒋。庐山瀑布钟山云，一日胸中百来往。"钱唐人、县令张仲雅张云璈则推崇袁、赵两公，给自己的居室题名"简松草堂"。人们性情不同，对诗文各有偏好。阳湖人、翰林洪稚存洪亮吉评价三公的诗作时，说："袁诗像通天老狐，醉后可以见尾。赵诗像东方朔，夹杂着诙谐之风。蒋诗如剑侠入道，还留有杀机。"这可以称得上是确论。洪稚存先生的诗好奇险，常作惊人之句，有人模仿他的风格写道："黄狗随风飞上天，白狗一去三千年。"听到的人都大笑不止，为之绝倒。洪先生将平生所认识诗人汇聚起来，撰写诗评，共计十余家。有人问他："先生您自己写的诗怎么样呢？"洪先生自评道："我的诗如峻岭中湍急的流水，缺少回旋。"

袈裟绣龙

高庙南巡，净慈寺明中上人迎驾。上顾问时，偶以手拍其肩。因于紫衣肩上绣金龙一团，人咸非笑之，而不知其有所本。宋朱勔所衣锦袍，徽宗常以手抚之，遂绣御手于肩上。又尝与内宴，帝以手亲握其臂，因以黄帛缠之，与人揖，此臂竟不动。

【译文】清高宗南巡时，净慈寺明中上人迎驾。高宗问话时，曾用手拍过他的肩膀。自此之后，他在这件紫色袈裟上，绣上一团金龙。人们都非议他，嘲笑他，却是不知道僧人此举实际上有典可循。宋朝的朱勔所穿的锦袍，宋徽宗常用手抚摸，于是他将御手在绣自己肩上。有一次曾侍奉宋徽宗宴饮，宋徽宗亲自用手握他的手臂。宴会之后，他用黄帛把这只手臂缠上，与人作揖时，这只手臂也一动不动。

八斗万斛

"子建之才八斗，我得一斗，天下共分一斗。"论斗分才，奇矣。《西堂杂俎》载汤卿谋句云："古今只有万斛愁，而我独得九千斛。"论斛分愁，更奇。有曹姓人为彭泽令，其友人赠一对联云："二分山色三分水，五斗功名八斗才。"运典恰切。

【译文】"子建之才八斗，我得一斗，天下共分一斗"。论斗来分才，此观点很是奇特。尤侗《西堂杂俎》载汤卿谋（汤传楹）诗句："古今只有万斛愁，而我独得九千斛。"论斛来分愁，此观点更为奇特。有曹姓之人担任彭泽令时，他的友人赠给他一副对联，写道："二分山色三分水，五斗功名八斗才。"用典恰如其分。

一典两用

刘越石诗："宣尼悲获麟，西狩泣孔某。"谢惠连诗："虽好相如达，不同长卿慢。"一典两用，摘词错综法也，然此等究不可为法。

【译文】刘越石（刘琨）诗道："宣尼悲获麟，西狩泣孔某"。谢惠连诗："虽好相如达，不同长卿慢。"一典二用，用词错综，但这种写法终究不可作为效仿的方式。

赤 子

《康诰》曰："如保赤子。"《传》曰："赤子未详何义。"或曰："始生之儿，其色赤，故名。"虞兆滰《天香楼偶得》云："赤、尺古通用，引《文献通考》'深赤者十寸之赤也'以为证。曰赤子者，言始生小儿长仅一尺也。"其说颇为有据。

【译文】《康诰》中说："如保赤子。"《传》中说："不知道赤子是什么意思"。有人说："刚生下之人，他的皮肤呈赤色，所以得名赤子"。虞兆隆《天香楼偶得》中说："赤、尺古通用。并引用《文献通考》'深赤者十寸之赤也'为证。说赤子，是指刚生小儿，长仅一尺。"这种说法，颇有根据。

鼻天子陵

始兴县南十三里，有鼻天子陵，相传昔人掘地见铜人数十，拥笏列侍，俄闻墓中击鼓，大惧而返。或曰："是槃弧坟。高辛有犬戎患，募得犬戎吴将军头者，赐金千镒，邑万家，妻以少女。帝畜犬名槃弧，入山衔一首至，果吴也，遂妻焉。生六男六女，为武陵蛮之始。"杜君卿驳之云："黄金古以斤计，秦始曰镒。三代分土，汉始分人，古安有万家之封？将军周末官，吴始周末姓，古无是也。且槃弧之讹，因盘古起，今明明曰鼻天子，则不得以槃盘同音为此臆说也。"或曰："是象墓，象封有庳，庳鼻同音，故名。"然象乃人臣，安得曰天子？或曰："秦以前百粤盗名，割据之称。"然僭号称王称帝，无称天子者，且鼻字意又何指？凌元驹重订《始兴县志》，断以为盘古之墓，曰："鼻之为言始也，盘古始为天子，故追尊之也。"盘古本粤产，两广盘姓，皆其苗裔。雄州乡落多盘古仓，会昌盘古山，湘乡盘古保，零都盘古祠，荆南北以十月十六日为盘古寿，始兴原属荆州，毋亦其显化之所乎？且古皇墓半在南方，炎帝鄪邑，虞舜九疑，皆距不远。至广陵有盘古冢，昔人谓其神假，南海蛮洞中有墓，亘三百余步，则安知鼻天子陵非盘古真墓欤？《通志》又载"铜人擂笭等事，谓浑沌安得有此"，其见亦迂。昔鲁共王坏孔子宅，闻金石丝竹声，岂壁中果有此耶？铜人之事，亦犹是耳。据此则为盘古墓无疑。余尝赋《鼻天子陵》诗云："始兴之兴自何始？王气钟于鼻天子。天子一姓不再兴，始兴剩有天子陵。杨髡之所不能窃，黄巢之所不敢掘。至今龙种远绵延，可有子孙尚隆准？漫将野语记齐东，非族纷纷说犬戎。丝竹居然闻鲁壁，金人无恙出秦宫。吁嗟乎！古来古墓无此古，洪荒以前一抔土。三皇五帝尽耳孙，万岁千秋此鼻祖。"

【译文】广东始兴县往南十三里，有一座鼻天子陵。相传古人掘地，挖出数十个持笭铜人，列队站在两旁。不久就听见墓中有击鼓声，人们惊惧而回。有人说："这是槃瓠之坟，帝高辛时期，此地曾遭到犬戎搔扰，于是高辛便以千镒黄金，封邑万家，美丽少女为奖励，招募勇士，去斩杀犬戎的头领吴将军，取其项上人头。高辛畜养的狗，名槃弧，入山后衔回一人头，大家一看，是吴将军的人头。于是，高辛兑现承诺，给这只狗娶妻，此后生有六男六女，这便是武陵蛮人的起源。"杜君卿（杜佑）驳斥道："古时以斤计算黄金，等到了秦朝才以'镒'为单位，夏、商、周三代只会分封裂土作为奖励，等到汉朝才开始将领地上的民众税收一并赏赐给有功之臣，古时哪有万家之封？将军，是周末才有的官职，吴，是从周末才有的姓，古代没有这个姓。且槃弧的讹称，与盘古有关，现在此陵明明叫鼻天子陵，不能因为般、盘同音，而妄加揣测。"也有人说："这是象墓。象的封号种有庳字，庳、鼻同音，所以得名。"然而，象是人臣，怎么能称"天子"呢。有人说："秦以前，百粤部落盗名天子，割据地方，便有了天子之称。"然而自古以来的僭越者，只会称王称帝，却从没有称天子的，而且如果按照此种说法，鼻字又该如何解释呢？凌元驹重订《始兴县志》时，断定此处是盘古之墓。他提出："鼻，指的是开始。后人为了表达敬意，追尊盘古为天子。盘古本是广东一带人，两广的盘姓都是盘古的后裔，雄州乡落多盘古仓，会昌有盘古山，湘乡有盘古保，零都有盘古祠，荆南北在十月十六日都会为盘古举行生日庆祝仪式，始兴县原本属于荆州，不也是盘古留有较多文化痕迹的地方吗。而且古代皇帝之墓，大多在南方，炎帝在郦邑，虞舜在九疑，都相距不远。广陵还有盘古冢，曾有人说其神假，利埋葬。传闻南海的蛮洞中有墓，宽约三百步。谁知道鼻天子陵，会不会是盘古真正的埋骨之处呢？《通志》又评论过："在上古混沌时期，哪儿会有拿着笏的铜人呢？"其这个观点也很迂腐。过去鲁共王毁坏孔子宅时，也曾听见过丝竹声，难道墙壁中真有些吗？铜人之事也是如此。据此为盘古墓无疑。我曾写《鼻天子陵》诗："始与之兴自何始，王气钟于鼻天子。天子一姓不再兴，始兴剩有天子陵。杨髡之所不能窃，黄巢之所不敢掘。至今龙种远绵延，可有子孙尚隆准。漫将野语寄齐东，非族纷纷说犬戎。丝竹居然闻鲁壁。金人无恙出秦宫。吁嗟乎古来古墓无此古，洪荒以前一坯土，三皇五帝尽耳孙，万岁千秋此鼻祖。"

僧诵中庸

木文和尚有戒行，无锡顾伊人孝廉素与善。孝廉妇疾革，诸医束手，延木文至，并不携经卷佛像。询之，曰："经须用汝家者。"孝廉曰："吾家素无经卷。"曰："圣经足矣，何必佛书？"因与《中庸》，焚香读之，如宣梵呗，三复而去。中夜，妇汗出顿愈。

【译文】木文和尚恪守戒律，江苏无锡人、举人顾伊人一向与他交好。举人的妻子曾患重病，医生们束手无策。顾举人便延请木文和尚来诵经祈福，但木文和尚并没携带佛经佛像，顾举人问他原因，木文和尚说："须用你家的经书。"顾举人说："我家从来没有佛经。"木文和尚说："儒家的圣经就可以了，为什么一定要用佛经呢？"因此顾举人给了木文和尚一本《中庸》，木文和尚焚香读书，如念佛经，念了三遍后离开。当日半夜，顾举人的妻子出了一身汗后病愈了。

藩 臬

藩字始见《毛诗》，臬字始见《康诰》。梁沈约齐安陆昭王碑文曰："藩司抑而不许。"此藩司初见史册之文。《元史》："至元十四年，奕赫抵雅尔丁为建康道肃政廉访司，始视事，见狱具列庭下, 愀然曰: '凡逮至臬司, 皆命官及有出身之吏, 得情即服罪, 无用刑具。'"此臬司初见史册之文。

【译文】"藩"字始见于《毛诗》，"臬"字始见于《康诰》。南朝梁沈约的齐安陆昭王碑文中写道："藩司抑而不许。"这是"藩司"一个词，第一次在史册中出现。《元史》："至元十四年，奕赫抵雅尔丁为建康道肃政廉访司，始视事，见狱具列庭下。愀然曰：'凡逮至臬司，皆命官及有出身之吏。得情即服罪，无用刑具。'"这是"臬司"一词，第一次在史册中出现。

岳王论

吴毂人祭酒《岳忠武论》云："补已缺之金瓯，论功行戮；返将消之玉弩，为敌报仇。"此联警绝。结句云："人间之铁案无私，请质东南山行者；天半之神旗高卓，试看大小眼将军。"向特爱其工整，及阅《有正味斋全集》，则此联业已删去，盖谓其落小家数也。前辈之自占文品如此。

【译文】国子监祭酒吴毂人（吴锡麒）在《岳忠武论》说："补已缺之金瓯，论功行戮；返将消之玉弩，为敌报仇。"此联发人深省，见地独绝。末句写道："人间之铁案无私，请质东南山行者；天半之神旗高卓，试看大小眼将军。"此句工整，我向来喜欢这句，等到我看了吴毂人的《有正味斋全集》，才发现此联已被作者删去。也许是因为作者自认为此联过于小家子气了，前辈对自己作品要求是如此之高。

干阿奶

俗呼干娘之母及姑曰"干阿奶"。按《北齐书·恩幸传》："穆提婆母陆令萱，尝配入掖庭，后主襁褓中，令其鞠养，呼干阿奶。"此三字之所本也。

【译文】俗称干娘的母亲和婆婆为"干阿奶"。根据《北齐书·恩幸传》记载："穆提婆母陆令萱，尝配入掖庭，后主襁褓中，令其鞠养，呼干阿奶。"这正是"干阿奶"三字的由来。

跳 行

作书出格曰"抬头"，《金石录》称唐之中岳嵩山碑，书皇帝太后，不跳行，不空格。跳行者，抬头也。

【译文】写字出格称为"抬头"。《金石录》称："唐之中岳嵩山碑，书皇帝太后，不跳行，不空格。"所说的"跳行"，就是前文所说的"抬头"。

添注涂改

乡会试卷于文后写添注涂改字数。按宋咸通中，卢子期著《初举子》一卷，细大无遗，就试三场，避国讳、宰相讳、主文讳，士人家小子弟忌用熨斗时把帛，虑有曳白之嫌，烛下写试无误笔, 即题其后云:"并无揩改涂乙, 如有, 即言字数。"见《容斋随笔》, 此科场中添注涂改之所本也。

【译文】乡会试卷在文章之后, 会写上添注涂改的字数。唐懿宗(宋字讹误)成通年间, 卢子期著写了一卷《初举子》。其中极为详细地记载了他参加三场考试, 如何回避国讳、宰相的名讳、主考官的名讳。当时读书人家的家小子弟, 都忌讳用熨斗把帛, 担心造成交白卷的嫌疑。如果在烛下完成答题, 没有出现笔误, 就在文章最后写上:"并无揩改涂乙。"如有错字涂改, 就写上涂改的字数。这件事在洪迈《容斋随笔》中有相关记载。这就是现在科举考试中, 要求添注所涂改字数这一规定的来由。

吴澹川

携李吴澹川_{文溥}著《南雅堂集》, 诗宗正始之音, 五古以冲淡制胜, 七古以健挺见长。录其近体五言, 如《隔溪访友》云:"别浦流春水, 闲门落古花。"《雨霁》云:"冻水逢春活, 疏梅入夜香。"《春日骑马过鲫鱼潭晚憩竹溪寺》云:"马蹄迟落日, 人意缓春风。"七言如《登华山》云:"无边紫塞秋风起, 一片黄河落照来。"《有赠》云:"独行蓟北山山雪, 不见江南树树花。"《秋闱后客徐中丞幕中, 酒间蒙赏诗句, 书以志愧》云:"无分秋风吹桂树, 浪传疏雨滴梧桐。"七绝如《山塘春思》云:"齐开画阁倚笙歌, 一样帘栊映绮罗。底事春风欠公道, 儿家门巷落花多。"《渡江》云:"东来两扇布帆轻, 每遇风波夜转惊。船底江声篷背雨，旅人听得最分明。"《西湖杨柳词》云："留人小驻惹人怜，伤别伤春不计年。只管自家枝上绿，那禁吹到鬓丝边。"皆性灵洒落之作也。

【译文】浙江檇李人吴澹川吴文溥，著有《南雅堂集》。其诗作宗承正始之音，五言古体以冲淡制胜，七言古体以健挺见长。现下摘录他的近体五言作品如下。《隔溪访友》中写道："别浦流春水，闲门落古花。"《雨霁》中写道："冻水逢春活，疏梅入夜香。"《春日骑马过鲫鱼潭，晚憩竹溪寺》中写道："马蹄迟落日，人意缓春风。"七言如《登华山》中写道："无边紫塞秋风起，一片黄河落照来。"《有赠》中写道："独行蓟北山山雪，不见江南树树花。"《秋闱后客徐中丞幕中酒闲蒙赏诗句书以志愧》中写道："无分秋风吹桂树，浪传疏雨滴梧桐。"七绝如《山塘春思》中写道："齐开书阁倚笙歌，一样帘栊映倚罗。底事春风欠公道，儿家门巷落花多。"《渡江》中写道："东来雨扇布帆轻，每遇风波夜转惊。船底江声篷背雨，旅人听得最分明。"《西湖杨柳词》中写道："留人小驻惹人怜，伤别伤春不计年。只管自家枝上绿，那禁吹到鬓丝边。"这些都是性灵洒脱的佳句。

见过亭

伊犁有见过亭，盖为谪官而设。刘金门宫保过之，题一对云："过也如日月之食焉，复其见天地之心乎？"运用成语，天造地设。

【译文】伊犁有一座见过亭，原本是为贬谪至此的官员而设立的。太子少保刘金门（刘凤诰）经过此亭时，曾经写过一则对联说："过也如日月之食焉，复其见天地之心乎？"这一联运用了现成文句，写得天造地设。

彭文勤试题

文勤督学浙江，所命试题，如王二麻子斩绞徒流杖类，俱极巧妙。一日，至敷文书院课士，山长以有事出院，因出四题，肄业生云"至于岐下"，请考生云"放于琅玡"，肄业童云"馆于上宫"，请考童云"处于平陆"。公谓诸生曰："汝等知今日出题之意否？"对曰："不知。"公曰："横看去。"乃"至放馆处"四字也。又试金华，九学同场，将出题，教职中偶禀他事，语杂仲四先生。公问："仲何人？"曰："武义岁贡，设帐郡斋者。"遂连书九题："武王是也""义然后取""岁不我与""进不隐贤""士志于道""仲尼之徒""四时行焉""先行其言""生之者众"。合"武义岁进士仲四先生"九字。童生初场，题分四仲："管仲""虞仲""微仲""牧仲"。次场教职中耳语云："今日恐不能再切仲四先生矣。"公即书四题，"大王尊贤"，"西子席也"，补足设帐郡斋之语。覆试总题，"仲壬四年"。仲闻之，谓太守曰："宗师前后试题，胜于为我作传矣。"又试处州初场，府尊不到，委同知点名。次场来谒，公曰："太尊今日才来？"对曰："方从省下来，不获已，故命同知来。"公曰："来与不来，听太尊自便。尚有童生正场，太尊来，益昭慎重。"对曰："敢不如命。"是日，七学出题，自一字至七字止："来""医来""远者来""送往迎来""厚往而薄来""不远千里而来""而未尝有显者来"。经题："七日来复""凤皇来仪""贻我来牟""郯子来朝""礼闻来学"。以问答中多来字故也。及试童生次场，府尊奉委上省，仍委同知点名。公笑谓教职曰："太尊今日真不获已也。"题出"又其次也""委而去之""同其好恶""知其所止""来者不拒"。其敏慧类如此。又闻某方伯试士命题云："伯牛有疾""子路请祷""充虞路问""康子馈药""瞽瞍杀人""右师往吊""门人治任"。盖其时督学新亡，方伯摄行试事故也。

【译文】彭文勤（彭元瑞）督学浙江时，所命试题，如"王二麻子斩绞徒流杖类"一类，都非常巧妙。一天，他到文敷书院考察，山长因事外出，于是彭公出了四道题，给肄业生出的是"至于岐下"，给请考生出的是"放于郎琊"。肄业童出的是"馆子上宫"，请考童出的是"处于平陆"。彭公对诸生们说："你们知道今日的题，有什么含义吗？"诸生答道："不知。"彭公说："横看四题，连起来是'至放馆处'四个字。"彭公曾在金华当主试，九学同场，将出题，教师中有人偶然提到仲四先生，公问仲是什么人，回答说："武义岁贡，设帐郡斋者。"于是连出九题："武王是也""义然后取""岁不我与""进不隐贤""士志于道""仲尼之徒""四时行焉""先行其言""生之者众"，合起来是"武义岁进士仲四先生"九个字。童生初试，题为四仲：管仲、处仲、微仲、牧仲。次场教师中有人窃窃私语，道："今日出题，恐怕不能再切仲四先生这几个字了。"彭公于是书写四题："大王尊贤""西子席也"，正好补足前面所提到的"设帐郡斋"，而覆试总题则是"仲壬四年"。仲四先生听说这件事之后，对太守说：

"宗师前后两次出的这些题，胜过为我写传了。"彭公又曾主试处州初场，当时府尊没到场，委托同知点名。次场时，府尊来拜谒彭先生，先生说："太尊今日才来。"府尊回答说："刚从省会回来，实在不得已，上次才让同知来替。"彭公道："来与不来，听太尊自便，还有童先正场，太尊亲自来，显得更慎重。"府尊回答说："敢不如命。"当日七学出题，字数从一个字依次增长到七个字："来""医来""远者来"，"送往迎来""厚往而薄来""不远千里而来""而未尝有显者来"。经题"七日来复""凤皇来仪""贻我来牟""郯子来朝""礼闻来学"。这是因为刚刚与府尊的问答中，"来"字多次出现。等到童生次场，府尊去省会接受委任，仍旧委托同知点名，彭公笑着对教师说："太尊今日，才算是真正的身不由已。"题出的是："又其次也""委而去之""同其好恶""知其所止""来者不拒"。彭公敏慧，行事常常如此。又听说某布政使曾经命题，为："伯牛有疾""子路请祷""充虞路问""康子馈药""瞽瞍杀人""右师往吊""门人治任"。原来是因为当时督学刚去世，布政使暂代他管理考试一事。

食 量

诸城刘文清相国，食量倍常，蓄一青花巨盎，大容数升，每晨则以半盎白米饭，半盎肉脍，搅匀食之，然后入朝办事，过午而退。同时尹望山相公，但食莲米一小碗入朝，亦过午而退。然两公同享盛名，并臻耆寿。此如宋张仆射齐贤，每食啖肥猪肉数斤，夹胡饼黑神丸五七两；而同时晏元献，清瘦如削，止析半叶饼以箸卷之，捻其头一茎而食，后亦并享遐龄。盖各人禀赋不同，未可以饮啖论福泽也。

【译文】山东诸城人刘文清（刘墉）相国，食量超过常人一倍。专用一青花巨盏，盏的容量可达数升。每日早晨，将半盏白米饭，半盏肉，搅匀后吃掉，然后再入朝办公，过了中午才回来。与他同时期的尹望山（尹继善）相公，只吃一小碗莲米就入朝，也是过午而回。两公同享盛名，都长寿而终。又如宋朝张齐贤，每顿吃数斤肥猪肉，五、七两夹胡饼黑神丸，而同时期的晏元献（晏殊），清瘦如削，只用筷子卷半叶饼，吃的时候，一手捻其茎，后来两人同享高寿。可见，每个人禀赋不同，不能以食量的大小来预判其福泽寿命。

作诗不必识字

《宋书》：沈庆之手不知书，目不识字，世祖逼令作诗，庆之口授颜师伯曰："微命值多幸，得逢时运昌。朽老筋力尽，徒步还南冈。辞荣此圣世，何愧张子房。"庆之常言："众人虽见古今，不如下官耳学也。"北齐斛律金不解书，乃其作《敕勒歌》曰："敕勒川，阴山下，天似穹庐，笼盖四野。天苍苍，野茫茫，风吹草低见牛羊。"为一时乐府之冠。又《随园诗话》载有樵夫哭母作《长相思》词云："叫一声，哭一声，儿的声音娘惯听，如何娘不应？"自然音节，所谓天籁非耶？

【译文】《宋书》记载：沈庆之，不会写字，也不识字。宋世祖刘骏曾经逼令他作诗，庆之口授给颜师伯，让他帮忙记录，道："微命值多幸，得逢时运昌。朽老筋力尽，徒步还南冈。辞荣此圣世，何愧张子房。"沈庆之常说，"众人虽广泛阅读古今书目，但不如我凭耳听闻来学习学得好。"北齐斛律金不识字，写下了《敕勒歌》曰："敕勒川，阴山下，天似穹庐，笼盖四野。天苍苍，野茫茫，风吹草低见牛羊。"这首作品水平堪称乐府之首。再有《随园诗话》记载过有樵夫母亲去世，樵夫哭悼母，作《长相思》词："叫一声，哭一声，儿的声音娘惯听，如何娘不应？"写得音节自然，难道不是所说天籁之音吗？

混 称

《汉书》注得利曰"乾"，失利曰"没"。今混称乾没为赚入己之称。《说文》：堪，天道也；舆，地道也。今混称堪舆为地理。《尸子》注妇女曰"姑"，儿童曰"息"。今混称姑息曰溺爱。《礼记》疏有才能曰"奚"，无才能曰"奴"。今混称奚奴曰家人。《说文》：贪财曰"饕"，贪食曰"餮"。今混称饕餮曰口馋。《尔雅翼》：妻父曰"婚"，婿父曰"姻"。今混称婚姻曰亲串。诸如此类，不可胜记。

【译文】《汉书》注将得利说成"乾"，失利说成"没"。现在合并混称为"乾没"，指暗中吞没他人的财物的行为。《说文解字》中认为："堪"，是天道，"舆"，是地道，现在合并混称为"堪舆"，指地理。《尸子》中，妇女为"姑"，儿童叫"息"，现在合并混称为"姑息"，意思是溺爱。《礼记》注疏，有才能的是"奚"，无才能的叫"奴"，现在合并混称为"奚奴"，指家仆。《说文解字》中，有贪财是"饕"，贪食为"餮"，现在合并混称为"饕餮"，意思是贪吃。《尔雅翼》中，叫妻父为"婚"，婿父叫"姻"，现合并混称为"婚姻"，意思是亲戚。诸如此类，不可胜记。

弥勒对

某寺弥勒佛殿一对云："年年扯空布袋，少米无柴，只剩得大肚宽肠，为告众檀越，信心时将何物布施？日日坐冷山门，接张待李，但见他欢天喜地，试问这头陀，得意处有什么来由？"禅机活泼，不嫌其俗。

【译文】某寺庙弥勒佛殿中一则对联写道："年年扯空布袋，少米无柴，只剩得大肚宽肠，为告众檀越，信心时将何物布施。日日坐冷山门，接张待李，但见他欢天喜地，试问这头陀，得意处有什么来由。"富有禅机，生动活泼，却不粗俗惹人厌烦。

戏名对

同人小饮，集戏名对偶为令，兹择其尤工者录之。惊丑《风筝误》。对吓痴。《八义记》。盗甲《雁翎甲》。对哄丁。《桃花扇》。访素《红梨记》。对拷红。《西厢记》。扶头《绣襦记》。对切脚。《翡翠园》。开眼《荆钗记》。对拔眉。《鸳钗记》。折柳《紫钗记》。对采莲。《浣纱记》。麻地《白兔记》。对芦林。《跃鲤记》。教歌《绣襦记》。对题曲。《疗妒羹》。春店《万里缘》。对秋江。《玉簪记》。哭像《长生殿》。对描容。《琵琶记》。败金《精忠记》。对埋玉。《长生殿》。三挡《麒麟阁》。对七擒。《三国志》。逼试《琵琶记》。对劝妆。《占花魁》。打虎《义侠记》。对骂鸡。《白兔记》。看袜《长生殿》。对哭鞋。《荆钗记》。刺虎

《铁冠图》。对斩貂。《三国志》。乱箭《铁冠图》。对单刀。《三国志》。拜冬《荆钗记》。对赏夏。《琵琶记》。告雁《牧羊记》。对嗾獒。《八义记》。思饭《金琐记》。对借茶。《水浒记》。斩窦《金锁记》。对刺梁。《渔家乐》。投井《金印记》。对跳墙。《西厢记》。送米《跃鲤记》。对拾柴。《彩楼记》。相面《宵光剑》。对审头。《一捧雪》。醒妓《醉菩提》。对规奴。《琵琶记》。盗令《翡翠园》。对偷诗。《玉簪记》。饭店《寻亲记》。对酒楼。《翠屏山》。北樵《烂柯山》。对西谍。《邯郸梦》。落院《绣襦记》。对借厢。《西厢记》。小妹子《时剧》。对胖姑儿。《慈悲愿》。闹天宫对游地府。《安天会》。醉易放易《鸣凤记》。对相梁刺梁。《渔家乐》。大宴小宴《连环记》。对前亲后亲。《风筝误》。

【译文】某次和友人小酌时，曾用对偶的剧名作为酒令。现选择对仗较为工整的几联记录如下：惊丑《风筝误》。对吓痴。《八义记》。盗甲《雁甲翎》。对哄丁。《桃花扇》。访素《红梨记》。对拷红。《西厢记》。扶头《绣襦记》。对切脚。《翡翠园》。开眼《荆钗记》。对拔眉。《鸾钗记》。折柳《紫钗记》。对采莲。《浣纱记》。麻地《白兔记》。对芦林。《跃鲤记》。教歌《绣襦记》。对题曲。《疗妒羹》。春店《万里缘》。对秋江。《玉簪记》。哭像《长生殿》。对描容。《琵琶记》。败金《精忠记》。对埋玉。《长生殿》。三挡《麒麟阁》。对七擒。《三国志》。逼试《琵琶记》。对劝妆。《占花魁》。打虎《义侠记》。对骂鸡。《白兔记》。看袜《长生殿》。对哭鞋。《荆钗记》。刺虎《铁冠图》。对斩貂。《三国志》。乱箭《铁冠图》。对单刀。《三国志》。拜冬《荆钗记》。对赏夏《琵琶记》。告雁《牧羊记》。对嗾獒。《八义记》。思饭《金锁记》。对借茶。《水浒记》。斩窦《金锁记》。对刺梁。《渔家乐》。投井《金印记》。对跳墙。《西厢记》。送米《跃鲤记》。对拾柴。《彩楼记》。相面《宵光剑》。对审头。《一捧雪》。醒妓《醉

菩提》。对规奴。《琵琶记》。盗令《翡翠园》。对偷诗。《玉簪记》。饭店
《寻亲记》。对酒楼，《翠屏山》。北榷《烂柯山》。对西谍。《邯郸梦》。落院
《绣襦记》。对借厢。《西厢记》。小妹子《时剧》。对胖姑儿。《慈悲愿》。
闹天宫对游地府。《安天会》。醉易放易《鸣凤记》。对相梁刺梁。《渔家
乐》。大宴小宴《连环记》。对前亲后亲。《风筝误》。

悼亡词

项梅侣学正名达与余为总角交，恂恂温雅，正如公瑾醇醪。
丙戌成进士，以知县即用。君请于朝，愿就学正本班铨补。舍花
封之烂漫，甘槐市之萧条，亦可想其襟怀之冲淡矣。长于制义，
尤精算学，闲作小词，极细意熨贴。记其《祝英台近·悼亡》词一
阕云："恼蜂情，慵蝶意，春色又如许。愁立苍苔，花影乱深坞，
如花人已天涯，花开依旧，争忍见翠围红舞？　漫延伫，犹记双
袖凭阑，冷香上诗句。能几番游，风月竟抛去，只除梦里归来，梦
醒何处？重帘外断烟零雨。"清思婉转，逼真白石遗音矣。

【译文】学正项梅侣项名达，与我是总角之交。为人温文尔雅，
就像是"与公瑾交，若饮醇醪，不觉自醉"。他于丙戌（道光六年，
1826）考中丙戌科进士，被任命为知县。他却请奏朝廷，愿去学正末
班铨补。舍弃了在地方出任实职的机会，甘守清贫的学宫学舍，由此
可知，他是多么淡泊名利。项梅侣学正擅长八股文，精通算学。闲暇
时作小词，写得也极细意熨帖。记得他的《祝英台近·悼亡》词一阕
写道："恼蜂情，慵蝶意，春色又如许。愁立苍苔，花影乱深坞。如花
人已天涯，花开依旧，争忍见翠围红舞？　漫延伫，犹记双袖凭阑，

冷香上诗句，能几番游。风月竟抛去，只除梦里归来，梦醒何处？重帘外断烟零雨。"写得清思婉转，大有白石（姜夔）遗风。

软金杯

金章宗有软金杯，乃劈鲜黄橙为之，可与碧筒杯作对。

【译文】金章宗有一个软金杯，是劈开鲜黄橙后以鲜黄橙制成，可与碧筒杯形成一个对子。

二 苏

元好问题《苏氏宝章集》句注："长公忠义似颜平原，次公冲淡似林西湖。"此二句未有人称者。

【译文】元好问为《苏氏宝章集》题写句注，曰："长公（苏轼）忠义似颜平原（颜真卿），次公（苏辙）冲淡似林西湖（林逋）。"这两句，无人能相提并论。

阎典史

明季南都亡，江阴阎典史孤城死守两月余，城破殉难，我朝赐谥立祠。祠堂对云："七十日带发效忠，表太祖十六朝人物；三千人同心赴义，存大明一百里江山。"相传临难自题，海昌都湘帆同年礨有七古一篇云：“世间有此奇男子，奇男子谁一典史。甘受炮打誓不降，十万军民同日死。孤城斗大鲠喉舌，杀气阴森暑雨雪，百攻百御历七旬，仓廪已空雀鼠绝。坏云压山山为倾，蹈刃如饴无一生，可怜芙蓉好城郭，围城久不破，一僧云：“江阴乃芙蓉城，攻蒂则花自落矣。”乃专攻花家坝，城遂破。白昼鬼火寒冥冥。呜呼两京大官恋爵土，如公之官何足数。读史数公同调人，万梅花下一阁部。”湘帆向未知其能诗，南归同舟，得尽读之。《舟中闻雨不寐》云：“书无可读灯光尬，醉不成乡酒力微。”《舟中杂诗》云：“渔艇归时成小市，断霞明处见孤村。”又云：“已分功名鲇上竹，不如归去鸟投林。”《道中和贾兰皋》云：“平沙尽处盘孤鹗，远树浓边见一城。”皆清峭拔俗。

【译文】明朝末年，南京失守。江阴的阎典史死守孤城两个多月，城破时，以身殉国。清廷赐谥号，为他立祠，祠堂上的对联写道：“七十日带发效忠，表太祖十六朝人物。三千人同心赴义，存大明一百里江山。”相传是他临难时自题。海昌人、同年都湘帆都礨有七古一篇写道：“世间有此奇男子，奇男子谁一典史。甘受炮打誓不降，十万军民同日死。孤城斗大鲠喉舌，杀气阴森暑雨雪。百攻百御历七旬，仓廪已空雀鼠绝。坏云压山山为倾，蹈刃如饴无一生。可怜芙蓉好城郭，围城很久不被攻破，一个僧人说：“江阴是一座芙蓉城，攻打花蒂那么花朵自然落下了。”于是专门攻打花家坝，江阴城才被打破。白昼鬼火寒冥冥。呜呼两京大官恋爵士，如公之官何足数。读史数公同调人，万梅花下一阁部。”我一向不知都湘帆能写诗，南归时同舟，才得以读到他的全部作品。《舟中闻雨不寐》中写道：书无可读灯光尬，醉不成乡酒力微。”《舟中杂诗》中写道：“渔艇归时成小市，断霞明处见孤村。"又有："已分功名鲇上竹，不如归去鸟投林。"《道中和贾兰皋》中写道："平沙尽处盘孤鹜，远树浓边见一城。"都写得清瘦俊逸、超出凡俗。

金花夫人

广东金花夫人庙最多，其说不一。或曰："金花者，神之讳也。本巫女，五月观竞渡，溺于湖。尸旁有香木偶，宛肖神像，因祀之月泉侧，名其湖曰仙湖。"或曰："神本处女，有巡按夫人方娩，数日不下，几殆，梦神告曰：'请金花女至则产矣。'密访得之，甫至署，果诞子，由此无敢婚神者。神羞之，遂投湖死。粤人肖像以祀，呼金花小娘，后以其能佑人生子，不当在处女之列，故改称夫人云。"庙碑载，神生于洪武七年四月十七日子时，其时太史奏昴星不见。至洪武二十二年三月初七日午时，夫人卒，始奏昴星复位，盖感星精而生云。或言神系南汉女巫。按会城中故有湖，一曰西湖，一曰仙湖，皆南汉高祖所凿。仙湖之名，非自神始也。且诸书载南汉神女庙，祗有谭氏二女及龙母两庙，并无金花神庙，则其说未可信也。明张参政诩诗云："玉颜当日睹金花，化作仙湖水面霞。霞本无心还片片，晚风吹落万人家。"写得极其缥缈。《广志》言神庙不知始自何时，成化五年，巡抚陈廉重建，嘉靖中魏校毁之，粤人奉神像于南岸石鳌村，其后复建故处，即今仙湖街庙是也。乾隆间，翁覃溪学士方纲视学粤东，适至仙湖街，见男女谒拜，肩舆不能过，怒命有司毁之，于是复奉祀于石鳌村。四月十七神诞，画舫笙歌，祷赛极盛云。

【译文】广东的金花夫人庙最多，关于金花夫人，人们众说纷纭，有的人说："金花是某位神的名讳，她曾是巫女，五月看龙舟竞渡时，溺死湖中。后来人们在遗体旁发现，旁边有一个香木雕刻而成的人偶，面目和女巫生前相似。于是人们在月泉旁边祭祀供奉她，将此湖称为'仙湖'"。有人说："这位神本是处女，曾有巡按夫人难产，挣扎数日，后来梦见神指示她说：'如果能请到金花女，那么就能顺利产下孩子。'密访到金华女的踪迹之后，巡按将她请来官署，果然，夫人顺利生下孩子。此事之后，大家认定金花女为神人，无人敢跟金华女成婚，金花女十分羞愤，最终投湖而死。当地人画肖像来祭祀她，称她为"金花小娘"。又因为她能保佑人生子，觉得不应当在处女之列，所以改称为夫人。"金花夫人庙的石碑记载道：神生于洪武七年四月十七（1374年5月28日）子时，那个时候翰林曾上奏，观测不到昴星，到了洪武二十二年三月初七（1389年4月3日）午时夫人离世，翰林上奏，昴星复位。大概金花夫人是感星精而生。还有人说神是南汉女巫。省城中有两个湖，一是西湖，一是仙湖，都是南汉高祖下令挖凿。仙湖并非由金花夫人而得名。而且，诸书中记载的南汉女神庙，只有潭氏二女和龙母两庙，并不包括金花神庙，所以这种说法不可信。明朝参政张诩诗中说："玉颜当日睹金花，化作仙湖水面霞。霞本无心还片片，晚风吹落万人家。"写得极其缥缈有致。《广志》说神庙不知何时建成，明宪宗成化五年（1469）巡抚陈廉重建，明世宗嘉靖年间魏校毁庙，当地人转而在南岸石鳌村供奉神像。其后，又在神庙原址重建，所建即现在的仙湖街庙。乾隆年间，学士翁覃溪（翁方纲）来巡查学校，正好行到仙湖街时，见善男信女聚集，在祭拜金花夫人，人群拥堵导致车轿无法通行，愤怒之下，便下令相关部门毁掉此庙。于是，人们又回到石鳌村奉祀金花夫人。每年四月十七日，是金花夫人的诞辰，当地画舫笙歌，举行祈神报赛，极为热闹。

魏环溪语

魏环溪尚书象枢《有庸斋闲话》云："偶见水与油，而得君子小人之情状焉。水，君子也，其性凉，其质白，其味冲，其为用也，可浣不洁者而使洁，即沸汤中投以油，亦自分别而不相混。油，小人也，其性滑，其质浊，其味浓，其为用也，可污洁者而使不洁，即沸油中而投以水，必至搏击而不相容。"诚名论也。

【译文】尚书魏环溪魏象枢的《有庸斋闲话》中说："我偶然观察到水与油的情状，进而联想感悟到了君子与小人之间差别。水，就如君子，其性凉，质白，味冲淡，用水来浣洗不干净的东西，可以使其重新洁净。即使向沸腾的热水中，投进油，水与油也不会相混。油，就如小人，其性滑，质浊，味浓，油可以污染干净的东西，往沸腾的热油中投水，二者必相搏击不相容。"此段论述确实是高论啊。

梁文康

粤东梁文康储髫龄时，已具公辅之量。相传幼时两眉俱绿，一日自塾中归，误仆于地。父迟庵掖起之曰："跌倒小书生。"公应声曰："扶起大学士。"迟庵与诸子浴于小沼中，出对云："晚浴池塘，涌动一天星斗。"公对曰："早登台阁，挽回三代乾坤。"时年才七岁耳，而吐属不凡如此。

【译文】广东梁文康梁储在幼年时，已经展现出了不同常人的宰辅气度。相传他小时候，两道眉毛都是绿的。一天，他从私塾回家，一不小心摔倒在地，他的父亲梁迟庵（梁健）先生扶起他，说："跌倒小书生。"他应声对答道："扶起大学士。"迟庵先生曾带着自己的几个孩子在小池沼中洗浴，举出上联，说道："晚浴池塘，涌动一天星斗。"文康公对道："早登台阁，挽回三代乾坤。"当时他才七岁，谈吐已经如此不凡了。

河南村狗

广郡窑头村人言，蒙近野诏，字廷伦，亲迎时，妇翁之兄令公口占，以"河南村狗"四字冠于每句之上。公遂吟云："河汉浮槎到五羊，南风吹送桂花香。村人多少来争看，狗吠仙姬会阮郎。"其妻劝公力学，以雪四字之耻。公发愤，遂成名儒，嘉靖壬戌进士，授翰林，官佥都御史，卒祀乡贤祠。

【译文】广郡窑头的村民说，蒙近野蒙诏，字廷伦，早年在迎亲时，他岳父的兄长，让先生临场写诗，并要求诗作每句之首的用字，合起来组成"河南村狗"四个字，以此羞辱先生。先生吟道："河汉浮槎到五羊，南风吹送桂花香。村人多少来争看，狗吠仙姬会阮郎。"此后，妻子劝先生苦学，以雪当年的四字之耻。先生发愤读书，成为名儒，明世宗嘉靖四十一年（1562）考中壬戌科进士，被授翰林一职，官至佥都御史，先生死后位列乡贤祠，得到后人的祭祀供奉。

芙 蓉

岭南木芙蓉,有一日白花,次日稍红,又次日深红者,名曰"三日醉芙蓉"。

【译文】岭南的木芙蓉中,有一品种,在第一日开白花,次日花色变为浅红,第三日变成深红,人们将这种花称为"三日醉芙蓉"。

宣德铜盘

曾宾谷方伯藏宣德铜盘,方径三寸五分,内刻御制《锦堂春》词云:"映日秾花旖旎,萦风细柳轻盈。游丝十丈重门静,金鸭午烟清。 戏蝶浑如有意,啼莺还似多情。游人来往知多少,歌吹散春声。"宣德七年正月十五日。

【译文】布政使曾宾谷(曾燠)收藏了一尊宣德铜盘。铜盘方径三寸五分,内侧刻有御制的《锦堂春》词,其词写道:"映日秾花旖旎,萦风细柳轻盈。游丝十丈重门静,金鸭午烟清。 戏蝶浑如有意,啼莺还似多情。游人来往知多少,歌吹散春声。"宣德七年正月十五日(1432年2月16日)。

文信国绿端蝉腹砚

砚修广各三寸余,受墨处微凹,底圆而凸,象蝉腹沿左边至顶，刻谢皋羽铭云："文山攀髯之明年，叠山流寓临安，得遗砚焉。忆当日与文山象戏，谱玉躞金鼎一局，石君同在座右。铭曰：'洮河石，碧于血，千年不死苌弘骨。'"款识"皋羽"二字。袁简斋先生贮以檀匣，而识原委于匣盖云："乾隆丁未十二月，杭州临平渔父网得此砚于临平湖，王仲瞿居士舟过相值，知为文文山故物，以番钱廿元得之，转以见赠。余仿竹垞咏玉带生故事，为作匣，兼招诗流各赋一章。甲寅六月望日，袁枚记于小仓山房，时年七十有九。"

【译文】这方砚台长宽各三寸多，盛墨的地方微凹，底圆而凸，像蝉腹。沿左边至顶端，刻着谢皋羽（谢翱）写的铭文："文山攀髯之明年，叠山流寓临安，得遗砚焉，忆当日与文山象戏。谱玉躞金鼎一局，石君同在座右，铭曰：'洮河石，碧于血，千年不死苌弘骨。'"落款是"皋羽"二字。袁简斋（袁枚）先生用檀香木匣来贮藏它，并把砚的来历刻在匣上："乾隆五十二年（1787）十二月，杭州临平渔夫在临平湖网鱼时偶得此砚。王仲瞿（王昙）居士乘船路过，偶见此物，知道这方砚台是文文山（文天祥）先生的旧物，以二十元番钱买下它后，赠送给我。我仿照竹垞（朱彝尊）先生作《玉带生歌》的旧事典故，为砚台专门制作了木匣，并请名流诗人们为此赋诗创作。甲寅年（乾隆五十九年）六月十五日（1794年7月11日），袁枚记于小仓山房。时年已七十九岁。"

品 酒

嘉庆癸酉，余偶憩云林寺。次日独游彀光，遇一老僧，名致虚，善气迎人，与之谈，颇相得，亦略知文墨。坐久，余欲下山，老僧曰："居士得毋饥否？蔬酌可乎？"余方谦谢，僧已指挥徒众，立具伊蒲，泥瓮新开，酒香满室，盖时业知余之好饮也。一杯入口，甘芳浚冽，凡酒之病无不蠲，而酒之美无弗备。询之，曰："此本山泉所酿也，陈五年矣。老僧盖少知酿法，而又喜谈米汁禅，此盖自奉之外，藏以待客者。"于是觥斝对酌，薄暮始散。又乞得一壶，携至山下，晚间小酌。次日，僧又赠一瓶，归而饮于家，靡不赞叹欲绝。廿年神往，何止九日口香，此生平所尝第一次好酒也。此外不得不推山西之汾酒、潞酒，然禀性刚烈，弱者恶焉，故南人勿尚也。于是乎不得不推绍兴之女儿酒。女儿酒者，乡人于女子初生之年，便酿此酒，迨出嫁时，始开用之，此各家秘藏，并不售人。其花坛大酒，悉是赝本。且近日人家萧索，酿此者亦复寥寥，能得其真东浦水作骨而三四年陈者，已是无等等咒矣。道光甲申，余归自京师，汪小米表弟拉饮庚申酒。庚申酒者，小米令叔眷西先生家所藏者也。眷西尊人旧贮二十坛，殁后，其家亦胥忘之。眷西又汴游十余载，遂无人问鼎。而藏酒之室，又极邃密，终日扃牡，更无人知而窥之者。以故二十年来，丸泥如故。眷西归，始发之，所存止及坛之半。正简斋先生所谓"坛高三尺酒一尺，去尽酒魂存酒魄"是也。色香俱美，味则淡如，因以好新酒四分搀之，则芳香透脑，胶饧盏底，其秾厚有过于癹光酒，而微苦不冽，自其小病，此生平所尝第二次好酒也。仆逢曲流涎，到处不肯轻过，闻之人语云："不吃奔牛酒，枉在江湖走。"余过其地，沽而试焉。呜乎！天下有如此名过其实，庸恶陋劣之名士乎？论其品格，亦止如苏州之福贞，惠泉之三白，宜兴之红友，扬州之木瓜，镇江之苦露，邵宝之百花，苕溪之下若，而其甜其腻则又过之，此真醉乡之魔道也。而其中矫矫独出者，则有松江之三白，色微黄极清，香沁肌骨，惟稍烈耳。又记某年，余游萧山，梧里主人周姓，名镇祁，情极款洽，作平原十日之留。一日，出一种酒，曰梨花春，俗名酒做酒曰梨花，盖三套矣。余饮一杯后，主人即将杯夺去。主人巨量，止饮二小杯。是日，余竟沉醉一天，因思古人所谓千日九酝者，亦即此类，特其一年三年之醉，则未免神奇其说耳。余居广东始兴一年有余，彼处有所谓冬酒者，味虽薄而喜不甚甜，故尚可入口，中秋以后方有，来年二三月便不可得。询之土人，曰："此煮酒也，今日入瓮，第三日即可饮，半月坏矣。"一日，有曾姓乡绅邀余山中小酌，举杯相劝。余视之，浅绿色，饮之清而极鲜，淡而弥旨，香味之妙，其来皆有远致，诧以为得未曾有。急询何酒，曰："冬酒也。"问那得如许佳？曰："陈六年矣。"余又叩以乡人不能久藏之言，曰："乡人贪饮而惜费，夫安得有佳者。此酒始酿，须墨江某山前一里内之水，不可杂以他流，再选名曲佳蘗，合而成之，何患其不能陈？余家酿此五十余年，他族省稽，不肯效为之也。"余生平所尝第三次好酒也。余三十年来，沉湎于酒，脏腑之地，受病已深，近日损之又损，以至于无，而结习所存，不能忘也，因历忆生平饮境而一纪之。宋俞文豹《吹剑录》云："易惟四卦言酒，而皆在险难。需，需于酒食；坎，樽酒簋贰；困，困于酒食；未济，有孚于饮酒。"可见酒乃人生之至险也，可不戒哉！

【译文】嘉庆癸酉（嘉庆十八年，1813），我曾经偶然在云业寺休憩借住。第二天，我独自游览弢光，遇到一位老僧，名致虚。此人慈眉善目，也略知文墨，我与他相谈甚欢。坐聊了很久，我想下山，老僧说："居士难道不饿吗？蔬菜酌酒可以吗？"我还在谦逊地表示谢意，老僧已指挥众徒布置停当，打开储酒的泥瓮，顿时酒香满坐，大概是老僧已知道我有饮酒贪杯的癖好。一杯入口，酒味甘芳浚洌，口感无可挑剔，兼备各种美酒的绝妙滋味。我向老僧询问后得知，此酒用山泉酿制，而且是五年陈酿。老僧自幼便熟知酿酒方法，自己好酒，喜参米汁禅。所酿之酒，除了供老僧自己饮用外，都储存起来，用以招待外客。于是，我们两人酒觥交错，不知不觉，喝到天色已晚才道别。道别时，我又请老僧赠我一壶酒，让我带到山下夜间小酌。次日，老僧又赠我一瓶酒，我将酒带回家中与家人友人共酌，大家都赞不绝口。时过二十年，我依旧怀念向往当年喝到的美酒。如此美酒，何止九日留香呢。这是我平生第一次品尝到绝妙好酒。此外，不得不提的还有山西的汾酒、潞酒，但这汾酒、潞酒酒性刚烈，体弱者不宜饮此酒，所以南方人不推崇汾酒、潞酒。不得不提的美酒还有绍兴的女儿酒。女儿酒是绍兴当地人在女儿出生之年，所酿之酒，到女儿出嫁时，才开罐饮用。女儿酒是各家秘藏，并不出售给外人。花坛大酒，应是冒充女儿酒的赝品，而且近日民间经济凋敝，酿女儿酒的人家也很少了。如果能得到用浦东水酿制的三年陈酒，已属无上佳品。道光甲申（道光四年，1824），我回到京城，汪小米（汪远孙）表弟拉着我共饮庚申酒。庚申酒是小米叔叔眷西先生家所藏之酒。眷西先生的先人曾贮藏了二十坛酒，等先人去世后，家人都忘了此事。而眷西先生又汴游十多年，此酒便更无人过问了。而且藏酒之室极私密，更无人知晓，也无人窥伺。所以二十年来，丸泥如故。等眷西先生归家，打开此酒，发现酒的存量只达酒坛的一半。这正如袁枚先生所说:"坛高三尺,酒一尺,去尽酒魂存酒魄"啊。这种酒,色香俱美,味却稍淡,所以用四分新酒搀入其中,于是芳香透脑,稠厚绵醇超过发光酒,而且微苦不冽。这酒在我平生所喝美酒中可排第二。我逢酒便垂涎,不管到何处,都不肯轻易放过当地美酒。曾听人说:"不吃奔牛酒,枉在江湖走。"当我经过其地时,购买奔牛酒来品尝,却发现此酒名过其实,就像那些实际上庸恶陋劣之名士,徒有虚名。论其品质,也就像苏州的"福贞",惠泉的"三白",宜兴的"红友",扬州的"木瓜",镇江的"苦露",邵宝的"百花",苕溪的"下若",然而此酒甜腻,远超这些酒,可以说是"醉乡的魔道"了。而这些酒中的佼佼者者,当属松江的三白。其酒,色微黄极清,香沁肌骨,不过酒性稍烈。又记得有一年,我去浙江萧山游玩,梧里主人周镇祁招待极为热情,我们两人相处融洽,效仿古人作平原十日游,连日宴饮。一天,梧里主人拿出一种名"梨花春"的酒,当地将酒做酒称为"梨花",大致三套。我刚饮一杯,主人便将我手中的酒杯夺去,主人酒量极佳,也只饮用了二小杯。当天,我竟醉了一整天。推想古人所谓"千日九酝",也是此类。然而一醉醉一年、三年的说法,未免有些神乎其神,过于夸张了。我曾在广东始兴居住一年有余,此处有冬酒,味虽薄,但可喜的是不甚甜,所以尚可入口。冬酒,要等中秋以后才有,等到来年二三月就没了。询问当地人之后,得知冬酒是煮酒,今日入瓮,第三日就可以饮用了,如果储存半个月,酒就变质了。一天,有一位曾姓乡绅,邀我到山中小酌,举杯劝酒,我一看,酒是浅绿色,一尝味道,酒清冽而极鲜,味淡却香气弥久,香味的妙处,其来都有高远的情致,惊讶地认为未曾遇到过。我急忙问乡绅这是什么酒,乡绅回答说这是"冬酒"。问他此酒为何口味如此好,乡绅回答说:"因为这是六年的陈酿。"我便将之前乡人说此酒不可久藏的话转告他,询问原因。乡绅回答道:"乡人贪饮,而且吝啬,想尽可能减少费用,如此酿酒,怎么能得到佳酿呢?开始酿此酒时,必须要用墨江某山前一里之内的江水,决不可掺杂别的地方的水。然后再精选酒曲佳蘖,合在一起,精心酿制，这样一来，又何须担心酒水变质呢？我家酿此酒已五十多年，其他人家只是咨啬稼穑，不肯用心效法罢了。"这是我生平所饮好酒中位列第三的美酒。三十年来，我贪好美酒，饮酒过多，脏腹受病已深，最近，在此基础上，再受损伤，情况更为严峻。然而饮酒是我素来的爱好，即便不能饮酒，也不能忘之于怀。于是，我回忆生平数次饮境，并记录当时的情境，以作纪念。宋代俞文豹的《吹剑录》说："《易经》只有四卦提及酒，而且都在险难之处。《需》卦，需于酒食；《坎》卦，樽酒簋贰；《困》卦，困于酒食；《未济》卦，有孚于饮酒。"可见，饮酒是人生中最险恶的爱好，这样的爱好，能不戒吗？

前朝后市

宋神宗尝问经筵官，《周官》前朝后市，黄侍讲以王氏《新说》为对，言朝阳事故在前，市阴事故在后，意以为据荆公之学，必然希旨。上曰："不独此也。朝君子所集，市小人所居，有向君子背小人之义焉。"诸臣悚然，大哉王言也！

【译文】宋神宗曾问经筵官，《周官》中所说的"前朝后市"是什么意思。黄侍讲用王安石《新说》中的观点回答，说朝属阳事因此在前，市属阴事因此在后，黄侍讲以为引用荆公（王安石）的学说，必然能够让宋神宗满意。宋神宗说："并非只有这点原因。朝，是君子所在，市，是小人所居，'前朝后市'中也蕴含了亲近君子远离小人的道理。"诸臣听后都很恐惧，宋神宗此论，真不愧是王者之言啊！

鸦片入策题

今年甲午,广东乡试策题第四,民食一道,中一条云:"沃土之地,往往植烟草以为利息,甚至取其种之大害于人者而广播之,民不知其敝精力,耗财用,大半溺于所嗜,视其为用,与菽粟等,而且胜之,将何以严其禁而革其俗?"此言内地之乌烟也。此物入于高文典册,前此未有也。

【译文】今年即道光十四年(1834)甲午科广东乡试第四道题"民食"中一条说:"肥沃的土地上,人们往往植烟草,来谋取利益。甚至广泛播种烟草中对人体有极大危害的品种。人民不知这些烟草会使得人精力涣散,消耗人们的财用积累,让大多数人沉溺其中,让人将其视为菽粟一般的必需品,甚至有人为了烟草而舍弃粮食,如此情况下,我们要采用什么政策,才能既禁止人们种植烟草,吸食烟草,改变这种不良风气呢?"此处说的就是内地的鸦片。在此之前,鸦片从未被写进高文典册之中。

阵亡疏语

宋人荐阵亡将士疏略云:"虎头食肉,彼何人斯?马革裹尸,深负公等。战河南,战河北,毋忘此日之精忠;出山东,出山西,再作明时之将相。"造语真挚,九原应有感激涕零之意。

【译文】宋人《荐阵亡将士疏略》说:"虎头食肉,彼何人斯?

马革裹尸，深负公等。战河南，战河北，毋忘此日之精忠。出山东，出山西，再作明时之将相。"此文用语真挚，九泉之下战亡的将士们听后，应该会满心感激流泪啊。

太 誓

《尚书·太誓》：泰言大也。或曰："伐商乃太王之志，太公之谋，故曰太誓。"则穿凿矣。

【译文】《尚书·太誓》："泰"，是大的意思。有人说："伐商是太王的志向、是太公的谋略，因此，叫作太誓。"此说法未免穿凿附会。

二 我

宋贾魏公为相日，有方士姓许，对人未尝称名，无贵贱皆称我，时人谓之"许我"，见宋彭乘《墨客挥犀》。又史延寿，嘉兴人，以善相游京师，视贵贱如一辙，箕踞袒裼，从不称名，称我，时人呼为"史我"，乃知若辈亦无独有偶。

【译文】宋贾魏公（贾昌朝）担任丞相时，有一个方士姓许，对人从不称名，不论对方身份的高低贵贱，对人的自称都是"我"，人们便把他叫"许我"。宋代彭乘《墨客挥犀》中记载了这个故事。又有浙江嘉兴人史延寿，以擅长相面而在京城游历，他也视贵贱如一辙，见人从不称名，而自称"我"。人们将他称为"史我"。由此可知, 这样的人无独有偶啊。

玉髑髅

有人掘唐明皇坟, 出其尸, 则髑髅一具, 皆化为玉, 急为揜之, 见《太平广记》, 其事甚怪。但小说载明皇假寐西内, 李辅国欲谋弑之, 以铁椎击其脑不动。明皇曰: "我自服叶法善丹药, 骨节寸寸皆化为玉, 金石不能伤也。" 刺客大怖而退。则其说亦有可证。

【译文】有人挖掘唐玄宗的陵墓, 挖出的尸体是一具髑髅, 却转眼化成玉, 盗墓者慌忙把墓掩埋回填了。《太平广记》记载了这件事, 听来这件事实在过于离奇。但小说中也曾记载过, 唐玄宗曾在西宫内假寐, 李辅国想弑君, 派遣杀手用铁椎击打唐玄宗脑袋, 唐玄宗却安然无恙, 说: "我自从服用了叶法善的丹药, 骨节寸寸都化为玉, 用金石是不能击伤我的。" 刺客大惊而逃。(两相对照) 这种说法也可能有一定的根据吧。

瑶 俗

瑶俗负物, 男人以肩, 女人以首, 谓男首系狗王之头, 而女肩则高辛公主金肩, 故皆贵之。俗夫妇不同宿, 择晴昼入山僻处, 尽一日之乐, 插松枝于路口, 曰插青, 人无敢继入者。其交也, 衔弩裸体, 遗精草莽, 岚蒸瘴结, 是生短狐。

【译文】瑶族习俗背负物体，男人用肩膀，女人用头部，认为男人头部是狗王之头，而女人肩膀是高辛公主的金肩，因此都重视。按照习俗，夫妇不同宿，选择一个晴天白昼进山隐蔽之处，享受男女之欢，在路口插上松枝，称为插青，路人就不敢再往前走了，夫妇交欢，衔着弓弩赤身裸体，遗精草丛之中，山中雾气蒸腾而上，瘴气凝结成块，就会形成短狐（即传说中的蜮）。

鬼轻巡检

先君宰始兴日，清化司巡检蔡君洗凡廷栋，太湖西洞庭山人也。年七十余，而精神矍铄，饮啖过人，广颡丰颐，耳长过颊，见闻极博，又健于谈，悬河一开，沛然莫御。但谈至兴酣，则支节往往失脱，如天起怪风，民家七只酱缸，吹过江面；又京师西山开煤，穿穴地道，现已穿至某处，道里分刌不差累黍。此等事并非全属子虚，而自彼述之，则一若躬立其旁，而目睹其事者，情状殊可笑也。又喜说鬼，自言生平凡遇鬼二十余次，而与之相搏者亦累累然，从未有为鬼所败者。方谈此时，摹形绘色，数脚论拳，大声发波，险语破石，正其掀髯得意时也。一日方谈，余戏之云："君为鬼所轻矣，待明年升转一阶，必来相报，慎之慎之。"叩其故，余翻宋无名氏《异闻随录》一则示之云："南恩州阳春县，即古春州，有异鬼栖于主簿署，白昼现形，不胜其扰。有斑直者为巡检，初到任，簿招与饮，语及此事，词未毕，而鬼已立于巡检身后，因引手捽之，而鬼仆于地。巡检且捽且殴，鬼顾簿哀鸣求救，乃得脱。其家以为必将迁怒，终夕弗寐，比晓寂然。启户，见壁间大书曰：'巡检粗人，不足较也。'遂绝。"阅毕，诸人无不狂笑哄堂，而蔡君亦捧腹而不能已已。

【译文】先父（梁祖恩）在始兴任职的时候，清化司巡检蔡洗凡蔡廷栋，是太湖西洞庭山人，年已七十有余，而精神矍铄，饮食饭量过人，额头宽广，耳垂长过脸颊。其人博闻广见，又擅长言谈，口若悬河，一发不可收拾。只要谈到兴酣之处，细节往往失实。就如他有一次曾说过，天起怪风，将民间七只酱缸，吹过江面。又有一次说道，京城西山开采煤矿，穿挖地道，等从地道出来，已穿到他地某处，位置说得非常精准，不差丝毫。这些事，也并非全部子虚乌有。蔡君讲述这些奇闻异事时，就好像自己曾经身临其境，亲眼目睹，旁人看了，觉得非常可笑有趣。他还喜欢谈鬼，自称一生二十多次遇鬼，而且曾与许多鬼搏斗过，从无败绩。每次谈起这些，蔡君绘声绘色，数脚论拳，大声喊叫，常有惊人之语，这正是他掀髯得意之时啊。一天蔡君刚谈鬼，我调侃他说："你太轻视鬼了，等明年升转一阶，鬼一定会来报复你，你应当谨慎啊。"蔡君问这句话从何说起，我翻开宋代无名氏《异闻随录》中的一则故事给他看："南恩州阳春县，即古代的春州，有异鬼栖身在主簿的官署内，白天现形捣乱，主簿不胜其扰。有一位刚直之人，初任巡检一职，主簿招他饮酒，正好谈到这件事，还未说完，鬼已站在巡检身后。于是巡检用手拽住此鬼，鬼摔倒在地，巡检边揪边打，鬼转头向主簿哀鸣求救，最终才得以脱逃。主簿家都认为，鬼一定会迁怒于己，整晚都不能安睡，但直到早晨，都太平无事，家宅宁静。启开窗户，见墙壁上写着几个大字：'巡检粗人不足较也。'从此，这个异鬼不在出现。"看完此则故事，诸人无不狂笑，而蔡君也捧腹而不能自己。

麻阳陋俗

蔡君又谈一极可笑之事，言湖南麻阳县某镇，凡红白事，戚友不送套礼，只送分金，始于一钱而极于七钱，盖一洋之数也。主人必设宴相待，一钱者止准食一菜，三钱者三菜，五钱者遍肴，七钱者加簋。故宾客虽一时满堂，少选一菜进，则堂隅有人击小钲而高唱曰："一钱之客请退。"于是纷然而散者若干人。三菜进，则又唱曰："三钱之客请退。"于是纷然而散者又若干人。五钱以上不击，而客已寥寥矣。此事未见虚实，而穷荒陋俗，容或有之。余思此堂隅高唱者，或犹是古人白席之遗。

【译文】蔡君有一次又谈及一则极可笑的事情，说湖南麻阳县某镇，凡是红白喜事，亲戚朋友不送套礼，只送分金，从一钱到七钱，也就一洋元罢了。主人一定会设宴相待，送一钱的只准吃一道菜，送三钱的吃三道菜，送五钱的可吃所有菜，送七钱的可另外加菜。所以宾客虽然一时间济济满堂，但不一会儿，一菜进桌，大堂的一角有人击小钲，高喊："一钱之客请退。"于是不少人纷然而退。三菜进桌，又喊："三钱之客请退。"于是又不少人纷然而退。送礼五钱以上的，就不须喊了，客人已寥寥无几。这件事我未能亲见，不知虚实，穷荒之地也许会有这种陋俗。我想那堂上高喊之人，也许是古时"白席"在当今社会遗留的习俗吧。

天子妃

猫别名也，见《鹤林玉露》。盖以武后杀萧妃，妃临死曰："吾愿生生世世为猫，武为鼠，呃其喉足矣。"此典罕有见人用者。余因思之，虎舅龙妃，可为的对。俗言猫为虎舅，言虎事事肖猫也。

【译文】"天子妃"，是猫的别名，此说法见于《鹤林玉露》。可能是由于武后杀萧妃，萧妃临死时说："我愿生生世世为猫，武后为鼠，如此便能咬断她的喉咙。"很少见人用此典故。我想，虎舅、龙妃可以成一个对子。民间传说，猫是虎的舅舅，因为老虎处处跟猫很像。

雪月渡江湖

大月渡太湖，大雪渡扬子江，此非常奇景也。余于丙戌北行，旬日间两遇之，因各纪以诗。《渡湖》云："广寒八万四千户，太湖三万六千顷，姐娥子与洞庭君，良夜迢迢斗清冷。弯弯月子照当头，翦翦春汛不住流，如此烟波如此夜，居然容我一扁舟。"《渡江》云："樯乌北向不住啼，玉龙满天鳞甲飞。空江浩浩冷逾净，白水不动青山肥。此时微醺中卯酒，我挂轻帆出京口。平视都无鸟鹊飞，远听全静蛟龙吼。炫眼光明四面开，水晶宫阙玉楼台。藏将锦绣江山去，换出琉璃世界来。千叠波争万花白，空中仙人貌姑射。金焦两点斗婵娟，彼也投琼此献璧。嗟我年来守故山，柴门高卧冷袁安。岂知放眼江湖外，如入瀛洲到广寒。篷窗此景难描绘，万顷空濛一尊对。蕉叶拚教醉鹤头，梅花未免辜

驴背。萧萧行李冷羊裘，枨触关山万里愁。鹤太襫襦腰太瘦，明
朝空自上扬州。"病中追忆旧游，不觉神往，因纪之。

【译文】满月时渡太湖，大雪时渡扬子江，可以看见不寻常的奇
景。我于丙戌年(道光六年，1826)北行，十天之日遇到此两种奇景，
于是分别写下诗歌以作纪念。《渡湖》一诗中写道："广寒八万四千
户，太湖三万六千顷。姮娥子与洞庭君，良夜迢迢斗清冷。弯弯月子照
当头，翦翦春渢不住流。如此烟波如此夜，居然容我一扁舟。"《渡
江》写道："墙乌北向不住啼，玉龙满天鳞甲飞。空江浩浩冷逾净，白
水不动青山肥。此时微醺中卯酒，我挂轻帆出京口。平视都无鸟鹊
飞，远听全静蛟龙吼。炫眼光明四面开，水晶宫阙玉楼台。藏将锦绣
江山去，换出琉璃世界来。千叠波争万花白，空中仙人藐姑射。金焦
两点斗婵娟，彼也投琼此献璧。嗟我年来守故山，柴门高卧冷袁安。
岂知放眼江湖外，如入瀛洲到广寒。篷窗此景难描绘，万顷空濛一尊
对。蕉叶拚教醉鹦头，梅花未免辜驴背。萧萧行李冷羊裘，枨触关山
万里愁。鹤太襫襦腰太瘦，明朝空自上扬州。"在病中追忆起旧游之
事，不觉神往，所以把两首诗记录于此。

叠字诗

诗有一句叠三字者，吴融《秋树》诗"一声南雁已先红，槭
槭凄凄叶叶同"是也。有一句连三字者，刘驾诗"树树树梢啼晓
莺，夜夜夜深闻子规"是也。有两句连三字者，白乐天诗"新诗
三十轴，轴轴金玉声"是也。有一句四叠字者，古诗"行行重行
行"，《木兰诗》"唧唧复唧唧"是也。有两句互叠字者，王胄诗

"年年岁岁花常发，岁岁年年人不同"是也。有三联叠字者，古诗"青青河畔草"六句是也。有七联叠字者，昌黎《南山》诗"延延离又属"十四句是也。至李易安词"寻寻觅觅，冷冷清清，凄凄惨惨戚戚"，连下十四叠字，则出奇胜格，真匪夷所思矣。

【译文】诗有一句叠三字的，吴融《秋树》诗"一声南雁已先红，槭槭凄凄叶叶同"便是如此。有一句连三字的，刘驾诗"树树树梢啼晓莺，夜夜夜深闻子规"便是如此。有两句连三字的，白乐天（白居易）诗"新诗三十轴，轴轴金玉声"便是如此。有一句四叠字的，古诗"行行重行行"，木兰诗"唧唧复唧唧"便是如此。有两句前后呼应使用叠字的，王胄诗"年年岁岁花常发，岁岁年年人不同"便是如此。有在三联中前后呼应使用叠字的，古诗"青青河畔草"六句就是如此。有在七联中前后呼应使用叠字的，昌黎（韩愈）《南山》诗"延延离又属"十四句便是如此。至于李易安（李清照）词"寻寻觅觅，冷冷清清，凄凄惨惨戚戚"，连用十四个叠字，思想奇妙而又格调高远，真是不可思议。

财 色

古人云："本富为上，末富次之，奸富为下。本富者，农桑也；末富者，商贾也；奸富者，盗贼也。"又云："一顾倾城，再顾倾国者，色也。大者倾城，小者倾乡者，富也。财色之际，可不慎哉！"

【译文】古人说："本富为上，末富次之，奸富为下。"本富，是指农耕和桑织。末富，是指商贾；奸富，是指盗贼。又有古语道："看一眼倾城，再看一眼倾国，能倾城倾国的是女色。大富可以倾城，小富可以倾乡，能倾城倾乡的是财富。"对于财和色，我们能不慎重吗？

汤 武

南巢牧野之事，后之人执定"应天顺人"四字，处处为汤武回护而不必也。夫子序《书》曰："汤胜桀，武王胜殷杀受。"此与《春秋》"许世子止晋赵盾"，同一笔法也，曷尝有恕词哉？

【译文】放桀南巢、牧野之战，后人以"应天顺人"四字来定论，处处为商汤、武王辩护，其实大可不必。孔子在为《书》作序时说："汤胜桀，武胜商殷，杀受。"这与《春秋》的"许世子止、晋赵盾"是同一笔法，用词时何尝有所偏袒回护呢？

识遗论相

宋绍兴中，一纪之中，命相十四，张耒以为言和战纷纷，必无成功。何况明思陵十七年间四十二相，安得不亡耶？

【译文】宋高宗绍兴年间，十二年里，朝廷任命了十四位宰相，张耒认为当时主战派、主和派互相对立，众说纷纭，如此情况下，一定无法成功。何况明思宗十七年之间，居然有四十二位内阁首辅轮番执政，如此一来，明朝能不灭亡吗？

彭生铁杖

"公子彭生红缕肉，将军铁杖白莲肤。"宋人句也，不过咏猪肉包子耳，而造语特奇。

【译文】"公子彭生红缕肉，将军铁杖白莲肤。"这是宋人诗句（见岳珂《馒头》），不过是歌咏猪肉包子罢了，但是遣词造句很是奇特。

薛 能

先伯祖谏庵先生云："唐之诗人至薛能而庸妄已极。"尝举其文字之乖戾者而摘论之。昨偶阅其一绝云："山屐经过满径踪，隔溪遥见夕阳春。当时诸葛成何事，只合荒山作卧龙。"夫以孔明之出，建无藉之业，完托孤之责，以教万世之为人臣者，乌得云成何事哉？能真庸妄矣！

【译文】先伯祖谏庵（梁玉绳）先生说："唐时诗人，到薛能的时候已经庸妄已极。"谏庵先生曾举出薛能所作的乖戾文字来论证此观点。昨天偶然看薛能的一首绝句，写道："山屐经过满径从，隔溪遥见夕阳春。当时诸葛成何事，只合荒山作卧龙。"依靠诸葛亮的出山辅佐，建立了无根基的伟业，完成了先主托孤的重任，并成为万世为人臣者的榜样，有如此功绩，又怎么能说诸葛亮一事无成呢？薛能实在是庸妄至极！

苏 文

罗大经云："《庄子》之文，以无为有。《国策》之文，以曲作直。东坡生平，熟此二书，故其为文，横说竖说，无复滞碍也。"朱文公论苏文云："早拾苏张之绪余，晚醉佛老之糟粕。"有贬词矣。

【译文】罗大经说："《庄子》之文，把无当作有。《战国策》之文，把曲当作直。苏东坡平生熟读这两种书。因此苏东坡写文章时，横说竖说都可以，行文流畅无阻。"朱文公（朱熹）评论苏东坡的文章时说："（苏文）早上拾苏秦、张仪的牙慧，模仿纵横家，晚上则沉醉于佛教道教的糟粕。"语含讥讽，是贬损之词啊。

至圣封号

夫子既殁，历秦、汉、晋、宋、齐、梁、陈、隋未有封号，至唐世始封文宣王。宋神宗欲加尊崇，礼臣定议为至圣元神帝。李邦直曰："周室称王，陪臣不当称帝。"于是止加"元圣"二字。陈随隐讥之曰："异代尊崇，何预于周？邦直之罪，所当笔诛。"愚谓李论甚正。夫子乃万代师表，封帝封王，下侪于城社之神，本轻亵矣，况生而谨守臣节，殁而膺此僭称，夫子必不愿也。故封自以至圣先师最为允当。

【译文】孔子去世后，经过秦、汉、晋、宋、齐、梁、陈、隋，都没有封号，直到唐代，才追封他为文宣王。宋神宗想进一步抬高孔子的尊崇地位，经礼部大臣商议后，追封孔子为至圣元神帝。李邦直说："周室天子称王，孔子作为陪臣，不应当称帝。"于是最终没有用帝号，只加了"元圣"二字。陈随隐讥讽道："这是异代追封，和周朝有什么关系呢？李邦直之罪，应当被口诛笔伐。"我以为李邦直所言非常正确，孔子是万世师表，封帝封王，跟城庙中的神仙置于一处，本来就亵渎了圣人，更何况孔子生前谨守臣节，去世后得此称号，必然不愿意僭越而获得此种称号，所以还是封为至圣先师最为妥当。

中贤亚圣

元仁宗以孔子为"中贤"，唐姚崇遗令以孔子为"亚圣"，不知上等是何人物。

【译文】元仁宗认为孔子为"中贤"（中等圣人），唐朝宰相姚崇临终嘱咐把孔子列为"亚圣"（二等圣人），不知在这两人心中，上等圣人是什么样的人物。

春秋人物

郑子产、晋叔向、士燮、鲁叔孙婼、子家羁、吴季札、卫蘧瑗、齐管夷吾，自是春秋上等人物。齐晏婴、鲍叔牙、晋赵衰、赵武、祁奚、魏绛、秦伯里奚、楚沈尹戍、宋公子目夷、郑子皮、鲁季友、仲孙蔑、卫石碏、公叔发、晋荀罃诸人，亦皆后先竞秀，不可没也。

【译文】郑国有子产,晋国有叔向、士燮,鲁国有孙婼、子家羁,吴国有季札,卫国有蘧瑗,齐国有管夷吾,这些都是春秋时代的上等人物。齐国晏婴、鲍叔牙,晋国赵衰、赵武、祁奚、魏绛,秦国百里奚,楚国沈尹戌,宋国公子目夷,郑国子皮,鲁国季友、仲孙蔑,卫国石碏、公叔发,晋国荀罃等人,这些人都先后各领风骚,不可埋没。

常 平

惠民之法,莫善于常平,然有法无人,胥归无益。宋陈止斋曰:"《周礼》以年之上下出敛法。盖年下则出,恐贵谷伤民也;年上则敛,恐贱谷伤农也。"由此而言,三代之时,有常平之政,而无常平之名。《周官》所言,即常平之法也。

【译文】惠民的方法中,"常平"是最好的方法。然而如果有法度却在制定法度时目中无人,不顾及民众,那么终将无所助益。宋代陈止斋(陈傅良)说:"《周礼》根据每年收成的情况,来制定收敛粮食的法度。收成不好,民众少粮,则由政府调出粮食,平衡价格,担心粮食太贵而伤民,年成好时,市场上粮食过多,则收集粮食,避免粮食价格过低而伤农。"由此而言,三代之时,已经有了"常平"的制度,只不过没有"常平"之名罢了。《周官》中所记载的,就是常平之法啊。

而 已

宋洪俞因论台谏失职疏中,有"款所喜请者,不过谒景灵宫而已",朝廷遂以为"而已"二字乃大不敬,因镌三官。洪有句云:"不得之乎成一事,却因而已失三官。"见《侯鲭录》。及阅《稗史》载云:"洪平斋新第后,上史卫王书,自宰相至州县,无不指摘其短。大略云:'昔之宰相,端委庙堂,进退百官;今之宰相,招权纳贿,倚势作威而已。'凡及一职,必如上式,末俱用'而已'二字。时相怒之,十年不调。洪有桃符云:'未得之乎一字力,只因而已十年闲。'"两说未知孰是。大约此公于此二字,用得手滑,即奏章亦不检点,以至终身蹭蹬于两虚字中也。

【译文】宋朝洪(舜)俞(洪咨夔)因为议论台谏被免官,他的疏文中写道"款所喜请者,不过谒景灵宫而已"。朝廷于是认为"而已"二字是大不敬,因此撤去他的三官职务。洪舜俞因此作诗,说:"不得之乎成一事,却因而已失三官。"《侯鲭录》中记载了这件事。后来我翻阅《稗史》中的记载:"洪平斋刚刚登第后,给史卫王(史弥远)上书,抨击时事,从宰相到地方州县都遭到他的批评指摘,内容大概是这样的:'过去的宰相,执掌国家,进退百官,而现在的宰相,招权纳贿,倚仗权势,作威作福而已。洪平斋每升一职,必然上书,句末都用"而已"二字。当时宰相怒斥他,洪平斋十年不得调用升职,洪平斋写过桃符说:'未得之乎一字力,只因而已十年闲。'两种说法不知哪个正确,大概此公"而已"这二字用得顺手,即使写奏章也不检点,以至于因这两个虚字,蹉跎一世。

寿王妃

明皇娶杨玉环,乃寿王之妃。《长恨歌》《连昌宫词》长篇

叙事，俱未道及，盖为国讳也。惟李义山云："龙池赐酒厂云屏，
羯鼓声高众乐停。夜半宴归宫漏永，薛王沉醉寿王醒。"虽微露
其意，而语极含蓄。宋魏鹤山《天宝遗事》诗云："红锦绷盛河
北贼，紫金盏酌寿王妃。"写得明皇昏庸可笑。魏以宋人而咏唐
事，固不嫌如此刻酷也。

【译文】唐玄宗所娶的杨玉环，原本是其子寿王李瑁之妃。《长
恨歌》《连昌宫词》这两篇长文在叙事时，都未提及此事，主要是为
国避讳。只有李义山（李商隐）写诗道："龙池赐酒厂云屏，羯鼓声高
众乐停。夜半宴归宫漏永，薛王沉醉寿王醒。"虽然稍微表露其意，
但语言含蓄。宋代魏鹤山（魏了翁）的《天宝遗事诗》说："红锦绷盛
河北贼，紫金盏酌寿王妃。"把唐玄宗写得昏庸可笑。魏鹤山这首诗
是宋代人咏唐代故事，所以无须顾忌，如此直写，也不算严苛冷酷。

书词与史笔迥异

向常论汪彦章之于李伯纪，一启一制，判然如出两人。今读
昌黎《上大尹李实书》云："愈来京师，于今十五年，所见公卿大
臣，不可胜数，皆能守官奉职，无过失而已，未见有赤心事上，忧
国如阁下者。今年以来，不雨者百余日，种不入土，野无青草，而
盗贼不敢起，谷价不敢贵。坊百二十司，六军二十四县之人，阁
下亲临其家，老奸宿脏，销缩摧沮，魂亡魄丧，影灭迹绝，非阁下
条理镇服，布宣天子威德，其何以及此。"推崇可谓至矣。后作
《顺宗实录》云："实谄事李齐，骤迁至京兆尹，恃宠强愎，不顾

邦法。是时大旱，畿甸乏食，实一不以介意，方务聚敛征求，以给进奉。每奏对辄曰：‘今年虽旱而谷甚好。’由是租税皆不免。凌铄公卿，勇于杀害，人不聊生，及谪通州长史，市人欢呼，皆袖瓦砾，遮道伺之。"与前书抑何相反若是乎？或曰："书乃过情之誉，史乃纪实之词。"然而誉之亦太过情矣。三代直道之公，可如是耶？

【译文】人们常常议论汪彦章（汪藻）为人无常，他曾在启和制两种文体中评论李伯纪（李纲），但前后态度不一，观点如出两人之口，现在读韩愈的《上大尹李实书》，其中说："我来到京城至今已十五年了，所见到的公卿大臣数不胜数，他们大多都平庸守职，无功无过而已，再没有其他人能够像阁下这样，对圣上怀着一片赤诚之心，忧国忧民。今年以来，已经一百多天没下雨了，农民无法播种谷物，田野里连青草都不长。即便如此，却社会安定，强盗贼人不敢兴风作浪，粮食的价格也没有上涨。坊百二十司六军二十四县的百姓，阁下亲临他们家中，极为奸诈、贪利忘义之徒，魂亡魄丧，消声匿迹，若不是阁下治理有方，广布天子威德，又哪能如此呢？"可以说，韩愈对其推崇备至。但后来韩愈撰写《顺宗实录》时却说："（李实）通过谄媚李齐，而升至京兆尹，恃宠而骄，刚愎自用，违背国家法度。大旱之时，京城缺粮，李实却毫不在意民生，一力聚敛索求，进贡内廷，谋取宠爱。每次上奏便说：‘今年虽然大旱，但粮食收成很好，’因此，当年朝廷没有下达减免租税的政策。此人行事张狂，凌铄公卿，心思歹毒，以致民不聊生。后来，他被贬为通州长史，百姓闻知消息，欢呼雀跃，都拿着瓦片石块在路旁等候，想要殴击他。"韩愈在此处的记载，与前文提到写给李实的书信，内容千差万别，立场截然不同。有人说："之前的书信中，韩愈所言，是过情之誉，而《顺宗实录》是史书，后者才是纪实之词。"然而，说是过情之誉，但未免也太言过其实了。如果是三代时期的正直之士，他们会这样做么？

影妻椅妾

《清波杂志》：太学生吕荣义为上庠录投进诗，有"影妻椅妾"之语，较"梅妻鹤子"更奇。

【译文】《清波杂志》记录了太学生吕荣义所撰写的《上庠录投进诗》，其中有"影妻椅妾"之语，这句比"梅妻鹤子"更为奇特。

毕 赵

高宗至临安，问篙工二人姓名，曰："赵立、毕胜。"高宗大喜，以为中兴可必。宋毕渐及第，赵谂居第二人。报者飞马匆匆，道旁问何人状元，报者探名纸视之曰："毕斩赵谂。"盖三点模糊也。后赵果以谋逆伏诛。此二姓者，一以示吉兆，一以示凶征，谚所谓口头谶者，果有之耶？

【译文】宋高宗到达临安时，问两位篙工的姓名，篙工回答说："赵立、毕胜。"宋高宗听到后大喜，认为宋朝一定可以中兴。宋代时，毕渐及第，赵谂排名第二。传信者飞马报喜，道旁有人问状元是谁，报喜的人看看名纸，说："毕斩赵谂。"原来是"渐"字的三点模糊不清，传信者一时误认。后来赵谂果然因为谋反被诛杀。这两个故事中，主人公都姓赵和姓毕，但一个是吉兆，一个是凶征。这就像谚语所说的一语成谶，果真有这样的事情吗?

宗室诗词

相传俚诗,有"蛙翻白出阔,蚓死紫之长"一首,乃宋宗室某公诗也。帝在官方欲灼艾,有宫人戏诵此诗于上前者,上笑不能止,因罢炷艾。宗室之盛者,酣豢富贵,其衰者料量衣食,屏弃诗书,固然其无足怪。《贵耳集》:宋赵介庵,名彦端,宗室中之秀者。西湖词有"波里夕阳红湿"之句。阜陵问谁作,左右告之。曰:"我家里人也会作此等语。"盖深喜之也。

【译文】相传俚诗有"蛙翻白出阔,蚓死紫之长"一首,这是宋宗室某位先生的诗。皇上在宫殿里正要烧艾草,有一个宫人戏诵这首诗,皇上听到后大笑不止,停止烧艾。宗室中,家势兴盛的人,安享富贵,而宗室中门庭衰落的人家,却不得不在衣食温饱问题上,费心谋划,被迫放弃诗书。这些情况并不少见,也没什么好奇怪的。《贵耳集》中曾经记载:宋代的赵介庵,名彦端,在宗室之中,才能较为出众,他所作的西湖词有"波里夕阳红湿"之句传到宫中,宋孝宗曾问此句是谁写的,左右侍从介绍作者后,阜陵(宋孝宗陵名永阜陵)道:"我家里人也能够写此等佳句。"宋孝宗心中应该非常高兴吧。

食 其

前汉有郦食其、审食其。此二字意义不可解,何亦相沿取

此？宋王楙曰："大约因慕其为人，如司马相如慕蔺相如之为
人，故亦名相如。且名食其者，不独郦、审二人也，前有战国之司
马食其，后有西汉之赵食其。必郦、审慕司马之为人，而赵又慕
郦、审之为人，故陈陈相因也。"

【译文】从前西汉有人名郦食其、审食其。不知"食其"这两个
字是什么含义，为什么两人相继取用此名呢？宋代王楙说；"大概是
因为仰慕其为人，就像司马相如仰慕蔺相如的为人，所以也取名相
如。而且名叫食其的，不光只有郦、审两人，之前还有战国时期的司
马食其，之后还有西汉的赵食其。必定是郦食其、审食其两人仰慕
司马食其的为人，而赵食其又倾慕郦食其、审食其的为人，所以取名
时，就陈陈相因了。"

佛

佛入中国，傅奕、韩退之以为自后汉明帝始。然《魏略·西
戎传》曰："昔汉哀元寿元年，博士景庐受大月氏王使伊存口传
浮屠经。"是释氏之经，自前汉已有之。又《汉武故事》：元狩
三年，穿昆明池底，得黑灰。帝问东方朔，朔曰："可问西域道
人。"曰："此劫余灰也。"则佛于武帝时，似已入中国。至薛正己
记仲尼师老聃，师竺乾，则似三代已有之，然诞妄不足信也。

【译文】佛教进入中国，傅奕、韩退之（韩愈）认为是从东汉明
帝开始的。然而《魏略·西戎传》说："从前汉哀帝元寿元年（前2），
博士景庐受大月氏王使者伊存口授浮屠经。"这就说明佛经，在西汉

就已经有了。另外《汉武故事》：元狩三年（前120），挖掘昆明池底，挖到黑灰。汉武帝问东方朔，东方朔回答说："可问西域道人。"西域道人回答说："此劫余灰也。"那么佛教在汉武帝之时，似乎已经进入中国。到薛正己记载孔子向老子学习，向竺乾学习，那么似乎三代时已经有佛教了，但这是荒诞虚妄之语不值得相信。

诗　祸

《瀛奎律髓》注：钱唐书肆陈宗之起工诗，凡江湖诗人，皆与之善，因刊《江湖集》。宗之有句云："秋雨梧桐皇子府，春风杨柳相公桥。"哀济邸而讥弥远也。而《鹤林玉露》则以为此诗系太学生敖器之作，句亦小异云："梧桐秋雨何王府，杨柳春风彼相桥。"盖诗系陈作，而人嫁名于敖者。言者上闻，因命毁《江湖集》版。敖与陈俱得罪，于是诏禁士大夫作诗。器之当韩侂胄秉轴时，《輓赵忠定》诗末二句云："九京若遇韩忠献，休说渠家没代孙。"韩闻之，居然不罪，而卒不免于诗中得祸，笔墨之间，可不慎哉！诗祸之兴，起于杨恽"南山种豆"之句，自后罹其网者，不一而足，然总因怨望讥刺，有瑕可摘。至于"空梁落燕泥""庭草无人随意绿""年年岁岁花常发"等句，以好诗而反得奇祸，则又出于意料之外者也。

【译文】《瀛奎律髓》注中写道：钱唐书店的陈宗之（陈起）擅长写诗词，江湖诗人都与他交往亲善，于是众人合作刊刻了一本《江湖集》。陈宗之有诗句写道："秋雨梧桐皇子府，春风杨柳相公桥。"哀伤济王赵竑而讥讽史弥远。而《鹤林玉露》却认为这首诗是太学生敖器之（敖陶孙）所写，诗句也略有差异，道："梧桐秋雨何王府，杨柳春风彼相桥。"大概这首诗是陈宗之所写，别人假借敖器之的名义，说是敖器之所写。这首诗传入宫中，皇上听闻后下令毁掉《江湖集》的刻版，将敖器之和陈宗之判罪，还下诏禁止士大夫作诗。敖器之在当韩侂胄当权时，所写《輓赵忠定》诗末二句说："九京若遇韩忠献，休说渠家没代孙。"韩侂胄听说，居然没加罪于他，然而敖器之最终却因诗得祸，可见，笔墨之间，不可不慎重。诗祸兴起于杨恽"南山种豆"之句，后来因诗罹难的文人很多。这些文人大多都因为在诗中讥刺他人或朝政，本身有瑕疵，而被人指摘，但至于"空梁落燕泥"（指薛道衡事）、"庭草无人随意绿"（指王胄事）、"年年岁岁花常发"（指刘希夷事）等佳句，却本是好诗，反得奇祸，实在出人意料。

仁 义

董仲舒曰："以仁治人，以义治我。"仁字从人，义字从我，恰是天然意义，胜荆公字说之穿凿多矣。

【译文】董仲舒说："用仁来治理他人，用义自我修养，仁字从人，义（義）字从我。"此种解读，阐释的是文字的天然意义，远远胜过荆公（王安石）《字说》，不似他那样穿凿附会。

儒作禅语

"居士闻木犀香否？吾无隐乎尔。"此以彼法参我法，故觉其超妙。若吾道中，何必亦效此口吻，贾挺才讲《孟子》，文王以民力为台为沼，而民欢乐之，曰："此正是丈人屋上乌，人好乌亦好。"犹作引证指点语，于理无碍。或问安定先生胡侍郎："何谓克己复礼，天下归仁？"胡举邵尧夫先生诗答之云："门前路径无令窄，路径窄时无过客。过客无时路径荒，人间满地生荆棘。"则竟是参禅矣。又陈洪范问林艾轩祭酒："圣人之于天道如何？"答云："恰是恁地未悟。"复问魏聘君国录，答云："正如京师人卖床帖，恰用得着。"语意虽亦平坦，然岂非岔入话头一路耶？

【译文】"居士闻木犀香否？吾无隐乎尔。"（指黄庭坚参诣禅师而悟道之事）这是用佛教之法来参悟儒家的道理，所以觉得超妙。我们在研学儒家学说时，为何一定要效仿这种口吻呢？贾挺才讲《孟子》的"文王以民力为台为沼，而民欢乐之"时，说："此正是大人屋上的乌鸦，因为我们认为人好，所以爱屋及乌，认为乌鸦也好。"以此作为引证启发他人，无伤大雅。有人问安定先生胡侍郎（胡瑗），什么叫"克己复礼，天下归仁，"胡侍郎举邵尧夫（邵雍）先生的诗作答说："门前路径无令窄，路径窄时无过客。过客无时路径荒，人间满地生荆棘。"此处用的竟然是参禅之语。再有陈洪范问国子监祭酒林艾轩（林光朝）："圣人之于天道如何？"林艾轩答道："恰是凭地未悟。"之后又问魏聘君（国录），魏聘君答道："正如京城人卖床贴，恰好用得着。"这些话虽然语意平实通俗，但这不也是模仿佛家"话头"，走上了歧路吗？

拘 泥

司马温公薨，当明堂大享朝臣，以致斋不及奠。肆赦毕，苏子瞻率同辈往，程颐固争，引"子于是日哭则不歌"为证。子瞻曰："明堂乃吉礼，非歌之谓也。"颐谕司马诸孤，不得受吊。子瞻戏曰："颐可谓鏖糟鄙俚叔孙通。"见宋孙升《孙公谈圃》。迂儒拘墟之见，往往如此。且《论语》但云："子于是日哭则不歌，"并未云"子于是日歌则不哭"也。如颐言则是日欢庆，即闻父母之丧，亦不奔耶? 多见其窒碍也已。

【译文】司马温公（司马光）去世后，正值明堂举行隆重的祭祀仪式，行斋戒之礼后，未能来得及奠祭司马温公。等朝廷大赦天下的仪式结束后，苏轼领着同辈去祭奠司马温公，遭到程颐反对，程颐援引"子于是日哭则不歌"，作为反对的理据。苏轼说："明堂是吉礼，不是《论语》中所说的'歌'。"程颐令司马温公的子孙后辈不得接受吊唁，苏轼因此调侃道："程颐可说是鏖糟鄙俚叔孙通。"宋代孙升的《孙公谈圃》中记载了这件事。迂腐的儒生，往往行事都如此拘泥板滞。况且《论语》只说："子于是日哭则不歌"，并未说"子于是日歌则不哭"。如果按照程颐的话，那么当日举行了欢庆的仪式，即使听说父母去世，难道也不奔丧么? 可见他多么迂腐守旧。

卷 三

黄孝子

仁和黄小松司马易尊人松石处士^{树毂},孝子也。父殁于保定,处士走数千里,函骨以归。沙石穿麻鞋,血痕缕缕。有《负骸图》诗云:"负骸孤走保阳城,日日愁霖泪雨倾。只有父魂儿命在,夜来同宿昼同行。"其先人官少参者,人呼黄佛儿。处士诗云:"为展松楸到梵村,墓门华表百年存。白头老妪遥相指,黄佛儿家七世孙。"处士工铁笔,小松司马继其学。

【译文】浙江仁和人、司马黄小松黄易的父亲松石处士黄树毂,是一位孝子。当松石处士的父亲在保定离世后,松石处士走了数千里路,带着父亲尸骨回乡。沙石穿透了他的麻鞋,脚上血痕缕缕,有《负骸图》诗写道:"负骸孤走保阳城,日日愁霖泪雨倾。只有父魂儿命在,夜来同宿昼同行。"他的先人中有人官居参议官,人们叫他黄佛儿。松石处士的诗中写道:"为展松楸到梵村,墓门华表百年存。白头老妪遥相指,黄佛儿家七世孙。"松石处士擅长篆刻,司马黄小松继承了他父亲的篆刻方法。

屈 戍

窗门之钩,旧名屈戍。程十然丈曰:"戍字当作戉字,戉有守义。屈戍者,屈铁以为守也。"赵秋舲同年云:"尤西堂词中,曾以戍字押入遇韵,则训戍为戉,前人已有之矣。"

【译文】窗门的钩子,旧名叫"屈戍"。丈人程十然(程起振)说:"'戍'字应当写作'戉'字,'戉'字有防守的含义,'屈戍'就是把铁弯曲成钩,用来防守。"同年赵秋舲(赵庆熺)说:"尤西堂(尤侗)词中,曾把戍字押入遇韵,可见将'戍'解读为'戉',前人已经有过这种观点。"

赵南星砚

余幼时曾见有人持一砚来,上镌赵忠毅公款识,有铭云:"东方未明,太白睒睒,鸡三号,更五点,此时拜疏揭大阉,事成铭汝功,不成同汝贬。"当时草劾珰疏,盖用此砚也。

【译文】我幼年时,曾看见有人拿着一方砚台来我家,上面刻着赵忠毅公(赵南星)的款识。上面的铭文刻着:"东方未明,太白睒睒。鸡三号,更五点,此时拜疏揭大阉,事成铭汝功,不成同汝贬。"当时起草弹劾权宦的疏文,大致就是用这方砚台。

李西斋

　　李西斋，名堂，字允升，钱唐布衣。为词酷摹白石，著有《梅边笛谱》二卷、《篷窗剪烛集》二卷，久已脍炙人口矣。诗不常作，然间亦一吟。晚年贫无立锥，逃于曲蘖。道光辛卯，以病殁。汪小米中翰汇其所作《冬荣草堂诗》，序而刊之。五言如《秋日园居杂兴》云："苔凉无鸟下，水净见鱼行。"《胡眉峰、朱闲泉、徐西涧登吴山大观台远眺》云："云阴含雨过，江气逼人清。"《北郭晚眺》云："客惊秋信早，老爱夕阳迟。"《晓过南湖》云："岸转入高柳，湖宽无近峰。"七言如《寒食前四日湖上看桃花》云："柳缘烟岸绿沉树，花拥春山红过湖。"《怀汤典三客白下》云："绿涨鸭头三月浪，青横驴背六朝山。"《呈吴毅人祭酒》云："廿年宦橐新诗本，一领朝衫旧酒痕。"《渡鄱阳湖》云："篾帆出没树中树，沙岸界画湖外湖。"《张文献公祠》云："手录方呈金镜去，容华已选玉环来。"皆清丽可诵。王兰泉司寇^昶尝题其诗云："吴下沙维^杓张冈迹已陈，兰坻^{方薰}石瓠^{翁春}亦前尘。西泠又见西斋出，始信风骚在逸民。"其为前辈推许如此。

　　【译文】李西斋，名堂，字允升，是钱唐平民。他写的词作风格酷似白石（姜夔），并著有《梅边笛谱》二卷，《篷窗剪集》二卷，这些作品脍炙人口。李西斋不常写诗，偶尔一吟而已。老年时，贫困到无立锥之地，遇饥荒外出逃难，道光辛卯年（道光十一年，1831）因病去世。内阁中书汪小米（汪远孙）收集了李西斋的诗作，编成《冬荣草堂诗》，并写序刊刻。其中有五言诗如《秋日园居杂兴》写道："苔凉无鸟下，水净见鱼行。"《胡眉峰、朱闲泉、徐西涧登吴山大观台远眺》写道："云阴含雨过，江气逼人清。"《北郭晚眺》写道："客惊秋信早，老爱夕阳迟。"《晓过南湖》写道："岸转入高柳，湖宽无近峰。"七言诗如《寒食前四日湖上看桃花》写道："柳缘烟岸绿沉树，花拥春山红过湖。"《怀汤典三客白下》写道："绿涨鸭头三月浪，青横驴背六朝山。"《呈吴毂人祭酒》写道："廿年宦橐新诗本，一领朝衫旧酒痕。"《渡鄱阳湖》写道："箨帆出没树中树，沙岸界画湖外湖。"《张文献公祠》写道："手录方呈金镜去，容华已选玉环来。"这些作品，都写得清丽动人，值得传诵。刑部侍郎王兰泉王昶曾为此题诗，写道："吴下沙沙维杓张冈迹已陈，兰坻方薰石瓠翁春亦前尘。西泠又见西斋出，始信风骚在逸民。"可见，前辈对李西斋是多么认可推崇。

祭 文

祭文之简古者，宋李观祭欧阳太夫人文云："孟轲亚圣，母之教也。夫人有子如轲，虽死何憾。尚飨。"陆放翁祭朱文公文云："某有捐百身起九原之心，倾长河注东海之泪，路修齿髦，神往形留，公没不忘，庶其歆飨。"赵介如祭贾似道文云："呜乎！履斋死循，死于宗申吴丞相潜；先生死闽，死于虎臣。哀哉尚飨。"明武宗祭靳阁老文云："朕在东宫，先生为傅；朕登大宝，先生为辅；朕今渡江，闻先生讣。哀哉尚飨。"此数篇，记十五岁时随长辈葛岭埽墓，先伯祖谏庵公在湖舫述示，且训之云："闻汝师述汝作文，动辄千言。少年举笔，固以充沛为主，然不可不知凝炼之法。偶举数则，可以隅反。"今追思往训，而敬述之如此。

【译文】古代祭文中，表述简练的作品有以下这些。宋代李观《祭欧阳太夫人文》写道："孟轲亚圣，母之教也。夫人有子如轲，虽死何憾。尚飨。"陆放翁（陆游）祭朱文公写道："某有捐百身起九原之心，倾长河注东海之泪，路修齿髦，神往形留。公没不忘，庶其歆飨。"赵介如祭贾似道文写道："呜呼！履斋死循，死于宗申丞相吴潜；先生死闽，死于虎臣。哀哉尚飨。"明武宗祭靳阁老文道："朕在东宫，先生为傅。朕登大宝，先生为辅。朕今渡江，闻先生讣。哀哉尚飨。"这几篇祭文，是我十五岁时随长辈到葛岭扫墓，伯祖谏庵公（梁玉绳）在湖船上讲授给我的。他还教导我说："听说你老师教你作文，动不动就写上千字。少年下笔，固然要以内容详实充沛为主，但也不能不知道如何将文章写得凝练简洁。我随意列举几个范例，希望你日后可以举一反三。"现在我回想起伯祖的教导，恭敬地将这件事记录于此。

池塘生春草

谢康乐"池塘生春草，园柳变鸣禽"之句，自谓语有神助。李元膺则曰："余反复观此句，未见有过人处，而誉之盛者，则又以为妙处不可言传，其实皆门外语也。"案《陶斋集》云："此句之根，在四句以前，其云'卧疴对空林，衾枕昧节候'，乃其根也。'褰开暂窥临'下历言所见之景，至'池塘生春草'，知卧病前所未见者，而时节流换可知矣。"此评自是确论。若《吟窗杂录》谓灵运因此诗得罪，遂托以阿连梦中授之。权文公评之云："池塘者，泉州潴溉之地，今日生春草，是王泽竭也。《豳风》所纪一虫鸣则一候变，今日变鸣禽，是候将改也。"夫锻炼周内以入人罪，亦复何所不可，若以之论诗，则入魔道矣。

【译文】谢康乐公（谢灵运）自称，写下诗句"池塘生春草，园柳变鸣禽"时，有如神助。李元膺则说："我反复揣摩分析这句，没发现其有何过人之处。人们对此句赞誉太过，总认为其妙不可言，这些其实是外行话。"《陶奄集》说："此句的根源妙处，在于前四句。前四句写道：'卧病对空床，衾枕昧节侯，'是词根。'褰开暂窥临'是他所见之景，到'池塘生春草'之句，才看见了卧病时未能见到的景色，由此而感知到时节流换更替。"这个评论分析透彻。而《吟穿杂录》则说，谢灵运因为这首诗而获罪，于是假托这首诗是阿连梦中所授。权文公（权德舆）评论道："池塘，是泉州蓄聚灌溉之地，如今生春草，则意味着君王德泽的缺失。《豳风》中记载过，虫鸣意味着气候季节的改变。现在诗中说'变鸣禽'，意味着气候将改。"如果有意罗织，故意陷害，那有什么罪行不能被编造呢？同样的，如果牵强附会，过度解读诗句，那么就可以说是已入魔道了。

胜朝奢靡

严分宜父子擅权，贿赂充斥。然考《天水冰山录》所载，籍没之数，仅黄金三万两，白银二百余万两而已。考刘瑾之籍也，银七千万两。朱综之籍也，银五千万两。魏忠贤之籍也，银三千万两。并见徐树丕《识小录》。则阉寺之贪婪，更百倍于宰执，累朝剥削，末造之贫，兆于此矣。恭读圣祖仁皇帝上谕，言明崇祯时，后宫花粉之资，每岁开支至七百余万两，则其他之奢靡可知矣。思陵崇尚节俭，而积习相沿，犹复如此，国家安得不民穷财尽耶！

【译文】严分宜（严嵩）父子专权时，收受了许多贿赂。然而，根据《天水冰山录》的记载，等到最后清算没收他们的财产时，只发现了三万两黄金，二百多万两白银而已。而刘瑾最后被没收入官的赃物，是七千万两白银。朱综之被没收入官的赃物，是五千万两白银。魏忠贤被没收入官的赃物，是三千万两白银。这些在徐树丕的《识小录》中都有相关记载。可见，宦官比内阁首辅贪婪百倍。历朝历代的剥削，王朝末期朝廷的积贫积弱，都源自于此。读清圣祖仁皇帝的上谕，上面记载了明思宗崇祯时，仅仅是后宫用以购买花粉的费用，每年开支就多达七百多万两白银，其他方面有多奢靡，就由此可知了。再想到明思宗本人崇尚节俭，仅仅是因为前代积习递相沿袭，内廷的开销就已如此惊人，长此以往，怎不会民生凋敝，国家怎不会财物消耗殆尽呢？

纨 绔

晋帝见歉岁民饥，谓左右曰："何不食肉糜？"辽主见道上饿夫，谓左右曰："何不食干腊？"千古庸暗，如出一辙。宋蔡京诸孙，生长膏粱，不知稼穑。一日，京戏问之曰："汝曹日啖米，试问米从何出？"一人曰："从臼子里出。"京大笑。又一人曰："不然，我见从席子里出。"盖京师运米，以席囊盛之故也。纨袴不辨菽麦，往往如此。

【译文】晋惠帝在灾年时，见百姓饥荒，便问左右侍从说："为什么他们不吃肉粥呢？"辽主看见道路上有饱受饥饿折磨的平民，便问左右侍从说："为什么他们不吃干腊肉呢？"千古庸昏无能的君主，其言行如出一辙。宋代蔡京的诸多孙辈，生于豪富之家，对耕种、收获之类的农事一无所知。一天，蔡京开玩笑地问道："你们每天吃米，那米从哪儿来呢？"一人说："米从臼子里来。"蔡京听后大笑。又一人说："不对，我曾看见过米是从席子里出来的。"大概当时京城的米店用席囊来装米运米。历代的纨绔子弟，都不分辨菽麦，五谷不分，历来如此。

诗傍门户

吴修龄《围炉诗话》云："今人作诗，动称盛唐。曾在苏州，见一家举殡，其铭旌云：'皇明少师文渊阁大学士申公间壁豆腐店王阿奶之灵柩。'可以移赠诸公。"此虽虐谑，然依人门户者可以戒矣。

【译文】吴修龄（吴乔）的《围炉诗话》说："现在的人写诗，动辄就称盛唐。我有一次曾在苏州见到有人家举行葬礼，旌幡上写着：'皇明少师文渊阁大学士申公间壁豆腐店王阿奶之灵柩。'这句话可以转赠诸公。"这虽是调侃之语，但是依仗他人名声、舞文弄墨的人，可以引以为戒。

在璞堂老人

仁和方芷斋夫人_{芳佩}，勤僖公汪苟坡中丞_新之继室也。工诗文，有知人鉴。乃翁相攸时，携文二首，一为吴颉云修撰，其一则苟坡中丞也。展转不能决，以示夫人。时吴方诸生，汪犹布衣也。夫人阅吴作曰："是当早发，然英华太露，诚恐不寿。"阅汪作曰："此大器也，然须晚成。"翁遂舍吴而议汪。后吴果大魁，官位不显，且未享遐龄。汪则扬历中外，阶至一品。夫人生一子二女，富贵寿考，今则孙阶之兰玉森森矣。余为夫人之再从弥甥，幼时得侍謦咳，言论挥霍，旁若无人。晚年尤喜作擘窠大字，笔力出入襄阳，一洗脂粉气象。嘉庆丁卯，山舟学士重宴鹿鸣，赋诗四章，和者不下百余人。夫人时年八十，和诗三章，评者以为诸人皆勿能及。夫人享年八十二岁，有《在璞堂稿》行世。夫人媳王氏，名德宜，松江人，亦工诗，侍夫人日，屡有唱和。夫人既殁，家政一委之姬妾，日则弹琴咏诗，焚香礼佛而已。著《语凤巢诗稿》。记其金陵诗二句云："啼鸟犹呼奈何帝，居人尚说莫愁湖。"跌宕之致，可以想见矣。

【译文】浙江仁和人方芷斋_{方芳佩}夫人，是勤僖公、中丞汪苟坡_{汪新}的继室。擅长诗文，有识人之明。夫人的父亲（方德发）为其择婿时，收到两篇文稿，一篇是吴颉云（吴鸿）写的，一篇是汪先生写的，夫人的父亲犹豫不决，便将两篇文稿给夫人看。当时吴颉云是诸生，汪先生只是平民。夫人看了吴颉云的作品后说："此人可以较早发迹，但锋芒毕露，恐怕不是长寿有福之人。"看汪先生的作品后说:"此人将大器晚成。"于是,夫人的父亲舍弃了吴颉云,而为其选定汪先生为丈夫。后来,吴颉云果然考得很好,但官位不显,并且并不长寿。而汪先生则名振中外,官至一品。夫人生一子二女,荣华富贵,长寿康泰,而且孙辈中也是人才辈出。我是夫人再从外甥之子,幼年时曾经有幸在她身边,曾见夫人高谈阔论,旁若无人。夫人晚年喜欢写擘窠大字,笔力有米襄阳(米芾)之风,一洗粉脂之气象。嘉庆丁卯(嘉庆十二年,1807),山舟学士(梁同书)重赴鹿鸣宴,赋诗四章,写诗唱和回应的人,不下百余人。夫人当时年已八十,和诗三章,评论者认为,夫人所写作品最佳,其他人望尘莫及。夫人享年八十二岁,有《在璞堂稿》刊印行世。夫人的儿媳叫王德宜,松江人,也擅长写诗,侍服夫人时,和夫人屡有唱和。夫人去世后,将家政托付给姬妾,每日弹琴咏诗,焚香拜佛而已。王夫人著《语凤巢诗稿》,记得其中《金陵诗》有二句道:"啼鸟犹呼奈何帝,居人尚说莫愁湖。"由此可见王夫人诗作,跌宕有致的风格。

京师梨园

京师梨园四大名班,曰四喜、三庆、春台、和春。其次之则曰重庆,曰金钰,曰嵩祝。余壬午年初至京,当遏密八音之际,未得耳聆目赏。次年春,始获纵观,色艺之精,争妍夺媚。然余逢场竿木,未能一一搜奇也。丙戌入都,寓近彼处,闲居无事,时复中之。四班名噪已久,选才自是出人头地。即三小班中,亦各有杰出之人,擅场之技,未可以郐下目之。此外尚有集芳一部,专唱昆曲,以笙璈初集,未及排入各园。其他京腔、弋腔、西腔、秦腔,音节既异,装束迥殊,无足取焉。表弟苏蔚生雅有今

乐之好，取自四喜以下七班，某日至某园，一月之中，周而复始，
谱为小录一编，界以乌丝之阑，装以红锦之裹，题其签曰燕台乐
部，分日下梨园，录而属余为之序云："首善繁华之地，太平歌舞
之时，几处旗亭，能讴《水调》，谁家箫鼓，不按《凉州》。既纸
醉以金迷，复花交而锦错。楼台十二，一时卷上珠帘；裙屐三千，
几个偷来铁笛。固已猜疑长乐，仿佛广寒矣。爰有家居浙水，人
号斜川，爰当定子之筵，屡顾周郎之曲，衫裳偶悦，襟袖温存。
每当灯酒良宵，春秋佳日，今雨旧雨，无花有花，未尝不高倚阑
干，俯临珠玉。评量粉黛，环肥燕瘦之间；品藻冠裳，贾佞江忠
之列。红牙拍去，青眼搜来，莫不采菲无遗，存花有案。爰集都
下名班，曰四喜、三庆、春台、和春、重庆、金钰、嵩祝，分隶七
部，合汇一编。排如春水鱼鳞，准递年年之信；序似秋风雁翅，
不愆月月之期。其间粉墨登场，丹青变相。铜琶铁板，大江东高
调凌云；翠绕珠围，小海唱低歌醉月。选声选色，取貌取神，宜
喜宜嗔，可歌可泣。于是按图集锦，照谱征花，看来欲遍长安，佳
处争传日下。群仙簇彩，大罗自有因缘；一佛拈花，下界都来供
养。亦足遍邀袍泽，同听《霓裳》也已。其他舞彩之行，尚有集
芳之部，然而此曲只应天上，序班未遍人间，不隶梨园，难归菊
部。爰已同于割玉，情匪类于遗珠。至若赵北新音，秦西变调，
仰天抚缶，但唱呜呜，匝地繁弦，惟闻艾艾，已同邠下，概比郑
声，凡此旁搜，俱不赘列。顾或者恨撷芳玉籍，未识雏莺乳燕之
名；采艳金台，不书董袖鄂香之事。岂知酒阑灯灺，茶熟香温，
但陈玉筍之新编，不类燕兰之小谱。然而三年宋玉，好色虽异

于登徒；十五王昌，薄幸迥殊乎崔灏。使仅阆凭侬袖，亦知眼过烟云；倘教钗挂臣冠，未必心同木石。而兹者寄情丝竹，用佐琴樽，聊寄娱耳之资，不叙销魂之事云尔。"

【译文】京城梨园有四大名班，分别是四喜、三庆、春台、和春。其次还有重庆、金钰、嵩祝。我于壬午（道光二年，1822）初到京城，当时皇帝刚驾崩不久，停止演奏音乐，未能欣赏到这些梨园名班的风采。第二年春季，才得机会观赏，所见名班，色艺俱精，争妍夺媚。但我只是偶尔观看京剧表扬，未能一一领略，探寻其中的奥妙。丙戌（道光六年，1826），我再次入京，住处离戏班很近，闲居无事，常去看戏。当时四大名班已经声名远播，其中的京剧演员出类拔萃。三小班中也有杰出人物，技艺高超，不容小觑。此外还有"集芳"，专唱昆曲，因为成立时间尚短，暂时未能被排入各园。其他戏曲形式，如京腔、秦腔，弋腔、西腔，音节各异，演员装束也大不相同，没有什么可取之处，不能与名班相提并论。我的表弟苏蔚生向来喜欢京戏，每日依次欣赏七大名班的表演，某天到某园，一个月之中，周而复始，并为此谱写为一本小录，用乌丝红锦装饰，题名为"燕台乐部"。他每日去梨园听戏记录，并嘱托我为之写序，我在序中写道："首善繁华之地，太平歌舞之时。几处旗亭，能讴《水调》。谁家箫鼓，不按《凉州》。既纸醉以金迷，复花交而锦错。楼台十二，一时卷上珠帘。裙屐三千，几个偷来铁笛。固已猜疑长乐，仿佛广寒矣。爰有家居浙水，人号斜川。爱当定子之筵，屡顾周郎之曲。衫裳倜傥，襟袖温存。每当灯酒良宵，春秋佳日，今雨旧雨，无花有花，未尝不高倚阑干，俯临珠玉。评量粉黛，环肥燕秀之间。品藻冠裳，贾佞江忠之列。红牙拍去，青眼搜来，莫不采菲无遗，存花有案，爰集都下名班，曰四喜、三庆、春台、和春、重庆、金钰、嵩祝，分隶七部，合汇一编。排如春水鱼鳞，准递年年之信。序似秋风雁翅，不愆月月之期。其间粉墨登场，丹青变相。铜琶铁板，大江东高调凌云。翠绕珠围，小海唱低歌醉月。选声选色，取貌取神，宜喜宜嗔，可歌可泣。于是按图集锦，照谱征花，看来欲遍长安，佳处争传日下。群仙簇彩，大罗自有因缘。一佛拈花，下界都来供养。亦足遍邀袍泽，同听《霓裳》也已。其他舞彩之行，尚有集芳之部。然而此曲只应天上，序班未遍人间，不隶梨园，难归菊部。爱已同于割玉，情匪类于遗珠。至若赵北新音，秦西变调，仰天抚缶，但唱呜呜，匝地繁弦，惟闻艾艾，已同桧下，概比郑声。凡此旁搜，俱不赘列。顾或者恨撷芳玉籍，未识雏莺乳燕之名。采艳金台，不书董袖鄂香之事。岂知酒阑灯灺，茶熟香温，但陈玉笥之新编，不类燕兰之小谱。然而三年宋玉，好色虽异于登徒。十五王昌，薄幸迥殊乎崔灏。使仅阅凭侬袖，亦知眼过烟云。倘教钗挂臣冠，未必心同木石。而兹者寄情丝竹，用佐琴樽，聊寄娱耳之资，不叙销魂之事云尔。"

银　杯

孙雨人学博_{同元}，家藏官僚雅集酒器，以白金作觯杯，如梅花形，重二十八两有奇，外界乌丝，内镌诸公姓氏、名号、爵里于底，以量之大小分属焉。首汤潜庵_斌，河南睢州人；次沈绎堂_荃，江南华亭人；次郭快圃_棻，直隶清苑人；次王昊庐泽_宏，湖北黄冈人；次耿逸庵_介，河南登封人；次田子湄喜_焘，山西代州人；次张敦复_英，安徽桐城人；次李山公录_予，顺天大兴人；次朱即山_阜，浙江山阴人；次王阮亭_{士禛}，山东新城人，共计十事。

【译文】学官孙雨人孙同元家藏有宫中幕僚雅集时使用的酒器。此酒器以白金作为底盘，形似梅花，重二十八两多。外边是乌丝，底部内侧刻着诸公的姓氏、名号、官位。以酒量之大小依次排列。首位的是汤潜庵汤斌，是河南睢州人；之后按顺序分别是沈绎堂沈荃，是江南华亭人；郭快圃郭棻，是直隶清苑人；王昊庐王泽宏，是湖北黄冈人；耿逸庵耿介，是河南登封人；田子湄田喜霔，是山西代州人；张敦复张英，是安徽桐城人；李山公李录予，是顺天大兴人；朱即山朱阜，是浙江山阴人；王阮亭王士禛，是山东新城人。一共记十个人。

理学偏僻

王荆公以《春秋》为断烂朝报，不列六经。程伊川以《资治通鉴》为玩物丧志，禁人勿习。讲理学者，偏僻往往如此。

【译文】王荆公（王安石）认为《春秋》是残缺不全的朝报，不应该被列入六经。程伊川（程颐）认为《资治通鉴》玩物丧志，应该禁止人们习读。讲理学的人往往性情乖僻。

青躬道人

仁和王健庵先生，随园老人之甥也。家贫，以诸生老。治诗，格不求高，而专事精洁。《偶成》云："萝添老树衰时叶，云补青山缺处峰。"《自遣》云："妻兼婢事休嫌懒，女比儿柔不厌多。"《咏鼠》云："怪它两眼小于漆，长看世人梦未醒。"颇得元人风味。晚年自号青躬道人。或问其故，曰："无米无穴，精穷而已。"其风趣如此。

【译文】浙江仁和人王健庵先生,是随园老人(袁枚)的外甥,家庭贫困,年老时仍是诸生。王先生能写诗,格调不求高,但一心追求精炼简洁。他在《偶成》写道:"萝添老树衰时叶,云补青山缺处峰。"《自遣》写道:"妻兼婢事休嫌懒,女比儿柔不厌多。"《咏鼠》写道:"怪它两眼小于漆,长看世人梦未醒。"颇得元朝人风味。晚年王先生自号"青穷道人",有人问他原因,王先生回答道:"没有米也没有住处,只是穷得一无所有"。其为人就是如此风趣。

仔

粤俗呼泥腿曰"滥仔",呼幼稚曰"小仔",呼幼女曰"柳阴仔",呼使女曰"美仔",呼十岁内男女曰"囟门仔",呼纨袴曰"阿官仔"。案,仔即崽字,音宰。《水经注》云:"娈童丱女,弱年崽子。"是其所本。至北人则以为骂詈之词,与"羔子""蹄子"等矣。

【译文】广东俗话中,将泥腿称为"滥仔",称小孩为"小仔",称幼女为"柳阴仔",称使女为"美仔",称十岁以内的男女为"囟门仔",称纨绔子弟为"阿官仔"。此处的"仔"即"崽"字,读作"宰"音。《水经注》里说:"娈童丱女,弱年崽子。"是此称呼的源头。北方人则认为这是骂人的话,与"羔子""蹄子"相同。

碧城仙馆诗

陈云伯大令《碧城仙馆诗》，是其少作，皆香奁侧艳之词，后刻《颐道堂全集》，大半删去。犹记其《无题》二句云："七十鸳鸯同命鸟，一双蝴蝶可怜虫。"余幼时酷爱诵之。

【译文】县令陈云伯（陈文述）《碧城道仙馆诗》，是他的少年时代的作品，写得是柔媚香艳。后来刻制《颐道堂全集》时，陈云伯将其中的大半内容删去了。还记得他的《无题》中有二句，道："七十鸳鸯同命鸟，一双蝴蝶可怜虫。"我小时候，酷爱诵读此句。

频罗庵主

释氏呼木瓜曰"频罗"。吾家堂前有一株，盖前代树也。山舟学士因自号频罗庵主。公性淡荣利，且自以鲠介不谐于俗，丁艰后，遂引疾不出。乾隆二十五年，孝圣宪皇后八旬万寿，公入都祝厘，迎驾次，上顾见曰："汝来乎？"公奏言："臣足疾未痊，祝圣母万寿后即回籍。"时太仆陈句山先生与公同列，退而诧谓公曰："顷上方向用，何自退若是？"公曰："实有足疾，何敢欺也。"时陈以恩重不得乞身，故送公之行，有句云："莫怪老羸慵折柳，对君惭汗出如浆。"纪实也。五十五年，祝高庙八旬万寿，有劝公必谒时相者。公毅然不顾，即日出都。《家居赋答友》二首云："卅年蒲柳早衰芜，壮不如人况老乎！苦笋硬差良有愿，葫芦依样已难摹。休言报国文章在，只合投闲草木俱。物不答施天地大，始终惭负是顽躯。""北望君门首重回，一门三世荷栽培。臣心不似葊菔草，天意须怜拥肿材。絮已沾泥飞不起，豆和灰冷爆难开。他生愿作衔环雀，再上觚棱高处来。"公平居俭于自奉，一冠数十年不易，生平不好内，不喜饮宴。故随园老人赠诗有"一饭矜严常选客，半生孤冷不宜花"之句。不为人祝寿，壬子七十诞辰，设凶具于门以谢客。故自述诗有云："老夫自祝飞光酒，一具桐棺万楮钱。"道其实也。嘉庆十六年冬，公患发疽，危笃中见有人持楹帖入，其句云："万里烟云开瘴户，一天风雨护神炉。"病遂愈，因自号新吾长翁。九十诞辰，张岐山问莱寿联云："人近百年犹赤子，天留二老看元孙。"人赏其工。公配汪恭人，长公一岁，先公二年卒。公挽联云："一百年弹指光阴，天胡此靳？九十载齐眉夫妇，我独何堪！"公以嘉庆乙亥七月十五日卒，年九十三。殁前数日，手书讣稿，遗命不治丧，不刻行状。同里众绅士挽联云："朵殿奉丝纶，四百纸述事记言，史馆犹传大手笔；明湖思俎豆，九十载清风俭德，邦人长想古衣冠。"大吏以公品望，矜式士民，题请从祀乡贤，得旨俞允。入祠之日，倾城会送，前此无其盛也。

【译文】佛家把木瓜称为"频罗"，我家堂前正种着一株，原是前代留下来的。山舟学士（梁同书）于是自号"频罗庵主"。山舟学士性情淡泊，性格刚直耿介，不与世俗同流，丁艰后，便称病不出。乾隆二十五年（1760），孝宪皇后八十大寿时，山舟学士进京祝寿，迎皇驾时，皇上看见他说："你来啦？"山舟学士奏言："我脚疾未愈，祝寿后，便回原籍。"当时太仆陈句山（陈兆仑）先生，与山舟学士同列，退下后诧异地问山舟学士："刚刚皇上想要起用你，你为什么自己回避呢？"山舟学士说："我确实有足疾，怎敢欺骗圣上。"当时，陈先生因为皇恩深重，而不能告老退职，送山舟学士离京时，写诗句说："莫怪老羸慵折柳，对君惭汗出如浆。"此句所言非虚，可称实录。乾隆五十五年（1790），恭贺皇帝八十寿时，有人劝山舟学士谒见拜访当时的宰执，先生毅然拒绝，即日出京。写下《家居赋答友》两首，当中写道："卅年薄柳早衰芜，壮不如人况老乎！苦笋硬差良有愿。葫芦依样已难摹。休言报国文章在，只合投闲草木俱。物不答施天地大，始终惭负是顽躯。""北望君门首重回，一门三世荷栽培。臣心不似菖蒲草，天意须怜拥肿材。絮已沾泥飞不起，豆和灰冷爆难开。他生愿作衔环雀，再上觚棱高处来。"先生平生俭朴，一顶帽子戴了几十年都不更换，也不好美色妾姬，不喜欢参加饮宴，所以随园老人（袁枚）赠给先生的诗中有"一饭矜严常选客，半生孤冷不宜花"之句。先生在生日时也不接受祝寿，乾隆壬子（乾隆五十七年，1792）先生七十寿辰，在门外摆放凶具，谢绝来客。还写有《自述》诗道："老夫自祝飞光酒，一具桐棺万楮钱。"说就是这件事。嘉庆十六年（1811）冬，先生患病发疽，正当病重之时，恍惚中见有人手持一楹联进门，楹联写道："万里烟云开瘴户，一天风雨护神炉。"这件事之后，先生病愈，于是自号新吾长翁。先生九十时，张岐山张问莱的寿联中写道："人近百年犹赤子，天留二老看元孙。"时人都很欣赏其工整。先生的夫人汪恭人，比大先生一岁，比先生早两年去世，先生写挽联道："一百年弹指光阴，天胡此靳？九十载齐眉夫妇，我独何堪。"先生于嘉庆乙亥（嘉庆二十年七月十五日，1815年8月19日）去世，享年九十三岁。死前数日，先生手书讣稿，叮嘱后人不办理丧事，不刊刻行状。同乡的众绅士写挽联道："朵殿奉丝纶，四百纸述事记言，史馆犹传大手笔；明湖思俎豆，九十载清风俭德，邦人长想古衣冠。"地方大员因为先生人品威望出众，想要以先生为士民的榜样，题请将先生请入乡贤祠，接受乡民供奉，皇帝下旨允许。入祠之日，全城的百姓都来相送观礼，以前的入祠活动，从来没有如此隆重过。

作诗取法

驾部许周生先生尝语余云："孔子曰：'温柔敦厚，诗之教也。'近人作诗，温柔者多，敦厚者少。"至哉斯言。又闻之先辈云："凡押哑韵而能响者，其人必贵；押险韵而能稳者，其人必夷。"亦是名论。

【译文】驾部许周生（许宗彦）先生，曾对我说："孔子说'温柔敦厚，诗之教也'，现在人写诗，温柔的多，敦厚的少。"这句话实在是至理名言。又曾听先辈说道："凡是写诗时押哑韵的，却还能写得音节响亮的人，此人一定清贵。写诗时押险韵的，却还能写得通顺沉稳的人，此人一定为人平和亲切。"这也是高明的言论。

枕代头

明熊经略廷弼既逮入狱，其卧处有一藤枕。每晚人静礼北斗，则取此枕焚香供焉。已而刑有日，神色不变。就刃时，奉传首九边之旨，西曹郎俄录其首，则空无所有，惟见一藤枕，大骇，相戒勿泄。亟报魏阉，大索不得，遂秘其事。而九边所传之首，实非经略真颅也。此事甚新，见始宁陈氏《秋曹日录》。

【译文】明朝经略熊廷弼，被捕入狱时，卧处有一个藤制枕头，每晚夜深人静熊廷弼向北斗行礼时，便取此枕，来焚香供侍。到了快行刑的日子，熊廷弼神色不变。因为接到皇帝圣旨，命令将熊廷弼的首级在北方的九处军镇辗转示众，西曹郎在行刑后，便寻找熊廷弼的首级，却发现空无所有，只见一藤枕，官员大为惊骇，互相告戒，不要将此事传出去。同时，急报魏忠贤，大肆搜索，却仍无所获，因而封锁消息，隐藏真相。而九边所传视的首级，并非是真的熊经略得头颅。这件事很新奇，在始宁陈氏的《秋曹日录》中有相关记载。

张讱庵

张讱庵，又姓韩，甘肃人。状貌修伟，膂力绝人，遨游江浙间，每来西湖，则必寓余家之葛林园。一肩行李，无傔从。善饮啖，斗酒彘肩，未尝告饱，蔬菜脱粟，未尝苦饥。所识多两江知名士，与之谈，述宋、元、明季事甚悉。至本朝掌故，则某年奉某上谕，行某事，某官治某省，损益某政，元元本本，纤巨靡遗。尤好谈兵，酒酣以往，言年岳西征事，须眉俱跃跃也。一日，忽来别曰："家有老母，年逾九十，书来趣归，行有日矣。"问："何不早归？"曰："实不相隐，某少年亡命，浪迹江湖，今时移势易，仇家物化，无批根者，愿及未填沟壑，至父母邦而首丘焉。"遂遍别所知而去，去时年已七十余，今不知尚存否也。

【译文】张讱庵又姓韩，是甘肃人，身材高大雄伟，臂力过人，常年在江浙之间往来。每次来西湖，一定住在我家葛林园，来时拿一担行李，不带随从。张讱庵食量极大，擅长饮酒，一斗酒一只猪肘，尚不能饱腹，但也不甚挑剔，什么都能吃，蔬菜粗粮也可以充饥。他所结识的朋友，大多是两江的知名人士，人们与他交谈聊天时，发现他对宋、元、明三代的旧事典故都很熟悉，至于清朝掌故，像是某年某人奉某一道皇上的旨意，办理了某事，某官主政治理某省，政务处理的情况，事无巨细，全无遗漏。张讱庵尤其爱好谈论军事话题，每每酒酣之际，说起年羹尧等人西征的情况，神采飞扬，胡子和眉毛都跃动起来。一天，张讱庵忽然来向我告别，说："家有老母，年过九十，写信催促我回家，我收到家书已经有几天了。"问他为什么不早些回家，他回答说："实不相瞒，我少年时亡命天涯，浪迹江湖，现在时间过去已久，形势改变，仇家也都死了，没有人会再找我纠缠复仇，我希望能在死前返回故乡，落叶归根。"于是，张讱庵向各位友人一一告别后离开了。他离开时，年过七旬，也不知张讱庵现在是否健在。

惩 矫

雍正间，学使某公以清厉自矜。一日，有业师来求饮助，以清贫辞。师嫟之，某公具以入告。上恶之，传旨申饬，命藩库扣学政养廉银五百两与其师，天下快之。

【译文】雍正年间，有一位学使，以清正廉洁自居，并以此自傲。一天，他的老师来向他请求接济，学使却以清贫为由，推辞拒绝。他的老师责骂他，他便将事情原委详细上报。皇上听后深感不满，传旨下令，命藩库从这位学使的养廉银中扣除五百两，给他的老师，天下人（听到这件事）感到非常舒畅。

痘 疹

痘疹，李时珍以为始于马伏波征武溪蛮，染此疾归，名曰"虏疮"，不名痘也。《文苑英华》：莆田黄滔《陈先生集序》云："陈黯幼能诗，十三袖诗一通，见清源牧。时面豆新愈，牧戏之曰：'藻才而花貌，胡不咏之？'黯应声曰：'玳瑁应难配，斑犀定不加。天怜未端整，满面与装花。'"此尚咏豆痂，非面麻也。旧有新婚词云："高卷珠帘明点烛，请教菩萨看麻胡。"近又有人句云："不是君容生得好，老天何故乱加圈。"则竟咏面麻矣。

【译文】李时珍认为"痘疹"，始于东汉马伏波（马援）征武溪蛮时染上此病后带回中原的，因此将此病命名为"虏疮"，而不叫"痘"。《文苑英华》中记载了莆田黄滔所写的《陈先生集序》，道："陈黯年幼时就能写诗，十三岁带着自己的诗稿，谒见清源牧。当时陈黯脸上痘疮刚刚愈合，清源牧开玩笑调侃他说：'藻才而花貌，何不咏之？'陈黯应声回答道：'玳瑁应难配，斑犀定不加。天怜未端整，满面为装花。'此处是歌咏豆痂，不是指麻子。旧时有新婚词写道："高卷珠帘明点灯，请教菩萨看麻胡。"近年来，也有人写道："不是君容生得好，老天何故乱加圈。"这些都是歌咏麻脸的诗句。

侮圣非贤

王莽处处比周公，王安石事事学《周礼》。王莽曰："天生德于予，汉兵其如予何？"王安石曰："天生黑于予，澡豆其如予何？"可怜周公、孔子，千古为两个姓王人薅恼。又宋淳熙中，监察御史陈贾奏理学欺世盗名，乞加摈斥。太学诸生为之语云："周公大圣犹遭谤，伊洛名贤亦被讥。堪笑古今两陈贾，如何专把圣贤非？"从来怪事，无独有偶如此。

【译文】王莽处处自比周公，王安石事事学《周礼》。王莽曾说："上天赋予我如此的德行，汉军能把我怎样呢？"王安石曾说："上天赋予我如此的黑皮肤，澡豆对我又有什么用呢？"可怜周公、孔子，千古之后被这两个姓王的骚扰。此外还有宋孝宗淳熙年间的监察御史陈贾，上奏称理学欺世盗名，请求对他们加以摈斥。太学诸生为他写诗，嘲讽道："周公大圣犹遭谤，伊洛名贤亦被讥。堪笑古今两陈贾，如何专把圣贤非？"这些侮圣非贤的怪事，竟然如此无独有偶。

荆钗记祭文

《荆钗记》传奇王十朋祭江，其祭文云："巫山一朵云，阆苑一团雪，桃源一枝花，瑶台一轮月。妻阿，如今是云散雪消，花残月缺。"按此词亦有所本。孙季昭《示儿编》云："北朝来祭皇太后文，杨大年捧读，空纸无一字，因自撰云：'惟灵巫山一朵云，阆苑一堆雪，桃园一枝花，瑶台一轮月，岂期云散雪消，花残月缺。'时仁宗深喜其敏速。"案此词浮艳轻佻，施之君后，失体已甚，乌可为训。钱竹汀宫詹云："大年死于天禧四年，其时仁宗未即位也。章献之崩，大年死已久矣。"则其为委巷不经之谈无疑。

【译文】传奇《荆钗记》王十朋祭江一段中，有祭文这样写道："巫山一朵云，阆苑一团雪，桃源一枝花，瑶台一轮月。妻阿，如今是云散雪消，花残月缺。"有据可查，此词乃是化用前人文本。孙季昭（孙奕）《示儿编》说："北朝曾派使者来祭拜皇太后，并致祭文，杨大年捧读时，却发现北朝人所给的祭文，仅是一张白纸而已，上面空无一字。于是自己临场撰写道：'惟灵巫山一朵云，阆苑一堆雪，桃园一枝花，瑶台一轮月，岂期云散雪消，花残月缺。'宋仁宗听了后，非常欣赏，认为杨大年机变敏捷。"然而，此词浮艳轻佻，用来形容悼念君后，实属失礼僭越，有失体统，不足为训。而且根据太子詹事钱竹汀（钱大昕）的记载："杨大年死于天僖四年（1020），那时候宋仁宗还未即位。章献皇后离世时，杨大年已经去世很久了。"可见，这一则故事并不可信，只不过是街头巷尾流传的不经之谈罢了。

青芙蓉阁诗

桐乡陆杉石太守元鋐所著也，咏史之作最擅长。《吊史阁部》云："父老尚思宗大尹，江山空恨孔都官。"《吊蔡中郎》云："幽囚未肯宽司马，直笔何堪失董狐。"《邯郸道中》云："间道何年归白璧，游仙有客梦黄粱。"《咏汾阳王》云："世望中兴无此速，天私奇福到公全。"《长安怀古》云："一代乱源方镇表，千秋法鉴寺人诗。"《咏狄梁公》云："淫鬼千年求食少，公门一代得人多。"《马伏波祠》云："粤国战功横海大，汉廷家法寡恩多。"宏词肃括，皆卓然可传之句也。

【译文】浙江桐乡人、知府陆杉石陆元鋐写的《青芙蓉阁诗钞》一书，写得最好的是咏史的作品。《吊史阁部》一诗中写道："父老尚思宗大尹，江山空恨孔都官。"《吊蔡中郎》一诗中写道："幽囚未肯宽司马，直笔何堪失董狐。"《邯郸道中》一诗中写道："间道何年归白壁，游仙有客梦黄粱。"《咏汾阳王》一诗中写道："世望中兴无此速，天私奇福到公全。"《长安怀古》一诗中写道："一代乱源方镇表，千秋法鉴寺人诗。"《咏狄梁公》一诗中写道："淫鬼千年求食少，公门一代得人多。"《马伏波祠》一诗中写道："粤国战功横海大，汉廷家法寡恩多。"都可以作为科举考试中的"博学鸿词科"的范式，恭敬而有法度，都是可传诵的句子。

丞相胡同

京师绳匠胡同，又名丞相胡同，严分宜之赐第在焉。毗连半截胡同，中有一宅，旧为海昌查小山所居，今归吾乡大银台姚公亮府祖同。宅内听雨楼者，东楼赏鉴书画处也。曲槛长廊，宏梁巨础，规模轩厂，罕有其伦。堂之东隅，地有巨窖，甃以青砖，扃以石户，严关铁牡，启之深邃不可测，盖当日藏弄珍异之所也。或曰："其时京攸秉轴，贿赂充斥，有暮夜夤缘者，往往于地中纳约。"理或然欤。

【译文】京城绳匠胡同，又叫做"丞相胡同"，严分宜（严嵩）的住所就在这里面。紧靠半截胡同，中间有一所房子，以前是海昌查小山住的，现在是我的同乡、大银台姚亮府姚祖同的住宅了。里面有一座听雨楼，东楼是鉴赏书画的地方。栏杆曲折，走廊迂回，房梁和地基宏伟巨大，规模开阔宽敞，很少有能比得上它的。墙壁是用青砖砌的，门扇是用石头做的，铁制的锁簧严严实实地关闭着，打开后，深不可测，原来是收藏珍宝的地方。有人说："当时京城官场，充斥贿赂，有在早晨和夜里拉拢攀附关系的，往往在地下完成交易。"道理或许说的就是这个。

漱玉断肠词

《漱玉》《断肠》二词，独有千古，而一以"桑榆晚景"一书致诮，一以"柳梢月上"一词贻讥。后人力辩易安无此事，淑真无此词，此不过为才人开脱。其实改嫁本非圣贤所禁，《生查子》一阕亦未见定是淫奔之词。此与欧公簸钱一事，今古哓哓辩论，殊可不必。不若竹垞翁之直截痛快曰："吾宁不食两庑豚，不删风怀二百韵也。"

【译文】《漱玉词》《断肠词》两本词集，独具一格。但是前者因为"桑榆晚景"这一说法而遭到嘲笑，后者由于"柳梢月上"一词被讥讽。后来的人极力辩驳，认为易安（李清照）没有用过这个典故，朱淑真没有写过这首词。这不过是为才人辨护，其实改嫁不是圣贤所禁止的，《生查子》也不见得是私奔的词。这与欧阳修掷钱赌输赢簸钱一事（一样），从古至今人们对此争论不断，其实大可不必。不如竹垞（朱彝尊）老先生直截了当而痛快地说："我宁愿不吃祭祀先贤所用的猪肉（指不入祀孔庙），也不删去《风怀二百韵》。"

背苏州

杭俗仕女，向梳高髻，近则低鬋，盖苏式也。时谓之"背苏州"，颇雅而谑。余戏作《背苏州歌》云："吴鬟且莫唱，越髻且莫讴，四座静勿哗，我歌背苏州。苏州肌理嫩如水，苏州颜色烘如蕾，相君之背亦风流，时样妆梳斗娇美。灵蛇新式到杭州，日日凝妆上翠楼，明月圆时休正面，懒云堆处莫回头。妆台软掠轻梳罢，留与南朝周昉画。山眉水眼且休论，雾鬓风鬟已无价。吁嗟乎！粉颈香肩骨肉匀，摹来背面果然真，只愁一顾倾城处，仍是西湖画里人。"

【译文】杭州的风俗中，仕女一般梳着高高的发髻，近来则改成低垂式了，大概跟随的是苏州流行的发式，人们将这种叫做"背苏州"，非常文雅又戏谑。我写了一首《背苏州歌》："吴鬟且莫唱，越髻且莫讴。四座静勿哗，我歌背苏州。苏州肌理嫩如水，苏州颜色烘如蕾，相君之背亦风流，时样妆梳斗娇美。灵蛇新式到杭州，日日凝妆上翠楼，明月圆时休正面，懒云堆处莫回头。妆台软掠轻梳罢，留与南朝周昉画。山眉水眼且休论，雾鬓风鬟已无价。吁嗟乎！粉颈香肩骨肉匀，摹来背面果然真，只愁一顾倾城处，仍是西湖画里人。"

拍曲几

卢代山岱，钱唐人，住山儿巷，抱经学士之族也。家藏葡萄藤小几一张，云是洪昉思拍曲几，其指痕犹隐隐焉。余二十年前，曾在外舅黄铁年先生家，见《昉思度曲图》，毛西河、高江村诸巨手俱有题咏，山舟学士为跋识数语，归于洪氏，今不知尚存否也。昉思先生传奇《长生殿》之外，尚有《天涯泪》《四婵娟》《青衫湿》三种，今其稿犹存黄氏，盖先生为文僖相国孙婿也。

【译文】卢代山卢岱是钱唐人，住在山儿巷，是抱经学士（卢文弨）的族人。他家里藏有一张葡萄藤小几，据传，这正是洪昉思（洪昇）常常使用的拍曲几，（仔细看去）可见隐隐约约的指痕。我二十多年前，曾经在岳父黄铁年（黄超）先生家，看到一幅《昉思度曲图》，康熙年间的名士毛西河（毛奇龄）、高江村（高士奇）等都为之题咏，山舟学士（梁同书）写了几句跋语，后来归于洪氏，不知如今在哪里？昉思先生在传奇《长生殿》之外，还写过《天涯泪》《四婵娟》和《青衫湿》，三种稿本都由黄氏保存着，大概是因为洪先生是黄文僖相国（黄机）的孙婿吧。

密蔷薇

嫁女送亲，所在皆然，广东顺德县为尤甚。凡来者环立门外，主不迎送，亦不供茶酒，名之曰"密蔷薇"，其名色甚新。

【译文】嫁女要送亲，各地都是这样，广东顺德县尤其如此。只要是来参加婚礼的亲朋友好友都站在门外，主人不迎送，也不提供茶酒，称之为"密蔷薇"，这种习俗很是新奇。

补 子

品级补子，定于洪武，行于嘉靖，仍用至今，汪韩门《缀学》言之详矣。刘若愚《芜史》称宫眷内臣，腊月廿四日祭灶后，穿葫芦补子；上元，灯景补子；五月，艾虎毒补子；七夕，鹊桥补子；重阳，菊花补子；冬至，阳生补子；此则在品服之外，随时戏为之者。至李闯制补服，以云为品，一品一云，九品九云，伪相牛金星所定，真槐国衣冠也。

【译文】官员所穿官服的前胸和后背上用金线和彩丝绣成图饰，用来标志他们的品级，是明太祖洪武年间定下来的，世宗嘉靖时期流行起来，至今仍然沿用，汪韩门（汪师韩）《缀学》一书对此有详细的叙述。刘若愚《芜史》提到，内宫侍奉皇帝的嫔妃才女和在宫内侍奉皇帝及其家族的官员，在腊月二十四日祭灶后，穿绣有葫芦纹饰的衣服；元宵节，穿绣有灯影纹饰的衣服；五月，穿绣有蜈蚣、蛇、蟾蜍、蝎子、壁虎五种毒物纹饰的衣服；七夕节，穿绣有鹊桥纹饰的衣服；重阳节，穿绣有菊花纹饰的衣服；冬至日，穿绣有冬至节令徽饰的衣服；这些都在品级官服之外，随时节随便穿的。到闯王李自成制补服，官服以云彩定等级，一品官服一朵云，九品官服九朵云，这是李自成的宰相牛金星出的主意，真是愧对国家的文明礼教。

病诗挽联

周生先生病中尝语余云："夜来得句，颇切近状：厌闻家事常如客，爱看名山悔不僧。"后阅《鉴止水斋》无此二句，盖得句而未成篇者。先生殁前三日，自撰挽联云："月白风清其有意，斗量车载已无名。"是能了然于去来者矣。

【译文】周生先生（许宗彦）生病时曾对我说："在夜里得到一句，很是符合我近来的状况，即：厌闻家事常如客，爱看名山悔不僧。"后来看其《鉴止水斋》，没有这两句，大约是写了两句但没有成篇。先生去世前三天为自己写了一首挽联："月白风清其有意，斗量车载已无名。"这说明他把生死看得很明白了。

荔　支

余向慕岭南荔支之美，戊子二月至广州，三月至潮阳，其时荔支尚未实也。偶于大令王潜庵先生鼎辅席上谈及之，先生曰："子毋然，荔支于北不如葡萄，于南不如杨梅，徒浪得虚名耳。"余初闻而未信，比还至惠州，舟中啖之，果然，乃知先生之语真定评也。因为诗纪其事，中有句云："媵来西域才为婢，卖到南村合是奴。"

【译文】我一向美慕岭南地区荔枝的美味，戊子年（道光八年，1828）二月到广州，三月到潮阳，当时荔枝还没熟。偶然与县令王潜庵王鼎辅先生在酒席上谈到荔枝，王先生说："你不了解，荔枝在北方不如葡萄有名，在南方不如杨梅有名，不过是徒有虚名罢了。"我初听还不信，等到了惠州，在船上吃到，果然如此，才知先生的评价是正确的。于是把这件事写成小诗记录下来，其中有一句："媵来西域才为婢，卖到南村合是奴。"

端　午

宋璟八月五日千秋表云："月维仲秋，日在端午。"是知凡月五日皆可云端午，不必专指五月矣。盖端者，始也，首也，犹今言初五也。

【译文】宋璟的《请以八月五日为千秋节表》说："月维仲秋，日在端午。"从这里知道，每月初五都可叫做端午，不一定特指五月初五。端的意思，是开始，就像今天所说的初五。

顾受笙

嘉善程上舍亭治困场屋，乾隆辛卯题诗号壁云："油幕轻明不障寒，未灰蜡炬泪难干。中秋一片团栾月，已在风檐九度看。"读之怃然。然人犹无恙也。若我顾受笙表兄均，亦复九度秋闱，道光辛卯八月十五夜，以疾卒于号舍。余作挽联云："矮屋痛长眠，文战呕心，竟尔修文归地下；良宵惊恶耗，月圆撒手，从今赏月怕秋中。"呜呼伤已！受笙生平专攻制艺，诗亦间作，没后二年，余归自粤，令弟星符以其遗稿一册，属余点定，略摘一二，以存豹斑。《勖星符益生两弟》云："忆到从前悔浪游，韶华浑似水东流。天涯漫怨无青眼，门内将何慰白头。万里独看边月苦，十年应念夜台幽。衣单我亦悲秋冷，各有伤心莫倚楼。"盖受笙与星符同母，时萱堂已去世十年，而益生尊人渚茶先生方谪戍乌鲁木齐也。沉挚之语，读之酸鼻。其他断句，如《青浦舟中》云："和风皴野水，破网熨斜曛。"《旅感》云："读史不多休吊古，学诗虽好易伤时。"《即事》云："藏枝小鸟间关语，破浪老渔拨剌鸣。"《方夔梅太守招赏牡丹，即席用吴榖人祭酒水绘园看牡丹韵，兼怀令兄莲舫先生宣府》云："有酒得依金谷例，看花翻忆玉关人。"皆可诵也。

【译文】嘉善县的程上舍程亭治，多次参加科举不及第，乾隆辛卯（乾隆三十六年，1771），在墙上题诗："油幕轻明不障寒，未灰蜡炬泪难干。中秋一片团栾月，已在风檐九度看。"读完后令人怅然若失，但那时人还没事。如我表兄顾受笙顾均也九次参加科举考试，道光辛卯（道光十一年，1831）八月十五日夜，在住处病死，我作了一幅挽联："矮屋痛长眠，文战呕心，竟尔修文归地下；良宵惊恶耗，月圆撒手，从令赏月怕秋中。"哎，太伤感了。受笙生前专攻制艺，闲暇时也偶尔写诗，去世后两年，我从广东回来，他弟弟星符将受笙的一册遗稿拿来，拜托我点校、评定，（现在）我稍微摘录其中的几首诗，以便窥一斑而见全豹。《勖星符益生两弟》云："忆到从前悔浪游，韶华浑似水东流。天涯漫怨无青眼，门内将何慰白头。万星独看边月苦，十年应念夜台幽。衣单我亦悲秋冷，各有伤心莫倚楼。"原来顾受笙与顾星符同母，当时其母去世十年，益生的父亲渚茶先生正被罚在乌鲁木齐戍边。诗写得诚恳，读后让人很感动。其他的诗句，如《青浦舟中》："和风皴野水，破网熨斜曛。"《旅感》："读史不多休吊古，学诗虽好易伤时。"《即事》："藏枝小鸟间关语，破浪老渔拨剌鸣。"《方羹梅太守招赏牡丹,即席用吴毅人祭酒水绘园看牡丹韵,兼怀令兄莲舫先生宣府》:"有酒得依金谷例,看花翻忆玉关人。"都是可以传诵的句子。

南梁北孔

曲阜孔谷园先生继涑刻《玉虹楼鉴真帖》数十卷。先生之书,瓣香天瓶居士。高庙东巡,临书以进。上熟视曰:"好像张照。"同时梁文山明府巘亦学张书,故世有南梁北孔之目。今人以南梁为山舟学士,误矣。

【译文】山东曲阜人孔谷园先生孔继涑,刻有《玉虹楼鉴真帖》几十卷。先生的书法,是学习天瓶居士(张照)的。清高宗东巡,孔继涑进献了自己的书法作品。高宗认真看后说:"(你的风格)好像张照(的书法)。"同时,县令梁文山梁巘也学张照书法,所以世上有"南梁北孔"之称,现在的人以为"南梁"指的是山舟学士(梁同书),是错了。

卢沟桥

关之为暴,自古而然。天下之关,以卢沟桥为最。凡入都者,自巨公大僚,以至商贾百姓,莫不倾筐倒箧,勒索多方。惟乡会士子,例不稽察,然见行李稍多,亦必索取酒资,至三至再。丙戌会试,余偕黄阆甫明经同行,大车二辆,早发长新店,比至桥,刚辰巳之交。关上见箱笼稍多，任意讨赏。余以问心无愧，听其嘈杂，再三剔斵，赠以青蚨四百片，行进彰义门，已交未正矣。余戏作七古一首纪其事云："东方眜眜鸡既鸣，膏车秣马重前征。行行三里复五里，大桥已向卢沟横。我遵公车之旧例，检点文凭付书记。关吏见我书箱多，疑我其中有他意。我乃下车陈其情，一词上达君且听：既无胡椒八百斛，又无瓜金一十瓶，车中本非郑商人，褚中安有晋知䓨。问我南来何积蓄？才八斗，愁万斛，书数十卷诗百幅，脚下缁泥三寸足，面上黄尘三斗扑，其余零星敝衣服，例所勿征君且莫。吏乃向我前置词，索我一斤两斤之酒资。却笑行装太萧索，请言其苦君勿嗤。我上扬州只一宿，不见腰缠并无鹤；我向袁江三踯躅，未闻馈贶嗟垂橐；千山万水一吟身，十日三餐九吃粥。今日春明襆被来，空余一钵沿门托，却有二百青铜钱，赠君小饮黄垆边。明知未足饱欲壑，聊以余润分书田。吏前眈视久不报，欲接不接心口较，暗思措大总穷酸，买菜添来亦可笑。我窥其意无他疑，加以一倍任取携。书生已是大破费，当作犒师十二之牛皮。吏闻我言心悄悄，急取文书放关早。车声隐隐过桥来，一鞭直指长安街。"

【译文】关口暴虐，自古如此，以卢沟桥最为严重。凡是进北京的，上至达官贵人，下至商贾百姓，没用不把大小箱子里的东西全部倾倒出来，彻底翻检的，（守关口的）到处勒索。只有参加乡试、会试的士子一般不查，可是看见行李多了，也必然索要喝酒的钱，一而再，再而三。道光六年（1826）丙戌科会试，我和贡生黄阆甫同行，去参加科举考试，我们共有两辆大车，早晨从长新店出发，达到卢沟桥，刚好是"辰巳之交"（上午九时）时刻，关口见行李稍多，随意向我们讨赏。我问心无愧，任其吵吵嚷嚷，他们再三纠缠，我才给了他们四百钱，走到彰义门，已经接近"未正"（下午两三点）时分了。我戏作七古一首记录这件事："东方眽眽鸡既鸣，膏车秣马重前征。行行三里复五里，大桥已向卢沟横。我遵公车之旧例，检点文凭付书记。关吏见我书箱多，疑我其中有他意。我乃下车陈其情，一词上达君且听：既无胡椒八百斛，又无瓜金一十瓶。车中本非郑商人，褚中安有晋知罃。问我南来何积蓄？才八斗，愁万斛，书数十卷诗百幅，脚下缁泥三寸足，面上黄路三斗扑，其如零星敝衣服，例所勿征君且莫。吏乃向我前置词，索我一斤两斤之酒资。却笑行装太萧索，请言其苦君莫嗤。我上扬州只一宿，不见腰缠并无鹤；我向袁江三踯躅，未闻馈赆嗟垂橐；千山万水一吟身，十日三餐九吃粥。今日春明襆被来，空余一钵沿门托，却有二百青铜钱，赠君小饮黄垆边。明知未足饱欲壑，聊以余润分书田。吏前睨视久不报，欲接不接心口较，暗思措大总穷酸，买菜添来亦可笑。我窥其意无他疑，加以一倍任取携。书生已是大破费，当作犒师十二之牛皮。吏闻我言心悄悄，急取文书放关早。车声隐隐过桥来，一鞭直指长安街。"

陈眉公

陈眉公在王荆石家，遇一宦问荆石曰："此位何人？"曰："山人。"宦曰："既是山人，何不到山里去？"盖讥其在贵人门下也。俄就席，宦出令曰："首要鸟名，中要《四书》二句，末要曲一句合意。"宦首举云："十姊妹嫁了八哥儿，八口之家，可以无饥矣，只是二女将谁靠？"眉公曰："画眉儿嫁了白头公，吾老矣，不能用也，辜负了青春年少。"合座称赏，宦遂订交焉。铅山蒋苕生太史《临川梦》院本内有《隐奸》一出，刻意诋毁眉公，出场诗云："妆点山林大架子，附庸风雅小名家。终南捷径无心走，处士虚声尽力夸。獭祭诗书充著作，蝇营钟鼎润烟霞。翩然一只云间鹤，飞去飞来宰相衙。"亦谑而虐矣。

【译文】陈眉公（陈继儒）在王荆石（王锡爵）家，遇到一名官员指着陈眉公问王荆石："这位是谁。"王荆石回答说："是一位山人。"官员说："既是山人，为何不到山里去？"意在讥讽陈眉公依附于贵人门下。不一会儿，就席时，该官员出酒令说；"首句要鸟名，中间要《四书》中的两句，最后要一句曲，而且要合意。"官员首先举例子，说："十姊妹嫁了八哥儿。八口之家，可以无饥矣，只是二女将谁靠。"陈眉公说："画眉儿嫁了白头公，吾老矣，不能用也，辜负了青春年少。"在座的都称赞，该官员于是决定与陈眉公建立交情。江西铅山县、翰林蒋苕生（蒋士铨）《临川梦》脚本内有《隐奸》一出戏，刻意诋毁陈眉公，出场诗说："妆点山林大架子，附庸风雅小名家。终南捷径无心走，处士虚声仅力夸。獭祭诗书充著作，蝇营钟鼎润烟霞。翩然一只云间鹤，飞去飞来宰相衙。"也算是很尖刻的玩笑了。

墨派滥调

制义中有所谓墨派者，庸恶陋劣，无出其右。有即以墨卷为题，而作二比文嘲之者："天地乃宇宙之乾坤，吾心实中怀之在抱。久矣夫，千百年来已非一日矣。溯往事以追维，曷勿考记载而诵诗书之典籍。元后即帝王之天子，苍生乃百姓之黎元。庶矣哉，亿兆民中已非一人矣。思入时而用世，曷勿瞻黼座而登廊庙之朝廷。"叠床架屋，的有此病，然其句调圆熟，则当日之所谓弸中彪外者也。

【译文】八股文中有所谓"墨派"的人，没有人比他们更庸俗恶劣鄙陋。于是有以"墨卷"为题写文章讥讽他们：："天地乃宇宙之乾坤，吾心实中怀之在抱。久矣夫，千百年来已非一日矣。溯往事以追维，曷勿考记载而诵诗书之典籍。元后即帝王之天子，苍生乃百姓之黎元。庶矣哉，亿兆民中已非一人矣。思入时而用世，曷勿瞻黼座而登廊庙之朝廷。"这些句子重复累赘，确实有这个毛病，但是他们所写的句子纯熟练达，这就是当时所谓的德才兼备的人吧。

诗求新异

某作诗，力求新异，有句云："金欲二千酬漂母，鞭须六百挞平王。"语奇而殊无理。此与"青溪二千仞，中有两道士"何异？又有句云："芍药花开菩萨面，棕榈叶散夜叉头。"风趣差胜。

【译文】某人作诗，力求新异，有诗句写道："金欲二千酬漂母，鞭须六百挞平王。"语言虽新奇但没有道理，这与"青溪二千仞，中有两道士"有什么区别呢？又有一句写道："芍药花开菩萨面，棕榈叶散夜叉头。"在趣味上（比前面那句）稍微强一点点。

崔红叶

昔有崔黄叶，王桐花之弟子也。近崔曼亭观察次子瘦生《如梦令·红叶》词云："为爱吴江晚景，渡口斜阳相映。点水似桃花，无数游鱼错认。风定，风定，一样落红堆径。"洪稚存太史呼为崔红叶，可与陈帘钩廷庆、鲍夕阳以文并传。

【译文】从前有一个叫崔黄叶的人，是王桐花（王士禛）的弟子。最近道台崔曼亭（崔龙见）的二儿子瘦生，写有《如梦令·红叶》一词："为爱吴江晚景，渡口斜阳相映。点水似桃花，无数游鱼错认。风定，风定，一样落红堆径。"翰林洪稚存（洪亮吉）叫他为"崔红叶"，可以同陈帘钩陈廷庆、鲍夕阳鲍以文一样并传于世。

老先生

新选广东韶州府仁化县李某，贵州人，由进士截取者。初谒上官，称老先生。朱翰臣中丞桂桢奏请改教回籍。按弇州《觚不觚录》："外省司道称巡抚曰'老先生'，称按院曰'老先生大人'。"则渠似亦不为无本。

【译文】新选入广东韶州府仁化县的李某，是贵州人，是通过"截取"的方式录取的。第一次拜见上司，称上司为"老先生"。中丞朱翰臣朱桂桢奏请让他改回原籍就任。据弇州（王世贞）《觚不觚录》记载："外省司道称巡抚为'老先生'，称按院为'老先生大人'。"那么，这位李某的说法似乎也不是没有根据的。

五官并用

昆山朱厚章,字以载,沈归愚尚书亲见其令二人各操纸笔,朱口授,一成四六序,一改友人长律,而手自书《孝子传》。序与长律皆工,所书传无一脱误,殆五官并用人也。以鸿博征,惜未试而卒。

【译文】江苏昆山县朱厚章,字以载,尚书沈归愚(沈德潜)亲眼看见他让两个人分别拿着纸和笔,写下朱厚章口头传授的作品,一个写成了四六序,一个改写了他朋友的长律,而朱厚章自己手书《孝子传》。序与长律都很工整,而自己手写的传也无一错误,这真是五官并用啊。后来朝廷以博学鸿词科选用他,可惜他还没有参加考试就去世了。

闺 秀

昔人云:"女子无才便是福。"然今之闺秀,比比是矣。有某公语云:"闺秀之诗,其寻常者无论,即使卓然可传,而令后之操选政者,列其名于娼妓之前,僧道之后,吾不知其自居何等也?"此言虽刻酷,而亦有理,愿以告玉台之治诗者。

【译文】过去的人说:"女子无才便是福。"但现在的闺秀,比比皆是。有某位先生说:"闺秀的诗,一般的不论,即使是写得好的,也应让今后选编的人把她们列在娼妓之前,僧道之后。说这话的人，我不知他把他自己放在什么位置上？"这话虽然尖酸刻薄，却也有道理，原本是告诫那些专门写"玉台体"的人。

谢道韫

道韫当孙恩难作，神色不变。及闻夫与子皆死，乃命婢肩舆抽刀出门，遇贼手刃数人，遂被掠。外孙刘涛才数岁，贼欲害之。道韫曰："事在王门，何关他族，必其如此，宁先见杀。"恩顿改容释涛。及道韫嫠居一室，节终其身，智勇坚贞，巾帼丈夫。世但传雪庭联句，步障解围，失之远矣。

【译文】谢道韫遇到孙恩之乱时，神色不变。等听说丈夫和几个儿子都被孙恩杀害了，就命令婢女抬着轿子拿着刀出门突围，乱兵一会儿就追上来了，谢道韫亲手杀了几个乱兵，最终被俘虏。她的外孙刘涛当时才几岁，孙恩又想杀害他，谢道韫说："这件事出在王家，与其他家族的人有什么关系？一定要这么做的话，宁可先杀了我。"孙恩虽然歹毒残暴，也因谢道韫的大义凛然而折服，改容相待，于是没有杀刘涛。后来谢道韫终身寡居守节，（这是何等）智勇坚贞，（是真正的）巾帼丈夫。世人只知道谈论谢道韫雪庭联句的"咏絮之才"和"为王献之解围"，也差得太远了。

柳如是

柳如是本姓杨，见钮玉樵《觚剩》。又别号影怜，见《珊瑚网》。

【译文】柳如是本来姓杨，钮玉樵（钮琇）《觚剩》一书有记载，她又有别号称"影怜"，汪珂玉《珊瑚网》一书有记载。

黄子未

黄子未若济，嘉善人，潮州太守霁青先生之胞弟也。不求仕进，专事讴吟，与频伽郭先生昆季相友善，著《百药山房诗稿》。《夏日漫兴》云："新僮驯习如调鹤，旧稿安排似补琴。"《秋日游徐氏池亭》云："柳如写影欹池面，鹤似闲吟步径中。"《社日》云："客都别去花为伴，春到浓时草亦香。"《夏夜》云："桃笙久卧如冰滑，纨扇新题有墨香。"《晨起》云："荷叶两枝摇水鸭，桐花一树闹山蜂。"《草阁》云："溪边云隔前村雨，树杪帆飞别浦潮。"《信江书院题壁》云："雨足一江春水碧，风甜十里菜花黄。"《湖楼小饮同宋大作》云："一塔斜阳颓老宿，半堤疏柳画秋娘。"皆精炼可法。

【译文】黄子未黄若济是浙江嘉善人，是潮州知府黄霁青（黄安涛）先生的胞弟。他不想做官，专门研究吟诗，与郭频伽（郭麐）先生兄弟是要好的朋友，著有《百药山房诗稿》。《夏日漫兴》写道："新僮驯习如调鹤，旧稿安排似补琴。"《秋日游徐氏池亭》写道："柳如写影欹池面，鹤似闲吟步径中。"《社日》写道："客都别去花为伴，春到浓时草亦香。"《夏夜》写道："桃笙久卧如冰滑，纨扇新题有墨香。"《晨起》写道："荷叶两枝摇水鸭，桐花一树闹山蜂。"《草阁》

写道："溪边云隔前村雨，树杪帆飞别浦潮。"《信江书院题壁》写道："雨足一江春水碧，风甜十里菜花黄。"《湖楼小饮同宋大作》写道："一塔斜阳颓老宿，半堤疏柳画秋娘。"都是简明扼要可以效法的佳句。

蕉 叶

　　广东东莞呼奴之大者曰"蕉叶"，其说甚新。邑某宦，好交游，客恒满座。一仆俊雅，好谈议，每当挥麈，仆必傅言，主频怒以目，夷然不顾也。一日，主诫之曰："座中皆士大夫，汝臧获，焉得置喙？倘仍前辙，决不汝贷矣！"仆唯唯。又一日，座客评花并及叶之大小，有谓橘叶至大，有谓莲叶至大，仆屡欲辨驳，因惮主括囊。既一客吟曰："遍索群芳谱，轮囷叶数莲。谁还能撷取，开橐赠金钱。"仆闻之，张目视主人曰："任由夕烹于鼎，亦必摘取第一等者，以伸奇卉之气。"因指画客前曰："《草木状》云：'蕉叶长一二尺，或七八尺。'然则荷叶非大，蕉叶之大，乃无伦耳。"群客哗而起曰："是也！吾辈何俱不忆及也？"各厚赐之。

　　【译文】广东东莞，称呼大奴仆为"蕉叶"，说法很新。乡里有一个官员爱好交往，客人常常满座。他家有一个仆人生得俊雅，喜欢高谈阔议，每当主人指挥动麈尾清谈时，这个仆人一定会插话，主人多次怒目以视，他全然不顾。一天，主人告诫他说："座中都是士大夫，你只是一介奴仆，怎能插嘴呢？如果仍然一意孤行，我决不宽恕你。"仆人唯唯诺诺地答应着。又一天，座客评花，议论到叶子的大小，有的说橘叶最大，有的说莲叶最大，仆人多次想辨驳，因害怕主人，所以缄口不言。等到有一位客人吟诗："偏索群芳谱，轮囷叶数莲。谁还能摭取，开橐赠金钱。"仆人听到，睁大眼睛看着主人说："就算你晚上把我用油烹了，我也要摘取第一，来为奇花异草争口气。"于是在客人面前比划着说："《草木状》上说，蕉叶长一二尺，有的长七八尺，既然这样，那么荷叶不能算最大的，蕉叶的大是无与伦比的。"群客哗然，纷纷站起来说："对，我们怎么都没有想到啊。"于是大家重重地赏赐了这位仆人。

绝 唱

"昨宵疑有雨，深院更无人。"商宝意先生令爱咏苔诗也。"流水杳然去，乱山相向愁。"仁和女士孙秀芬咏夕阳诗也。可为二题绝唱。

【译文】"昨宵疑有雨，深院更无人"，这是商宝意（商盘）先生女儿写的咏苔诗。"流水杳然去，乱山相向愁"，这是浙江仁和女士孙秀芬（孙荪意）写的咏夕阳诗，可以说这两首咏诗是绝唱。

乩示闱题

嘉庆丁卯，浙江乡试，有人以闱题叩乩仙，批云："内一大，外一大，解元文章四百字。"及出题，乃"天何言哉"三句。一大者，天也；内外者，题内题外也；四百字则明指四时百物矣。

【译文】嘉庆丁卯（嘉庆十二年，1807），浙江丁卯科乡试，有人以科举考试的题占卜，批文写道："内一大，外一大，解元文章四百字。"等出题的时候，题目是"天何言哉"三句，一大指的是天，内外指的是题内题外，四百字明显指的是四时百物。

洋 钱

粤中所用之银不一种，曰连，曰双鹰，曰十字，曰双柱，此四种来自外洋。曰北流锭，曰镪，此二种出自近省，皆乾隆初年以前所用。其后外洋钱有花边之名，来自米时哥。又有鬼头之名，来自红毛，亦谓之公头。夷国法，嗣王立，则肖其像于银面。《史记》所谓安息国，以银为钱，钱如其王面，王死，转效嗣王面是也。福公康安节制两粤，爵嘉勇公。有司以公头之名犯公爵，禁之，令民间呼为番面钱。以画像如佛，故又号佛番。南、韶、连、肇多用番面。潮、雷、嘉、琼多用花边。粤中用钱，千敲百凿，率皆烂板。其发江、浙者，曰出舱光板，无一椠痕，每圆以广平称之，足重七钱二分。以寻常通用烂钱易之，每圆加二三分、四五分不等。仁和周南卿茂才《咏洋钱》句云："一种假情留半面，十分难事仗圆光。"写得不黏不脱。

【译文】广东用的银子不止一种。"连""双鹰""十字""双柱"，这四种来自国外。"北流锭""镪"这两种产自邻近省份，都是乾隆初年以前用的。以后国外的洋钱有叫"花边"的，来自米时哥（墨西哥）。叫"鬼头"的来自欧州，也叫"公头"。外国法律，国王继位，就将他的肖像铸在银币上面。《史记》中说的安息国，用银子作为钱使用，上面铸有他们国王的面相，国王去世后，就换成将要继位的王的肖像。福康安任两广总督时，被封为嘉勇公。有关部门认为（钱币）的名字冒犯了福康安的名讳，所以禁止，让民间叫洋钱为"番面钱"。由于画像类似佛像，又叫"佛番"。南雄、韶关、连州、肇庆地区大多使用番面钱。潮州、雷州、嘉应、琼州等地区大多使用花边钱。广东人用钱，反复敲、凿，都把钱面弄烂了。发到江浙的钱叫"出舱光板"，没有刻凿的痕迹，每块都用秤称一称，足重七钱二分。用平常用坏了的钱去换，每块加二三分四五分不等。浙江仁和县秀才周南卿（周三燮）有《咏洋钱》诗，写道："一种假情留半面，十分难事仗圆光。"这首咏物诗写得既不黏滞又不脱离。

耻认祖宗

文丞相云："莆田有二蔡，一派出君谟，一派出京、卞，京、卞子孙惭其先人，多自诡为君谟后。犹今无锡秦氏，的系会之之后，然无不诡为淮海裔孙也。"奸雄之名，虽子孙亦避忌之，可畏哉！

【译文】文丞相（文天祥）说："莆田有两种蔡氏，一派出自蔡君谟，一派出自蔡京、蔡卞，蔡京、蔡卞的子孙，为他们的先人感到惭愧，大多自己诡称为蔡君谟的后代。就像现在的江苏无锡秦氏，的确是秦桧之（秦桧）的后代，然而无不诡称为淮海（秦观）的后裔子孙。"（可见）奸雄的名号，就算是子孙后代都想避开，对此要保持畏惧之心。

诋毁东坡

朱子以蜀洛之故，甘心苏氏，其与汪尚书书云："苏氏之学，害天理，乱人心，妨道术，败风教，不在王氏之下。其徒秦观、李廌，皆浮诞轻佻，士类不齿。"丑诋如此，抑何忍也？

【译文】朱熹因为洛蜀党争的原故，对苏东坡有成见，他在给汪尚书的信中写道："苏氏之学，损害天理，惑乱人心，妨碍道术，败坏风教，不在王氏（王安石）之下。他的门人如秦观、李廌，都是轻浮放荡举止轻佻，士大夫羞与为伍。"如此诋毁苏东坡，又怎么忍心呢？

海忠介

忠介无子，相传天启间，有秀才作文祭之，有句云："谁谓公无子，天下之忠臣孝子，皆公子也。谁谓公无孙，天下之直臣慈孙，皆公孙也。"将焚之，有风自天而下，撤其文而去。按《纲鉴辑略》，天启元年，荫名臣海瑞子晏入监，则公有子矣。钮玉樵《觚剩》谓崇祯间，公之孙名祖述者，造船载货出洋，遂得上天，则公有孙矣。疑族人为公立嗣，未可知也。

【译文】海忠介（海瑞）没有儿子。相传明熹宗天启年间，有秀才写了一篇文章祭奠海瑞，其中有一句这样说道："谁谓公无子，天下之忠臣孝子，皆公子也。谁谓公无孙，天下之直臣慈孙，皆公孙也。"将要烧掉它时，突然刮起了一阵风，把文章刮走了。根据朱璘《纲鉴辑略》记载，天启元年（1621），恩荫名臣海瑞之子海晏入国子监学习，说明海瑞是有儿子的。钮玉樵（钮琇）《觚剩》称明思宗崇祯年间，海瑞的孙子名叫"祖述"的人，用船载货出海，最终飞升了。说明海瑞有孙子。（不过），疑是海瑞族人为他立嗣，这也很难说。

老少同榜

谢立山启祚，高要诸生，年九十四，始领乾隆丙午乡荐，赐翰林院检讨。秋闱口占云："行年九十四，出嫁弗胜羞。照镜花生面，光梳雪满头。自知真处子，人号老风流。寄语青春女，休夸早好逑。"恒以"半百子孙图"五字，合成一"寿"字赠人。及百二岁，相国朱公珪以闻，诏加编修，赐寿宇昌文匾，时人荣之。是科番禺刘朴石先生彬华，年十五，老少一榜同登，至今传为佳话。

【译文】谢立山谢启祚，是广东高要的诸生，九十四岁才考取乾隆五十一年（1786）丙子科举人，赐翰林院检讨。写有一首秋闱口占诗："行年九十四，出嫁弗胜羞。照镜花生面，光梳雪满头。自知真处子，人号老风流。寄语青春女，休夸早好逑。"常以"半百子孙图"五个字，组合成一个"寿"字赠送他人。到了一百零二岁，将这件事告诉了相国公朱珪知道，有诏加授翰林院编修，并赐给"寿宇昌文"匾额，当时人们以他为荣。同科番禺人刘朴石刘彬华先生，年方十五岁，一老一少同登一榜，至今传为佳话。

黄石斋断碑砚

　　曾宾谷方伯于广陵市上，得一砚，系坡公题墨妙亭诗。断碑一片，广三寸七分，长三寸四分，存十六字，凡四行。一行曰"吴越胜事"，一行曰"书来乞诗"，一行曰"尾书溪藤"，一行曰"视昔过眼"。以背面作砚，右偏之上，刻断碑二隶字，下刻"道周"二字印篆，左刻竹垞铭曰："身可污，心不辱，藏三年，化碧玉。"为八分书。

　　【译文】布政使曾宾谷（曾燠）在广陵市上得到一方砚台，是东坡先生题墨妙亭诗的一片断碑，宽三寸七，长二寸四，上面有十六字，共四行，一行是"吴越胜事"，一行是"书来乞诗"，一行是"尾书溪滕"，一行是"视昔过眼"。用背面做砚，右边上面刻"断碑"两个隶体字，下面刻"道周"二字，用篆书，左边刻有竹垞（朱彝尊）的铭文说："身可污，心不辱，藏三年，化碧玉。"是隶书中的"八分书"。

集　虚

　　乡城聚众贸易之处，北人曰"集"，从其聚而言之也；南人曰"虚"，指其散而言之也。宛丘有地，名羲神实。罗苹《路史注》："实者，对虚之名。天文，旗中四星为天市，其中星多则实，虚则耗，神农所在，人民常实，非若虚砦，朝实而暮虚也。"

　　【译文】城乡聚众贸易的地方，北方叫"集"，这是从聚集而说的。南方人叫"虚",这是从人散开来说的。宛丘有一个地方,叫做羲神实。罗苹《路史注》:"实,相对虚而言的。天文,旗中四星是为天市,其中星多的地方则为实,虚的地方则为耗,神农所在,人民常实,不是虚呰,是早上实而晚上虚的意思。"

酒树糖树

缅甸有酒树、糖树。酒树实如椰子,剖之皆酒,色莹白而甘,能醉人。糖树细叶柔干,以刀刺其本,涓涓不已,色味如饧,食之令人饱。见《怡亭杂记》。

【译文】缅甸有酒树、糖树,酒树果实像椰子一样,剖开里面都是酒,颜色晶莹洁白,吃起来很甜,能让人醉。糖树叶子细嫩,枝干柔软,用刀刺树根,水涓涓流出不已,颜色和味道像糖一样,喝了能让人饱腹。《怡亭杂记》中有记载。

瓶水斋诗

大兴舒铁云孝廉,名位,字立人,寄居于吴。诞之夕,母沈梦一僧,手折桂花从峨嵋山来,故小字犀禅。十岁下笔成章。父翼,官广西河池州知州。南邦入贡,随父出镇南关迓使者,赋铜柱诗相赠答。弱冠登贤书,屡游戎幕,以母老不屑就升斗。九上春官不得志,遂绝意进取,奉母以居。母殁,以哀毁卒。与昭文孙子潇太史、秀水王仲瞿孝廉相友善。法时帆祭酒式善尝作《三君咏》以赠之。著《瓶水斋诗集》。赵云松先生跋其诗云:"开径如凿山破,下语如铁铸成,无一语不妥,无一意不奇,无一字无来历,能于长吉、玉溪之外,自成一家。"龙雨樵先生跋其诗云:"他人之诗有六家,铁云则兼有三长。他人之诗有四声,铁云则兼有五音。他人之诗有唐、宋、元、明,铁云则兼有《离骚》八代。"其为前辈心折如此。诸体中七古为最,如《破被篇》《张公石》《任城太白酒楼》等作,直是前无古人,后无来者。兹录其七言近体,如《落花》云:"珠玉九天残咳吐,江湖满地旧文章。碧憎霍霍双鹰眼,红踏荒荒四马蹄。"《曲阜拜圣人林下》云:"劫火红烧秦月令,史才青削鲁春秋。出家仙佛开生面,入穀英雄到白头。"《夷门怀古》云:"六国输赢归妇女,一关开闭老英雄。"《金谷园》云:"名士十年无赖贼,美人双泪有情侬。"《汴梁宋故宫》云:"湖上春寒天水碧,帐中酒热帝衣青。"《卧龙冈》云:"两表涕零前出塞,一公安乐老称藩。"《剑阁》云:"一枝草送姜维去,半夜毡拖邓艾来。"《皋亭山》云:"一树凤皇收王气,半堂蟋蟀死秋声。"《书仲瞿经解各说后》云:"壁中丝竹红羊劫,殿上文章白虎通。"《书<壮悔堂文集>》云:"南部烟花歌伎扇,东林姓氏党人碑。"《仓圣祠》云:"从此鸳鸯多识字,只留獬豸与驱邪。"《赠吴穀人祭酒扬州》云:"残梦已赢楼薄幸,老成犹见殿灵光。"《屠琴隖大令贻<是程堂诗集>》云:"一官百里江淮海,三绝千秋书画诗。"《题蒋秋浦侍御》诗云:"三百里中黄歇浦,一千年后白香山。"《七夕》云:"岂有牵牛笑妃子,漫云顾兔悔嫦娥。"诸联戛戛独造,真无一语拾人牙后慧者。

【译文】大兴人、举人舒铁云，名位，字立人，侨居在江苏。出生之夜，他母亲梦见一僧人手折桂花，从峨嵋山前来，所以给他取了个小名叫犀禅。舒铁云十岁下笔成章。他的父亲舒翼在广西河池州当知州。南方的外国人进贡，舒铁云随父亲出镇南关见使者，赋《铜柱诗》相赠答谢。刚二十岁，就乡试中式，多次在武官幕府中做幕僚，后因为母亲年老而不想做官。多次参加礼部考试却没考中，于是，不再进取，侍奉母亲。其母去世后，他由于过度悲痛而亡。他与江苏昭文人、翰林孙子潇（孙原湘），浙江秀水人、举人王仲瞿（王昙），交情很好。国子监祭酒法时帆（法式善）曾作《三君咏》赠他们，舒铁云著有《瓶水斋诗集》。赵云松（赵翼）先生在后记中称赞他的诗道："开径如凿山破，下语如铁铸成，无一语不妥，无一意不奇，无一字无来历，能于长吉、玉溪之外，自成一家。"龙雨樵（龙铎）先生在后记中称赞说："他人之诗有六家，铁云则兼有三长。他人之诗有四声，铁云则兼有五音。他人之诗有唐、宋、元、明，铁云则兼有《离骚》八代。"他让前辈如此心悦诚服地赞美。在各种诗体中，他七古写得最好，如《破被篇》《张公石》《任城太白酒楼》等作品，真的是前无古人，后无来者。现在我摘录几首他的七言近体诗，如《落花》写道："珠玉九天残咳吐，江湖满地旧文章。碧憎霍霍双鹰眼，红踏荒荒四马蹄。"《曲阜拜圣人林下》写道："劫火红烧秦月令，史才青削鲁春秋。出家仙佛开生面，入彀英雄到白头。"《夷门怀古》写道："六国输赢归妇女，一关开闭老英雄。"《金谷园》写道："名士十年无赖贼，美人双泪有情侬。"《汴梁宋故宫》写道："湖上春寒天水碧，帐中酒热帝衣青。"《卧龙冈》写道："两表涕零前出塞，一公安乐老称藩。"《剑阁》写道："一枝草送姜维去，半夜毡拖邓艾来。"《皋亭山》写道："一树凤皇收王气，半堂蟋蟀死秋声。"《书仲瞿经解各说后》写道："壁中丝竹红羊劫，殿上文章白虎通。"《书〈壮悔堂文集〉》写道："南部烟花歌伎扇，东林姓氏党人碑。"《仓圣祠》写道："从此鸳鸯多识字，只留獬豸与驱邪。"《赠吴榖人祭酒扬州》写道："残梦已赢楼薄幸，老成犹见殿灵光。"《屠琴隖大令贻〈是程堂诗集〉》写道："一官百里江淮海，三绝千秋书画诗。"《题蒋秋浦侍御》诗写道："三百里中黄歇浦，一千年后白香山。"《七夕》写道："岂有牵牛笑妃子，漫去顾兔悔嫦娥。"各联都别出心裁，独具匠心，真是没一句话拾人牙慧。

梧　桐

江西峡江县玉笥山，某姓别业在焉。树木茂密，中有梧桐一株，尤翘出林表。夏月，人每纳凉其下。一日为迅雷所拔，根底有锡十余斤，清泉一洼，澄澈如镜。解其木，中成雷天大壮卦象，点画分明，片片无异，亦一奇也。

【译文】在江西峡江县玉笥山上，某户人家的别业建在那里。山上树木茂密，其中有一棵梧桐树，长得比别的树都高。夏天有月亮的夜晚，人们一般都在这棵树下乘凉。一天，树被迅雷拔起，根下有十多斤锡矿和一洼澄澈如镜的清泉。剖开树干，中间成"雷天大壮"卦象，点画分明，每一片都不一样，也是一桩奇事。

子同生

偶见有作灯谜者，"公与文姜如齐，齐侯通焉"，射《四书》

一句："然则有同与。"心思颇曲折，惜乎有伤忠厚。案桓公六年，经书"九月丁卯，子同生"。《穀梁传》曰："志疑也。"朱子驳之曰："圣人一笔一削，堂堂正正，岂有以暧昧之事疑其君父者。"其说是也。然愚谓十一公之生，皆不特记，而独于庄公记之，其中岂无深意？文姜淫乱，越境成奸，恐后之读史者，或有嬴吕之嫌，故特于十八年夫人姜氏如齐之前，大书特书曰："子同生。"以明其的系吾君之子，故曰志疑者，非以传疑也，乃以释疑也。《诗》曰："展我甥兮。"《春秋》曰："子同生。"皆别嫌明微之要旨也。

【译文】 偶然看到有人作的灯谜，写着"公与文姜如齐。齐侯通焉"，谜底是《四书》中的一句"然则有同与。"这个迷面谜底很是费尽心思去想，可惜这有伤忠厚之风。据《左传》鲁桓公六年记载，"九月丁卯，子同生。"《穀梁传》说："志疑也"。朱熹驳斥道："圣人一笔一削，堂堂正正，岂有以暧昧之事疑其君父者？"这个说法确实，但依我看，鲁国十一公出生，都不做特别的记载，唯独记录鲁庄公，这中间怎么会没有深意呢？文姜淫乱，越竟成奸，恐怕后来读史的人，会怀疑嬴政是吕不韦的儿子，所以特地在十八年，夫人姜氏到齐之前，大书特书："子同生。"来说明确实为君王之子，所以说志疑，不是传播疑惑，而是能解释疑惑。《诗经·齐风·猗嗟》上说："展我甥兮。"《春秋》说："子同生。"都是避免嫌疑尴尬，阐明精微道理的要旨。

闺秀诗

嘉兴徐简，字文漪，吴于庭副室也。诗云："沉香亭子玉勾栏，植遍名花次第看。第一莫栽红芍药，此花开日已春残。"立意甚新，无人道过。山阴王思任女端淑，字玉映，长于史学。翁尝抚而语之曰："身有八男，不及一女。"著《吟红集》。萧山毛西河选浙江闺秀诗，独遗之。王寄诗云："王嫱未必无颜色，其奈毛君笔下何？"用典恰合。山阴祁忠愍公女德茝，字湘君，《临镜》诗云："一奁秋水寒无影，十样春山淡有痕。"丰神绰约，齿颊生香。姊德渊、德琼并能诗，忠愍家子弟美丰仪，故其时有祁门男子尽佳人、妇女皆才子之目。

【译文】浙江嘉兴人徐简，字文漪，是吴于庭的妾室。写过这么一首诗，"沉香亭子玉勾栏，植遍名花次第看。第一莫栽红芍药，此花开日已春残。"立意很新，前人没这么写过。浙江山阴人王思任的女儿叫王端淑，字玉映，在史学上很擅长，她的父亲曾经抚着她说："我有八个儿子，却不及一个女儿。"她写有《吟红集》。浙江萧山人毛西河（毛奇龄）选《浙江闺秀诗》时，唯独忘了选王端淑的诗。她写诗寄去说："王嫱未必无颜色，其奈毛君笔下何？"用典非常符合事实。浙江山阴人祁忠愍（祁彪佳）先生的女儿叫祁德茝，字湘君，写有《临镜》诗："一奁秋水寒无影，十样春山淡有痕。"丰神绰约，读来令人齿颊生香。祁德茝的姐姐祁德渊、祁德琼都能写诗，祁忠愍人家的子弟很漂亮，所以当时人们有"祁门男子尽佳人、妇女皆才子"的说法。

诙谐本色

诙谐词语必须本地风光，方可解颐喷饭。有笔客生一子，丰硕肥满，或戏之曰："羊毫兔毫，加工选料，此家用货，非比卖门市者，安得不佳？"又有书客举子，酷似乃翁，一人熟视之曰："原板初印，神气一丝不走，其非翻刻赝本，盖可知也。"又有一厨司举一子，形貌甚黑，人曰："此非炭火烟煤之气，即是油盐酱醋之精也。"闻者绝倒。

【译文】诙谐的话，必须有本地风情，才能令人发笑或令人喷饭。有一个做笔的人生了一个儿子，丰硕肥满，有人开玩笑说："羊毫兔毫，加工选料，此家用货，非比卖门市者，安得不佳？"有一名书商生了个儿子，长得很像书商父亲，有一个人仔细看了后说："原板初印，神气一丝不走，其非翻刻赝本，盖可知也。"有一厨子生了个儿子，形貌很黑，有人说："此非炭火烟煤之气，即是油盐酱醋之精也。"听到的人都叫绝。

宋 玉

有客至澧州，见宋氏家牒，言宋玉，字子渊，号鹿溪子，可补纪载之缺。

【译文】有人到湖南澧州，看见宋氏家谱，上面说宋玉字子渊，号鹿溪子，可补历史记载的缺文。

小救驾

广东始兴，民俗剽悍，寻常出入，男带刀，女带锥，无人无之。又有鸳鸯小匕首，藏于胸次，名曰"小救驾"。事虽悖而号则甚新。

【译文】广东始兴，民风彪悍，平时出出进进，男人带刀，女人带锥，没有例外的。还有一种鸳鸯小匕首，藏在胸内（以防不测），称为"小救驾"。事情虽然违背常理，名称倒是很新奇。

苏芷香

苏芷香校书，吴门人，貌娟秀而性极孤冷，流寓于杭之西湖。李小牧茂才丙颇眷恋之，令弟听松茂才寅为画梅花便面，题一绝云："西泠曲港断桥边，冷抱烟霞不计年。指点孤山三百树，此花曾受小青怜。"语极庸峭。

【译文】校书（妓女别称）苏芷香是浙江吴门人，相貌端庄秀丽但是性格孤僻冷峻，寄居在杭州西湖边。李小牧李丙秀才很倾慕她，李小牧的弟弟秀才李听松李寅为他画梅花图并题一首绝句："西泠曲港断桥边，冷抱烟霞不计年。指点孤山三百树，此花曾受小青怜。"语言非常有风致。

十些

查伊璜孝廉家僮侍婢，解音律者十人，悉以"些"呼之，时称"十些"。有云些、月些二僮，尤聪俊，能记孝廉诗。乞书者命二些诵而书之，名曰"活锦囊"。

【译文】举人查伊璜（查继佐）的家僮侍婢，有十个人懂得音律，查伊璜都用"些"来呼他们，当时号称"十些"。其中"云些""月些"二僮非常聪明，能记得查伊璜写过的诗，请查伊璜写东西的人让"云些""月些"二僮背诵查伊璜的诗，然后写下来，这二童因此被称作"活锦囊"。

葛秋生

葛秋生庆曾，仁和诸生。人极醇讷温雅，工诗古文词。顾久踬场屋，郁郁不得志，江淮游幕，益复无聊，终以病瘵卒于家。四壁相如，遗稿率多散佚。犹记其《早秋即事》二绝云："磁缸雨过小盘蜗，圆蕊微黄叶半遮，道是今年浚湖后，渔人都卖水蓂花。""曙风吹影堕残釭，乱飐檐前铁马撞，约看牵牛花早起，竹阴深处去开窗。"诗境清绝。秋生向设帐子横河桥治中许小范先生学范宅中，薄游以后，感今追昔，因绘横桥吟馆图，属同人题咏。余为赋《买陂塘》词一阕。同年赵子秋舲题南北曲一套最佳。其词云："〔新水令〕莽天涯，何处挂诗瓢，瘦书生，鬓丝吟老。江湖寻旧梦，风雨感离巢。十载横桥，今日个才画出停云稿。

〔步步娇〕记当初载酒元亭，同倾倒，问字师安道。时受业戴九桥先生，因九桥亦在许氏安砚也。金兰簿订交，砚北花南，一例儿排年少。顾影换青袍，翠生生都似春来草。〔折桂令〕畅好是嫩年华，过眼如潮，秋去春来，柳又千条。百忙中跳上征桡，两处相思，红豆灯挑。这壁厢风尘懊恼，那壁厢书札迢遥，故人儿几个云霄，几个蓬蒿，一霎时赌酒评花，倒做了雨散云飘。〔江儿水〕吴市空弹瑟，秦楼待引箫，念家山忽作思亲操。束琴书，试鼓回波棹，返乡园，好比投林鸟，一任那雪泥鸿爪，亏的杼下流黄，博得个萱花微笑。〔雁儿落〕再休提蹑名场，剑气消。说什么困寒毡，心绪槁。你看有的是痛黄垆玉树凋，有的是走京华花插帽，但诗成且倚玉笙调，但酒来且索金樽倒，兴来时齐向白云嘲，闷来时共对青天啸。花朝，放明湖双桨好；寒宵，拥红炉合座邀。〔侥侥令〕重开新画阁，再整旧书巢，喜荷衣叉手诸郎少，浑不是感离群，赋寂寥。〔收江南〕呀！我也把十年前事，话今朝，记风檐立雪订深交，不多时桃花三月广陵潮，叹生成蕙泣兰啼料，向潇湘走遭，向潇湘走遭，苦煞我一灯秋雨续《离骚》。〔园林好〕盼鱼书，长江路遥；忆朋侪，离魂暗销，依旧的南飞鹊噪。重把臂，饮醇醪，重识面，赠琼瑶。〔沽美酒〕望横河水一条，望横河水一条，认桥边许丁卯，他是裙屐风流甲第高，没些儿尘扰。王摩诘更相招，把闷愁怀，毫端轻扫；离别恨，画里勾消。索旧雨，题诗须早；倩新知，补吟亦妙。你呵！擘名笺，乌阑自钞；爇名香，银炉自烧，这图儿须索自收藏好。〔尾声〕从今不恨知音少，拚个烂醉狂歌也意气豪，你看那一树藤花开泛了。"

【译文】葛秋生葛庆曾是浙江仁和县诸生，人品很是忠厚正直、温文尔雅，擅长古文诗词。只是很久没有考中科举考试，心中苦闷不得志。在江淮之间游历，百无聊赖，最终病死家中。他家里非常穷困，遗稿也大多散失。还记得他的《早秋即事》两首绝句，写道："磁缸雨过小盘蜗，圆蕊微黄叶半遮，道是今年浚湖后，渔人都卖水萁花。""曙风吹影堕残缸，乱飐檐前铁马撞，约看牵牛花早起，竹阴深处去开窗。"诗的意境清雅超绝。葛秋生曾经在许小范许学范先生家教书，宦游之后，感今追昔，于是画"横桥吟馆图"，让朋友题诗，我为他写了《卖陂塘词》一阕，同年赵秋舲（赵庆熺）题南北曲一套，写得最好，曲词如下："〔新水令〕莽天涯，何处挂诗瓢，瘦书生，鬂丝吟老。江湖寻旧梦，风雨感离巢。十载横桥，今日个才画出停云稿。〔步步娇〕记当初载酒元亭，同倾倒，问字师安道。当时拜戴九桥先生为师，因为戴九桥也在许小范先生府邸教书。金兰簿订交，砚北花南，一例儿排年少。顾影换青袍，翠生生都似春来草。〔折桂令〕畅好是嫩年华，过眼如潮，秋去春来，柳又千条。百忙中跳上征桡，两处相思，红豆灯挑。这壁厢风尘懊悔，那壁厢书札迢遥，故人儿几个云霄，几个篷蒿，一霎时赌酒评花，倒做了雨散云飘。〔江儿水〕吴市空弹瑟，秦楼待引箫，念家山忽作思亲操。束琴书，试鼓回波棹，返乡园，好比投林鸟，一任那雪泥鸿爪，亏的杯下流黄，博得个萱花微笑。〔雁儿落〕再休提踬名场，剑气消。说什么困寒毡，心绪槁。你看有的是痛黄垆玉树凋，有的是走京华花插帽，但诗成且倚玉笙调，但酒来且索金樽倒，兴来时齐向白云嘲，闷来时共对青天啸。花朝，放明湖双桨好；寒宵，拥红炉合座邀。〔侥侥令〕重开新画阁，再整旧书巢，喜荷衣叉手诸郎少，浑不是感离群，赋寂寥。〔收江南〕呀！我也把十年前事，话今朝，记风檐立雪订深交，不多时桃花三月广陵潮，叹生

成蕙泣兰啼料，向潇湘走遭，向潇湘走遭，苦煞我一灯秋雨续《离
骚》。〔园林好〕盼鱼书，长江路遥；忆朋侪，离魂暗消，依旧的南飞
鹊噪。重把臂，饮醇醪，重识面，赠琼瑶。〔沽美酒〕望横河水一条，
望横河水一条，认桥边许丁卯，他是裙屐风流甲第高，没些儿尘扰。
王摩诘更相招，把闷愁怀，毫端轻扫；离别恨，画里勾消。索旧雨，题
诗须早；倩新知，补吟亦妙。你呵！擘名笺，乌阑自钞；爇名香，银炉
自烧，这图儿须索自收藏好。〔尾声〕从今不恨知音少，拚个烂醉狂歌
也意气豪，你看那一树藤花开泛了。"

致赵秋舲书 附来书

　　余戊子春至粤，是岁冬忽患咯血症，幸而无恙。次年春间，
故乡戚友喧传余于十月二十四日已死。秋舲闻之，为位而哭。迟
之又久，始知其讹，因以书来示余。余报书云："秋舲同年足下：
仆以伯伦嗜酒之身，忽得长吉呕血之疾，空江冷署，一病经年，
意将物化蛮邦，长与故人生死辞矣。乃春蚕未死，尚许牵丝，而
秋雁遥来，欣逢剖素，注存而外，兼述异闻。猥以春来王粲之不
归，讹传海外东坡之已死，风言影语，莫识来因，一介鲰生，何
忌何惜！夫彭殇等视，颜蹠不齐，达者观之，讵有欣畏。所可喜
者，良朋爱我，痛哭湖山，较之生索挽歌，寿陈椠具者，更饶风
趣。知交之涕泪，荣于流俗之揄扬多矣。微之垂死，病中得读香
山笔札，如投灵药，如赐神针。大夫《七发》之笔，痼疾全除；记
室一檄之文，头风顿愈。生死肉骨，肺膈铭之。往岁长安之行，仆
非游倦，顾瞻时势，进取良难。厥有数端，请陈其略。夫玉雕楮

叶,寸阴不废其功;虬视车轮,三载必专其力。仆涸迹尘埃之内,置身案牍之旁,柔史刚经,久沦肺腑,秦章汉律,渐入膏肓。加以役志锥刀,瘁形筹尺,而谓挟货殖之传,可游琼苑,持名法之学,能贡玉堂乎? 此其尼行之故一也。矧夫公车竞发之时,甫当仆病未能之日,虽葛藟未死,难忘向日之诚,而蒲柳将零,敢作持风之想? 叫鹧鸪而南飞翼倦,望燕鸿而北向心惊,势难握铅椠以登程,载刀圭而就道。岂有嘶风病马,能随良御先驱;而喘月胡牛,敢望相公垂问者乎? 此其尼行之故二也。且夫远游者必饰裘马,挟策者不废金资,苟宦橐之稍赢,庶行囊其克壮。而乃官清似水,事集如云,开门有烂用之钱,扪箧无盖藏之赆。晏子卅年之貍制,已付债家;孟光百岁之荆钗,胥归质库。雀皆罗尽,蚨不飞来,势难分老亲鹤俸之肥,作游子貂裘之费。此其尼行之故三也。而况有资成季子之行,无人于缪公之侧,老父性高简略,雅厌纷纭,乘厩内之家驹,不知牝牡,徙床头之阿堵,绝口钱刀。使左右不有亲臣,将筹画重劳长者。公私交瘁,栽花之鬓易皤;服事徒虚,寸草之心更歉。此其尼行之故四也。然而志慕风云,气留湖海,扪王猛裈间之虱,尚爱高谈;听刘琨枕上之鸡,犹思起舞。时当明圣,敢高在涧之思;倘遇旁求,又见辟门之典。意欲重鞭赭白,复踏软红,跌宕燕南,遨游赵北。倘再秋鸿铩羽,病鹤雕翎,然后服末路之盐车,计身后之酱瓿,区区者志,茫茫者天,如彼如斯,能耶否耶? 若夫花天酒地,追东阁之曩游,冷雨凄风,记西窗之往事,某年某月,如梦如云。今者病废文长,悲凉藤馆;徐宝幢恭俭。风流姚合,惆怅蓉城。姚古芬伊宪。王乔控鹤于海边，王紫卿廷垣。葛洪采药于江上，葛秋生庆曾。聚如萍絮，离若参商。而吾两人者，昔为蛮驿之依，今作燕劳之避。湖边杨柳，难牵别绪而来；岭上梅花，孰寄离情而去？加以蛮方恩厕，下邑周旋，劳心极绌之度支，蒿目无情之牒牍，俗尘斗扑，雅韵云消，盍陈偏隅积弊之风，以渎他日贤侯之听乎？墨江当冲北道，扼要南方，孖水岑山，绝少和平之气；蛮花犵鸟，全非妪煦之春。以故林密藏奸，草深聚匪，盟香会火，开来一县白莲；擘帛妖旗，飞出满城黄鹄。花巾扎额，绣铁横腰，每当月黑风高，山深水曲，蚁屯估客，千艘捆载而来；乌合么么，一网搜牢而去。虽复屡惩重法，严示明条，而乃朝令悬头，夕祸旋踵。其民情之剽悍，有如此者。今夫吏为社鼠，役是城狐，所在皆然，于斯为甚。阳作官之牙爪，阴与贼为腹心，每当密捕渠魁，细研胁党，秋毫察处，泥首者未毕其词；春色藏时，属耳者早通其信。术偏工于纵虎，师早漏于多鱼。然犹故示先机，虚耗在官之费；私开法网，广搜买命之钱。于是晋未兴师，秦先遣谍，青虫变幻，化为蝴蝶而飞；黄雀深藏，返被螳螂之诱。其胥役之诪张，有如此者。至若郑居两大，敢辞玉帛牺牲；齐出一军，例献资粮屝屦。然而大官一饭，中人十家，缝染酒浆，非时之需必备；翟阉炮辉，惠下之泽无虚。大舟舳而小舟舻，十夫推而百夫挽。盘匜载路，鲁馈吴师者百牢；委积连云，晋馆楚榖者三日。又况劣弁之贪饕无厌，鹜已献而索凫；豪奴之喜怒难防，狐作威而假虎。或至莠言自口，蜚语成灾。其供亿之纷繁，有如此者。且夫绅士为里党观型之地，巨室为国家藏富之区。无如吞噬成风，桀骜积性，乡邻一攘窃之细，束缚而诬以强梁；家庭一诟谇之微，风影而攻其帷薄。无故因人子弟，勒取赎之多金；有时戕及祖宗，发已埋之朽骨。律例之所难逭，神鬼之所不容，而乃比比皆然，时时习见，难成信谳，孰挽刁风。其薄俗之浇漓，有如此者。际此蛮隅，又当瘠壤，佩朝都尽，簌挹徒虚。当局者既费运筹，旁观者亦难借箸，愁城兀坐，乐境全非。矧仆自遘疾以来，从事煮苓，小除曲蘖，学苏公之量，不过三蕉，登张子之筵，怕尝九酝。用是逸情顿减，狂兴都消，心冷如灰，肠枯若井。虽复偶拈楮墨，闲事讴吟，而寒暄酬赠者居多，图绘性灵者绝少，欲如尔日之雨窗选韵，雪舫联诗，月榭填词，风帘读曲，岂可得哉？岂可得哉？此仆所以梦寐追寻而形神飞越者也。足下以优闲之岁月，乐潇洒之琴书，荡风雅之襟怀，养循良之体度。语道德则关西夫子，论经济则江左夷吾。未栽满县之花，先负力田之米，德门悬榜，孝友可风，陋室泐铭，书律兼读。此日宜风宜月，置君于阮咸谢朓之流；他年为雨为霖，期尔以卓茂刘宽之治。勤修令德，勉之！勉之！秋风以凄，行矣自爱。"又此信之前，曾有诗二十八首，寄以代札，备录之以见两人之交谊。其诗云："我北君在南，我南君又北，君自在故乡，我翔南北翼。故乡好湖山，不能与君陟，异乡好江山，不能共君识。相思复相思，耿耿在胸臆，何当樽酒欢，乡味试莼鲫。"其一。"去年辞帝京，重九黄花秋，归来刚十月，湖上开芙蓉。陆家旧酒炉，一次欣相从，陈家旧酒炉，有约难相逢。中间七八面，未尽倾离悰。君怀似鹤懒，我性如云慵，加以两三旬，风雨疏其踪。去日苦太短，倏忽成残冬。"其二。"残冬十二月，游子将南征。西窗小话别，风雪送我行。我行至江口，行李累不轻。十三停桡待，十四返楫迎，十五蟾兔满，柔橹离江城。"其三。"四日严州山，六日龙游路，加以五日期，行抵西安渡。一滩复一滩，滩滩逢水怒；一山复一山，山山被云妒。写我风雨怀，疗我烟霞痼，篷窗了无事，酒渴骧奔赴。复有老坡仙，蕉叶不知数。_{谓姨丈苏子斋太守。}醉狂醒亦狂，怀抱各倾吐。"其四。"平生惯行役，南北车驱之。风饕兼雪虐，未尝逢雨师。何期常山道，忽遭痴龙痴，自辰以至酉，大雨兼寒飔。沿山八十里，及半日已迟，改尖以为宿，饥寒苦可知。安得卜子夏，假盖无吝词，绝似曹阿瞒，赤壁逃兵时。"其五。"翼日天乃霁，晓发玉山驿。行行重行行，已届小除夕，遂为饯岁计，旅店得安宅。人生本如寄，矧乃远行客。眷属厂开筵，亲朋团作席，忽忆岁辛巳，与君得同舶。爆竹满扬州，三更轰饮剧，记否雪泥中，有此鸿爪迹。"其六。"春王月二日，挂帆发西江。广信至河口，河口下弋阳。贵溪三百里，彭蠡环湖塘，湖水清且平，一夕抵南昌。扁舟泊江渚，高阁瞻滕王，帝子不可见，才子不可望。水天混一色，四顾空茫茫。"其七。"西江文才薮，其人峻且洁。逶迤至庐陵，山水乃秀绝。水纤徐为妍，山卓荦为杰。由其水纤徐，笔乃作委折；由其山卓荦，气乃奋激烈。永叔得其品，文山得其节，迄今数百年，影事空飘瞥。问山山暗瘂，问水水鸣咽，皋羽如意残，处仲唾壶缺。"其八。"百里复百里，万安还万安，_{万安县进滩。}莫击三千水，须防十八滩。下水舟行易，上水舟行难，水小介于石，水大观其澜。丁宁众篙师，过此而朝餐，忽见沉舟破，坎坎置河干。"其九。"昔过天妃闸，闸上水如驶，今过天柱滩，滩上石如齿。履险贵得夷，人生乃出死，寄语操舟人，风波不足恃。短绳上下牵，长篙左右使，其退已盈尺，其进不及咫。我辈论前程，坎坷亦如是，世人用机心，险巇甚于此。"其十。"赣州至大庾，计里三百三，看山复看水，如饮能沉酣。其山耸空翠，其水拖软蓝，其花艳桃李，其木纷梗楠。颇闻厥土瘠，县官苦难堪，始信佳山水，富贵人不谙。"其十一。"梅岭一重关，其形若剑阁，一峰锐且高，一峰削而落。两峰相去间，七扶五扶博。何年六甲开？何时五丁凿？中间一径通，人行蟹郭索。马后飞雪花，马前绽桃萼，始信南北分，此一大关钥。"其十二。"平生看画图，厌见大青绿。窃谓山水清，不应如此俗。今日广州来，丽景亲寓目，峰峰瘦且皱，树树绣以繡；一水漾玻璃，群山环碧玉，尚觉所见画，设色苦不足。安得仇唐笔，到处写一幅。"其十三。"山之至奇者，莫若观音岩，其山在英德，壁立万仞坚。临水一石罅，小艇通其前，沿缘蚁行进，九曲如螺旋。中有两重屋，石栈相钩连，须臾透光亮，见水复见天。石壁削而巇，正出如飞檐，钟乳一一垂，倒挂珍珠帘。江波流浩浩，泉水鸣溅溅，两声相应处，微妙何人诠？此时凭虚立，已若凌云烟，尚须十倍之，甫得臻山尖。注目一仰望，势若将崩填，猿猱不可上，鹰隼不得骞，但觉半空际，掷下青花莲。"其十四。"迤行人峡江，中有飞来寺，较之灵鹫峰，未便遽轩轾。亦有冷泉亭，寒冽不可试。雄奇出天然，幽秀在其次。健哉李小牧，先登快拔帜，余亦从之行，步步惧颠踬。盘旋陟其巅，扪碑剔薜字，微闻飞鸟声，罡风刷云翅。"其十五。"广州好荔支，我来犹未熟，青蕉叶成林，红棉花在木。最妙黄皮橙，其味清且郁。亦有素馨花，其气幽以馥。槟榔好风味，实绀叶深绿。枇杷桃李等，一一已盈掬。惟笋则不佳，毋乃出苦竹。"其十六。

"韶华刚二月，此地已溽暑。不见红杏风，但见黄梅雨。我从极北来，骨相寒几许，忽而冷水浇，忽而沸汤煮，窃恐外病来，握冰兼置褚。安得内丹成，婴儿共姹女。"其十七。"二八侑酒鬟，佳者连城璧。大或鬟笼头，小亦发垂额。葱指何纤纤，莲翘何窄窄。浮蚁颊生潮，啭莺喉按拍。惟当兰言吐，钩辀而格磔，将毋床第间，亦须置重译。一笑谢佳人，无言情脉脉。"其十八。"始兴苦差役，其地当繁邮。民气更剽悍，厥性好斗殴。《周官》言理财，储蓄须充周。孔门贵折狱，两造必立囚。何图蕞尔邑，在在难应求。所出倍所入，瓶耻而罍羞。所杀非所犯，李去而桃留。近闻有啸聚，行劫兴戈矛，督师去剿抚，未得诛其酋。老亲闻是事，未任心先忧，晨昏趋侍下，何以宽亲愁？"其十九。"行役复行役，行踪本无据，甫从广州来，又向潮州去。时奉严命至潮。潮阳王大令，哲嗣我姑婿。藉彼海水宽，涸鲋望挹注。迢迢二千里，迅速敢犹豫，未识代筹者，可能借前箸。"其二十。"韩公贬潮州，苏公居惠州，我途所必历，遗迹堪遐搜。谷雨后七日，片帆发江头，上水复上水，日日看罗浮。所恨尘事扰，不能着屐游。孤篷一何闷，以酒浇其愁。迤行十二日，登陆而舣舟。"其二十一。"秦岭家何处，蓝关马不前，当时偶然作，千载讹乌焉。我来云横处，十里皆山田，须臾至山顶，舆夫各息肩。峨峨刺史祠，入庙展拜虔，中间塑公像，立马悬崖巅。旁有二侍者，僵冻状可怜，壁间貌湘子，鹤氅何翩翩，口横一枝笛，足下生云烟，颇如剧所演，度叔桃林边。公志在辟佛，公心岂慕仙，香火类优戏，毋乃诬前贤。况复蓝关地，实在秦西偏。考公集中此诗，作于陕西。胡为好事者，移而至南天。"其二十二。"歧岭下水舟，舟行一何疾，迅速至潮州，为期止五日。尚须渡重洋，卅里附海舶。自梅溪渡至潮阳，历海面四十里。书生一寸光，大地许蠡测。屈指到明晚，行事可以毕，嗟余半年来，行程七千七。得诗刚百篇，饮酒过三石，拉杂书报君，愧乏纪游笔。"其二十三。"吾兄拥皋比，一卷不释手，谋食养老亲，持家仗健妇。季弟近何如？弱女今安否？去年嫂弥月，璋瓦未分剖；今年定育麟，举家开笑口。昔我出京时，进士选丁丑，究须几鹧鸪，方得印悬肘？倘有双鲤鱼，一缄须报某。"其二十四。"最忆是姚合，谓古芬。今年赋闲居，可有问字者，牵羊造其庐。诗兴定不减，酒怀复何如？中年不得意，冷抱一卷书。秋风使者来，艺海搜瑶玙，庶几协泰占，拔茅连其茹。"其二十五。"许劭滞京国，吉斋。王乔去天台，紫卿。葛洪客江左，秋生。项斯走燕台，梅侣。落落此数子，往日俱同侪，一旦尽分袂，各在天之涯。倘有相见者，为我道离怀，并祈述近状，可以佐酒杯。"其二十六。"城西黄阆甫，城北朱二泉，瑶墀、瀛。二君皆有书，各縢以数篇。劣札走蛇蚓，露封呈君前，请君寓目后，一一加封钤。并烦颖士奴，分致双鱼笺，归来酬酒资，三百青铜钱。"其二十七。"我趁梅开来，我待梅开去，未知能与无，迢迢故乡树？乡树不可望，于此且小住，岂不思奋飞，沾泥已如絮。扬州鹤不肥，罗浮蝶何趣，区区一第名，得失岂吾虑。"其二十八。

【译文】我于戊子年（道光八年，1828）春天到广东，冬天忽然患上咯血症，幸好无事。第二年春天，故乡的亲戚朋友盛传我在十月二十四日已去世。赵秋舲（赵庆熺）听说这件事后，做了牌位并哭祭，过了很久，才知道是讹传。于是给我写了封信，我给他写了回信，信的内容如下："秋舲同年足下：仆以伯伦嗜酒之身，忽得长吉呕血之疾，空江冷署，一病经年，意将物化蛮邦，长与故人生死辞矣。乃春蚕未死，尚许牵丝，而秋雁遥来，欣逢剖素，注存而外，兼述异闻。猥以春来王粲之不归，讹传海外东坡之已死，风言影语，莫识来因，一介鲰生，何忌何惜！夫彭殇等视，颜跖不齐，达者观之，讵有欣畏。所可喜者，良朋爱我，痛哭湖山，较之生索挽歌，寿陈楛具者，更饶风趣。知交之涕泪，荣于流俗之揄扬多矣。微之垂死，病中得读香山笔札，如投灵药，如赐神针。大夫《七发》之笔，痼疾全除；记室一檄之文，头风顿愈。生死肉骨，肺膈铭之。往岁长安之行，仆非游倦，顾瞻时势，进取良难。厥有数端，请陈其略。夫玉雕楮叶，寸阴不废其功；虮视车轮，三载必专其力。仆混迹尘埃之内，置身案牍之旁，柔史刚经，久沦肺腑，秦章汉律，渐入膏肓。加以役志锥刀，瘠形筹尺，而谓挟货殖之传，可游琼苑，持名法之学，能贡玉堂乎？此其尼行之故一也。矧夫公车竞发之时，甫当仆病未能之日，虽蓍龟未死，难忘向日之诚，而蒲柳将零，敢作抟风之想？叫鹧鸪而南飞翼倦，望燕鸿而北向心惊，势难握铅椠以登程，载刀圭而就道。岂有嘶风病马，能随良御先驱；而喘月胡牛，敢望相公垂问者乎？此其尼行之故二也。且夫远游者必饰裘马，挟策者不废金资，苟宦橐之稍赢，庶行囊其克壮。而乃官清似水，事集如云，开门有烂用之钱，扪箧无盖藏之照。晏子卅年之狸制，已付债家；孟光百岁之荆钗，胥归质库。雀皆罗尽，蚨不飞来，势难分老亲鹤俸之肥，作游子貂裘之费。此其尼行之故三也。而况有资成季子之行，无人于缪公之侧，老父性高简略，雅厌纷纭，乘厩内之家驹，不知牝牡，徒床头之阿堵，绝口钱刀。使左右不有亲臣，将筹画重劳长者。公私交瘁，栽花之羹易皤；服事徒虚，寸草之心更歉。此其尼行之故四也。然而志慕风云，气留湖海，扪王猛袆间之虱，尚爱高谈；听刘琨枕上之鸡，犹思起舞。时当明圣，敢高在涧之思；倘遇旁求，又见辟门之典。意欲重鞭赭白，复踏软红，跌宕燕南，遨游赵北。倘再秋鸿铩羽，病鹤雕翎，然后服末路之盐车，计身后之酱瓿，区区者志，茫茫者天，如彼如斯，能耶否耶？若夫花天酒地，追东阁之曩游，冷雨凄风，记西窗之往事，某年某月，如梦如云。今者病废文长，悲凉藤馆；徐宝幢恭俭。风流姚合，惘怅蓉城。姚古芬伊宪。王乔控鹤于海边，王紫卿廷垣。葛洪采药于江上，葛秋生庆曾。聚如萍絮，离若参商。而吾两人者，昔为蛮驱之依，今作燕劳之避。湖边杨柳，难牵别绪而来；岭上梅花，孰寄离情而去？加以蛮方恩厕，下邑周旋，劳心极绌之度支，蒿目无情之牒牍，俗尘斗扑，雅韵云消，尽陈偏隅积弊之风，以渎他日贤侯之听乎？墨江当冲北道，扼要南方，孥水岑山，绝少和平之气；蛮花狁鸟，全非妪煦之春。以故林密藏奸，草深聚匪，盟香会火，开来一县白莲；孽帛妖旗，飞出满城黄鹄。花巾扎额，绣铁横腰，每当月黑风高，山深水曲，蚁屯估客，千艘捆载而来；乌合么么，一网搜牢而去。虽复屡惩重法，严示明条，而乃朝令悬头，夕祸旋踵。其民情之剽悍，有如此者。今夫吏为社鼠，役是城狐，所在皆然，于斯为甚。阳作官之牙爪，阴与贼为腹心，每当密捕渠魁，细研胁党，秋毫察处，泥首者未毕其词；春色藏时，属耳者早通其信。术偏工于纵虎，师早漏于多鱼。然犹故示先机，虚耗在官之费；私开法网，广搜买命之钱。于是晋未兴师，秦先遣谍，青虫变幻，化为蝴蝶而飞；黄雀深藏，返被螳螂之诱。其胥役之诪张，有如此者。至若郑居两大，敢辞玉帛牺牲；齐出一军，例献资粮扉屦。然而大官一饭，中人十家，缝染酒浆，非时之需必备；翟阄炮辉，惠下之泽无虚。大舟舳而小舟舻，十夫推而百夫挽。盘匜载路，鲁馈吴师者百牢；委积连云，晋馆楚谷者三日。又况劣弁之贪饕无厌，鸷已献而索兔；豪奴之喜怒难防，狐作威而假虎。或至莠言自口，蜚语成灾。其供亿之纷繁，有如此者。且夫绅士为里党观型之地，巨室为国家藏富之区。无如吞噬成风，桀骜积性，乡邻一攘窃之细，束缚而诬以强梁；家庭一诟谇之微，风影而攻其帷薄。无故囚人子弟，勒取赎之多金；有时戕及祖宗，发已埋之朽骨，律例之所难逭，神鬼之所不容，而乃比比皆然，时时习见，难成信谳，孰挽刁风。其薄俗之浇漓，有如此者。际此蛮隅，又当瘠壤，佩鞘都尽，簸挹徒虚。当局者既费运筹，旁观者亦难借箸，愁城兀坐，乐境全非。翘仆自遘疾以来，从事着苓，小除曲蘖，举苏公之量，不过三蕉，登张子之筵，怕尝九酝。用是逸情顿减，狂兴都消，心冷如灰，肠枯若井。虽复偶拈楮墨，闻事讴吟，而寒暄酬赠者居多，图绘性灵者绝少，欲如尔日之雨窗选韵，雪舫联诗，月榭填词，风帘读曲，岂可得哉？岂可得哉？此仆所以梦寐追寻而形神飞越者也。足下以优闲之岁月，乐潇洒之琴书，荡风雅之襟怀，养循良之体度。语道德则关西夫子，论经济则江左夷吾。未栽满县之花，先负力田之米，德门悬榜，孝友可风，陋室泐铭，书律兼读。此日宜风宜月，置君于阮咸谢朓之流；他年为雨为霖，期尔以卓茂刘宽之治。勤修令德，勉之！勉之！秋风以凄，行矣自爱。"此外，在写这封信之前，赵秋舲曾经写过二十八首诗，寄给我以代替书信，现在我把它记下来用以见证我们两人的友谊。诗如下："我北君在南，我南君又北，君自在故乡，我翔南北翼。故乡好湖山，不能与君陟，异乡好山水，不能共君识。相思复相思，耿耿在胸臆，何当樽酒欢，乡味试莼鲫。其一。"去年辞帝京，重九黄花秋，归来刚十月，湖上开芙蓉。陆家旧酒炉，一次欣相从，陈家旧酒炉，有约难相逢。中间七八面，未尽倾离悰。君怀似鹤懒，我性如云慵，加以两三旬，风雨疏其踪。去日苦太短，倏忽成残冬。"其二。"残冬十二月，游子将南征。西窗小话别，风雪送我行。我行至江口，行李累不轻。十三停桡待，十四返楫迎，十五蟾兔满，柔橹离江城。"其三。

"四日严州山，六日龙游路，加以五日期，行抵西安渡。一滩复一滩，滩滩逢水怒；一山复一山，山山被云妒。写我风雨怀，疗我烟霞痼，篷窗了无事，酒渴骥奔赴。复有老坡仙，蕉叶不知数。是说姨丈苏子斋（苏绎）知府。醉狂醒亦狂，怀包各倾吐。"其四。"平生惯行役，南北车驱之。风饕兼雪虐，未尝逢雨师。何期常山道，忽遭痾龙痾，自辰以至酉，大雨兼寒飔。沿山八十里，及半日已迟，改尖以为宿，饥寒苦可知。安得卜子夏，假盖无吝词，绝似曹阿瞒，赤壁逃兵时。"其五。"翼日天乃霁，晓发玉山驿。行行重行行，已届小除夕，遂为饯岁计，旅店得安宅。人生本如寄，矧乃远行客。眷属厂开筵，亲朋团作度，忽忆岁辛巳，与君得同舶。爆竹满扬州，三更轰饮剧，记否雪泥中，有此鸿爪迹。"其六。"春王月二日，挂帆发西江。广信至河口，河口下弋阳。贵溪三百里，彭蠡环湖塘，湖水清且平，一夕抵南昌。扁舟泊江渚，高阁瞻滕王，帝子不可见，才子不可望。水天混一色，四顾空茫茫。"其七。"西江文才薮，其人峻且洁。逶迤至庐陵，山水乃秀绝。水纡徐为妍，山卓荦为杰。由其水纡徐，笔乃作委折；由其山卓荦，气乃奋激烈。永叔得其品，文山得其节，迄今数百年，影事空飘瞥。问山山暗痙，问水水呜咽，皋羽如残，处仲唾壶缺。"其八。"百里复百里，万安还万安。万安县进滩。莫击三千水，须防十八滩。下水舟行易，上水舟行难，水小介于石，水大观其澜。丁宁众篙师，过此而朝餐，忽见沉舟破，坎坎置河干。"其九。"昔过天妃闸，闸上水如驶，今过天柱滩，滩上石如齿。履险贵得夷，入生乃出死，寄语操舟人，风波不足恃。短绳上下牵，长篙左右使，其退已盈尺，其进不及咫。我辈论前程，坎坷亦如是，世人用心机，险巇甚于此。"其十。"赣州至大庾，计里三百三，看山复看水，如饮能沈酣。其山耸空翠，其水拖软蓝，其花艳桃李，其木纷梗楠。颇闻厥土瘠，县官苦难堪，始信佳山水，富贵人不谙。"其十一。"梅岭一重关，其形若剑阁，一峰锐且高，一峰削而落。两峰相去间，七扶五扶博。何年六甲开？何时五丁凿？

中间一径通,人行蟹郭索。马后飞雪花,鸟前绽桃萼,始信南北分,
此一大关钥。"其十二。"平生看画图,厌见大青绿。窃谓山水清,不应
如此俗。今日广州来,丽景亲寓目,峰峰瘦且皱,树树绣以缛;一水
漾玻璃,群山环碧玉,尚觉所见画,设色苦不足。安得仇唐笔,到处
写一幅。"其十三。"山之至奇者,莫若观音岩,其山在英德,壁立万仞
坚。临水一石蟆,小艇通其前,沿缘蚁行进,九曲如螺旋。中有两重
屋,石栈相钩连,须史透光亮,见水复见天。石壁削而峭,正出如飞
檐,钟乳一一垂,倒挂珍珠帘。江波流浩浩,泉水鸣溅溅,两声相应
处,微妙何人诠?此时凭虚立,已若凌云烟,尚须十倍之,甫得臻山
尖。注目一仰望,势若将崩填,猿猱不可上,鹰隼不得骞,但觉半空
际,掷下青花莲。"其十四。"迤行入峡江,中有飞来寺,较之灵鹫峰,
未便遽轩轾。亦有冷泉亭,寒冽不可试。雄奇出天然,幽秀在其次。
健哉李小牧,先登快拔帜,余亦从之行,步步惧颠踬。盘旋陟其巅,
扪碑别藓字,微闻飞鸟声,罡风刷云翅。"其十五。"广州好荔支,我来
犹未熟,青蕉叶成林,红棉花在木。最妙黄皮橙,其味清且郁。亦有
素馨花,其气幽以馥。槟榔好风味,实绀叶深绿。枇杷桃李等,一一
已盈掬。惟笋则不佳,毋乃出苦竹。"其十六。"韶华刚二月,此地已溽
暑。不见红杏风,但见黄梅雨。我从极北来,骨相寒几许,忽而冷水
浇,忽而沸汤煮,窃恐外病求,握冰兼置褚。安得内丹成,婴儿共姹
女。"其十七。"二八侑酒鬟,佳者连城璧。大或髻笼头,小亦发垂额。
葱指何纤纤,莲翘何窄窄。浮蚁颊生潮,转莺喉按拍。惟当兰言吐,
钩辀而格磔,将毋床第间,亦须置重译。一笑谢佳人,无言情脉脉。"
其十八。"始兴苦差役,其地当繁邮。民气更剽悍,厥性好斗殴。《周
官》言理财,储蓄须充周。孔门贵折狱,两造必立囚。何图蕞尔邑,
在在难应求。所出倍所入,瓶耻而罍耻。所杀非所犯,李去而桃留。
近闻有啸聚,行劫兴戈矛,督师去剿抚,未得诛其酋。老亲闻是事,
未往心先忧,晨昏趋侍下,何以宽亲愁?"其十九。"行役复行役,行

踪本无据，甫从广州来，又向潮州去。时奉严命至潮。潮阳王大令，哲嗣我姑婿。藉彼海水宽，涸鲋望挹注。迢迢二千里，迅速敢犹豫，未识代筹者，可能借前箸。"其二十。"韩公贬潮州，苏公居惠州，我途所必历，遗迹堪遐搜。谷雨后七日，片帆发江头，上水复上水，日日看罗浮。所恨尘事扰，不能著屐游。孤篷一何闷，以酒浇其愁。迤行十二日，登陆而舣舟。"其二十一。"秦岭家何处，蓝关马不前，当时偶然作，千载讹乌焉。我来云横处，十里皆山田，须臾至山顶，舆夫各息肩。峨峨刺史祠，入庙展拜虔，中间塑公像，立马悬涯巅。傍有二侍者，僵冻状可怜，壁间貌湘子，鹤氅何翩翩，口横一枝笛，足下生云烟，颇如剧所演，度叔桃林边。公志在辟佛，公心岂慕仙，香火类优戏，毋乃诬前贤。况复蓝关地，实在秦西偏。据公集中有这首诗，在陕西写成。胡为好事者，移而至南天。"其二十二。"歧岭下水舟，舟行一何疾，迅速至潮州，为期止五日。尚须渡重洋，卅里附海舶。自溪渡至潮阳，历经梅海面四十里。书生一寸光，大地许蠡测。屈指到明晚，行事可以毕，嗟余半年来，行程七千七。得诗刚百篇，饮酒过三石，拉杂书报君，愧乏纪游笔。"其二十三。"吾兄拥皋比，一卷不释手，谋食养老亲，持家仗健妇。季弟近何如？弱女今安否？去年嫂弥月，璋瓦未分剖；今年定育麟，举家开笑口。昔我出京时，进士选丁丑，究须几鹕蝉，方得印悬肘？倘有双鲤鱼，一缄须报某。"其二十四。"最忆是姚合，谓古芬。今年赋闲居，可有问字者，牵羊造其庐。诗兴定不减，酒怀复何如？中年不得意，冷抱一卷书。秋风使者来，艺海搜璠玙，庶几协泰占，援茅连其茹。"其二十五。"许劲滞京国，许吉斋。王乔去天台，王紫卿。葛洪客江左，葛秋生。项斯走燕台。项梅侣。落落此数子，昔日俱同侪，一旦尽分袂，各在天之涯。倘有相见者，为我道离怀，并祈述近状，可以佐酒杯。"其二十六。"城西黄阆甫，城北朱二泉，朱瑶墀、朱瀛。二君皆有书，各媵以数篇。劣札走蛇蚓，露封呈君前，请君寓目后，一一加封钤。并烦颖士奴，分致双鱼笺，归来酬酒资，三百青铜钱。"其二十七。"我趁梅开来，我待梅开去，未知能与无，迢迢故乡树？乡树不可望，于此且小住，岂不思奋飞，沾泥已如絮。扬州鹤不肥，罗浮蝶何趣，区区一第名，得失岂吾虑。"其二十八。

附别后秋舲来书

晋竹仁弟同年：判袂年余，有记忆而无笔札，非疏也。心所欲言者，笔足以达之，心所欲言而不能言者，笔不足以达之。加以人事变迁，心绪恶劣，以此沉吟吮毫，欲缄辄止。故君致两缄，而仆无一字也。书窗日暖，请详言之。自吾弟赴粤后，即已岁暮，俗务沓来，入春又不接信，未知何日抵署，抑尚逗留西江，故不能函也。入夏梅雨连绵，炎日如火，从游者文可寸计，终日拈管批抹，犹恐不及，故不能函也。七月杪，始奉惠书，并读好诗，秋风拂拂，纸上生凉，即拟报赠，而诗思为帖括所涩，故不能函也。场事毕，文债完，拟将吾弟诗与同人遍阅，以知旅况，而古芬于出闱之夕，猝疾长逝，惊魂骇魄，顿觉身如槁木死灰，故又不能函也。自后嗒焉伤逝，而犹有私望者，春闱在迩，吾弟当买棹旋杭，庶可秉烛寻欢，一倾积愫。后晤君修，始知不果成行，缩地无术，故欲函而仍不能函也。去岁无日不在阻风中酒中，而最奇者莫如年下一事。祀灶日，过阆甫处，忽传言吾弟有少微星陨之说，归家一恸，哽不成声。事固可疑，然因古芬之死，已信天于才人，本不甚惜，此情此理，当或有之。是后无日不痛君，亦无日不梦君，故除夕阖宅欢腾，而我独神亡质在，梅酸莲苦，方寸自知。正月初，又为人作伐，旋赴剡江，回家接君第二函，喜动眉宇，深恨何处忌才人，作此恶语。然无此波折，一年之积闷难消，且无以见他日相逢之乐耳。秋生、紫卿去年因考回乡，相会吴山，约试竣作湖上游，不料旬日中四人已亡其一。才奇命薄，莫过古芬。秋闱报罢，彼此星散。近闻秋生客海州，亦复卧床不起。因思人生中年以往，有哀无乐。颇思十五年前，君家诗社，姚家酒社，飞觞选韵，张宴评花，方谓此乐，吾辈未艾。不意转瞬飘零如此，旧游如梦，恨不登凤皇山顶，搔首问天。然使当世而有吾两人在此，乐终有望也。惟愿天涯珍重，仆亦同之。吾弟诗绝艳矜才，惟稍有袭迹之病，近则格律老成，卓然一家。墨江差役烦多，吾弟维持左右，分所当为，惟椿庭得能迁调，吾弟仍宜作长安之行，世俗固非所愿，然有不得不为者。如我将来，亦出一辙，性情同者，当不河汉斯言。兄景况如常，家用日剧。丁亥腊月二十七夜，内子举一男，现才牙牙学语。老母康健，弟妹无恙。故乡诸友，啸云不获见，受笙、寻园偶见，梅侣彼此欲见而不得见，阆甫不时常见。附陈近状，不尽言宣。此信到日，迅赐回音，勿以疏懒而报之也，幸甚! 幸甚! 庆熹顿首。

【译文】晋竹仁弟同年：分别已经一年多了，我虽然心里挂念这件事但没有写信，不是友谊疏远了。心里想说的，笔足以表达出来，心里想说而说不出的，笔也表达不出来。再加上人事变迁，心情很差，所以拿起笔又放下，想要写信构思还是停下来了。所以你写了两封信给我，而我却没有回复只言片语。书窗外天气渐暖，请允许我细细道来。自从你到广东后，就快年末了，每天有各种琐事缠身，开春后又不能收信，不知道什么时候能到县署，在西江继续逗留，所以没能写信。入夏后，梅雨连绵，天气特别炎热，朋友间的通信也少之又少，成天提笔批校，还恐怕时间不够用，所以没能写信。七月末，才收到你的信，同时读了些好诗，秋风拂拂，纸上生凉，于是准备写信给你，但是诗思受到应试文章的干扰阻滞，所以写不出东西来。考试结束后，任务也完成了，我计划将你的诗作给朋友传阅，来让大家知道你的情况；但是，古芬（姚伊宪）在考试结束后离开试院的那天晚上，突发疾病去世了，我感到十分震惊，顿时觉得心如枯木死灰，所以，又不能写信。从此以后，我感到怅然若失，为逝者悲伤，另外，我也私下里想着，马上就要会试了，你可能很快就会回来参加考试，那时我们便可秉烛夜谈，倾诉衷肠。后来见到君修，才知道你回不来，（我只恨）我们相距遥远而我却缩地无术，所以，想写信却又不能写信了。去年一年都过得很艰辛，最奇怪的是年底发生的一件事。祭祀灶神之日，我去拜访阆甫家，忽然听说你去世了，我回到家里十分悲痛，哭不出声来。这个消息虽然可疑，但是由于古芬的死讯，我已经相信上天本来就不爱惜有才的人，或许（这消息）是真的。此后，每天都为你感到悲伤，每天都梦到你，所以，除夕阖家热闹非凡，但只有我却如行尸走肉。心里的苦，只有自己知道。正月初，我给人做媒，到了浙江剡江，回家后接到你第二封信，喜上眉梢，并痛恨是什么人嫉妒贤弟才华，才传播如此恶毒的谣言。但是，如果没有这番波折，我一整年累积的郁闷就难以消除，而且也显不出日后我们相逢的欢乐。秋生（葛庆曾）、紫卿（王廷垣）去年因为要参加考试回乡了，在吴山相会，我们约好考试结束后，泛舟游湖，没想到短短时日，四个人中已有一个不在了。才高而命薄的人，莫过古芬了。乡试结束后，大家都分散。最近听说秋生到海州去了，又旧病复发卧床不起。人生到了中年以后，只有哀伤没有欢乐。特别想念十五年前，贤弟家的诗社、姚家酒社，大家聚在一起行飞花令，这种乐趣，我们意犹未尽。没想到转眼间飘零如此，物是人非，仿若梦境，（我）恨不得登上凤凰山顶，叩问苍天（为什么会这样）。但是如果还有贤弟和我在世，我们两人能相聚相见，快乐终老也还是有希望啊。只希望贤弟你能珍重，我也一样。贤弟你诗才绝艳，只是稍微有蹈袭的毛病，近来在格律方面越发老成，自成一家。墨江差役烦多，贤弟辛苦操劳也是职责所在，只希望令尊能迁调，贤弟还到京城来一趟，世俗固然不如人意，但（君子）有不得不做的事情。如我将来，也是这样，性情相同的人，应当知晓我说的不是虚夸不实的言论。我还是老样子，家里的开支越来越大。道光七年腊月二十七日（1828年2月12日）夜里，内人诞下一个男孩，目前刚开始牙牙学语。我的母亲、夫人身体也都还好。故乡的朋友们中，没有见到啸云，偶然能见到顾受笙、寻园，（至于）梅侣，我们彼此想见却不得见，阆甫不时常见。和你聊了近来的状况，言不尽意，说也说不完。你收到这封信时，盼快点给我回信，千万不要因偷懒而忘记啊。万盼！万盼！愚兄：庆熺。

祈 梦

　　杭城于于忠肃公庙祈梦，苏人于况太守庙祈梦，京师于二相公庙祈梦。二相公，子游、子夏也。二贤掌梦甚奇。又《封氏闻见记》言，雍丘妇人多于孔庙祈子，且有露形登夫子之堂者，此事更奇。

　　【译文】杭州人多去于忠肃公（于谦）庙求梦，苏州人多去况太守（况钟）庙求梦，京城人去二相公庙求梦。二相公指孔子的学生子游、子夏，这两人掌梦非常奇怪。此外，据《封氏闻见记》中记载，雍丘（今河南杞县）妇人多去孔庙求子，而且（居然）有赤身裸体进入孔庙的，这件事更加离奇。

麻蛋烧猪

　　煎堆一名麻蛋，以面作团，炸油镬中，空其内，大者如瓜。粤中年节及婚嫁，以为馈遗。德清佘半眉钦曾以八律咏之，警句云："安得规模如此大，不堪心腹竟全空。""四面圆光皆客气，一番投赠半虚花。"又粤俗最重烧猪，娶妇得完璧，则婿家以此馈女氏，大族有用至百十头者，盖夸富也。如不致送，则媒氏随押妆奁，背负其女而归矣。其他赛愿敬神等事，率皆用之。最足奇者，观音诞辰亦荐此品，岂佛门清净之戒，不到南天欤？

　　【译文】煎堆，又叫麻蛋，把面做成团状，放进大锅中油炸，炸到里面空心，大的像瓜一样。广东地区，逢年过节或婚娶之日，都以此为赠品。浙江德清人佘半眉佘钦曾经写了八首律诗来吟咏它。其中有这样的警句："安得规模如此大，不堪心腹竟全空。""四面圆光皆客气，一番投赠半虚花。"此外，当地的风俗，最重视烧猪，娶妻时，如果娶得是处女，那么夫家就用烧猪赠给女方家族。有的大家族能用几十上百头猪，大概是炫富吧。如果不送去，那么媒人和押妆奁的人，便会把新娘子背回女方家。其他的如赛愿、敬神等事，都要用到烧猪。最奇怪的是，在祭祀观音诞辰时，也要供上烧猪，难道佛门清净的戒律，管不到南方的天地吗？

钞 法

崇祯十六年，欲行钞法，以流贼渡河乃止。其时建议，有九妙十便之说。一曰造之之本省，二曰行之之途广，三曰赍之也轻，四曰藏之也简，五曰无成色之好丑，六曰无称兑之轻重，七曰无银匠之奸偷，八曰无盗贼之窥伺，九曰不用钱用钞，其铜悉铸军器，十曰钞法，民间货卖，并可不用银，天下之银，竟可尽入内库。嘲之者曰："一 二袭取，三四实政，五六民不欺，七八世无盗，九强十富，策果大奇！"

【译文】明思宗崇祯十六年（1643），要实行钞法，由于流寇渡河就停止了。那时的建议中，有"九妙十便"的说法：一是造自本省；二是流通范围广，三是携带很轻便；四是收藏也简单；五是成色上没有好丑之分；六是不需要称量轻重；七是不存在银匠偷奸耍滑；八是没有盗贼惦记；九是不用钱用钞，（原来用于制钱币的）铜都被用来铸造成兵器；十是钞法规定民间卖货不可以用银钱，（那么）天下的银子就可以全部进入国库。有人讽刺嘲笑（这种说法）道："一二沿用前法，三四实际政策，五六不欺百姓，七八世上无盗，九十富裕强大，此策果然大奇！"

哲 那 环

凡僧人偏衫，肩下有大环，名曰"哲那环"。见郑元祐《遂昌杂录》。

【译文】凡是僧人的偏衫，肩下有大环，叫做"哲那环"。郑元祐《遂昌杂录》有记载。

字音假借

流连二字，可作留联，《琴赋》："乍留联而扶疏。"络绎二字，可作骆驿，后汉《郭伋传》："骆驿不绝。"干支二字，可作幹枝。浩瀚二字，可作皓旰，《瓠子歌》："皓皓旰旰分间殚为河。"邱阜二字，可作魁父，《列子》："子之力不能损魁父。"潦草二字，可作恅惝，《文赋》："恅惝烂漫。"浮图二字，可作苏涂，《后汉书》："马韩诸国，各以一人主祭天神，又立苏涂。"蹢躅二字，可作局迹，夏侯太初文："岂其局迹当时。"周章二字，可作辀张，《南史·桓康传》："欲辀张，问桓康。"差池二字，可作柴池，相如赋："柴池茈虒。"甘脆二字，可作甘毳，《聂政传》："朝夕得甘毳，可以养亲。"逡巡二字，可作侵寻，《史记·汉武帝纪》："始巡郡县，侵寻于太山。"剥落二字，可作暴乐，《尔雅》："毗刘，暴乐也。"黾勉二字，可作闵免，见《谷永传》。酩酊二字，可作茗饤，梁简文曰："刘尹茗饤有实理。"纡回二字，可作迂威，六朝诗"山径转迂威"。藏弆二字，可作臧去，《陈遵传》："与人尺牍，皆臧去以为荣。"慨慷二字，可作凯康，《神女赋》："心凯康以乐欢。"逍遥二字，可作消摇，《湘烟录》："庄子逍遥，古作消摇。"及锋二字，可作及蜂，《韩信传》："及其蜂东向，可以争天下。"依稀二字，可作礆磍，《海赋》："礆磍其形。"率尔二字，可作帅尒，《甘泉赋》："帅尒阴闭。"唐突二字，可作荡突，柳宗元《晋问》："荡突碑兀"；又作砀突，马融《长笛赋》："奔遁砀突"；又搪挨，子建《牛斗诗》："行至土山头，欻起相搪挨。"担荷二字，可作儋何，《国语》："负重儋何。"依回二字，可作猗违，《孔光传》："猗违者连岁。"支吾二字，可作枝梧，杜诗："陶谢不枝梧。"造次二字，可作草次，《春秋》隐四年注："草次之期。"寂寞二字，可作家漠，《楚词·远游》："野家漠其无人。"首鼠二字，可作首施，《汉书·邓训传》："小月氏胡，虽首施两端，汉亦时收其用。"幕府二字，可作莫府，《李广传》："莫府省约文书籍事。"麾下二字，可作戏下，《史记·项羽纪》："诸侯罢戏下，各就国。"憔悴二字，可作蕉萃，《左传》："虽有姬姜，无弃蕉萃。"眉妩二字，可作眉诩，《汉书·张敞传》："京兆眉诩。"大风可作大凤，《史记》："缴大凤于青丘。"他如倥偬可作控总；著雍可作祝犁；矫饰可作桥饰；甲坼可作甲宅；冯夷可作冯迟，又可作冰夷；胭脂可作䏶䐔；扶苏可作榑匹；委蛇可作袆隋；蟾蜍可作詹诸；吝啬可作遴啬；含糊可作唅呼；踌躇可作迟伫，又可作跢跦；提携可作遁遗；孚尹可作妥筍；陆浑可作贲浑；盘桓可作畔桓；涒滩可作芮汉；揖让可作揖攘；斒斓可作圜敕；号咷可作嘷啁；鼌鼊可作鼌鳝；伛偻可作蠷蛏；衮褕可作衮帱；肺腑可作肺附；供张可作共张；归藏可作尩匪；凤皇可作朋皇；性情可作牲慈；洞庭可作铜庭；骨朵可作脉肫；龃龉可作鉏铻；蜗牛可作瓜牛；亮阴可作梁暗；怂恿可作总臾；阊阖可作

闛茸;强圉可作强梧;渤海可作贲海;中允可作中遹;爵盏可作
雀钱;曼衍可作曼羨;罔两可作方良;惝恍可作敞芫;影响可作
景響;坎窞可作歛窞;迢递可作迢遰;抑戒可作懿戒;照耀可作
照燿;容貌可作颂皃;柔兆可作游姚;鞏笑可作俇笑;博浪可作
博狼;惆怅可作倜倡;俎豆可作柤梪;獯鬻可作荤粥;天竺可作
身毒;踯躅可作趠趚;局蹐可作趜趚;孕育可作媵粥;亭毒可作
亭育;仿佛可作俩佛;密勿可作蠠没;披拂可作狓狓;开闭可作
闿闿;凹凸可作容突;鸢雀可作鸢朔;陌落可作伯格;阡陌可作
仟佰;玄默可作横艾;酬酢可作仇柞;澹泊可作憺怕;糟粕可作
蒲魄;垠堮可作鄞鄂;磅礴可作旁魄;踊跃可作踊趯;寥落可作
牢落;恐喝可作患猲;奄忽可作飚飚;月窟可作用腤;鬖发可作
泮泼;杪忽可作翲忽;饘粥可作健鬻;菉竹可作菉薄;霢霂可作
溟沐;孤竹可作觚竹;四渎可作四窦;昭穆可作佋穆;鬼谷可作鬼
臾,又可作鬼容;盥漱可作涫涑;冲澹可作神襌;要妙可作窈眇;
节操可作节敤;近唁可作迎这;遁宧可作遂宧;扼腕可作扼挐;
简在可作简裁;璀璨可作萃蔡;冶媚可作蛊媚;逸豫可作佾忬;
赑屃可作奰屃;魑魅可作离录;累赘可作诿逐;瘴气可作郙气;
泄柳可作世柳;尚絅可作尚絿;泰丙可作离臽;陈宝可作陈宋;
獬豸可作觟觟;蓓蕾可作琲瓃;梁父可作亢父;荣茞可作桴茷;
许子可作鄦子;终南可作终隆;欢兜可作鴅吺;骅骝可作华聊;
禅谌可作卑湛;沉潜可作湛渐;徜徉可作方羊,又可作常翔;帆
樯可作帆樑;卞和可作弁瑚;滹沱可作亚驼,又可作滹池;伶伦
可作泠纶;萧条可作霄霓;秋千可作鞧韆;寂寥可作淑漱;芋绵

可作瑶珉；蹒跚可作媻散；乌孙可作户孙；翩翩可作翩幅；氛氲可作樊蕴；婴孩可作脣孨；沉灾可作沉菑；荆舒可作荆荼；嗳嚅可作岩哎；流苏可作颡因；雕菰可作安胡；须臾可作须摇；揶揄可作歈歈；埽除可作骚除；须眉可作须麋；栖迟可作徥伱；雨师可作宋蕃；科希可作斗献；辛夷可作新雉；嗟咨可作嗟资；屠维可作徒维；四肢可作四肢；园公可作圈公；黄钟可作圜钟；芉峰可作粤筚；乌江可作湓江；曲江可作曲红；旃蒙可作端蒙；蛟龙可作蚨龙；西施可作先施；塘陂可作唐波；罘罳可作桴思，又覆思，又罘罳，又穿思，又浮思。诸如此类，不可胜数，盖古音多假借也。

【译文】流连二字，可写为留联，《琴赋》："乍留联而扶苏。"络绎二字，可作骆驿，《后汉书·郭汲传》："骆驿不绝。"干支二字，可写为幹枝。浩瀚二字，可写为皓衎，《瓠子歌》："皓皓衎衎兮同殚为河。"邱阜二字，可写为魁父，《列子》："子之力不能损魁父。"潦草二字，可写为恅慅，《文赋》："恅慅烂漫。"浮图二字，可写为苏涂，《后汉书》："马韩诸国，各以一人主祭天神，又立苏涂。"踟蹰二字，可写为局迹，夏侯太初文："岂其局迹当时。"周章二字，可写为辀张，《南史·桓康传》："欲辀张，问桓康。"差池二字，可写为柴池，相如赋："柴池茈虒。"甘脆二字，可写为甘毳，《聂政传》："朝夕得甘毳，可以养亲。"逡巡二字，可写为侵寻，《史记·汉武帝纪》："始巡部县，侵寻于太山。"剥落二字，可写为暴乐，《尔雅》："毗刘，暴乐也。"黾勉字，可写为闵免，见《谷永传》。酩酊二字，可写为茗饤，梁简文曰："刘尹茗饤有实理。"纡回二字，可写为迂戚，六朝诗"山径转迂戚"。藏弄二字，可写为臧去，《陈遵传》："与人尺牍，皆臧去以为荣。"慨慷二字,可写为凯康,《神女赋》:"心凯康以乐欢。"逍遥二字,可写为消摇,《湘烟录》:"庄子逍遥,古作消摇。"及锋二字,可写为及蜂,《韩信传》:"及其蜂东向,可以争天下。"依稀二字,可写为瑷瓍,《海赋》:"瑷瓍其形。"率尔二字,可写为帅尒,《甘泉赋》:"帅尒阴闭。"唐突二字,可写为荡突,柳宗元《晋问》:"荡突硉兀";又作硊突,马融《长笛赋》:"奔遁硊突";又搪揬,子建《牛斗诗》:"行至土山头,歘起相搪揬。"担荷二字,可写为儋何,《国语》:"负重儋何。"依回二字,可写为猗违,《孔光传》:"猗违者连岁。"支吾二字,可写为枝梧,杜甫诗:"陶谢不枝梧。"造次二字,可写为草次,《春秋》鲁隐公四年注:"草次之期。"寂寞二字,可写为家漠,《楚词·远游》:"野家漠其无人。"首鼠二字,可写为首施,《汉书·邓训传》:"小月氏胡,虽首施两端,汉亦时收其用。"幕府二字,可写为莫府,《李广传》:"莫府省约文书籍事。"麾下二字,可写为戏下,《史记·项羽纪》:"诸侯罢戏下,各就国。"憔悴二字,可写为蕉萃,《左传》:"虽有姬姜,无弃蕉萃。"眉妩二字,可写为眉诩,《汉书·张敞传》:"京兆眉诩。"大风可写为大凤,《史记》:"缴大凤于青丘。"他如倥偬可写为控总;著雍可写为祝犂;矫饰可写为桥饰;甲坼可写为甲宅;冯夷可写为冯迟,又可写为冰夷;胭脂可写为腇肢;扶苏可写为榑枑;委蛇可写为祎隋;蟾蜍可写为詹诸;吝啬可写为遴啬;含糊可写为唅唬;踌躇可写为迟仁,又可写为跱跱;提携可写为隄隓;孚尹可写为娑筠;陆浑可写为贲浑;盘桓可写为畔桓;渚滩可写为芮汜;揖让可写为揖攘;斒斓可写为豳斆;号咷可写为嘷啁;鼋鼍可写为鼋鳝;伛偻可写为蝹蝼;衮祷可写为衮裯;肺腑可写为肺附;供张可写为共张;归藏可写为躔匲;凤皇可写为朋皇;性情可写为牲惢;洞庭可写为铜庭;骨朵可写为脉肔;龃龉可写为锄铻;蜗牛可写为瓜牛;亮阴可写为梁暗;怂恿可写为总史;间冗可写为阘茸;强圉可写为强梧;渤海可写为贲海;中允可写为中遹;爵盏可写为雀钱;曼衍可写

为曼羡；罔两可写为方良；惝恍可写为敞芒；影响可写为景嚮；坎窞
可写为歁窞；迢递可写为迢遰；抑戒可写为對成：照组可写为照離；
容貌可写为领儿；柔兆可写为游姚；釁笑可写为倛笑；博浪可写为博
狼；惆怅可写为倜倡；俎豆可写为租桓；獚獩可写为犎粥；天竺可写
为身毒；踯躅可写为趩趚；局蹐可写为趨趑；孕育可写为蝇粥；亭毒
可写为亭育；仿佛可写为俩佛；密勿可写为蠠没；披拂可写为披菝；开
闭可写为闿囷；凹凸可写为容突；鸢雀可写为鸢朔；陌落可写为伯格；
阡陌可写为仟佰；玄默可写为横艾；酬酢可写为仇柞；澹泊可写为憺
怕；糟粕可写为蒲魄；垠堮可写为鄞鄂；磅礴可写为旁魄；踊跃可写
为踊趫；寥落可写为牢落；恐喝可写为思猲；奄忽可写为飚飚；月窟可
写为用淈；腃发可写为泮泼；杪忽可写为飘忽；餫粥可写为键鬻；菉
竹可写为菉藗；霖霂可写为溟沐；孤竹可写为觚竹；四渎可写为四窦；
昭穆可写为佋穆；鬼谷可写为鬼臾，又可写为鬼容；盥漱可写为涫
沫；冲澹可写为神谭；要妙可写为窈眇；节操可写为节敕；近嚚可写
为迎迗；遁窜可写为遬窜；扼腕可写为扼挈；简在可写为简裁；璀璨
可写为萃蔡；冶媚可写为蛊媚；逸豫可写为佾忬；赑屭可写为奰屭；
魑魅可写为离录；累赘可写为諈诿；瘴气可写为鄣气；泄柳可写为世
柳；尚絅可写为尚褧；泰丙可写为高高；陈宝可写为陈宝；獮豸可写为
鲑鱽；蓓蕾可写为琲瑞；梁父可写为亢父；茉苢可写为梓苡；许子可
写为鄦子；终南可写为终隆；欢兜可写为鴅吺；骅骝可写为华聊；襌
谌可写为卑湛；沉潜可写为湛渐；徜徉可写为方羊，又可写为常翔；帆
樯可写为帆槑；卞和可写为弁瑐；滹沱可写为亚驼，又可写为滹池；
伶伦可写为泠纶；萧条可写为霄霣；秋千可写为鞦韆；寂寥可写为淑
湫；芊绵可写为珳眠；蹒跚可写为蹩散；乌孙可写为户孙；翩翻可写
为翩幅；氛氲可写为樊蕴；婴孩可写为膺价；沉灾可写为沉蔷；荆舒
可写为荆荼；嗳嚅可写为岩吺；流苏可写为頯囙；雕菰可写为安胡；

须史可写为须摇；揶揄可写为歈歈；埽除可写为骚除；须眉可写为须
糜；栖迟可写为㨉迡；雨师可写为宋辈；科希可写为斗献；辛夷可写
为新雉；嗟咨可写为嗟资；用维可写为徒维；四肢可写为四肕；园公可
写为圈公；黄钟可写为圜钟；茸峰可写为粤夆；乌江可写为盌江；曲江
可写为曲红；旃蒙可写为端蒙，蛟龙可写为蚨龙；施可写为先施；塘
陂可写为唐波；罘罳可写为枹思，又覆思，又罘罳，又宁思，又浮思。
诸如此类，不可胜数，大概是古音多有假借。

象 牙

象牙性坚，而制器者雕镂山水人物，细入毫发。闻之匠氏
云：“凡牙锯解之后，醋浸经宿，则软如腐。雕成，再以木贼草水
煮之，则坚如故矣。”物理相制，有不可解者。

【译文】象牙质地坚硬，但用它做东西的人在上面雕刻山水人
物，细致到毫发之微。听工匠说：“把象牙锯下以后，用醋浸泡一整
夜，就软如豆腐。雕成之后，再用木贼草水煮一煮，就又像之前一样
坚硬。”世间万物相互制约，有很多不可解释的地方。

钓台诗

钓台诗云：“云台争似钓台高。”此七字最浑成。翻其意者
云：“不有云台诸将在，钓台亦在战争中。”佳则佳矣，然此乃
驳前诗之诗，非咏钓台诗也。范文正诗云：“子为功名隐，我为
功名来，羞见先生面，黄昏过钓台。”不铺张而景仰之意自见。

方正学诗云:"去邪当远色,治国先齐家,如何废郭后,宠此阴丽华? 糟糠之妻尚如此,贫贱之交可知矣。羊裘老子早见几,却向桐江钓烟水。"正襟危坐而谈,自是第一等议论。至罗泌诗云:"一着羊裘便有心,虚名浪说到如今。当年若着渔蓑去,烟水茫茫何处寻?"虽属翻陈出新,未免寻瑕索垢。余最爱唐权文公诗云:"心灵栖灏元,缨冕犹缁尘,不乐禁中卧,却归江上村。潜驱东汉风,日使薄者淳,焉用佐天下,持此报故人。"为得温柔敦厚之旨,此题绝唱也。

【译文】 钓台诗写道:"云台争似钓台高。"这七个字最是浑然天成。模仿它意思的诗句写道:"不有云台诸将在,钓台亦在战争中。"好是好,但这只是驳前诗的诗,不是咏钓台的诗。范文正公(范仲淹)诗说:"子为功名隐,我为功名来,羞见先生面,黄昏过钓台。"诗写得不铺张,但自然流露出景仰之意。方正学(方孝孺)的诗写道:"去邪当远色,治国先齐家。如何废郭后,宠此阴丽华? 糟糠之妻尚如此,贫贱之交可知矣? 羊裘老子早见几,独却向桐江钓烟水。"正襟危坐地谈论,当属于一等议论。至于罗泌诗写道:"一着羊裘便有心,虚名浪说到如今。当年若着渔蓑去,烟水茫茫何处寻?"虽然属于翻陈出新,也未免属于吹毛求疵。我最爱唐权文公(权德舆)诗中写的:"心灵栖灏元,缨冕犹缁尘,不乐禁中卧,却归江上村。潜驱东汉风,日使薄者淳,焉用佐天下,持此报故人。"这首诗掌握了温柔敦厚的意旨,属于千古绝唱。

绝人太甚

昌谷之集，崔生投溷而勿传；香山之诗，李相掩卷而弗视。恶其人，遂恶其诗。赵王收解系，见水中之蟹而愤生；忠敬恶诸桓，见木旁之姓而亦怒。恶其人，并恶其姓，真退人坠渊心地。

【译文】唐代昌谷（李贺）的诗文集，崔生将它扔进茅厕而导致（大量）失传。香山（白居易）的诗，李相（李德裕）掩卷不看。讨厌某人，于是讨厌他的诗。赵王（司马伦）收押了解系，看见水中的螃蟹都痛恨它（最终杀害了解系兄弟）。忠敬厌恶诸桓，看见木字旁的姓也发怒。厌恶某人上升到厌恶此人的姓氏，真是对人逼到就像要把他推到深渊里去一样。

割裂题

鲍觉生先生桂星督学河南，出题每多割裂，士子逐题作诗嘲之云："礼贤全不在胸中，纽转头来只看鸿。一目如何能四顾，本来孟子说难通。"顾鸿。"世间何物最为凶，第一伤人是大虫。能使当先驱得去，其余慢慢设牢笼。"驱虎。"广大何容一物胶，满场文字乱蓬茅。生童拍手呵呵笑，渠是鱼包变草包。"及其广大草。"屠刀放下可齐休，只是当年但见牛。莫谓庞然成大物，看他觳觫觉生愁。"见牛。"礼云再说亦徒然，实在须将宝物先。匹帛有无何足道，算来不值几文钱。"礼云玉。"古来惨刻算殷商，炮烙非刑事可伤。不见周文身一丈，也教落去试油汤。"十尺汤。"没头没脚信难题，七十提封一望迷。阿伯不知何处去，剩将一子独孤恓。"七十里字。"秋成到处谷盈堆，又见渔人撒网回。不是池中无别物，恐防现出本身来。"谷与鱼。"纸上筌蹄迹可求，范经专纪草春秋。一生最怪莺求友，伐木都教影不留。"兽草。"真成一片白茫茫，无土水于何处藏。欺侮圣人何道理，要他跌落海中央。"下袭水。"拣取明珠玉任沉，依然一半是贪心。旁人不晓题何处，多向红楼梦里寻。"宝珠。"但凭本量自推摩，果是真刚肯怕磨。任你费将牛力气，姑来一试待如何。"坚乎磨。

【译文】鲍觉生鲍桂星先生到河南督学，每次他参与的命题多是割裂语句，断句不通。考生们于是按试题诸个题诗嘲讽他："礼贤全不在胸中，纽转头来只看鸿。一目如何能四顾，本来孟子说难通。"顾鸿。"世间何物最为凶，第一伤人是大虫。能使当先驱得去，其余慢慢设牢笼。"驱虎。"广大何容一物胶，满场文字乱蓬茅。生童拍手呵呵笑，渠是鱼色变草包。"及其广大草。"屠刀放下可齐休，只是当年但见牛。莫谓庞然成大物，看他觳觫觉生愁。"见牛。"礼云再说亦徒然，实在须将宝物先。匹帛有无何足道，算来不值几文钱。"礼云玉。"古来惨刻算殷商，炮烙非刑事可伤。不见周文身一丈，也教落去试油汤。"十尺汤。"没头没脚信难题，七十提封一望迷。阿伯不知何处去，胜将一子独孤恓。"七十里子。"秋成到处谷盈堆，又见渔人撒网回。不是池中无别物，恐防现出本身来。"谷与鱼。"纸上筌蹄迹可求，范经专纪草春秋。一生最怪莺求友，伐木都教影不留。"兽草。"真成一片白茫茫，无土水于何处藏。欺侮圣人何道理，要他跌落海中央。"下袭水。"拣取明珠玉任沉，依然一半是贪心。旁人不晓题何处，多向红楼梦里寻。"宝珠。"但凭本量自推摩，果是真刚肯怕磨。任你费将牛力气，姑来一试待如何。"坚平磨。

诗学太白

仁和宋茗香先生，诗学太白，极有神似者。如《过仙人拍手崖》云："天仙大笑来人间，可怜天上无青山。白榆如钱落我手，安得琼楼亦卖酒。看山把酒乐如何，不比仙宫礼法多，时乎时乎仙亦不可以蹉跎。"《招叶二青游天台》云："索君笑，赠君言，我能使君再少年。铜山若肯尽沽酒，九万仙人齐拍手，一朝饿死夫何有。我今未死君又来，相与挈榼游天台。笑口且共桃花开，桃花飞落掌中杯，照我颜色如红醅，今日少年若长在，古之少年安在哉？"

【译文】浙江仁和人宋茗香（宋大樽），作诗学李白的风格，有极其神似之处，如《过仙人拍手崖》写道："天仙大笑来人间，可怜天上无青山。白榆如钱落我手，安得琼楼亦卖酒。看山把酒乐何如，不比仙宫礼法多，时乎时乎仙亦不可以蹉跎。"《招叶二青游天台》写道："索君笑，赠君言，我能使君再少年。铜山若肯尽沽酒，九万仙人齐拍手，一朝饿死夫何有。我今未死君又来，相与挈榼游天台。笑口且共桃花开，桃花飞落掌中杯，照我颜色如红醅，今日少年若长在，古之少年安在哉？"

荆轲诗

金匮徐镕庆大令,诗才卓荦,有语不惊人死不休之意,有《玉山阁稿》。洪稚存太史评其诗如"神女散发,时时弄珠"。记其《易水怀古》一篇云:"秦皇按剑吞诸侯,燕丹太子思报仇。荆卿慷慨以身殉,临行更请将军头。将军断头头不落,背有人头血漉漉。倒悬双眼看荆轲,不到咸阳不瞑目。咸阳宫阙郁崔嵬,列戟如山九殿开,一道白虹穿白日,荆轲含笑捧头来。将军头对秦皇面,督亢图穷匕首见,此时秦皇手无剑,十万貔貅不上殿。殿下负剑频诏王,王却击轲轲入创。匕首不利药囊利,人术虽疏亦天意。呜乎天意帝秦不可回,君不见渐离之筑张良椎。"奇气郁勃,读之可下酒一斗。

【译文】金匮人徐县令徐镕庆诗才出众,有"语不惊人死不休"的意味,著有《玉山阁稿》。翰林洪稚存(洪亮吉)评价他的诗如"神女散发,时时弄珠"。记录他《易水怀古》一篇:"秦皇按剑吞诸侯,燕丹太子思报仇。荆卿慷慨以身殉,临行更请将军头。将军断头头不落,背有人头血漉漉。例悬双眼看荆轲,不到咸阳不瞑目。咸阳宫阙郁崔嵬,列戟如山九殿开,一道白虹穿白日,荆轲含笑捧头来。将军头对秦皇面,督亢图穷匕首见,此时秦皇手无剑,十万貔貅不上殿。殿下负剑频诏王,王却击轲轲入创。匕首不利药囊利,人术虽疏亦天意。呜呼!天意帝秦不可回,君不见渐离之筑张良椎。"这首诗雄奇豪壮,读后可以喝下一斗酒。

异 物

竹米可以救荒，榆面可以入馔，此菽粟外之食也。冰丝可以成缯，火毛可以织布，此蚕桑外之衣也。雪蛆可以疗疾，银蛀可以煎锯，此动植外之用物也。

【译文】竹米可以救济饥荒，榆面可以当饭吃，这都是菽粟以外的食物。冰线可以织成丝织品，火毛可以织成布，这是除蚕桑外可用来做成衣物的材料。雪蛆可以治病，银柱可以煎成锯水，这是动植物之外可以为人所用的东西。

武 成

前明番禺庞一嵩先生言："《周书·武成篇》当以古武成为正。盖书名武成，纪功也；所以首惟一月，至于征伐商，略提用武之始。厥四月哉生明，至大告武成，总叙武功之成。既生魄以后，则因诸侯朝会，而示以继志述事之故，以见伐商不违乎先。底商以后，则因百神祭告，而述商逆周顺之故，以见伐商不违乎神。既戊午以后，则覆说用武之详，以明篇首于征伐商之意。乃反商政以后，则言功成治定之事，以终大告武成之意。书有纲领，有条目，先略后详，反始要终，浑浑全全，脉络通贯，不必挨顺时日，而时日有可考，此所以为古人之文也。宋儒所更定者，如今人做供招，但知挨年顺月，流水说下，殊非文法，亦昧武成名篇之旨。余谓宜从古文，不必有所更定也。"先生之说如此，识以俟讲求经学者。

【译文】明代广东番禺的庞一嵩先生说："《周书·武成篇》应该是古武成才对。大概书名武成是用以记功吧。从'首惟一月'到'征伐商纣'，是大致提到动用武力的开始。后面'四月哉生明'到'大告武成'，总叙武力征战的功绩。'生魄'之后，接着'诸侯朝会'，表示是由于继承先人之志，来显示伐商是不违背祖先的。'底商以后'，接着用'百神祭告'，来讲述商朝逆天而行，周征伐商是顺应天意的原因，以此来显未伐商不违背上天的旨意。到了"戊午以前"，再详细复述用兵的过程来阐明篇首征伐的主旨。等到推翻了商朝统治之后，就开始说大功告成、政治安定的事情，来完成'大告武成'的主旨。全书纲领分明，条目清晰，先略后详，有因有果，浑然一体，脉络贯通，不一定按时间顺序写，但时间是可以考证的。这才是古人的文章啊。宋代儒生所修订的版本，就像如今的人做招供状一样，只知道顺着年月顺序，就像记流水账，很不合文法，也使名篇武成的主旨模糊不清。我认为应当按古文原来的面貌，不需要重新修改变动。"先生这番说法，有待讲求经学的人来判定。

青州从事

世说桓公有主簿，善别酒，佳者曰"青州从事"，恶者曰"平原督邮"。青州有齐郡，平原有鬲县，言好酒下脐，恶酒凝鬲也。从事美官，督邮贱职，故以为比。而徐彭年《家范》云："其子问青州从事谓何？曰：'《湘江野录》：青州从事，古善造酒者。'"此又一说也。

【译文】世传桓公有主簿，擅长辨别酒（的优劣），他给好酒取名为"青州从事"，给劣质酒取名为"平原督邮"。青州有一个地方叫齐郡，平原有一个地方叫鬲县。所谓"从事"，是说酒力能抵达肚脐之下；所谓"督邮"，是说酒力到膈膜上就停住了。"从事"是美差，督邮是贱职，因此打这种比方。但是徐彭年的《家范》中说："他儿子问'青州从事'是指什么？回答是说：'《湘江野录》中记载青州从事是古时候擅长造酒的人'。"这又是一种说法。

物　性

食物中性最固者蜜，故蒸玉面貍及黄爵，必以蜜涂之，虽沸炸而其膏不走也。最融者酥，故烹熊掌必佐以此，以其柔而善入也。

【译文】食物之中，物性最稳定的是蜂蜜，因此蒸玉面貍和黄爵时，一定要涂上一层蜂蜜。即使是高温油炸，食物里面的油膏也不会流失。最能融合的是酥，因此烹制熊掌时必定要用它作佐料，是因为它柔软并且容易渗透进其他的食物里面。

武人口吻

宋党太尉令匠写真，写成视之，怒曰："我前画大虫，犹用金箔眼，我便消不得一副金眼睛？"见江邻几《杂识》。安禄山以樱桃赐臣子，作诗曰："樱桃满筥筐，半青一半黄，一半与怀王，

一半与周贽。"或请易下二句以押韵，禄山大怒曰："我儿岂可
使居周贽之下？"见《鹤林玉露》。吕文德起土豪，为大将，至
保傅，然愚鄙不识字，每佯痴，好无礼士大夫，又不肯拜先师。
每曰："他不曾教我识字。"见《黄氏日钞》。张献忠尊梓潼帝君
为始祖，命翰林作册文，皆不称意，乃自作云："你姓张，咱啰
子也姓张，咱与你今日连了宗罢。"见《绥寇纪略》。武人口吻，
可笑如此。

【译文】宋代党太尉（党进）命令画匠为他画一幅像，画成
后，他一看，愤怒地说："我以前画老虎，尚且画了金箔眼。难道我
本人不值得画一双金眼精？"江邻几《杂识》对此有记载。安禄
山将樱桃赐给臣下，作诗说："樱桃满筥筐，半青一半黄，一半与
怀王，一半与周贽。"有人请求改变后两句以便押韵，安禄山大怒
道："我的儿子怎么能居于周贽后面呢？"《鹤林玉露》对此有记
载。吕文德，土豪出身，后来从大将做到太保太傅之职，但他愚蠢
鄙陋不识字，喜欢装疯卖傻，对士大夫无礼，又不愿拜先师孔子。
他总喜欢说："他不曾教我识字。"黄震《黄氏日钞》对此有记载。
张献忠尊奉梓潼帝君为始祖，命令翰林写册文，可他（对所有呈
上来的册文）都不满意，于是自己写道："你姓张，咱啰子也姓张，
咱与你今日连了宗罢。"吴伟业《绥寇纪略》对此有记载。武人口
吻，可笑到如此地步。

岩　墙

　　陈大昕好饮。一夕，与一同僚席中谈及知命者不立于岩墙之

下。其人曰:"酒亦岩墙也。"陈遂断酒终身,可谓立地成佛矣。

【译文】陈大昕喜欢喝酒。一天晚上,他与一名同僚在席中提及《孟子·尽心上》一句:"知命者不立于岩墙之下。"那个人说:"酒也是岩墙啊!"陈大昕于是终身戒酒,这可以说是"立地成佛"啊。

骟

骟马宦牛,羯羊阉猪,镦鸡善狗净猫,皆阉也。见《臞仙肘后经》。马曰骒,亦曰犗。见《说文》。

【译文】骟马、宦牛、羯羊、阉猪、镦鸡、善狗、净猫,都是指被"阉割"后的动物。见于《臞仙肘后经》。被阉割的马叫"骒",也叫"犗",见于《说文解字》。

诸葛锅

平谷县乡民掘地得一釜,以凉水沃之,忽自沸,遂投以米,即熟,下有"诸葛行窝"四字。乡民以为有宝,碎之,其釜夹底中有水火二字。见《代醉编》。

【译文】平谷县乡民挖土时挖出一口釜,倒入凉水来洗涤,忽然水自行沸腾,于是(乡民)将米放进釜里,居然煮熟了,釜下有"诸葛行窝"四个字。乡民以为釜内部藏有宝物，（于是）把釜打碎，见过夹层底部有"水火"两个字。张鼎思《代醉编》对此有记载。

龟鱼佩

唐百官佩金鱼，武后朝佩金龟，或曰："唐姓李，故以鲤鱼为瑞；后姓武，故以元武为瑞也。"其说甚新。

【译文】唐朝时百官都佩戴金鱼符，武则天当朝后，就让百官佩戴金龟符。有人说："唐朝国姓李，所以将鲤鱼认为是吉祥之物。武则天姓武，所以将玄武认为是吉祥之物。"这个说法很新奇。

威德入人心

今人道及关壮缪、岳忠武之名，则自然凛栗，威之在人心者远也。论及诸葛孔明、司马君实之死，则自然流涕，德之入人心者深也。

【译文】如今的人一旦谈及关壮缪（关羽）、岳忠武（岳飞）的名字，就肃然起敬，可见这两人的威名深入人心很久了。谈到诸葛孔明（诸葛亮）、司马君实（司马光）的去世，就自然悲伤流涕，（可见，两人的）德行深入人心了。

词曲取士

相传元人以词曲取士，而考选举志及典章，皆无之。或另设一门，如今考天文算学一律，特以备梨园供奉耳。惟试录中一条云："军民、僧尼、道客、官儒、回回、医匠、阴阳、写算、门厨、典雇、未完等户，愿试者以本户籍贯赴试。"僧道应试，已属可笑，尼亦赴考，更怪诞矣，此不可解。

【译文】相传元朝人以词曲取士，而考选举志和典章，都没有。或有另设一门，如今考天文算学一律，只是为了戏曲侍奉皇帝的。只是试录中有一条说道："军民、僧尼、道客、官儒、回回、医匠、阴阳、写算、门厨、典雇、未完等户，愿试者以本户籍贯赴试。"僧道两派参加考试，已经是很可笑的事了，尼姑也参加考试，这就更加怪诞了，这一点令人费解。

纸 月

汉冀州从事郭君碑："大荒载纸月戊申。"纸月甚奇，隶书以为不详所出。山舟学士《日贯斋涂说》云："纸字当即子字，犹是之为氏，非之为飞，皆见汉志汉碑，古字音通也。"

【译文】汉代冀州从事郭君的碑文上写道：""大荒载纸月戊申。"纸月"一说，非常新奇，隶书以为不知出自何处。山舟学士（梁同书）《日贯斋涂说》中说："'纸'字当是'子'字，就像'是'写成了'氏'，'非'字写成了'飞'，在汉志汉碑中都能见得到。这都是因为古文字读音相同造成的。"

虚字入诗

"翁之乐者山林也,客亦知夫水月乎?""并舍者谁青可喜,两家之竹翠交加。""不可以风霜后叶,何伤于月雨余云。""何草不黄秋以后,伊人宛在水之湄。"皆以虚字入诗,天然生动,又一格也。

【译文】"翁之乐者山林也,客亦知夫水月乎?""并舍者谁青可喜,两家之竹翠交加。""不可以风霜后叶,何伤于月雨余云?""何草不黄秋以后,伊人宛在水之湄。"都是以虚字写进诗句里,天然生动,又是一种诗格。

胡 旦

宋胡旦少有俊才,尝曰:"应举不作状元,仕宦不至将相,虚生也。"后虽魁天下,终以忤物不显。晚年目疾闲居,一日史馆共议作一贵侯传,其人少贱屠豕,以为讳之非实录,书之难措词。问旦,旦曰:"何不云某少常操刀以割,以示宰天下之志。"闻者叹服。

【译文】宋朝的胡旦小时就有奇才,曾说:"参加科举不考中状元,当官不做到将相,白活一世。"后来即使考中了状元,最终因为不合群而默默无闻。晚年因患眼病闲居在家，有一天，有史馆共同商议为一名贵人公侯写一篇传记，这个贵人公侯小时贫贱，以杀猪为生，（大家）认为如果避讳不说的话，不符合实录的原则，如实写的话又很难表达事情，（于是）来问胡旦，胡旦说："何不云某少常操刀以割，以示宰天下之志。"听者惊叹并佩服（胡旦的才华）。

诗用俗称呼

《甲乙剩言》载一御史中丞除夕诗，中有"荆妻太太"之句，人以为笑。白乐天诗："惟有夫人笑不休。"司空图诗："姊姊教人且抱儿。"亦嫌过俗。

【译文】胡应麟《甲乙剩言》中记载一位御史中丞作的除夕诗，其中有"荆妻帮帮"之句，人们把这当成笑料。白乐天（白居易）《元相公挽歌词三首》诗中"惟有夫人笑（应作哭字）不休"，司空图《灯花三首》诗中的"姊姊教人且抱儿"等诗句也难免过于俗气。

叠句单传

赵高相秦，指鹿为马，指蒲为脯，指牛为犬，今人但知"指鹿为马"一句。孔子读《易》，韦编三绝，铁挝三折，漆书三灭，今人但用"韦编三绝"一句。

【译文】赵高当了秦朝的相，有过指鹿为马、指蒲为脯、指牛为犬等事，现在人只知道有"指鹿为马"一句。孔子读《周易》，有过韦编三绝、铁挝三折、漆书三灭等事，现在人只用"韦编三绝"一句。

享国之久

商中宗享国七十五年，三代以来此其最久。春秋杞桓公姑容在位七十年，后此无之。

【译文】商中宗主持国政七十五年，夏、商、周三代以来，以他在位时间最长。春秋时杞桓公姑容在位七十年，后世没有这么长的。

昼 寝

宰予昼寝，侯白《论语注》及李习之《笔解》俱作昼寝解。许周生先生云："《南史》何尚之为侍中在直，颜延之以醉诣焉。尚之望见，便阳眠。延之发帘熟视曰：'朽木难雕。'"则六朝旧解，俱作昼寝无疑。

【译文】"宰予昼寝"，侯白《论语注》和唐代李习之（李翱）《论语笔解》中都作"昼寝"来解释。许周生（许宗彦）先生说："《南史》何尚之为侍中在值班，颜延之凭着醉意去拜见他，何尚之看见他走来，就"阳眠"（假装睡觉），颜延之掀起帘子仔细了之后说：'朽木难雕'。"由此可见，六朝时的旧解，都解释为'昼寝'是毋庸置疑的。

校 人

校人掌马之官，校人职曰："家四闲，马二种。"子产位上卿，宜有掌马之人，生鱼畜池，亦不过见校人付校人耳。朱子《孟子》注又另撰一主池沼小吏之名，恐无所据。

【译文】管理池沼的小官和掌管马匹的小官中，校人的职责上写道："卿大夫每家有四个马厩的马，共两种马。"子产位居上卿，手下应该有管理马匹的人。活鱼养在水池里，也不过是看见校人就交给校人而已（指郑子产将活鱼交给校人一事）。朱熹的《孟子》注中又另外杜撰了一种管理池沼的小官之名，恐怕没有根据。

下 官

下官二字，向知起于六朝，不知先见于《汉书》曰"下官不职"。

【译文】"下官"二字，一向认为是起源于六朝之时，却不知《汉书》中早有记载"下官不职"的表述。

辨名非字

旧以阿衡伊尹，尹非名，字也。祭公谋父，谋父非名，号也。皆非。《太甲篇》："惟尹躬先见于西邑夏。"《国语》：谏征犬戎，祭公自称其名谋父于穆王之前。君前臣名，其非字明矣。

【译文】以前有人认为"阿衡伊尹"中的"尹"，不是名，而是字。"祭公谋父"的"谋父"，不是名，而是号。其实都错了。《太甲篇》中"惟尹躬先见于西邑夏"，《国语》"谏征犬戎"，祭公在穆王面前自称时就将他自己的名字称为"谋父"。大臣在君王面前称呼自己的名，那么上述两种说法的谬误就不言而喻了。

易安词

易安《一剪梅》词起句"红藕香残玉簟秋"七字，便有吞梅嚼雪，不食人间烟火气，其实寻常不经意语也。

【译文】易安（李清照）《一剪梅》词中起句"红藕香残玉簟秋"七个字，有人评价该句有一种"吞梅嚼雪"、不食人间烟火的气韵，其实，这不过是平常不经意间得来的句子。

闚门踦闾

闚门而与之语，见《公羊》；踦闾而语，见《国语》，皆隔门限说话也，若今内外帘官然。

【译文】闚门而与之语，见于《公羊传》；踦闾而语，见于《国语》，都是隔着门说话的意思，就好像现在（考场中）的内帘官、外帘官一样。

汗青杀青

《青溪暇笔》："古著书以竹，初稿书于汗青。汗青者，竹皮浮滑如汗，以其易于改抹。既正，则杀青而书于竹素。杀，音赛。削也，言去青皮而书竹白，不可改易也。"此说极明畅近理。而或者曰："以火炙竹令汗，杀青杀，音煞写书，谓之汗青。"说殊扭捏。

【译文】姚福《青溪暇笔》说："古人写书用竹，初稿时写在汗青上。汗青的意思是说竹皮浮滑如汗水，因为它很容易改正涂改。改正之后则杀青写在竹帛上。杀读作"赛"音，就是削的意思，是说去掉青皮而写在竹白上，就不可更改了。"这种说法非常明白晓畅，接近情理。但是有人说是用火烤竹发汗，杀青杀，读作煞音写书，所以称为汗青。这种说法极其牵强别扭。

小县少古迹

广东肇庆府开平县，于国初始分置，割新会、恩平、新兴三县而成者。水曲山深，羌无古迹，城南六十里，有地名苏渡，云坡公贬海南，自惠之琼，道经新会，值江潦暴涨，乃从山僻小径取道，故开平有苏渡，因公所过而名之也。又离城百里马山，有陆秀夫墓。按新会、潮州俱有陆秀夫墓，《通志》亦两存之。而邑志乃力辨张、陆殉难之处，皆在崖山，即今崖门。崖门去开平最近，故墓以此为真。夫以远近争虚实，其说殊杳渺。总之，弹丸小邑，僻陋自惭，盖不得不为此巧偷豪夺之行也，一笑。

【译文】广东肇庆府开平县，在清朝初年才设置，辖地从新会、恩平、新兴三县中割出组成的。水流曲折山谷深邃，没有古迹。城南六十里，有一处叫"苏渡"的地方，说是苏东坡被贬海南时，由惠州去琼州，经过新会，恰好遇到江水暴涨，就从山间小路取道，所以开平才有"苏渡"，是因为苏东坡经过而命名的。又说，距离县城百里的马山，有陆秀夫墓。据查，新会、潮州都有陆秀夫墓。《通志》也保留这两种说法。但是当地县志极力辩解说张世杰、陆秀夫殉难的地方，都在崖山，就是现在的崖门。崖门离开平最近，所以这里的墓才是真的。依靠远近来争虚实，这种说法其实很模糊不清。这种弹丸小县，地处偏僻，自愧不如（其他地方），大概不得不做这样巧取豪夺的事情，对此可付之一笑。

急语成话柄

有人久病，其子多方请医，服药罔效，势迫危殆。闻一名医自京师至，急自往延之，约以即日过胗。医曰："尊翁久病，恐入膏肓，晚生薄才，未必有挽回之力，奈何？"其子曰："大人虽卧床日久，未遇扁、佗，今必须先生一行，死马当活马医可耳。"闻者绝倒。

【译文】有人长时间卧病，他的儿子多方求医，服用药物都无效，病情日益危险。听到一位名医从京城来到此地，急忙亲自去拜请，约好当天来诊断病情。医生说："令尊长时间卧病，恐怕已经病入膏肓，晚生不才，不一定有回天之力，怎么办？"这个病人的儿子说：

"家父虽然卧床很长时间了，只是没有遇到扁鹊、华佗之类的神医，今天必须让先生前去一次，就当做是'死马当活马医'吧。"听到的人笑得前仰后合。

短小人词

友有咏短小人《黄莺儿》一阕云："矮子寸三高，进阴沟，插雉毛，鹅黄蚕茧烟毡帽，扇箍儿束腰，拐杖儿灯草，梨园檀板棺材料。定睛瞧，重阳白菜错认做老芭蕉。"

【译文】朋友有一阕咏矮个子的词《黄莺儿》，写道："矮子寸三高，进阴沟，插雉毛，鹅黄蚕茧烟毡帽，扇箍儿束腰，拐杖儿灯草，梨园檀板棺材料。定睛瞧，重阳白菜错认做老芭蕉"。

名姓在五十笔外

友人有以此为令者，或云习凿齿，或云谢灵运，或云苏蕙兰，余独举萧鸾。盖三字者尚多，而两字者则竟寥寥也。次又以三字不满十笔为限者，仅有人举士子孔、子人九二人。

【译文】友人有以"名姓在五十笔外"为令的，有的说"习凿齿"，有的说"谢灵运"，有的说"苏蕙兰"。唯独我举出"萧鸾"，大约是三个字（凑成五十笔）的还算多，而两个字（凑成五十笔）的竟然寥寥无几了。后来又以"三字不满十笔"为限，仅有人举出"士子孔""子人九"两个名字。

毒药库

宋政和初，上始躬揽权纲，御马新巡大内，至后苑东门，有一库无名号，乃贮毒药之所也，前代用以杀不廷之臣者，诏命罢之。见陆放翁《避暑漫钞》。内言药共七等，鸩鸟犹在第三，其上有手触鼻嗅而立死者，更不知何药也。

【译文】宋徽宗政和初年，徽宗刚刚亲掌朝政，骑着马巡逻皇宫，到后苑东门，看见有一仓库没有名号，（原来是）是贮存毒药的地方。这是前朝用来毒杀逆臣的，徽宗下诏去掉这个仓库。这件事记载于陆放翁（陆游）的《避暑漫钞》。其中提到的毒药共分七等，鸩鸟还只是排在第三，鸩鸟前有手摸鼻嗅便会立即死掉的毒药，竟然不知道它们是什么样的毒药了。

卷 四

邵飞飞

邵飞飞，福州人，或云西湖女子也。幼孤，其季父授以诗书。稍长，能吟咏。及笄，以才色闻。里中有求之者，其母辄曰："吾女当随贵人，焉能为牧猪奴配？"王师讨闽寇，总制幕宾罗某者，道经其居，见飞飞浣衣湖畔，惊为绝色，乃遗母千金，以继室为词。既归，大妇悍妒不能容，使阍奴强妻之。弱质苟延，香魂旋化，作上下平韵三十绝句以见志。兹录其数首云："荻帘日影自迟迟，乱绾乌云掠鬓丝。羡杀隔邻谁氏女，金钱闲掷买胭脂。""白云缥缈望中迷，独倚窗前掩面啼。万里漂零亲念否？碧梧不是凤皇栖。""哕声猁语听多般，翻道他人駃舌蛮。怅望夕阳芳树外，娇莺嘹呖话家山。""挑灯含泪叠云笺，万里缄封报可怜。为问生身亲阿母，卖儿还剩几多钱？""想后思前恨转加，误人都是浣溪纱。既然负却当年意，何必寻春到若耶！""柳色青青咏汉南，树犹如此我何堪。输他邻妇无思虑，碗大葵花满髻簪。"北地风高凛冽严，漫天风雪压前檐。炕头不是金炉火，马粪如香细细添。"诸篇怨而涉怒，闻者伤之。

【译文】邵飞飞，是福建福州人，也有人说她是西湖女子。年幼时便没有了父亲，她最小的叔叔教她诗书，年纪稍长时便能吟咏诗词。满了十五岁后，就因为才貌而闻名当地。乡里中有人来她家提亲，她母亲就说："我的女儿应该嫁给贵人，怎能嫁给放猪的奴才呢？"天子的军队讨伐福建贼寇时，总督幕宾中有一个姓罗的人，途中经过飞飞所住的地方，看见飞飞在湖边洗衣服，惊艳于飞飞的绝色之美，于是便赠给飞飞母亲千金，并说愿纳飞飞为继室。嫁到罗家后，罗某的大老婆凶悍嫉妒不能容下飞飞，便让一个看门的奴才强行娶了飞飞。飞飞娇躯弱质，苟延残喘，不久便香消玉殒了，去世前写了上下平韵绝句三十首，以表明心志。这里记录几首："荻帘日影自迟迟，乱绾乌云掠鬓丝。美杀隔邻谁氏女，金钱闲掷买胭脂。""白云缥缈望中迷，独倚窗前掩面啼。万里漂零亲念否？碧梧不是凤凰栖。""哗声猖语听多般，翻道他人躯舌蛮。怅望夕阳芳树外，娇莺嘹呖话家山。""挑灯含泪叠云笺，万里缄封报可怜。为问生身亲阿母，卖儿还剩几多钱？""想后思前恨转加，误人都是浣溪纱。既然负却当年意，何必寻春到若耶！""柳色青青咏汉南，树犹如此我何堪。输他邻妇无思虑，碗大葵花满鬓簪。""北地风高凛冽严，漫开风雪压前檐。炕头不是金炉火，马粪如香细细添。"各篇怨恨而愤怒，读到的人都为她悲伤。

鸦片

鸦片产于西番，彼处名为合甫融，见徐伯龄《蟫精集》。向止行于闽、广，今则各省并皆渐染。其类有三：一曰公斑，出明雅喇；一曰白皮，出孟买；一曰红皮，出曼达喇萨。乌土为上，即公斑。白皮次之，红皮又次之。红皮又有三种：花红为上，油红次之，别出吗喇及盎叽哩者，名鸭屎红，见杨秋衡《海录》；又名阿芙蓉，见李时珍《本草纲目》。凡内洋载鸦片之船，曰趸船。省城包卖之户，曰窑口。其往来交土之船，曰快蟹艇，亦曰扒龙艇。贩烟者俱在零丁洋。近年每岁来二万余箱，乌土约八千箱，每箱约八百圆。白皮约一万三千箱，每箱约六百圆。红皮约二千箱，每箱约四百圆。计岁耗洋银约一千五百万圆。嘉应州吴石华学博兰修《弭害文》辨之甚详。且近时内地俱有能种者，在浙者曰台浆，在闽者曰建浆，在蜀者曰葵浆。耗精伤财，废时失业，莫此为甚。余曾有《鸦片篇》一首云："窄衾小枕一榻铺，阴房鬼火红模糊，中有鸢肩鹤背客，夜深一口青霞呼。非兰非鲍气若草，如胶如饧色则乌，或云鸟粪或花子，运以土化抟泥涂。加以水齐炮制法，文火武火煎为酥，清光大来渣滓去，炼金而液成醍醐。此品来自西域地，居奇者谁番贾胡，朝廷严禁官晓谕，捆载来若牛腰粗。关津吏胥岂不觉，偷而赂者千青蚨，况复此辈尽癖嗜，一见宝若青珊瑚。近闻中国亦能制，其物愈杂毒愈痛，吁嗟黄金买粪土，可为痛哭哀无辜。颇闻此物妙房术，久服亦复成虚无，其气既窒血尽耗，其精随失髓亦枯。积而成引屏不止，参苓难起膏肓苏，可怜世人溺所好，宁食无肉此不疏。典裘质被靡不至，那顾屋底炊烟孤，噫嘻屋底炊烟孤，床头犹自声呜呜。"有江南程某者，已成大瘾，既而悔之，然不能戒，因作洋烟诗十数首。

内有句云："不觉渐成长命债，岂知早受一灯传。"言之呜咽。又装烟之管，俗名曰枪，价有昂至数十金者。有人句云："此与杀人凶器等，不名烟袋故名枪。"警绝。

【译文】鸦片产自西番，在西番叫做"合甫融"，徐伯龄的《蟫精集》中有记载。之前只在福建、广东流行，现在国内各省都渐渐沾染。鸦片的品种有三类：一种叫"公班"，出自明雅剌；一种叫"白皮"，出自孟买；一种叫"红皮"，出自曼达喇萨。其中数乌土也就是"公班"最好，其次是白皮，再次是红皮。红皮鸦片又有三种：数花红最好，其次是油红。此外出自吗喇及盎叽哩的，叫"鸭屎红"，杨秋衡（杨炳南）《海录》对此有记载；又叫"阿芙蓉"，李时珍《本草纲目》中有记载。凡是内海中运载鸦片的船叫"趸船"。各省城包卖鸦片的家庭，叫"窑口"。那些往来交易烟土（即鸦片）的船叫"快蟹艇"，也叫"扒龙艇。"贩卖鸦片烟的都在零丁洋里活动。近年来，每年运进二万多箱鸦片，其中，乌土（即公班）约八千箱，每箱约值八百圆；白皮约一万三千箱，每箱约值六百圆；红皮约二千箱，每箱约值四百圆。总计每年耗费洋银约一千五百万圆。广东嘉应州人、学官吴石华吴兰修的《弭害文》中，辨别得非常详细。而且近来内地都有能种鸦片的地方。在浙江称之为"台浆"，在福建称之为"建浆"，在四川称之为"蔡浆"。耗费精力、破财、浪费时间、毁坏正业，没有比鸦片更严重的了。我曾写了一首《鸦片篇》："窄衾小枕一榻铺，阴房鬼火红模糊，中有鸢肩鹤背客，夜深一口青霞呼。非兰非鲍气若草，如胶如饧色则乌。或云鸟粪或花子，运以土化抟泥涂。加以水齐炮制法，文火武火煎为酥，清光大来渣滓去，炼金而液成醍醐。此品来自西域地，居奇者谁番贾胡，朝廷严禁官晓谕，捆载来若牛腰粗。关津吏胥岂不觉，偷而赂者千青蚨，况复此辈尽癖嗜，一见宝若青珊瑚。近闻中国亦能制，其物愈杂毒俞痛，吁嗟黄金买粪土，可为痛哭哀无辜。颇闻此物妙房术，久服亦复成虚无，其气既窒血尽耗，其精随失髓亦枯。积而成引屏不止，参苓难起膏肓苏，可怜世人溺所好，宁食无肉此不疏。典裘质被靡不至，那顾屋底炊烟孤，噫嘻屋底炊烟孤，床头犹自声呜呜。"江南有一个姓程的人，吸鸦片已成大瘾，不久就后悔不已，然而不能戒掉，因此写下了十多首关于鸦片的诗句。当中有一句："不觉渐成长命债，岂知早受一灯传。"说这话时伤心哽咽。又，装烟的烟管俗名叫"枪"，价格昂贵的价值达数十两银子。有人说："此与杀人凶器等，不名烟袋故名枪。"这话真是警策绝伦啊。

四 海

花有海字者，皆从海外来，海棠、海榴是也。又海红花即山茶花，海桐花即七里香，吴陆子渊尝植四花于圃，建亭其中，名四海亭。

【译文】花中含有"海"字的，都是来自海外，比如海棠、海榴。另外，海红花就是山茶花，海桐花就是七里香。吴陆子渊曾在花园里种植了这四种花，并在园中修建了一个亭子，叫做"四海亭。"

竹 楼

常州府署中，有竹楼一所。某太守题一对云："未知明年在何处，不可一日无此君。"集句天成，且的是官斋中语，故妙。

【译文】常州府署中有一座竹楼,某太守题了一副对联:"未知明年在何处,不可一日无此君。"集合古诗文句成对联,浑然天成,况且确是官舍中语,因此很绝妙。

锥刀砚

家秋潭先生于所亲家见一砚,石质细润,良材也。其家不之贵,用以覆瓿,且磨刀锥,伤痕数处。先生乞归,名锥刀砚,镌铭其旁云:"磨刀则磨,磨锥则磨,磨墨则磨,磨人则磨。"

【译文】我家梁秋潭(梁文泓)先生,在好朋友家里看见了一方砚台,材质细腻温润,质地优良。友人家却并不重视此砚,用来盖瓮或磨刀、锥等,已有很多处伤痕。梁先生请求将这方砚台给他,(拥有之后)并取名为"锥刀砚",在砚台边刻上这样的话:"磨刀则磨,磨锥则磨,磨墨则磨,磨人则磨。"

范增诗

钱舜臣咏范增诗云:"暴羽天资本不仁,岂堪亚父作谋臣。尊前若遂鸿门计,又一商君又一秦。"陈中孚咏范增诗云:"七十衰翁两鬓霜,西来一笑火咸阳,生平奇计无他事,只劝鸿门杀汉王。"二诗痛快,可括东坡《范增论》一篇。

【译文】钱舜臣的咏范增诗写道:"暴羽天资本不仁,岂堪亚父作谋臣。尊前若遂鸿门计，又一商君又一秦。"陈中孚咏范增诗写道："七十衰翁两鬓霜，西来一笑火咸阳。生平奇计无他事，只劝鸿门杀汉王。"两首诗写得痛快，可概括苏东坡的一篇《范增论》。

艮心居士

艮心居士，舅氏华荔生先生别号也。先生讳文椸，字绣之，号荔生，又号冬玉，行九，少余二岁。幼与余同学，不屑沾沾于帖括，因改习名法度支，顾亦以繁重厌弃之。因小就书记，游江西，游广东，游浙江，虽各有际遇，而糊口之外，内顾维艰，以故郁郁不得志。辛卯之冬，以患发疽，卒于象山县署，时年甫三十七，无子，以兄子为嗣。生平好吟咏，所存不多。没后为收其遗稿，残笺断楮，多半漫糊。《感怀》云："春水自深非借雨，秋云渐薄不关风。"《冬柳》云："依依老去风情减，絮絮飞来雪色寒。"《梅雨》云："乱如人意添愁重，酸入天心洒泪多。"《美人风筝》云："红粉亦能通线索，青云何必不裙钗？"又绝句云："泼墨天容咎晚晴，冷吟闲醉未分明。年来别有闲愁绪，不种芭蕉听雨声。"皆可诵也。

【译文】艮心居士，是我的舅舅华荔生先生的别号，先生讳文椸，字绣之，号荔生，又号冬玉，在家排行第九，比我小两岁。年幼时和我一同学习过。他不屑于学习八股文，因而改学名家、法家、度支，后来也因繁重而厌恶放弃了。因为小时候就学习过书、记（之类的文体），所以游了江西、广东、浙江等地。虽然各有机遇，但是除糊口之外，家境非常艰难，所以郁郁不得志。辛卯年（道光十一年，1831）冬天，因为长了脓疮，在象山县署去世。当时才三十七岁，没有子嗣，便以兄长之子为嗣。华荔生生平喜欢吟诗，只是留存下来的不多。去世后收集他的遗稿，自然残缺不齐，字迹也多半模糊不清。《感怀》写道："春水自深非借雨，秋云渐薄不关风。"《冬柳》写道："依依老去风情减，絮絮飞来雪色寒。"《梅雨》写道："乱如人意添愁重，酸入天心洒泪多。"《美人风筝》写道："红粉亦能通线索，青云何必不裙钗？"另，《绝句》写道："泼墨天容吝晚晴，冷吟闲醉未分明。年来别有闲愁绪，不种芭蕉听雨声"。上述诗句都可传诵。

金铃小犬图

先伯祖谏庵公藏明世宗所画金铃小犬图一帧，秀丽明婳，想见几暇宸翰之精。下缀七言绝句二首云："猎罢西山万马屯，不教狐兔占秋原。金铃小犬虽无力，此际还知报主恩。""小吠花阴为守宫，苍鹰搏击志相同。君恩已是难酬报，况复图形纪汝功。"末署曰"臣嵩奉敕谨题"，居中御印篆"天河钓叟"四字，世宗别号也。《书画谱》载明宣、宪、孝三宗能画，而世宗无闻焉。得此可补纪载之缺。考嘉靖号尧斋，万历号舜斋，天启号禹斋，嘉靖又号雷轩，又号天河钓叟，俱见《万历野获编》。

【译文】先伯祖谏庵公（梁玉绳）藏有一幅明世宗画的金铃小犬图，这幅画秀丽清美，可以想见帝王墨迹的精妙。画下写有七言绝句两首："猎罢西山万马屯，不教狐兔占秋原。金铃小犬虽无力，此际还知报主恩。""小吠花阴为守宫，苍鹰搏击志相同。君恩已是难酬报，况复图形纪汝功。"末尾署有"臣嵩奉敕谨题"字样。中间的御印有"天河钓叟"四个篆体字，这是世宗的别号。《书画谱》中记载，明代宣宗、宪宗、孝宗三位帝王都能画画，但没有提到世宗。这幅画可以填补史书记载中的缺漏。据考证，嘉靖（明世宗）号为尧斋，万历（明神宗）号为舜斋，天启（明熹宗）号为禹斋。嘉靖又号雷轩，又号天河钓叟，这些都见于沈德符《万历野获编》一书。

对月曲

赵秋舲《对月曲》内《江儿水》一支云："自古欢须尽，从来美必收。我初三瞧你眉儿斗，我十三窥你妆儿就，我廿三觑你庞儿瘦，都在今宵前后。何况人生，怎不西风败柳！"初三三句，未经人道。

【译文】赵秋舲（赵庆熺）的《对月曲》当中《江儿水》一支曲子唱道："自古欢须尽，从来美必收。我初三瞧你眉儿斗，我十三窥你妆儿就，我廿三觑你庞儿瘦，都在今宵前后。何况人生，怎不西风败柳！"其中"初三"三句别人没说过。

好 名

杨铁崖至嘉禾，选同人诗，夜已半，闻门外剥啄声，启视，则皆禾中能诗者也。人人持金缯，均乞留其诗。杨笑曰："生平三尺法尚可假借，若诗文则心欲借眼，眼不从心，未尝敢欺当世。"遂运笔批选，止取鲍恂、张翼、顾文奕、金炯四首。诸人相顾错愕，固乞宽假，至有涕泣长跪者。遂俱挥出门外，闭关藏烛曰："风雅扫地尽矣。"随园老人选诗，丹阳贡生何震负诗一册，踵门求见曰："苦吟半生，无一知己，今所望者惟先生，是以求教。若先生亦无所取，则某将投江死矣。"先生大骇，为称许数联，欣然而去。已不能传而求附人以传，好名之心，亦良苦矣。

【译文】杨铁崖（杨维桢）到嘉禾编选同人诗。有一天，已是半夜时分，杨铁崖听到门外有轻轻的敲门声，起身去看，原来是县中能写诗的人们。他们都拿着金银财物，请求杨铁崖将他们的诗编入其中。杨铁崖笑着说："生平所坚持的法度尚可宽容人，至于诗文就算心里想宽容，眼睛也不顺从心意啊，我不敢欺当世。"于是便运笔批选，只选取了鲍恂、张翼、顾文奕、金炯四人各一首诗。众人面面相觑惊愕不已，仍然坚持请求杨铁崖放宽条件，甚至有人哭着长跪不起哀求入选。杨铁崖把他们都赶出门外，关上门吹灭蜡烛，说道："真是风雅扫地啊！"随园老人（袁枚）选诗时，丹阳的贡生何震带了一册诗稿亲自上门求见他说道："苦吟半生，无一知己，现在所期望的只有先生了，因此前来求教。如果先生也不选我的文章，我将投江自杀。"袁枚听后惊骇不已，于是许诺收选数联何震的作品，这样何震才欣然离去。自己的文章写得不好不能流传，而要求助别人为自己传诵，追逐名利的心，也真"用心良苦"啊！

西厢记

《琵琶记》影借中郎，《荆钗记》污蔑十朋，夫人知之。至双文之事，风流话柄，千古艳称，然考《旷园杂志》，载唐郑太常恒及崔夫人合葬，墓在淇水西北五十里，即古淇澳地。明成化间，淇水泛溢，土崩石出，秦给事贯所撰志铭在焉。志中盛称夫人四德咸备，则《会真》一记，特寓言八九耳。又兖州阳谷县西北，有西门冢，大姓潘、吴二氏自言，是西门妻吴氏、妾潘氏族，见《香祖笔记》。小说所记，或亦风影其词欤？

【译文】《琵琶记》影射蔡中郎，《荆钗记》污蔑王十朋，这是众所周知的。至于崔莺莺与元稹的风流绯闻，千古艳称。但考证《旷园杂志》，可知：唐朝太常郑恒与夫人崔氏合葬，墓在淇水西北五十里，就是古代淇澳之地。明宪宗成化年间，淇水泛溢，土崩石出，给事秦贯写的墓志铭还在。墓志铭中极力赞颂郑恒夫人崔氏妇德、妇言、妇容、妇功皆备，那么元稹《会真记》（又名《莺莺传》）中杜撰的成分有十之八九吧。另外，兖州阳谷县西北有一座西门墓，大姓家族的潘、吴二氏自称是西门之妻吴氏、妾潘氏的族人，王士禛《香祖笔记》对此有记载。小说中所记载的，也许是捕风捉影吧？

山 歌

山歌船唱有极有意义者，如"南山脚下一缸油，姊妹两个合梳头，大的梳个盘龙髻，小的梳个杨烂头"。前人谓其始同终异，以比性本善而择术遂分也。吴船山歌云："月子弯弯照九州，几家欢乐几家愁，几家夫妇同罗帐，几个飘零在外头。"音调悲惋，闻之令人动羁旅之感。台州塘下戴氏将败，童谣云："塘下戴，好种菜，菜开花，好种茶，茶结子，好种柿，柿蒂乌，摘了大姑摘小姑。"音节真如古乐府。又儿童扯衣裙相戏唱曰："牵郎郎，拽弟弟，踏碎瓦儿不着地。"《海刍录》曰："此祝生男也。踏碎瓦，禳之以弄璋；牵衣裙，禳之以衣裳；不着地，禳之以寝床。上二句祝多男，下一句祝其不生女。"寥寥三语，骤括《斯干》，后二节诗甚奇。吴斧仙名峻，杭府人，作山歌云："吴山脚下唱山歌，山色弯环双黛螺。天上月儿糖饼样，中间不信有姮娥。"痴语亦有致。

【译文】山歌船唱当中，有些是非常有意义的。如："南山脚下一缸油，姊妹两个合梳头。大的梳个盘龙髻，小的梳个杨烂头"。前人认为是开始相同最终却不一样，用来比喻本性本来都善良但由于选择的道路不同而导致最终的差异。吴船山歌唱道："月子弯弯照九州，几家欢乐几家愁，几家夫妇同罗帐，几个飘零在外头。"歌曲音调悲凉凄惋，听了令人萌发了羁旅之愁。台州塘下有戴氏家族即将没落，童谣便唱到："塘下戴，好种菜，菜开花，好种茶，茶结子，好种柿，柿蒂乌，摘了大姑摘小姑。"音律节拍如同古代乐府。还有儿童扯着衣裙相互嬉戏唱道："牵郎郎，拽弟弟，踏碎瓦儿不着地。"《海刍录》中说："这是祝福生男孩。'踏碎瓦'是祝祷生男孩，'牵衣裙'也是祝祷生男孩，'不着地'是祝祷不生女孩。前两句都是祝祷多生男，后一句祝祷不生女。"寥寥三句话，将《诗经·斯干》剪裁、改写，后两节诗特别新奇。吴斧仙，名峻，杭州府人，写了一首山歌："吴山脚下唱山歌，山色弯环双黛螺。天上月儿糖饼样，中间不信有姮娥。"痴语也有很别致的。

听月楼诗

亡室黄孺人,名巽,字顺之,号蕉卿,萧山训导黄公超女,文僖相国七世孙女也。年十九,来归于余,醇谨恭俭,族戚无闲言。丁亥之冬,余侍家大人入粤,孺人以母病不能从。次年冬,余忽患咯血症,孺人闻而心惊,间关度岭,乃未及半年,猝得风疾,沉绵床第一载有余,竟尔不起。余作挽联云:"四千里累尔远来,父在家,母在殡,翁姑在堂,属纩定知难瞑目;廿三年弃余永诀,拜无儿,哭无女,继承无侄,盖棺未免太伤心。"实事实情,不自知其言之悲也。孺人受外姑雷夫人教,解吟咏,著《听月楼稿》,喜读元人诗,故所作多与之相近。《偶成》云:"滑苆春笺临晋草,玲珑小几供唐花。"《寄颖卿妹萧山》云:"家远愁看花姊妹,病多难配药君臣。"《不寐》云:"蛩语闹于牛马斗,鸡声难若凤鸾鸣。"《病中偶成》云:"竹径乱敲风似箭,蕉阶不住雨如麻。"《丙寅除夕》云:"百年已过六千日,一饮真须三百杯。"《咏手炉》云:"却为摩挲知冷暖,偶从翻覆见炎凉。"《呈程十然丈》云:"帷绛经言飞白字,杀青史笔比红诗。"《雨后看山》绝句云:"玻璃水镜净于揩,螺髻多从雨后开。无数青山青不够,暮云添出一峰来。"《湘湖采菱曲》云:"吴江女儿采莲花,凌波绰约如朝霞。越江女儿采菱角,隔水轻盈笼芍药。儿家生小湘湖边,只种秋菱不种莲。种莲莲子心中苦,剥菱菱实心中甜。湘湖一夜西风紧,三五鸦鬟荡双艇。戏牵菱叶钓竿丝,笑指菱花镜奁影。采菱菱角红,颊晕双涡浓;采菱菱角绿,眉痕两峰蘼。菱根丛杂菱刺多,纤纤素手临清波。鲤鱼风起芙蓉外,蝉鬓生寒可奈何?春风采莼莼欲小,秋风采菱菱渐老,年年春去又秋来,不及儿家颜色好。采菱复采菱,菱船四面来前汀。湖水净逾碧,湖山瘦且清,双桨只在波中停。菱歌静后不知处,却向湖头浣纱去。"诗二卷,未暇付梓也。遗稿重翻,曷胜於邑!

【译文】亡妻孺人黄氏,名巽,字顺之,号蕉卿,是浙江萧山训导黄公黄超的女儿,文僖相国(黄机)的第七代孙女。年方十九岁,就嫁给我,她敦厚恭敬勤劳俭朴,族中亲戚没有一个说她不好的。丁亥年(道光七年,1827)冬天,我待奉父亲大人到广东任职,我的妻子因为母亲有病而不能随我一起走。第二年冬天,我突然患了咯血病,妻子听说后心惊胆战,越关度岭前来伺候,不到半年时间,突然中风,半身不遂,卧床有一年多,竟然再也没起来。我为她写了一幅挽联:"四千里累尔远来,父在家,母在殡,翁姑在堂,属纩定知难暝目;廿三年弃余永诀,拜无儿,哭无女,继承无任,盖棺未免太伤心。"实事实情,只有自己知道这句话是何等的悲痛。妻子先前受岳母雷夫人教诲,懂得作诗,著有《听月楼稿》,她喜欢读元代人写的诗,因此所写的多与元人诗相近。《偶成》写道:"滑芴春笺临晋草,玲珑小几供唐花。"《寄颖卿妹萧山》写道:"家远愁看花姊妹,病多难配药君臣。"《不寐》写道:"蛩语闹于牛马斗,鸡声难若凤鸾鸣。"《病中偶成》写道:"竹径乱敲风似翦,蕉阶不住雨如麻。"《丙寅除夕》写道:"百年已过六千日,一饮真须三百杯。"《咏手炉》写道;"俗为摩挲知冷暖,偶从翻覆见炎凉。"《呈程十然丈》写道:"帷绛经言飞白字,杀青史笔比红诗。"《雨后看山》绝句写道:"玻璃水镜净于揩,螺髻多从雨后开。无数青山青不够,暮云添出一峰来。"《湘湖采菱曲》写道:"吴江女儿采莲花,凌波绰约如朝霞。越江女儿采菱角，隔水轻盈笼芍药。儿家生小湘湖边，只种秋菱不种莲。种莲莲子心中苦，剥菱菱实心中甜。湘湖一夜西风紧，三五鸦鬟荡双艇。戏牵菱叶钓竿丝，笑指菱花镜套影。采菱菱角红，颊晕双涡浓；采菱菱角绿，眉痕两峰蹙。菱根丛杂菱刺多，纤纤素手临清波。鲤鱼风起芙蓉外，蝉鬓生寒可奈何？春风采莼莼欲小，秋风采菱菱渐老，年年春去又秋来，不及儿家颜色好。采菱复采菱，菱船四面来前汀。湖水净逾碧，湖山瘦且清，双桨只在波中停。菱歌静后不知处，却向湖头浣纱去。"诗稿共有二卷，没有时间去刊刻，（现在）重翻遗稿，不胜悲哀抑郁。

苏杭游女

苏人风俗，凡妇女下山，與夫每倒抬而行。有人句云："妾自倒行郎自看，省郎一步一回头。"杭人风俗，凡妇女游湖，每逢上岸，观者如堵。有人句云："郎自乞晴侬乞雨，要他微雨散闲人。"二语俱极风致。

【译文】苏州人有一种风俗，凡是妇女下山，轿夫们都要倒抬着行走。有人写了一句："妾自倒行郎自看，省郎一步一回头。"杭州有一种风俗，凡是妇女游览湖水，每逢上岸时，观看的人围墙一样。有人写了一句："郎自乞晴侬乞雨，要他微雨散闲人。"这两句话都极具风致。

告墓文

先曾祖少司空，以乾隆五十八年葬于江干之诸桥，窆事皆山舟学士经营，有告墓文云："呜呼！雁行中断，荆树半摧，境有幽明，情无睽隔。忆昔童年丧母，吾两人如形影之相依；壮岁登朝，吾两人亦驱驰之相负。自宦分中外，合少离多，迨病滞乡间，我南尔北。方冀归田有日，白首同依；何图先我云亡，黄肠空递。悠悠逝水，寂寂荒祠，妇殁早殡于前楹，岁久未安乎幽室。维兹山名百子，筮协龟从；所奇事隔廿年，珠还剑返。地师无媒而自至，山灵虚席以相迎，似有数存，岂非天幸！赐茔在望，魂依吾父吾母之前；上冢所经，我先尔子尔孙之列。从此幽灵永奠，同穴相庄，庶慰予心，定邀神佑。呜呼！阿兄老矣，泉台之相见有期；吾弟闻乎，华表之来归何日？哀哉尚飨！"沉痛之语，令人酸鼻。窆窆之役，先大父央庵公躬亲畚揖，乃卜葬甫终，而大父亦病而长逝矣。学士挽联云："齿发已如斯，泉下相寻知有日；丹铅俨然在，箧中忍展未完书。"次联所云，以大父所著《左通》未曾卒业也。迄今四十余年，《左通》一书借表弟汪小米中翰远孙之力，亦已付刊，敬翻手泽，曷胜泫然！

【译文】我已故的曾祖父少司空，于乾隆五十八年（1793）葬在江干一个叫诸桥的地方。埋葬之事都是山舟学士（梁同书）办理的。写有《告墓文》，文字如下："呜呼！雁行中断，荆树半摧，境有幽明，情无睽隔。忆昔单年丧母，吾两人如形影之相依；壮岁登朝，吾两人亦驱驰之相负。自宦分中外，合少离多，迨病滞乡间，我南尔北。方冀归田有日，白首同依；何图先我云亡，黄肠空递。悠悠逝水，寂寂荒祠，妇殁早殡于前楹，岁久未安呼幽室。维兹山名百子，筮协龟从；所奇事隔廿年，珠还剑返。地师无媒而自至，山灵虚度以相迎，似有数存，岂非天幸！赐茔在望，魂依吾父吾母之前；上冢所经，我先尔子尔孙之列。从此幽灵永奠，同穴相庄，庶慰子心，定邀神佑。呜呼！阿兄老矣，泉台之相见有期；吾弟闻乎，华表之来归何日？哀哉尚飨！"措辞沉郁悲恸，读来令人鼻酸。墓穴方面的事情，由我爷爷夬庵公（梁履绳）亲自造坟垒土，刚安葬完毕，我爷爷也因病去世了。山舟学士写了挽联："齿发已如斯，泉下相寻知有日；丹铅俨然在，箧中忍展未完书。"次联说的是我爷爷写《左通》一书没有写完（就去世的遗憾之事）。到如今已四十余年了，《左通》一书，经由表弟、内阁中书汪小米汪远孙之力，也已经付刊了。（如今）敬读先人的手迹，不禁潸然泪下。

马 字

马字之为用不一，然不外记数、象形二义。礼投壶，请为胜者立马。今俗猜枚之物曰拳马，衡银之物曰法马，赌博之子曰筹马，又以笔画一至九数曰打马子，此皆记数之马也。木工以三木相攒而歧其首，横木于上以施斧斤，谓之作马。插秧之杌名秧马。《周礼》："掌舍设梐枑再重。"注："行马也。"又俗于纸上画神佛像，祭赛后焚之，曰甲马。又都会水陆之冲，曰马头。又三弦上承弦之物，曰弦马。净桶曰马子。此皆象形之马也。惟檐铁曰铁马，船舱内边门曰马门，则又不知何所取义。

【译文】"马"字的用法不一，但都不外乎记数、象形两种含义。《礼记·投壶》中有"请为胜者立马"之语。今天习俗中喝酒取乐的游戏用到的东西叫做"拳马"，称量银子的东西叫做"法马"，赌博（计算胜负的东西）叫做"筹马"；又把笔画中的一到九画（馬字共九画）叫做"打马子"，这些都是表示记数的"马"字。木工把三块木头拼起来而岔开其首端，把木料横放在上面，以便用斧头，这种工具叫做"作马"。插秧用的杌子叫做"秧马"。《周礼》中有"掌舍设桎枑再重"一语，注解中说这是指"行马"。另外，民俗中的在纸上画神佛像，祭赛后焚烧，这叫"甲马"。还有，都是中的水陆要冲叫做"马头"。还有，三弦上承弦的东西叫"弦马"，净桶（马桶）叫"马子"；这些都是表示象形意思的"马"字。只有檐铁叫"铁马"，船舱内边门叫"马门"，就不知道这两者是取"马"字的什么含义了。

书中绝句

董东亭癸酉闱后，从市上买旧书数种，内有《文中子》一本，涂乙狼藉，于夹叶中得方寸纸，蝇头书二绝云："一树桃花卧绿芜，春阴帘外雨模糊。宵来乡思知多少，又听东风舞鹧鸪。""垂杨踠地绿丝齐，绣阁无人落燕泥。闲倚熏笼思往事，冷香和梦过横溪。"款曰"淞云"，盖闺人之作也。

【译文】董东亭（董潮）在乾隆十八年（1753）癸酉科闱试结束后，从市面上买了很多种旧书，其中有一本《文中子》，涂抹删改得乱七八糟。在书的夹页中发现了方寸大小的纸片，上面有蝇头小字写的两首绝句："一树桃花卧绿芜，春阴帘外雨模糊。宵来乡思知多少，又听东风舞鹧鸪。""垂杨蘸地绿丝齐，绣阁无人落燕泥。闲倚熏笼思往事，冷香和梦过横溪。"落款"淞云"，大概是闺阁中人写的吧。

摸 秋

鸠兹俗，女伴秋夜出游，各于瓜田摘瓜归，为宜男兆，名曰摸秋。

【译文】鸠兹有一种习俗：婚后未生育的女子们，在中秋之夜结伴出游，各自到瓜田里摘瓜才回家，作为将来能生育男孩的好兆头，（这种习俗）叫作"摸秋"。

横 看

古人览书，五行十行并下，皆言直看也。韩宗伯菼撰昆山徐大司寇行状云："公与姜太史宸英观古碑，碑甚高，公令人扶掖升高，横阅之，已又横阅其中间，复俯而横阅其下截，遂乃尽举其辞。姜大惊，以为绝才无对。"

【译文】古人阅读书籍，五行十行一起看下去，都称为"直看"。宗伯韩菼撰写江苏昆山人徐大司寇（徐乾学）行状中说："徐公与翰林姜宸英一起观赏古碑，碑石很高，徐公让人搀扶着把自己抬起来，横着阅读碑文，然后再阅读中间的碑文，再趴在地上阅读下半截碑文。于是便能把碑文全复述出来。姜宸英对此感到非常惊讶，认为徐公过人的才能无人能敌。"

舜 兄

舜妹敤手，舜妃癸比，俱有明征。《越绝书》："舜兄狂弟傲。"又《尸子》云："舜事亲养兄，为天下法。"舜兄不可考，二书不知何据。

【译文】舜的妹妹敤手，舜的妃子癸比，都有明确的记载证明。《越绝书》中说："舜兄狂弟傲（舜的兄长狂放，弟弟傲慢）。"又有《尸子》中说："舜事亲养兄，为天下法（舜侍奉双亲奉养兄长，可以成为天下效仿的典范）。"舜的兄长不能考证，然而这两部书不知有什么根据。

古人名字

仓颉帝姓侯名刚，见古篆文。许由字武仲，见《庄子释文》。伯夷名允，字公信，叔齐名智，字公达，见皇侃《论语疏》。仲雍字熟哉，见《史记》注。后稷字度辰，见《路史·后纪》。箕子名胥余，见《庄子·大宗师》。比干名胥余，见《尸子》。瞽瞍名槶，见孙海门《稽古名异录》。纣字受德，见《汲冢周书》孔晁注。微仲名泄，字子思，见《家语本姓解》。商均名章鹪，见《金楼子》。巫咸名祒，见《庄子·天运》。朱张字子弓，见《释文》王弼注《荀子》。弦高字随牛，见《淮南说林》。祁奚字黄羊，见《吕氏春秋·去私》注。羊舌大夫姓李名果，见闵二昭三疏。老聃名元禄，见《路史》；又名乾，字元杲，见《前凉录》。介之推姓王名光，见方氏《通雅》。易牙名亚，见孔疏。晋解扬字子虎，见《说苑》。孟懿子字子嗣，林放字子邱，并见《闽中金石记》仓颉庙碑。吾党直躬姓石名奢，见《韩诗外传》。公冶长名芝，见《论语疏》。漆雕开名凭，字子修，见宋杨简《先圣大训》白水碑。扁鹊名少齐，见《周礼疾医释文》。宋仲几字子然，见《春秋分记》《通志·氏族略》。文种字少禽，见《文选》陆机《豪士赋序》注。孟子字子居，见《礼部韵略》及颜师古《急就章》注。陈仲子字子终，见《列士传》。告子名胜，字子胜，见陈琳《为曹洪与魏文书》。伯乐姓孙名阳，见《庄子疏》。荀卿名况，见刘向《荀子序》。

【译文】仓颉帝姓侯名刚，参见古篆文。许由字武仲，参见《庄子释文》。伯夷名允字公信，叔齐名智字公达，参见皇侃《论语疏》。仲雍字熟哉，参见《史记》注。后稷字度辰，参见《路史·后纪》。箕子名胥余，参见《庄子·大宗师》。比干名胥余，参见《尸子》。瞽瞍名槐，参见孙海门《稽古名异录》。纣字受德，参见《汲冢周书》孔晁注。微仲名泄字子思，参见《家语本姓解》。商均名章鹠，参见《金楼子》。巫咸名祒，参见《庄子·天运》。朱张字子弓，参见《释文》王弼注《荀子》。弦高字随牛，参见《淮南说林》。祁奚字黄羊，参见《吕氏春秋·去私》注。羊舌大夫姓李名果，参见鲁闵公二年、鲁昭公三年注疏。老聃名元禄，参见《路史》；又名乾，字元杲，参见《前凉录》。介子推姓王名光，参见方以智《通雅》。易牙名亚，参见孔颖达注疏。晋国解扬字子虎，参见《说苑》。孟懿子字子嗣，林放字子邱，都参见《闽中金石记》仓颉庙碑。吾党直躬姓石名奢，参见《韩诗外传》。公冶长名芝，参见《论语疏》。漆雕开名凭，字子修，参见宋代杨简的《先圣大训》白水碑。扁鹊名少齐，参见《周礼疾医释文》。宋仲几字子然，参见《春秋分记》《通志·氏族略》。文种字少禽，参见《文选》陆机《豪士赋序》注。孟子字子居，参见《礼部韵略》以及颜师古《急就章》注。陈仲子字子终，参见《列士传》。告子名胜字子胜，参见陈琳的《为曹洪与魏文书》。伯乐姓孙名阳，参见《庄子疏》。荀卿名况，参见刘向的《荀子序》。

贾秋壑

贾似道初入相，有人赋诗云："收拾乾坤一担担，上肩容易下肩难。劝君高著擎天手，多少旁人冷眼看。"盖久知其相业之不终矣。在位时，曾令人贩盐百船，至京师卖之。有人赋诗云："昨夜江头长碧波，满船多载相公醝。虽然要作调羹用，未必调羹用许多。"又行推回田亩之令。有人赋诗云："三分天下二分亡，犹把山河寸寸量。纵使一丘添一亩，也应不似旧封疆。"又行立士籍之法。有人赋诗云："戎马掀天动地来，襄阳城下哭声哀。平章束手全无策，却把科场恼秀才。"又荆襄方危之际，汪紫原以三策投似道，一谓抽内兵过江，或百里，或二百里，置一屯，皆设都统，七千里江面才三四十屯，设两大藩府以总之，缓急上下流相应；二谓久稽使者，不如遣归，唉缓师期；三谓若此二者均不可，莫若准备投拜。贾得书大怒，罢汪归金陵。不数月，北兵渡江，九江以下皆失守。有人赋诗云："厚我墙垣长彼贪，不然衔璧小邦男。庙堂从谏真如转，竟用先生策第三。"五诗皆轻倩浅易，然的是杭人轻薄口气。

【译文】贾似道刚任丞相时，有人写诗道："收拾乾坤一担担，上肩容易下肩难。劝君高著擎天手，多少旁人冷眼看。"（"收拾乾坤的重担一肩挑起，但挑起重担容易卸下难。奉劝你高抬擎天之手，须知有多少人在冷眼旁观。"）大概早已知道他做丞相做不长久。他在位时曾命人贩百余船盐，到京城出售。有人写诗说："昨夜江头长碧波，满船多载相公醝。虽然要作调羹用，未必调羹用许多。"（"昨天夜里江头碧波荡漾，满满的船上都载着丞相的盐。虽然盐是羹汤调味所用，但羹汤调味未必能用那么多。"）他又推行回田亩之令，有人写诗道："三分天下二分亡，犹把山河寸寸量。纵使一丘添一亩，也应不似旧封疆。"（"天下三分中的二分已拱手让人，依旧把天下的山河一寸寸重新丈量。就算是每一个山丘都添上一亩大小的田地，也应该不是原来的封疆。"）他又推行建立士籍之法，有人写诗道："戎马掀天动地来，襄阳城下哭声哀。平章束手全无策，却把科场恼秀才。"（蒙古入侵的军队声势浩大地滚滚而来，襄阳城下军民的哭声令人悲痛不已。官居平章事对此完全没有一点办法，却以"士籍"之法整治科场激怒了读书人们。）还有，在荆襄正处在危难之际，汪紫原（或为紫源，即汪立信）向贾似道献上三条计策：第一条计策是抽出皇宫内军队过江，有的一百里、有的二百里，设置一座屯所，都设都统，七千里江面才三四十座屯所，设两大藩府以指挥这一带，使上下游缓急相应；第二条计策是长期扣押敌方使者，不如将其打发回去，作为缓兵之计；第三条计策是若以上两条计策都不可行，不如准备投降。贾似道看到这三条计策后大怒，罢免了汪紫原的官，贬他到金陵。没过几个月，元兵渡过长江。九江以下全都失守了。有人写诗道："厚我墙垣长彼贪，不然衔璧小邦男。庙堂从谏真如转，竟用先生策第三。"（加厚我家的院墙来增长你的贪婪，不然的话投降成为敌方的小邦男。朝廷纳谏真会改变方向，竟然用了先生的第三条计策。）
五首诗都轻快美好、浅显易懂，却流露出杭州人的轻薄口气。

四书对

某太守，清苑人，曾令泾县，颇贪酷。一日辰起，见厅事帖一对云："彼哉彼哉，北方之学者，何足算也！戒之戒之，南人有言曰，其无后乎？"

【译文】某太守，是河北清苑人，曾在安徽泾县任县令，非常贪财残酷。一天早起，看见厅堂上贴着一副对联："彼哉彼哉，北方之学者，何足算也！戒之戒之，南人有言曰，其无后乎？"（你啊你啊，是北方来的学者，算得了什么人物！警惕吧警惕吧，南方人有句话说，难道你没有子孙后代吗？）

李秋雁

李纫兰女史佩金江苏长洲人，山阴何公子仙帆之配也。工词，著《生香馆集》，逼真漱玉，年三十余卒。杨蓉裳农部芳灿之夫人为之序，孙古云袭伯均次而刊之。李又有《秋雁》诗四首，中有句云："偶听弓弦惊窹寐，久疏笺字报平安。筝无急柱宁辞鼓，琴有哀音未忍弹。"不脱不黏，幽怨之思，溢于言表，真名作也。江南人呼为李秋雁。

【译文】女史李纫兰李佩金，是江苏长洲人，是浙江山阴何仙帆公子的配偶。她擅长作词，著有《生香馆集》，与李清照《漱玉集》的风格很像。年仅三十多岁就去世了。农部、杨蓉裳杨芳灿的夫人为她写了一篇序，裴伯爵孙古云孙均接着把它刊印出来。另外李纫兰还有《秋雁诗》四首，其中有这样的诗句："偶听弓弦惊窹寐，久疏笺字报平安。筝无急柱宁辞鼓，琴有哀音未忍弹。"（偶然听到弓弦之声从半梦半醒中惊醒，很久疏忽了写书信报平安。古筝没有急柱宁可不再鼓起，琴有悲哀的声音不忍弹奏。）这首诗既不脱落不黏滞，幽怨的情思，流露于言辞上。真是一篇名作，江南人因而称呼她为"李秋雁"。

晏元献诗

元献尝举其得意句示人云："梨花院落溶溶月，柳絮池塘淡淡风。""楼台侧畔杨花过，帘幕中间燕子飞。"谓的是富贵人吐属是已。然余尤爱其"已定复摇春水色，似红如白野棠花。""楼台冷落收灯夜，门巷萧条埽雪天。"愈冷淡，愈风流，而又绝无衰飒气，真有福泽人语也。

【译文】晏元献（晏殊）曾拿出自以为得意的诗句给别人看："梨花院落溶溶月，柳絮池塘淡淡风。""楼台侧畔杨花过，帘幕中间燕子飞。"这不过是富贵之人才写出来的诗句而已。但我还是特别喜欢他的"已定复摇春水色，似红如白野棠花""楼台冷落收灯夜，门巷萧条归雪天"。这首诗表现出越冷淡越见风流，又绝无衰落萧索之气。真是有福泽之人才能写出的诗句啊！

江城梅花引

词中《江城梅花引》一调最难措手，长句转接处易俚，一病也；短句重叠处易滑，二病也；两段结处易涩，三病也；措语类曲，四病也。康伯可"娟娟霜月"，千秋绝唱，罕有嗣音。顷得郭频迦麐一阕云："一重方空一重纱，采莲花，采菱花，爱住吴船，生小号吴娃。墙内红楼楼外水，有明月，照鸳鸯，宿那家？那家那家，在天涯。　雨又斜，云又遮，听也听也，听不到一曲琵琶，渐渐西风秋柳不藏鸦。欲倩西风吹梦去，还只恐，梦魂中，太远些。"音节和缓，情景迷离，真合作也。

【译文】在所有词中，《江城梅花引》一调，是最难应付的，长句转接之处容易流于俚俗，是第一个问题。短句重叠之处容易搪塞胡混过去，是第二个问题。两段衔接之处容易艰涩不自然，是第三个问题。措词用语接近曲子，是第四个问题。康伯可（康与之）的"娟娟霜月"，乃是千秋绝唱，很少有后来者能继承的。不久得到郭频迦郭麐的一阕词："一重方空一重纱，采莲花，采菱花，爱住吴船，生小号吴娃。墙内红楼楼外水，有明月，照鸳鸯，宿那家？那家那家，在天涯。　雨又斜，云又遮，听也听也，听不到一曲琵琶。渐渐西风秋柳不藏鸦。欲倩西风吹梦去，还只恐，梦魂中，太远些。"这首词音节和缓，情景迷离，真是一首符合《江城梅花引》调子的作品。

安公子

家构亭制府^{肯堂}《石幢居士吟稿》二卷，已付刊久矣。此外尚有诗余十数首，以未成卷帙，不能付梓。内有《安公子》一阕云："不道春归也，一春飘泊名花谢。风雨妒花飞片片，可怜狼藉。愁得我瘦无半把春难借，肠九曲独立回廊下。更萦怀抱，彻耳莺啼，声声娇姹。　待把流莺骂，骂时休想莺儿怕。离怨系来心里病，画工难画。他自过曲台芳榭闲消夏，更不管零落蔷薇架。恨云恼月，者样痴情，向谁同写？"情致缠绵，敬为录而存之。

【译文】家人、总督梁构亭^{梁肯堂}，有《石幢居士吟稿》二卷，已经交付刊印很久了。除此之外，他还有十多首诗词，因为编不成一册，所以不能付印。里面有《安公子》一阕："不道春归也，一春飘泊名花谢。风雨妒花飞片片，可怜狼籍。愁得我瘦无半把春难借，肠九曲独立回廊下。更萦怀抱，彻耳莺啼，声声娇姹。　待把流莺骂，骂时休想莺儿怕。离怨系来心里病，画工难画。他自过曲台芳榭闻消夏，更不管零落蔷薇架。恨云恼月，者样痴情，向谁同写？"这首词情意缠绵，因此恭敬地记录下来加以保存。

对　联

偶见剃头铺一对联云："到来尽是弹冠客，此去应无搔首人。"工雅浑切。又大道边茶亭一对云："四大皆空，坐片刻无分尔我；两头是路，吃一盏各自东西。"浅语颇有禅理。又吾杭涌金门外藕香居茶室对云："欲把西湖比西子，从来佳茗似佳人。"集坡诗恰切，可入西湖志余。

【译文】偶然看到剃头铺一副对联写道："到来尽是弹冠客，此去应无搔首人。"对仗雅致、淳朴贴切。又看到大道边茶亭有一副对联写道："四大皆空，坐片刻无分尔我；两头是路，吃一盏各自东西。"语言浅切，富有禅理。还看到我家杭州涌金门外藕香居一处茶室有对联写道："欲把西湖比西子，从来佳茗似佳人。"用苏东坡诗集成句子非常恰当、贴切，可入西湖志余。

梁瀛侯语

瀛侯先生《日省录》云："天下无难处之事，要两如之何；天下无难与之人，要三必自反。"二语似旧而实新，似迂而实切。

【译文】瀛侯先生（梁文科）在《日省录》中写道："天下无难处之事，要两如之何；天下无难与之人，要三必自反。"（天下没有处理不了的事，只要遇事问自己两个"怎么样"。天下没有难相处的人，只要与人交往时从三个方面反躬自问。）这两句看似陈旧实则新颖，好像迂腐而实则中肯。

读　书

渊明读书不求甚解，是涵养性情事。孔明读书略观大义，是讲求经济事。冥心躁气者不得借口。

【译文】陶渊明读书不求彻底了解,是因为讲求涵养性情。孔明(诸葛亮)读书只求大概了解其要义,是因为他讲求经世济用。那些读书时潜心苦思、心浮气躁之人,不可以此作为借口。

孔 子

《清净法行经》称孔子为光净童子,《造天地经》以孔子为儒童菩萨,《酉阳杂俎·玉格》以孔子为玄宫仙真,《灵位业图》以孔子为太极上真君,援儒入墨,殊属可笑,然侮圣亦甚矣。

【译文】《清净法行经》中称孔子为"光净童子",《造天地经》认为孔子是"儒童菩萨"。《酉阳杂俎·玉格》认为孔子是"玄宫仙真",《灵位业图》认为孔子是"太极上真君"。把儒家引进墨家之中,这样非常可笑,而且侮辱圣贤太过分了。

花 押

安禄山押山字,以手指三撮,见曾慥《类说》。王荆公押石字,性急潦草,人以为类反字,见《石林燕语》。韦陟五云体,亦是花押。陈仲醇云:"钟离权花押,作一剑形。"见《香祖笔记》。是神仙亦有花押也。

【译文】安禄山花押之字为"山"，用手指三撮，事见曾慥的《类说》。王荆公（王安石）花押之字为"石"，性情急躁写得潦草，人们认为像"反"字，事见于叶梦得《石林燕语》。韦陟的五云体，也是花押。陈仲醇（陈继儒）说："钟离权花押，作一剑形。"见于王士禛《香祖笔记》，说明神仙也有花押。

苏绣鞋

明苏子平衡《咏绣鞋》句云："南陌踏青春有迹，西厢立月夜无声。"人以苏绣鞋呼之。古人诗云："愿得将身化锦鞋。"此公何其旖旎也！然以此得名，较之鸳鸯鹧鸪，风斯下矣。

【译文】明朝苏子平苏衡在《咏绣鞋》中写道："南陌踏青春有迹，西厢立月夜无声。"人们以"苏绣鞋"来称呼他。古人诗中说："愿得将身化锦鞋。"这位先生是何等的温婉柔媚！然而依靠这个而得名，与鸳鸯、鹧鸪相比，这种风气就低一个层次了。

别号小照

近俗市侩牙人，俱有别号，后生小子，并画小照。舒铁云怀王仲瞿诗云："文如谢灵运，武如郭子仪，有名而无字，古人亦大奇！后世好标榜，称谓日日新，走卒号居士，达官署山人。相如商傅说，将如汉马援，版筑非自图，云台未尝见。后世重形貌，画像日日增，男女竞红绿，富贵私丹青。我爱王仲瞿，其人无他殊，既不取别号，亦不画小照。"

【译文】近来的风俗，市侩、牙人这样唯利是图的商人都有别号，年轻的晚辈，都画有小照。舒铁云（舒位）追思王仲瞿（王昙）的诗中说："文如谢灵运，武如郭子仪，有名而无字，古人亦大奇！后世好标榜，称谓日日新，走卒号居工，达官署山人。相如商傅说，将如汉马援。版筑非身图，云台未尝见。后世重形貌，画像日日增，男女竞红绿，富贵私丹青。我爱王仲瞿，其人无他殊。既不取别号，亦不画小照。"

香 市

西湖昭庆寺山门前，两廊设市，卖木鱼、花篮、耍货、梳具等物，皆寺僧作以售利者也。每逢香市，妇女填集如云。孙渊如观察诗云："丝带束腰绵衬额，游廊叉手走东西。"描写下路妇人，形景如绘。

【译文】西湖昭庆寺的山门前，两廊开设集市，卖木鱼、花篮、耍货、梳具等物。（这些东西）都是僧人制作出来而卖钱的。每逢香市，如云般的妇人们蜂拥而至，填满集市，道台孙渊如（孙星衍）有一句诗中写道："丝带束腰绵襟额，游廊叉手走东西。"描绘往前走的妇女的景象，惟妙惟肖。

梁秋草

高叔祖午楼公，讳梦善，文庄胞弟也。年十五举于乡，六上春官不第，出宰直隶蠡县，卒于官，著《木雁斋诗稿》。《秋草》诗最传诵，警句云："马散玉关肥苜蓿，月明青冢冷琵琶。"时呼梁秋草。

【译文】高叔祖午楼公名叫梦善，是文庄公（梁诗正）的胞弟。年仅十五岁，通过乡试考中举人，然而六次进京参加礼部考试都没考中，后来到直隶蠡县做县令，死于官任上，著有《木雁斋诗稿》。其中《秋草诗》被传诵最广，其中名句说道："马散玉关肥苜蓿，月明青冢冷琵琶。"当时人就因此称他为"梁秋草"。

王伯榖

王山人伯榖诗云："山上杜鹃花作鸟，墓前翁仲石为人。"有人戏效其体嘲之云："身上杨梅疮作果，眼中萝卜翳为花。"闻者绝倒。盖王时患恶疮，而一目又微障，故云。

【译文】山人王伯榖（王稚登）有一句诗写道："山上杜鹃花作鸟，墓前翁仲石为人。"有人开玩笑地模仿他的文体嘲笑他道："身上杨梅疮作果，眼中萝卜翳为花。"听的人都笑得前仰后合。大概是王伯榖当时患有恶疮，而一只眼又有轻微眼疾，所以才这么说吧。

联 谱

狄武襄不祖仁杰，郭崇韬哭拜汾阳，人之贤否，自是不同。张献忠僭号于蜀，追尊梓潼帝君为始祖，盗贼之行，悖谬固不足责，若唐有天下，以老子为始祖，何亦诞妄乃尔耶？余家旧遭回禄，谱牒无存，先胄遥遥，已不可考。忆在京时，有人以梁鸿、梁灏为问者，余笑应之曰："硕德巍科，不敢扳扯，惟绿珠、红玉，千古风流，当认为远代闺秀耳。"

【译文】狄武襄（狄青）不攀附狄仁杰为祖先，郭崇韬却故意绕道汾阳王郭子仪陵墓洒泪号哭行祭拜先祖之礼。人是否贤能，由此看来确是不同。张献忠在四川僭越称王，追尊梓潼帝君（张亚子）为始祖，这种盗贼一样的行为，倒行逆施、荒谬至极，不值得费力责备。像唐朝取得天下，以老子为始祖，又是何等荒诞？我家以前遭火灾，家谱化为乌有，先祖已久远，不可考证。回忆起我在京城时，有人用（东汉）梁鸿、（北宋）梁灏来问我，我笑着对他说："硕德巍科，不敢扳扯，惟绿珠、红玉，千古风流，当认为远代闺秀耳。"（品行高尚、科考高第，不敢攀扯，只有绿珠、红玉，千古风流，应当认为是古代以来有才能、品行优良的人。）

烟波钓徒

圣祖幸海昌，捕鱼赐群臣，各赋诗谢恩。查初白先生末句云："笠檐蓑袂平生事，臣本烟波一钓徒。"词意称旨。忽内侍传语云："宣烟波钓徒查翰林。"盖同时有声山学士，故以诗别之。

此可与"春城无处不飞花韩翃"作的对也。

【译文】清圣祖到海昌，把捕到的鱼赐给群臣，众臣各自赋诗来谢恩。查初白（查慎行）先生诗中末句为："笠檐蓑袂平生事，臣本烟波一钓徒。"词意很合圣意。忽然内侍传话说："宣'烟波钓徒'查翰林。"大概当时还有一位查姓的声山学士（查升），因此以诗区别这两人。这可与"'春城无处不飞花'韩翃"作成一副对子。

蔡木龛

蔡木龛布衣煋，钱塘人也。居于武林门内之斜桥河下，身为醝务司会计，而往来皆文士。家贫，爱客若性命。室无应门五尺之童，惟一老妪给事。门悬竹梆一事，客至击之，则此妪启扃而出。内门设题名簿，凡访者先书姓氏焉。登其堂，修洁无尘，茗碗熏炉，位置贴妥，酒谈茶话，客便是从。性不爱花而爱草，墙阶盆盎悉植之，所植之种，芊绵娟秀，而莫呼其名者，不知凡几。则寻常种类，一经是翁浇灌培植，鲜媚迥异凡恒。尤酷爱翠云草，卧榻之院，宽可数弓，贴地平铺，一碧无隙，每当夕阳新雨，望之如西洋翠罽盖。贮水之筒，扫叶之帚，去秽之纱囊，无一时离手也。翁不作诗而善谈论，腹笥极博，嫉恶如仇，有所白眼者，出一语必刺入骨。又好游谈，一丘壑之胜，必穷其境而后已。性又极介，不妄取与，而待人接物，则仍煦煦作春气，殆市隐之流欤。木龛有小照一帧，诸人题遍，尚余尺幅，时余客京师未归，木龛曰："当俟晋竹归来，属其补题。"讵意余于六月十九日归家，而翁已先五日溘逝矣。其侄婿何叔明携图来，为述其遗意，余题《金缕曲》一阕云："市隐风流绝。展遗图琳琅满纸，纸留一隙。闻说先生曾有语，待我归来赘笔。讵咫尺音容顿隔，恼煞石尤风太利，竟迟帆五日成长别。思往事，泪沾臆。　　须眉矍铄犹如昔，恁匆匆红尘撒手，鹤笙吹彻。天上尽多瑶草种，绝胜人间春色，要一一待公手植。识字打钟原本分，说径山曾托前生钵。翁临殁，自言前生为径山僧。泡梦语，感而述。"

【译文】蔡木龛蔡煜是平民，是钱塘人，住在杭州武林门内的斜桥河下，担任鹾务司会计，与他有往来的都是文人雅士。他家里很穷，但爱惜朋客就像性命。家里没有五尺高的应门童仆，只有一个老妇人在处理事务。门外悬一个竹梆，有客人到时就敲一下，这位老妇人就会闻声出来开门。内门里设有题名簿，凡有造访的人都要先登记姓名。进入厅堂，整洁得没有一丝灰尘，茶碗熏炉，摆放的位置都很妥贴。酒谈茶话，客人随意就行。他生性不喜欢花而喜欢草，墙阶边、盆盎中种植的都是草。他所种的草中，芊绵绢秀，但叫不上名字的不知有多少。即便是一般的种类，一旦经过蔡氏浇灌培植，便鲜媚非凡。他尤其喜爱翠云草，睡觉用的院子，宽度有几支箭的距离，翠云草平铺一地，全是绿色没有一点缝隙。每当傍晚新雨落下之时，望向那翠云草，就像西洋的翠绿毯子一样。凡是贮水用的水桶，扫叶用的扫帚，扫除污秽用的纱囊，没有一刻曾离手。老先生不作诗而擅长言谈，腹中学问颇为渊博，嫉恶如仇。对轻视鄙恶的人，说一句话必能刺入其骨。又喜欢游谈，一丘一壑的景色，必定穷尽其美景才罢休，性格又极耿直，从不随便接受或给予别人东西。而待人接物，仍如春气般温暖，应该算得上是都市中的隐士。木龛有小照一张，诸人都题词了一遍，尚留有一尺余篇幅，当时我客居京城还没回家，木龛说："应当等梁晋行回来，让他补题。"没想到我于六月十九日回家，而老先生已在五日前就辞世了。其侄婿何叔明带着那张小照来找我，讲述他的生前遗愿。我题《金缕曲》一阕，写道："市隐风流绝。展遗图琳琅满纸，纸留一隙。闻说先生曾有语，待我归来赘笔。讵咫尺音容顿隔，恼煞石尤风太利，竟迟帆五日成长别。思往事，泪沾臆。 须眉矍铄犹如昔，恁匆匆红尘撒手，鹤笙吹彻。天上尽多瑶草种，绝胜人间春色，要一一待公手植。识字打钟原本分，说径山曾托前生钵。蔡翁临终前，自称前生是一位径山僧。泡梦语，感而述。"

程十然

程十然起振，仁和布衣，居忠清里之双眼井巷。性通脱，善谐谑，少游兖沂间，出入群公卿门。劝之仕，且助之资，夷然不屑也。有老母，归而课徒奉甘旨。好弹琴，受教于李玉峰先生，尽得其法。尤善制琴，座侧斤锯彩髹，无不毕具。尝得一旧琴曰春风，其声清越无匹，因自制曲曰《烈风雷雨颂》，非至交而知音者，勿与弹也。好读《春秋》，著《春秋正义》一书，荟诸说而折衷之。尤精历算诸学。酒量不洪，而雅好持杯，每酒酣以往，议论风生，相知中少所许可，有合意者，则又性命以之。年七十，丁母忧，以毁卒。无子，亦可哀已！余尝欲为程、蔡二君作合传而未果，因兼述其梗概如此。十然尝诵其玉峰师绝句一首云："十里五里出门去，千峰万峰任所之。青溪无言白云冷，落叶满山秋不知。"诗境超绝。

【译文】程十然程起振，是浙江仁和县平民，住在忠清里的双眼井巷，性情通脱，擅长诙谐逗趣。少时游览于宛州沂州之间，出入于众多公卿之门。有人劝他出仕为官，而且资助他金帛，则平静镇定、不屑一顾。家有老母，回来后一边开设私塾教学生，一边奉养双亲。他喜欢弹琴，受教于李玉峰先生，得到其真传。他尤其擅长制琴，他身边斤锯彩髤各种制琴工具，全都齐备。曾得到一张旧琴叫"春风"的，其声清越无比，并自作一曲叫"烈风雷雨颂"，除非是至交且知音之人，否则绝不弹奏。喜欢读《春秋》，著有《春秋正义》一书，汇集各家学说并折中选取。尤其精于历法、算术等学问。酒量不大，却常爱喝，每到酒酣以后，便议论风生。认识的人中很少有他认可的，有合意的人可以把性命都交给他。年仅七十岁，因其母去世，伤痛过度而亡。他没有子嗣，也是值得可怜！我曾打算为程十然、蔡木龛二君作合传，但未有结果，所以在此讲述他们生平的梗概。程十然曾读其师李玉峰的绝句一首，写道："十里五里出门去，千峰万峰任所之。青溪无言白云冷，落叶满山秋不知。"诗境超凡脱俗。

山现字画

广东肇庆府三十里外，有山名茶托冈，绝壁上现"父母"二字，四面树木丛杂，而字画中寸草不生。又葱利武口寨石上，有花如堆心牡丹，枝叶缠绕，虽精于画者不能及。或以物击碎其花，拂拭复见。又永州苏山石以水淋之，锯破，其像有观音、弥勒、寒山、拾得，又有"天下苏山"四字。

【译文】广东肇庆府三十里外，有一座山叫"茶托冈"，绝壁上浮现出"父母"二字。山的四面树木繁茂，而字画所在却寸草不生。另外，葱利武口寨石上，有一簇花仿佛堆心牡丹，枝叶缠绕，即使精于作画的人也描绘不出来。有人用东西去击碎其花，擦拭之后又会出现。又有永州苏山岩，用水浇，锯破之后有观音、弥勒、寒山、拾得之像，且有"天下苏山"四字。

诗家烘托法

《咏老马》诗云："齿长几何君莫问，沙场旧主早封侯。"不言老而老字自见。《咏方镜》诗云："秋水一泓明见底，照来谁有面如田？"不言方而方字自见。此所谓烘云托月法也。又有人《咏一丈红》诗云："五尺阑干遮不住，尚留一半与人看。"以五尺剔出一丈，更妙。按一丈红，即蜀葵花也。

【译文】《咏老马》诗中说："齿长几何君莫问，沙场旧主早封侯。"但诗中没提"老"字，但"老"的意象自然体现。《咏方镜》诗中说："秋水一泓明见底，照来谁有面如田。"没提"方"字而"方"的形象立即显现。这就是所谓烘云托月之法。又有人《咏一丈红》诗说："五尺阑干遮不住，尚留一半与人看。"用五尺来表达一丈，更加绝妙。"一丈红"即四川葵花。

小　颠

西湖诗僧小颠，预治榇具，署一小扁，题曰："阿呀。"又于所居山房榜一联云："老屋将倾，只管淹留何日去? 新居未卜，不妨小住几时来? "其风趣类多如此。诗则冲淡之中时见奇峭，有《万峰山房稿》。

【译文】西湖诗僧小颠，预先备下棺材，署上一个小匾，题道："阿呀。"又在居住的山房挂一副对联道："老屋将倾，只管淹留何日去? 新居未卜，不妨小住几时来? "其风趣大多像这样，这些诗则在冲淡之中，偶尔凸现新奇不俗，著有《万峰山房稿》。

薛白杨唐

康熙中，毗陵四书家，薛瑢、白某、杨大鹤、唐某。时有"薛白杨唐"之目，可与"苏黄米蔡"作的对。

【译文】康熙年间，江苏毗陵有四位书法家：薛瑢、白某、杨大鹤、唐某。当时社会上有"薛白杨唐"之称，可与"苏黄米蔡"组成一个对子。

云起石

天台齐息园宗伯主讲敷文书院时，每当山雨欲来，云气瀹起，必识其处。及霁，随一童往锄之，辄得一石，上有古篆云字，积久至盈箧。最后得一石，上有"天台丈人"四字，状若雕刻，自此遂不复见，而先生亦不久归道山矣。异哉! 山长马秋药先生履泰课士，尝以云起石为题咏其事。

【译文】浙江天台人、宗伯齐息园（齐召南），在敷文书院主讲时，每当山雨将至，云气涌起，一定会知道所生起的地方。待到放晴时，带领一位童仆前往挖掘，就能得到上有古篆书"云"字的石头，时间长了，便装满了箱子。最后得到一块石头，上有"天台丈人"四个字，形状像雕刻的一样，从此便不再出现这种情况，而先生不久也驾鹤西去了。这件事实在奇怪！山长人马秋药马履泰先生考核士子学业，曾以"云起石"为题咏其事。

莲 笠

《六砚斋笔记》曰："莲初出水，为骤雨所霖，辄中夭。因出新意，剪荷叶线缝之，作兜鍪状，名曰莲笠。雨则遍覆之，较锦帐覆牡丹，尤为韵致。"

【译文】李日华《六砚斋笔记》说：莲花刚出水面，被暴雨所淋，就会坏死。于是想出新的想法，剪下荷叶，用线缝一个像头盔一样的帽子，称为"莲笠"。下雨时就用它把莲花都遮盖上，与"锦帐覆牡丹"相比，更有风雅之致。

饿乡记

漳浦蓝鹿洲先生鼎元杜门讲读，岁饥，作《饿乡记》云："醉乡、睡乡之境，稍进焉，有饿乡，玉、苏二子所未曾游也。风土与二乡上下，但节尚介，行尚清，气尚高，又二乡所未逮也。昔伯夷、叔齐造是乡，爱不忍去，乡人留奉为主，凡过客，悉禀命别去留。孔子适陈，道经是乡，夷郊迎甚恭，以主位让。孔子不顾，然亦重韪其意，偕弟子停骖七日。其后曾参、原宪辈，尝窃往游，与夷、齐甚相得。於陵仲子矫廉于齐，投是乡三日。夷曰：'辟兄离母者，非吾徒也。'仲子惭而去。汉周亚夫弃通侯尊，徒步款门。夷曰：'莽夫岂足居此！'然来者不拒，因别筑数楹居之。未几，而幸臣邓通贸贸然往。夷大怒曰：'吾乡干净土，竖子敢来相辱！'命扑杀之。而延晋处士陶潜，高风涤秽，然潜性放诞不能安，每越境与王无功游，夷亦不禁。梁武迫侯景，逃是乡，夷不纳，固请乃可，卒免侯景刃。夷惧为天下通逃薮，乃集乡人，更训典，严条约，凡贱隶鄙夫，富贵庸人，亡命至止，悉拒不纳。自是游者日以众，不得入者亦日以多。其敬礼周旋，去来任意者，若唐韩愈、宋吕蒙正，代止数人。元之初，谢枋得至焉，夷、齐乐其同志也，倚为性命交。近世士大夫，罕有得其门而入者。吾友黄越甫尝游是乡，归言佳胜。余初未信，比偕越甫同往，未半途，觉道路险巇，复勉进，忽气象顿宽，别有天地。山茫茫，水森森，人浑浑噩噩，三光飞弹，大块转圜，俯视王侯卿相，持梁齿肥，俗孰甚焉！夷、齐为余言：'天将有意斯人，必先使历是乡以增益之。'余笑不信，但乐其乡之不余拒也，辄数日一往，往则与夷、齐上下千古，深以为独得之秘，恨王、苏之不获从吾游也。"鹿洲先生，雍正间人，以明经宰广东，政有循声，甫署广府而卒，有集二十卷行世。

【译文】福建漳浦人蓝鹿洲蓝鼎元先生闭门讲读，有一年发生饥荒，他写了一篇《饿乡记》，写道：醉乡、睡乡之境，稍进焉，有饿乡，王、苏二子所未曾游也，风土与二乡上下，但节尚介，行尚清，气尚高，又二乡所未逮也。昔伯夷、叔齐造是乡，爱不忍去。乡人留奉为主。凡过客，悉禀命别去留。孔子适陈，道经是乡，夷郊迎甚恭，以主位让。孔子不顾，然亦重题其意，偕弟子停骖七日。其后曾参、原宪辈，尝窃往游，与夷、齐甚相得。於陵仲子矫廉于齐，投是乡三日。夷曰：'辟兄离母者，非吾徒也。'仲子惭而去。汉周亚夫弃通侯尊，徒步款门。夷曰：'莽夫岂足居此！'然来者不拒，因别筑数楹居之。未几，而幸臣邓通贸贸然往。夷大怒曰：'吾乡干净土，竖子敢来相辱！'命扑杀之。而延晋处士陶潜，高风涤秽，然潜性放诞不能安，每越境与王无功游，夷亦不禁。梁武迫侯景，逃是乡，夷不纳，固请乃可，卒免侯景刃。夷惧为天下通逃薮，乃集乡人，列训典，严条约，凡贱隶鄙夫，富贵庸人，亡命至止，悉拒不纳。自是游者日以众，不得入者亦日以多。其敬礼周旋，去来任意者，若唐韩愈、宋吕蒙正，代止数人。元之初，谢枋得至焉，夷、齐乐其同志也，倚为性命交。近世士大夫，罕有得其门而入者。吾友黄越甫尝游是乡，归言佳胜。余初未信，比偕越甫同往，未半途，觉道路险巇，复勉进，忽气象顿宽，别有天地。山茫茫，水森森，人浑浑噩噩，三光飞弹，大块转圜，俯视王侯卿相，持梁齿肥，俗孰甚焉！夷、齐为余言：'天将有意斯人，必先使历是乡以增益之。'余笑不信，但乐其乡之不余拒也，辄数日一往，往则与夷、齐上下千古，深以为独得之秘，恨王、苏之不获从吾游也。"鹿洲先生，是雍正年间人，以贡生入仕任广东的地方县令，在任期间治理得很好，刚到广州上任就去世了，著有文集二十卷，流行于世。

橘 红

世传化州橘树，乃仙人罗辨种于石龙腹上，共九株，各相去数武，以近龙井略偏一株为最。井在州署大堂左廊下，龙口相近者次之，城内又次之，城以外则臭味迥殊矣。广西孝廉江_{树玉}著《橘红辨》，谓橘小皮薄，柚大皮厚，橘熟由青转黄，柚熟透才转黄。闲尝坐卧树下，细验其枝叶香味，明明柚也，而混呼之曰橘，且饰其皮曰红，实好奇之过云。

【译文】世上传说化州橘树，是仙人罗辨种在石龙腹上的，一共有九棵，每棵分别相距几步之远。在靠近龙井稍偏一点地方的那棵橘树为最好。龙井在化州州署大堂左廊下，离龙口相对近些的那棵橘树次之，城内的橘树又次之，而城外的橘树味道相差就大了。广西江举人_{江树玉}在《橘红辨》中写道：橘子个头小皮薄，柚子个头大皮厚，橘子一成熟就开始由青转黄，柚子熟透了才会转黄。我闲暇时曾经在树下坐卧，仔细检查它的枝叶的香味，分明是柚子，但人们却混淆将它叫作橘子，并且说它的皮是红的，其实是出于好奇的缘故。

菩提叶

嘉庆丁巳六月，广州飓风大作，光孝寺菩提树皆拔起。中丞陈公_{大文}命树工栽之，培以豆谷腴泥，树复生，年余复槁。寺僧乔庵离相往南华寺分其种，仍栽故处，今翘然葱茜矣。按《五代·僭伪传》，乾德五年夏，光孝寺菩提树为大风所拔。南汉林衢《光孝寺》诗云："旧煎诃子泉犹冽，新种菩提叶又繁。"据此则树已屡易，非复达摩手植矣。

【译文】嘉庆丁巳（嘉庆二年，1797）六月，广州发生过很大的飓风，光孝寺的菩提树都被拔起。陈中丞陈大文下令让种树匠重新栽种，用豆谷肥泥培土，菩提树又活过来了，一年多后又枯萎了。寺中僧人乔庵、离相两人前往南华寺引种补植，仍旧栽在原处，现在已经长得茂盛葱郁了。据《旧五代史·僭伪传》记载，前蜀后主王衍乾德五年（923）夏天，光孝寺菩提树被大风拔起，南汉林衢《题广州光孝寺》诗写道："旧煎诃子泉犹冽，新种菩提叶又繁。"根据这个可知，这棵菩提树已经多次换种，不再是当年达摩亲手种的了。

麻疯女

粤东有所谓麻疯者，沾染以后不可救药，故随处俱有麻疯院。其间自为婚配，三世以后，例许出院，以毒尽故也。珠江之东有寮，曰疯塾，以聚疯人。有疯女貌娟好，日荡小舟，卖果饵以供母。娼家艳之，唆母重利，迫女落籍。有顺德某生见女，深相契合，定情之夕，女峻拒不从，以生累世遗孤，且承嗣族叔故也。因告之疾，相持而泣。生去旬余，再访之，则女于数日前为生投江死矣。生大恸，为封其墓，若伉俪然。番禺孝廉黄蓉石玉阶作歌纪其事云："花田一夜吹香雪，病叶狂花正愁绝。疯人有女初长成，貌似夭桃心似铁。扁舟学泛石城霞，错被旁人艳色夸。绮籍耻登南部记，丽词羞唱后庭花。人似江流留不住，黄金断送蛾眉去。回首哀哀母氏恩，晨昏谁复珍饎具。枉说佳人是可儿，啼饥消尽旧腰支。枇杷花发难通屧，杨柳春浓懒画眉。凤城年少慕倾城，闻道珠江有丽卿。冀北马空真少偶，花南鸟啭况多情。阿娇早把多娇重，绿珠不惜明珠奉。知命从教诵小星，背人好把衾裯送。情根难断意缠绵，妾负君情两可怜。流传三叶歌《苤苢》，懊恨更番事管弦。语入郎心心已槁，盈盈泪堕郎怀抱。桃叶江心欲渡难，莲香卷内因君恼。一从分作两鸳鸯，镇日恹恹病掩房。已拚精卫终填海，无复啼鹃哭望乡。香魂泯灭蛟龙守，水仙为伴湘妃友。消息惊传太瘦生，断肠人似牵丝藕。鬓影钗光尚宛然，招魂剪纸向江天。几时得遂三生约，再结韦家后世缘？"余谓此女不独于生有情，兼且造福无量，盖不欲以病躯贻害他人也，真是放下屠刀手段。蓉石年逾弱冠，工诗古文词，先君壬辰分校秋闱所得士也。

【译文】广东有一种疾病叫作"麻疯"，沾染上以后，无药可救。所以随处都有"麻疯院"。在其中，让患者自相婚配，三代以后，可以遵循旧例出院，因为其毒已尽除了。珠江东面有一所"疯墅"，用以收拢麻疯患者。当中有一位麻疯女相貌清秀美丽，每天划着小船，卖些糖果饼饵等食品换钱来供养母亲。有家妓院看好她的美色，给其母很多钱，强迫麻疯女沦为娼妓。顺德县有一位书生见到此女非常喜欢，在定情的晚上，此女十分抗拒不从，因为这位书生是几世单传，而且是经过其族叔过继而来的。因此告诉他自己的病情，两人相拥而泣。书生走后十多天，再去寻找，而此女已于几日之前为书生跳江而死了。书生十分伤心，为其修墓，就像夫妻一般。广东番禺举人黄蓉石黄玉阶曾撰写歌来记录这件事，写道："花田一夜吹香雪，病叶狂花正愁绝。疯人有女初长成，貌似天桃心似铁。扁舟学泛石城霞，错被旁人艳色夸。绮籍耻登南部记，丽词羞唱后庭花。人似江流留不住，黄金断送蛾眉去。回首哀哀母氏恩，晨昏谁复珍馐具。枉说佳人是可儿，啼饥消尽旧腰支。枇杷花发难通屐，杨柳春浓嫩画眉。凤城年少慕倾城，闻道珠江有丽卿。冀北马空真少偶，花南鸟啭况多情。阿娇早把多娇重，绿珠不惜明珠奉。知命从教诵小星，背人好把衾绸送。情根难断意缠绵，妾负君情两可怜。流传三叶歌《茎苣》，懊恨更番事管弦。语入郎心心已槁，盈盈泪堕郎怀抱。桃叶江心欲渡难，莲香卷内因君恼。一从分作两鸳鸯，镇日恹恹病掩房。已拚精卫终填海，无复啼鹃哭望乡。香魂泯灭蛟龙守，水仙为伴湘妃友。消息惊传太瘦生，断肠人似牵丝藕。夔影钗光尚宛然，招魂剪纸向江天。几时得遂三生约，再结韦家后世缘？"在我看来，此女不但对书生有情有意，并且造福无量，大概是不想用病身来贻害他人，真是放下屠刀手段。黄蓉石刚过二十岁，擅长诗古文词，是先父于道光十二年（1832）在分校秋围大考中选的壬辰科人才。

复　姓

　　孟昶时，翰林学士范禹偁冒姓张，天成中登第复姓，上郡守启曰："昔年上第，偶标张禄之名；今日故园，复作范雎之裔。"引用独切。

　　【译文】五代十国时期后蜀孟昶时，翰林学士范禹偁曾经冒名姓张，天成年间中第时改回本姓。给郡守的启中说："昔年上第，偶标张禄之名；今日故园，复作范雎之裔。"引用非常贴切。

庸主知人

蔡京立党碑，徽宗允之。然宴会强蔡攸饮酒，攸辞以酒力不胜。帝曰："就令灌死，亦不至失一司马光。"是亦知君实之贤也。秦桧力主和议，言于帝曰："方今天下须南人归南，北人归北。"帝曰："朕北人将安归？"桧语塞。是亦知会之之奸也。乃知之而犹溺之，此其所以为庸主也欤？

【译文】蔡京立元祐党人碑，宋徽宗是同意的。而宴会时强迫（蔡京长子）蔡攸饮酒，蔡攸以不胜酒力推辞。宋徽宗说："就令灌死，亦不至失一司马光。"（就算是灌酒而死，也不至于失去一个司马光一样的人物。）由此可知皇帝实际上也知晓君实（司马光）的贤能。秦桧力主和议，对宋高宗说："方今天下须南人归南，北人归北。"（如今的天下，应该南人归南，北人归北。）高宗说："朕北人，将安归？"（我是北方人，应该回哪里？）秦桧听后说不出话来。说明皇帝也知道秦会之（秦桧）的奸佞。但既然知道他们的奸邪还仍然放纵他们，难道这就是所谓的庸主了吗？

鼻 子

今俗詈人奴曰鼻子，不知何据。按王伯厚《汉制考》云："始生子曰鼻子。"又民母，嫡母也；支婆，庶母也，见汉服虔注。

【译文】现在骂奴仆为"鼻子"，不知有什么根据。据王伯厚（王应麟）《汉制考》中说："始生子曰鼻子。"还有，民母，是嫡母；支婆，是庶母，见于《汉书》服虔注。

反　切

反切之学，近日罕有讲求者。三家村课徒，以两字颠倒相呼，可得本音，此欺人之谈也。不知双声，不能反切，不辨字母，不知双声。辨字母不难，只要练得口吻熟耳。大兴李氏《音鉴》一书，极明白晓畅，玩之当自得也。

【译文】反切之学，现在很少有人研究学习的。乡里的老师教导学生，（认为）把两字颠倒过来相呼，可以得到字原本的读音，这实在是骗人的说法。不知道双声不能反切，不区分字母，不知双声。区分字母并不难，只要练习得口吻熟练就可以了。大兴人李汝珍的《音鉴》一书中，将它讲得非常明白晓畅，认真阅读应该会有所领会。

眉子砚

陶绥之，会稽人，篁村先生之侄也。因其祖为广西司马，遂寄籍广东番禺县，补博士弟子员。人极淳朴，酷好风雅，尝得叶小鸾眉子砚一方，腰圆式，面有犀纹，形如半弯新月，背有跋云："舅氏从海上获砚材三，分致予兄弟。琼章得眉子砚，缀以二绝云：'天宝繁华事已陈，成都画手样能新，如今只学初三月，怕有诗人说小鼙。''素袖轻笼金鸭烟，明窗小儿展吴笺，开奁一砚樱桃雨，润到青琴第几弦。'"下署曰"己巳寒日题"，印章

"小鸾"二字。按此诗《反生香集》中失载，惟近日陶凫乡太守有《咏眉子砚》词，所记正与之相同。绥之得此，遍征歌咏，裒然成册。余为填《摸鱼儿》词一阕归之。册中余最爱诵郎苏门太守葆辰三绝云："仙迹留传未肯销，摩挲片石也琼瑶。不然铜雀台前瓦，谁更春深忆二乔。""一握端溪玉不如，再休想像画眉初。自传晚镜偷窥戒，不写黄庭便紫书。""尘愿都从佛法抛，更无恨上月痕梢。先生若为修眉史，竟与《心经》一例钞。"又吴石华学博兰修《疏影》词云："三生片石，有黛痕隐隐，依旧凝碧。字瘦如人，诗靓于春，都是可怜香泽。昙花悴后瑶琴冷，共一缕玉烟萧瑟。最伤心细雨樱桃，又过几回寒食。　犹记疏香旧事，小鬟初画了，无限怜惜。煮梦年华，写韵风神，转盼已成今昔。彩鸾未许人间嫁，更莫问蓬莱消息。算只有眉月婵娟，曾照那时颜色。"

【译文】陶绥之，是浙江会稽人，是陶篁村（陶元藻）先生的侄子。因为祖上曾为广西司马，于是寄居在（离广西不远的）广东番禺，补为博士弟子员。为人极其朴实，酷好风雅，曾得到一方叶小鸾眉子砚，砚腰为圆形，表面有犀纹，形状如半弯新月，背后有跋，写道："舅舅从海上获得三份砚料，有些分给我的兄弟，而琼章我得到眉子砚。现在补上两首绝句，即：'天宝繁华事已陈，成都画手样能新，如今只学初三月，怕有诗人说小鬟。''素袖轻笼金鸭烟，明窗小几展吴笺。开奁一砚樱桃雨，润到青琴第几弦。'"下面署有："己巳寒日题。"印章是"小鸾"二字。据查这首诗《反生香集》中没有收录。只有近日知府陶凫乡（陶梁）有《咏眉子砚》一词，所写的与上诗相同。陶绥之得到这方砚后，四处征集歌咏，汇集成册。我为此填《摸鱼儿》词一阕，送给了他。册中，我最喜爱诵读知府郎苏门郎葆辰的三首绝句："仙迹留传未肯销，摩挲片石也琼瑶。不然铜雀台前瓦，谁更春深忆二乔。""一握端溪玉不如，再休想像画眉初。自传晚镜偷窥戒，不写黄庭便紫书。""尘愿都从佛法抛，更无恨上月痕梢。先生若为修眉史，竟与《心经》一例钞。"还有学官吴石华吴兰修的《疏影》词，写道："三生片石，有黛痕隐隐，依旧凝碧。字瘦如人，诗靓于春，都是可怜香泽。昙花悴后瑶琴冷，共一缕玉烟萧瑟。最伤心细雨樱桃，又过几回寒食。　犹记疏香旧事，小鬒初画了，无限怜惜。煮梦年华，写韵风神，转盼已成今昔。彩鸾未许人间嫁，更莫问蓬莱消息。算只有眉月蝉娟，曾照那时颜色。"

三家店题壁诗

先大父己丑出京，过三家店，见壁间题五绝句云："十载长安蒇泪痕，几将心事托朱门，非关老大无车马，自恋三生旧石魂。""回文织锦苎萝纱，底道天津是姜家，红豆落时郎有意，为侬飞雨洗残花。""休将颜色共人争，莫问章台旧日名，从此铅华冰雪净，幸随司马老长卿。""地北天南有尽头，离魂愁垒望中收，纵教尘污花纱绣，不数飞英逐水流。""同云缥缈朔风高，脱尽烟花梦自遥，怕说天津桥上月，多情惟有广陵潮。"下署"天津薄命女左手书"。大父和诗云："古墙尘网笔踪昏，无限芳情动旅魂，人事左来书亦左，留将右手拭啼痕。"

【译文】先祖父（梁履绳）己丑年（乾隆三十四年，1769）出京，路过三家店，看到壁上题有五首绝句，写道："十载长安蒇泪痕，几将心事托朱门，非关老大无车马，自恋三生旧石魂。""回文织锦苎萝纱，底道天津是妾家，红豆落时郎有意，为侬飞雨洗残花。""休将颜色共人争，莫问章台旧日名，从此铅华冰雪净，幸随司马老长卿。""地北天南有尽头，离魂愁绝望中收，纵教尘污花纱绣，不数飞英逐水流。""同云缥缈朔风高，脱尽烟花梦自遥，怕说天津桥上月，多情惟有广陵潮。"下面署有"天津薄命女左手书"。先祖父由此和诗写道："古墙尘网笔踪昏，无限芳情动旅魂，人事左来书亦左，留将右手拭啼痕。"

灯 谜

近人作灯谜，心思突过前人，以余所闻之佳者备录之。朗诵《史》《汉》。有班、马之声。松子。父为大夫。直把官场作戏场。仕而优。红旗报捷。克告于君。分明《周易》语，却是楚骚心。象曰郁陶思君尔。止子路宿。季氏旅于泰山。打胎。既欲其生，又欲其死。一乘轿子两人抬，跷脚跟班随后来。或安而行之，或利而行之，或勉强而行之。怕妻羞下跪。懦夫有立志。四个头，六只眼睛，四只手，十二只脚。牛羊父母。前头吹笛子，后面敲破锣。鱼丽于罶鳏鲨。挑灯闲看《牡丹亭》。光照临川之笔。士曰既且。言游过矣。第二个士曰既且。又先于其所往。鸣金收军。使毕战。君子从来陋巷居，小人偏得住华庐。若将四角齐声去，两处园亭尽是虚。好恶。核。果在外，仁在其中矣。鸦。爵一齿一。先生不知何许人也。师与有无名乎。灶妾。纳诸厨子之房。千不是，万不是，总是小生不是。平旦之气。七月七日长生殿，夜半无人私语时。玉环同知。昱。下上其音。佯。何可废也，以羊易之。晋襄公。爷字。赋得偃武修文,得闲字。败字。春雨连绵妻独宿。一字。正月小,二月小,三月小。人字。十字在口里,无头又无尾,若作田字猜,便是呆秀才。鱼字。夫妻猜拳,一个叫五,一个叫八马。语字。左看三十一,右看一十三,合拢来看三百二十三。非字。两个男的,两个女的,两个活的,两个死的,两个有名字的,两个没名字的。华周杞梁之妻。如夫人。其称名也小,其取类也大。一鞭残照里。马儿向西。连元。又是一个文章魁首。禽。会少离多。亥。一时半刻。掠。半推半就。太史公下蚕室。毕竟是文章误我,我误妻房。幺二三四六。才有梅花便不同。似曾相识燕归来。永不忘在王家。主器莫若长子。笾豆大房。游方和尚庙无人。所过者化,所存者神。颜渊喟然叹曰:"仰之弥高,钻之弥坚,瞻之在前,忽焉在后,欲罢不能,既竭吾才,如有所立,卓尔,虽欲从之,末由也已。"前诱后诱。事父母几谏。子规。浣花草堂。杜宇。一个大,一个小,一个跳,一个跑,一个吃人,一个吃草。骚字。天上碧桃和露种,日边红杏倚云栽。凌霄花。节孝祠祭品。食之者寡。王不留行。孟浩然。跪池。后来其苏。张别古寄信。货郎儿一封书。佛骨表。是愈疏也。睢阳城。巡所守也。国士无双。何谓信。朱笔写词字。未同而言,观其色赧赧然。梁冀飞章白太后。疾固也。或正面见长,或假借示巧,诸法略备,皆卓然可传之笔也。

【译文】近年来人们作的灯谜,其心思比前人大有突破。现将我听到的好灯谜抄录于此。朗诵《史》《汉》。谜底是"有班、马之声"。松子。谜底是"父为大夫"。直把官场作戏场。谜底是"仕而优。"红旗报捷。谜底是"克告于君"。分明《周易》语,却是楚骚心。谜底是"象曰郁陶思君尔"。止子路宿，谜底是"季氏旅于泰山"。打胎。谜底是"既欲其生，又欲其死"。一乘轿子两人抬，跷脚跟班随后来。谜底或是"安而行之"，或是"利而行之"，或是"勉强而行之"。怕妻羞下跪。谜底是"懦夫立志"。四个头，六只眼睛，四只手，十二只脚。谜底是"牛羊父母"。前头吹笛子，后面敲破锣。谜底是"鱼丽于罶鳢鲨"。挑灯闲看《牡丹亭》。谜底是"光照临川之笔"。士曰既且。谜底是"言游过矣"。第二个士曰既且。谜底是"又先于其所往"。鸣金收军。谜底是"使毕战"。君子从来陌巷居，小人偏得住华庐。若将四角齐声去，两处园亭尽是虚。谜底是"好恶"。核。谜底是"果在外，仁在其中矣"。鸦。谜底是"爵一齿一"。先生不知何许人也。谜底是"师与有无名乎"。灶妾。谜底是"纳诸厨子之房"。千不是，万不是，总是小生不是。谜底是"平旦之气"。七月七日长生殿，夜半无人私语时。谜底是"玉环同知"。昱。谜底是"下上其音"。烊。谜底是"何可废也，以羊易之"。晋襄公。谜底为"爷"字。赋得偃武修文，得闲字。谜底是"败"字。春雨连绵妻独宿。谜底是"一"字。正月小，二月小，三月小。谜底是"人"字。十字在口里，无头又无尾，若作田字猜，便是呆秀子。谜底是"鱼"字。夫妻猜拳，一个叫五，一个叫八马。谜底是"语"字。左看三十一，右看一十三，合拢来看三百二十三。谜底是"非"字。两个男的，两个女的，两个活的，两个死的，两个有名字的，两个没有名字的。谜底是"华周杞梁之妻"。如夫人。谜底是"其称名也小，其取类也大"。一鞭残照里。谜底是"马儿向西"。连元。谜底是"又是一个文章魁首"。禽。谜底是"会少离多"。亥，谜底是"一时半刻"。掠。谜底是"半推半就"。太史公下蚕室。谜底是"毕竟是文章误我，我误妻房"。幺二三四六，谜底是"才有梅花便不同"。似曾相识燕归来。谜底是"永不忘在王家"。主器莫若长子。谜底是"笾豆大房"。游方和尚庙无人。谜底是"所过者化，所存者神"。颜渊喟然曰："仰之弥高，钻之弥坚，瞻之在前，忽焉在后，欲罢不能，既竭吾才，如有所立，卓尔，虽欲从之，末由也已。"谜底是"前诱后诱"。事父母几谏。谜底是"子规"。浣花草堂。谜底是"杜宇"。一个大，一个小，一个跳，一个跑，一个吃人，一个吃草。谜底是"骚"字。天上碧桃和露种，日边红杏倚云栽。谜底是"凌霄花"。节孝祠祭器。谜底是"食之者寡"。王不留行。谜底是"孟浩然"。跪池。谜底是"后来其苏"。张别古寄信。谜底是"货郎儿一封书"。佛骨表。谜底是"是愈疏也"。睢阳城。谜底是"巡所守也"。国士无双。谜底是"何谓信"。朱笔写词字。谜底是"未同而言，观其色赧赧然"。梁冀飞章白太后。谜底是"疾固也"。上述灯谜，有的正面直述，有的假借示巧，各种方法大致略备，都是卓然可传世的。

天下大师墓

京师西山天下大师墓，竹垞先生以为是房山僧塔，后人附会之为建文帝墓也。国初沈方舟先生用济诗云："曾闻近迹入禅关，身似浮云到处闲，解道龙蛇潜草野，何年弓剑傍桥山？缁衣那有中官识，御马谁迎老佛还？一自樱桃无荐地，肯留青树在人间。"曰曾闻，曰解道，曰那有，曰谁迎，曰肯留，皆故作疑词，以著《致身》《从亡随笔》等书之伪，真诗史之笔也。方舟又有《咏思陵》句云："一剑割将公主爱，九门报道寺人开。"语极悲壮。

【译文】京城西山有一座天下大师墓，竹垞（朱彝尊）先生认为是房山僧塔，后人附会这种说法，认为是建文帝的陵墓。清朝初年，沈方舟沈用济先生诗中写道："曾闻近迹入禅关，身似浮云到处闲，解道龙蛇潜草野，何年弓剑傍桥山？缁衣那有中官识，御马谁迎老佛还？一自樱桃无荐地，肯留青树在人间。"这里写为"曾闻""解道""那有""谁迎""肯留"，都是故布疑云之词，来表明《致身》《从亡随笔》等是伪书，真是遵循严肃真实的诗史之笔啊。沈方舟还写有《咏思陵》一句，写道："一剑割将公主爱，九门报道寺人开。"
语气十分悲壮。

飓 信

　　粤中濒海多风，正、二、三、四月发者为飓，五、六、七、
八、九月发者为台。台甚于飓，而飓急于台。习海道者，设为占
候之法，或按节序，或辨云物。正月初四日为接神飓。初九日为
玉皇飓。此日验则一年皆验。十三日为关王飓。二十九日为乌狗飓。
二月初四日为白须飓。三月初三日为元帝飓。十五日为真人飓。
二十三日为妈祖飓。即天后诞辰也。凡真人报多风，妈祖报多雨。四月初
八日为佛子飓。五月初五日为屈原飓。系大台之间。十三日又为关王
飓。六月十三日为彭祖飓。十八日为彭祖婆飓。二十四日为洗炊
笼飓。自十二日至二十四日皆大台旬。七月十五日为鬼飓。八月初五日
为大台旬。九月曰九降。自初一日起至十八日止往往风迅发不常。十月初
一日亦为大台旬。十八日为弥陀飓。十二月二十四日为送神飓。舟
行大洋，飓可支，台不可支，盖飓散而台聚也。

　　【译文】广东濒临海洋的地方多风。正月、二月、三月、四月所
刮的风称为飓风，五月、六月、七月、八月、九月所刮的风称为台风。
按照程度，台风大于飓风，然而飓风急于台风。研习航海之道的人
推测出预测气候的方法，有时按照季节，有时按照云色。正月初四为
"接神飓"，初九为"玉皇飓"。这一天应验，那么一年都会应验。十三日为
"关王飓"，二十九日为"乌狗飓"，二月初四为"白须飓"，三月初三

为"元帝飓"。十五日为"真人飓"，二十三日为"妈祖飓"。即是天后诞辰，凡是"真人飓"预示多风，"妈祖飓"预示多雨。四月初八为"佛子飓"。五月初五日为"屈原飓"。是"大台旬"之时。十三日又为"关王飓"。六月十三日为"彭祖飓"。十八日为"彭祖婆飓"。二十四日为"洗炊笼飓"。自十二日至二十四日都是"大台旬"之时。七月十五日为"鬼飓"，八月初五日为"大台旬"，九月为"九降"。自初一起到十八日止往往风速不寻常。十月初一也为"大台旬"，十八日为"弥陀飓"，十二月二十四日为"送神飓"。船在大海中航行，船只在飓风中可以支撑得住，在台风中不能支撑得住，大概是飓风发散，台风向中心汇聚。

拂水山庄

国初以来，咏拂水山庄诗者多矣，总弗如查初白先生"生不并时怜我晚，死无他恨惜公迟"二句，为得温柔敦厚之旨。昔虞山之入我朝也，思欲秉钧衡，专史席，乃二者皆违其愿，故率多感愤之词。陈卧子题壁诗云："黑头已自羞江总，青史何曾借蔡邕。"真诗史也。虞山晚年家居，与当轴一张姓者饮宴，剧演《烂柯山·悔嫁》，刘氏白语中有云："你如何嫁了张石匠？"以张公在座，伶人遂改张为王。钱因拍案击节曰："得窍阿得窍！"俄而刘氏复白云："你如何负了朱氏？"张亦拍案軬蹙曰："没窍阿没窍！"钱大恶。又钱一夕于门外闲步，衣一轻衫，圆领窄袖，盖燕居之服，就料改为，未及全易者也。一秀士趋过之，谓曰："老先生可谓两朝领袖。"谑亦虐矣哉。

【译文】清朝初年以来，咏"拂水山庄"的诗词有很多，但是总比不上查初白（查慎行）先生的"生不并时怜我晚，死无他恨惜公迟"二句，深得温柔敦厚之意旨。当年虞山（钱谦益）先生投降清朝，心想"秉钧衡，专史席"，但后来这两件事都违背初衷，所以多有感触愤慨之词。陈卧子（陈子龙）题壁诗写道："黑头已自羞江总，青史何曾借蔡邕。"真是严肃真实的诗史啊。虞山先生晚年在家闲居，与朝廷要员一个姓张之人摆宴畅饮，当剧目演出《烂柯山·悔嫁》，刘氏旁白的话中有"你如何嫁了张石匠？"因为张公在座，演员于是改张姓为王姓。钱先生听后拍案打拍子说道："得窍阿得窍！"不久刘氏旁白又说："你如何负了朱氏？"张先生也拍案皱着眉头说道："没窍阿没窍。"钱先生听后非常惭愧。有一天晚上，钱先生在门外散步，穿着一件轻衫，是圆领窄袖的，大概是平常闲居时穿的服装，根据衣服材料改做的，还没完全做完。一位秀才快步路过，（看见后）对他说："老先生可谓两朝领袖。"真是一句既戏谑又嘲弄的话。

韵 兰

韵兰者，京师春台部中名旦也。色艺冠绝一时，顾性傲睨，少所青眼。孝廉某君，极眷恋之，形相色授，颇见妒于同侪，而捉月盟言，誓同枯菀，盖不仅被中之鄂，花底之秦焉。年十九，以瘵卒。某君哭之恸，赋《惜兰词》二十章，征同人哀诔，而属余为之序云："桃开千岁，人间为短命之花；昙现刹那，天上乃长生之树。从来朝露，本苦无多；况属彩云，尤其易散。然而水莲泡幻，达观久付虚空；泥絮沾濡，情种能无抑郁也乎？如春台部兰郎者，泥巢乳燕，花苑灵狸。家住玉钩斜，骑鹤下翩翩之影；善歌《金缕曲》，啭莺闻呖呖之声。芳名则雅爱兰香，绝调已盛传杨叛，固已蜚声乐籍，驰誉燕台矣。爰有浙西名士，久噪雕龙；日下寓公，新来鸣鹤。偶顾绿幺之曲，顿生红豆之思。于是众里目成，暗中心许。赭白马城头蹀躞，公子相逢；金错刀袖底铿锵，美人赠我。每见潘车掷果，携手相将；保毋鄂被薰香，销魂真个。妒之者以为失身之凤，爱之者以为比翼之鹣。而乃长乐难期，短缘已促。杏林深处，难探及第之花；芍药开时，原是将离之草。于是数声杜宇，一阕阳关，方期玉玦之分，以冀金镮之合。孰意杨花命薄，桐树生孤，莲荫侬心，菖蒲郎面，此也秋雨卧相如之病，彼也春风作王粲之游。既而长剑归时，大刀唱后。不惜黄金似土，来作缠头；岂知紫玉成烟，已伤委骨。用是怆怀珠璧，堕泪琼瑰。犹思人约黄昏，去年元夜；依旧门临碧水，今日桃花。早已平量恨海之波，待涸爱河之水矣。然而空谁非色，短岂殊修，使问天果属有情，得知已死可不恨。向使郎果金台终老，落拓梨园，玉籍长留，沉浮菊部。将春残杨柳，飘零京兆之眉；秋后莲花，憔悴昌宗之面。未必羼羼潘貌，能销黯黯江魂，则与为弥子瑕之色衰，毋宁作卫叔宝之看杀。而况樱桃一曲，芳名总在人间；霓羽千秋，旧谱已归天上。以视桃笙秋老，断袖先凉，萧瑟风悲，买丝谁绣者，一则名花似草，一则弱絮留萍，如彼如斯，孰得孰失？乃我友怜香情重，破璧神伤，缠绵则玉藕牵丝，惆怅而金荃赋什。顾或者谓终宵角枕，空生秋士之悲；一集香奁，究损冬郎之德。既蜂腰之中断，何雀脑之思深？岂知钗挂臣冠，宋玉原非好色；酒黏郎袖，欧公亦自多情。而况书剑漂零，檀槽知遇。岂有生前倚玉,曾留春帐之情;殁后沉珠,不吊秋坟之魄者乎?由是敷陈丽藻,抒写哀思,乞我弁言,题之卷首。化笔墨烟云而如画,请看北苑春山;悟迷离扑朔之非真,试读《南华·秋水》。"

【译文】韵兰,是京城春台部中有名的花旦,她姿色才艺一时无人能比。但性情高傲,少有青睐之人。某举人对其非常眷恋,两人以举止、神态互相传递倾慕之情,深为同辈妒嫉。而且两人对月盟誓,愿同生死,大概不愿只是"被中之鄂,花底之秦"(两人关系非同寻常)。后来韵兰年仅十九岁就病死了,某君悲痛大哭,作《惜兰词》二十章,召集友人写哀诔文,并嘱咐我为之写序,我写道:"桃开千岁,人间为短命之花;昙现刹那,天上乃长生之树。从来朝露,本苦无多;况属彩云,尤其易散。然而水莲泡幻,达观久付虚空;泥絮沾濡,情种能无抑郁也乎?如春台部兰郎者,泥巢乳燕,花苑灵狸。家住玉钩斜,骑鹤下翩翩之影;善歌《金缕曲》,啭莺闻呖呖之声。芳名则雅爱兰香,绝调已盛传杨叛。固已蜚声乐籍,驰誉燕台矣。爰有浙西名士,久噪雕龙;日下寓公,新来鸣鹤。偶顾绿幺之曲,顿生红豆之思。于是众里目成,暗中心许。赭白马城头蹀躞,公子相逢;金错刀袖底铿锵,美人赠我。每见潘车掷果,携手相将;保毋鄂被薰香,销魂真个。妒之者以为失身之凤,爱之者以为比翼之鹣。而乃长乐难期,短缘已促。杏林深处,难探及第之花;芍药开时,原是将离之草。于是数声杜宇,一阕阳关,方期玉玦之分,以冀金镮之合。孰意杨花命薄,桐树生孤,莲蒻侬心,菖蒲郎面,此也秋雨卧相如之病,彼也春风作王粲之游。既而长剑归时,大刀唱后。不惜黄金似土,来作缠头;岂知紫玉成烟,已伤委骨。用是怆怀珠璧,堕泪琼瑰。犹思人约黄昏,去年元夜;依旧门临碧水,今日桃花。早已平量恨海之波,待涸爱河之水矣。然而空谁非色，短岂殊修，使问天果属有情，得知已死可不恨。向使郎果金台终老，落拓梨园，玉籍长留，沈浮菊部。将春残杨柳，飘零京兆之眉；秋后莲花，憔悴昌宗之面。未必曩曩潘貌，能销黯黯江魂，则与为弥子瑕之色衰，毋宁作卫叔宝之看杀。而况樱桃一曲，芳名总在人间；霓羽千秋，旧谱已归天上。以视桃笙秋老，断袖先凉，萧瑟风悲，买丝谁绣者，一则名花似草，一则弱絮留萍，如彼如斯，孰得孰失？乃我友怜香情重，破璧神伤，缠绵则玉藕牵丝，惆帐而全荃赋什。顾或者谓终宵角枕，空生秋士之悲；一集香奁，究捐冬郎之德。既蜂腰之中断，何雀脑之思深？岂知钗挂臣冠，宋玉原非好色；酒粘郎袖，欧公亦自多情。而况书剑漂零，檀槽知遇。岂有生前倚玉，曾留春帐之情；殁后沉珠，不吊秋坟之魄者乎？由是敷陈丽藻，抒写哀思，乞我弁言，题之卷首。化笔墨烟云而如画，请看北苑春山；悟迷离扑朔之非真，试读《南华·秋水》。"

重宴鹿鸣记事

嘉庆丁卯，山舟曾伯祖重遇鹿鸣盛典，亲知子侄，咸以呈请转奏为言。公曰："吾以世受国恩之人，偷安五十余年，无万一之报，在家即其罪，许在家即其恩，焉敢复生冀幸耶？"固请，不获命，事几寝矣。祭酒吴榖人先生适自维扬归，以为言于公必不可，乃合绅士数十人具呈曰："呈为桑梓耆英，科名人瑞，公吁具题，恳请恩准重赴鹿鸣事：窃以人惟求旧，当思前辈之典型；礼重兴贤，正借群伦之冠冕。恰支干之周市，秋试应期；喜福寿之曼延，春风到座。既振羽仪于先路，宜光樽俎于今朝。如原任日讲官起居注翰林院侍讲梁同书，黻冕承华，诗书炳美。宰相世系之表，具在史官；郑公通德之门，推于梓里。久膺华选，早历清班。读中秘之书，蹑裾鳌禁；领内史之职，珥笔螭坳。洎乎引疾丘园，养疴林薮。子羽勿由之径，春草自生；晏婴已敝之裘，冬月犹拥。犹复文驰玉轸，群钦骚雅之才；墨蘸金壶，人慕晋唐之格。信是翁之矍铄，实一代之灵光。兹者祥届丁年，花开乙榜。剩郯林之一，心尚留丹；歌《鹿鸣》之三，诗仍肆雅。袍如立鹄，只添冰样之头衔；身早登龙，合认烧余之尾段。伏愿甄以耄学，降礼耆年，当德星垂曜之期，扬寿世作人之化。用光奏牍，俾与宾筵，庶招蓬苑之神仙，来作儒林之领袖。一名漫居乎先甲，请看老桂之荣；万物乐得其由庚，预庆斯文之瑞。谨呈。"呈既上，巡抚清公奏稿曰："浙江巡抚清安泰谨奏：为耆绅重遇鹿鸣，恳恩预宴，以光盛典事：窃据藩司崇禄详据杭州府钱唐县详称，查有该县在籍翰林院侍讲梁同书，现年八十五岁，于乾隆十二年丁卯科中式本省举人，届本年丁卯浙江乡试之期，已历周甲，应请循例重赴鹿鸣恩宴等情，具详前来。奴才查梁同书系木天旧籍，林壑高踪，年已近乎期颐，科再逢乎丁卯。是皆圣朝重熙累洽，蕴为休征；皇上雅化作人，蒸成异瑞。遴佳辰以令宴，耄耆增逾分之荣；偕硕德以登筵，科目获非常之幸。奴才不敢壅于上闻，为此恭折具奏，伏祈睿鉴。"旋于八月二十三日奉上谕："据清安泰奏，浙江在籍翰林院侍讲梁同书，系乾隆丁卯科举人，本年又届丁卯乡试，恳请循例重赴鹿鸣筵宴一折。梁同书系原任大学士梁诗正之子，早登乡荐，供职词垣，归志林泉，年臻耄耋。兹届周甲宾兴，欣逢礼宴，洵属科名人瑞，允宜特沛恩施，用光盛典。梁同书著赏给侍讲学士衔, 重赴鹿鸣筵宴, 以示朕加惠耆臣至意, 钦此。"公拜命后, 于次日恭诣万寿宫谢恩讫, 归来随具谢状云: "原任日讲官起居注翰林院侍讲梁同书, 呈为恭谢天恩, 恳请据情转奏事: 本年丁卯科浙江大比之期, 距乾隆十二年同书乡举之岁, 花甲一周, 鹿鸣再赋。恭承大中丞以科名盛事, 破例上闻, 特蒙我皇上念纶阁旧臣, 推恩下逮, 于本月二十三日接奉谕旨: '梁同书系原任大学士梁诗正之子, 著赏给翰林院侍讲学士衔, 重赴鹿鸣筵宴, 以示朕加惠耆臣至意, 钦此。'即于次日恭诣万寿宫, 叩头谢恩讫。窃念同书世受国恩, 身叨门荫, 清书散馆, 大考迁官。在京供职, 两充分校入闱; 以病告归, 三度祝釐赴阙。无健飞之翮, 翻怯风抟; 非中伐之材, 徒虚匠顾。长愿为太平歌咏之民, 岂复有非分恩华之想。乃今锡之礼宴, 宠以清阶。俾蓬藋余生, 重沾雨露; 桑榆晚景, 益被光华。里党传为美谈, 士林纪为荣遇。惟是衰孱筋力, 不克匍匐殿廷, 遥望九重, 螳忱莫达。用抒寸悃, 葵向难名。为此具呈, 伏求代奏, 不胜感激之至。"是年九月九日揭晓, 十三日礼宴, 是科典试为万和圃侍郎_{承风}、吴荷屋编修_{荣光}。先期仁和县送仪注单云: "本年乡试有原任日讲官起居注翰林院侍讲梁, 重赴鹿鸣筵宴, 应送金花台盏, 表里宴席, 照例备办外, 届期朝服诣抚衙, 俟主试茶毕, 侍讲梁乘舆由中门入, 堂檐降舆, 各大人出迎檐下, 行宾主礼, 相揖毕, 藩、臬、运三司监试提调各道下, 俱相揖毕, 杭州府引新举人上堂排班, 侍讲梁另设拜单, 望阙谢恩。其筵宴位次, 设于堂之东北隅。"是日倾城士女, 夹道环观, 公归赋纪恩诗四章云："姓名何意达天阊，白发重新拜宠光。使者并修前辈礼，阿婆又入少年行。三杯荖尾陪烧尾，一番登场等戏场。可惜弟兄双折桂，北枝今日不齐芳。舍弟冲泉，于是科登顺天榜。""自分西湖作钓徒，帽箱绶笥久模糊。公裳点检烦朋旧，篮舆萧疏笑仆奴。流水再经人面改，夕阳虽好日轮徂。怪他市上人如蚁，不看郎君看老夫。""诏许归来五十年，此身早荷主恩偏。不图旧籍蓬山上，又领新班阆苑先。天上谪仙宫锦贵，山中宰相白衣传。臣今耄矣难言报，一炷心香祝圣虔。""前贤十度赋嘉宾，康熙丁卯周天相、丙子吴大炜、甲午范承式、癸巳钱宗墍、丁酉赵世玉、雍正癸卯陈克镐、乙酉吴嗣富、乾隆乙卯冯浩、戊午顾光、范崇荣。我占人间分外荣。老妇喜叨加命服，衰翁且博上铭旌。比还九转才初转，若话三生又一生。养就百年无用物，要将歌啸答升平。"四诗既出，一时和者不下数百人。先是七十余岁时，至南屏山上冢，偶见土人方姓，悬画一帧，乃装裱康熙二十六年丁卯科题名录，距公乡举之岁，恰当花甲一周。公因题五古一篇于其上云："我年二十五，卯岁领乡荐。上溯六十年，此榜实羔雁。忆予堂谒时，群集随诸彦。领袖鹤发翁，岿然如鲁殿。谓录中四十三名周公天相，钱唐人。风貌既甚古，章服亦不贱。私窃问姓名，爱莲分一瓣。少年曾筮仕，秩视诸侯半。杜诗县实诸侯半。归卧田里间，后生蔑由见。恭逢盛典举，重预嘉宾宴。今复卅载余，翁久随物变。即予同年生，八九已露电。乃于山人庐，忽睹纸半片。上镌千佛名，一佛曾识面。当时取士严，额仅逾大衍。副榜一至十，同考十二县。衡鉴堂中人，氏号一一缮。不独脚色详，次第具乡贯。字迹颇工整，首尾无漫漶。

想见詅卖时，狼藉坊市遍。此纸过百年，独再优昙现。异哉方山子，拾得常自玩。藏弃等吟笺，装背作画卷。某也后进人，彰美在所先去。索书五字诗，留下一重案。"自康熙丁卯至嘉庆丁卯，距一百二十年，而以乡人片纸之收藏，隐为之兆，公于无意中而见之，而题之且叙及周翁重宴一事，若作后来人之左券也者，抑何奇欤？

【译文】嘉庆丁卯（嘉庆十二年，1807），曾伯祖山舟学士（梁同书）又遇上鹿鸣盛典。亲自知会家中子侄，都请求为他自己呈请转奏皇帝。山舟学士说："我是世代受国恩之人，偷享安乐五十余年，没有万一之报，在家就有罪过，允许在家就是有恩，怎敢复活遇到好事呢？"坚决奏请未获答复，这件事几乎要被搁置。国子监祭酒吴穀人（吴锡麒）先生，恰好从维扬回来，认为对山舟学士当面说一定不会被他认可，于是联合绅士数十人一起呈奏说："呈为桑梓耆英，科名人瑞，公吁具题，恳请恩准重赴鹿鸣事：窃以人惟求旧，当思前辈之典型；礼重兴贤，正借群伦之冠冕。恰支干之周市，秋试应期；喜福寿之曼延，春风到座。既振羽仪于先路，宜光樽俎于今朝。如原任日讲官起居注翰林院侍讲梁同书，黻冕承华，诗书炳美。宰相世系之表，具在史官；郑公通德之门，推于梓里。久膺华选，早历清班。读中秘之书，蹑裾鳌禁；领内史之职，珥笔螭坳。洎乎引疾邱园，养疴林薮。子羽勿由之径，春草自生；晏婴已敝之裘，冬月犹拥。犹复文驰玉轪，群钦骚雅之才；墨蘸金壶，人慕晋唐之格。信是翁之矍铄，实一代之灵光。兹者祥届丁年，花开乙榜。剩郄林之一，心尚留丹；歌《鹿鸣》之三，诗仍肆雅。袍如立鹄，只添冰样之头衔；身早登龙，合认烧余之尾段。伏愿甄以耄学，降礼耆年，当德星垂曜之期，扬寿世作人之化。用光奏牍，俾与宾筵，庶招蓬苑之神仙，来作儒林之领袖。一名漫居乎先甲，请看老桂之荣；万物乐得其由庚，预庆斯文之瑞。谨呈。"呈文送上后，巡抚清公奏稿说："浙江巡抚清安泰谨奏，为耆绅重遇鹿鸣，恩恩预宴，以光盛典事：窃据藩司崇禄详据杭州府钱唐县详称，查有该县在籍翰林院侍讲梁同书，现年八十五岁，于乾隆十二年丁卯科中式本省举人，届本年丁卯浙江乡试之期，已历周甲，应请循例重赴鹿鸣恩宴等情，具详前来。奴才查梁同书系木天旧籍，林壑高踪，年已近乎期颐，科再逢乎丁卯。是皆圣朝重熙累洽，蕴为休征；皇上雅化作人，蒸成异瑞。遘佳辰以令宴，耄者增逾分之荣；偕硕德以登筵，科目获非常之幸。奴才不敢壅于上闻，为此恭折具奏，休祈睿鉴。"很快在同年八月二十三日奉皇上旨意："据清安泰奏，浙江在籍翰林院侍讲梁同书，系乾隆丁卯科举人，本年又届丁卯乡试，恩请循例重赴鹿鸣筵宴一折。梁同书系原任大学士梁诗正之子，早登乡荐，供职词垣，归志林泉，年臻耄耋。兹届周甲宾兴，欣逢礼宴，洵属科名人瑞，允宜特沛恩施，用光盛典。梁同书著赏给侍讲学士衔，重赴鹿鸣筵宴，以示朕加惠耆臣至意，钦此。"山舟学士拜谢皇命后，于次日恭敬地前往万寿宫谢完恩，回来后随即写谢状说："原任日讲官起居注翰林院侍讲梁同书，呈为恭谢天恩，恩请据情转奏事：本年丁卯科浙江大比之期，距乾隆十二年同书乡举之岁，花甲一周，鹿鸣再赋。恭承大中丞以科名盛事，破例上闻，特蒙我皇上念纶阁旧臣，推恩下逮，于本月二十三日接奉谕旨：'梁同书系原任大学士梁诗正之子，著赏给翰林院侍讲学士衔，重赴鹿鸣筵宴，以示朕加惠耆臣至意，钦此。'即于次日恭诣万寿宫，叩头谢恩讫。窃念同书世受国恩，身叨门荫，清书散馆，大考迁官。在京供职，两充分校入闱；以病告归，三度祝釐赴阙。无健飞之翮，翻怯风抟；非中伐之材，徒虚匠顾。长愿为太平歌咏之民，岂复有非分恩华之想。乃今锡之礼宴，宠以清阶。俾蓬藋余生，重沾雨露；桑榆晚景，益被光华。

里党传为美谈，士林纪为荣遇。惟是衰孱筋力，不克匍匐殿廷，遥望九重，螳忱莫达。用抒寸牍，葵向难名。为此具呈，伏求代奏，不胜感激之至。"同年九月初九揭晓，十三日礼宴，这科典试为侍郎万和圃万承风、编修吴荷屋吴荣光。先期浙江仁和县送仪注单写道："本年乡试有原任日讲官起居注翰林院侍讲梁，重赴鹿鸣筵宴，应送金花台盏，表里宴席，照例备办外，届期朝服诣抚衙，俟主试茶毕，侍讲梁乘舆由中门入，堂檐降舆，各大人出迎檐下，行宾主礼，相揖毕，藩、臬、运三司监试提调各道下，俱相揖毕，杭州府引新举人上堂排班，侍讲梁另设拜单，望阙谢恩。其筵宴位次，设于堂之东北隅。"这天，全城男女，夹道围观。山舟学士回来后赋纪恩诗四章："姓名何意达天阊，白发重新拜宠光。使者并修前辈礼，阿婆又入少年行。三杯娄尾陪烧尾，一番登场等戏场。可惜弟兄双折桂，北枝今日不齐芳。舍弟梁冲泉（梁敦书），在这科考中顺天榜。""自分西湖作钓徒，帽箱绶笥久模糊。公裳点检烦朋旧，篮舆萧疏笑仆奴。流水再经人面改，夕阳虽好日轮徂。怪他市上人如蚁，不看郎君看老夫。""诏许归来五十年，此身早荷主恩偏，不图旧籍蓬山上，又领新班阆苑先。天上谪仙宫锦贵，山中宰相白衣传。臣今耄矣难言报，一炷心香祝圣虔。""前贤十度赋嘉宾，康熙丁卯科（康熙二十六年，1687）周天相、丙子科（康熙三十五年，1696）吴大炜、甲午科（康熙五十三年，1714）范承式、癸巳科（康熙五十二年，1713）钱宗塈、丁酉科（康熙五十六年，1717）赵世玉，雍正癸卯科（雍正元年，1723）陈克镐、乙酉科（疑为己酉，即雍正七年，1729）吴嗣富，乾隆乙卯（乾隆六十年，1795）科冯浩、戊午科（乾隆三年，1738）顾光、范崇荣。我占人间分外荣。老妇喜叨加命服，衰翁且博上铭旌。比还九转绕初转，若话三生又一生。养就百年无用物，要将歌啸答升平。"这四章诗一出，一时唱和的不下数百人。以前七十余岁时，到南屏山上冢，偶然见到一个方姓当地人悬挂一帧画，是装裱康熙二十六年（1687）丁卯科题名录，距离山舟学士乡举那年，恰好正式六十年。

山舟学士于是在上面题有五古一篇说："我年二十五，卯岁领乡荐。上溯六十年，此榜实羔雁。忆予堂谒时，群集随诸彦。领袖鹤发翁，岿然如鲁殿。是说题名录中第四十三名为周天相先生，钱唐人。风貌既甚古，章服亦不贱。私窃问姓名，爱莲分一瓣。少年曾筮仕，秩视诸侯半。杜甫诗有"县实诸侯半"。归卧田里间，后生蔑由见。恭逢盛典举，重预嘉宾宴。今复卅载余，翁久随物变。即予同年生，八九已露电。乃于山人庐，忽睹纸半片。上镌千佛名，一佛曾识面。当时取士严，额仅逾大衍。副榜一至十，同考十二县。衡鉴堂中人，氏号一一缮。不独脚色详，次第具乡贯。字迹颇工整，首尾无漫漶。想见诟卖时，狼籍坊市遍。此纸过百年，独再优昙现。异哉方山子，拾得常自玩。藏弄等吟笺，装背作画卷。某也后进人，彰美在所先去。索书五字诗，留下一重案。"自康熙丁卯（康熙二十六年，1687）丁卯至嘉庆丁卯（嘉庆十二年，1807），前后相距一百二十年。而因为乡人收藏一张题名录，隐隐之中成为先兆。山舟学士无意中而看见它，于是题诗于上，并谈及周老先生重宴一事，就像后来人的契约一样，或许其中有什么神奇事？

诗忌正论

陆稼书先生《南村寨佛寺》诗云："亦是聪明奇伟人，能空万念绝纤尘。当年可惜生西土，未听尼山讲五伦。"议论自是绝顶，然未免道学气太重。又元人《牡丹》诗云："枣花似小能成实，桑叶虽粗解作丝，惟有牡丹如斗大，不成一事又空枝。"此种翻新，殊煞风景。即如姮娥、织女，原属子虚，而妙论奇思，澜翻不已，必欲力辨其诬，大可哂也。

【译文】陆稼书（陆陇其）先生《南村寨佛寺》诗中说："亦是聪明奇伟人，能空万念绝纤尘。当年可惜生西土，未听尼山讲五伦。"这番议论虽然绝顶，但道学气未免太浓了。元人《牡丹》诗中又说："枣花似小能成实，桑叶虽粗解作丝。惟有牡丹如斗大，不成一事又空枝。"这种翻新之作，大煞风景。就好像嫦娥、织女，本来纯属虚拟，而其妙论奇思，言辞滔滔不绝，一定要去辨别其中的编造部分，十分可笑。

李袁轻薄

李笠翁十二种曲，举世盛传，余谓其科诨谑浪，纯乎市井，风雅之气，埽地已尽。偶阅董阆白《莼乡赘笔》载，笠翁之为人，性龌龊，善逢迎，常挟小妓三四人，遇贵游子弟，便令隔帘度曲，捧觞行酒，并纵谈房术，诱赚重价。盖其人轻薄，原于天性，发为文章，无足怪也。又撰《西楼记》之袁于令，为人贪污无耻，年逾七旬，犹强作少年态，喜纵谈闺阃，淫词秽语，令人掩耳。后寓会稽，暑月忽染奇疾，口中痒甚，因自嚼其舌，片片而堕，不食不言，二十余日，舌本俱尽而死，绮语之戒，其罚如此。夫洪稗畦《长生》一曲，卒伤采石之沉，汤玉茗文章巨公，四梦之成，特其游戏，乃犹以《牡丹亭》口业，相传永堕泥犁，况下此者乎？

【译文】李笠翁（李渔）十二种曲，举世盛传，我却认为他的曲词插科打诨戏谑放荡，纯粹是粗俗鄙陋之词，把风雅之气彻底破坏了。偶然读到董阆石（董含）的《莼乡赘笔》中记载，李笠翁的为人，性情既龌龊又擅长曲意逢迎，常常抱着三四个小妓，遇到没有官职的贵族子弟，就让隔着帘子奏曲，捧着酒杯喝酒，并且畅谈房中之术，诱骗他们从而赚取他们高价钱。大概他为人轻薄，原本就是天性，进而写出这样的文章，不足为怪。另外，撰写《西楼记》的袁于令，为人贪财无耻，年过七十，仍强行装作少年的样子，喜欢大肆谈论妇女闺房之事，淫秽的词语，让人掩耳。后来住在浙江会稽，夏天时忽然染上了一种奇怪的病，口中非常痒，所以自己咬自己的舌头，一片片脱落了，不吃饭也不说话，持续二十几天，舌头脱落完了便去世了。犯了污秽之言的戒律，才会有这样的惩罚。洪稗畦（洪昇）的《长生》一曲，最终因采石下狱，汤玉茗（汤显祖）是文章巨公，临川四梦的戏剧桥段，只是他的游戏之作，却仍然因为他创作了《牡丹亭》，而传说堕入地狱，何况在他们之下的人呢？

昆明池对联

云南昆明池大观楼对联，每联长至九十字，孙髯翁所题。其句云："五百里昆池，奔来眼底。披襟岸帻，喜茫茫空阔无边。看东骧金马，西翥碧鸡，北走长蛇，南盘舞鹤，骚人韵事，何妨选胜登临，趁蟹屿螺洲，梳裹就烟鬟雾鬓。更蘋天苇地，点缀些翠羽丹霞。莫辜负四围香稻，万顷晴沙，九夏芙蓉，三春杨柳；数千年往事，注到心头。把酒临风，叹滚滚英雄谁在。想汉习楼船，唐标铁柱，宋挥玉斧，元跨革囊，伟绩丰功，费煞移山气力，尽珠帘画栋，卷不尽暮雨朝云。便断碣残碑，都付与苍烟落照。只赢得几杵霜钟，半江渔火，两行秋雁，一叶扁舟。"长句硬盘，如僧绰之棋，累而不坠，真杰笔也。

【译文】云南昆明池大观楼的对联，每副对联长达九十字，是孙髯翁所题。对联如下："五百里昆池，奔来眼底。披襟岸帻，喜茫茫空阔无边。看东骧金马，西翥碧鸡，北走长蛇，南盘舞鹤，骚人韵事，何妨选胜登临，趁蟹屿螺洲，梳裹就烟鬟雾鬓。更蘋天苇地，点缀些翠羽丹霞。莫辜负四围香稻，万顷晴沙，九夏芙蓉，三春杨柳；数千年往事，注到心头。把酒临风，叹滚滚英雄谁在。想汉习楼船，唐标铁柱，宋挥玉斧，元跨革囊，伟绩丰功，费煞移山气力，尽珠帘画栋，卷不尽暮雨朝云。便断碣残碑，都付与苍烟落照。只赢得几杵霜钟，半江渔火，两行秋雁，一叶扁舟。"这长句硬盘，就像僧绰之棋，累计叠加但不下坠，十分稳固，真是绝笔。

滕王阁黄鹤楼对联

滕王阁千古名胜，对联佳者绝少。惟商丘宋牧仲先生一联云："依然极浦遥天，想见阁中帝子；安得长风巨浪，送来江上才人。"吐属名隽，且见贤公卿爱才之度。湖北黄鹤楼对云："何时黄鹤重来，且自把金樽，看洲渚千年芳草；今日白云尚在，问谁吹玉笛，落江城五月梅花？"俊逸清新，独有千古，后有作者，亦如崔灏题诗，诸人搁笔矣。

【译文】滕王阁是一处千古名胜之地，然而好的对联非常少。只有河南商丘人宋牧仲（宋荦）先生的一联尚可称诵。对联如下："依然极浦遥天，想见阁中帝子；安得长风巨浪，送来江上才人。"这联谈吐非凡，可见贤公卿爱惜人才的气度。湖北黄鹤楼上的对联写道：

"何时黄鹤重来,且自把金樽,看洲渚千年芳草;今日白云尚在,问谁吹玉笛,落江城五月梅花?"词句俊逸清新,独占千古。后来也有想写诗的,也如崔灏在上面题诗,众人都只能搁笔兴叹了。

诗宗唐音

诗宗唐音,固也,然使自唐至今,千篇一律,有何意味?且宋之为宋,元之为元,正以其各具面目,方见天地文运,变化无穷。若必尽法乎古,则何不一一而绳以汉、魏、六朝,且何不一一而绳以三百篇、十九首乎?昔人谓诗盛于唐,坏于宋,刘后村则云:"宋诗突过唐人。"斯言亦未免偏激。方正学诗云:"前宋文章配两周,盛时诗律亦无俦。今人未识昆仑派,却笑黄河是浊流。""大历诸公制作新,力排旧业祖唐人。粗豪未脱风沙气,难诋熙丰作后尘。"正学瓣香东坡,故有此语,然足以针砭墨守盛唐者。

【译文】诗歌以唐音为尊,固然如此,然而如果使诗歌从唐至今都千篇一律,那么还有什么意思呢?而且宋之所以成为宋,元之所以成为元,正是因为它们各具独有的面目风采,才显示出天地之间的文运,进而变化无穷。如果必须要效法古风,那么为何不一一都以汉、魏、六朝之诗风为准则呢?又为何不一一以《诗经》三百篇,古诗十九首为准则呢?前人认为诗歌只兴盛于唐朝,衰败于宋朝,刘后村(刘克庄)则说:"宋诗突过唐人。"这种说法也未免偏激。方正学(方孝孺)写诗道:"前宋文章配两周,盛时诗律亦无俦。今人未识昆仑派,却笑黄河是浊流。""大历诸公制作新,力排旧业祖唐人。

粗豪未脱风沙气，难诋熙丰作后尘。"方正学敬仰苏东坡，故有这首诗，足以规劝墨守盛唐之音的人。

巍字改书

天启朝魏珰生祠遍天下。山东巡按李精白祝词云："尧天巍荡，帝德难名。""巍"字，"山"移下书，惧压上公之首，此等谄媚，真是想空心血者。

【译文】明熹宗天启年间，权宦魏忠贤的生祠遍布天下。山东巡按李精白的祝祠写道："尧天巍荡，帝德难名。""巍"字的"山"字头写在下面，害怕压着魏忠贤之首。这等谄媚之语，真是搜肠刮肚、费尽心血想出来的呀！

地 窖

萧山县内西河下，酒铺中有一地窖，石门封锁。曾有人入视之，内有朱漆巨棺一，石桌、石床备具，棺左右有油七缸，浅已过半，灯火尚明，人为添油而复闭之。相传为宋万俟卨墓。奸邪残魄，千载犹存，亦理之不可解者也。

【译文】浙江萧山县境内的西河下，一家酒铺中有个地窖，石门封锁。曾有人进窖去查看，发现窖内有红漆大棺材一副，石桌、石床全都具备，巨棺左右两旁有七缸油，已经烧过一半，灯火还算明亮。

有人给缸内加完油就把石门再关上。这里相传是宋朝万俟卨之墓。这等奸邪残魄，千年犹存，也真是令人费解啊。

副车诗下第诗

有人六赴乡闱，仅得一副榜。有句云："祁山事业怜诸葛，博浪功名笑子房。"运典大方。又仁和缪莲仙艮下第诗有句云："妻子望他龙虎日，科名于我马牛风。"亦极工趣。

【译文】有人六次参加乡试，只考中了一次副榜。写有句话说："祁山事业怜诸葛，博浪功名笑子房。"这真是运用典故的大家。又有浙江仁和人缪莲仙缪艮的下第诗写道："妻子望他龙虎日，科名于我马牛风。"这诗句也极工整风趣。

三十六江楼

广东广州府三水县江口，有行台，旧为督臣阅兵驻节之地，后迁于肇庆府，其址遂废。芸台宫保改为书院，规模极其宏壮，飞阁临江，题曰三十六江楼。盖谓北江所汇者九，浈江、始兴江、墨江、锦江、翁江、麻江、滆江、政宾江、苍江也。西江所汇者二十七，北盘江、南盘江、龙塘江、思览江、牂牁江、柳江、漓江、郁江、浔江、西洋江、洛青江、驮蒙江、黄龙江、橘江、荔江、藤江、绣江、横槎江、邕江、秋风江、贺江、新江、白马江、金城江、绿瓮江、蕉花江、武阳江也。诸江之水合流于此，故以为名。可与二十四桥、十四妆楼同为诗料。

【译文】广东广州府三水县江口，有一座行台，以前为总督阅兵驻扎办公之地，后来迁到了肇庆府，因此这座行台便废弃了。太子少保芸台（阮元）改为书院，规模极其宏伟壮丽，飞阁临江，题名为"三十六江楼"。大概是将北江所汇集起来的九条支流：浈江、始兴江、墨江、锦江、翁江、麻江、滃江、政宾江、苍江；西江所汇集起来的二十七条支流：北盘江、南盘江、龙塘江、思览江、牂牁江、柳江、漓江、郁江、浔江、西洋江、洛青江、驮蒙江、黄龙江、橘江、荔江、藤江、绣江、横槎江、邕江、秋风江、贺江、新江、白马江、金城江、绿瓮江、蕉花江、武阳江。一共三十六条支流的水，在此处合流，因而得名。这可与二十四桥、十四妆楼一样成为作诗材料的运用。

鬼 诗

"流水涓涓芹努芽，织乌西飞客还家。荒村无人作寒食，殡宫空对棠梨花。"此鬼诗中之最峭者。"盘塘江上是儿家，郎若游时来吃茶。黄土覆墙茅盖屋，门前一树马缨花。"此鬼诗中之最逸者。又姚古芬丈尝诵其江南杨姓友人鬼春词句云："数点鬼灯移近岸，夜深苏小踏青归。"设想幽绝。

【译文】"流水涓涓芹努芽，织乌西飞客还家。荒村无人作寒食，殡宫空对棠梨花。"这是鬼诗中最为奇峭的诗。"盘塘江上是儿家，郎若游时来吃茶。黄土覆墙茅盖屋，门前一树马樱花。"这是鬼诗中最为峻逸的诗。还有，姚古芬（姚伊宪）曾读过他江南杨姓朋友写过的鬼春词，当中写道："数点鬼灯移近岸，夜深苏小踏青归。"这诗句想象清幽殊绝。

行比伯夷

《橘颂》云："行比伯夷。"有以此命题者，汤昼人庶常锡蕃句云："叟真称大老，奴肯附新王。土贡犹怀夏，山呼讵改商。"巧不伤雅，落落大方。

【译文】《橘颂》中说："行比伯夷。"有人就用这句为题，庶吉士汤昼人汤锡藩有诗句写道："叟真称大老，奴肯附新王。士贡犹怀夏，山呼讵改商。"这句话巧妙而不伤其雅致，显得落落大方。

菱　落

菱角最易落，故谚曰"七菱八落"。前人以对"十榛九空"，工切无比。又粤人呼荸荠曰马蹄，以对龙眼，亦甚工也。

【译文】菱角最易凋落，因此谚语说"七菱八落"。前人曾用"十榛九空"与它组成一个对子，对仗非常工整贴切。还有，广东人称荸荠为"马蹄"，用来与"龙眼"组成一个对子，也十分工整。

村学诗

　　海昌郭臣尧好为俳体诗，所著名《捧腹集》。有村学诗云："一阵乌鸦噪晚风，诸徒齐逞好喉咙。赵钱孙李周吴郑，天地玄黄宇宙洪。《千字文》完翻《鉴略》，《百家姓》毕理《神童》。就中有个超群者，一日三行读《大》《中》。《学》《庸》也。"末句趣甚。

　　【译文】海昌郭臣尧，喜欢写俳体诗，著有《捧腹集》，当中有村学诗写道："一阵乌鸦噪晚风，诸徒齐逞好喉咙。赵钱孙李周吴郑，天地玄黄宇宙洪。《千字文》完翻《鉴略》，《百家姓》毕理《神童》。就中有个超群者，一日三行读《大》《中》。《学》《庸》也。"这首诗末句非常风趣。

会馆对

　　广东武林会馆，在归德门外晏公街。吾杭商贾于此者，醵金创建。既落成，属余撰戏台对云："一阕《荔支香》，听玉笛吹来，遍传南海；双声《杨柳曲》，问金尊把处，忆否西湖？"书此者，李听松也。

　　【译文】广东武林会馆，在归德门外的晏公街。我们杭州的商贾大多在这里聚集，集资建成。落成之后，众人让我为戏台撰写一副对联，句子如下："一阕《荔支香》，听玉笛吹来，遍传南海；双声《杨柳曲》，问金尊把处，忆否西湖？"书写此联的人，是李听松（李寅）。

朱侍御奏疏

道光癸巳，京畿荒旱，各官倡义劝捐。有潘仕成捐银一万二千两，蒙恩赏给举人。嗣浙江叶元墀、江苏黄立诚陆续捐输，亦照例赏给，阁臣遂欲永以为法。侍御朱公嶟奏云："窃惟赏赐者，劝善之经；科目者，求贤之道。国家设科取士，三年大比，录其文艺优长者，贡于春官，名曰举人，诚盛典也。上年畿辅荒旱，收成歉薄，节荷皇仁浩荡，赈粜频施，小民已无虞失所。嗣以日久用繁，各官倡议劝捐。本年二月，据潘仕成捐银一万二千两，蒙恩赏给举人，一体会试，此皇上逾格之恩施，亦一时从权之至计，原未尝著为定例也。且潘仕成本系副贡，去举人一间耳。赏给举人，是于破格之中，仍寓量才之意，斟酌而行，岂漫然哉？厥后叶元墀、黄立诚陆续报捐，经巡视给事中顺天府尹奏请议叙，蒙敕下大学士军机大臣会议，遂乃比照银数，请赏举人，虽曰以昭画一，然于圣主慎重名器之心，因时权衡之道，要未能深详体究也。若因此遂成定例，臣窃谓适足生富家侥幸之心，而阻寒儒进修之志。向来捐例，京官自郎中，外官自道府以下，皆准捐。至清要衙门，非举人出身者，不得与焉。官可捐而出身不可捐也。今以捐银捐赈之故，而得为举人，则未登仕版者，将可报捐中书；已列部曹者，又得保送御史。竞趋捷径，滥厕清班，欲肃官廉，亦已难矣。况准其一体会试，则得陇望蜀，谓举人既可幸邀，进士何难弋获？于是买通关节，雇请枪替，各种弊端，在所不免。臣故曰生富家侥幸之心也。至单寒下士，既不能鲜衣华服，奔走形势之途，又不能遵例纳财，置身通显之地，其所以系属心思，鼓舞才力，孜孜以穷经砥行为务，而未甚厌弃者，良以举人一途，为进身之阶耳。今若以多士进身之阶，为一时劝捐之计，不论学问之浅深，但较银数之多寡，如能累万，不啻升三，一经报呈，便同登第，文章不足为贵，科名亦觉其轻，识趣日卑，术业渐废，臣故曰阻寒儒进修之志也。颇失士望，徒生幸心，以为故常，未见其可。论者但以请赏花翎，未便率行议准，因而请赏举人，不知花翎举人，均为圣朝名器。而细按之，则花翎，实器也，举人，虚名也。实器以待有功，虚名以彰有德，互为表里，未可低昂。彼输财助赈者，急公好义，固不可不量加鼓励。然在士庶，或酌给匾额，或议叙职衔；在官绅，或予以升途，或准其加级，已足示鼓励而劝捐输矣。若请赏举人，则所得无几，所伤实多，应请旨饬下顺天府五城及各省督抚，嗣后地方偶遇水旱偏灾，如有捐输应奖之处，概不准援引成案，冒请赏给举人，庶经制定而人绝妄心，流品分而士多励志。而于劝善赈民之道，仍未有碍也。"疏上，奉旨："所奏甚是，可嘉之至。"仰见圣主明聪，名臣风格，谨识录之。

【译文】道光癸巳（道光十三年，1833），京城大旱，各级官员倡议捐资赈济灾民。有一个叫潘仕成的捐银一万二千两，因此蒙恩赏他为举人。之后又有浙江人叶元堃、江苏人黄立诚陆续捐资，也都照例赏给他们举人之名，内阁中的大臣便计划永久以此为法。侍御朱嶟上奏说："我个人认为，赏赐是劝人向善的方式，科举是选拔贤才的途径。国家开设科举，三年大考，录取其中文才突出的人，到礼部参加考试，才名为'举人'，这实在是国家盛典。去年京城大旱，粮食欠收，承蒙皇恩浩荡，多次出粮赈济灾民，百姓没有流离失所之忧。后来费用日益增多，各官于是倡议捐款。今年二月，潘仕成捐银一万二千两，蒙恩赏给他举人，一体参加会试，这是皇上破格的恩惠，也是一时的权宜之计，本来未曾著为定例。况且潘仕成本来就是副贡，离举人只有一步之遥。赏给他举人，是在破格之中，依然含有量才录用的意思。这件事是经过考量才实行的，并不是随意而行的。之后叶元墀、黄立诚等陆续报名捐款，经巡视给事中顺天府尹奏请核议奖励，蒙敕下大学士、军机大臣会议，因此按照捐银的数目，请求赏他们做举人，虽说是为了公平起见，但是对于皇上慎重名爵之心，因时权衡之道，大概没能深入领会研究。如果由此形成了定例，我个人认为这恰好会让富有之家产生侥幸的心理，而妨碍天下寒士进取的志向。先前的捐款体例，京官从郎中以下，地方官员自道府以下，都允许捐献。至于清要衙门，不是举人出身的人不得参加其中。官职可以通过捐款获得，但是出身却不能通过捐款获得。如今依靠捐银捐赈的缘故，得以成为举人，那么未曾做官的人，将可通过捐款请赏到中书之职，已列为部曹的人又得以保送到御史之职。人们争相走捷径，在清贵官班中滥竽充数，想要整肃吏治，也就困难了。何况允许他们一体参加会试，他们就会得陇望蜀，认为举人既然可以侥幸获得，进士还有难度得不到？于是买通关节，请人代考，种种弊端，在所难免。所以我说会使富有之家产生侥幸的心理。至于贫寒地位低的读书人，既不能穿着漂亮的衣服，结识有权有势的人，也不能按例捐钱，使自己置身其中博得名声，他们之所以向往其中，激发才力，孜孜不倦地钻研学问修养道德而不曾放弃，是因为考中了举人，是做官的一个台阶。当下，如果把士人出仕为官，成为劝人捐款之计，不比较学问的深浅，只比较银子数目的多少，如果上万银两，无异等于连升三级，一旦经过上报呈请，就如同高中科举。文章不再重要了，科名也觉得轻了，知识志趣日益低贱，学业日益荒废，所以我说妨碍了贫寒读书人的进取之志，这会很让读书人失望，只是让人产生侥幸的心理，并习以为常，不见得这是可行的。议论的人认为只是请赏花翎，不便随意商议批准，因而请赏举人，不知花翎和举人，均为国家重要的名爵。然而仔细想来，花翎是实器，举人是虚名。实器是留给有功之人的，虚名是彰显有道德之人。两者互为表里，不能分出高低。那些捐财助赈的人，急公好义，固然不能不适当鼓励，但是对于普通人，或许可以考虑奖给匾额，或许商议奖励职衔。在职官员，或给他升官，或许可以给他升级，这已足以鼓励人们捐财了。如果请赏举人，那么所得无几，所损害实际很多，应当下令顺天府五城及各省督抚，以后地方上遇到水旱灾害，如果有人捐款要给奖励时，一律不许援引成例，冒然请赏举人。这样，治国之道制定了如同人们杜绝了侥幸之志，流品分明而读书人励志进取，对于劝人向善、赈济百姓的方式，就没有什么阻碍了。"这奏疏呈上，皇上旨意："所奏请的很对，非常值得嘉许。"这可见圣主之明智，名臣之风格，因此谨录下来。

陈小鲁

陈小鲁行，仁和布衣，负才跅弛，嗜酒，工长短句。家贫，训蒙卖字以自给。性孤介，不谐于俗，坐是益困顿，日泥饮垆头，有伯伦荷锸之风。道光乙亥，竟以病酒，卒于友人黄山渔家，贫无以敛，同人助之殡葬。一女，曙后星孤，寄居外家。予为搜辑遗稿，积五六年，得如干阕，汇而刊之。词出入苏、辛，小令酷肖板桥。《鬲溪梅令》云："庭前竹树报平安，不平安，一夜西风吹折两三竿，缺中来远山。　古人只道出门难，入门难，江北江南也作故园看，玉门何处关？"《太常引·答陈月墀》云："蒲帆十幅挂江干，来倚我危栏。受得一宵寒，便说到灯残梦残。　入门风月，出门烟雨，无意上吟坛。指点与君看，杨柳外青青远山。"《浣溪纱·怀董九九》云："一世杨花二世萍，无疑三世化卿卿，不然何事也漂零。　掬水攀条无别意，百般怜惜汝前生，何人知我此时情。"《太常引·水上人家》云："水天水地水人家，水上做生涯。一二亩蒹葭，七八亩菱花藕花。　蒹葭活火，菱香藕熟，湖水可煎茶。秋梦有些些，只不管朝云暮鸦。"诗非其所长，然间亦一作。如《寄友》云："我家门外鸡枫树，不见君来不肯黄。"《杂诗》云："宝刀若赠黄衫客，定斩无情李十郎。"亦琅然可诵也。又小鲁好以俗语俗字入词，余付梓时，悉删汰之。有"貂裘换酒醉言"一阕，久脍炙诸友人口，以余汰去，颇怅怅。因亟录之，其词云："觉得魂儿骤，梦初醒，被池冰冷，一灯红瘦。斗大眼花看不定，撑下床来行走。似颠倒风前杨柳，渴杀刘伶难忍耐，索茶汤笑向妻开口。妻不语，两蛾斗。　苍天生我卿知否？早安排几千万石，无愁春酒。明日杏花村里去，还要尽情消受。待记取归来时候，跌进门来须照管，玉纤纤扶住劳卿手，直睡到百年后。"

【译文】陈小鲁陈行，是浙江仁和县的平民，恃才傲物，放荡不羁，爱喝酒，擅长作词。家境困难，以教导童子卖字为生。性情孤傲，不合于俗，由此生活日益困顿，每天烂醉如泥，有"伯伦（刘伶）荷锸"之风。道光乙亥（疑为己亥，即道光十九年，1839），竟因酒患病，死在友人黄山渔家中，又因家贫无以入殓，朋友们便资助将他安葬。仅留下一位孤女，寄居在外戚家中。我搜集了他的遗稿，前后共有五六年，共得一千阕，汇集起来将其刊印出来。他的词风格介于苏东坡、辛弃疾之间，小令十分像板桥（郑燮）之风。《鬲溪梅令》写道："庭前竹树报平安，不平安，一夜西风吹折雨三竿，缺中来远山。古人只道出门难，入门难，江北江南也作故园看，玉门何处关？"《太常引·答陈月墀》写道："蒲帆十幅挂江干，来倚我危栏。受得一宵寒，便说到灯残梦残。　入门风月，出门烟雨，无意上吟坛。指点与君看，杨柳外青青远山。"《浣溪纱·怀董九九》写道："一世杨花二世萍，无疑三世化卿卿，不然何事也漂零。　掬水攀条无别意，百般怜惜汝前生，何人知我此时情。"《太常引·水上人家》写道："水天水地水人家，水上做生涯。一二亩蒹葭，七八亩菱花藕花。　蒹葭活火，菱香藕熟，湖水可煎茶。秋梦有些些，只不管朝云暮鸦。"诗虽不是他所擅长的，但偶尔也写有一些。如《寄友》写道："我家门外鸡枫树，不见君来不肯黄。"《杂诗》写道："宝刀若赠黄衫客，定斩无情李十郎。"这首也琅琅上口，值得传诵。陈小鲁又喜欢以俗语俗字写入词内，我刊刻他的词时，悉数删掉了。有"貂裘换酒醉言"一阕，长时间在友人中间传诵，很是脍炙人口，因我删去了，友人们由此怅然所失。因而又记录下来，如下："觉得魂儿骤，梦初醒，被池冰冷，一灯红瘦。斗大眼花看不定，撑下床来行走。似颠倒风前杨柳，渴杀刘伶难忍耐，索茶汤笑向妻开口。妻不语，两蛾斗。　苍天生我卿知否，早安排几千万石，无愁春酒，明日否花村里去，还要尽情消受。待记取归来时候，跌进门来须照管，玉纤纤扶住劳卿手，直睡到百年后。"

三 虫

《道德篇》："聋虫虽愚，不害其所爱。"聋虫，鳖也。又马亦称聋虫。《抱朴子·广譬篇》："晋文回车于勇虫。"勇虫，螳螂也。张衡赋："刚虫搏击。"刚虫，鹰也。

【译文】《道德篇》："聋虫虽愚，不害其所爱。"这里的"聋虫"指的是鳖。另外，马也称聋虫。《抱朴子·广譬篇》："晋文回车于勇虫。"这里的"勇虫"，指的是螳螂。张衡赋里说："刚虫搏击。"这里的"刚虫"，指的是鹰。

土语入诗

古人"娵隅跃清池"，以蛮语入诗。"误我一生踏里彩"，蒙古语入诗。今李宁圃太守《潮州竹枝词》云："销魂种子阿侬佳，开襆千金莫浪夸。高卷篷窗陈午宴，争看老衍貌如花。"注，六篷船呼幼女曰阿侬佳，梳拢曰开襆，呼婿曰老衍。舒铁云《黔苗竹枝词》云："马郎房底好姻缘，偻指佳期不计年。插遍青山黄竹子，哝哝还索鬼头钱。"注，俗结婚于邻建空房曰马郎房。合卺三日，女归母家，或半年一返，女父母向女索头钱，不与，或改嫁。有婿女皆死，犹向女之子索者，则谓之鬼头钱。凡人死，其生前所私男女，各插竹于坟前祭焉。"山房缥缈际青天，百尺梯头踏臂眠。才到三更春梦觉，泪花一斗听啼鹃。"注，克孟牯羊亲死不哭，跳舞浩歌，名曰闹尸。至明年闻杜鹃声，则举家号恸，悲不自胜,曰:"鸟犹岁至,亲不返矣。"先大父《题汪亦沧日本国神海编》云:"贡院繁华系客情,朝朝应办几番更。筵前只爱红裙醉,拽盏何缘号撒羹?"注,贡院者,彼邦馆唐人处也。佐酒者,号曰撒羹。"胶青拭鬓腻髳鬟,妾住花街任往还。那管吴儿心木石,我邦却有换心山。"注,妓所居之山曰换心山。

【译文】古人有"娵隅跃清池",是以蛮语写入诗中。"误我一声踏里彩",是以蒙古写入诗中。如今知府李宁圃的《潮州竹枝词》写道:"销魂种子阿侬佳,开襟千金莫浪夸。高卷篷窗陈午宴,争看老衍貌如花。"注:六篷船称幼女为阿侬佳,梳拢为开襟,称女婿为老衍。舒铁云(舒位)《黔苗竹枝词》:"马郎房底好姻缘,偻指佳期不计年。插遍青山黄竹子,哝哝还索鬼头钱。"注:习俗里结婚时在旁边建的空房叫作马郎房。结婚三日后,女方回母家,有的半年回去一次,女方父母向女儿索要头钱,不给的话,也许会改嫁。有的人女婿女儿都去世了,还向女方的孩子索要,则称为鬼头钱。但凡人去世了,其生前所交往的男女,会把竹子插于坟前祭拜。"山房缥缈际青天,百尺梯头踏臂眠。才到三更春梦觉,泪花一斗听啼鹃。"注:克孟牯羊部,亲人去世后不哭,而是跳舞高声唱歌,称为闹尸。到了第二年听到杜鹃叫声,则全家痛哭,悲伤不已,说:"鸟犹岁至,亲不返矣。"先大父(梁履绳)《题汪亦沧(或作翼仓,即汪鹏)《日本国神(疑为袖)海编》写道:"贡院繁华系客情,朝朝应办几番更。筵前只爱红裙醉,拽盏何缘号撒羹?"注:贡院是外国人住在唐朝的地方。陪同饮宴的人,称为撒羹。"胶青拭鬓腻髳鬟,妾住花街任往还。那管吴儿心木石,我邦却有换心山。"注:妓女所居之山称为"换心山"。

一杯羹

有人作《太上皇》诗云："得意斯为天下养，失时要作一杯羹。"刘芙初编修《咏陈平》云："笑问社中分肉手，如何处置一杯羹？"二诗读之，真堪失笑。又孙子潇太史《芒砀怀古》诗云："威加四海诛元功，羹分一杯弃而翁。君不见蛟龙白日与媪遇，龙种何曾属太公？"奇论辟空，得未曾有。

【译文】有人写了首《太上皇诗》，如下："得意斯为天下养，失时要作一杯羹。"编修刘芙初（刘嗣绾）的《咏陈平》中写道："笑问社中分肉手，如何处置一杯羹。"读这两首诗，真让人忍不住地笑。又有翰林孙子潇（孙原湘）的《芒砀怀古》诗中写道："威加四海诛元功，羹分一杯弃而翁。君不见蛟龙白日与媪遇，龙种何曾属太公？"这样的奇论凭空出现，前所未有。

竹衫瓶菊

王香雪州佐乃斌《咏竹衫》句云："六月最宜君子服，三秋还叠女儿箱。"周南卿茂才三燮《咏瓶菊》句云："白水订交真耐久，黄金垂尽易生寒。"各有风致。俱李小牧云。

【译文】州佐王香雪王乃斌先生《咏竹衫》诗中说："六月最宜君子服，三秋还叠女儿箱。"秀才周南卿周三燮的《咏瓶菊》中有诗句："白水订交真耐久，黄金垂尽易生寒。"这两首诗各有风格韵味，都是李小牧(李丙)说的。

规矩草

热河避暑山庄苑墙之外，草皆滋曼，一入苑内，则弥望蒙茸，如铺绿罽，人呼为规矩草。

【译文】热河避暑山庄苑墙之外，草都蔓延生长，一旦进入苑内，满眼都是蓬松杂乱，就像在上面铺着一层绿毯，人们都称之为"规矩草"。

临终对句

淳安方朴山先生病革时，弟子咸在。有二人私语曰："水如碧玉山如黛，以何为对？"先生枕上闻之曰："可对云想衣裳花想容。"言毕而逝。

【译文】浙江淳安方朴山(方椠如)先生病重时，其弟子都在身边。其中有两人窃窃私语说："水如碧玉山如黛(参见明代薛蕙《江南曲》)，用什么来对？"方朴山先生在枕上听后，说："可以对'云想衣裳花想容'(参见唐代李白《清平调》)。"说完后就去世了。

党 奸

王莽篡汉，刘歆作符命。司马篡魏，阮籍作《劝进文》。王世充篡隋，孔颖达草《禅议》。大儒名士，何不爱其羽毛若是？

【译文】王莽篡夺西汉政权，刘歆为其作《符命》；司马昭篡夺曹魏政权，阮籍为其作《劝进文》；王世充篡夺隋朝政权，孔颖达为其作《禅议》。这些大儒名士，为什么就不爱惜他们的名誉声望呢？

量人蛇

广东琼州有量人蛇，长六七尺，遇人辄竖起，量人长短，然后噬之。土人言此蛇于量人时，鸣声曰"我高"，人亦应声曰"我高"，蛇即自坠而死。

【译文】广东琼州有一种量人蛇，身长六七尺，遇到路人就会站立起来，量人的身高，然后再吞下去。当地人说这种蛇在量人时，发出声响为"我高"，人如果这时候也应声说"我高"，那么蛇就会立即倒地而死。

果下豹

果下马，果下牛，人皆知之。惠州罗浮山巅有兽小如猕猴，名果下豹。

【译文】果下马，果下牛，众人皆知。广东惠州罗浮山顶上有一种动物小如猕猴，名为"果下豹"。

城 隍

城隍二字，始于泰之上六。《礼》："天子大蜡八，伊耆氏始为蜡。"注，伊耆，尧也。蜡神八，水庸居七。水，隍也；庸，城也。《春秋》："郑灾，祈于四鄘。宋灾，用马于四鄘。"鄘，墉、庸同。由此推之，祀城隍盖始于尧时。城隍之有庙，则始于吴。《太平府志》云："城隍庙在府承流坊，赤乌二年创建。"其后祀之者，则见于六朝，如北齐慕容俨以祀城隍破梁军是也。他如韩昌黎、张曲江、李义山、杜文贞，俱有祭城隍诗文。五代钱镠，有《重修墙隍庙记》，以城为墙者，避朱全忠父名也。其封城隍为王者，见于后唐废帝清泰元年；封城隍而及其夫人者，见于元文宗天历二年。洪武初，诏天下府州县建城隍神庙，封京城隍为帝，开封、临濠、东平、和滁为王，府为伯，县为侯。至以神鬼为城隍者，见于《苏缄传》，缄殉节于邕州，交州人呼为苏城隍。其后范旺守城死，邑人为像城隍以祭。本朝查初白先生言："今江西城隍为灌婴，杭州城隍为南海周公新。其他如粤省以倪文毅为城隍，雷州以陈冯宝为城隍，英德以汉纪信为城隍，诸如此者，不可胜纪。"按城隍乃主城郭之神，而世传为治阴间之事，则又见《夷坚志》。今七月二十四日为都城隍诞辰，相传是日为筑城之始云。

【译文】"城隍"二字，始于泰之上六。《礼》载："天子大蜡八，伊耆氏始为蜡。"注解：伊耆，就是尧。蜡神八，水庸居七。水就是隍，庸即是城。《春秋》载："郑灾，祈于四鄘。宋灾，用马于四鄘。"（郑国有灾，祈于四鄘。宋国有灾，马于四鄘。）鄘与墉、庸相同，由此可知，祭祀城隍大概起源于唐尧之时。城隍有庙，则始于三国东吴。《太平府志》中说："城隍庙在府承流坊，于赤乌二年（239）创建。"其后祭祀它的，见于六朝，如北齐慕容俨以祭祀城隍为破梁军之计就是。其他如韩昌黎（韩愈）、张曲江（张九龄）、李义山（李商隐）、杜文贞（杜甫），都有祭拜城隍的诗文。五代时人钱镠，有《重修墙隍庙记》。把"城"写作"墙"，来避讳朱全忠父亲（朱诚）的名字。至于封城隍为王，见于后唐废帝清泰元年（934）；加封城隍及其夫人，见于元文宗天历二年（1329）。洪武初年，诏示天下府州县修建城隍神庙，封京城城隍为帝，封开封、临濠、东平、和滁城隍为王，封府城隍为伯，封县城隍为侯。至于以神鬼为城隍，见于《苏缄传》，苏缄在邕州殉节，交州人们称之为"苏城隍。"之后，范旺守城战死，城中人为其塑城隍像用以祭祀。清朝查初白（查慎行）先生说："今江西城隍为灌婴，杭州城隍为南海周公新。其他如广东省以倪文毅为城隍，雷州以陈冯宝为城隍，英德以汉纪信为城隍，诸如此者，不可胜纪。"（"如今江西城隍为灌婴，杭州城隍为南海周公新。其他如广东以倪文毅（倪岳）为城隍，雷州以陈冯宝为城隍，英德以汉代纪信为城隍，诸如此类，不胜枚举。"）城隍原本是主管一座城邑的神，而民间流传为治理阴间事务，则又见于《夷坚志》。如今七月二十四日为都城隍诞辰，相传是因为这天为建成该城的第一日。

白鸽标

粤有白鸽标之戏。标主以《千字文》二十句为母，每日子二十句散出二十字，令人覆射。射中十字者，予以数百倍之利。其余以次而降，四字以下为负。其法以二文八毫钱为一标，由此而十而百而千，悉从人便。其名有一炷香、八搭二、九撞一，大扳晷、小扳晷、河汉、百子图等目。谓之鸽者，凡鸟雄乘雌，鸽则雌乘雄，且性喜合，以八十字之雌，而合十字之雄，最易合者也，义盖取此。

【译文】广东有一种称为"白鸽标"的游戏。标主以《千字文》中二十句为母，每天由此二十句中散出去二十个字，让人猜测。猜中十个字的人，就给数百倍的利钱。其余依次降低，四字以下为输。这种方法是以二文八毫钱为一标，由此递增至十倍、百倍、千倍，全都根据人的意愿。其名有叫"一炷香""八搭二""九撞一""大板晷""小板晷""河汉""百子图"等。称为鸽的意思，即凡是鸟交配，总是雄鸟在上雌鸟在下，而鸽子却相反，则是雌鸽在上雄鸽在下，并喜好交合，以八十字之雌，合十字之雄，最容易猜中，含义大概取自这个。

种　痘

种痘始于宋真宗朝王旦，其后各相授受，以湖广人为最。今西洋夷医呬哈哟善种痘，法以极薄小刀，微剔儿左右臂，以他人痘浆点入，不过两三处，越七八日即见点，比时行之痘大两倍，儿无所苦，嬉戏如常。夷言本国虽牛马亦出，恒有毙者，因思此法，由牛而施之人，无不应验，于是其法盛传。然又必须此痘浆方得，他痘不能，故互相传染，使痘浆不绝，名曰牛痘，诚善法也。又有所谓神黄豆者，产滇之南徼西彝中，形如槐角子，视常豆稍巨，用筒瓦火焙，去黑壳，碾细末白水下之，可除小儿痘毒。服法以每月初二、十六日为期，半岁服半粒，一岁一粒，递加至三岁三粒，则终身不出矣。或曰按二十四气服之，以二十四粒为度。

【译文】种痘，始于北宋真宗朝王旦，以后互相传授方法，在湖广人之间最为盛行。如今西洋医生哑哈哎擅长种痘，方法是以极薄的小刀，很小地剐开小儿左右手臂，用其他人的痘疮浆点入，不过两三处，过了七八日之后就现痘点，此时的痘比流行的痘大两倍，但是小儿没有痛苦，如往常一样玩闹。洋医生说，他们国中虽然牛马也出痘，但常有死亡的，就想出这种方法，由牛再种给人，没有不应验的，于是这种方法得以盛传。但是又必须有这种痘浆才行，其他痘浆就不能。所以使其相互传染而痘浆不断，所以称为"牛痘"，这真是很好的方法。还有所谓"神黄豆"的，产自云南南部西彝之中，形状像槐角子，比平常豆稍大，用筒瓦火烤，去掉黑壳，碾成粉末状用白水服下，可除去小孩儿痘毒。服用方法是：每月初二、十六日，半岁服半粒，一岁服一粒，递增至三年三粒，那么终身不再出痘。有人说按二十四节气服用，以二十四粒为标准。

金兰会

广州顺德村落女子，多以拜盟结姊妹，名金兰会。女出嫁后归宁，恒不返夫家，至有未成夫妇礼，必俟同盟姊妹嫁毕，然后各返夫家。若促之过甚，则众姊妹相约自尽。此等弊习，虽贤有司弗能禁也。李铁桥廉使沄令顺德时，素知此风，凡女子不返夫家者，以殊涂父兄目，鸣金号众，亲押女归以辱之。有自尽者，悉置不理，风稍戢矣。

【译文】广州顺德乡村中的女子，大多结拜为异姓姊妹，称为"金兰会"。女子出嫁后回娘家，常常不回夫家，甚至有未成夫妇之礼的，一定要等到全部同盟姊妹出嫁之后，然后才各自返回夫家。如果催促过急，则众姐妹相约自尽。这种陋习，虽有贤明官员也不能禁止。按察使李铁桥李沄任顺德县令时，向来知道这种风俗，下令凡是女子不回夫家的，以朱砂涂满父兄的眼睛，敲锣聚众，亲自押送女子回夫家来羞辱她们。而对自尽的女子，都置之不理，至此这种风气稍有收敛。

三江赋重

江南之苏、松，浙江之嘉、湖，江西之南昌、袁、瑞等府，赋重于他处，人皆曰此明太祖恶张士诚、陈友谅，因而仇视其民也，而实不尽然。盖其害实起于宋之官田，迨有明中叶，复摊絜官田重赋，并于民田，遂贻祸至今。考官田民田之分，二者本不相同。官田输租，民田纳赋，输租故额重，纳赋故征轻。宣和元年，浙西平江诸州，积水新退，田多旷业。当时在廷计利诸臣，献议募民耕种，官自收租，谓之官田。厥后加以籍没蔡京、王黼、韩侂胄等，又充逾限三分之一之田，尽属之官，而官田于是乎浸广矣。沿及元世，相沿不革。元末张氏窃据有吴，又并元妃嫔亲王之产入焉。明祖灭张氏，其部下官属田产，遍于苏、松。明祖既怨张氏，又籍其田，并后所籍富民田，悉照租额定赋税。正统时，巡抚周忱奏请减官田额，又奏官田乞同民田起科，部议格不行。嘉靖中嘉兴知府赵瀛请以官田重赋，摊絜于民田而均之。赵固以官田民田，有同一丘而税额悬殊，故创并则之议。不知官田自当减赋，民田不可增赋。同时苏、松亦仿其议，奏请允行，自是官田之名尽去，而民田概加以重赋。我朝平定江南，以万历时额赋为准，时已无复有官民之分。但官田虽减，犹未为轻，民田既增，弥益其重。然则江右、南昌、袁、瑞浮粮，所以早蒙豁免者，由官田名额未除，苏、松、嘉、湖浮粮所以难邀蠲除者，以官田名额既去，均于民田之赋，竟指定为正供，不复推求往时摊絜之故。韩世琦、慕天颜先后披陈，卒格不行。雍正二年，特恩除苏州额征银三十万两，松江十五万两。乾隆二年，又除苏州额征银二十万两，民力固可稍舒，然旧额太重，虽屡减仍无益也。如有为民请命者，诚能缕述其所以然之故，知宋不括官田，则无此重赋，明不摊絜民田，则亦无此重赋。为今之计，莫若均赋一法，请即以苏、松邻壤，东接嘉、湖，西连常、镇，相去不出三四百里，其间年岁丰歉，雨旸旱溢，地方物产，人工勤惰，皆相等也。以之较常、镇赋额，则每亩浮加几倍。宜查常、镇之额，按其最重者，定为苏、松、嘉、湖之赋，则用以指陈入告，以普朝廷惠爱东南氓庶之至意，则百世蒙其福矣。

【译文】江南的苏州、松江，浙江的嘉兴、湖州，江西的南昌、袁州、瑞州等地，赋税重于其他地方，人们都说这是明太祖仇视张士诚、陈友谅，因此就仇视这里的百姓，但事实并不尽如此。大概其祸害应起于宋代时的官田。大概到明朝中期，又摊入官田加重赋税，一并加在民田上，所以才使祸患延至今日。据查官田民田之分，这两者本来就不相同。官田缴纳租税，民田缴纳赋税，而缴纳租税所以税额重，而缴纳赋税则征得轻。宋徽宗宣和元年（1119），浙西平江各州，积水刚退，田地很多都荒废了。当时朝廷打算让各大臣得利，献计说招募百姓耕种，官府自己收租，称之为官田。之后再加上抄没的蔡京、王黼、韩侂胄之田，又补充了超过时限三分之一的田地，全部都归于官府，从此官田日益大增。后来元朝沿袭，并没有改变。元末张士诚占据吴地后，又将元朝嫔妃亲王的产业并入其中。明太祖朱元璋灭张士诚后，其部下官属田产，遍布苏州、松江等地。明太祖怨恨张士诚，抄没他的田产和后来抄没的富民之田，全都照着交租的数额定赋税。明英宗正统年间，巡抚周忱奏请减免官田税额，又奏请官田与民田一样计亩征收钱粮，部议之后未被准奏。明世宗嘉靖中期，嘉兴知府赵瀛，奏请将官田重赋，平摊给民田以求均衡。赵瀛认为官田和民田，同时一丘之地而税额悬殊，所以想出统一标准的方法。他不知道官田本来就该减赋，民田却不应加赋。同时，苏州、松江之地都效仿这种方法，奏请被允许推行，从此官田之名完全没有，而民田一概被加以重赋。我朝平定江南，以明神宗万历年间额赋为准，当时已经没有官田、民田之分了。但官田的赋税虽然减赋了，但仍不轻；民田既然又增赋，赋税就更加重了。而江右、南昌、袁州、瑞州等地定额之外的钱粮税款之所以之前被豁免，就在于官田名额未除。而苏州、松江、嘉兴、湖州等地定额之外的钱粮税款之所以难以取得减免，是因为官田名额已经除去，而平均到民田的赋税中，居然被指定为法定的赋税，不再探究以往平摊赋税的事。后来韩世琦、慕天颜先后批判陈情，始终未被准奏。雍正二年（1724），特别加恩，减免苏州额定征银三十万两，松江十五万两。乾隆二年（1737），又减免苏州额定征银至二十万两，民力稍可舒缓，但旧额太重，虽经多次减免仍然没有得益。如有为民请命之人，能理清陈述其中缘故，从宋代不括官田，就不会有这样的重赋，明不推挈民田，也没有这样的重赋。当今之计，不如实行均赋之法，请以苏州、松江邻界，东接嘉兴、湖州，西连常州、镇江，距离不出三四百里，其间田地不论年岁丰欠，雨天晴天是旱是涝，地方物产是否丰富，人工是勤勉是懒惰，收赋都均等。而比常州、镇江赋税每亩要高出几倍，最好按照常州、镇江之地根据其最重的额度，定为苏州、松江、嘉兴、湖州的赋税额度，用此以指陈上报，以推广朝廷惠泽爱护东南百姓的深意，则是百世蒙那人的福惠啊。

浑不似

琵琶古名枇杷，又名鼙婆，昭君常用琵琶坏，令胡人改为之而小。昭君笑曰："浑不似。"后讹为"胡拨四"，又讹为"虎拍思"，又讹为"琥珀思"，纷纷聚议，其实即琵琶一物也。

【译文】琵琶古名"枇杷"，又叫"鼙婆"，王昭君常用的琵琶损坏了，让胡人将其改后发现比原来小了，王昭君笑道："浑不似。"这就是后世讹传为"胡拨四"，又讹传为"虎拍思"，又讹传为"琥珀思"，议论纷纷，实际上就只是一个琵琶而已。

迦陵填词图

陈其年填词图，一时题者，名作如林，卷尾有裘文达公曰修五绝句。其一首云："卷中诗伯首渔洋，诸子飞腾各擅场。一事难忘惆怅处，不将余澹貌云郎。"读之忍俊不禁，不意此老亦风趣乃尔!

【译文】陈其年（陈维嵩）填词图，一时之间，为之题诗者，出了很多名作，卷尾有裘文达裘曰修五首绝句。其中一首写道："卷中诸伯首渔洋，诸子飞腾各擅场。一事难忘惆怅处，不将余澹貌云郎。"读了之后令人忍俊不禁，没想到这位老先生也是风趣如此。

王紫稼

渔洋山人称李琳枝为真御史。李巡按江南日，有优人王紫稼及三遮和尚淫纵不法，皆仗毙之。王紫稼者，即龚芝麓、吴梅村、钱虞山、陈迦陵诸公所咏王郎者也。

【译文】渔洋山人（王士禛）称李琳枝（李森先）为真御史。李琳枝巡按江南之时，有一位叫王紫稼的优伶和三遮和尚邪恶放纵，都被他杖毙了。王紫稼，就是龚芝麓（龚鼎孳）、吴梅村（吴伟业）、钱虞山（钱谦益）、陈迦陵（陈维崧）等人所吟咏的"王郎"。

李 郎

毕秋帆尚书沅李郎之事，举世艳称之。袁大令、赵观察俱有《李郎曲》，而袁胜于赵。余最爱其中一段云："果然胪唱半天中，人在金鳌第一峰。贺客尽携郎手揖，泥笺翻向李家红。若从内助论勋伐，合使夫人让诰封。"写得有景有色，溧阳相公呼李郎为状元夫人，真风流佳话也。

【译文】尚书毕秋帆毕沅的李郎（李桂官）之事，全天下都羡慕并赞美。袁县令（袁枚）、赵道台（赵翼）都著有《李郎曲》，而袁县令的比赵道台的好，我最喜爱袁县令《李郎曲》其中一段："果然胪唱半天中，人在金鳌第一峰。贺客尽携郎手揖，泥笺翻向李家红。若从内助论勋伐，合使夫人让诰封。"写得有景有色，溧阳相公（史贻直）称之为"状元夫人"，真是一段风流佳话。

介甫东坡

王荆公极其佩服长公，见尖叉雪诗，诧曰："东坡使事，乃能如此神妙耶？"指"冻合玉楼寒起粟，光摇银海眩生花"二句，以示其婿蔡卞。卞曰："此不过形容雪色耳。"公曰："尔何知？玉楼肩名，银海眼名，并见道书，故佳也。"又荆公在蒋山，有人传东坡表忠观碑草稿至。公熟读数过，谓座客此文系何体，叶致远曰："不知其体，要是奇作。"蔡元庆曰："直是录奏状耳，何名奇作？"荆公笑曰："诸公未知，此太史公二五世家体也。"盖于文字之间，沆瀣如此。后因字说，渐至龃龉，遂尔成隙。荆公固执拗，坡翁亦多所狎侮，坦白人遇忮刻人，安得不贾祸耶？

【译文】王荆公（王安石）非常佩服长公（苏轼），见尖叉雪诗中说："东坡使事，乃能如此神妙耶？"（"东坡用典，竟能如此神妙吗？"）这是对"冻合玉楼寒起粟，光摇银海眩生花"二句而言的，把这两句诗给其女婿蔡卞看。蔡卞说："此不过形容雪色耳。"（这不过是形容雪的颜色罢了。）王荆公说："尔何知？玉楼肩名，银海眼名，并见道书，故佳也。"（"你怎么知道？玉楼是肩名，银海是眼名，都见于道书，所以说是佳句。"）还有，王荆公在蒋山时，有人传阅东坡的表忠观碑草稿到王荆公手中。王荆公熟读数遍，问府中宾客这种文体是什么体裁，叶致远说："不知其体，要是奇作。"（不知是什么体裁，大概是奇作。）蔡元庆说："直是录奏状耳，何名奇作？"（只是记录奏状，怎么说是奇作？）王荆公笑道："诸公未知，此太史公二五世家体也。"（你们不知道，这是太史公二五世家体。）大概在文字之间，两人气味相投如此。后因字说，两人才渐渐产生不和，于是就有了隔阂。王荆公本性执拗，苏东坡也多轻慢。坦白的人遇到刻薄的人，怎能不产生祸事呢？

明妃诗

明人《昭君》诗有云："君王莫杀毛延寿，留画商岩梦里贤。"高季迪以为绝工，王阮亭以为村学究语，两朝诗老，孰非孰是？

【译文】明代人所作的《昭君》诗中写道："君王莫杀毛延寿，

留画商岩梦里贤。"高季迪（高启）认为这句诗很工巧，王阮亭（王士祺）认为这句诗为乡村学究之语。两朝的作诗老手，谁是谁非呢？

因诗得妇

明王子宣句《宫词》云："南风吹断采莲歌，夜雨新添太液波。水殿云廊三十六，不知何处晚凉多？"仁和解元俞友仁见而悦曰："此其得意句也。"遂以妹妻之。以二十八字得妻，其奇，然亦正复不愧。

【译文】明代王子宣王句的《宫词》写道："南风吹断采莲歌，夜雨新添太液坡。水殿云廊三十六，不知何处晚凉多？"浙江仁和人、解元俞友仁看见这句诗后很喜欢，说："此其得意句也。"（这是他得意的诗句。）便把自己的妹妹许给王子宣为妻。王子宣以二十八个字而娶得一位妻子，很是新奇，但也正是无愧于此。

荐　书

四岳举舜数语，千古荐书之祖也。曰："父顽母嚚象傲，克谐以孝，烝烝乂，不格奸。"帝询以天下之才，岳对以匹夫之行，后世奏章如此，鲜不以为迂矣。妙在尧立时俞允，以为父子兄弟二伦，确乎可信矣。于是妻之以二女，复事之以九男，以观其夫妇、朋友二伦，然后进于君臣。由是五伦备矣。乃历试诸艰，畀以神器，何其慎重也！然后知大圣人之知人用人，其超越寻常如此。

【译文】四岳举荐舜的几句话，是千古荐书（推荐信）的鼻祖。其中说："父顽母嚚象傲，克谐以孝，烝烝乂格奸。"尧帝问的是天下之才，四岳回答却是匹夫之行。后代的奏章如像这样，很少有不认为愚蠢的。妙在尧立时俞允，认为父子、兄弟两种人伦关系真实可靠了。因此将两位女儿嫁给他，并再用九个儿子去侍奉他，来考验夫妇、朋友两种伦常关系，然后推进于君臣关系。至此，五伦就具备了。多次考察各种艰难，才将国家托付给他，这是多么慎重啊！只有这样，才知道大圣人知人用人，超越寻常到这种地步。

伶俐不如痴

向在友人家，见一阳羡砂钵盂，用以为水注，旁缀一绿菱角，一浅红荔支，一淡黄如意，底盘一黑螭虎龙，即以四爪为足，下镌"大彬"二字，设色古雅，制度精巧，而四物不伦不类，莫知其取义。后询一老骨董客，谓余曰："此名伶菱俐荔不钵如意痴螭。时大彬、王元美旧有此制。"乃知随处皆学问也。

【译文】从前在朋友家中，看见过一个阳美砂钵盂，用来作水注，旁边缀有一个绿色菱角，一枚浅红荔枝，一个淡黄色如意，底盘刻有一条黑螭虎龙，钵盂以黑螭虎龙四爪为足，下边还刻有"大彬"二字。这个钵盂古香古色，制作精巧，而所刻四物却不伦不类，不知是什么意思。后来询问一个老古董商，他告诉我："这个名叫伶菱俐荔不钵如意痴螭的意思，时大彬、元美旧时所做的东西。"才知道到处都有学问。

狐仙能画

北地多狐仙，人家往往有之。晓岚纪宗伯在滦阳，寓楼颇多，闻有善画者，先生盛具酒脯而祷焉。祷毕，铺笺纸三十幅于几上，并附一诗云："仙人自古好楼居，文采风流我不如。新得吴笺三十幅，可能一一画芙蕖？"越三日而登楼视之，则已设色完好矣，遂携而下，复以酒果祀之。

【译文】北方边地多出狐仙，有人家的地方往往就有狐仙。宗伯纪晓岚在滦阳时，寓居之楼就有很多，听说有擅长作画的，纪先生备齐酒肉祈祷。祈祷完毕后，把三十幅笺纸铺在案几上，并附写一首诗："仙人自古好楼居，文采风流我不如。新得吴笺三十幅，可能一一画芙蕖？"过了三天，登楼查看，已经全部画好并涂好色了，于是纪先生将画带下楼，又拿酒水果品祭祀。

长生殿

黄六鸿者，康熙中由知县行取给事中入京，以土物并诗稿遍送名士。至宫赞赵秋谷执信答以柬云："土物拜登，大稿璧谢。"黄遂衔之刺骨。乃未几而有国丧演剧一事，黄遂据实弹劾。仁庙取《长生殿》院本阅之，以为有心讽刺，大怒，遂罢赵职，而洪昇编管山西。京师有诗咏之，今人但传"可怜一曲《长生殿》"二句，而不知此诗有三首也。其云："国服虽除未满丧，如何便入戏文场。自家原有些儿错，莫把弹章怨老黄。""秋谷才华迥绝俦，少年科第尽风流。可怜一曲《长生殿》，断送功名到白头。""周王庙祝本轻浮，也向长生殿里游。抖擞香金求脱网，聚和班里制行头。"周王庙祝者，徐胜力编修嘉炎是日亦在座，对簿时赂聚和班伶人，诡称未与，得免。徐丰颐修髯，有周道士之称也。是狱成，而《长生殿》之曲流传禁中，布满天下，故朱竹垞检讨赠洪稗畦诗，有"海内诗篇洪玉父，禁中乐府柳屯田。《梧桐夜雨》声凄绝，薏苡明珠谤偶然"《梧桐夜雨》，元人杂剧，亦咏明皇幸蜀事。之句，樊榭老人叹为字字典雅者也。

【译文】黄六鸿，康熙年间由知县经推荐入京升为给事中，后以土特产和诗稿，遍送京城名士。宫赞赵秋谷赵执信收到后以信柬回复他，说："土物拜登，大稿璧谢。"黄六鸿觉得这句话刺骨。在不久后因国丧演剧一事，黄六鸿对他进行弹劾。仁庙取《长生殿》剧本来读，认为是故意要讽刺他，因而大怒，于是罢了赵秋谷的官职，而洪昇被编管山西。京城中有诗咏这件事，现在人们只传诵"可怜一曲《长生殿》"两句，而不知道这首诗共有三首。其诗如下："国服虽除未满丧，如何便入戏文场。自家原有些儿错，莫把弹章怨老黄。""秋谷才华迥绝俦，少年科第尽风流。可怜一曲《长生殿》，断送功名到白头。""周王庙祝本轻浮，也向长生殿里游。抖擞香金求脱网，聚和班里制行头。"周王庙祝指徐胜力徐嘉炎编修，当时也在座，对簿公堂时他聚集全部戏班的伶人，诡称自己没参与这件事，因而免于被罚。徐胜力丰颐修髯，有"周道士"之称。这件案子阶乘之后，《长生殿》之曲便在皇宫里流传，并流行于天下。因此检讨朱竹垞（朱彝尊）赠给洪稗畦（洪昇）的诗中有"海内诗篇洪玉父，禁中乐府柳屯田。《梧桐夜雨》声凄绝，薏苡明珠谤偶然"《梧桐夜雨》，是元代人的杂剧,也是咏唐玄宗到四川避难之事。之句。樊榭老人(厉鹗)赞叹这首诗字字高雅不俗。

考差会课

京师考差之年,各衙门诸老先生亦有诗文会课之事,亦犹士子之乡会试也。道光壬午,余寓京师苏子斋姨丈宅。一日,先生邀同部七人晚饭,约以日晡即至,各作试帖一首,题为"左右惟其人"。迨上烛缴卷者,仅有四人,内于公克襄一首,记其中四句云:"辅也还兼弼,臣哉即是邻。是谁肩厥辟,惟汝翼斯民。"以肩翼二字贴左右,何等浑脱大方!

【译文】每到京城考差(考选差派制度,清代经考试而分派至各省担任学政或主考官的制度)之年,各衙门诸位老先生也有诗文会课之事,也像士子参加的乡试、会试一样。道光壬午年(道光二年,1822),我住在京城苏子斋(苏绎)姨丈家中。一天,苏先生邀请同部七人吃晚饭,相约日晡时到,而且各作一首试帖,题名为"左右惟其人"。等到上烛交卷的时候,只有四个人。其中有于先生于克襄一首,现在记其中四句,如下:"辅也还兼弼,臣哉即是邻。是谁肩厥辟,惟汝翼斯民。"以"肩翼"二字贴"左右",是何等的洒脱大方。

全—本—全—译

两般秋雨盦随笔

（下）

〔清〕梁绍壬 著

谦德书院 译

团结出版社

目 录

卷 五

卷　六

卷 七

卷　八

卷 五

在疚记

明忠庄朱公，讳之冯，字德止，号勉斋，京师人。官中丞，殉甲申之难。著《在疚记》，中多粹语。有云："隐恶扬善者圣人也，好善恶恶者贤人也。分别善恶无当者庸人，颠倒善恶以快谗谤者小人也。"

【译文】明朝忠庄公朱先生，名之冯，字德止，号勉斋，京城人，官做到中丞，在甲申之难（明亡）中殉职。在他的著作《在疚记》中，有很多精粹的语言，当中有说："隐恶扬善的，是圣人；崇尚美善、憎恨丑恶的，是贤人；分别善恶不当的，是庸人；颠倒善恶以馋谤为快乐的，是小人。"

宗彝

思南石阡一带山中，产兽曰宗彝，类狝猴，巢于树，老者直居上，子孙以次居下。老者不多出，子孙居下者出，得果即传递至上，上者食，然后传递至下。先儒谓："先王用以绘于尊者，取其孝也。"

【译文】在贵州思南府、石阡府一带的山中，出产一种名为宗彝的兽类，像猕猴，住在树上。年老的直接住在上面，子孙按照长幼依次往下居住。年老的不经常外出，一般是住在底下的子孙外出。它们采到了果实就传递到最上面，上面的老猕猴吃了，然后以此往下传递给下面的吃。先世儒者说："先王以这件事画在酒器上，正是取其孝顺之意啊。"

同　姓

张献忠乱蜀，焚毁城市祠庙，惟梓潼七曲山张亚子庙，盛有增饰，且追尊帝君为始祖。遇张桓侯庙，亦不敢毁。唐黄巢之乱，屠戮无算，然独厚同姓。如黄姓之家，及黄冈、黄梅等县，皆以黄字得免。盗贼之行，如出一辙。然今人之暴富贵而即忘其族里者，殆盗贼之不若矣。

【译文】张献忠在四川作乱，他焚烧城市祠庙，只有梓潼县七曲山张亚子庙，多有增补修饰，并且追加帝君尊号作为他的始祖，遇到张桓侯（张良）庙，也不敢毁坏。唐代黄巢之乱，屠杀人数无法计算，然而特别优厚他的同姓，如黄姓的人家以及黄冈、黄梅等县都因为有黄字而免于屠杀。这些盗贼的行为非常相似，然而现在的人突然得到富贵就忘了他的宗族乡里，这几乎连盗贼都不如啊。

治 中

官名治中，中字多读如字，非。《周礼·天官》："凡官府都乡州及都鄙之制，治中受而藏之。"郑司农曰："中者，要也。谓职治簿书之要也。"则中字宜与中伤、中酒等字同音。

【译文】治中这个官名，"中"字大多依本音读，是错误的。《周礼·天官》记载："凡官府都乡州及都鄙之制，治中受而藏之。"郑司农（郑众）说："中是要的意思，说的是管理簿书的'要'。那么中字应该与中伤、中酒的读音相同。"

脱十娘顾二娘

王阮亭先生诗云："樽前白发谈天宝，零落人间脱十娘。"注，金陵旧院有顿、脱诸姓，皆元人，后没入教坊者。江宁脱十娘者，年八十余尚在。万历中，北里之尤也。陈句山先生诗云："谁将几滴梨花水，一洒泉台顾二娘。"注，顾二娘，吴门人，善制砚，住专诸巷。

【译文】王阮亭（王士禛）先生诗中说："樽前白发谈天宝，零落人间脱十娘。"注，明末金陵乐团有顿、脱等姓，都是隐匿于教北里之坊的元朝后人。江宁脱十娘，八十多岁还在世。明神宗万历年间，是北里的花魁。陈句山（陈兆仑）先生诗中说："谁将几滴梨花水，一洒泉台顾二娘。注，顾二娘，是浙江吴门人，擅长制砚，住在专诸巷。"

六 女

广州顺德县李氏，简姑、定姑、介姑、洁姑、寅姑、璇姑遭滇寇之乱，誓志同死，连臂投渊。见渔洋山人《池北偶谈》。然广郡六贞女，事不止此。康熙丙辰，逆周入寇，顺德有伍某者，知陈村生员李朝宗有同堂女六人，年及笄，皆殊色，因勒其家为富户，派助兵饷，使人谓李曰："以六女归伍，事必解。"六女知不免，一夕，同赴水死。六尸浮出，面色如生，遂合葬于龟山之阴。事闻，下伍于狱，瘐死。又增城黄灿阳妻汤氏，及其弟一初之女，曰慎、曰志、曰爱，及庠生森然之妹，曰可再、曰虾，汤孀守，与五女共处楼中。崇祯戊辰，贼黄仲积攻楼，汤与五女坠楼死。邑令方大猷有诗纪之。顺治癸巳，李定国攻新会茭塘诸乡，治战舰应之，定国败走。藩兵至，侦知李良宰富，诬其通寇，使游檄索金即免。李靳不与，兵围其居。李有六女，登楼自缢，良宰坠楼被杀。乾隆丙申三月，贼众劫新会邝佳倬家楼，时有女邝兰娘、胡鹤娘、胡寅娘、胡带娘、廖宽娘、邝妹娘，惧辱坠楼，人呼"坠楼六贞女"云。

【译文】广州府顺德县李姓家的简姑、定姑、介姑、洁姑、寅姑、璇姑，遭遇滇寇之乱（指吴三桂之乱），发誓立志要一起赴死，手牵手投入深渊。事见渔洋山人（王士禛）《池北偶谈》。然而有关广州六贞女的故事，不止这些。康熙丙辰年（康熙十五年，1676），周王吴三桂起兵叛乱。顺德有一个姓伍的人，知道陈村秀才李朝宗，家族中有六个女儿都到了出嫁的年龄，并且个个容貌出色。便趁机勒索他家，说他是富户应该分配他捐助兵饷，并使人对李朝宗说：把你六个女儿送到军队，这件事一定可以解决。六个女儿知道这件事不可避免，一天傍晚，共同投水而死。六具尸体浮出水面，面色如在世一样，人们便把她们合葬在龟山北坡。这件事上报之后，后来姓伍的人被捉进监狱，后来在狱中病死。又有增城黄灿阳妻子汤氏与其弟汤一初的女儿，分别是黄慎、黄志、黄爱，以及庠生森然的妹妹，一个叫可再，一个叫虾，汤氏守寡孀居，与这五位女子共处楼中。在明思宗崇祯戊辰年（崇祯元年，1628），贼寇黄仲积攻楼，汤氏与五位女子跳楼而死，县令方大猷写诗纪下了这件事。顺治癸巳年（顺治十年，1653），李定国攻打广东新会、苆塘等乡。人们建造战舰应战，李定国兵败而逃，藩兵到此，察知李良宰家富有，便诬诟他通敌，派游檄索要金钱就可以解决，李良宰吝惜金钱没有给，藩兵就用军队围住他的家。李良宰有六个女儿，登楼自缢而死。李良宰亦跳楼被杀。乾隆丙申年（乾隆四十一年，1776）三月，一帮贼寇抢劫新会县邝佳俸家楼，当时有六位女子分别是邝兰娘、胡鹤娘、胡寅娘、胡带娘、廖宽娘、邝妹娘，害怕受辱便跳楼自杀，人们称她们为"坠楼六贞"。

躲破鼓

昔有人养二猿，牝者甚淫。一日失牡，叫号不已。主人遍觅不得，翼日乃出自破鼓中。故今号人之避内差者，曰"躲破鼓"。

【译文】从前有人养了两只猿，母猿特别贪淫，有一天找不到公猿，大叫不止，主人到处找也找不到。第二天公猿竟然从一个破鼓中出来。所以现在称呼躲避房内之事的人，就称为"躲破鼓"。

上 舍

明初，一上舍任都掌院，群属忽之。约二三新差巡按者领教，掌院厉声云："出去不可使人怕，归来不可使人笑。"闻者凛然。

【译文】明朝初年，一位监生出身的官员当了都察院的都御史。科第出身的御史们很看不起他，约了几个即将出差去巡按的，一同请他作训示（想试试他的斤两），（谁知）他大声讲的重话却只有两句："从这里出去，不要使人害怕；回到这里来，不要让人笑话。"听到这话大家都升起敬畏之心。

桂花新

蒋苕生太史《空谷香》传奇，鲁学连《移官》出内《桂花新》一支云："山平水远出桐江，柔橹声中过富阳。塔影认钱唐，何处是故人门巷？"叙自严州至省城，光景历历，如在目前。余久羁岭表，梦绕家山，一再诵之，悠然神往矣。

【译文】翰林蒋苕生（蒋士铨）《空谷香》传奇，鲁学连《移官》中《桂花新》一支写道："山平水远出桐江，柔橹声中过富阳。塔影认钱唐，何处是故人门巷？"这叙说从严州到省城的情景，风光景色历历清晰，如在眼前。我长时间生活在岭南，梦里都想着故乡，一再诵读这句，就悠然神往。

挽 联

姨丈苏子斋先生绎初入翰林，继擢御史，镌级，捐复员外，补刑部湖广司，转郎中，出为山西朔平府知府。丁母艰起复，简山东青州府知府，卒于官。家大人在粤接讣，命壬为挽联云："侍直西清，珥笔西台，又尽职西曹，出治懋勋猷，两省春风思太守；耗传东浙，心伤东鲁，奈身羁东粤，招魂长叹息，一江秋水哭先生。"又同年徐秋厓孝廉廷烺会试场中得病，十四日而殁于邸舍。余代家叔小槎比部作挽联云："十四日病莫能兴，幸乔梓相依，属纩尚能亲含玉；令嗣访斋亦因会试在京。三千里没而犹视，痛桑榆垂暮，倚闾空自盼泥金。太翁来若先生，年八十余，犹在堂也。"

【译文】我姨丈苏子斋苏绎先生先做翰林，继而升任御史，受到降级，捐银恢复为员外郎，补任刑部湖广司一职，转任郎中，出任山西朔平府知府。为母亲守孝后，重新出来做官，出任山东青州府知府，死在任上。我父亲（梁祖恩）在广东得知此丧事，命我写一副挽联，写到："侍直西清，珥笔西台，又尽职西曹，出治懋动猷，两省春风思太守；耗传东浙，心伤东鲁，奈身羁东粤。招魂长叹息，一江秋水哭先生。"还有，同年、举人徐秋涯徐廷烺在会试考试时得病，十四天后死在旅店。我代家叔梁小槎比部写一副挽联，写到："十四日病莫能兴，幸乔梓相依，属纩尚能亲含玉；其儿子徐访斋也因会试在京城里。三千里没而犹视，痛桑榆垂暮，倚阁空白盼泥金。其父徐来若先生，年高八十，依然在世。"

文庄奏语

先文庄公在政府，一时援引，如陈句山太仆_{兆仑}、孙虚船通议_灏，皆名宿。或有以公庇护同乡言于上。一日，召公谓曰："人言尔庇护同乡，自后有则改之，无则加勉。"公顿首对曰："臣领皇上无则加勉之训。"时服其有体。

【译文】先辈文庄公（梁诗正）在政府时，当时引荐了很多名宿，如太仆陈句山陈兆仑、通议孙虚船孙灏。有人就以他庇护同乡这件事向皇上进言。一天，皇上召文庄公说："有人说你庇护同乡，从今以后，有则改之，无则加勉。"文庄公叩头回答道："臣领皇上'无则加勉'的训戒。"当时人们都佩服他回答得体。

孙征君语

苏门孙征君钟元先生_{奇逢}尝题壁云："人生最系恋者过去，最希冀者未来，最悠忽者现在。"此三语真世人药石也。

【译文】苏门征君孙钟元孙奇逢先生，曾在壁上题字道："人生最系恋者过去，最希冀者未来，最悠忽者现在。"（人生中最留恋的是过去，最抱希望的是未来，最被轻忽的是现在。）这三句话真是后世的规戒良言啊。

志 哀

先君疾终开平官舍时，不孝甫会试下第旋里，惊闻凶耗，匍匐南来，含殓未亲，罪难擢发。鸳湖陆琴台先生咸高时在幕中，掌书记，赋《台城路》挽词二阕云："春残忽尔维摩扰，林禽正呼归去。君时有归田之意，缘逋累未果，至暮春疾作，乡心更切。逋重千钧，载无片石，相对只增愁绪。刀圭何补，恨秦缓来迟，玉楼先赴。省医至，已不及矣。化鹤飞凫，送君魂返古杭渡。 甘棠歌遍岭峤，看碑题堕泪，奂减羊祜。甲第箕裘，宰官衣钵，况有传经小杜。谓嗣君晋竹孝廉。真无憾处，尽撒手红尘，游神紫府，满目悲凉，弥留无半语。君临终与家人无一诀别之词。""知君一去无依恋，凄凉殡宫谁奉？下第刘蕡，思亲仲子，可有夜来凶梦？晋竹时赴试未回。关山阻壅，只寡鹄孤鸾，据床啼涌。更是伤心，左家娇女雪衣送。萍踪飘散太促，想芙蓉幕卷，情绪千种。寄白堂闲，苍城署厅之额曰寄白堂。拈红会散，六十二旬欢纵，余尤谊重。感伯也当年，榜花曾共。太翁央庵先生与先胞伯戊申同榜。两世科名，君又与星槎家兄同年。抚棺增一恸。"情真意挚，令人哀感，谨泣而志之。

【译文】先父（梁祖恩）在开平官邸病终时，我刚遭遇会试落第返回故乡，听闻凶耗，惊痛不已。匆匆来到南方奔丧，想到自己未能在父亲入棺之时再见上一面，亲自为父亲送终，不孝之罪实在太重。浙江鸳湖人陆琴台陆咸高先生当时在府中做幕僚，负责书记整理之事，他写了《台城路挽词》，共两阕："春残忽尔维摩扰，林禽正呼归去。梁君当时有辞官归田之意，但因拖欠的赋税没有处理完毕，到暮春疾病发作，思乡之心更急切。逋重千钧，载无片石，相对只增愁绪。刀圭何补，怅秦缓来迟，玉楼先赴。省里医生来到，可惜来不及了。化鹤飞兔，送君魂返古杭渡。　甘常歌遍岭峤，看碑题堕泪，奚减羊祜。甲第箕裘，宰官衣钵，况有传经小杜。是说其子梁晋竹举人。真无憾处，尽撒手红尘，游神紫府，满目悲凉，弥留无半语。梁君临终与家人没有一句诀别之词。""知君一去无依恋，凄凉殡宫谁奉？下第刘蕡，思亲仲子，可有夜来凶梦？梁晋竹当时参加考试还没回来。关山阻拥，只寡鹄孤鸾。据床啼涌。更是伤心，左家娇女雪衣送。　萍踪飘散太促，想芙蓉幕卷，情绪千种。寄白堂闲，苍城署厅的匾额为"寄白堂"。拈红会散，六十二句欢纵，余尤谊重。感伯也当年，榜花曾共。其父梁夹庵（梁履绳）先生与先胞伯为乾隆五十三年（1788）戊申科同榜。两世科名，梁君又与家兄陆星槎（陆瀚）同年。抚棺增一恸。"这词写得情深意切，让人深感哀痛，悲泣着把它记录了下来。

竹　枝

　　岭南竹枝词多矣，余最爱彭羡门先生一首云："妾家溪口小回塘，茅屋藤扉蛎粉墙。记取榕阴最深处，闲时来坐吃槟榔。"风韵独绝，绰有古音。

　　【译文】岭南有很多竹枝词作品，其中我最喜爱彭羡门（彭孙遹）先生的一首："妾家溪口小回塘，茅屋藤扉蛎粉墙。记取榕阴最深处，闲时来坐吃槟榔。"风格韵味独一无二，绝无仅有，读后仍觉古音婉转，悠扬不绝。

胸 襟

陈同甫作忠臣论，以武庚为忠臣孝子之首，此言必有为而发，盖讥高宗之缓于复仇也。又高宗定都临安，同甫醉中睨视之曰："决钱江之水，城可灌也。"明祖定都金陵，姚少师作诗曰："萧梁事业今何在？北固青青眼倦看。"帝王创建，虎踞龙蟠，自以为子孙万世之业。而二人者，直以草芥视之，其胸襟为何等耶？

【译文】在陈同甫（陈亮）写有关于《忠臣论》的文章，把武庚排在忠臣孝子的第一位，这种说法一定是有原因而有感而发的，大概是讥讽宋高宗延缓复仇之事。当宋高宗定都临安时，陈同甫在酒醉之中斜着眼睛说："掘开钱塘江的水，全城都可以被淹没了。"明太祖定都金陵时，姚少师（姚广孝）写诗说："萧梁事业今何在，北固青青眼倦看。"历代帝王都喜欢创建虎踞龙盘之重地，自认为这可以成为子孙后代万世永存的帝业。然而在陈同甫、姚少师两人眼里，仅仅是把这个当草芥一样来看待，这种胸怀是何等啊？

废 纸

萧山蔡荆山茂才出示册页一本，其中所潢裱者，乃成化时某县呈状一纸，万历时某科题名录一纸，崇祯时某家房契一纸，隆庆时某年春牛图一纸，宣德时某典当票一纸，弘治时某姓借券一纸，天启时某地弓口图帐一纸，景泰时某岁黄历太岁方位图一纸。数百年废物，以类聚之，亦入赏鉴，可谓极文人之好事矣。

【译文】浙江萧山秀才蔡荆山拿出一本册子给人看，其中有所装裱的，竟有一张明宪宗成化时期某县上呈状纸，一张明神宗万历时期某次科举考试中的题名录，一张明思宗崇祯时期某家的房契，一张明穆宗隆庆时期某年春牛图，一张明宣宗宣德时期某典当票，一张明孝宗弘治时期某人借券，一张明熹宗天启时期某地弓口图帐，一张景泰时期某年黄历太岁方位图。数百年间的废品按类型聚在一起成册，也列入赏鉴的行列，可以说把文人好事之心发挥到极致了。

父子异趣

曹操杀孔北海，禁其文，其子丕独爱之，令天下有上融文章者，辄赏以金帛。蔡京立党碑，禁苏、黄文字，子絛论议，专以苏轼、黄庭坚为本。宣和五年，或言于上，奉旨落职。赵明诚，赵正夫挺之子也。正夫恶党人，明诚撰《金石录》，每遇苏、黄片纸只字，必收藏，以此失爱于正夫。权奸之势，可以倾朝野，而不能得之于家庭，亦异矣哉。

【译文】曹操杀了孔北海（孔融），并禁封了他的文章。可曹操之子曹丕特别喜爱孔融的文章，并下令说谁能献上孔融的文章，就把金帛之物赏给他。蔡京立元祐党籍碑，禁封苏东坡、黄庭坚的文章，可是他的儿子蔡絛发表议论，专以苏轼、黄庭坚的文章为根本。宣和五年（1123），有人把这件事呈报给宋徽宗，蔡絛因此被降职。赵明诚是赵正夫赵挺的儿子。赵正夫讨厌党人，赵明诚撰写《金石录》时，每遇到有关苏、黄的只字片纸都一定收藏起来，因此他失去了父亲的喜爱。权奸之势，能够倾覆朝野，却不能在家人中得势，这也太奇怪了吧。

兄弟异趣

曹丕篡汉，陈思王植变服而哭。司马炎篡魏，习阳亭侯顺叹曰："事乖唐、虞，而假为禅名。"遂悲泣废黜而卒。王荆公行新法，弟平甫颇不直之。一日，荆公见吕惠卿，平甫于内吹笛。公使人谓曰："请学士放郑声。"平甫使人答曰："请相公远佞人。"宋郊为相，俭约自奉。弟祁为学士，游宴奢豪，以十重锦幛覆屋，为长夜之饮。郊使人谓曰："寄语学士，记当日读书某山，夜半啜冷粥时否？"祁答之曰："传语相公，试问当日夜半啜冷粥，是为甚的？"同气之不同志趣如此。

【译文】曹丕篡夺东汉，其弟陈思王曹植改变服饰而哭。司马炎篡曹魏，习阳亭侯司马顺叹息道："做事与唐尧、虞舜向背而假冒禅让的美名（实在荒唐啊）。"于是悲伤地哭泣起来，后被废黜郁郁而死。北宋王荆公（王安石）推行新法，其弟王平甫（王安国）很不赞同。一天，王荆公约见吕惠卿，王平甫在内宅吹笛，王荆公派人对他说："请学士放弃靡靡之音。"王平甫派人答复道："请相公远离奸邪之徒。"宋郊贵为相国，仍以勤俭节约为准则，其弟宋祁为学士，终日游闲奢侈无度，用十层锦幛铺于厅内，彻夜饮酒作乐。宋郊派人对他说："转告学士，可否还记得当年在某山读书，半夜喝冷粥的时光吗？"宋祁回答说："请转告相公，试问当时半夜喝冷粥，这是为什么？"这就是虽同为兄弟而理想与情趣不同的例子。

居官不听子弟言

明耿定向《先进遗风》云："杨文定公溥执政时，其子自乡来省。公问曰：'一路守令闻孰贤？'对曰：'儿道出江陵，其令殊不贤。'公曰：'云何？'曰：'即待儿苟简甚矣。'乃天台范理也。文定默识之，即荐升德安府知府，甚有惠政。夫居位者方以趋奉之勤惰疏密，张我威福，其子弟即借父兄之势，以吓当路，而父兄即听子弟之言，以寄耳目。文定不私其子，反以此重其人，所以励官方者在此，所以垂家法者亦在此。"呜呼，贤矣！

【译文】明朝时，耿定向《先进遗风》记载："文定公杨溥执政时，他的儿子从家乡来探亲。杨公问道：'一路上的地方官听说谁贤明？'其子回答说：'孩儿路过江陵时，那里的县令很不贤明。'杨公说：'怎么样？'其子回答说：'就是招待我马虎简单得很。'那县令是天台县的范理。文定公暗自记住范理的名字，不久就向皇帝推荐他，把他提升为德安府知府，范理上任后，果然他替老百姓办了很多好事。当政者如果总是凭趋炎附势者的勤懒疏密来赏罚升降，滥用职权作威作福；其子弟就会借父兄的势力，来要挟地方官，那些父兄也只靠听子弟的话，来掌握情况。文定公不但没偏袒自己的儿子，反而因此重用清廉之人，他用来激励地方官的办法出自这里，用来教训子女的办法也出自这里，也是弘扬家法的准则。"哎呀，真是一位贤明的人啊！

温伊初

温伊初_训，粤东嘉应州长乐县人也。道光乙酉，撰拔贡生，壬辰举于其乡。是科先君分校秋闱，其房师某公以此卷示先君。先君曰："此必长乐温某也。"揭晓果然。故伊初于先君，有知己之感，执弟子之礼甚恭，著有《登云山房文稿》，纯学昌黎。又《梧溪书屋诗》四卷，不屑屑作宋元以后语。有七古一篇，纯用盲左，语颇奇恣。其题云：《余赠铁孙雪庵诗，有"武库森然排甲戈"句，今铁孙赠余诗，纯以兵喻，复效其体奉酬》。诗云："徐君治诗如治兵，穷兵日日寻战争。兵连祸结无时已，坐令两国荒春耕。_{余与铁孙皆以舌耕。}翩然大师复加我，畏君之威请行成。室如悬磬野无草，一任强敌来纵横。焚舟济河秦师锐，闭关塞窦晋国惊。悉索敝赋虽已罄，有死不甘城下盟。华元登床见子反，析骸易子抒其情。请君退师三十里，哀怜敝邑许之平。溯惟首祸始何人，实我小国敢自矜。_{余先以诗赠铁孙。}息侯伐郑不量力，宋公厕伯徒虚名。漫云匹夫不可狙，岂知大国宁敢轻。室皇蒲胥车剑及，组甲被练千百并。左广右广次第驾，上军下军迤逦行。莒娄纺绩城可度，董父悬布堞再登。井湮木刊陈何酷，斩祀杀厉吴正劝。华泉取饮两骖绁，炊鼻下车一足鼙。背城一战吾倘能，休兵三驾君已赢。果然牛瘠豚能偾，始信鸡斗雄先鸣。嗟我与君匹楚晋，城濮报郁胜败更。欲效向戌弭兵法，玉帛相见交于庭。止戈为武绎古义，散厥马牧之郊坰。却忆南山射虎将，_{来诗言访雪庵。}力能饮石谁抗衡。请君更张十万弩，我从壁上瞪双睛。月过上弦利行师,试执同律听军声。"

【译文】温伊初温训,广东嘉应州长乐县人。道光乙酉年(道光五年,1825)选拔为贡生。壬辰年(道光十二年,1832)中乡试选拔出来。这科乡试先父(梁祖恩)正是分校秋围的房官,有一个房师把这次试卷给先父看,先父说:"这一定是长乐县温姓贡生的。"揭榜时,果然如此。所以温伊初对先父有知己之感,非常恭敬地以弟子之礼对待先父。其著有《登云山房文稿》,专门学习韩昌黎(韩愈)风格。又有《梧溪书屋诗》四卷,他不屑作宋元之后的言语。有七古一篇,纯粹用左丘明风格,言辞非常新奇恣肆。其题目为:《余赠铁孙雪庵诗,有"武库森然排甲戈"句,今铁孙赠余诗,纯以兵喻,复效其体奉酬》。诗中写道:"徐君治诗如治兵,穷兵日日寻战争。兵连祸结无时已,坐令两国荒春耕。我和铁孙都以教书维持生计。翩然大师复加我,畏君之威请行成。室如悬罄野无草,一任强敌来纵横。焚舟济河秦师锐,闭关塞窦晋国惊。悉索敝赋虽已罄,有死不甘城下盟。华元登床见子反,析骸易子抒其情。请君退师三十里,哀怜敝邑许之平。溯惟首祸始何人,实我小国敢自矜。我先把诗送给铁孙。息侯伐郑不量力,宋公厕伯徒虚名。漫云匹夫不可狙,岂知大国宁敢轻。室皇蒲胥车剑及,组甲被练千百并。左广右广次第驾,上军下军迤逦行。莒鼙纺绩城可度,董父悬布堞再登。井湮木刊陈何酷,斩祀杀厉吴正勍。华泉取饮两骖絓,炊鼻下车一足鼟。背城一战吾倘能,休兵三驾君已赢。果然牛瘠豚能偾,始信鸡斗雄先鸣。嗟我与君匹楚晋,城濮报郊胜败更。欲效向戌弭兵法,玉帛相见交于庭。止戈为武绎古义,散厥马牧之郊坰。却忆南山射虎将,送来诗句说会拜访雪庵。力能饮石谁抗衡。请君更张十万弩,我从壁上瞪双睛。月过上弦利行师,试执同律听军声。"

柏相诗

　　柏鞠溪节相总制两江，与河督陈公凤翔意见不合，遂相倾轧。陈公奉旨革职，并荷校河干，旋以愤卒，一时不免物议沸腾。柏公作《感怀》诗四首云："淮甸云沉月上迟，夜寒独坐梦醒时。霜欺短鬓愁低首，花放长檠笑展眉。棋局定能淆黑白，蛙声那复问公私。路人万口惊相告，鼠穴牛车事亦奇。""狂花满眼哄沉醺，说鬼谈禅异所闻。镜里无形难觅影，峰头有石易生云。服辕老马愁前路，铩羽秋鸿感旧群。箕斗插檐天尺五，自扶筇杖看星文。""胶漆雷陈托旧盟，相逢一笑素心倾。平生自诩汪汪度，宇宙曾垂矫矫名。海市幻成楼有象，并刀剪处水无声。著书辨谤浑多事，付与千秋月旦评。""懒从龟策问行藏，尺短何能较寸长。只恐身名终碌碌，空令岁月去堂堂。忘家久作离尘想，多病难寻辟谷方。作梦游仙心境朗，五云楼阁气苍茫。"事虽不纯，而诗则名贵可诵。

　　【译文】柏鞠溪（或为菊溪，即张百龄）节相总制两江，与河道总督陈凤翔先生意见不一致，于是互相排挤。陈公被降旨革职，并在河干以肩荷枷，不久因愤恨而死，一时不免议论纷纷。柏公于是作《感怀》诗四首，写道："淮甸云沉月上迟，夜寒独坐梦醒时。霜欺短鬓愁低首，花放长檠笑展眉。棋局定能淆黑白，蛙声那复问公私。路人万口惊相告，鼠穴牛车事亦奇。""狂花满眼哄沉醺，说鬼谈禅异所闻。镜里无形难觅影，峰头有石易生云。服辕老马愁前路，铩羽秋鸿感旧群。箕斗插檐天尺五，自扶筇杖看星文。""胶漆雷陈托旧盟，相逢一笑素心倾。平生自诩汪汪度，宇宙曾垂矫矫名。海市幻成楼有象，并刀剪处水无声。著书辨谤浑多事，付与千秋月旦评。""懒从龟策问行藏，尺短何能较寸长。只恐身名终碌碌，空令岁月去堂堂。忘家久作离尘想，多病难寻辟谷方。作梦游仙心境朗，五云楼阁气苍茫。"事情虽然不纯正，但这首诗却难能可贵且可传诵于世。

喜 鹊

明东阿于慎行《穀山笔麈》云："窦参为相，其族子名申者，为给事中，招权受赂。参每迁朝士，常与申议，申因先报其人，时以喜鹊目之。及参赐死，申亦杖杀，喜鹊亦自不吉如此。今之卿相子弟为喜鹊者，可以戒矣！"此语甚新。

【译文】明朝山东东阿人于慎行《穀山笔麈》中说："窦参做丞相的时候，他家族中有一个子弟叫窦申的，官至给事中，常弄权受贿。窦参每次要选拔朝廷官吏时，经常与窦申商议。窦申因此可以事先把消息透露给那些人，当时人们都把他看成是喜鹊一样来看待。等到窦参被皇上赐死时，窦申也被杖杀了。喜鹊一样的人自己也像这样不吉利。当今卿相子弟中还有像喜鹊一样的人，就应该以此为戒了。"这种说法很新颖啊。

魔 浆

梁武帝断酒肉文云："酒是魔浆。"可与"福水"二字的对，盖一颂一戒也。又谚谓酒曰："其益如毫，其损如刀。"旨哉斯言。

【译文】梁武帝断酒肉文中说："酒是魔浆。"可与"福水"二字作为一个对子，大概是既有赞美又有警戒。又有谚语说酒："其益如毫，其损如刀。"这话说得多好啊。

纨袴传

三原孙枝蔚豹人《少年行》云："少年不读书，父兄佩金印，子弟乘高车。少年不学稼，朝出乌衣巷，暮饮青楼下。岂知树上花，委地不如蓬与麻。可怜楼中梯，枯烂谁论高与低。尔父尔兄归黄土，尔今独自当门户。尔亦不辨亩东西，尔亦不能学商贾，时衰运去繁华歇，年年大水伤禾黍。旧时诸青衣，散去知何所。簿吏忽升堂，催租声最怒。相传新使君，怜才颇重文。尔曾不识字，张口无所云。卖田田不售，哭上城东坟。昔日少年今如此，地下贵人闻不闻？"云间孙鉉批曰："此诗可为纨袴子作传。"

【译文】陕西三原人孙枝蔚（字豹人）《少年行》说道："少年不读书，父兄佩金印，子弟乘高车。少年不学稼，朝出乌衣巷，暮饮青楼下。岂知树上花，委地不如蓬与麻。可怜楼中梯，枯烂谁论高与低。尔父尔兄归黄土，尔今独自当门户。尔亦不辨亩东西，尔亦不能学商贾，时衰运去繁华歇，年年大水伤禾黍。旧时诸青衣，散去知何所。簿吏忽升堂，催租声最怒。相传新使君，怜才颇重文。尔曾不识字，张口无所云。卖田田不售，哭上城东坟。昔日少年今如此，地下贵人闻不闻？"云间人孙鉉批道："这首诗可以为纨绔子弟作传。"

马坡巷

马坡巷,近东花园,为上马坡;北抵清泰门,为下马坡,旧名马婆巷。元奉化戴帅初《戊戌清明杭邸坐雪》绝句云:"思乡处处只愁生,正好春游又不晴。雪似梨花云似柳,马婆巷口过清明。"盖巷犹南宋时名也,见厉樊榭《东城杂记》。

【译文】马坡巷,东边靠近花园的,为上马坡;北边抵达清泰门的,为下马坡,旧时称为马婆巷。元朝奉化人戴帅初(戴表元)《戊戌清明杭邸坐雪》绝句写到:"思乡处处只愁生,正好春游又不晴。雪似黎花云似柳,马婆巷口过清明。"大概此巷还是南宋的一个地名,可以看厉樊榭(厉鹗)《东城杂记》。

私 蓄

明程至善《无颜录》云:"父母富,其子私蓄不可无。无者,非败子即呆人也。父母贫,其子私蓄不可有。有者,非逆子即忍人也。"先大父枏庵公云:"亲富而有私蓄,必能俭约自处,省缩赢余。若假亲名以谋非分之财,据为私蓄,或至贻父母恶名,则其罪亦与逆子、忍人等矣。"

【译文】明朝程至善《无颜录》说:"父母富裕了,给孩子的储蓄不可以没有。没有的话,不是败家子就是愚笨的人。父母贫穷,给孩子的储蓄不可以有。有的话,不是逆子就是残忍的人。"我祖父枏庵公(梁履绳)说:"双亲富了而有了私蓄,必能俭约自处,节约开支。如果用双亲的名义来谋取非分之财，作为自己的私蓄，或者使父母蒙受恶名，那么这种人的罪也就和逆子。残忍之人等同了。"

帝王言动

宋艺祖夜半思食羊肝，左右曰："何不言？"帝曰："若言之，则大官必日杀一羊矣。"宋仁宗游幸上苑，偶患渴，屡顾铫子不得，遂隐忍入宫。渴甚索饮，左右问："何不言？"帝曰："言之，则必有得罪者矣。"明武宗在宫中，偶见黄葱，实气促之，作声为戏。宦者遂以车载进御，葱价陡贵数月。明穆宗偶思食果馅饼，来日御膳房起面者，剥果者，制糖者，开支至五千金。帝笑曰："只须银五钱，便可在东华门口买一大盒矣。"盖帝在潜邸，早稔其价也。朝廷之一言一动，其不可忽如此。

【译文】宋太祖半夜时想吃羊肝，身边臣子说："为何不说出来呢？"宋太祖说："如果说出来，那么那些官吏必会每天杀一只羊的。"仁宗一次出驾游玩上苑，偶尔觉得口渴，多次环视烧水的铫子却没有找到，于是便不动声色地回宫。渴得非常厉害时要水喝，身边臣子问："当时为什么不说出来呢？"仁宗说："说出来后，必定有人得罪的呀。"明武宗在宫中，偶然看见了黄葱，把黄葱放在嘴边用一大口气快速吹它便能发出响声，便以此为游戏。宦官们便用车载满黄葱献给皇上用。葱价因此突然贵了好几个月。明穆宗偶而想吃水果馅饼，第二天御膳房内揉面的、剥果的、制糖的人员，开支达到五千两银子。穆宗知道后笑着说："只须要五钱银子，便能在东华门口买一大盒啊。"原来皇帝还是王爷时，就早已知道了它的价格。看来朝堂上帝王的一言一行，是不可以忽视的。

难博学

杭董浦太史^{世骏}记问渊博，乡人难以俗字，竟无以对，传为话柄。考《江行杂录》载："鸣条山有余庆寺，司马温公一日省墓至寺中，父老五六辈请曰：'某等闻端明在县，日与诸生讲，村人不及听，今幸为略说。'公即取《孝经·庶人章》讲之。既已，复前曰：'自《天子章》以下，各有《毛诗》二句，此独无，何也？'公默然谢曰：'生平虑不及此，当思所以奉答。'父老出语人曰：'吾今日难倒司马端明矣。'"王渔洋云："闻耿道见说，古本《庶人章》未有诗二句云：'昼尔于茅，宵尔索绹。'"又孙退谷古本《孝经》与今本迥别，附记。

【译文】翰林杭董浦^{杭世骏}学问渊博，乡里人以俗字为难他，他竟回答不出来，被乡人传为话柄。廖莹中《江行杂录》中记载："鸣条山上有一座余庆寺，司马温公（司马光）有一天去扫墓来到寺中。有父老五六人请求说：'我们听闻端明先生你在县里的日子，常对诸生讲学，村里人赶不上听。今天有幸请你给我们简单讲一讲。'温公就选取《孝经·庶人章》讲给他们听。讲完后，村人又上前问温公：'此书从《天子章》往下的部分每一章都有两句毛诗，只有这一章却没有，这是为什么呢？'温公沉默无语，只好抱歉地说：'我平生还真没考虑过这个问题，等到我想清楚后再答复你。'父老乡人们退出后对人说：'我们今天难倒司马端明了。'"王渔洋（王士禛）说："听闻耿道见说，古本《庶人章》文末有毛诗二句：'昼尔于茅，宵尔索绹。'"又有孙退谷（孙承泽）的古本《孝经》与今本截然不同，附记。

蒙古儿

市井以为银之隐语。按国书，"蒙古原作银解"。盖彼时与金国号为对耳。《一文钱》传奇《罗梦》出云："蒙古儿，觑着他，几多轻重。"谓元宝也。

【译文】市井之中有人认为，"银"是隐语，按国史中的"蒙古"原来解释为"银"。大概是当时和金国的国号相对吧。《一文钱》传奇中《罗梦》这一齣说："蒙古儿，觑着他，几多轻重。"这说的是元宝啊。

清勤堂随笔

先文庄公在朝日，蒙赐御书清勤堂额，敬悬里宅，昭示子孙。夫处家以清，则凡屋舍之朴，服御之俭，饮食之菲，燕会之薄，以至锥刀之利不争，便宜之事不占，皆清也。处家以勤，则凡朝夕之省，祭飨之节，教诲之严，诵读之密，以及交接之礼必周，奔走之事必任，皆勤也。居位之轨范在此，治家之楷模亦在此。昔高庙作怀旧诗，其《先臣》一首云："奉职恪且勤，居家俭而省。"真知臣莫若君矣。公有随笔五则，敬录于左。

大司农赵恭毅云："世著清操，衣冠俭素，下体不着寸丝尺纨之饰，江南贤达，往往效之，于俗有益。"

陶石篑云："世族只为体面二字，凡应酬日用，必须华赡。因之日事典卖，使祖业荡然。逢人乞贷，使亲友畏避。居官则窃帑藏，朘闾阎。居乡则事居间，恣渔猎。身心劳瘁而弗辞，名行隳裂而不惜，己之体面，终不能顾，岂非大错。"

从来蓄珍异之物，未有不招尤贾祸者。即藏名人字画以传子孙，亦非贻谋之道。门祚少衰，往往世家求索，虽与佳者，辄疑非是，受累不一而足，可勿鉴哉！

粉墨登场，所费不资，致滋喧杂之烦，殊乏恬适之趣，且招盗诲淫，为患不止一端，士大夫所当永戒也！

朱文端相国，自奉甚约，抚浙时，饬所部凡婚嫁丧葬，贫富各有品式，务崇朴实，勿事华靡，宴会则簋极于五而止，时翕然从之。汪西昆云："吾邑素风古朴，自陆比部多冠盖交，豪华相炫，遂靡然一变。今冢宰王公，率先复古。往时宴客必盛馔，今以公教，虽三肴，客不怪也。往婚娶，楼船箫鼓竞以夸胜，自公不举乐，不张红，遂相率而改其旧习。公见人厚款，则觍然起。见人炫服，则愀然忧。每与人言，节俭一端，不但可以裕财惜福，寡欲清心，且免妄求横取，人品贤否，每系乎此。谆谆往复，绅士多承其教焉。"

【译文】先文庄公（梁诗正）在朝为官时，蒙皇上赐御书匾额"清勤堂"，恭敬地悬挂在内宅，以昭示后世子孙。他以清持家，比如屋舍朴实无华，服饰装车马等器用俭朴，饮食简单，宴会不多，以至于不争锥刀之利，不占便宜之事，这都是清的表现。他以勤持家，即晨昏定省、祭祀有节，教诲严格，诵读紧密，以及交往礼节必然周密，外出办事必会负责，这都是勤的表现。为官的规范在这里，治理家庭的楷模也在这里。以前，清高宗作怀旧诗，其中《先臣》说："奉职恪且勤，居家俭而省。"真是了解臣下的莫如君王啊。"先文庄公有五则随笔，恭敬抄录下来。

户部尚书赵恭毅（赵申乔）说："世代以清操闻名，衣冠节俭朴素，下身不穿寸丝尺纨的服饰，江南贤者达人，常常因此效仿，对世俗有益处。"

陶石篑（陶望龄）说："世家大族只是为了'体面'二字，凡是应酬日常生活，必须华美富丽，因为这些日常之事典卖家产，使祖业荡然无存，逢人借贷，使亲友都畏惧躲避。位居官职则窃取国库，剥削百姓。闲居在乡则平居无事，肆意渔猎。身心劳瘁而不推辞，名声品行败坏而不爱惜，自己的体面，终究不能顾及，岂不是大错？"

向来积攒珍贵奇特之物，没有不招致灾祸的。既使收藏名人字画来传给子孙，也不是父祖对子孙的训诲之道。家世稍稍衰落，往往是世家大族会到家中索取，虽然赠给较好的人也会招疑惹非，受累之处太多了，可以不借鉴吗！

粉墨登场，花费的钱财不计其数，致使滋生喧杂的搅扰，十分缺乏恬静安适的情趣，并且招致盗贼引诱人做奸淫之事，为祸不止一个方面，士大夫应当以此作为永远警戒！

朱文端公（朱轼）相国自持非常简约，任浙江巡抚时，告诉其属下凡是婚嫁丧葬，贫富各有标准，务必崇尚朴实，不要浪费铺张，宴请宾客也不可多过五道菜，当时属下都一致听从他的话。汪西昆说："我们当地一贯风俗古朴，自陆比部之后大多交往官员，富丽堂皇，相互炫耀，风气随之而变。现在冢宰王公，率先恢复古风。以往宴会必是非常丰盛，今有先生的风教，虽然只有三个菜，宾客也不会怪罪。以往婚娶，楼船箫鼓，竞相夸胜，从先生开始不举行音乐，不张红，于是相互效仿而旧习随之而改。先生见人厚意款待则拂袖而起，见人夸耀服饰则脸色突然凝重而责备他。每与人说话，节俭一端，不但可以积财惜福，清心寡欲，而且可以免除妄求横取之心。人品是否贤良，都与这个有关系。他反复恳切地劝导，很多绅士都受到他的教诲。"

黄蓉石

番禺黄蓉石孝廉玉阶，弱冠即有声庠序，四方名士，多与之游。道光壬辰举于乡，先君分校所得士也，貌温雅，工诗古文词，所著《蓉石诗钞》，仅窥四卷，非全豹也。录其《读邝湛若赤雅有怀》三十三首之六云："莫将遗俗笑狂奴，妙舞天魔兴不孤。怀远巴人空有泪，日南野女本无夫。山坳冷笑啼钩鹆，水面含沙怯短狐。面代髑髅椰酿酒，尚留时节祀盘弧。""怜他攻掠苦难休，鼓角频看野战稠。木客好吟新乐府，扶南原是古诸侯。奇兵出没相思寨，明月笙歌独脚楼。便上奇云亭上望，离人多少轸乡愁。""惊心齐指乱峰闲，十去征夫九不还。黑日暗霾人鲊瓮，阴风寒彻鬼门关。髑髅一夜游魂泣，石乳千秋怨血斑。指点苍鹧啼碎后，蛮烟蛇雾有无间。""李白岩边急乱流，昔时骚客此勾留。风前单舸蘅芜怨，天末夫君翡翠愁。坡老旧维藤县舫，谪仙曾作夜郎游。如今香草悲迟暮，凄断哀猿咽上头。""绝顶河山旧有缘，闲云鸟迹荡无边。蘅皋荔浦骚人赋，莲荡松杉小有天。香冢土花沉玉笛，蛮溪阴雨暗铜船。时丰共唱升平乐，竞渡铙歌会五年。""流落人间不易才，甘心蛇口事堪哀。无家张俭褰裳去，有恨灵均茧足来。百粤已从鸣铗老，诸蛮留取著书才。天南法物飘零尽，不见当年绿绮台。"沉雄顿挫，绮丽芊绵，洵南中之秀也。

【译文】广东番禺人、举人黄蓉石黄玉阶，二十岁便名扬于庠序间，四方名人志士多与之交往。道光壬辰年（道光十二年，1832）在乡试中选拔出来，是先父（梁祖恩）做考试房官时所得的人才，他容貌温文尔雅，擅长作诗与古文，所著《蓉石诗钞》，我只看到四卷，不是他的全部诗作。现抄录他的《读邝湛若赤雅有怀》三十三首中的六首，写的是："莫将遗俗笑狂奴，妙舞天魔兴不孤。怀远巴人空有泪，日南野女本无夫。山坳冷笑啼钩鹆，水面含沙怯短狐。面代髑髅椰酿酒，尚留时节祀盘弧。""怜他攻掠苦难休，鼓角频看野战稠。木客好吟新乐府，扶南原是古诸侯。奇兵出没相思寨，明月笙歌独脚楼。便上奇云亭上望，离人多少轸乡愁。""惊心齐指乱峰闲，十去征夫九不还。黑日暗霾人鲊瓮，阴风寒彻鬼门关。髑髅一夜游魂泣，石乳千秋怨血斑。指点苍鹂啼碎后，蛮烟蛇雾有无间。""李白岩边急乱流，昔时骚客此勾留。风前单舸蘼芜怨，天末夫君翡翠愁。坡老旧维藤县舫，谪仙曾作夜郎游。如今香草悲迟暮，凄断哀猿咽上头。""绝顶河山旧有缘，闲云鸟迹荡无边。蘼皋荔浦骚人赋，莲荡松杉小有天。香冢土花沉玉笛，蛮溪阴雨暗铜船。时丰共唱升平乐，竞渡铙歌会五年。""流落人间不易才，甘心蛇口事堪哀。无家张俭褰裳去，有恨灵均茧足来。百粤已从鸣铗老，诸蛮留取著书才。天南法物飘零尽，不见当年绿绮台。"这诗深沉雄浑，抑扬有致，文辞华丽，富有文采，诗风豪健有力，节奏清晰，绮丽缠绵，实在是南方地区的优秀作品。

狼 巾

山舟学士旧藏虫窠一枚,云:"太翁菽林编修公,以围棋决赌,得之严氏者。严自何处来,未晓也。"其色枣赤,状之大小长短亦绝似,不镂自雕,如细目之网,缘督为经,又若小口之囊。一面附着树枝处,痕深陷而直,贯彻上下,以是知为虫所结也。少宗伯金海住先生牲曾有诗咏之。学士和诗云:"此虫真合号雕虫,蠹化犹惊织作工。袜雀结房嫌致密,薄蚕成茧欠玲珑。谁纫越客千丝网,疑堕仙樵一剪风。六十余年遗蜕在,那堪重问主人翁。"学士殁后,是物为张岐山少尉问莱乞去,携入川中矣。许周生驾部宗彦云:"是物名狼巾。"不知何据。

【译文】山舟学士(梁同书)之前收藏了一枚虫窠,说:"这是太翁菽林(梁启心)编修公用围棋赌博的方式,从一严姓人手中得来的。严氏从何处来就不知道了。"它的颜色跟枣一样红,形状大小长短也非常相似。天然雕刻的纹路,如细眼之网,沿督以为经,又像小口的袋子,一面附着在树枝上,其痕迹深深明显且上下贯彻,因此知道是虫类所结成的。礼部侍郎金海住先生金牲曾有诗咏之。学士附和他的诗说:"此虫真合号雕虫,蠹化犹惊织作工。袜雀结房嫌致密,薄蚕成茧欠玲珑。谁纫越客千丝网,疑随仙樵一剪风。六十余年遗蜕在,那堪重问主人翁。"山舟学士死后,此物被少尉张岐山张问莱要去,带到四川了。驾部许周生许宗彦,说:"这个东西称为狼巾。"不知有什么根据。

乐氏枣

《群芳谱》：山东新城有乐氏枣，丰肌细核，多膏肥美，旧传乐毅自燕携来之种，亦曰"毅氏枣"。见《太平寰宇记》。以对"哀家梨"，甚工也。

【译文】《群芳谱》中记载：山东新城有一种称为"乐氏枣"的枣，肉多而核小，甜美多汁，旧传是燕国乐毅从燕国带来的种子，也称之为"乐氏枣"。这件事参见在《太平寰宇记》。以"哀家梨"和"乐氏枣"组成一个对子，非常工整。

嫁 娶

胡安定公云："娶妇当不如吾家，嫁女当胜于吾家。"程子云："世人多谨于择婿，而忽于择妇。其实婿易见而妇难知，所关甚重，岂可忽哉！"《袁氏世范》云："有男虽欲择妇，有女虽欲择婿，又须自量我家子女。我子庸痴愚下，若娶美妇，岂但不和，或有他事。我女丑拙狠妒，若嫁佳婿，万一不和，卒为所弃。凡夫妇因非偶而不和者，皆父母不审之罪也。"此可为嫁娶之法。

【译文】胡安定公（胡瑗）说："娶妻应当找不如我家的，嫁女应当找胜过我家的。"程子说："世上人大多在选择女婿上非常谨慎，而忽视了选择妻子这件事。其实女婿容易察知而妻子很难了解，这其中关系非常重大，岂可忽视啊？"袁采《袁氏世范》说："家有男子想找妻子，有女儿想找夫婿，又须要自己揣量一下自家子女。我儿子平庸愚痴，如果娶了美貌妻子，非但不和睦，或许还会出现其他的事。我的女儿丑陋笨拙凶狠嫉妒，若嫁给优秀的夫婿，万一不和，最终会被休掉。凡是夫妇因为不适当的婚配而不和睦的，都是其父母不审慎的罪过。"这也可以做为嫁娶的准则。

惜 阴

黄山谷与驹父尺牍云："尺璧之阴，当以三分之一治家，以其一读书，以其一为棋酒，公私皆办矣。"此犹自暇逸之论。明莲池师《竹窗二笔》云："古谓大禹圣人惜寸阴，至于众人当惜分阴，而佛言'人命在于呼吸'，夫分阴之中，有多少呼吸，则我辈何止当惜分阴，一刹那、一弹指之阴，皆当惜也。"又伊庵权禅师每日至晚，必流涕曰："今日又只恁地空过，未知来日工夫何如。"励精若此，阅之竦然。

【译文】黄山谷（黄庭坚）和驹父（洪刍）的书信说："光阴非常宝贵，应当分成三份，一份用来治家，一份用来读书，一份用来下棋喝酒，这样公私都照顾到了。"这就是闲散安逸的议论。明代莲池大师《竹窗二笔》说："古人说大禹是圣人，他珍惜一寸光阴，至于大家就应当珍惜一分光阴。佛说'人的生命在于呼吸之间'，那么一分光阴中有多少呼吸呢？如此说来，我们这些人何止应当珍惜一分光阴啊，即使一刹那一弹指的光阴，都应当珍惜啊。"还有，伊庵权禅师每天到了晚上，必会流泪说："今天又这样白白空过了，不知明天功夫怎样啊？"能像这样励精图治，珍惜光阴，读后不觉肃然起敬。

操北音

钟仪曰："乐操土风，不忘旧也。"吴越王作乡里之音，而长老尽欢，亦是此意。今南人喜操北音，世族之子弟尤甚。随园老人《厄言》一首云："卫侯效夷言，取笑自弥牟。南人操北音，之推代含羞。缘何窦人子，谰语偏咿嚘。好学垤泽呼，不待楚人咻。满口杂夷夏，唇齿皆王侯。未登拗项桥，先为反舌鸠。终竟神不王，改字难改喉。大言虽炎炎，闻者摇其头。僚音玄女笑，蛮语参军愁。何不操土风，高师一楚囚。"读此诗，亦当失笑而结舌矣。按《抱朴子·讥惑篇》云："有转易其声以效北语，既不能似，可耻可笑！所谓不得邯郸之步，而有匍匐之嗤者。"则此陋习，由来已久。

【译文】钟仪说："喜欢说家乡话，是因为不忘旧。"吴越王作故乡音乐，老人们都很欢喜，也就是这个意思。现在南方人喜欢说北方话，世家大族的子弟更加严重。随园老人（袁枚）有《厄言》诗一首，说："卫侯效夷言，取笑自弥牟。南人操北音，之推代含羞。缘何窦人子，谰语偏咿嚘。好学垤泽呼，不待楚人咻。满口杂夷夏，唇齿皆王侯。未登拗项桥，先为反舌鸠。终竟神不王，改字难改喉。大言虽炎炎，闻者摇其头。僚音玄女笑，蛮语参军愁。何不操土风，高师一楚囚。"读了这首诗，也会不禁发笑而说不出话了。《抱朴子·讥惑篇》中说："有人转变说话声调去模仿北方话，而又学不像，真是可耻可笑！正如学不会邯郸人走路的样子，只好在地上爬一样令人可笑。"这种陋习，已经有好长时间了。

无题诗

有人以无题诗，上下平韵三十首示余。阅之，对仗工整，设色绮丽，而七宝楼台，拆无片段。遂朗诵一过，即行缴还。又有人以《真娘墓》一首示余，其词云："儿家生小住金阊，却把金阊作故乡。马足残花怜薄命，牛毛细雨送斜阳。碧苔多处生红豆，青冢旁边种白杨。一寸鞋尖一寸草，禁烟时节土犹香。"雒诵回环，击节靡已。一友见而谓余曰："二君诗，子何轩轾之甚？"余答曰："此梅禹金旧例也。宣城邱华林尝赋梅花诗百首示禹金，禹金但为句读而已。一日闽人林初文以一绝句示梅云：'不待东风不待潮，渡江十里九停桡。不知今夜秦淮水，流到扬州第几桥？'梅击节叹赏，逐字圈赞。邱见之愠曰：'林诗二十八字，正得二十八圈。吾诗二千八百字，至少岂不值得二十八圈乎？'闻者传以为笑。"

【译文】有人把一首无题诗，上下平韵三十首给我看。读完后，觉得这诗对仗工整，文辞华丽，而就像是七宝楼台一样，华丽炫目，但细细拆分其作的词，却不成系统。于是朗诵一遍，便立即交还。又有人拿一首《真娘墓》给我看，其词写道："儿家生小住金阊，却把金阊作故乡。马足残花怜薄命，牛毛细雨送斜阳。碧苔多处生红豆，青冢傍边种白杨。一寸鞋尖一寸草，禁烟时节土犹香。"反复吟诵，不禁打起节拍忘乎自己。一个朋友看到了对我说："两人的诗作，你的表现为何截然不同呢？"我回答说："这是梅禹金（梅鼎祚）先生的旧例呀。"安徽宣城人邱华林曾写了一百首《梅花诗》，拿给梅禹金看，梅禹金觉着这只不过是一些句子罢了。一天，福建人林初文（林章）拿一首绝句给梅禹金看："不待东风不待潮，渡江十里九停桡。不知今夜秦淮水，流到扬州第几桥。"梅禹金一边打着拍子一边叹赏不绝，逐字加圈赞评。邱华林见了之后，生气地说："林初文的诗共二十八个字，刚好得了二十八个圈。我的诗一共二千八百字，难道至少不值二十八个圈吗？"听闻这件事的人都以之传为笑柄。

下 体

男子下体曰阳具，曰人道，夫人知之也。亦曰马藏，见《三昧经》。亦曰烛营，见《淮南子·精神训》。亦曰余窍，见《列子·仲尼篇》。亦曰秽穴，见《列子·仲尼篇注》。亦曰势峰，见《瑜珈师地论》。亦曰睾丸，见《素问经》。

【译文】男子的下体称为阳具、人道，这是众所周知的。还称为马藏，见于《三昧经》。还叫烛营，见于《淮南子·精神训》。又叫余窍，见于《列子·仲尼篇》。还叫秽穴，见于《列子·仲尼篇注》。又叫势峰，见于《瑜珈师地论》。又叫睾丸，见于《素问经》。

张南山

张南山维屏，番禺人，道光壬午进士，湖南知县，现官司马，工古文。恽子居称其文为岭南柳仲涂。尤留心于国朝人物，所撰《诗人征略》一书，于尚论中寓阐幽意。又有《听松庐诗草》十一卷，其咏史乐府，另为一卷，直登西涯之堂，而入铁崖之室。其他五言，如《落叶》云："有时兼雨点，无处着烟痕。"《松滋城外》云："江抱孤城曲，天围大野圆。"《浮湘》云："雾因衡岳重，月到洞庭多。"《汉阳晚眺》云："西风吹汉水，秋色满江城。"《思归》云："霜浓枫叶醉，水活荻苗肥。"七言如《独坐》云："纵无清露蝉终洁，果有名花蝶易痴。"《感秋》云："名心淡似秋云影，客梦清于古井波。"《北程纪游》云："如何东下钱唐水，不入南条《禹贡篇》。"《下第遣怀》云："恋岫云容多黯淡，送春天气易悲凉。"《楚中怀古》云："臣里梦魂春树外，君山眉黛夕阳中。"《西栽晓行》云："一村晓雾白成海，万顷春苗绿到天。"《闲居杂诗》云："但留玉在何愁璞，莫待桐焦始辨琴。"《柳色》云："雾影迷离天远近，烟痕狼藉水西东。"《城南野望》云："绕篱水暖芦根活，穿树风柔麦气和。"《百花坟》云："莺花黄土埋香骨，盘敦青楼享盛名。"

【译文】张南山张维屏，广东番禺人，是道光二年（1822）壬午科进士，曾任湖南地方的知县，现任司马官职，擅长古文。恽子居（恽敬）称赞他的文章堪比岭南柳仲涂（柳开）。他尤其留心于国家人物。他所撰写的《诗人征略》一书中，曾寄托阐发幽意于尚论中。还有《听松庐诗草》十一卷，其中咏史乐府，单独为一卷，直登西涯（李东阳）之堂，而入铁崖（杨维桢）之室。其他五言诗，如《落叶》中说："有时兼雨点，无处着烟痕。"《松滋城外》说："江抱孤城曲，天围大野圆。"《浮湘》说："雾因衡岳重，月到洞庭多。"《汉阳晚眺》说："西风吹汉水，秋色满江城。"《思归》说："霜浓枫叶醉，水活荻苗肥。"七言诗如《独坐》说："纵无清露蝉终洁，果有名花蝶易痴。"《感秋》说："名心淡似秋云影，客梦清于古井波。"《北程纪游》说："如何东下钱唐水，不入南条《禹贡篇》。"《下第遣怀》说："恋岫云容多黯淡，送春天气易悲凉。"《楚中怀古》说："臣里梦魂春树外，君山眉黛夕阳中。"《西栽晓行》说："一村晓雾白成海，万顷春苗绿到天。"《闲居杂诗》说："但留玉在何愁璞，莫待桐焦始辨琴。"《柳色》说："雾影迷离天远近，烟痕狼藉水西东。"《城南野望》说："绕篱水暖芦根活，穿树风柔麦气和。"《百花坟》说："莺花黄土埋香骨，盘敦青楼享盛名。"

公 孙

震泽任中甫兆麟《读经杂说》云："《豳风》：'公孙硕肤。'孙当作如字，公为季历孙，周南文王子，亦称公族公姓也。"其说不知何本。

【译文】江苏震泽人任中甫任兆麟，写有《读经杂说》一书，书中说："《豳风》：'公孙硕肤。'‘孙’字应当读本音。‘公’是季历孙。周南文王之子，也称公族公姓。"这种说法不知是以什么为根据的。

避 讳

福大将军威震中外，属吏有犯其祖父讳及本身名者，必当面申饬。故其时禀启，改康为泰，改安为宁。按寇莱公作相，诸司公移，讳其名，改为准。又汴京旧有平准务，因蔡京父名，改为平货务，官私公移避京名，如京东、京西，改畿左、畿右，则此风由来久矣。

【译文】大将军福康安威震中外，属吏中有名字犯了将军祖父及将军本人名讳的，将军定会当面指责他。因此那时启奏皇上改"康"为"泰"，改"安"为"宁"。在寇莱公（寇準）作丞相时，诸司公文为避其讳，改"準"为"准"字。另外还有汴京原有平准务，因避蔡京的父亲（蔡准）之名而改为平货务。官私公文也改名避讳京字，如京东、京西，改为畿左、畿右，那么这种风气是由来已久了。

行路歌

"别人骑马我骑驴，仔细思量我不如。回头只一看，又有挑脚汉。"言虽俚浅，足以醒世。

【译文】"别人骑马我骑驴，仔细思量我不如。回头只一看，又有挑脚汉。"言语虽粗俗浅陋，却足以警醒世俗。

砅

杜工部有赠表侄王林诗。砅，音厉，《说文》引《论语》曰："深则砅。"谓履石而渡也。

【译文】杜工部（杜甫）有赠给表侄王砅的一首诗。砅，读做厉音。《说文解字》引用《论语》说："深则砅。"是说走在石头上而渡过。

缺文衍文

《论语·尧曰篇》曰:"予小子履。"上当有"汤"字。《孟子》第五篇下"伊尹曰",曰字衍。

【译文】《论语·尧曰》篇中说:"予小子履。"这句话前面应有"汤"字。《孟子·第五篇下》中有"伊尹曰","曰"字是衍文。

返魂梅

真州城东十余里准提庵,有古梅一株,大可蔽牛,五干并出,相传为宋时物。康熙中,树忽死,垂四十年复活,枝干益繁,花时光照一院,阮芸台协揆题其名曰"返魂梅"。

【译文】真州城东十余里处,有一座准提庵,那里有一株古梅树。树大成荫,可遮蔽一头牛,五条枝干一起伸展,相传是宋朝时候的梅树。康熙年间,梅树忽然枯死,临近四十年才复活过来,枝干更加繁茂,花开时节光彩熠熠映照满院。协办大学士阮芸台(阮元)给树取名为"返魂梅"。

赠酒资

沈菘町先生,名景良,字敬履,北郭高士也。与陈丈二西灿、奚丈铁生冈交最密。所居土垣,围荒畦数棱,艺花莳菊,瓦屋二椽，萧然四壁。尝雨中著书，以伞缚椅后，坐其下，盖避屋漏也。工诗，老年诗本为人窃去，殁后，其人攘为己作，刊之。有知之者哗于众，其人遂并板毁之，故其诗不传。鲍渌饮《咏物诗存》刻其《夕阳》二律。先生好饮，窘于杖头。黄小松司马自济宁归，赠以酒资。赋即事诗一绝云："故人归访故山栖，怪我葫芦久不提。笑赠青蚨三百片，晚来依旧醉如泥。"其风趣如此。何春渚先生琪曾为之作传。

【译文】沈莜町先生，名景良，字敬屣。是北城的隐士。与陈二西陈灿、奚铁生冈两位老先生交情最密。他居处的土墙，围了几块荒地，种花栽菊，两间瓦屋，家徒四壁，没什么东西。曾在雨中写书，把伞绑在椅子后面，坐在伞下，因为要遮蔽屋里的漏雨。他擅长作诗。老年时的诗本被人偷去，他死后，那偷诗之人便将先生的诗作据为己有，并刊登出来。有知道这件事的人，舆论哗然，那偷诗的人于是就连同刻板一同毁掉了，因此他的诗没有传下来。只在鲍渌饮（鲍廷博）《咏物诗》中刊刻了《夕阳》两首律诗。先生喜好喝酒，却没有喝酒钱。司马黄小松（黄易）从济宁归来时，赠给他一些酒钱。他便写下了即事诗一首绝句："故人归访故山栖，怪我葫芦久不提。笑赠青蚨三百片，晚来依旧醉如泥。"他是如此风趣之人。何春渚何琪先生曾经为他作过传记。

丧 服

大祥后为禫服，或曰三月，或曰一月。又丧服计闰不计闰，向未知确义。震泽任中甫为之说云："《士虞礼》：'中月而禫。'

郑康成据中一以上释之，谓中间一月，王肃据文王受命惟中身释之。"愚谓中月当如《学记》中年义，《杂记》："期之丧，十五月而禫。"汪苕文曰："主二十七月者，据间传中月而禫之文也。主二十五月者，据《三年问》二十五月而毕之文也。主三十六月者，据《丧服四制》三年而祥之文也。"惟郑氏得其中，故历代因之。且《三年问》《丧服四制》二篇，朱子所定，《仪礼》删之，不可为典要。朱子答胡伯量曰："中月而禫，郑注《虞礼》为是。"《榖梁传》谓："丧不数闰。"《公羊传》谓："丧数闰。"《郑志》谓："丧以月数者计闰，以年数者不计闰。"是三年与期不计闰，大功以下计闰也。何休云："闰为死月数，非死月不数。"盖闰附前月，死之月不可移而下，是父母死于闰月，未尝不数，若闰当除丧之月，则亦不数，此又不可不知也。

【译文】大祥之后为禫服，有人说服丧三个月，有人说服丧一个月。又丧服的时间算闰月不算闰月，一向不知道确定的含义。江苏震泽任中甫（任兆麟）为这个辩解说："《士虞礼》：'中月而禫。'郑康成（郑玄）根据'中一以上'来解释，是说'中间一月'，王肃根据文王'受命惟中身'来解释。"我认为"中月"应当是《学记》"中年"的含义，《杂记》："期之丧，十五月而禫。"汪苕文（汪琬）说："主张二十七月的，是根据'间传中月而禫'的文字。主张二十五月的，是根据《三年问》'二十五月而毕'的文字。主张三十六月的，是根据《丧服四制》'三年而祥'的文字。"只有郑康成理解真正的含义，因此历代沿袭他的说法。而且《三年问》《丧服四制》两篇，是朱熹所定，《仪礼》删去，不可作为典籍标准。朱熹回答胡伯量说："中月而禪, 郑注《虞礼》为是。"《榖梁传》说: "丧不数闰。"《公羊传》说: "丧数闰。"《郑志》说: "丧以月数者计闰, 以年数者不计闰。"说明三年与期年不算闰月, 大功以下算闰月。何休说: "闰为死月数, 非死月不数。"大概闰月附在前月, 去世之月不能移而往下数, 说明父母死于闰月, 不一定不数, 如果闰月应当是除丧之月, 那么也不数, 这个又不能不知。

诗与景合

余尝暮游湖上, 水色山光, 深浅一碧, 红霞如火, 岸桃俱作白色, 欲写之, 苦无好句。偶读孙子潇太史诗云: "水含山色难为翠, 花近霞光不敢红。"适与景合, 真诗中画也。又尝夜登吴山, 风月清皎, 烟雾空濛, 颇惬游骋。今读屠修伯大使秉《吴山夜眺》句云: "江湖两面共明月, 楼阁半空横断烟。"亦恍如置身其间。

【译文】我曾经在晚上泛游湖上, 水色山光, 深浅一碧, 红霞如火, 岸边和桃花都成了白色, 想写诗句, 可惜没有佳句。偶尔读到翰林孙子潇有诗作说: "水含山色难为翠, 花近霞光不敢红。"恰好与景物相符合, 真是诗中画。我又曾经在晚上攀登吴山, 那时风清月白, 烟雾空漾, 非常适合驰马出游。现在读到大使屠修伯屠秉《吴山夜眺》有诗句说: "江湖两面共明月, 楼阁半空横断烟。"也恍惚之间令人如同置身其间。

铭

铭之为体, 于诗词外另具笔墨。冬心先生以古胜, 板桥居士以峭胜，频罗老人以趣胜，各臻其妙。余未窥涯涘，间亦效颦，兹荟其记忆者备录之。自用砚铭："石友石友，与尔南北走，伴我诗，伴我酒，画蚓涂鸦不我丑，告汝黑面知，共我白头守。"葫芦座铭："丰下锐上，两轮相荡，是之谓依样。"方镜铭："辉光刚健，圭棱四见，照来谁有如田面？"独眼砚铭："有文字缘，有文字祸，尔具只眼，可能觑破。"象牙算盘铭："劈二五偶，分上下床，焚身而犹近于贿，是真没齿不忘。"竹臂搁铭："有未干之墨，无停缀之文，倚左右手惟此君，吾将为尔策汗简之勋。"棋奁铭："知其白，守其黑，便便于腹了了胸，旁观不若尔能嘿。"枕铭："甜乡醉乡温柔乡，三者之梦孰短长，仙人与我炊黄粱。"鸦片烟枪铭，为雷君少石浣作："可以助茗战，可以却酒兵，可以破睡壁，可以攻愁城，故杀敌致果而以枪为名。"又为陆琴台作："苍筤尺八匀而坚，可吸瑶草呼秋烟，谁其主者餐霞仙。"雁足镫铭："距非鸡，掌非凫，独立一足秋风孤，假之光明玉雪铺，不以为传书之使，而命为守更之奴。"笔饮铭："拜管城封，锡汤沐邑，给以短假得休息，若夫润泽之，无有枯渴笔。"笔床铭："贪墨者败，藏锋者待，中书之君甚矣惫，偃之息之将汝赖。"茶船铭："酒有舟，饮防溺也。茶有舟，水防厄也。君子于此有戒心焉，匪徒以惧执热也。"阳羡砂壶铭："上如斗，下如卣，鏊其足，螭其首，可以酌玉川之茶，可以斟金谷之酒。"眼镜铭："读万卷书，行万里路，有耀自他，我得其助。"锡暖酒壶铭，为沈吉人作："先锡以汤泉，后锡以酒泉，惟醉翁中和其天。"砂印色盒铭："居图书府，成印信功，宠以白沙之筑，锡以紫泥之封。"梅花帐额铭："学林和靖，以梅为妻。学赵师雄，以梅为姬。梅兮梅兮，吾亦与尔同梦兮。"又有友人买一竹丝镜奁，制作精雅，乞余为铭。余曰："不若直书渔洋山人句'浦里青荷中妇镜，江干黄竹女儿箱'，为天然赞语也。"

【译文】铭作为一种文体，于诗词之外别有一种笔墨。冬心先生（金农）依靠古朴取胜，板桥居士依靠峭丽取胜，频罗老人（梁同书）依靠风趣取胜，各自达到其妙处。我没有看见其中边际，偶尔也会效仿，在这里收集记忆中的铭而详细记录下来。自用砚铭："石友石友，与尔南北走，伴我诗，伴我酒，画蚓涂鸦不我丑，告汝黑面知，共我白头守。"葫芦座铭："丰下锐上，两轮相荡，是之谓依样。"方镜铭："辉光刚健，圭棱四见，照来谁有如田面？"独眼砚铭："有文字缘，有文字祸，尔具只眼，可能觑破。"象牙算盘铭："劈二五偶，分上下床，焚身而犹近于贿，是真没齿不忘。"竹臂搁铭："有未干之墨，无停缀之文，倚左右手惟此君，吾将为尔策汗简之勋。"棋奁铭："知其白，守其黑，便便于腹了了胸，旁观不若尔能嘿。"枕铭："甜乡醉乡温柔乡，三者之梦孰短长，仙人与我炊黄粱。"鸦片烟枪铭，为雷君少石浇所作："可以助茗战，可以却酒兵，可以破睡壁，可以攻愁城，故杀敌致果而以枪为名。"又为陆琴台作："苍筤尺八匀而坚，可吸瑶草呼秋烟，谁其主者餐霞仙。"雁足镫铭："距非鸡，掌非兔，独立一足秋风孤，假之光明玉雪铺，不以为传书之使，而命为守更之奴。"笔饮铭："拜管城封，锡汤沐邑，给以短假得休息，若夫润泽之，无有枯渴笔。"笔床铭："贪墨者败，藏锋者待，中书之君甚矣惫，偃之息之将汝赖。"茶船铭："酒有舟，饮防溺也。茶有舟，水防厄也。君子于此有戒心焉，匪徒以惧执热也。"阳羡砂壶铭："上如斗，下如卣，鳌其足，螭其首，可以酌玉川之茶，可以斟金谷之酒。"眼镜铭："读万卷书，行万里路，有耀自他，我得其助。"锡暖酒壶铭，为沈吉人作："先锡以汤泉，后锡以酒泉，惟醉翁中和其天。"砂印色盒铭："居图书府，成印信功，宠以白沙之筑，锡以紫泥之封。"梅花帐额铭："学林和靖，以梅为妻。学赵师雄，以梅为姬。梅兮梅兮，吾亦与尔同梦兮。"又有友人买来一个竹丝镜奁，制作精雅，请我写铭。我说："不如直接写渔洋山人（王士禛）的句子'浦里青荷中妇镜，江干黄竹女儿箱'，是一句的天然赞语。"

不好玩物

吕蒙正为相，有以古鉴献者，云："能照二百里。"公曰："吾面不过楪子大，安用照二百里为？"又有以古砚求售者，云："一呵即润，无烦注水也。"公曰："就使一日能呵一担水，亦止直十文钱而已。"此与东坡驳古墨同一谐谑。玩物之戒，直令卖骨董者神丧气沮。

【译文】吕蒙正担任宰相，有一个献上古镜的人，说："这古镜能照二百里。"吕蒙正说："我的脸庞不超过碟子一般大，哪里用得上照二百里的古镜？"又有一个以古砚出售的人，说："一呼气就湿润，不用麻烦加水。"吕蒙正说："就算是一天能呼出一担水，也只是价值十文钱而已。"这件事与苏东坡反驳古墨同属于一件诙谐逗趣的事情。玩物之戒，真让卖古董的人垂头丧气。

县令念佛

《楼攻愧集》七十九卷："前辈有为县令者，公退，以贯珠诵佛。其叔父见之云：'汝欲为佛耶？'曰：'然。'叔曰：'汝既做了知县，尚想做佛耶？'言造业之多也。其人悚然。"余谓此犹有悔过之意,若今之县令,并不肯手捻贯珠,闲中忏悔矣。

【译文】《楼功愧集》第七十九卷记载:"前辈有一位做县令的人,辞官后,拿着念珠念佛,他叔父看见了说:'你想做佛吗?'回答说:'是的。'叔父说:'你既然做了知县,怎么还想做佛呢?'叔父是说县令造的罪业太多了。县令肃然起敬。我说这尚且还有悔过之心,像现在的县令,是不会手捻贯珠,在清闲时忏悔自己过失的啊。

醋瓶画匣

程子曰:"贵姓子弟,于饮食玩好之物,直是一生将身服事不懈,如管城之陈醋瓶,洛中之史画匣是也。"噫!今之世家子弟,其不为醋瓶画匣鲜矣!然挢蒲六博之好,倡楼妓馆之游,往往破家荡产,又岂止瓶匣而已哉!

【译文】程子说:"贵族子弟对于饮食玩物方面,真是一生追求不懈。如管城的陈醋瓶,洛中的史画匣就是。"噫!现在的世家贵族子弟已经不认为醋瓶、画匣很新鲜了!然而爱好赌博,游逛娼楼妓馆,往往能倾家荡产,又何止是一般的醋瓶、画匣呢?

识 字

读书必须识字,今人口习授受,漫不经心,《说文》《玉篇》等书束之高阁矣。朱子云:"读书须精韵学,要熟反切,莫从俗读半边字，不辨形声。"呜呼！读半边字之诀，千百年不失其传，而字学之不讲也久矣。皇甫湜与李生第二书曰："书字未识偏旁，高谈稷契。读书未知句度，下视服郑。"此时之大病，所当嫉者。又李济翁《师资录》云："谚曰：'学识何如观点书。'点书之难，不惟句度义理，兼须知字之正音借音。"斯言是矣。

【译文】读书必须要认识字，现在人口耳相教，漫不经心，《说文解字》《玉篇》等书已被束之高阁了。朱熹说："读书必须精通音韵学，要熟悉反切，不要跟习惯只读半边字，而不懂形声的道理。"唉！读半边字的方法，千百年没有失传，而文字学的学习不讲求也很久了。皇甫湜写给李生第二书中说："写字不认识偏旁，却高谈后稷和先契。读书不知句读，却轻视服虔、郑玄。"这是当时存在的大弊端。另外，李济翁（李匡乂）在《师资录》中说："谚语说：'学识怎么样就看他点书。'点书的困难，不只是在于句读义理，还得须要知道文字的正音借音。"这话说得对啊！

四忌铭

江邦申《耳目日书·四忌铭》云："著书忌早，处事忌扰，立朝忌巧，居室忌好。"旨哉斯言！

【译文】江邦申《耳目日书·四忌铭》说："撰写著作禁忌太早，处理事情禁忌扰乱，在朝为官禁忌机巧，在家闲居禁忌喜好。"这句话多好啊！

段 拂

段拂，字去尘，米元章之婿也。元章有洁癖，见其名字喜曰："既拂矣，又去尘，真吾婿也。"以子妻之。拂南渡后，仕至参知政事，相攸之法甚奇。

【译文】段拂，字去尘，是米元章（米芾）的女婿。米元章有洁癖，看到他的名字时开心地说："既然名为拂，又字去尘，正好成为我的女婿啊。"便把女儿嫁给他为妻。段拂在宋室南渡后，官至参知政事，这样的择婿之法很是奇特。

欲富贵

明释袾宏《直道录》云："宣圣儒之宗主，所当朝夕礼拜而供养者，乃舍之而事文昌。六经《论》《孟》，所当朝夕信受而奉持者，乃舍之而诵《准提咒》。事文昌，持《准提》，非不善也，而其心则在富贵。夫富贵在天，圣有谟训，文昌、《准提》何与哉？"又梁次公云："欲富者，贫相也；欲贵者，贱相也；急欲富贵者，夭相也。"见《樗斋漫录》，此言最砭人。

【译文】明代释袾宏《直道录》说：宣圣是儒家的宗主，就应该早晚礼拜供奉，却舍弃其大道而追求文昌（指求仕求名）。六经中的《论语》《孟子》等书，应该早晚诵读而体悟其大道，现在舍弃这些而去诵读《准提咒》。追求仕途，诵读《准提咒》并非不好，然而其心思就在只求富贵上了。而富贵在天，圣人早有训示，文昌、《准提咒》怎能参与其中呢？又有梁次公说："追求财富的人，是贫穷之相；贪图名利的人，是鄙贱之相；而急功近利的人，是短寿之相。"参见《樗斋漫录》，这些话最令人警醒。

桐花阁词

岭南多诗人，而词家绝少。嘉应吴石华广文兰修著《桐花阁词》，郭频伽先生以为跌宕而婉，绮丽而不缛，有少游之神韵，而运以梅溪、竹山之清真者也。《黄金缕》云："柳丝细腻烟如织，病过花朝，又是逢寒食。多少春怀抛不得，都来压损眉峰窄。 可怜生抱伤心癖，一味多愁，只恐非长策。葬罢落花无气力，小阑干外斜阳碧。"《减兰·过秦淮》云："春衫乍换，几日江头风力软。眉月三分，又听箫声过白门。 红楼十里，柳絮濛濛飞不起。莫问南朝，燕子桃花旧板桥。"余酷爱诵之。

【译文】岭南多诗人，然而词人极少。广东嘉应人、教官吴石华吴兰修著《桐花阁记》。郭频伽（郭麐）先生认为其气势跌宕而婉转，绮丽而不繁琐，大有秦少游（秦观）的神韵，且蕴含了梅溪（史达祖）、竹山（蒋捷）二先生的纯真朴素、幽静高洁。《黄金缕》说："柳丝细腻烟如织，病过花朝，又是逢寒食。多少春怀抛不得，都来压损眉峰窄。 可怜生抱伤心癖，一味多愁，只恐非长策。葬罢落花无气力，小阑干外斜阳碧。"《减兰·过秦淮》说："春衫乍换，几日江头风力软。眉月三分，又听箫声过白门。 红楼十里，柳絮濛濛飞不起。

莫问南朝，燕子桃花旧板桥。"我非常喜爱诵读这些。

缓 葬

　　杭人缓葬之弊，昔人以为起于南宋，谓欲返骨汴梁，故设为权厝之计。而实不尽然。缓葬者，惑于风水之说也。司马温公著《葬论》，剀切详明，因节录之。论曰："葬者，藏也。孝子不忍亲之暴露，故敛而藏之。赗送不必厚，厚者有损无益，古人论之详矣。今人葬不厚于古，而拘于阴阳禁忌，则甚焉。古人卜宅卜日，盖谋人事之便耳。今之葬书，相山川冈畎之形势，考岁月日时之干支，以为子孙贵贱、贫富、寿夭、贤愚，皆系于此，非此地此时不可葬也。举世信之，久而不葬。问之，曰：'岁月未利也。'曰：'未有吉地也。'曰：'游宦未归也。'曰：'贫无以办具也。'夫人所贵于身后有子孙者，为能藏其形骸也。其所为乃如是，曷若无子孙者，死于道路，犹有仁者见而瘗之耶！古葬期远不过七月，今令王公以下三月而葬，礼未葬不变服，食粥居庐，哀亲之无所归也。今人背违礼法，未葬除服，从宦四方，食稻衣锦，于心安乎？人之贵贱、贫富、寿夭系于天，贤愚系于人，于葬何预？就使皆如葬师之言，人子当哀穷之际，何忍暴露其亲，自营福利耶？昔吾诸祖之葬也，家贫不能具棺椁，自太尉公下始有之，然金银珠玉之物，未尝锱铢入圹。将葬太尉公，族人皆曰：'葬不询阴阳，此必不可。'吾兄伯康无如之何，乃曰：'安得良葬师而询之？'金曰：'近村张生，良师也。'兄乃招张生许以钱二万，曰：'汝能用吾言，吾畀尔，不则将求他师。'张曰：'唯命是听。'于是兄以己意处岁月日时及圹之浅深广狭，皆取便于事者，使张以葬书缘饰之，曰：'大吉。'以示族人，族人无违议者。今吾兄年七十九，以列卿致仕。吾年六十六，忝备侍从。宗族之从仕者二十三人，视他人之谨用葬书，未必胜吾家也。前年吾妻死，棺成而殓，装办而行，圹成而葬，未尝一言及阴阳，迄今无他故。余尝疾阴阳家立邪说以惑众，为世患，为谏官时，乞奏禁天下葬书，当时执政莫以为意，今著兹论云云。"又仪封张孝先先生，亲丧不可久停说云："古者三月而葬，谓死者入土为安，非为子孙之福荫也。近世惑风水之说，有停至数年、数十年者，水火盗贼，皆足为虑，而彼漠然弗恤也。夫求忠臣必于孝子之门，未有不孝而能忠者。今宜酌为定例，童生生员亲丧未葬者，不准应试；举人进士亲丧未葬者，不准入官。凡考试铨选，俱令地方官具印结，邻里具甘结，方为合例。庶停丧之风，可少息矣。"余尝作缓葬说云："杭人之死其亲，以卜风水者居多，而杭人之世其家，以长富贵者绝少，人亦可憬然悟其所自，而幡然改其所为。乃方且群有词曰：'某家乏嗣，某墓之失穴也；某氏式微，某坟之失向也。'于是待地之谋日益坚，缓葬之心日益固，地师淫瞽煽惑之术日益多，而不知百族之子孙，方奢望于世间，群姓之祖宗，久环泣于地下也。悲夫！或曰：'择地之说，富家有之，编氓窭户，何亦浮攒浅厝之累累也？'曰：'是亦富家害之也。富家挟重资以求善地，而地蛇山蠹，百出其术以相欺，遂使尺土寸田，槁壤珍如拱璧，彼贫户者其有买山之资耶？且习见夫士大夫之矜式乡里者, 犹山积其祖若父弟若兄之枢, 比比而不葬也, 以为吾侪之诎于力而格于势者, 固无责焉耳也。'然则富家者自处于忍人逆子之数, 而绝人以仁人孝子之路者也。乡之善人有集腋以营义冢者, 彼富家且色喜而捐资焉, 是亦知死者之以入土为安也。而独于其父母则异之, 彼岂不曰: '吾将有待耶?'人生百年, 寿无金石, 汝待时, 时不待汝, 汝子汝孙幸而贤, 干汝蛊, 不幸而不贤, 行败汝家。向之权厝于低垣浅屋中者, 假而暴露榛莽矣, 假而蹂躏狐兔矣, 假而受劫水火刀兵矣。人但知慎重之谋长, 而不知迁延之祸烈也。吁, 可畏哉! 究之其故何也? 曰: '缓葬之弊起, 由族葬之礼废。族葬之礼废, 由睦族之谊亡也。'曷言族葬废而缓葬兴也? 古者葬不择地, 《周礼》: '墓大夫掌邦墓地域为之图, 令民族葬, 昭穆为左右。'晋有九京, 汉有北邙, 凡国家墓皆萃焉。后世择地之术起, 于是人卜一丘, 丘卜一穴, 穴卜一两棺, 虽有高陵平原, 延袤数亩, 而为彼术所弃者, 仅立之石, 树之木以观美焉耳。地愈占则愈尽, 人愈亡则愈多, 无怪售地之价日益昂, 求地之事日益难也。曷言睦族亡而族葬废也? 假如父母既殁, 兄弟数人, 或独断以主谋, 或和衷以共事, 准古制逾月三月之条, 循圣人称家有无之训, 奉而祔之祖茔, 至不难也。乃今昆季之雍睦者寡矣, 其亲既死, 相视不谋窀穸者无论, 有矫矫者出, 不徇群议, 独任巨艰, 亦云善矣。然而既葬之后, 或数年或数十年, 举家平平无恙, 尚翕然无异词。若夫科第之盛衰判焉, 家业之菀枯分焉, 寿数之修短异焉, 则举而归咎当年营墓之人, 曰: '职是故也。'其更不肖者, 至窃疑其弟若兄之自谋福荫, 而移祸他人也者。呜呼,此等逆亿之心,施之行道且不忍,而忍施之手足耶?是真可为痛哭,可为流涕者矣。然则堪舆不足凭乎?非也。白鹤之示灵也,青鸟之集异也,乌在其不足凭也?顾不观从来之得善地者乎?有得之神灵者焉,有得之梦寐者焉,有得之不得已而迁葬者焉,究之阴德耳。呜所以致地之由者,在此不在彼也。然则若何?曰:'生养死葬,人子事也。卜其兆,无石无水焉足矣。启其穴,无风无蚁焉足矣。营其圹,以坚以固焉足矣。度其地,容拜容奠焉足矣。循分以尽礼,留余以予人,竭力以安亲,修德以俟命。夫人苟夙夜扪心,俯仰无愧,果足以载福致祥,而祖父之魂魄既安,有不阴祐其云礽者,吾不信也。无希冀之妄念,无侵夺之阴谋,而溟漠之中有不隐报夫忠厚者,吾更不信也。彼溪刻其心,儇薄其行,龙断其才力心思,而欲以朽骨卜佳城,为后来者富贵寿考之左券,而造物乃如其意以予之者,吾尤不信也。'"

【译文】杭州人延迟下葬的弊病,前人以为起源于南宋,说是想把尸骨运回京城汴梁,所以设置这个临时置棺待葬之计,而实际上不尽这样。延迟下葬的人为风水之说所惑啊。司马温公(司马光)著《葬论》,切中事理,详细明白,因而节录下来。他辩论说:"葬,是藏的意思。孝子不忍心让亲人的尸体暴露在外,所以把尸体收敛并埋藏起来。殉葬品不必要丰厚,丰厚了有害无益。古人论说得很详尽。现在的人的丧葬没有古人丰厚,但是拘泥于阴阳禁忌方面,则有过之而无不及。古人占卜下葬的时间和地点,那是谋求人事的方便罢了。现在的葬书,查看地形地势,研究年月日时,认为子孙的贵贱、贫富、寿夭、贤愚，全都取决于此，不是此地此时不可以下葬。全天下都信奉它，长时间不下葬。问他，有说:'时辰不吉利。'有说:'没有吉祥的地方。'有说:'在外做官还没回来。'有说:'家里穷没有办法操办。'对于死后有子孙的人来说所归之处，是能把尸体埋藏起来。他们所作所为竟是这样的，但有些人却那样做，还不如那些没有子孙的人，他们死在路上，尚且有仁爱的人看见了便把他们掩埋呢! 古时候葬期最长不超过七月，现在的法令，王公以下，死后三个月下葬，按照礼制没有下葬不能改变服饰，服丧之人喝粥住草庐，哀悼亲人没有归处。现在的人违背礼法，没下葬便除去丧礼之服，到处做官，吃稻谷穿锦衣，于心能安吗? 人的贵贱、贫富、寿夭和天有关系，贤能还是愚笨蠢和人有关系，跟下葬有什么关系? 就算是都听地理先生的话，为人子的在哀恸亲人之时, 怎么忍心把亲人的尸体暴露在外，而自己去营求福利呢? 过去我的各位祖先下葬时，家里穷地不能置办棺材，从太尉公以后才开始有棺材，然而金银珠玉这些东西，从来没有进入墓地一点。即将安葬太尉公时，族人都说:'下葬不问阴阳，这必定是不可以的。'我哥哥伯康(司马旦)没办法，就问:'到哪去找好的地理先生询问阴阳呢?'大家都说:'附近村的张生，是好地理先生。'哥哥于是邀请张生，答应给他两万钱，说:'你能听我的话，我给你钱，不然我将去找别的地理先生。'张生说:'我只听你的话。'于是哥哥根据自己的想法决定下葬的年月日时乃至于墓穴的深浅宽窄，全都取决于行事的方便，让张生用葬书中的话来文饰，说:'大吉。'来拿给族人看，族人都没有异议。现在我哥哥七十九岁了，以列卿退休。我六十六岁了，随侍在君王的左右。宗族里做官的有二十三人，看看那些小心谨慎地使用葬书的人，不一定超过我家。前年我妻子死了，棺材做好后就入殓了，服装办齐了就穿上了，墓穴挖好后就下葬，没有一句涉及阴阳，到现在没出什么事故。我曾经痛恨阴阳家创立邪说蛊惑大众，成为世间祸患，做谏官时启奏皇上，请求禁止天下葬书。当时的执政者不以为然，现在写下这篇论文。"

还有仪封人张孝先先生，亲人丧葬不可长时间不安葬，说："古代人死后三月下葬，说死者入土为安，不是为了子孙的福分庇护。近来的人们被风水之说所迷惑，有的停放到几年、几十年，水火盗贼都足以成患，但这些人却漠不关心，一点儿也不体恤。要想求得忠臣必须要在孝子家中寻找，没有不孝的人却能成为忠臣的。现在应当考虑制订条例，童生学员亲人死了没有下葬的，不准参加考试。举人、进士亲人死了没有下葬的，不准做官。凡是考试选才授官，全部让地方官盖官印，同乡人画押，作为字据，这才合乎条例。但愿停丧的风气，可以稍稍止息了。"我曾写过一篇关于延迟下葬的论说，写道："杭州人在亲人去世后，以占卜风水的人居多，但是杭州人世世代代因此而长久富贵的人极少，人们也可以醒悟其由来，从而很快而彻底地改变自己的做法。然而还是有人说：'某家缺乏子嗣，是由于墓地埋得地方不对；某姓衰落了，是由于坟的方向不对。'因此待地下葬、延迟下葬的观念日益坚固，地理先生招摇撞骗的方术日益增多，却不知道千家万户的子孙，正指望着世人的养育，那么多的列祖列宗，长久在地下围在一起哭泣。可悲啊！有人说：'择地而葬的说法，是富人家的事。平民百姓为什么也待葬浅葬呢？'我说：'这也是富贵人家害的。富贵人家用重金购买善地，而那些地头蛇、山寨王，想尽办法来欺骗他们，于是使一点点田地，种的粗劣食品变得像拱璧一样珍贵，那些贫困人家有买地的钱吗？而且常见为乡间楷模的士大夫们，把父兄的灵柩堆积如山，却频频不下葬，认为我们这些人没有财力没有权势，当然没什么可指责的。'那么富家的人自己是残忍的人、逆子，同时也不让别人成为仁人孝子。乡里的善人，有聚集零散的财物来为人修义冢的，那些富有的人家脸上也流露着喜悦来捐资，这也是知道死者入土为安的道理的。而唯独对于自己的父母却不同了，他们难道不是也在说：'我将有所等待吗？'人生百年，寿命没有金石久远，你等待时间，时间不等待你，你的子孙有幸贤能，放弃了你的做法，不幸而不贤能的，败尽你的家产。之前将棺材停放在低墙矮屋里，或许暴露在草丛里，或许被狐狸兔子践踏了，或许遭水火刀兵之灾了！人们只知道慎重谋划长久之计，却不知拖延的祸害严重。唉呀，可怕呀！追究其原因是什么呢？我说：'延迟下葬的弊病兴起，是由于族葬之礼的荒废。族葬之礼的荒废，是由于宗族和睦的情谊消亡。'为什么说族葬荒废了而延迟下葬就兴起了呢？古人下葬不选择地点，《周礼》：'墓大夫掌管国家墓地基地，要求百姓死后族葬，昭穆为左右。'春秋晋国有九京，汉代有北邙，凡是国家墓地都会集中在那里。后代择地的方术兴起，于是人卜一丘，丘卜一穴，穴卜一两棺，即使有高山平原，绵亘几亩，却被他们放弃，仅仅立一些石头、树木来装饰美观。土地越占越没有，人越死越多，难怪售卖土地的价格日益昂贵，择地之事日益困难了。为什么说宗族和睦的情谊消亡了，族葬就荒废了呢？如果父母已经去世，兄弟几人，或者有一人做主独自决断，或者大家和睦同心共同磋商，按照古代逾月三月的制度，遵循圣人称家有无的教训，来为祖先修造坟茔，是不难的。但是现在兄弟和睦的少了，亲人去世后，互相不商量入葬的不说了，有刚强的人，不顺从大家的意见，独自做主，也可以说是很好。然而下葬以后，或许几年或许几十年，全家平安无事，大家一致没什么说的。一旦科举的盛衰有区别了、家业的荣辱有分别了，兴衰、寿命的长短有差异了，便一同归咎于当年造墓的人，说：'是由于这个缘故造成的。'还有更有品性不良的人，便暗地怀疑兄弟间有人为了自己谋取好处，从而嫁祸他人。唉！这种疑忌别人的心，施加在陌生人尚且不忍心，却忍心对待手足之情的兄弟呢？这真让人为之痛哭、为之流泪啊！那么阴阳相术不值得相信吗？不是。白鹤显灵、青鸟聚集在不同的地方，怎能不足为凭？反而看不到从前就是一块好地方吗？这块地方之所以好，有得之于神灵的吗？有得之于睡梦的吗？有得之于迫不得已而迁葬的吗？推究起来，这是祖上的阴德，鸟鸣所以能得到宝地的原因，在此不在彼。那么是怎样的？我认为：'活着的时候养育，死后下葬，是为人子的责任。占卜墓地的吉凶，没有乱石没有水的地方就足够了。挖开墓穴之后，没有风没有蚂蚁就足够了。建造墓穴，使它坚固就足够了。衡量那地方，能够用来拜祭就足够了。安守自己的本分，克尽礼仪，留下空余的地方给其他人，全力奉养亲人，修养德行以待天命。如果人能早晚扪心自问，做到问心无愧，果真能够带来幸福吉祥，祖上的灵魂已经安息，然而有不暗地福佑子孙后代的事，我是不相信的。没有非分之想，没有侵夺他人的阴谋，阴曹有不暗地报答忠厚之人的事，我更是不信的。有些人心地刻薄，行为刻薄，独占财力心思，想用朽烂的尸骨找一块好地，作为后代富贵长寿的凭证，而上天竟满足他们的意愿让他们如愿以偿的话，我尤其不信。

魏　野

宋山人魏野隐居陕州，寇莱公访之，谢以诗云："昼睡方浓向竹斋，柴门日午尚慵开。惊回一觉游仙梦，村里传呼宰相来。"逸则逸矣，而未高也。故其侍寇公《游陕郊寺》诗云："愿得常加红袖拂，也应胜似碧纱笼。"则其处烟霞而不忘轩冕可知。申和孟涵光隐居广羊山中，有达官自京师寄书，申报以诗云："日日秋阴命笋舆，故人天上落双鱼。荷花未老新醅熟，为道无闲作报书。"简傲似更出魏上。

【译文】 宋代山人魏野隐居在陕州。一天，寇莱公（寇準）拜访他，他以诗答谢说："昼睡方浓向竹斋，柴门日午尚慵开。惊回一觉游仙梦，村里传呼宰相来。"洒脱是洒脱，却并未达高的境界。因此他陪伴寇公有一首《游陕郊寺》诗，当中说："愿得常加红袖拂，也应胜似碧纱笼。"那么虽隐居在山林，但仍未忘却功名利禄就由此可知。申和孟申涵光隐居广羊山中时，有高官从京城寄信给他，他也以诗回答，诗中写道："日日秋阴命笋舆，故人天上落双鱼。荷花未老新醪熟，为道无闲作报书。"他的简洁高傲似乎更超过魏野。

吹皂荚

闺中女儿以笔管吸皂荚水，吹五色泡为戏，此事未有人咏者。叶雨䴖先生以偾赋《钗头凤》一阕云："春归闷，眠难稳，闲来吹个团团晕。虚空界，圆光蔼，窗边才过，又飞帘外，快快快。朱唇吮，香泉润，笑拈湘管郎肩喷。风前摆，儿曹待，明珠无数，霎时何在，再再再。"雨䴖先生，先君同年友也，著有《洗心书屋诗余》。《醉春风·无题》云："偷眼窥人俊，私语从他问，点头绝不一沉吟，肯肯肯。明月怀中，明珠掌上，十分圆稳。　来去何凭准？好梦难重省，收灯捱过又清明，等等等。燕子谁家，柳花无定，一天春恨。"《一剪梅·卢沟道中》云："城角拖云淡不收，天做新秋，人做新愁。一官了我十年游，来也卢沟，去也卢沟。晚店琵琶拨不休，曲似凉州，泪似江州。长空瑟瑟思悠悠，月挂眉头，人挂心头。"

【译文】闺中秀女用笔管吸皂荚水，吹出五色泡沫做游戏，这件事没有人吟咏过。叶雨辅先生叶以馆作了一阕《钗头凤》，说："春归闷，眠难稳，闲来吹个团团晕。虚空界，圆光蔼，窗边才过，又飞帘外，快快快。　朱唇吮，香泉润，笑拈湘管郎肩喷。风前摆，儿曹待，明珠无数，霎时何在，再再再。"叶雨辅先生是家父（梁祖恩）同年朋友，著有《洗心书屋诗余》。《醉春风·无题》写道："偷眼窥人俊，私语从他问。点头绝不一沉吟，肯肯肯。明月怀中，明珠掌上，十分圆稳。　来去何凭准？好梦难重省，收灯挨过又清明，等等等。燕子谁家，柳花无定，一天春恨。"《一剪梅·卢沟道中》写道："城角拖云淡不收，天做新秋，人做新愁。一官了我十年游。来也卢沟，去也卢沟。　晚店琵琶拨不休，曲似凉州，泪似江州。长空瑟瑟思悠悠。月挂眉头，人挂心头。"

绍 兴

绍兴酒各省通行，吾乡之呼之者，直曰绍兴，而不系酒字。以人而比，则昌黎、少陵；以物而比，则隃糜、朱提。俱以地名，可谓大矣。

【译文】绍兴酒在各省都普遍使用，我家乡人称绍兴酒时，直接称为"绍兴"，而不说出酒字。用人来比喻，这酒则如韩昌黎（韩愈）、杜少陵（杜甫）一样；以物来比喻，则如隃糜（墨名）、朱提（银名）一样。都是以地名来称呼，可以说是很大名气了。

馄饨汤注砚

《清异录》："金陵士大夫家，饼可映字，馄饨汤可注砚。"

饼固宜以薄为主，若汤可注砚，则其乏味可知。今京师致美斋清汤馄饨，是其遗制。

【译文】《清异录》中记载："南京的士大夫家里，饼可以映出字来，馄饨汤可以注入砚台。"饼固然应该以薄为好，但如果馄饨汤可以注砚，那么乏味就由此可知了。现在京城致美斋的清汤馄饨，便是它留下来的。

王澹音

娄县杨子掞室人王澹音韫徽，紫宇观察之女也。著《环青阁诗稿》，古风极佳，不能备录。近体如《荆州道中怀古》云："千古词章开屈宋，三分事业创孙刘。"《秋风》云："莼乡归兴输张翰，茅屋悲歌感杜陵。"《秋叶》云："寒蝉抱处栖难稳，老蠹书成字半攲。"《病中述怀》云："愁如碧草逢春长，身似黄杨厄闰频。"颇见风骨。

【译文】江苏娄县杨子掞之妻王澹音王韫徽，是道台王紫宇（王春煦）的女儿。著有《环青阁诗稿》，古风极佳，不能全记下来。其中近体诗如《荆州道中怀古》写道："千古词章开屈宋，三分事业创孙刘。"《秋风》写道："莼乡归兴输张翰，茅屋悲歌感杜陵。"《秋叶》写道："寒蝉抱处栖难稳，老蠹书成字半攲。"《病中述怀》写道："愁如碧草逢春长，身似黄杨厄闰频。"相当有风骨。

孟子逸句

《扬子》载："孟子云：'夫有意而不至者有之矣，未有无意而至者矣。'"王仲任曰:"《孟子》性善篇云:'人性皆善,及其不善,物乱之也。'"又:"人之所知,不如人之所不知,信矣。"见梁武帝《答臣下神灭论》。"君王无好智,君王无好勇,勇智之过,生平患祸所遵,正当仁义为本。"见萧子良《与孔中丞书》。按《汉书·艺文志》曰:"《孟子》十一篇。"又应仲远曰:"孟子绝粮于邹薛,作中外书十一篇。"今所存止七篇,或有散佚,亦未可知,然语气多不类。

【译文】《杨子》记载:"孟子的话说:'夫有意而不至者有之矣,未有无意而至者矣。'"王仲任(王充)说:"《孟子》性善篇有说:'人性皆善,及其不善,物乱之也。'"又有:"人之所知,不如人之所不知。信矣。"参见梁武帝《答臣下神灭论》。"君王无好智,君王无好勇,勇智之过,生平患祸所遵,正当仁义为本。"参见萧子良《与孔中丞书》。根据《汉书·艺文志》中的说法:"《孟子》共有十一篇。"还有,应仲远(应邵)说:"孟子在邹薛断粮时,写了内外共十一篇文章。"现在所保存的仅有七篇。或许还有散失的,这也很难确定,然而文中语气大多不太像。

素泪江山

乾隆己卯春,江西丰溪浯村,山水暴涨,堤决,获石碑,泥滓模糊,濯藓花读之,有"素泪江山"四字,笔力遒古似率更,无题署。先是村多练姓,明副都御史子宁裔也。按《明纪》,子宁江西新淦人,淦距丰不越境,或缘瓜蔓钞,避难而徙于斯,未可知也。此碑必其遗迹。或云祠额,或云墓碣,莫可考究,详见丰溪徐白舫编修谦《悟雪楼诗初集》。先生诗多五言律,《春晚舟望》云:"斜帘花外市,远火雨中楼。"《夜待霞塘渡》云:"路古石棱瘦,月高人影微。"《过友山居》云:"云亲常入闼,鹤傲不迎人。"《夜雨》云:"暗泉趋沼合,斜雨逼灯昏。"《地僻》云:"雨微蕉独觉,风远竹先声。"《快心》云:"深苇合溪色,远风迟雁声。"《晚步郭外》云:"未月水先白,无风松自寒。"《秋旅》云:"蝉去有余响,松高无静柯。"《山中夜寂》云:"风声移水近,月势趁云飞。"《舟行暴风》云:"风骄驱峡走,龙怒挟江飞。"《入仙岩寺》云:"花对佛微笑,云随人人来。"

【译文】乾隆己卯(乾隆二十四年,1759)春天,在江西丰溪县浯村,山水暴涨,堤岸被冲破,人们发现了一块石碑,上面污泥模糊,洗去石碑上的苔藓来辨认,有"素泪江山"四字,字笔力雄健古朴好像率更体(欧阳询的字体),无题字署名。先前这个村里人多姓练,是明朝副都御史练子宁(练安)的后裔。据《明纪》记载,练子宁是江西新淦人,新淦距离丰溪不用逾越疆界,或许是因瓜蔓抄而受株连,为避难而迁到这里,也很难确定。这石碑必定是他的遗留痕迹。有人说是祠额,有人说是墓碣,都没办法考究,详见丰溪县编修徐白舫徐谦《悟雪楼诗初集》。先生的诗多是五言律诗。如《春晚舟望》说:"斜帘花外市,远火雨中楼。"《夜待霞塘渡》写有:"路古石棱瘦,月高人影微。"《过友山居》写有:"云亲常入达,鹤傲不迎人。"《夜雨》写有:"暗泉趋沼合,斜雨逼灯昏。"《地僻》写有:"雨微蕉独觉,风远竹失声。"《快心》写有:"深苇合溪色,远风迟雁声。"《晚步郭外》写有:"未月水先白,无风松自寒。"《秋旅》写有:"蝉去有余响,松高无静柯。"《山中夜寂》写有:"风声移水近,月势趁云飞。"《舟行暴风》写有："风骄驱峡走，龙怒挟江飞。"《入仙严寺》写有："花对佛微笑，云随人入来。"

岳忠武砚

砚色紫，体方而长，背镌"持坚守白，不磷不淄"八字，无款。又镌曰："枋得家藏岳忠武墨迹，与铭字相若，此盖忠武故物也，枋得记。"又曰："岳忠武端州石砚，向为君直同年所藏，咸淳九年十二月十有三日，寄赠天祥，铭之曰：'砚虽非铁磨难穿，心虽非石如其坚，守之弗失道自全。'"八字行书，谢真书，文草书，皆遒古。呜呼！三公者后先死南宋，毅然克践所言矣。复有小方印，曰"宋氏珍藏"。朱竹垞题识曰："康熙壬子二月四日，朱彝尊观于西陂主人斋中。"西陂者，宋牧仲荦居也。另一行云："雍正八年夏六月十有九日，良常王澍拜观，道光元年，东阳令陈海楼履和于都门市上得之。"

【译文】这方砚台是紫色，形状既方又长，背刻"持坚守白，不磷不淄"八字，没有落款。又刻有："枋得家藏岳忠武墨迹，与铭字相若，此盖忠岳故物也，枋得记。"又刻有："岳忠武端州石砚，向为君直同年所藏，咸淳九年十二月十有三日，寄赠天祥。铭之曰：'砚虽非铁磨难穿，心虽非石如其坚，守之弗失道自全。'"八字行书，谢枋得真书，文天祥草书，皆雄健古朴。呜呼！三公先后死于南宋，毅然能践行所刻铭文作为自己立身处世的准则。还有小方印为"宋氏珍藏"，朱竹垞题识："康熙壬子二月四日，朱彝尊观于西陂主人斋中。"西陂，就是宋牧仲宋荦的居处。还有一行刻道："雍正八年夏六月十有九日，良常玉澍拜观，道光元年，东阳令陈海楼履和于都门市上得之。"

异 产

产之异者，禽兽妖怪夜叉，肉球肉带，种种不一。大抵皆由邪气所感。最奇者，《续太平广记》载："万历丁未，吴县石湖民陈妻许氏，怀妊过期不产。一日请治平僧诵经祈佑，其夕腹痛急，忽产下一胞，剖而视之，乃一秤银铜法马子也，权之重十两，背有铸成字样，为'万历二十二年置'七字，邻里传玩之。"此物入胎，其理殊不可解。又载："徐州吴氏，产子五十四日，小儿忽呕出三角物，洗之得大钱七十二文，轮郭周正，皆有年号。"更奇。

【译文】人生下怪物，有禽兽妖怪、夜叉、肉球、肉带，各种各样。大致都是因为受邪气所感得。最奇怪的是，在《续太平广记》中记载的："万历丁未年（万历三十五年，1607），江苏吴县石湖人陈姓人的妻子许氏，怀孕超过十月不生产。有一天，请治平和尚念经祈求保护，到傍晚腹痛猛烈，随即产下一胎，剖开一看，竟是一个秤杆上用银铜做的砝码，称过有十两重，背后刻着有字是"万历二十二年置"七字。邻居们传看玩赏。"这种东西进入人胎，这个道理实在无法解释。还有记载："徐州一位吴姓妇女，产子五十四天后，小孩忽然吐出一个三角物体，洗干净后得七十二文大钱，它的轮廓都很周全方正，而且全都有年号。"这件事更是奇特。

楚 姑

楚姑，义帝女也。帝为项羽所弑，姑年十四，遂自杀。楚人立祠以祀，在盱眙县署后山，相传即姑葬处，见县志。

【译文】楚姑是楚义帝的女儿。楚义帝被项羽所杀，当时楚姑才十四岁，竟然自杀身亡。楚人为她立祠庙祭祀。在江苏盱眙县府后山，相传就是楚姑埋葬的地方。参见当地县志。

怙 恶

王处仲误食厕枣，是小世面。王介甫误食钓饵，是大奸回。其怙恶之心，即小可见。

【译文】王处仲（王敦）误吃厕所中的枣子，是小看这个社会；王介甫（王安石）误吃钓饵，是大奸人。他们坚持作恶的心，就从小的地方可以看出。

张胡子

《频罗庵集杂言》云："湾池之鱼，得寸水而不死；江湖之鱼，逃不过张胡子。"有以张胡子问者，余无以应。或曰网也。询无出处，则亦臆揣之词。偶阅《太平广记》，言"张胡子者，渔人。一日，于江头网得大鱼，腹有朱书云：'九登龙门山，三饮太

湖水，毕竟不成龙，命尽张胡子。'"始知其来历。又小说载："杨
寿子者，渔人。宋淳熙中，于南城县章山支港网一大鱼，重百斤，
额有红字云：'三度入潮门，四度当大水，下梢却逢杨寿子。'"与
此事绝相类。

【译文】《频罗庵集杂言》中说："洿池之鱼，得寸水而不死；江
湖之鱼，逃不过张胡子。"有人问我张胡子是谁，我无法回答。有人
说渔网也。再问又说不出出处，这也是臆测出来的词。偶然翻阅《太
平广记》，说："张胡子者，渔人。一日，于江头网得大鱼，腹有朱书
云：'九登龙门山，三饮太湖水，毕竟不成龙，命尽张胡子。'"才知
道张胡子的来历。还有小说中记载："一个叫杨寿子的人，是一位渔
人。宋孝宗淳熙年间，在南城县章山支港网住一条大鱼，重达百斤，
鱼额有红字云："三度入潮门，四度当大水，下稍却逢杨寿子。"与这
件事极相似。

侵宅诗

宋杨尚书玢，致仕归，旧宅为邻里侵占，子弟以状白公。公
批纸尾云："四邻侵我我从伊，毕竟须思未有时。试上含光殿基
望，秋风衰草正离离。"子弟不敢复言。又杨尚书寯住宅旁地，
为人所占一二尺。或以告公，公作诗云："余地无多莫较量，一条
分作两家墙。普天之下皆王土，再过些儿也不妨。"其人愧服。
二杨之度相似，可以风矣。

【译文】宋朝尚书杨玢退休还乡,他家旧宅被邻居侵占,子弟用状纸告诉杨公,杨公在这封信结尾批注说:"四邻侵我我从伊,毕竟须思未有时。试上含光殿基望,秋风衰草正离离。"子弟不敢再说这件事。又有尚书杨肃住宅旁的地,被人侵占了一二尺。有人把这件事告诉杨公,杨公作诗说:"余地无多莫较量,一条分作两家墙。普天之下皆王土,再过些儿也不妨。"占地的人又惭愧又佩服。这两位杨公的度量相似,可以风劝世人啊。

潮州乐府

粤俗以潮州为最坏,黄霁青太守作乐府十首,

一曰《翻金罐》,戒迁葬也。潮俗溺于风水,妄思趋吉避凶,既葬其亲,复出诸土,水之火之兵之,瘗骨以坛,名曰金罐,易其处曰翻,甚有屡迁而卒暴露者,是宜戒也。"翻金罐,何其愚! 风水不知有与无,尔祖尔父生何辜,死后窀穸不得安其居。百镒延堪舆,千金买山地,抔土犹未干,掉头旋复弃,发丘斫棺析骸骨,何异狐埋更狐搰,子孙忍为盗贼行,富贵焉能畀凶悖。美哉金罐藏诸幽,夜来鬼哭声啾啾,牛眠吉壤如可求,又有觊觎人巧偷。潮民往往有以吉地盗换埋骨者。"

二曰《螟蛉子》,斥乱宗也。潮俗人家以丁多为强,乞养他人子,非独单门然也。其有貌为鞠育,包藏祸心者,更多故矣。异姓乱宗,显有功令,是宜斥也。"螟蛉子,多奚为? 曰以保族撑门楣。老无儿,嗣厥后,吁可怪,九子母,伤人抵罪李代桃,平时豢养同豕牢,给资行商涉洪涛,割蜜饲蜡酬其劳。性命谬相托,恩义良已薄,一朝反唇乃

交恶，此孽由来君自作。凡讼养子不肖者称螟蟊。"

三曰《女儿布》，伤乖离也。潮俗嫁女，以葛布办装，称家多寡。其极精细者，名女儿布，所以遗稿砧者。婚姻道衰，夫妇相弃，布乎布乎，非以结绸缪者乎？是可伤也。"女儿布，产棉阳，采葛澡丝凝雪霜，细如鲛绡薄蝉翼，非烟非雾含风凉。富家嫁女多越好，贫家嫁女一匹少，为郎制衣稳称身，服之无斁期偕老。可怜一朝恩义疏，夫弃妇兮妇背夫，犹是箱中一匹布，谁道新人不如故？"

四曰《打怨家》，惩械斗也。潮俗强悍，负气轻生，小不相能，动辄斗杀，名曰打怨家。非条教所禁，口舌所谕，势已积重，官则权轻，威克允济，区区补救奚为乎？是宜何如惩也！"打怨家，有何怨？有怨何不诉官衙？睚眦辄尔兵相加，壮丁在前老弱后，藤牌鸟枪卒然凑。今日斗，明日斗，彼洞胸，此绝脰，一哄纷纷如怒兽。杀人者谁莫穷究，官来弹压空寨逃，祠堂屋宇点火烧，出此下策真无聊。亦有调停两和怿，反复无常旋构隙，小惩大戒终何益？呜乎！安得十万糇粮三千兵，制事许以便宜行，三月以往可使蛮村慑伏民无争。"

五曰《买输服》，哀被诬也。潮俗非命死者，其家每置凶徒于不问，辄指告懦而富者，为索钱计。欲壑既满，大仇亦忘，否则别嬲不已。出钱者命为买输服。弱肉强食，倾家有之。为问司谳而保富者谁欤？是可哀也。"买输服，鬼头银。锱铢积累多艰辛，乃甘跪献控诉斗杀之家人。杀人是甲不是乙，甲乃穷子乙富室，择肥而噬奇货居，一棺肯盖千金躯。悭囊破，出无奈，强者欢娱弱者贺。岸上饿虎饱，水中饥鲸馋，可怜有冤屈曲不自直，口中石阙碑长衔。"

六曰《宰白鸭》，悯顶凶也。潮俗杀人，真犯辄匿不出，而被诬者又恇怯，不自申理，率买无业愚氓送官顶替，贪利者罹法网焉，名曰宰白鸭，是可悯也。“宰白鸭，鸭羽何褵褷？出生入死鸭不知，鸭不知，竟尔宰，累累死囚又何辜，甘伏笼中延颈待。杀人者死无所冤，有口不肯波澜翻，爰书已定如铁坚，由来只为香灯钱。顶凶类多孤子，所得身价，彼谓之香灯钱，以死后旁人为之接嗣，继续香火也。官避处分图结案，明知非辜莫区判，街头血漉三尺刀，哀哉性命轻于毛。劝君牍尾慎画押，就中亦有能言鸭。”

七曰《速吊放》，恶掳赎也。潮俗不逞之徒，每结党掳人，关禁索贿，甚有凌虐至死者。被害诉牒，必吁曰速吊放。以人为货，甚于盗贼，是可恶也，而能恶之者谁也？“速吊放，情词哀！叩头向县官，火急乡间来。老爹如不来，阿总亦可使。潮俗称官为老爹，皂役曰阿总。速吊则生迟则死，赎还者多，吊放者少，忍气复吞声，群凶婪肚饱，穷鱼脱网鸷鸟嬉，不加诛殛官何为？试看被掳人，鸠形鹄面生理摧，虎狼之穴木鹅积成堆。掳人者每以坚木凿两穴，钳其足，名曰木鹅。”

八曰《阿官崽》，讽游冶也。潮俗富家子弟习于浮薄，好弄斗靡，争妍取怜，恬不为怪。土人目之为阿官崽。俗以物之小者曰崽；阿官者，少不更事之谓，是可讽也。“阿官崽，荒于嬉，赵先生，难为师。搔头弄姿兀自喜，柳巷穿来又花市。千金结交游侠儿，六篷密昵婵娟子。香囊紫，袴褶红，金环饰耳摇玲珑，危哉呼娘复呼妹，潮俗小名率以某娘某妹相呼，若忘其为男也。好色寡人防抱背。”

九曰《打花会》，儆赌博也。潮俗赌风莫盛于花会，厉禁虽严，旋革旋复。盖诱以厚利，趋之者多，往往败家丧身，曾莫之悔，是宜儆也。“打花会，花门三十六，三日又翻覆，空花待从何处捉，一钱之利十倍三, 奸巧设饵愚夫贪, 一人偶得众人慕, 坑尽长平那复悟。夜乞梦, 朝求神, 神肯佑汝, 梦若告汝, 不知厂中饥死多少人。初一起, 三十止, 送汝棺材一张纸。_{打花会者, 写此投厂, 并按日存记厂中所开名目, 故谚有纸棺材之语, 谓好之者, 必自毙也。}"

十日《罂粟瘴》, 叹鸦片也。_{向南西洋来, 本取罂粟花脂熬膏而成。近日内地亦有种以射利者, 流毒日广, 有识者目为罂粟瘴, 是可叹也。}

"罂粟瘴, 难医治, 黄茅青草众避之。中此毒者甘如饴, 床头荧荧一灯小, 竹筒呼吸连昏晓, 渴可代饮饥可饱, 块土价值数万钱, 终岁但供一口烟, 久之黧黑耸两肩。眼垂泪, 鼻出涕, 一息奄奄死相继。呜乎! 田中罂粟尚可拔, 番舶来时那得遏!" 采风者可以观矣。

【译文】广东风俗以潮州为最坏, 知府黄霁青 (黄安涛) 作了十首乐府诗。

第一首《翻金罐》, 是告诫迁移灵柩、易地埋葬的。_{潮州风俗局限于风水, 妄想趋吉避凶, 安葬其亲人之后, 又从土里挖出来, 用水、用火、用兵器等, 用坛来装, 称为金罐, 改变墓地称为翻, 甚者多次迁葬而最终暴露尸骸的, 这应该告诫的。}"翻金罐, 何其愚! 风水不知有与无, 尔祖尔父生何辜, 死后窀壤不得安其居。百镒延堪舆, 千金买山地, 抔土犹未干, 掉头旋复弃, 发丘斫棺析骸骨, 何异狐埋更狐搰, 子孙忍为盗贼行, 富贵焉能畀凶悖。美哉金罐藏诸幽, 夜来鬼哭声啾啾, 牛眠吉壤如可求, 又有觊觎人巧偷。_{潮州百姓往往有以吉地偷换埋骨的。}"

第二首《螟蛉子》, 责备淆乱宗族之人的。_{潮州风俗, 人家以人丁多为强, 请求养育他人之子, 不但是单寒的家族这样。表面上是养育, 实际上是包藏}

祸心，更有意外的事情。异姓乱宗，有国家法律在上，这是应该斥责的。"螟蛉子，多奚为，曰以保族撑门楣，老无儿，嗣绝后，吁可怪，九子母伤人抵罪，李代桃，平时豢养同牢牢，给赀行商涉洪涛，割蜜饲蜡酬其劳。性命谬相托，恩义良已薄，一朝乃唇及交恶，此孽由来君自作。凡是起诉养子不孝顺的称为螟孽。"

第三首《女儿布》，是悲伤离异之人的。潮州风俗嫁女儿，以葛布办理嫁妆，计算家产多寡。其中极为精细的，称为女儿布，用来送给夫家的。婚姻之道衰落，夫妇之义摒弃，是布吗是布吗，不用来结成亲密关系的吗？这值得悲伤的。"女儿布，产棉阳，采葛澡丝凝雪霜，细如鲛绡薄蝉翼，非烟非雾含风凉，富家嫁女多越好，贫家嫁女一匹少，为郎制衣稳称身，服之无数期偕老，可怜一朝恩义疏，夫弃妇兮妇背夫，犹是箱中一匹布，谁道新人不如故。"

第四首《打怨家》，惩戒打架斗殴的。潮州风俗强悍，赌气轻生，小时不能相互和谐，动辄打架杀人，称为打怨家。不是法规所禁止，口头所说明，形势已经积习深重，地方官员权力小，严明才会成功，区区补救为什么呢？这应该怎样去惩处！"打怨家，有何怨，有怨何不诉官衙。睚眦辄尔兵相加，壮丁在前老弱后，藤牌鸟枪卒然凑。今日斗，明日斗，彼洞胸此绝胶。一哄纷纷如怒兽，杀人者谁莫穷究，官来弹压空寨逃，祠堂屋宇点火烧，出此下策真无聊，亦有调停雨和怿，反覆无常旋构隙，小惩大戒终何益？鸣呼安得十万糇。梁三千，兵制事，许以便宜行，三月以往，可使蛮村慑伏，民无争。"

第五首《买输服》，慰问被诬诏者的。潮州风俗，不是自然死亡的，其家常常不追问凶手，就直接指懦弱而富裕的人是凶手，为作索取钱财的打算。满足欲望之后，大仇也忘记了，否则就纠缠不断。出钱的人被称为买输服。弱肉强食，用尽家产都有。为问主管宣判的官员而保护富裕的人是谁？这是值得哀伤的。"买输服，鬼头银，锱铢积累多坚辛，乃甘跪献控诉斗，杀之人家，杀人是甲不是乙，甲乃穷子乙富室，择肥而噬奇货居。一棺肯盖千金躯：悭囊破出无奈何，强者欢娱弱者贺，岸上饿虎饱，水中饥鲸谗，可怜有冤屈，曲不自直，口中石阙碑长衔。

第六首《宰白鸭》，怜悯那些受雇替凶手承担罪责的。潮州风俗杀人，真正犯人就藏起来不出现，而被诬陷的人又畏惧，不自行洗雪冤屈，大多买无业愚昧之人呈送官府顶替，贪图利益的人害怕法网，称为宰白鸭，这是值得可怜的。"宰白鸭，鸭羽何杂褵褷，出生入死鸭不知。鸭不知，竟尔宰，累累死囚又何辜？甘伏笼中延颈待，杀人者死无所冤，有口不能波澜翻，爰书已定如铁坚，由来只为香灯钱。顶替凶犯的人大多是孤独之人，所得到的身价，那人称为香灯钱，用来死后旁人为他传宗接代，延续香火。官避处分图结案，明知非辜莫区判，街头血洒三尺刀，哀哉性命轻于毛，劝君牍尾慎画押，就中亦有能言鸭。"

第七首《速吊放》，憎恶绑票贼人的。潮州风俗，为非作歹之人，常常聚集党羽掳掠他人，拘禁起来索求财物，甚至有欺压虐待至死的事情发生。被害之人诉至官府，必然叹息称为速吊放。以人为货，比盗贼更严重，这是应该憎恶的，然而能憎恶的人是谁？"速吊放，情词哀，叩头向县官，火急乡间来。老爹如不来，阿总亦可使。潮州风俗称官员为老爹，衙役为阿总。速吊则生迟则死，赎还者多，吊放者少，忍气复吞声，群凶婪肚饱，穷鱼脱网鸷鸟嬉，不加诛及官何为？试看被掳人，鸠形鹄面生埋摧，虎狼之穴木鹅积成堆。掳人的人常常用坚固木头凿开两个洞，钳住那人的脚，称为木鹅。"

第八首《阿官崽》，是讽刺追求声色，寻欢作乐的。潮州风俗富家子弟习惯轻薄，爱好游戏追求奢华，竞相逞美博取宠爱，恬不知耻，不以为怪。当地人称之为阿官崽。民间将事物小的称为崽；所谓阿官，就是少不更事的意思，这应该劝导的。写道："阿官崽，荒于嬉。赵先生难为师，搔头弄姿兀自喜，柳巷穿来又花市，千金结少游侠儿，六篷密昵婵娟子。香囊紫，跂褶红，金环饰耳摇玲珑，危哉呼娘复呼妹，潮州风俗，小名大多以某娘某妹相称，就像是忘记他是男儿身。色寡人防抱背。"

第九首《打花会》，警告赌博之人的。潮州风俗，赌博之风没有比花会更盛大，禁令虽严厉，但刚除掉又恢复如初。大概被丰厚的利益诱导，向往者非常多，常常会有倾家荡产丧失性命的，都不曾会后悔，这应该警告的。"打花会，花门三十六，三日又翻覆，空花待从何处捉？一钱之利十倍三，奸巧设饵愚夫贪，一人偶得众人慕，坑尽长平那复悟。夜乞梦，朝求神，神肯佑汝，梦若告汝，不知广中饥死多少人。初一起，三十止，送汝棺材一张纸。打花会的人，写下这个投入厂中，并且按照每日存记厂中所开的名目，因此谚语有"纸棺材"之语，是说爱好这个的，必然是自取灭亡。"

第十首《罂粟瘴》，叹息鸦片之害的。之前由西洋运来，本来是取罂粟花脂熬膏而成。近日内地也有种罂粟来谋取利益的，散布祸害日益扩大，有识之士称为罂粟瘴，这值得感叹的。"罂粟瘴，难医治，黄茅青草众避之。中此毒者甘如饴，床头荧荧一灯小，竹筒呼吸连昏晓，渴可代饮饥可饱，块土价值数万钱，终岁但供一口烟，久之黧黑耸两肩。眼垂泪，鼻出涕，一息奄奄死相继。呜呼田中罂粟尚可拔，番舶来时那得遏？"采风的人可以看看这些。

湖 胶

太湖冰，土人谓之湖胶。其中洪波之凝者，如银山，如玉柱，名曰冰梗。湖冻之夜，常有红灯千百，聚散冰上，洵奇景也！包山蔡艿城九龄有诗纪其事。

【译文】太湖冰，本地人称为湖胶。其中因波浪凝结而成的，像银山、玉柱的，称为冰梗。湖水冰冻的夜晚里，常有成百上千盏红灯聚集或分散在冰上，实在是奇妙的景观。包山蔡艿城蔡九龄有诗记录这件事。

秦桧镬

　　吾杭藩署之东偏，有射堂三楹，庭坎古铁镬一，广上锐下，口径四尺，深可二尺余，向有盖，今亡，传是秦会之铸以烹人者。烹人之说，不见纪载。嗟乎！下流归天下之恶，况桧之蛇蝎其心，虎狼其性者哉？不必为之辩也。

　　【译文】在我们杭州府衙东边，有射堂三间，庭坎有一口古铁锅，上宽下窄，口径四尺，深二尺多，从前有盖，现已失去。相传是秦会之（秦桧）铸造用来烹人的。烹人的说法，没有见到书籍记载。可叹啊！卑鄙龌龊的事总是归到那些奸恶之人身上，何况是秦桧这种蛇蝎心肠、虎狼之性的人呢？是不需要为他辩解的。

重建始兴文庙碑记

　　先君向不喜作诗古文词，凡有乞为者，辄命壬代构。惟《始兴文庙碑记》，是手定之稿，无集可归，敬为录而存之。其文云："原夫文运出于天，文才产于地，文学成于人。朝廷崇儒重道，胥郡县而立之学，而诞敷之教，有盛有衰，岂钟毓之偶偏欤？抑师儒之不讲欤？将所以妥神灵而肃庙貌者，相度失其宜欤？未可知也。始兴县学，宋嘉定朝创建于白石冈，一时人文蔚起，谭焕、刘藻诸公，后先炳美。迨元天历中，一迁郭头，再迁县西。前明嘉靖己丑，知县钟世彦迁于东门街。万历中，知县蒋时谐复迁于县西。万历辛亥,知县杨大顺精堪舆学,仍迁白石冈宋旧学地,立癸山丁向。自是而后,迨我国朝,登科甲者十有七人。至乾隆辛丑,知县卫克埁误听形家者言,拆毁旧学,更立子山午向,迄今四十余年,科第之衰,巨家之落,仕宦之寂寥,邑之人恻焉伤之!今天子御极之七年,桂林阳君耀祖来宰于斯,邑人呈请改建,因捐廉创修,延南海孝廉梁君大选格定之。 卜地之吉,无过旧基,惟嫌山向有碍。且奎楼之建,与龙气乖方,难以钟灵毓秀。于是转改旧向。经始之日,浚土尺余,果得旧殿础基,前后一揆,不差累黍。噫,异矣!越一年,余承乏是邑,朔望瞻拜,见夫殿桷庑础,以次鼎新。杰阁崇祠,并皆革故。溯丁亥季冬至今,凡二十三阅月,而大工以竣。 卜之天时,揆之地理,靡不宜矣。自今以往,有志之士,亦修其在人者可耳。庙成,属记于余,余不能经营其始,而乃得聿观厥成,何其幸欤!爰次颠末而书之,以志前邑侯惓惓爱士之诚,以彰乡人士殷殷崇学之笃,行以卜我国家骎骎得人之盛也。时道光九年,岁在己丑仲冬之月,知始兴县事钱唐梁祖恩谨记。时秉铎兹土者,教谕兴宁陈德香、训导香山赵允菁也,例得备书。”

【译文】先父(梁祖恩)向来不喜欢写诗古文词。凡有请求作文的,就命我代笔。唯独《始兴文庙碑记》是他亲自制定的文稿,没有集子可归放,故而恭敬抄录在此来保存它。其文说:“原夫文运出于天,文才产于地,文学成于人。朝廷崇儒重道,胥郡县而立之学,而诞敷之教,有盛有衰,岂钟毓之偶偏欤?抑师儒之不讲欤?将所以妥神灵而肃庙貌者,相度失其宜欤?未可知也。始兴县学,宋嘉定朝创建于白石冈，一时人文蔚起，谭焕、刘藻诸公，后先炳美。迨元天历中，一迁郭头，再迁县西。前明嘉靖己丑，知县钟世彦迁于东门街。万历中，知县蒋时谐复迁于县西。万历辛亥，知县杨大顺精堪舆学，仍迁白石冈宋旧学地，立癸山丁向。自是而后，迨我国朝，登科甲者十有七人。至乾隆辛丑，知县卫克堉误听形家者言，拆毁旧学，更立子山午向，迄今四十余年，科第之衰，巨家之落，仕宦之寂寥，邑之人恻焉伤之！今天子御极之七年，桂林阳君耀祖来宰于斯，邑人呈请改建，因捐廉创修，延南海孝廉梁君大选格定之。　卜地之吉，无过旧基，惟嫌山向有碍。且奎楼之建，与龙气乖方，难以钟灵毓秀。于是转改旧向。经始之日，浚土尺余，果得旧殿础基，前后一揆，不差累黍。噫，异矣！越一年，余承乏是邑，朔望瞻拜，见夫殿桷庑础，以次鼎新。杰阁崇祠，并皆革故。溯丁亥季冬至今，凡二十三阅月，而大工以竣。　卜之天时，揆之地理，靡不宜矣。自今以往，有志之士，亦修其在人者可耳。庙成，属记于余，余不能经营其始，而乃得聿观厥成，何其幸欤！爰次颠末而书之，以志前邑侯惓惓爱士之诚，以彰乡人士殷殷崇学之笃，行以卜我国家骏骏得人之盛也。时道光九年，岁在己丑仲冬之月，知始兴县事钱唐梁祖恩谨记。时秉铎兹土者，教谕兴宁陈德香、训导香山赵允菁也，例得备书。"

家　教

寄鱼封鲊，千古艳称。刘球之弟玭，令莆田，寄球一夏布。球即日封还，贻书戒之曰："守清白以光前人，他非所望于弟者。"又新城耿华平庭柏之母徐氏寄子诗云："家内平安报汝知，田园岁入有余资。丝毫不用南中物，好做清官答圣时。"家教之正，古人不得专美于前矣。

【译文】陶母封鲊责陶侃的故事，千古以来令人称美。刘球的弟弟刘玭，在莆田做县令，寄给刘球一块夏布，刘球收到后当天就把布封好送还，并回信一封告诫他说："守清白以光前人，他非所望与弟者。"还有新城人耿华平耿庭柏，他的母亲徐氏，寄给儿子的诗中写道："家内平安报汝知，田园岁入有余资。丝毫不用南中物，好做清官答圣时。"家庭教育之端正，古人不可以独享美名啊。

古 砖

仁和明经赵宽夫先生坦好聚古砖，于断垣败甓间，极意搜讨，前后共得凡六十有一。为孙吴纪元者二，为两晋纪元者二十一，始吴主亮太平元年，迄晋孝武帝太元四年。为吉利语者四，曰"吉利叶宜"，曰"万岁不败"，曰"箅吉日造"，曰"六月黄吉"。为题识姓氏者六，曰"褚谒者"，曰"陈叔惟"，曰"贺信"，曰"章氏所作"，曰"章先作记"，曰"唅壁"。为古钱文者二十一，率多六朝厌胜之品。为方胜者二，为人形者四，为双鱼者一，其字有篆有隶，悉方整古劲，画亦奇愕有致。先生珍此，因自号曰保甓居士云。

【译文】浙江仁和县贡生赵宽夫赵坦先生喜好收集古砖，在断墙破甓间极意搜寻，先后一共得到六十一块。其中，三国孙吴纪元的有两块，两晋纪元的有二十一块，时间从吴帝孙亮太平元年（256）开始，到晋孝武帝太元四年（379）。上面写吉利话的有四块，分别是："吉利叶宜""万岁不败""箅吉造日""六月黄吉"。题写姓氏的有六块，它们是："褚诩者""陈叔惟""贺信""章氏所作""章先作记""唅璧"。印有古钱币文字的有二十一块，大多是六朝时期用符咒等法除邪得吉的迷信东西。其中方胜形状的有两块，人形状的有四块，双鱼形状的一块，它的字体有篆书、隶书，都是方正整齐，古朴而雄健有力，画也奇特富有情趣。赵先生珍惜这些东西，因此自号为"保覽居士"。

友渔斋诗

嘉善黄退庵先生凯钧，霁青太守尊人也。著《友渔斋诗》。诗以清洁为主，七律最长。《花朝自营生圹》云："鹤归华表知何日，牛上荒丘会有时。"《秋郊》云："未霜高柳尚多态，将雨行云惯逆风。"《除夕》云："老仆关门先酾酌，群儿入座便团栾。"《秋热静坐》云："风高却得双桐引，池小难教一柳增。"《新秋即事》云："煮将鞭笋饶风味，采得丝莼带雨香。"《中秋对月寄安涛京师》云："始信人间有离别，不知天上可高寒。"《冬斋》云："瘦竹偎花相媚妩，痴云酿雪费商量。"《仲夏小山园遣兴》云："深林听鸟有新语，僻径敲门惟故知。"《和剑南夏日闲居韵》云："荷承疏滴圆融走，梅长新梢自在横。"《小山园看菊即事》云："风吹客鬓何妨短，霜逼花头未肯低。"《初夏园居》云："服盆兰旧香犹烈，出水荷新叶尚尖。"《消寒杂咏》云："梅蕊藏春圆似豆，霜华杀草利于镰。"《烟雨楼偶题》云："水欺沙草全平岸，柳殢春阴欲化烟。"《枕上喜晴》云："云可归山无变态，鸟先得气有欢声。"

【译文】浙江嘉善人黄退庵先生黄凯钧，是知府黄霁青（黄安涛）的父亲，著有《友渔斋诗》。诗以清新洁净为主，最擅长七律。《花朝自营生圹》说："鹤归华表知何日，牛上荒郊会有时。"《秋郊》说："未霜高柳尚多态，将雨行云惯逆风。"《除夕》说："老仆关门先酩酊，群儿入座便团栾。"《秋热静坐》说："风高却得双桐引，池小难教一柳增。"《新秋即事》说："煮将鞭笋饶风味，妥得丝莼带雨香。"《中秋对月寄安涛京城》说："始信人间有离别，不知天上可高寒。"《冬斋》说："瘦竹偎花相媚妩，痴云酿雪费商量。"《仲夏小山园遣兴》说："深林听鸟有新语，僻径敲门惟故知。"《和剑南夏日闲居韵》说："荷承疏滴圆融走，梅长新梢自在横。"《小山园看菊即事》说："风吹客鬓何妨短，霜逼花头未肯低。"《初夏园居》说："服盆兰旧香犹烈，出水荷新叶尚尖。"《消寒杂咏》说："梅蕊藏春圆似豆，霜华杀草利于镰。"《烟雨楼偶题》说："水欺沙草全平岸，柳蟠春阴欲化烟。"《枕上喜晴》说："云可归山无变态，鸟先得气有欢声。"

渔洋山人诗

阮亭先生诗风流绝代，而随园之论之也，多微词。盖一则文深于情，一则才余于学，故不能十分沉瀣，其实静躁之致，迥不侔矣。至赵宫赞《谈龙录》，刻意雌黄阮翁，则又因私怨，无当公评。惟"朱贪多，王爱好"六字，恐二公亦无以辨也。

【译文】阮亭先生（王士禛）的诗作风流绝代，但随园老人（袁枚）评论他，多有微词。大概是因为一个擅长以情作文，一个却以才学横溢而做学问。所以不能彼此契合，意气相投。实际上动静的情趣，迥然不同啊。"到了赵宫赞（赵执信）《谈龙录》，用尽心思妄论阮翁，则又是因为私人恩怨，不能算是公正的评价。只有"朱贪多、王爱好"这六个字，恐怕朱彝尊、王士祺二公也没有什么可辨解的吧！

同人集姓氏

如皋冒辟疆《同人集》，自胜朝至国初名士，斯为极盛。先君宰开平，松柏司巡检冒芬，是其裔孙，特假而手钞姓氏一帙，始董其昌，终蔡启傅，共四百五十有六人。

【译文】江苏如皋人冒辟疆（冒襄）著有《同人集》，从明朝到清朝初年的名士，所记载的人数非常多！先父（梁祖恩）任开平县令时，松柏司巡检冒芬，是他的的后代，因此借来并亲手抄录姓氏一帙，从董其昌开始到蔡启傅结束，一共有四百五十六人。

无题诗

无题诗与香奁诗，界若鸿沟。李义山之诗，无题诗也；韩冬郎之诗，香奁诗也。盖无题之什，不必尽写情怀，而香奁之篇，则竟专作腻语，至闲情风怀，则指实事矣。客有以无题诗示余者，余曰："此香奁体也。"因作无题十六首和之。其词云："十二屏山梦不通，自将闲恨诉东风。亮无海鸟能衔石，但有杯蛇惯误弓。密意迷离猜豆蔻，孤心容易怨梧桐。金镮信息全无准，肠断零烟剩雨中。""一种缠绵百番痴，怕提前事惹相思。风怀俊似江珧柱，情味甘于蜀荔支。湘竹多愁偏忍泪，海棠无语但垂丝。落花总被封姨妒，不许金铃好护持。""徐拍红牙唱绿腰，来时玉笛去时箫。从教北里迎中妇，肯令东风锁小乔。杨柳帘栊无赖月，枇杷门巷可怜宵。何当选梦疏窗下，甲煎名香细细烧。""不愁地远恨情魔，眼底红墙即绛河。东宿是张西宿角，南山有鸟北山罗。蕊宫环珮依稀听，桂府楼台曲折多。手把芙蓉忆芳泽，不知何处托微波。""疑云认雨了无痕，多少庾词托梦魂。黄绢心思猜石碣，红绡手语报昆仑。早看玉兔开奁镜，只恐仙厖吠洞门。为告重来刘阮道，桃花零落易黄昏。""飞燕何能遇伯劳，空怀琼珮泣江皋。谁歌子夜新团扇，可有并州快剪刀？旧字乌丝藏未灭，新名碧玉记能牢。青溪白石通门路，认取他时泛小舠。""秋风吹送玉河槎，重叠红楼认欲差。愿作蟾蜍吞北斗，化为蝴蝶梦南华。九疑山曲浑无路，三折江横半是沙。空对遥天忆芳草，滩前闲杀白蘋花。""莫把无郎问小姑，陌桑曾为唱罗敷。鸳鸯自是头相责，乌鹊空怜尾毕逋。已冷情肠寒水玉，未灰心字博山炉。蛮笺百幅都题遍，脉脉愁怀诉得无？""天香飘处月娟娟，证到拈花未了禅。洛女神光离后合，嫦娥心事缺中圆。生香蕙叶因兰误，出水荷根被藕缠。安得重磨双慧剑，斩除旧业与新缘。""十分将息爱花心，春在冥濛底许寻。出谷鸟新声琐碎，听冰狐小意沉吟。将词又默三眠起，欲语还羞七纵擒。便使微风吹皱水，已看情比绿波深。""半泓清浅即蓬瀛，玉佩明珰未可凭。纵许画帘飞紫燕，那堪<u>丛</u>棘惹青蝇。六萌车走雷千道，三里花迷雾一层。隔水盈盈谁驾鹊？黄姑欲渡竟无能。""话到怜侬倍可怜，定情诗作断肠篇。一丸冷月狐能拜，十面罡风鸟不前。草草短缘驹易过，漫漫长恨鹊难填。空余一掬灵均泪，洒向西风黄叶天。""已向菩提证忏除，可堪绮障又萦纡。三千芥子藏愁孔，百八牟尼记恨珠。絮早沾泥难捉摸，花因堕溷太黏濡。此身总被牢笼误，惭对檐前结网蛛。""巫云只在第三峰，从此蓬山一万重。细雨阶前开芍药，轻雷塘外见芙蓉。恼公裁句诗情幻，归妹占爻易兆凶。好倩秋鸿传信息，青笺红泪一齐封。""迢迢两地已参商，况有中间鸩鸟翔。莲子倒垂愁愈结，柳枝横种恨难偿。龙飞出骨难成药，麝死留脐总抱香。一曲琵琶三弄笛，尊前争不断人肠？""回首桃源路已差，空将余恨谱红牙。多情惜别怜芳草，有泪无名哭落花。半阕新词《金缕曲》，一条心路玉钩斜。幽怀欲写终难写，惆怅江天日暮霞。"

【译文】无题诗与香奁诗，其区别就好像鸿沟一样明显。李义山（李商隐）的诗是无题诗，韩冬郎（韩偓）的诗是香奁诗。大概无题诗不必要全写情怀，然而香奁诗则是整片都是亲昵的言辞，以至男女相爱的情怀，都是陈述具体的事。有客人拿着无题诗给我看，我说："这是香奁诗的文体。"因此作十六首无题诗附和他。写的是："十二屏山梦不通，自将闲恨诉东风。亮无海鸟能衔石，但有杯蛇惯误弓。密意迷离猜豆蔻，孤心容易怨梧桐。金镮信息全无准，肠断零烟剩雨中。""一种缠绵百番痴，怕提前事惹相思。风怀俊似江珧柱，情味甘于蜀荔支。湘竹多愁偏忍泪，海棠无语但垂丝。落花总被封姨妒，不许全铃好护持。""徐拍红牙唱绿腰，来时玉笛去时箫。从教北里迎中妇，肯令东风锁小乔。杨柳帘栊无赖月，枇杷门巷可怜宵。何当选梦疏窗下，甲煎名香细细烧。""不愁地远恨情魔，眼底红墙即绛河。东宿是张西宿角，南山有鸟北山罗。蕊宫环珮依稀听，桂府楼台曲折多。手把芙蓉忆芳泽，不知何处托微波。""疑云认雨了无痕，多少厦词托梦魂。黄绢心思猜石碣，红绡手语报昆仑。早看玉兔开奁镜，只恐仙厖吠洞门。为告重来刘阮道，桃花零落易黄昏。""飞燕何能遇伯劳，空怀琼珮泣江皋。谁歌子夜新团扇，可有并州快剪刀？旧字乌丝藏未灭，新名碧玉记能牢。青溪白石通门路，认取他时泛小舠。""秋风吹送玉河槎，重叠红楼认欲差。愿作蟾蜍吞北斗，化为蝴蝶梦南华。九疑山曲浑无路，三折江横半是沙。空对遥天忆芳草，滩前闲杀白蘋花。""莫把无郎问小姑，陌桑曾为唱罗敷。鸳鸯自是头相责，乌鹊空怜尾毕逋。已冷情肠寒水玉，未灰心字博山炉。蛮笺百幅都题遍，脉脉愁怀诉得无？""天香飘处月娟娟，证到拈花未了禅。洛女神光离后合，嫦娥心事缺中圆。生香蕙叶因兰误，出水荷根被藕缠。安得重磨双慧剑，斩除旧业与新缘。""十分将息爱花心，春在冥濛底许寻。出谷鸟新声琐碎，听冰狐小意沉吟。将词又默三眠起，欲语还羞七纵擒。便使微风吹皱水，已看情比绿波深。""半泓清浅即蓬瀛，玉佩明珰未可凭。纵许画帘飞紫燕，那堪丛棘惹青蝇。六萌车走雷千道，三里花迷雾一层。隔水盈盈谁驾鹊？黄姑欲渡竟无能。""话到怜侬倍可怜，定情诗作断肠篇。一丸冷月狐能拜，十面罡风鸟不前。草草短缘驹易过，漫漫长恨鹊难填。空余一掬灵均泪，洒向西风黄叶天。""已向菩提证忏除，可堪绮障又萦纡。三千芥子藏愁孔，百八牟尼记恨珠。絮早沾泥难捉摸，花因堕溷太黏濡。此身总被牢笼误，惭对檐前结网蛛。""巫云只在第三峰，从此蓬山一万重。细雨阶前开芍药，轻雷塘外见芙蓉。恼公裁句诗情幻，归妹占爻易兆凶。好倩秋鸿传信息，青笺红泪一齐封。""迢迢两地已参商，况有中间鸠鸟翔。莲子倒垂愁愈结，柳枝横种恨难偿。龙飞出骨难成药，麝死留脐总抱香。一曲琵琶三弄笛，尊前争不断人肠？""回首桃源路已差，空将余恨谱红牙。多情惜别怜芳草，有泪无名哭落花。半阕新词《金缕曲》，一条心路玉钩斜。幽怀欲写终难写，惆怅江天日暮霞。"

写榜吏

钱文端公乾隆庚午典试江西。写榜吏陈巨儒，年七十矣，自言手写文武三十二榜，求公书以为荣。公赠诗云："桂籍凭伊腕力传，白头从事地行仙。自言作吏中书省，曾侍朱衣四十年。"至十月，复写武榜，解首唱名，则其孙腾蛟也。掀髯一笑，笔堕于地。中丞大喜，索方伯彭公家屏作诗。时蒋苕生先生在幕府，代作一绝云："榜头题处笑开眉，七十年来鬓若丝。官烛两行人第一，夜阑回忆抱孙时。"真佳话也。

【译文】乾隆十五年（1750），钱文端公（钱陈群）主持庚午科江西乡试。写榜吏陈巨儒，已经七十岁了，自称能手写文武三十二榜，请求钱公的文字作为荣耀。钱公赠诗："桂籍凭伊腕力传，白头从事地行仙。自言作吏中书省，曾侍朱衣四十年。"到这年十月，又写武榜，解元唱名，正是其孙陈腾蛟。老人掀髯一笑，激动地手中毛笔掉在地下。中丞看到大喜，向布政使彭公彭家屏索诗。当时蒋苕生（蒋士铨）先生正在他的府上，便代作一首绝句："榜头题处笑开眉，七十年来鬓若丝。官烛两行人第一，夜阑回忆抱孙时。"真是一段佳话。

字无对

天下之字皆有对,如大小、长短、厚薄、深浅之类,惟渴字无对。见《宋稗类钞》。

【译文】天下的文字都有对,如大小、长短、厚薄、深浅之类,只有"渴"字没有对。参见《宋稗类钞》。

周 槐

华山槐相传为周时树,附柏而生,俗呼商柏抱周槐。一夕,雷击其半,华竹楼舅氏^{文桓}自华阴归,携其一片赠邵东篱姨丈^{广鉴}。因遍征同人咏之,此可与龙雨樵太史南山松皮并传。南山松皮者,北口外物也,太史谪戍携归者。

【译文】华山槐,相传是周朝时的树,依附柏树而生,俗称"商柏抱周槐"。一天晚上,雷击中它的中间,舅舅华竹楼华文桓从华阴回来,带走其中一片,赠送姨丈邵东篱^{邵广鉴}。于是到处找朋友为之写诗,这个可以和翰林龙雨樵(龙铎)的南山松皮并传了。南山松皮,是北口之外的东西,是龙雨樵被贬在那做官时带回来的。

硕 人

《左传》:"庄姜美而无子,卫人所谓赋《硕人》也。"沈彤《果堂集》云:"美之说,详于次章,至无子之云,以传义考之,未有所见。窃尝反复末章，而得其说焉。夫所谓庶姜孽孽者，谓娣侄之生子，如木芽之旁出，孽孽然也。庶士有朅者，谓众子中有朅然健以武者也。言众妾多士，而庄姜之无子自见。"其说甚新。

【译文】《左传》中记载："庄姜美而无子，卫人所谓赋《硕人也》。"沈肜《果堂集》中说："貌美的说法，在第二章中记载详细，至于无子的说法，考证了传义之后，也没有找到记载。我私下曾经反复思考最后一章，才明白了这个说法。书中所说'庶姜孽孽'，是说庄姜娣侄生了孩子，就好像从旁边生出的木芽像华丽装饰的样子。'庶士有朅'，是说那些孩子中有勇武强健的武士。这是说'众妾多士'，于是庄姜没孩子一事就自然明白了。"这种说法很新颖。

逸 书

洪容斋《二笔》云："《说文》于述字下引《虞书》，旁述僝功，又曰怨匹，曰仇。"然则出于《虞书》，今亡矣。案旁述，方鸠，或古人通用，今其语明明在也。至下句则竟逸书矣，然亦见于《左氏桓二年传》，惟匹耦字异耳。

【译文】洪容斋（洪迈）在《容斋二笔》中说："《说文解字》在在"述"字下面引用《虞书》，说'旁述僝功'，还说'怨匹''仇'。"那么这出自《虞书》，今天已找不到。研求旁述方鸠，或许古人是通用的，现在这句话明明存在。至于下句则要追究古代散佚之书了，然而也可在《左传》鲁桓公二年中找到，只是"匹耦"

梁字不同罢了。

宋主荒淫

《宣和遗事》载徽宗幸李师师家。师师, 妓名也。又理宗于元夕, 召妓唐安安入禁中。见《东城杂记》。孙祖荒淫, 后先一辙, 欲不亡得乎?

【译文】《宣和遗事》记载宋徽宗亲临李师师家。师师, 是歌妓之名。还有, 宋理宗在元宵时召妓女唐安安入宫中。这记载在《东城杂记》中。孙祖荒淫的事前后如出一辙, 想不亡国可以吗?

通

服虔曰:"旁淫曰通。"然《墙有茨》, 庶顽通于君母。《左传》:"孔悝之母, 与其竖浑良夫通。"是上淫亦可曰通也。齐庄公通于崔杼之妻, 蔡景公为太子般娶于楚, 通焉。是下淫亦可曰通也。愚按, 晋祁胜与邬臧通室, 此通字用得最切。

【译文】服虔说:"旁淫曰通。"然而《墙有茨》说:"庶顽通于君母。"《左传》有:"孔悝之母, 与其竖浑良夫通。"这是上淫, 也可称为通。齐庄公与崔杼之妻私通, 蔡景公为儿子般娶楚国之女, 后纳为己有。这是下淫, 也可叫通。我认为, 晋国祁胜与邬臧"通室", 这个通字用得最恰当。

诗 品

司空图《诗品》何等超妙，随园老人仿而作《续诗品》，然只是论，非品也。郭频伽先生作《词品》，其微至处，独可步尘表圣。许玉年明府又有《画品》。

【译文】司空图《诗品》是何等超然绝妙，随园老人（袁枚）模仿它作了《续诗品》，然而只是诗论，并非诗品。郭频伽（郭麐）先生作了《词品》，其精妙之处，就可以追随仿效司空表圣（司空图）了。县令许玉年（许乃谷）先生又著有《画品》。

雷 异

嘉庆壬申，广东新宁某村，兄弟二人，有妹已适人，兄四十未娶。弟曰："兄不娶，将绝嗣，盍鬻弟以娶妇。"兄曰："得妇而失弟，不可以为人，不如其无妇也。"村富户闻而义之，语其兄曰："吾正需佣，今予若三十金，若弟为我佣，而当其息，弟得食，若得妇，不两利乎？他日有金，可赎也。"从之。妇归，窃疑夫故有弟，今何在也？夫泣，语以故。妇曰："得妇而失弟，不可以为人，不如其无妇也。"归谋诸父，展转得三十金，藏诸笥。既而索之，亡矣，愤而自缢。葬日，小姑哭送之，忽雷震棺开，妇活而小姑死，金掷于地。盖小姑归宁，知嫂藏金处，阴窃之，而妇不疑也。遂以棺葬小姑而以金赎其弟。事见鹤山吴鸿来孝廉_{应逵}《雁山文集》。

【译文】嘉庆壬申年（嘉庆十七年，1812），广东新宁县某村有两个兄弟。他们有一个妹妹，已经嫁人了。兄已四十岁还未娶妻。弟弟说："哥哥如果不娶妻，我们家将子嗣断绝，后继无人呀，为何不卖掉我，来娶妻子呢？"哥哥说："娶了妻子而失去弟弟，这不是人做的事，还不如没有妻子呢。"村里的富人听说这件事，认为兄弟都很仁义，便跟哥哥说："我家正需要佣人，今天给你三十金，你弟弟做我家佣人，来抵挡利息，弟弟有饭吃，你能娶妻，这不是对两人都有好处吗？以后有钱了，还可以把你弟弟赎回去。"兄弟两人便听从了。哥哥娶到了妻子后，妻子私下怀疑丈夫本来有弟弟，现在在哪里呢？丈夫哭了，把缘故告诉妻子。妻子说："娶了妻子而失去了弟弟，这不是人做的事，还不如不娶妻。"便回娘家和父母商量这件事，经过多种途径结果得了三十金，回家后把银子藏在盛物用的竹器里。不久以后去取钱，却不见了，妻子很愤怒便上吊而死。下葬那天，小姑子哭着为嫂子送灵，忽然惊雷震开棺材，妻子复活而小姑死了，银子丢在地上。原来是小姑归省时，知道了嫂子藏金的地方，便暗地里偷走了，但妻子并没有不怀疑她。于是用那棺材葬了小姑，而拿着钱把弟弟赎回家了。这件事见于鹤山县举人吴鸿来吴应逵《雁山文集》。

高 怀

方正学偕叶夷仲辈，夜登巾山绝顶，饮酒望月，剧谈千古。因曰："昔苏子瞻与王定国诸公，登桓山，吹笛饮酒，踏月而归，以为'太白死后，三百年无此乐矣'，斯又子瞻死后，三百年无此乐也。"余尝游金山，见洪稚存太史题壁诗句云："玉带风流五百年，今朝重醉此山巅。再从以上追前辈，采石矶头李谪仙。"其高怀正复相似。

【译文】方正学(方孝孺)和叶夷仲(叶见泰)等人,夜晚时登上巾山最高峰,边饮酒边赏月,畅谈千古之事。便说:"过去苏东坡与王定国(王巩)诸公,登桓山时,吹笛饮酒,踏月而归,何等惬意,认为'李白死后,已经三百年没有这种快乐了',而现在我们的快乐又是苏东坡死后三百年来再也没有的啊。"我曾游金山,见到翰林洪稚存(洪亮吉)的题壁诗:"玉带风流五百年,今朝重醉此山巅。再从以上追前辈,采石矶头李谪仙。"这种高尚的胸怀正好与那时再度相似。

讲 易

《易·同人》曰:"伏戎于莽,升其高陵。"张邯解曰:"莽,皇帝名。升高陵,谓高陵侯子翟义也。见《王莽传》。"如此解经,可以喷饭。

【译文】《易经·同人》卦说:"伏戎于莽,升其高陵。"张邯解释说:"莽,是皇帝名。升高陵,是说高陵侯之子翟义。见《汉书·王莽传》。"这样解释经典,让人感到非常可笑。

圣相师王

秦会之,人尊为圣相;韩平原,人尊之为师王。二名可作对。

【译文】秦会之（秦桧），人们尊称他为"圣相"。韩平原（韩侂胄），人们尊称他为"师王"。这两个名称可以作为一个对子。

任忠勇神道碑

袁简斋先生《任忠勇公神道碑》起四句云："山西出将，应运生祈父之才；巴蜀从军，从古落大星之地。"一起已将生平揭尽，是何等魄力！

【译文】袁简斋（袁枚）先生《任忠勇公神道碑》开头四句说："山西出将，应运生祁父之才；巴蜀从军，从古落大星之地。"一开始就已将任忠勇公的生平事迹全部表达出来，是何等的魄力啊！

朱注作小讲

曾见明人某省某科题，为"子在川上曰"一节。解元文起讲云："今夫天地之化，往者过，来者续，无一息之停，乃道体之本然也。然其可指而易见者，莫如川流，故夫子于此发之。"全钞朱注，一字不移，不知当时未行朱注耶？抑主司忘之耶？然以此注作讲，实属超妙。亦可谓"文章本天成，妙手偶得之"矣。

【译文】我曾看见过明朝某省的某次科举试题，题为"子在川上曰"一节。解元文章开端讲解说："今夫天地之化，往者过，来者续，无一息之停，乃道体之本然也。然其可指而易见者，莫如川流。故夫子于此发之。"（如今，天地之化，往者过去，来者继续，没有一刻的停止，这是道体的本来面目。然而它可以指示而能容易看见的，没有比川流更明显。因此孔子对此有所感叹。）这全是照抄朱熹《论语集注》，一字不动，不知当时是没有流行朱熹《论语集注》呢？还是主考官忘记了呢？然而以此注来作讲解，实在是高超绝妙。也真可说是"文章本天成，妙手偶得之"啊！

安南表

康熙中，安南国进贡，其表文云："外邦之丸泥尺土，不过中国飞埃；异域之勺水蹄涔，原属天家雨露。"语极恭顺得体，且措词嫣润，中国亦无有能过之者，莫谓偏隅无才也。

【译文】康熙年间，安南国来进贡，他们呈上的表文中写到："外邦之丸泥尺土，不过中国飞埃；异域之勺水蹄涔，原属天家雨露。"语言极其恭敬顺畅得体，且措词美好柔和，中原也没有能超过它的，因此不可以说偏远之地没有人才啊。

丽人行

虞山孙子潇太史有《丽人行》一篇，不知何指，余最爱诵之。"有酒易醉花下人，有金难买花前春。美人十五瓜未破，夜夜微酣抱花卧。春风学得柳妖娆，邻家女儿羞舞腰。长安贵人初赐第，高筑层台贮小乔。绿波一朵红莲起，艳李秾桃尽休矣。啼笑俱能博主怜，彻夜欢声朝不止。天生尤物不福人，用尽黄金贵人死。贵人死，美人逃，胸前带得金错刀，和烟和月筑楼住，开窗自弄秦时箫。美人门前五陵骑，裘马翩翩称人意。使君有妇罗无夫，相逢何必还相避。君不见梁绿珠，花飞玉碎何其愚？季伦得罪金谷改，胡不善保千金躯。又不见关盼盼，红褪香消都梦幻，尚书剑舄已成尘，及早开帘召双燕。贵人之富富不如石崇，贵人之官官不如建封。生前黄金铸娇女，死后他人乐歌舞。刘伶爱酒酒为生，潘岳种花花对语。至今花不开潘岳墓前春，酒不浇刘伶坟上土。"

【译文】江苏虞山人、翰林孙子潇（孙原湘），写有《丽人行》一篇，不知指的是什么，我最爱吟诵这首诗。写道："有酒易醉花下人，有金难买花前春。美人十五瓜未破，夜夜微酣抱花卧。春风学得柳妖娆，邻家女儿羞舞腰。长安贵人初赐第，高筑层台贮小乔。绿波一朵红莲起，艳李秾桃尽休矣。啼笑俱能博主怜，彻夜欢声朝不止。天生尤物不福人，用尽黄金贵人死。贵人死，美人逃，胸前带得金错刀，和烟和月筑楼住，开窗自弄秦时箫。美人门前五陵骑，裘马翩翩称人意。使君有妇罗无夫，相逢何必还相避。君不见梁绿珠，花飞玉碎何其愚？季伦得罪金谷改，胡不善保千金躯。又不见关盼盼，红褪香消都梦幻，尚书剑舄已成尘，及早开帘召双燕。贵人之富富不如石崇，贵人之官官不如建封。生前黄金铸娇女，死后他人乐歌舞。刘伶爱酒酒为生，潘岳种花花对语。至今花不开潘岳墓前春，酒不浇刘伶坟上土。"

酒祀典

明袁石公宏道《觞政·八之祭》云："饮必祭始，礼也。孔子惟酒无量，不及乱，酒之圣也。祀为饮宗。四配曰：阮嗣宗、陶渊明、王无功、邵尧夫。十哲曰：郑文渊、徐景山、嵇叔夜、刘伯伦、向子期、阮仲容、谢幼舆、孟万年、周伯年、阮宣子。而山巨源、胡母彦国、毕茂、张季鹰、何次道、李元忠、贺知章、李太白以下则祀两庑。至若仪狄、杜康、刘白堕、焦革，皆以酝法得名，无关饮徒，祀之门垣，亦犹校宫之有土主，梵宇之有伽蓝也。"愚谓以宣尼为饮宗，终觉侮圣，不若推靖节先生为尊，而诸子中再另选一人祀之，较为允协。

【译文】明朝袁石公袁宏道《觞政·八之祭》中说："饮酒必须祭奠酒中先人，这才合乎礼。孔子饮酒无量但不会发乱的地步，堪称酒圣。祭为饮宗，放于首位。酒中四配：阮嗣宗（阮籍）、陶渊明（陶潜）、王无功（王绩）、邵尧夫（邵雍）。然后是十哲：郑文渊（郑泉）、徐景山（徐邈）、嵇叔夜（嵇康）、刘伯伦（刘伶）、向子期（向秀）、阮仲容（阮咸）、谢幼舆（谢鲲）、孟万年（孟嘉）、周伯年、阮宣子（阮修）。而自山巨源（山涛）、胡母彦国（胡母辅之）、毕茂〔世〕（毕卓）、张季鹰（张翰）、何次道（何充）、李元忠、贺知章、李太白这些人则祭在两厢之地。至于仪狄、杜康、刘白堕、焦革，他们都因擅长酿酒而得名，和好饮之人祭酒之事无关，把他们放于门边，这也就像校宫之内有土主、梵宇之下有伽蓝一样。"我认为推孔子为饮宗，总觉有辱先圣，不如推靖节先生（陶渊明）为酒之尊者，再在诸子中另选一人来祭祀，比较适当。

人心不死

唐朱泚逼樊系草诏，诏成，明日仰药死。明永乐令楼琏草诏, 草归, 逡巡自缢死。忠义自在天壤, 人心不死也。长安石工安民, 不肯镌司马君实名字。九江石工仲宁, 不肯镌东坡、山谷名字。公道自在天壤, 人心不死也。宋周大理闻岳飞狱下而去职。明林祭酒因陆监上书而挂冠。名教自在天壤, 人心不死也。司马孚因弟昭弑君而痛哭。朱全昱因弟温谋逆而大骂。名分自在天壤, 人心不死也。

【译文】唐朝朱泚逼樊系草诏, 草拟好后, 第二天樊系就服药自杀了。在永乐年间, 明成祖命楼琏草诏, 呈上诏书后就很快自缢而死。忠义自在天地间, 人心是不死的。长安的石工安民, 不愿意刻司马君实 (司马光) 的名字。九江的石工仲宁, 不愿意刻苏东坡、山谷 (黄庭坚) 的名字, 公理道义自在天地间, 人心是不死的。宋朝周大理听说岳飞被捕入狱便辞官而去。明朝林祭酒因陆监上书而罢官。名教自在天地间, 人心是不死的。司马孚因弟弟司马昭杀了君王而痛哭不已, 朱全昱因弟弟朱温谋反而大骂不绝, 名分自在天地间, 人心是不死的。

诗人工对

滑稽, 诙谐也, 亦吸酒曲器也。见《清异录》。故苏颂诗曰: "自知伯起难庸峭, 不及淳于善滑稽。" 盖庸峭训挺拔, 而又为承梁小木, 可见古人运典属对之工, 宜荆公见银海玉楼之对而叹绝也!

【译文】滑稽，就是诙谐的的意思，也是用来吸取酒曲的一种器皿。可参见《清异录》。所以苏颂有诗句说："自知伯起难庸峭，不及淳于善滑稽。"大概庸峭就是挺拔的意思，而且又是梁上小柱之名。由此可见，古人用典作对的精巧，大概像荆公（王安石）看到苏东坡的"冻合玉楼寒起粟，光摇银海眩生花"中的"银海"对"玉楼"而欢喜称绝吧！

党奸之尤

李贽极称武后、冯道、丁谓，以曹操、司马懿为圣人。王安石力辨《剧秦美新》之为谷永作，而以扬雄为大贤。夏竦赞美李林甫相业。渔洋山人称邱某谓秦桧谋国，远胜岳忠武。本朝李穆堂力争严嵩不当入奸臣传。是皆党奸之尤者也。

【译文】李贽极力称赞武则天、冯道、丁谓，把曹操、司马懿当做圣人。王安石极力辨白《剧秦美新》是谷永所作，认为扬雄是大贤人。夏竦赞美李林甫为相的宰相功业。渔洋山人（王士禛）称邱某说秦桧为国家谋划利益，远远胜过岳飞。而清朝李穆堂（李绂）极力争辩说严嵩不应写入奸臣传。这些都是朝堂奸臣之最啊。

厕诗对

魏善伯征士题范觐公中丞厕上对云："文成自古称三上，作赋而今过十年。"典雅稳切之至。

【译文】隐士魏善伯（魏祥）在中丞范觐公（范承谟）茅厕上题对说："文成自古称三上，作赋而今过十年。"言辞真是有典据，高雅不俗，又稳妥帖切。

小 人

小人之称，自古有之。"小人有母，皆尝小人之食矣。"颍考叔称之于君。"愿以小人之腹，度君子之心。"阉没女宽称之于相。后乃为厮役下贱之称矣。宋钱世召《钱氏私志》载："宣和中有辽右金吾卫上将军韩王，归朝，授检校少保节度使，对中人以上说话，即称小人，中人以下称我家。每日念《天童经》数十遍，忽曰：'对天童岂可称我？'自皇天生我以下，悉改云：'皇天生小人，皇地载小人，日月照小人，北斗辅小人。'前后二十余句，凡称我者，皆改为小人。"亦未免太可笑也。

【译文】"小人"的称呼，自古就有。"小人有母，皆尝小人之食矣。"这是颍考叔对君王自称。"愿以小人之腹，度君子之心。"这是阉没女宽对相的自称。后来才作为奴仆地位低下的称谓。宋朝钱世召《钱氏私志》记载："徽宗宣和年间，辽国右金吾卫上将军韩王归朝后，被授命检校少保节度使，对有权势的朝臣说话，就自称'小人'，而对地位低下的人则称'我家'。他每天念《天童经》数十遍，忽然说："对天童岂可称我？"于是从皇天生我以下，全部改为：'皇天生小人，皇地载小人，日月照小人，北斗辅小人。'前后二十多句，凡称我的地方，都改为小人。"这也未免太可笑了吧。

虾蟆给事

宋绍兴中，大旱，禁屠宰。谏议大夫赵霈上言曰："自来屠宰，但禁猪羊而不及鹅鸭，请并禁止。"时因呼为"鹅鸭谏议"。明给事沈公，亦因天旱，上言禁捕虾蟆，汤若士目为"虾蟆给事"。人谓汤曰："得不伤轻薄乎？"汤曰："吾政欲为此公垂不朽，与鹅鸭谏议作切对耳。"上见《闲燕常谈》，下见《万历野获编》。

【译文】宋高宗绍兴年间，发生大旱，禁止屠宰。谏议大夫赵霈上书说："历来禁止宰杀，只禁屠宰猪羊而不禁屠宰鹅鸭。请皇上下令一并禁止宰杀。"当时人们便因此称呼他为"鹅鸭谏议"。明朝时给事中沈公，也因为大旱，向皇上进言说禁止捕捉虾蟆，汤若士（汤显祖）便把称他为"虾蟆给事"。有人评论汤若士："你这样说恐怕是显得轻薄无礼吧？"汤若士说："我正是想让此公永垂不朽，与'鹅鸭谏议'组成一个对子而已。"前者见于《闲燕常谈》，后者见于《万历野获编》。

弟 妇

弟之妻万不可称妇。《戴记》大传曰："谓弟之妻妇者，是嫂亦可谓之母乎？"驳得最痛快。今杭人大呼弟妇，且为之谚曰："长嫂为娘。"显背礼经，可怪也。

【译文】弟弟的妻子万万不能称为"妇"。《戴记》大传中说："称呼弟之妻为'妇'的话,说明嫂子也可以称为'母'吧?"这句话反驳得最痛快。现在杭州人多称"弟妇",而且还有谚语说:"长嫂为娘。"明显违背礼经之说,真是够奇怪的。

氽

人在水上曰氽,人在水下曰汆。_{沈去声。}此皆土人臆造之字,非有典要也。有以氽字问人者,其人不知,沉吟良久曰:"据字义,或是水旁加一去字,于理为近。"座客皆称善。有顷,忽问者敛容起谢曰:"怪底某前日于某寺中,见一经题曰《妙氽莲花经》也。"于是诸人均大悟而抚掌。

【译文】人在水上是"氽"字,人在水下是"汆"字。_{读沈去声。}这都是当地人臆造出来的字,没有典藉出处。有人拿"氽"字去问别人,那人不知道,深思了好久才说:"根据字义,或许是水旁加一'去字',按理说是接近的。"在座客人都称好。不一会儿,忽然问者庄重起立感谢说:"怪不得我前天在一个寺院里中,看见一本经书的题目为《妙氽莲花经》。"因此大家都恍然大悟而鼓掌称好。

敠 敪

以手量物轻重曰敠敪。见《庄子》注。或曰颠笃,音义同也。今各处口谈,尚有此语。又以一心权事之是否,亦用此二字。

【译文】用手掂量物体的轻重叫掇掇。见于《庄子注》。有的说"颠笃",音义是相同的。现在各地的口语中,还有这个说法。另外,用心权衡事情的是与否,也是用这两个字。

丁拐儿

衙门向呼官亲曰火腿绳子,以其高而无民,兼有脧削脂膏之意也。今易其名曰丁拐儿。叩义所在,曰:"丁拐,依二四则其分为至,且居二四之左,大无外也。若离二四则么四二三,得而乘之矣。"刻酷之至。

【译文】衙门里一向称呼官长的亲属称为"火腿绳子",因为他们高高在上,眼中没有平常百姓,并且有剥削百姓血汗的意思。现在改称为"丁拐儿"。追问其含义,说:"丁拐,依照二四便分为至,又在二四之左,没什么大分别。如果离开二四便成了么四二三,便乘机而入了。"苛刻严酷到极点。

笑柄有本

朱二泉孝廉瀚,仁和人,性蕴藉而善谐谑。一夕,京邸小饮,座皆杭人,以笑话为令。二泉有"树竿曝衣而插于木磉者,衣重风紧,屡屡吹倒。一人曰:'须用石磉,方可不动。'一人曰:'石不动乎?何以染坊元宝石,吾见其自朝动至夕也。'曰:'彼自有人脚踏故耳。'曰:'城隍山,紫阳山,每日千万人脚踏,何又不见其动也？'曰：'彼乃大而实心，故难动耳。'曰：'然则城河桥梁皆小而空心者，何亦日踏而不见其动也？'"按此俳语，亦有所本。东坡先生《艾子杂说》曰："营邱士造艾子问曰：'凡大车之下，及橐驼之项，多缀铃铎，其故何也？'艾子曰：'车驼物大且多，夜行狭路相逢，难于回避，以声相闻，使得预避耳。'营邱士曰：'佛塔之下，亦悬铃铎，岂塔亦夜行而使相避耶？'艾子曰：'君不通乃至如此！凡鸟鹊多托高以巢，粪秽狼藉，故塔铃所以警鸟鹊也。'营邱士曰：'鹰鹞之尾，亦设小铃，安有鸟鹊巢其尾乎？'艾子大笑曰：'怪哉！子之不通也。夫鹰隼击物，或入林中而绊足绦线，偶为木之所绾，则振羽之际，铃声可寻而索也。'营邱士曰：'吾尝见挽郎秉铎而歌，虽不究其理，今乃知恐为木枝所绾而便于寻索也。但不知挽郎之足者，用皮乎？用线乎？'艾子愠而答曰：'挽郎乃死者之导也，为死人生前好诘难，故鼓铎以乐其尸耳。'"与此戏语正相类。

【译文】举人朱二泉朱瀚，是浙江仁和人，性格含蓄不露但擅长幽默。一天晚上，在京城客栈喝酒，座中都是杭州人，以笑话为酒令。朱二泉说："用树竿插在木礅上晒衣服，衣重风大，树竿常常被吹倒。一个人说：'必须用石礅，才可以不动。'另一人说：'石头难道就不动了么？为什么染坊的石元宝，我看它从早动到晚呢？'说：'那自是有人用脚踏动的缘故。'说：'城隍山，紫阳山，每天有千万人用脚踏，为什么又不见其动呢？'说：'它是巨大而且是实心的，所以很难踏得动。'说：'那么城河上桥梁都很小而且是空心的，为什么也是每天被踏，而不见它动呢？'"就像这样戏笑嘲谑的言辞，也是有出处的。东坡先生《艾子杂说》中说："营邱士拜访艾子，问道：'凡是大车的下面，以及橐驼的脖子上，大多装有铃铎，这个原因是什么？'艾子说：'车上载的东西又大又多，夜里行车在窄路上相遇，很难回避，这样有声音能听到，使人可以预先准备避让。'营邱士说：'佛塔下面，也挂铃铎，难道佛塔也要夜间行路，从而相互避让吗？'艾子说：'你怎么连这个都不懂，凡是鸟鹊大多在高处做巢，弄得到处是鸟粪，所以塔铃是用来吓唬鸟鹊的。'营邱子说：'鹰鹞的尾巴上也挂小铃，哪里有鸟鹊在它们尾巴上搭窝呢？'艾子大笑说：'奇怪，你真什么都不懂。那些猛禽捕捉猎物，有时到树林中被丝线绊住脚，偶尔会被树木挂住，这样，它在扑打翅膀的时候，铃声可以帮助寻索。'营邱士又说：'我曾经看到挽郎摇铃唱歌，原本不知这个道理，现在才知道是怕被树枝挂住而便于寻找啊。只是不知道挽郎的脚是用皮呢？还是用线呢？'艾子生气地说：'挽郎是给死人带路的，因为死者生前喜欢诘问驳难，所以摇铃让那尸体高兴。'"这件事和上述的笑话正相类似。

代写书

代巾帼写家书，虐政也。余幼时曾为一亲串写寄夫书，口授云："孲儿们俱利腮，犹言解事也。新买小丫头倒是个活脚蟾儿，作事且是溜睐。犹言快。惟雇工某人系原来头，初次也。周身僵爬儿风。左右不是也。"余曰："可改窜乎？"曰："依我写。"于是只好连篇别字，信手涂抹。近阅吕居仁《轩渠》载二则，极相似，录之以并作一笑。"陈氏寓严州，诸子宦游未归，有族侄大琮过之，婶令作寄子书。因口授云：'孩儿要劣奶子，又阒阒霍霍地，且

买一柄小剪子来，要剪脚上骨出上声。儿胙音胖。胝音支。儿也。'
大琮不能下笔。"又"京师有营妇，其夫出戍，以数十钱请一教
学秀才，写书寄夫云：'窟赖儿娘，传语窟赖儿爷，窟赖儿自爷
去后，直是忔音忓。憎，每日恨入声。特特地笑，勃腾腾地跳，天
色汪去囊，不要吃温吞蠖脱底物事。'秀才沉思久之，以钱还
云：'你且别倩人写去。'"盖二子不肯写者，生恐落笔别字，不
若余之无耻也。

【译文】代妇女写家书，实在是吃苦不讨好的事。我小时候曾为
一位亲戚代写过寄夫书，她口授说："犴儿们俱利腮，就像说明白事理。
新买小丫头倒是个活脚蟾儿，作事且是溜瞇，就像说勤快。惟雇工某人
系原来头。是第一次。周身僵爬儿风。是说左右不是。"我说："可以改
动吗？"那亲戚说："依照我的意思写。"于是只好连篇错别字，随手
涂抹。最近阅读吕居仁《轩渠》记载两则故事，和这件事极为相似，
记录下来给读者提供一笑。"陈氏寓居严州，诸子外出做官还没回
来，有族侄陈大琮经过他家，婶婶让他写一封书信寄给他儿子。婶
婶就口授说：'孩儿耍劣奶子，又阅阅霍霍地，且买一柄小剪子来，要
剪脚上骨出上声。儿胙音胖。胝音支。儿也。'陈大琮不会怎么写字。"
还有，"京城有一位军人的妻子，她的丈夫外出戍守，用数十钱请一
位教学秀才，写书信寄给其夫说：'窟赖儿娘，传语窟赖儿爷，窟赖儿
自爷去后，直是忔音忓。憎，每日恨入声。特特地笑，勃腾腾地跳，天色
汪去囊，不要吃温吞蠖脱底物事。'秀才想了很久，将钱还给妇人说：
'你还是别处去请人写吧。'"大概这两人不肯写的原因，就是怕写
出错别字，不像我这样不要脸（硬要帮人写信）吧。

治眼齿

宋张文潜曰："目有病当存之，齿有病当劳之。治目当如治民，治齿当如治军。治民当如曹参之治齐，治军当如商鞅之治秦。"

【译文】宋朝张文潜（张耒）说："眼睛有病应该好好保护，牙齿有病应该多活动。治眼睛应当像治理百姓，治牙齿应当像治理军队。治理百姓应当像曹参治理齐国那样，治理军队应当该像商鞅治理秦国那样。"

奚铁生

奚铁生征君冈，号蒙泉外史，杭之仁和人也。工画山水花卉，兼善大隶，精篆刻，诗才清绝，俱为画所掩。与山舟学士善，里中凡有求学士书扇者，则一面必征君画也。于余家为群纪交，先伯叔祖先大父并相结契，昕夕过从。先生性嗜酒，而尤喜剧谈，半酣以往，或多所白眼者，故人恒忌之。晚年遭回禄境，三子先公殁，遂无嗣，以兄子伯玉茂才润为嗣。殁后十余年，其友顾西梅先生洛为之追摹遗像，极其神似。装册征诗，余附七古一篇。伯玉曰："是诗可以为先子小传。"遂录而存之："蒙泉先生老故乡，在昔为我大父行。大父之殁岁癸丑，又十载后公云亡。其时壬也尚童稚，未获杖屦亲辉光。公之风流及文采，我父诏我言之详。先生之貌清且雅，寒如秋水和春阳。先生之品峻且洁，皎如孤鹤云中翔。先生之诗妙天趣，冬心樊榭有瓣香。先生之画擅众美，衣钵徐立山华秋岳兼陈玉几方环山。先生铁笔恣奇古，后先丁叟砚林伯仲黄小松。先生大隶脱凡近，上法汉魏兼宗唐。先生酒怀更磊落，一饮往往倾百觞。泉明歌啸伯伦哭，嗣宗潇洒元龙狂。从来名宿主多寿，矧有闲福供徜徉。何期反遭造物妒，揭来变局成沧桑。某年吾郡染喉疾，城闉市舍俱罹殃。先生三子并蔚起，凤毛麟角森光芒。一时玉树共摧折，西河老泪空盈眶。继以娇女亦兰萎，遗书莫授悲中郎。逾年又被祝融虐，烬化签轴兼缥缃。移家方遂卜居愿，又悲老母终萱堂。呜乎人生匪金石，那禁连恸摧肝肠。一朝泪尽骨髓竭，公亦相继归北邙。其才何丰遇何啬，此意吾亦疑穹苍。公殁距今廿余载，墓门草宿松杉长。虎头居士公老友，追思遗像摹形相。公之嗣子竹林彦，谨守此册池新装。携册示我索我咏，展视佳什纷琳琅。赢庵谏庵伯祖旋园接山叔祖两老人，其上各有留题章。六七年来并殂谢，对此那不心尽伤！请识所闻具如右，作歌继事书其旁。歌成我尚有余感，祖庭追忆空徬徨。"伯玉年逾四十，犹困一衿，现就幕广东。

【译文】隐士奚铁生奚冈，号蒙泉外史，杭州仁和人。擅长画山水花卉，并且擅长大隶书，精于篆刻，写的诗清雅至极，都被他的画掩盖了。与山舟学士（梁同书）友好，村里凡有向山舟学士索要扇面书法的，那么扇子另一面一定是奚隐士的画。他和我家是"纪群"般的累世之交，先伯叔祖先大父辈都与他交谊深厚，常常来往。奚先生爱好饮酒，并特别喜欢畅谈，酒喝到一半后，有时便用白眼看人，因此人们常常忌恨他。先生晚年遭遇火灾，当时三个儿子比他先去世，于是先生没有了后代，便把兄长的儿子奚伯玉秀才奚润作子嗣。死后十多年，他朋友顾西梅先生顾洛为他追摹遗像，画得极其相似。并集册征求诗作。我附了一首七古诗，奚伯玉说："这首诗可以作为先父的传记了。"于是抄录把它存下来："蒙泉先生老故乡，在昔为我大父行。大父之殁岁癸丑，又十载后公云亡。其时壬也尚童稚，未获杖屦亲辉光。公之风流及文采，我父诏我言之详。先生之貌清且雅，寒如秋水和春阳。先生之品峻且洁，皎如孤鹤云中翔。先生之诗妙天趣，冬心樊榭有瓣香。先生之画擅众美，衣钵徐立山华秋岳兼陈玉几方环山。先生铁笔恣奇古，后先丁叟砚林伯仲黄小松。先生大隶脱凡近，上法汉魏兼宗唐。先生酒怀更磊落，一饮往往倾百觞。泉明歌啸伯伦哭，嗣宗潇洒元龙狂。从来名宿主多寿，刻有闲福供徜徉。何期反遭造物妒，竭来变局成沧桑。某年吾郡染喉疾，城闉市舍俱罹殃。先生三子并蔚起，凤毛麟角森光芒。一时玉树共摧折，西河老泪空盈眶。继以娇女亦兰蒌，遗书莫授悲中郎。逾年又被祝融虐，烬化签轴兼缥缃。移家方遂卜居愿，又悲老母终萱堂。呜乎人生匪金石，那禁连恸摧肝肠。一朝泪尽骨髓竭，公亦相继归北邙。其才何丰遇何啬，此意吾亦疑穹苍。公殁距今廿余载，墓门草宿松杉长。虎头居士公老友，追思遗像摹形相。公之嗣子竹林彦，谨守此册池新装。携册示我索我咏，展视佳什纷琳琅。赢庵谏庵伯祖（梁玉绳）旋园接山叔祖两老人，其上各有留题章。六七年来并徂谢，对此那不心蛊伤！请识所闻具如右，作歌继事书其旁。歌成我尚有余感，祖庭追忆空彷徨。"奚伯玉现在年过四十，依旧是一名秀才，目前在广东做幕僚。

些

楚词些字，沈存中以为梵语萨婆诃三合之音。夫其时佛教未入中国,岂梵音先及荆楚耶? 且"母也天只, 不谅人只",《鄘风》也。"椒聊且, 远条且",《唐风》也。"俟我于著乎而, 充耳以素乎而", "既曰归止, 曷又怀止",《齐风》也。各各不同, 又将何解? 盖列国并有方音, 此是其卒语之词耳。

【译文】楚词中的"些"字, 北宋沈存中(沈括)认为这是梵语"萨""婆""诃"三个字的合音。然而, 当时佛教还没有传入(先秦时期的)我国, 难道是有梵语读音先传到荆楚之地吗? 况且"母也天只, 不谅人只", 是《鄘风》里的句子。"椒聊且, 远条且", 是《唐风》里的句子。"俟我于著乎而, 充耳以素手而", "既曰归止, 曷又怀止", 是《齐风》里的句子。各各不相同, 这又怎么解释? 大概列国各有方言, 这是他们说话结尾的词语吧。

路化王

许亭史孝廉心坦, 仁和人, 官庆元学博, 性嗜饮而好诙谐。一日, 座中忽举问曰:"戏剧中八大王, 余尝考之, 已得其人。昨阅《五虎平西》小说, 有所谓路化王者, 称李国舅, 云是李太后之弟, 自民间访来者, 其人有可考否?"一客曰:"先生亦太好古矣! 此不过因狄太后有侄封王, 故设言此人以作陪衬耳, 何足深究耶?"余并《五虎平西》小说亦未之见, 更不敢置喙。后阅宋魏泰《东轩笔录》, 首一条即记云:"李太后始入掖庭, 才十余岁, 惟一弟七龄, 太后临别, 手结刻丝鞶囊与之, 拊背泣曰:'汝虽沦落颠沛, 不可失此囊, 异时我若遭遇, 必访汝, 以此为物色也。'后其弟佣于凿纸钱家，然常以囊悬胸臆，未尝斯须去身也。一日，苦下痢，势将不救，为纸家弃于道左。有入内院子者，见而收养之，怪其衣服百结，而胸带鞶囊，问之，具以告。院子愕然惊异，盖尝奉太后旨令物色访其弟也。遂解其囊，入示太后，具道本末。是时太后封宸妃，真宗已生仁宗矣。闻之悲喜，遂以其事白真宗，遂官之为右班殿直郎，即李用和也。及仁宗立，召用和擢以显官，后至殿前都指挥使，领节钺，赠陇西郡王，世所谓李国舅者是也。"据此，则其人并非杜撰。

【译文】举人许亭史许心坦，浙江仁和人，任庆元学官，喜欢饮酒而幽默。一天，宴会中忽然有人提出一个问题："戏剧中的八大王，我曾考证过，已经知道那些人。昨天翻阅《五虎平西》小说，其中有一个'路化王'的，称为李国舅，说是李太后的弟弟，从民间找来的，这个人有谁考究过吗？"有一客人说："先生也太喜欢古代的事了！这不过是由于狄太后有一个侄子被封为王，所以假设有这么一人来作陪衬罢了，有什么值得深究呢？"我连《五虎平西》小说也没见过，更不敢插嘴议论。后来翻阅宋代时魏泰《东轩笔录》，第一条就记录说："李太后刚刚入宫时，才十几岁，只有一个七岁的弟弟，太后离别时，亲手结了一个缂丝的革制锦囊给他，拍着他的背哭着说：'你即使沦落颠沛，也不可以丢了这个锦囊，以后我若遇到机会，一定去找你，这个锦囊就是信物。'后来他弟弟给凿纸钱的人家做佣人，然而常常将那锦囊挂在胸前，从来没有片刻离身。一天，他生了痢疾病，眼看救不活了，被那户人家扔在道路旁边。有个常进皇宫的院子，看到并收养了他，奇怪他衣衫破烂，而胸前却有一个革制锦囊，便问他，便全都告诉院子。院子听后既担心又吃惊，因为他曾奉太后的命令去寻找她的弟弟。于是便解下那个锦囊，入宫给太后看，并把事情前后都告诉太后。这个时候，太后被封为宸妃，真宗已生下仁宗。太后听了这件事悲喜交加，便把这件事告诉了真宗，真宗便让他担任右班殿直郎，这就是李用和。到了仁宗即位，把李用和提拔为高官，后来做了殿前都指挥史，领节钺，赠陇西郡王，这就是世人所说的李国舅。"由此可知，那么这人并非杜撰的。

物性之异

石入水则沉，而泗滨有浮水之磬，材木入水则浮，而南海有沉水之乌木。水类出水即死，风类入水即死，而鹅凫龟蟹则出入于水而皆不死。牛顺风而行速，马逆风而行速，皆物性之异也。

【译文】石头进入水中就会沉没，然而泗滨石所作之磬却可浮于水面，木材进入水中就浮起来，而南海却有沉入水底的乌木。水中动物出水就死，飞行动物入水而亡。然而鹅鸭、龟蟹等却是自由出入水中都不会死。牛顺风走得快，马逆风行得快，这些都是因为其性质差异不同吧。

阳 明

阳明之学，誉之者半，毁之者亦半。甚有丑诋之比于王安石者，此则太过。然愚谓公亦有自取之处。公尝诋朱子，以为"祸不下于洪水猛兽"，今天下皆紫阳之徒也，无怪千夫之集指矣。

【译文】王阳明的学问，世人对他的评价是誉毁参半。更有人用难听的话毁谤他，拿他与王安石相比，这就太过分了。然而我认为王先生也确实有些地方是自己招致的。他曾诋毁过朱熹，认为朱熹"造成的祸害不在洪水猛兽之下"，而今天下之人都是紫阳学派（朱熹）的学生，难怪有那么多人诋毁他了。

问家乡诗

陶渊明《问来使》诗云："尔从山中来，早晚发天目。我屋南窗下，今生几丛菊？"王摩诘诗云："君自故乡来，应知故乡事，来日绮窗前，寒梅着花未？"王荆公诗云："道人北山来，问松我东冈，举手指屋脊，云今如许长。"三诗机轴相同，而各有意致。

【译文】陶渊明《问来使诗》说："尔从山中来，早晚发天目。我屋南窗下，今生几丛菊。"王摩诘（王维）的诗说："君自故乡来，应知故乡事。来日倚窗前，寒梅着花未？"王荆公（王安石）的诗说："道人北山来，问松我东冈。举手指屋脊，云今如许长。"这三首诗文的构思、词采、风格相同，然而各有其意趣、情致。

糖　霜

糖霜之名，唐以前无所见。古人只有饧，乃煎米蘗而成者，见《三礼》注。宋玉《招魂》："腼鳖炰羔，有蔗浆些。"是以浆代糖用也。《后汉书·显宗纪》："以糖作猭猊，曰糖猊。"此熬糖为膏耳。《吴志》："孙皓使中藏吏取交州所献甘蔗饧。"则稍炼矣。至唐太宗遣使至摩竭陀国取熬糖法，诏扬州取蔗作潘，如其剂，色味愈西域远甚。然只是今沙糖樧之技。惟坡公过金山寺，作诗送遂宁僧图宝云："涪江与中泠，共此一味水。冰盘荐琥珀，何似糖霜美？"又山谷在戎州作颂，答梓州雍熙长老寄糖霜诗云："远寄糖霜知有味，胜于崔子水晶盐。正宗埽地从谁说，我舌犹能及鼻尖。"糖霜之见于文字者，惟此二诗。然苏所咏者，尚红糖霜。而黄所赋者，始是白糖霜也。宋遂宁王灼有《糖霜谱》："大历中，有邹和尚者，来小溪之伞山，结茅以居，跨白驴，须盐米薪菜之属，即书寸纸，系钱驴背，负之市。人知为邹也，取平直挂物于鞍，纵驴归。一日，驴犯山下黄氏蔗苗，黄诉于邹。邹曰：'汝未知以蔗糖为霜，利可十倍，吾语汝以塞责可乎？'试之果然，自是流传其法。邹末年走通泉县灵鹫山龛中，其徒追及之，但见一文殊石像，始知菩萨化身，而白驴乃狮子也。"

【译文】糖霜的称呼，在唐以前是没有看到记载。古人只有"饧"，是煎米粥熬成的，参见《三礼注》。宋玉《招魂》中说："胹鳖炮羔，有蔗浆些"。这是用浆代糖来用。《后汉书·显宗纪》说："用糖做成狻猊的形状，称为糖猊。"这是把糖熬制为膏状。《吴志》中记载："孙皓派中藏吏收取交州所献的甘蔗饧。"则是稍微炼过的。到唐太宗时派使臣去摩竭陀国取回熬糖的方法，下令到扬州取回蔗做汁，像剂法调制，其色味比西域的还差得远。然而这只是现在制取沙糖樧的技术罢了。只有苏东坡经过金山寺时，写了一首诗，送给遂宁僧人图宝，写道："涪江与中泠，共此一味水。冰盘荐琥珀，何似糖霜美。"另外黄山谷（黄庭坚）在戎州作颂一首，回复梓州雍熙长老寄糖霜诗写道:"远寄糖霜知有味,胜于崔子水晶盐。正宗埽地从谁说,我舌犹能及鼻尖。""糖霜"一词出现在文字中的,只有这两首诗。然而苏东坡所咏的,还只是红糖霜。而黄山谷所写的,才是白糖霜。宋朝遂宁人王灼著有《糖霜谱》:"唐代宗大历年间,有一位邹和尚,来到小溪县的伞山,建茅屋居住下来,他所骑的白驴很有灵性,每当须要柴米薪菜之类的物品,他便写在一张小纸片上,和钱一起系在驴背上,驴带着到市上。市上人便知是邹和尚派来的,便取了纸片和钱,估算大概数量,把所购物品放在驴鞍上,放驴回去。一天,驴吃了山下黄氏家的甘蔗苗,黄家跟邹和尚诉苦。和尚说:'你不知道用蔗糖制成糖霜,可获得十倍利润吧。我告诉你方法,来补驴的过失,可以吗?'黄家人回去一试,结果确实如此,从此流传这个方法。和尚晚年时游通泉县灵鹫山佛龛中,他的徒弟追上他时,只看见一尊文殊石像,才知他是菩萨化身,而那头白驴是他的坐骑白狮。"

诗书次序

变风终以周公,变雅终以召公,周开王化之始,召赞王化之成,思之深,故望之切也。《毛诗》终《商颂》,《尚书》终《秦誓》,商以启周之先,秦以继周之后,其旨微,故其文显也。

【译文】变风(相对于正风而言)在周公时代终结,变雅(相对于正雅而言)在召公时代终结,周公是首先开始王化的人,召公帮助王化完成的人,想得深切,所以盼望越迫切。《毛诗》以《商颂》结尾,《尚书》以《秦誓》结尾,商朝在周朝之前,秦朝在周朝之后,它的思想意旨很奥妙隐微,所以它的文字也就很明显了。

武 后

　　则天朝，张、薛承辟阳之宠，右补阙朱敬则上书切谏，中有"陛下内宠，已有薛怀义、张易之、昌宗，固应足矣。近闻尚食奉御柳模，自言子良宾，洁白美须眉；左监门卫长史侯祥，自云阳道壮伟，过于薛怀义，专欲自进，堪充宸内供奉。无礼无义，益于朝听"云云。则天劳之曰："非卿直言，朕不知此。"赐彩百段。其言虽出忠悃，然秽语竟入奏章，可乎？

　　【译文】武则天朝时，张易之、薛怀义因为有所长而受到宠幸，右补阙朱敬则上书力劝谏，其中有："陛下内宠，已有薛怀义、张易之、张昌宗，固然应该足够了。最近听说尚食奉御柳模，自称子良宾，洁白美须眉；左临门卫长史侯祥，自称'阳道壮伟，过于薛怀义，专欲自进，堪充宸内供奉'。这般无礼无义，充塞朝堂之上。"等等。武则天安慰他说："如果不是爱卿直言劝谏，朕不知道会这样。"赐予他一百段彩段。他的话虽然出于忠心，然而这种污秽之语竟然写入奏章中，可以吗？

读 书

　　宋裴恽诗，有太康字。宣宗曰："太康失邦，何以此谓我？"宰执奏："晋平帝改元太康。"曰："天子须博览，不然几错罪恽。"由是耽味经史，中夜不休，宫中目上为老博士，见宋令狐澄《大中遗事》。太祖尝谓赵普曰："卿苦不读书，今文臣角立，隽轨高驾，卿得毋愧乎？”普由是手不释卷，见宋释文莹《玉壶清话》。见古君臣交相责难，真如师友切磋。又《涑水记闻》："太祖尝谓秦王侍讲曰：'帝王之子，当务读经书，知治乱之大体，不必学作文章，无益也。'"至哉斯言！隋帝李主，是为殷鉴。若唐文皇之圣学渊深，宏文肃括，则天纵之姿，又当别论也。

【译文】唐朝（原为宋，讹误，下同）裴恽的诗中有"太康"两字，宣宗说："太康亡国了，为什么用这个来称呼我？"宰相上奏说："晋平帝改元太康。"又说："天子必须广泛阅览，不然差些错怪裴恽了。"因此宣宗沉迷阅读经史内容，以至深夜不休，宫中都称宣宗为老博士。见于唐朝令狐澄《大中遗事》。宋太祖曾经对赵普说："你的弊端在于不读书，现在文臣并立，出类拔萃齐驾并驱，你（在其中）难道不感到惭愧吗？"赵普从此手不释卷，见于宋代僧人文莹《玉壶清话》。看到古代君臣相互责难，真好像师友一般切磋学问。还有《涑水记闻》写道："宋太祖曾经对秦王侍讲说：'帝王的儿子，必须致力于熟读经书，知道安定与动乱的大致情况，不必学习作文章，这没有用啊。'"这句话是至理名言啊！隋炀帝、李后主这个可以作为他们的借鉴。如果唐太宗学识渊博，文章恭敬而有法度，那是上天赋予的才智，又应该另当别论了。

卷 六

圣 人

《左传》："御叔曰：'焉用圣人。'"杜注云："武仲多知，时人谓之圣。"看圣字，身分本不高，疏证极其明白。而何休乃曰："《春秋》之志，非圣人谁能修之？"言夫子圣人，乃能修之。御叔谓臧武仲为圣人，是非独孔子，其言殊属梦呓。郑《箴膏肓》以为"武仲者，述圣人之道，鲁人称之曰圣。"武仲述圣，亦复何据。陆稼书先生《三鱼堂剩言》云："此圣字，与《周礼》知仁圣义忠和《尚书》惟狂克念作圣，睿作圣，诗人之齐圣，皇父孔圣，诸圣字一例看。"又先大父《左通补释》云："《抱朴子·辨问篇》云：'善围棋之无比者，曰棋圣，严子卿、马绥明有棋圣之名焉。善史书之绝时者，曰书圣，卫协、张墨有书圣之名焉。善刻削之尤巧者，曰木圣。张衡、马忠有木圣之名焉。'又《乡饮酒义》云：'俎豆有数曰圣。'足知圣为通誉，可旁证也。"似较郑说，于义为长。

【译文】《左传》载："御叔曰：'焉用圣人'"。杜预注解说："武仲多智谋，当时人们称他为圣人。"由此来看'圣'字，身份本来并不太高，疏证说得非常明白。然而何休却说："《春秋》这部志书，不是圣人撰写谁又能撰写呢？"说孔子这等圣人才能撰写。御叔称武仲是圣人，说明不止是孔子，这句话确实是梦话。郑玄《箴膏肓》认为"武仲者，述圣人之道，鲁人称之曰圣"。武仲述圣，又是根据什么呢？陆稼书（陆陇其）先生《三鱼堂剩言》说："这个'圣'字与《周礼》'知仁圣义忠'和《尚书》'惟狂克念作圣'，以及'睿作圣''诗人齐圣''皇父孔圣'这些圣字一样看待。"还有我祖父（梁履绳）在《左通补释》中说："《抱朴子·辨问篇》说：'擅长下围棋而没有能与他相比的人称为棋圣，严子卿、马绥明就有棋圣之名。擅长写史书而冠绝当时的称为书圣，卫协、张墨便有书圣之名。擅长雕刻而特别工巧的人称为木圣，张衡、马忠便有木圣之名。'另外《乡饮酒义》说：'俎豆有数曰圣。'这足以知道圣字是通用的名誉之称，可以作为旁证。"似乎比郑玄的说法，在意义上更好一些。

分 字

曲阜孔谷园先生以书名家，殁后所存墨迹，子侄分藏之。其远族人无所得，乃从本家乞得一巨幅，碎裁而均分其字。焚琴斫杖，情属可嗤，然考米襄阳《志林》所载："有人收得虞世南与圆机书一纸，剪开字字卖之，至礜卿二字，得麻一斗；鹤口二字，得铜砚一枚；房邨二字，得芋千头。"则古人已先有为之者矣。

【译文】山东曲阜人孔谷园（孔继涑）先生，以书法成名，死后所存的墨迹，被他的子侄们分而收藏。他的远方族人没有分到，就从本家那里要来一大幅，将它裁碎了，把字平分给大家。像焚烧琴、砍断木杖一样糟蹋美好的事物，于情理上实属可笑。然而，考查米襄阳（米芾）《志林》中所载："有人收到虞世南写给圆机书信一封，剪开后一字一字去卖。到'鋹卿'二字，得到一斗麻；'鹤口'二字，得到一枚铜砚；'房邨'二字，得到一千头芋。"那么古人已经早有这种做法了。

端 砚

端砚之辨最难，非生长斯土悉心穷究者，不能知也。嘉应吴石华学博兰修从事于斯，著《说研》六则，兹并节录之：

水岩，亦名老坑，明万历后所开，内分四洞，曰大西洞，曰小西洞，曰正洞，曰东洞。按赵希鹄《洞天清录》："下岩有旧坑无新坑，上中二岩则皆分新旧。"此宋所称旧坑也。陈子升《砚书》："明成弘间，端石有老坑之名，即宣德朝天诸岩之石，水岩开于近日。"此明季所称老坑也。高兆《端溪砚考》："正洞、东西洞，土人皆名老坑。"景日昣《砚坑述》："老坑有中洞、东洞、西洞之分。"此康熙后所称老坑也。

周氏《砚坑志》："治平坑，土人又称岩子坑。"据此，则岩仔坑又即宋之下岩也。宋下岩塞自崇观前，今水岩开自万历后，地越四五里，作谱者混而一之矣。

水岩大西洞，犹宋之下岩北壁，皆称绝品。次小西洞，次正洞，东洞为下。《广语》云："东洞尤美。"《端溪砚考》云："正洞为上，东洞次之，西洞又次之。"皆不足据。

端石之美五：一青花，欲细不欲粗，欲活不欲枯，欲沉不欲露，欲晕不欲结，如淄尘翳于明镜，如墨瀋着于湿纸，斯绝品矣。一鱼脑，白如晴云，吹之欲散，松如团絮，触之欲起者，是无上品。亦名鱼脑冻。冻者，水肪之所凝也。白而嫩者次之，灰与红下矣。一蕉白，如蕉叶初展，含露欲滴者上也。素洁者次之，黄而焦蓝而灰下矣。一天青，如秋雨乍晴，蔚蓝无际者上也。阴而晦下矣。青花者，石之荣。鱼脑、蕉白者，石之髓。天青者，石之肉。荣无质，必傅他质而著之，傅于天青者上品，傅于鱼脑、蕉白者无上上品，惟大西洞有之。一曰冰纹冻，白晕纵横，有痕无迹，冒如蛛网，轻若藕丝，是谓异品，亦出大西洞。他洞白纹如线，适损毫墨，虽曰冰纹，非所尚矣。

唐询《砚录》云："眼生墨池外者曰高眼，内曰低眼，高眼尤尚，以不为墨掩，常可睹也。"按砚心必不宜有眼，水岩石眼外层有淡墨晕，眼嵌石中，其圆如珠，初磨见淡墨圆晕，即眼皮也。愈磨愈大，层亦愈多，睛见而眼适中矣。再磨则睛去，愈磨愈小，层亦愈少，皮见而眼去矣。故宜眼处见睛而止，不宜眼处见皮而止，毋再磨也。

石工治砚成，锻以火，傅以蜡，饰外而戕其中，甚矣其害也。凡砚积墨之下，其石易沍，正由火攻伤其水质耳。

宋、明俱有砚贡，我朝悉除去之。每岁端午，督抚但以端砚九方，随葵扇、葛布、香珠进之，皆新坑纯净之石。嘉庆中，用麻子坑，近用茶坑。其第四则形容石质妙处，不减毛西河《观石二录》。

【译文】端砚好坏的辨别是最困难的，若不是生长在当地全心深入地钻研，是不能知道的。广东嘉应人、学官吴石华吴兰修从事研究这个事情，著有《说砚》六则，现在一起节录下来：

水岩，也称为老坑，明神宗万历后期开凿，里面分有四洞，分别为：大西洞、小西洞、正洞、东洞。按赵希鹄《洞天清录》："下岩有旧坑但没有新坑，上、中二岩则都分为新、旧。"这是宋朝时所称的旧坑。陈子升《砚书》记载："明朝成化、弘治年间，端石有老坑之名，即宣德、朝天诸岩之石，水岩在近日才开凿。"这是明末所说的老坑。高兆《端溪砚考》说："正洞、东西洞，当地人都叫老坑。"景日昣《砚坑述》说："老坑有中洞、东洞、西洞之分。"这是康熙以后所称的老坑。

周氏《砚坑志》记载："治平坑，当地人又称严子坑。"据此，那么岩仔坑又是宋代的下岩了。宋代下岩从宋徽宗崇宁、大观以前就塞住了，现在水岩在万历以后开凿。土地跨越四五里，作砚谱的人将它们混而为一了。

水岩大西洞，就像宋代下岩的北壁，都可称为绝品。其次小西洞，再次正洞，东洞是最下等的。《广语》说："东洞的端砚最美。"《端溪砚考》说："正洞为上品，东洞次一等，西洞又次一等。"这些都不足为据。

美好的端石有五种：一种是青花，欲细不欲粗，欲活不欲枯，欲沉不欲露，欲晕不欲结，就像黑尘盖在明镜上，就像墨汁滴在湿纸上。这是绝品。一种是鱼脑，白如晴天白云，向它吹气就像散开，疏松就像一团絮状物，触碰它就像起来的，是无上之品。也称为"鱼脑冻。"冻就像水脂肪凝固一样。白而嫩的是次一等品，灰如红的是下等品。一种是蕉白，如焦叶刚展开，含露欲滴的是上品，素洁的是次一等品，黄而焦蓝而灰是下等品。一种是天青，如秋雨乍晴，蔚蓝无际的是上品。阴而晦的是下等品。青花，是石头的气血，鱼脑、蕉白，是石头的骨髓。天青，是石头的肉。气血没有质体，必然附着在其他质体才明显，附着在天青上的是上品，附着在鱼脑、蕉白上的是无上上品，只有大西洞才有。一种是"冰纹冻"，白晕纵横，有痕无迹，胃如蛛网，轻如藕丝，这称为异品，也出自大西洞。其他洞的白纹如线，刚好损伤笔端墨水，即使称为"冰纹"，并非所尊崇的。

唐询《砚录》说："眼生墨池外的称为'高眼'，在内的称为'低眼'，'高眼'的尤其好一些，因为不为墨所掩盖，常常可以看到。"按砚心必不应该有眼。水岩石眼外层有淡墨晕，眼嵌石中，其圆如珠，初磨看到的淡墨圆晕，就是"眼皮"。愈磨愈大，层次也越来愈多，这时睛出现而眼适中了。再磨则睛消失，愈磨愈小，层次也越来愈少，眼皮出现而眼消失了。所以应在在眼处出现睛就停止，不应该在眼处出现皮就停止，那个时候不要再磨了。

石工治砚完成，用火来锻，涂上蜡，装饰外面却戕害了它的内在，这个害处太大了。大凡砚在积墨之下，其石易开裂，正是由于火攻伤害了它的水质。

宋、明两代都有砚贡，清朝却都除去了。每年端午，总督和巡抚只是以端砚九方，随同葵扇、葛布、香珠进献，这些都是新坑纯净之石。嘉庆年间，用麻子坑，近来用茶坑。其中第四坑则形容石质的美妙之处，不比毛西河（毛奇龄）《观石二录》差。

瓜子梦

无锡邹子度忠倚幼祈梦于忠肃祠,梦公倚其身,授瓜子一握,数之,得五十四枚,因名忠倚。后闲居,其夫人戏以瓜子排作"状元"二字,壬辰会试,中式五十四名,殿试一甲第一,遂符梦兆。

【译文】江苏无锡人邹子度邹忠倚,幼年时,在于忠肃(于谦)祠中求梦。梦到忠肃公靠在他身边,给他一把瓜子,数了数,共有五十四枚,因此便取名为"忠倚"。后来闲居时,他夫人用瓜子排成"状元"二字跟他开玩笑,顺治九年(1652)壬辰科会试,中榜第五十四名,殿试一甲第一,竟然与梦兆相符合。

鼎甲同榜

顺治戊子,顺天乡试第四名张永祺,壬辰榜眼。第五名戴王纶,乙未榜眼。第八名熊伯龙,己丑榜眼。一榜三榜眼,奇矣!后熊典试浙江,一榜得三状元,乙未央大成,甲辰严我斯,庚戌蔡启僔,更奇!

【译文】顺治五年(1648),戊子科顺天乡试中,第四名是张永祺,为顺治九年(1652)壬辰科榜眼。第五名戴王纶,为顺治十二年(1655)乙未科榜眼。第八名熊伯龙,为顺治六年(1649)己丑科榜眼。同一榜上有三个榜眼,真是稀奇事啊。后来熊伯龙(于顺治十一年)在浙江主持乡试时,又同一榜出了三个状元,分别是:顺治十二年乙未科史大成,康熙三年(1664)甲辰科严我斯,康熙九年(1670)

庚戌科蔡启傅。这就更稀奇了。

半边红

康熙时，吴逆叛兵逼建城，镇帅怯欲降。其属张游击者，请战，数却贼。张好着羊绒绛袍，单马入阵，战酣，辄袒露半袖，军中因号曰"半边红"。镇帅忌之，诬陷以死，一军皆哭。后人吊以诗云："楚歌千古怨兰丛，汉将空余一骑雄。何事茅檐诸父老，负暄闲说半边红。"

【译文】康熙时候，吴三桂叛兵逼近建城，守城将领胆怯了，想投降。他的属下有一位张姓游击，请求出战，数次便打退敌人。张游击喜欢穿羊绒绛袍，一人一马进入阵中，战斗正激烈的时候，就袒露出半只臂膀，军中因而称他为"半边红"。守城将帅忌恨他，诬陷他以致他被处死，全军都恸哭不已。后人写诗悼念他，说："楚歌千古怨兰丛，汉将空余一骑雄。何事茅檐诸父老，负暄闲说半边红。"

唐子畏墓诗

商丘宋牧仲先生荦抚江苏时，曾为唐六如修墓。韩文懿公题诗云："在昔唐衢尝恸哭，只今宋玉与招魂。"用典恰切。

【译文】河南商丘人宋牧仲先生宋荦任江苏巡抚时，曾为唐六如修理坟墓。韩文懿公（韩菼）题诗说："在昔唐衢尝恸哭，只今宋玉与招魂。"用典恰当贴切。

陈恪勤诗

陈恪勤公鹏年文章事业，彪炳一代，而诗极潇洒。绝句云："隔帘幽韵上焦桐，一曲湘灵奏未终。略记年时春雨后，海棠初试小熏笼。"抑何旖旎也！

【译文】陈恪勤公陈鹏年的文章事业，可照耀一代。他的诗极其潇洒。有一首绝句写道："隔帘幽韵上焦桐，一曲湘灵奏未终。略记年时春雨后，海棠初试小熏笼。"这诗是多么的柔和美丽啊！

河豚赝本

米元章好摹易他人字画。杨次翁守丹阳，元章过郡，杨作羹以饭之，曰："今日为君作河豚。"元章遂疑而不食。次翁笑曰："其实他鱼，公可无疑，此赝本耳。"其诙谐特妙。

【译文】米元章（米芾）喜欢描摹改变别人的字画。杨次翁任丹阳太守时，元章路过该地时，太守做羹来给他吃，说："今天为先生做河豚汤。"元章于是怀疑而不吃。次翁笑着说："其实是别的鱼做的，你可以不用怀疑，这是河豚的赝品罢了。"这话说的诙谐绝妙。

目 出

《左传》："荀偃瘅疽，生疡于头，及著雍，病目出。"钱唐汪季怀瑜曰："《灵枢经·寒热病篇》云：'足太阳有通项人于脑者，正属目本，名曰眼系。痁生而伤其脉络，目无所系而突出矣。'"

【译文】《左传》说："苟偃瘅疽，生痁于头，及著雍，病目出。"钱唐人汪季怀汪瑜说："《灵枢经·寒热病篇》中有记载：'足太阳经通过人的脖子进入大脑，正好属于眼睛这方面，因而称为眼系。痁生而伤害其脉胳，眼睛没有经脉系缚，便突出来了。'"

琵琶亭

九江浔阳江琵琶亭，题咏甚多。乾隆中，唐蜗寄英榷九江，置纸笔于亭上，令过客赋诗，开列姓名，交关吏投进。唐读其诗，分高下以酬之，投赠无虚日，坐是亏累，变产以偿，怡然绝不介意。去官后，过客思之，为建白太傅祠，肖唐像祀其旁。

【译文】九江浔阳江边有一座琵琶亭。在那里题诗的很多。乾隆时期，唐蜗寄唐英在九江任九江关监督时，曾在亭中摆放纸笔，让来往客人作诗，并把姓名逐个写出来，交给守关口的官吏递送进府。唐蜗寄便读这些诗，并分出优劣给他们酬金。这样天天有人赠送诗词，无一天间断，因此他的钱一天天亏损，他就变卖家产来偿还亏损，他竟然非常喜悦，一点也不在意。他辞官后，过客们都追思他，便为他修建了白太傅祠，塑了一尊他的像，置于祠旁。

司成受拜

新进士受鼎甲拜，戒不得动。相传头动则害状元，左右手动则伤榜探。嘉庆辛未，天门蒋丹林副宪祥墀为祭酒，一甲一名为蒋笙陔修撰，即祭酒子也。有朝士赠以诗云："回忆趋庭学礼时，国恩家庆喜难支。阿翁不敢掀髯笑，怪底郎君起跪迟。"父子行此大典，一时传为佳话。

【译文】新进士受鼎甲拜贺之时，告诫说不能乱动。相传头动则伤害状元，左右手动则伤害榜眼、探花。嘉庆辛未年（嘉庆十六年，1811），天门人、都察院左副都御史蒋丹林蒋祥墀为国子监祭酒，一甲第一名是修撰蒋笙陔（蒋立镛），就是蒋祭酒的儿子。有一个朝中官员赠诗给他说："回忆趋庭学礼时，国恩家庆喜难支。阿翁不敢掀髯笑，怪底郎君起跪迟。"父子两人行此大典，一时传为佳话。

牡丹鹦鹉

粤东黎美周客扬州郑氏影园，与词人即席分赋《黄牡丹》七律十章，已糊名殿最，钱虞山拔美周第一。郑氏以书报曰："君已录牡丹状头矣。"以二金罍赉之。后美周过吴下，人皆呼牡丹状元。其诗有曰："月华蘸露扶仙掌，粉汗更衣染御香。"又曰："燕衔落蕊成金屋，凤蚀残钗化宝胎。"皆丽句也。时邝湛若亦赋《赤鹦鹉》七律十章，有句云："舞爱玉环低翠袖，歌怜樊素啭朱樱。"又曰："飞琼阆苑乘朱雾，小玉璇宫化紫烟。"一时传诵,有黎牡丹、邝鹦鹉之称。

【译文】广东人黎美周(黎遂球),寄居在扬州郑氏(郑元勋)家的影园,与词人当场分作《黄牡丹》七律十章,用糊名的方式进行评选。钱虞山(钱谦益)推黎美周诗为第一。郑氏写信告诉黎美周说:"你已被评为'牡丹状元'了。"并且赠送他两个金罍。后来黎美周经过吴下时,人们都叫他"牡丹状元"。他的诗中有说:"月华醮露扶仙掌,粉汗更衣染御香。"又有:"燕衔落蕊成金屋,风蚀残钗化宝胎。"都是妍丽华美的对偶句。当时邝湛若(邝露)也作了《赤鹦鹉》七律十章,其中有诗句说:"舞爱玉环低翠袖,歌怜樊素啭朱樱。"又说:"飞琼阆苑乘朱雾,小玉璇宫化紫烟。"一时广为传诵,因此有"黎牡丹""邝鹦鹉"的称呼。

到

广东顺德人谓欺曰到。案《史记》"张仪曰:'不如出兵以到之。'"《索隐》曰:"到,欺也。"犹俗云"张到",谓张网得禽兽也。到,得也。张仪善欺人,故谓欺人曰"张到"也。

【译文】广东顺德人,把"欺"说成"到"。《史记》记载:"张仪说:'不如出兵以到之。'"《索隐》说:"到,欺也。"就像民间说"张到",是说张网捕得禽兽了。到,得也。张仪擅长欺骗人,所以称骗人称为"张到"。

两相对联

桐城张文和公七十寿辰，高宗赐对联云："潞国晚年犹矍
铄，吕端大事不糊涂。"常州程文恭公薨，赐对云："执笏无惭真
宰相，盖棺还是老书生。"可谓备极荣哀矣。

【译文】安徽桐城人张文和公（张廷玉）七十大寿，清高宗送对
联一副表示祝贺："潞国晚年犹矍铄，吕端大事不糊涂。"江苏常州程
文恭公（程景伊）过世，清高宗送一副对联表示哀悼："执笏无惭真
宰相，盖棺还是老书生。"可以说荣哀达到了极致。

先臣告养

乾隆中，先文庄公乞假养亲，赐"莱衣昼永"四字扁额。又
赐诗云："翻祝还朝晚，卿家庆更深。"天语肫挚，可谓极矣。又
嵇文恭赠对联云："花宴琼林，温仲舒由大魁秉政；堂开昼锦，
王文献以宰相养亲。"亦堂皇有体。

【译文】乾隆年间，文庄公（梁诗正）向清高宗告假还乡，以养
双亲。清高宗赐他一块"莱衣昼永"的四字扁额。又赐诗说："翻祝
还朝晚，卿家庆更深。"皇上的话真挚诚恳，可以说到了极点啊！又
有嵇文恭（嵇璜）赠一副对联说："花宴琼林，温仲舒由大魁秉政；
堂开昼锦，王文献以宰相养亲。"这话也是富丽堂皇、恰如其分。

唐公韵事

吴县城西北有桃花坞，旧志称为宋章粢别业，唐解元寅筑居于此，有梦墨亭，有祠祀六如居士及祝京兆、文待诏。天启中，杨端孝大潆改为准提庵。国初，宋中丞荦重加修葺，增建才子亭，百年以来，隳废靡遗。嘉庆六年，善化唐陶山观察仲冕知吴县事，因拓庵东别室，移祀唐、祝、文三君像，颜其室曰桃花仙馆。且访得六如居士墓，在胥门外横塘王家村，封植而题识焉。并赋七律八首云："绮罗弦管总成尘，一种才华阅世新。纵酒地为浇酒地，看花人是种花人。可怜谢客无遗宅，何必逋仙有后身。燕麦兔葵芟剔尽，绛桃依旧占芳春。""第一风流自爱名，佯狂独得圣之清。奏书不逐严夫子，挝鼓真同祢正平。半偈悟禅空电逝，小楼读画尚花明。饶他文酒求余韵，三百年来识此生。""吾宗衢后数尤奇，牢落悲深旷代知。司马青衫同洒泪，尚书红杏旧题词。_{谓商丘宋中丞。}衔碑土近要离冢，拾翠人归短簿祠。千古英豪齐下马，况传华胄备官司。""荒烟蔓草剩寒灯，仙馆重开问寺僧。五十步分樵采路，三千界埽辟支乘。乞花好句留楹帖，_{近得居士真迹一联，刻之祠楹。}梦墨遗编付剡藤。表墓式闾吾岂敢，名流好事写韩陵。""白玉楼成隔两尘，水村山郭几番新。未知若个眠云处，想见当年荷锸人。兰若旧藏题后碣，菰芦雅称梦中身。横塘十里秋声馆，合与芳园一例春。""荒丘冥漠不书名，访到山桥涧水清。指点青磷孤月出，侵寻黄壤乱云平。一坏马鬣新封大，三尺鸡碑小记明。过客莫歌蒿里曲，早临兜率悟无生。""菱芡重重鼎俎奇, 横阡设祭暮鸦知。《唐风》剩有毛苌传, 楚些曾无宋玉词。崇祯甲申, 毛子晋尝封表之, 置墓田丙舍, 纪以碑, 今荡然无存, 惜商丘中丞时未曾议及。地以沧桑沉断础, 人于伏腊走丛祠。秋来雁税从新占, 凭仗村翁社媪司。""文人慧业照元灯, 墓碑仍题明唐解元。烟穗前生记老僧。花坞吟樽延客赏, 石湖钓艇许吾乘。城开更注千年漆, 松茂长拏百尺藤。疑冢却媛铜雀妓, 空教卖履望西陵。"事既风流, 诗尤隽雅, 可谓韵矣。

　　【译文】吴县城西北方, 有一座桃花坞, 旧县志称它是为宋代章粢的别墅。解元唐寅就在这儿建房居住, 有一座梦墨亭, 有祠堂祭祀六如居士及祝京兆(祝允明)、文待诏(文徵明)。明熹宗天启年间, 杨大瀠(字端孝)把它改为准提庵。清朝初年, 中丞宋荦重加修葺, 增建一座"才子亭", 近百年来, 败坏荒废殆尽。嘉庆八年(1803), 湖南善化人、道台唐陶山唐仲冕任吴县知事, 因为要开拓庵东的其他房子, 移祀唐、祝、文三君像, 整理装饰后称为"桃花仙馆"。并且找到六如居士墓, 在胥门外横塘王家村, 堆土为坟, 植树为饰而作标记。并赋七律八首, 诗说:"绮罗弦管总成尘, 一种才华阅世新。纵酒地为浇酒地, 看花人是种花人。可怜谢客无遗宅, 何必逋仙有后身。燕麦兔葵荄别尽, 绛桃依旧占芳春。""第一风流自爱名, 佯狂独得圣之清。奏书不逐严夫子, 挝鼓真同祢正平。半偈悟禅空电逝, 小楼读画尚花明。饶他文酒求余韵, 三百年来识此生。""吾宗衢后数尤奇, 牢落悲深旷代知。司马青衫同洒泪, 尚书红杏旧题词。是说商丘人宋中丞(宋荦)。衔碑土近要离冢, 拾翠人归短簿祠。千古英豪齐下马, 况传华胄备官司。""荒烟蔓草剩寒灯, 仙馆重开问寺僧。五十步分樵采路, 三千界埨辟支乘。乞花好句留楹帖, 近来得到居士真迹一联, 刻在祠楹上。梦墨遗编付剞藤。表墓式闾吾岂敢，名流好事写韩陵。""白玉楼成隔两尘，水村山郭几番新。未知若个眠云处，想见当年荷锸人。兰若旧藏题后碣，菰芦雅称梦中身。横塘十里秋声馆，合与芳园一例春。""荒丘冥漠不书名，访到山桥涧水清。指点青磷孤月出，侵寻黄壤乱云平。一坏马鬣新封大，三尺鸡碑小记明。过客莫歌蒿里曲，早临兜率悟无生。""菱芡重重鼎俎奇，横阡设祭暮鸦知。《唐风》剩有毛苌传，楚些曾无宋玉词。崇祯甲申（崇祯十七年，1644），毛子晋曾堆土以作标记它，设置有墓田、丙舍，以石碑纪念，如今已荡然无存，可惜商丘宋中丞当时不曾议及。地以沧桑沉断础，人于伏腊走丛祠。秋来雁税从新占，凭仗村翁社媪司。""文人慧业照元灯，墓碑仍题为明代唐解元（唐寅）。烟穗前生记老僧。花坞吟樽延客赏，石湖钓艇许吾乘。城开更注千年漆，松茂长孥百尺藤。疑冢却媸铜雀妓，空教卖履望西陵。"这件事已然是风流潇洒，而诗又尤其清秀，可以说是很高雅了。

指 爪

唐开元钱以面有半月痕者为贵。相传铸钱时呈样，贵妃指甲误触其模，冶吏不敢擅易，此半月痕即贵妃爪印也。又禾中樵李有半月痕，相传是西施爪印。二美人俱以指爪传，甚奇。

【译文】唐朝的开元通宝，以钱面上有月牙痕印为贵。相传铸钱时把钱的样版呈给皇上，而贵妃的指甲却误触了钱模，铸钱的官吏不敢擅自改动，这个半月痕就是贵妃的指甲印。还有一种李树结的嘉兴樵李果子上边也有半月痕，相传那是西施的指甲印。两位美女都以指甲印传为谈资，很是奇特。

粤 歌

粤俗好歌,凡歌以不露题中一字,语多双关而中有挂折者为善。挂折者,挂一人名于中,字相连而意不相连者也。歌辞不必全雅,平仄不必全叶,以俚言土音衬之,唱一句,或延半刻,曼节长声,自回自复,词必极艳,情必极至,使人喜悦悲酸而不能已已,乃为极善。长者名"摸鱼歌",三弦合之,盖太蔟调也。其短调踏歌者,不用弦索,往往引物连类,委曲譬喻,多如子夜竹枝,如曰:"中间日出四边雨,记得有情人在心。"曰:"一树石榴全着雨,谁怜粒粒泪珠红。"曰:"妹相思,不作风流到几时,只见风吹花落地,那见风吹花上枝。"《蜘蛛曲》曰:"天旱蜘蛛结夜网,想晴只在暗中丝。"又曰:"妹相思,蜘蛛结网恨无丝,花不年年在树上,娘不年年作女儿。"《素馨曲》曰:"素馨棚下梳横髻,只为贪花不上头,十月大禾未入米,问娘花浪几时收?"梳横髻者,未笄也。宜笄不笄,是犹不肯在花棚上也。十月熟者名大禾,岁晏而米不入,花浪不收,是过时无实也。此刺游女,亦以喻士之不及时修德,流荡而至老也。有曰:"官人骑马到林池,斩竿筋竹织笱箕,笱箕载绿豆,绿豆喂相思,相思有翼飞开去,只剩空笼挂树枝。"刺负恩也。有曰:"一更鸡啼鸡拍翼,二更鸡啼鸡拍胸,三更鸡啼郎去广,鸡冠沾得泪花红。"有云:"岁晚天寒郎未回,厨中烟冷雪成堆,竹篙烧火长长炭,炭到天明半作灰。"有曰:"柚子批皮瓤有心,小时则剧到如今,头发条条梳到尾,鸳鸯怎得不相寻。"有云:"大头竹笋作三桠,敢好后生无置家，敢好早禾无入米，敢好攀枝无晾花。敢好，言如此好也。"诸如此类，情深词艳，深得风人之遗。又粤西峒女亦喜踏歌，其歌皆七言，或二三句，或十余句不等。如云："黄蜂细小螫人痛，油麻细小炒仁香。"又云："行路思娘留半路，睡也思娘留半床。"又云："与娘同行江边路，却滴江水上娘身，滴水一身娘未怪，要凭江水作媒人。"布格命意，另是一种，以此推之，则苗人跳月之歌，当亦有可观，惜无人译之者。

【译文】广东的风俗喜好唱歌，凡是歌词都以不露题中一字，语句多用双关且句子中有挂折者为好歌。"挂折者"就是说要挂一个人的名字在歌中，字要相连但意不相连。歌词不必要全雅，平仄不必都押韵，用俚语土音补衬，唱一句，或延半刻，慢节长声，自回自复，歌词必须极其艳丽，情志必须达到极致，使人喜悦、悲酸而不能自已。这就是极好的歌。较长的叫《摸鱼歌》，用三弦和曲，原来是"太蔟调"。如果是短调踏歌的，不用弹奏弦乐，而往往引物连类、委曲譬喻，大多如子夜竹枝，如唱："中间日出四边雨，记得有情人在心。"对唱："一树石榴全着雨，谁怜粒粒泪珠红。"又唱："妹相思，不作风流到几时，只见风吹花落地，那见风吹花上枝。"《蜘蛛曲》中唱："天旱蜘蛛结夜网，想晴只在暗中丝。"又唱："妹相思，蜘蛛结网恨无丝，花不年年在树上，娘不年年作女儿。"《素馨曲》中唱："素馨棚下梳横髻，只为贪花不上头，十月大禾未入米，问娘花浪几时收。"梳横髻，就是未及笄的意思，宜笄不笄，就是说不肯在花棚上。十月熟的叫大禾，岁末而米不入，花浪不收，是过季没有结实的意思。这是讽刺出游的女子，也用来比喻不及时修德的士人，流荡而至老。有唱："官人骑马到林池，斩竿筋竹织箐箕，箐箕载绿豆，绿豆喂相思，相思有翼飞开去，只剩空笼挂树枝。"讽刺辜负恩情的。有唱："一更鸡啼鸡拍翼，二更鸡啼鸡拍胸，三更鸡啼郎去广，鸡冠沾得泪花红。"有唱："岁晚天寒郎未回，厨中烟冷雪成堆，竹篱烧火长长炭，炭到天明半作灰。"有唱："柚子批皮瓤有心，小时则剧到如今，头发条条梳到尾，鸳鸯怎得不相寻。"有唱："大头竹笋作三桠，敢好后生无置家，敢好早禾无入米，敢好攀枝无晾花。敢好，是说如此好的意思。"诸如此类的歌词，情深词艳，深受古风影响。另外还有广西峒女也喜欢踏歌，其歌都是七言，或二三句、十余句不等。如唱："黄蜂细小螫人痛，油麻细小炒仁香。"还有唱："行路思娘留半路，睡也思娘留半床。"又唱："与娘同行江边路，却滴江水上娘身，滴水一身娘未怪，要凭江水作媒人。"谋篇布局确定文意，又是另外一种，以此类推，那么苗人的跳月之歌，应当也有值得观赏的地方，只可惜没有人去翻译它。

射 潮

廉州海中，常有浪三口连珠而起，声若雷轰，名三口浪。相传旧有九口，马伏波射减其六，屈翁山先生有射潮歌云："后羿射日落其九，伏波射潮减六口，海水至今不敢骄，三口连珠若雷吼。"人知钱王射潮，而伏波射潮，罕有知者。

【译文】廉州海中，常有浪潮翻滚，而且是三口连珠而起，浪潮声音如雷轰鸣，因此称为"三口浪"。相传过去有九口浪，马伏波（马援）射掉了其中六口，屈翁山（屈大均）先生有一首射潮歌说："后羿射日落其九，伏波射潮减六口，海水至今不敢骄，三口连珠若雷吼。"人们只知道钱王（钱镠）射潮，而伏波射潮，却很少有人知道。

媒 竹

赌妇潭在广东龙门县蓼溪水口。相传有二童男女戏赌，各持竹一片，从上流掷下，云："两竹相合，即成夫妇。"俄而果合，遂谐伉俪，故名潭曰"赌妇潭"，潭上竹曰"媒竹"。翁山有诗云："两边生竹合无痕，生竹能成夫妇恩。潭上至今媒竹美，枝枝慈孝更多孙。"媒竹二字甚新。

【译文】赌妇潭，在广东龙门县的蓼溪水口。相传有一对童男童女在那比赛争胜，他们各自拿着一片竹叶，从溪的上游往下抛，说："只要两片竹叶相合，就结为夫妇。"不久两竹片果然合在一起，于是他们结成了夫妻，因此称此潭为"赌妇潭"，潭上的竹子就叫"媒竹"。翁山（屈大均）有诗句说："两边生竹合无痕，生竹能成夫妇恩。潭上至今媒竹美，枝枝慈孝更多孙。""媒竹"二字很是新奇。

迷 坑

广东广宁县北五十里，有圆岭山，多坑，凡九十有九，坑坑相似，失道必三日乃出。采笋者一一识其处，称曰"迷坑"。山歌云："莫采广宁圆岭笋，迷人九十九条坑。"其山横亘十五里。

【译文】广东广宁县北五十里的地方，有一座圆岭山，坑很多，共九十九个坑，每个坑都很相似，如果迷路了，必定要三天才能走出来。然而，采笋的人一一在那做标记，他们称之为"迷坑"。有山歌唱道："莫采广宁圆岭笋，迷人九十九条坑。"这座山横跨十五里。

祥酒帘

长白祥药圃鼐，乾隆丙戌进士，由工部主事累官至布政使。尝作《酒帘》诗云："送客船停枫叶岸，寻春人指杏花楼。"都下盛传，呼为"祥酒帘"。

【译文】长白祥药圃祥鼐，是乾隆三十一年（1766）丙戌科进士，从工部主事不断升到布政使。曾经写有一首《酒帘》，诗中说："送客船停枫叶岸，寻春人指杏花楼。"整个京城广为流传，因此都称之为"祥酒帘"。

绿郎红娘

广东女子，多有犯绿郎以死，男子多有犯红娘以死者。谚曰："女忌绿郎，男忌红娘。"翁山屈氏解之曰："咸之象，二少憧憧，则朋从其思，少女之思往，则绿郎之朋来，少男之思往，则红娘之朋来。皆婚姻不及其时，情欲之感所致也。"

【译文】广东的女孩子，有许多冲犯绿郎而死的，男孩子有许多冲犯红娘而死的。谚语说："女忌绿男，郎忌红娘。"屈翁山（屈大均）先生解释说："咸卦上说，少男少女念头不断，思想不定，就像很多朋友一样，跟着思想来来去去。少女思念时，绿郎便来了；少男思念时，红娘便来了。这都是婚姻不及时，因情欲相感导致的。"

集诗袭诗

鲁哀公诔孔子曰"昊天不吊",《节南山》诗句也;"不慭遗一老",《十月之交》诗句也;"嬛嬛在疚",《闵予小子》诗句也,说见《路史发挥》五,此当是集诗之祖。又"毋逝我梁"四句,《谷风》《小弁》凡两见,可见诗人亦相蹈习,则曹孟德之"呦呦鹿鸣"四句,其生吞活剥,有以借口矣。

【译文】鲁哀公为孔子写有诔文,其中有"昊天不吊",是《节南山》的诗句;"不慭遗一老",是《十月之交》的诗句;"嬛嬛在疚",是《闵予小子》的诗句,上述说法参见《路史发挥》五,这应该是集诗之祖。又"毋逝我梁"四句,《谷风》《小弁》一共两次出现,可见诗人也相互沿用,那么曹孟德的"呦呦鹿鸣"四句,生搬硬套《诗经》的诗句,可以有借口了。

隋 镜

友人得隋宫镜,索诗,余赋二绝云:"六代繁华影事徂,菱花藓晕总模糊。不知大业深宫里,曾见君王好颈无?""当年粉黛此泥沙,尚指团栾说帝家。便使隋堤明月在,可能还照玉钩斜?"

【译文】友人得到一块隋朝宫镜,向我索求诗句,我就写了两首绝句,写道:"六代繁华影事徂,菱花藓晕总模糊。不知大业深宫里,曾见君王好颈无?""当年粉黛此泥沙,尚指团栾说帝家。便使隋堤明月在,可能还照玉钩斜?"

蝇 异

嘉靖间,御史三水何维柏按闽,疏论严嵩被逮。闽人哀号攀送,有无数小蝇,朋飞薨薨,如泣如诉,止于舆,止于桎梏,止于校人之衣,出郭十余里,乃散。抵京入狱,蝇集如前。见屈翁山《广东新语》。夫以蝇之可恶,诗人讥之,而示异如此,可见嵩之谗谮,并蝇不若矣。

【译文】明世宗嘉靖年间,广东三水人、御史何维柏巡按福建,上疏弹劾严嵩被逮捕。福建人哀号着攀住车马,依依送别,有无数小苍蝇,群飞其旁嗡嗡直鸣,好像在哭泣,又好像在诉说,有的停在车上,有的停在桎梏上,有的停在校人的衣服上,出附城走了十多里,才散去。等到了京城关进狱中,苍蝇又云集如前。这件事参见屈翁山(屈大均)《广东新语》。用青蝇的可恶,诗人讥讽奸佞之人,而出现了如此怪异的现象,可见严嵩的谗言毁谤,连苍蝇都不如啊。

小峨嵋

钱唐杨西明星耀于市购得一石,高尺有半,径倍之,质白而润且坚,起二十四峰,形如束笋,丘壑毕具。识者曰:"此蜀产雪精石也。"盖峨嵋之积雪凝结而成,因名之曰"小峨嵋"。杨君有诗答王淑亭云:"我欲游五岳,欲去不去心忡忡。虽无负郭之田石尤妇，却有奇书万卷诗千筒。手植海棠二十载，年来作花百万娇春红。疏花细草各有态，纸窗竹屋交相通。往往梦游峨嵋与天姥，焉能舍却布被陟险支枯筇。峨嵋之神嘉余颇懒散，特遣一峰缩入长房之壶中。壶中灵气不可测，幻出二十四朵青芙蓉。昨在西蜀今吴东，欲与鹫岭争雌雄。山神或恐两损失，不如及早归弘农。主人得之大欢喜，置之广径傍古松。恍疑来自龙王宫，水气沁人云濛濛。又疑三代以前古积雪，虽有扶桑烈日炼不融。遍身苔藓青三冬，独有一峰不染如秃翁。其余众峰环抱如屏风，一峰蜿蜒起伏如游龙，一峰微露圭角无寻踪，疑是排衙石，罗列埋荒丛。又疑吼山观鱼之奇境，中央临水万顷涵清空。此乃峨嵋分支排衙吼山之变态，奇妙只可归天工。云间王子亦好事，走马出郭远过从，相与合掌各拜倒，自谓如此奇石真难逢。明日寄诗烦奚童，磊磊落落兴颇浓。我岂海岳君坡公，君家飞泉之石我昔寓目殊玲珑。_{淑亭有英石，名飞泉，余昔赋诗。}自昔宋人宝燕石，只可譬之绿珠归石崇。世俗茫然不顾等蒿蓬，石兮石兮吾将与汝成始终。"诗颇恣横。

【译文】钱唐杨西明_{杨星耀}在集市上买到一块石头，高一尺半，直径是高度的一倍，质地白润而且坚硬，隆起有二十四峰，形状就如束笋，丘壑之形全有。认识此石的人说："这是四川所产的雪精石。"大概是峨嵋山的积雪渐渐凝结而成的，因而称此石为"小峨嵋"。杨君有首诗回复王淑亭说：我欲游五岳，欲去不去心忡忡。虽无负郭之田石尤妇，却有奇书万卷诗千筒。手植海棠二十载，年来作花百万娇春红。疏花细草各有态，纸窗竹屋交相通。往往梦游峨嵋与天姥，焉能舍却布被陟险支枯筇。峨嵋之神嘉余颇懒散，特遣一峰缩入长房之壶中。壶中灵气不可测，幻出二十四朵青芙蓉。昨在西蜀今吴东，欲与鹫岭争雌雄。山神或恐两损失，不如及早归弘农。主人得之大欢喜，置之广径傍古松。恍疑来自龙王宫，水气沁人云濛濛。又疑三代以前古积雪，虽有扶桑烈日炼不融。遍身苔藓青三冬，独有一峰不染如秃翁。其余众峰环抱如屏风，一峰蜿蜒起伏如游龙，一峰微露圭角无寻踪，疑是排衙石，罗列埋荒丛。又疑吼山观鱼之奇境，中央临水万顷涵清空。此乃峨嵋分支排衙吼山之变态，奇妙只可归天工。云间王子亦好事，走马出郭远过从，相与合掌各拜倒，自谓如此奇石真难逢。明日寄诗烦奚童，磊磊落落兴颇浓。我岂海岳君坡公，君家飞泉之石我昔寓目殊玲珑。王淑亭有一块英石，名飞泉，我之前为它写过诗。自昔宋人宝燕石，只可譬之绿珠归石崇。世俗茫然不顾等蒿蓬，石兮石兮吾将与汝成始终。"这诗气势非常豪放不羁。

二刘妃图

宋高宗有二刘妃图，潘悦题诗云："秋风落尽故宫槐，江上芙蓉并蒂开。留得君王不归去，凤皇山下起楼台。"语含讽刺，而诗特清婉。

【译文】宋高宗有"二刘妃图"，潘悦作诗说："秋风落尽故宫槐，江上芙蓉并蒂开。留得君王不归去，凤凰山下起楼台。"言语间含有讥讽之意，然而诗却写得清新婉转。

没字碑

谢太傅墓碑无字，伟绩丰功不胜记也。秦太师墓碑无字，秽德丑行不屑书也。桧死，诏撰神道碑，士大夫无一执笔者，见俞德邻《佩韦斋集》及彭大翼《山堂肆考》。同一事而相隔天渊若此。又秦桧墓地，今俗名狗葬村。

【译文】谢太傅（谢安）的墓碑上没有刻字，是他的丰功伟绩记不完。秦太师（秦桧）的墓碑也没有刻字，是他的丑行秽德不值得书写。秦桧死后，皇帝下诏撰写神道碑，士大夫没有一人执笔的，参见见俞德邻《佩韦斋集》以及彭大翼《山堂肆考》。同样一件事情，却像这样有天壤之别。另外，秦桧的墓地，现在俗名为"狗葬村"。

集庆寺

寺在灵隐寺之东，宋理宗阎贵妃香火院也。初建时，贵妃父良臣欲伐材灵隐，以供屋材。僧元肇，号淮海，作诗曰："不为栽松种茯苓，只缘山色四时青。老僧不许移松去，留与西湖作画屏。"诗彻于上，遂命勿伐。寺自宋至本朝，香火极盛，与云林相埒。相传二十八诸天首中，各有宝珠一粒，乾隆中，为一海宁人取去，自是山门顿衰，今惟断垣四面，古佛一龛而已。

【译文】集庆寺在灵隐寺的东边，是宋理宗的阎贵妃拜香火的寺院。开始建寺时，阎贵妃的父亲阎良臣想砍伐灵隐寺的树木，用来做寺庙木材。僧人元肇和尚（号淮海）便作诗说："不为栽松种茯苓，只缘山色四时青。老僧不许移松去，留与西湖作画屏。"这首诗传到皇上那里，便下令不许伐树。集庆寺从宋朝到清朝以来，香火极旺，和灵隐寺不相上下。相传寺中供奉的二十八尊天首之中，各有一粒宝珠。乾隆年间，被一个海宁人偷走，从此寺院顿时衰败，现在只剩四面断墙垣残壁，一座古佛龛罢了。

十五魁巷

十五魁巷，宋名石乌龟巷，旧有宝奎寺，宋相乔行简故第，后舍为寺。乔自嘉熙末拜平章军国重事，年已八帙，治第作上梁文云："有园有沼，聊为卒岁之谋；无子无孙，尽是他人之物。"见《齐东野语》。

【译文】十五魁巷，在宋朝称为石乌龟巷，那时有一座宝奎寺，是宋朝丞相乔行简的故居，后来施舍做寺庙。乔行简从宋理宗嘉熙末年任平章军国重事，年已八十，在盖房时写有一篇上梁文，当中说："有园有沼，聊为卒岁之谋；无子无孙，尽是他人之物。"这件事可参见《齐东野语》。

梦中反切

唐张镒为工部尚书，奏事称旨，代宗面许宰相，累旬无耗。忽夜梦有人云："任调拜相。"寤而寻绎不解。外甥李通礼贺曰："舅作相矣。任调反语是饶甜，饶甜无逾甘草，独为珍药。珍药反语即舅名氏也。"俄而白麻果下。见薛用弱《集异记》。此等圆梦，真是匪夷所思。

【译文】唐朝张镒做工部尚书时，上奏之事很合旨意，唐代宗曾当面许诺封他做宰相，可是几十天后仍无消息。忽然一天夜里梦到有人说："任调拜相。"醒后反复思索不得其解。他的外甥李通礼向他祝贺说："舅作相矣。任调反切是饶甜，饶甜没有能超过甘草的，甘草独为珍药。珍药反切就是舅名氏啊。"不久，果然有白麻诏书下达（封他做宰相）。这件事可参见薛用弱《集异记》。这等圆梦之事，真是匪夷所思。

一把雪一把连

韩世忠在军中，独骑驰马，使一把雪，执信字旗。一把雪者，趫捷善走之人也。见蕲王神道碑。一把连，明宫中近御太监，凡入侍则抹布小刀，一一佩带，以备上用，名一把连。见叶某《明宫词注》。

【译文】韩世忠在军中时，独自骑马驰骋，派"一把雪"为他执"信"字旗。"一把雪"，是指矫健敏捷擅长急速奔跑的人。这可见于蕲王神道碑。"一把连"，是指明宫中皇帝跟前太监，凡是要入侍皇上就要把抹布小刀，都一一佩带在身上，以备皇上使用，称为"一把连"。这可见于叶某《明宫词注》。

软玉珪

李鹿苹协揆旧藏软玉珪一事，可以屈伸，如玳瑁明角者然。协揆开府粤东，一夕，署不戒于火，珍宝悉为煨烬，此珪匆促取出，因触物碰去一角。尝考《杜阳杂编》："唐代宗于兴庆宫复壁，得软玉鞭。盖天宝中异国所献，光可鉴物，屈之则头尾相就，舒之则劲直如绳，虽以斧锁锻斫，终不伤缺。"据此，则触物而碎者，尚非宝物也。

【译文】协办大学士李鹿苹（李鸿宾）曾收藏了一块软玉珪，它可屈可伸，就像玳瑁兽角制成的薄片一样。协办大学士任广东督抚时，一天晚上，官府没有防备而失火了，珍宝都化为灰烬，这块软玉珪在匆忙仓促中被取出，因而撞到了其他物体被碰掉了一角。我曾经考究《杜阳杂编》："唐代宗在兴庆宫的夹墙里，得到了软玉鞭。大概是唐玄宗天宝时期外国所献之物，它的光可以照物，把它弯曲可以头尾相连接，舒展开就像劲直的绳子，即使用斧锁砍它，也始终不会有损伤。"根据这个记载，那么碰到物体就碎的，还不算是宝物啊。

奸雄喜怒

秦桧子熺，状元及第，李文肃贺以启云："一经教子，素钦丞相之贤；累月笞儿，敢起邻翁之羡。"桧大喜。见杨困道《云庄四六余话》。汪彦章贺以启云："三年而奉诏策，固南宫进士之所同；一举而首儒科，盖东阁郎君之未有。"桧父子大怒。彦章自此得罪，羁置湖湘。见沈作喆《寓简》。同一颂扬，而言对仗，则汪尤胜于李也。奸雄喜怒，其不可测如此。

【译文】秦桧的儿子秦熺（应为秦熺之子秦埙），考中了状元。

李文肃（应为李文敏，即李邴）以书信恭贺道："一经教子，素钦丞相之贤；累月答儿，敢起邻翁之美。"秦桧看后非常高兴。这件事参见杨囷道《云庄四六余话》。汪彦章（汪藻）向他们写信贺喜，说："三年而奉诏策，固南宫进士之所同；一举而首儒科，盖东阁郎君之未有。"秦桧父子读后大怒。汪彦章从此获罪，被罢职居住在湖湘地区。这件事可见于沈作喆《寓简》。同样的颂扬之词，在言词对仗方面，汪彦章还要胜过李邴。但是奸雄的喜怒无常，竟如此难以捉摸！

妒女泉

刘氏妒妇津，人人知之。唐张泌《妆楼记》云："并州有妒女泉，妇人靓妆彩服至其地，必兴云雨，云是介之推妹。"则真无稽之谈矣。

【译文】刘伯玉妻子段氏投水处成为妒妇津的故事，众人皆知。唐朝张泌《妆楼记》记载："并州有一处妒女泉，妇女化上美妆穿上漂亮衣服来到那里，必然会兴起云雨，说这是介之推的妹妹（在作怪）。"那么这真是无稽之谈啊。

三敬仲

齐高傒，谥敬仲；公子完，谥敬仲；管夷吾，谥敬仲。三人同谥，盖皆小心谨慎，不矜才使气者。然而卒成伯业，九合一匡。诸葛自比管仲，其《出师表》云："先帝以臣谨慎，故托臣以大事。"盖古来成大事者，未有不本于谨慎者也。

【译文】齐国的高傒谥号为敬仲，公子完谥号是敬仲，管夷吾谥号也是敬仲。三人谥号相同，这都是他们小心谨慎，不倚仗自己的才能使意气的缘故。然而最终成就霸业，使混乱的政局得以安定。诸葛亮也曾将自己比做管仲。他的《出师表》说："先帝以臣谨慎，故托臣以大事。"大概自古以来成大事的人，没有不以小心谨慎为根本的。

公在乾侯

左氏解经，惟"郑伯克段于鄢"数语，如老吏断狱，字字风霜。其他则长于叙事，而略于诠义。至公在乾侯两传，尤属差谬。昭公由齐而居郓，郓溃而适乾侯。郓，鲁地也。于郓言居者，明不安其居也，此逼君之势也。乾侯，非鲁地也，于乾侯言在者，明以为如不在也，此无君之心也。谁尸其位，谁夺其权，一字之诛，严于斧钺。而左氏乃曲为之解，一则曰"非公且征过也"，再则曰"言不能外内也"，三则曰"言不能外内又不能用其人也"。于鲁侯苟三尺之条，为季孙开一面之网，长乱蔑伦，孰大如是？且安见三十二年之公在乾侯，为不能外内。三十三年之公在乾侯，为不能用其人乎？然则左氏之说，第回护其所作之传而已，乌足以言解经也哉？

【译文】左丘明解释《春秋》，只有"郑伯克段于鄢"几句话，解释得就像老吏断狱，字字风霜。其他则在叙事方面比较擅长，在阐明义理方面则比较简略。至于"公在乾侯"两篇传记，实在是有误，鲁昭公由齐国而居在郓地，郓地民众逃散而到达乾侯。郓地，是在鲁国。在郓地用"居"字，说明其居不安，这是有逼君之势。乾侯，不是鲁国之地。在乾侯用"在"字，明显是认为就像他不在，这是无君之心。是谁尸其位，是谁夺其权呢？一字之诛，比斧钺还厉害。然而左丘明居然为它曲解，一说"非公且征过也"，又说"言不能外内也"，三说"言不能外内又不能用其人也"。在鲁昭公就有诸多苛责，而为季孙网开一面，助长叛乱违背伦理，哪里比这还严重呢？而且怎么见得鲁昭公三十二年时鲁昭公在乾侯，是"不能外内"呢，鲁昭公三十三年时鲁昭公在乾侯，是"不能用其人"呢？那么左丘明的说法，只不过是在维护他所作的传记而已，怎么可以说是"解经"呢？

生圹死轩

古今人多有营生圹者，余曰可对"死轩"。宋毕少董，名良史，名所居之室曰"死轩"，以所服用皆上古圹中之物也。见《研北杂志》。

【译文】从古至今人们常常营建"生圹"的，我认为可以用"死轩"与之作为一个对子。宋朝毕少董，名为良史，称他所居住的房子为"死轩"，因为他屋里所用的全是上古墓穴里的东西。这件事可参见陆友《研北杂志》。

古今异俗

成化《杭州府志》言："杭城余杭门在北，不得出居人之槽。"今则移而至于候潮门矣。又言："居人多于天竺祈梦，求功名者尤甚。"今则移而至于于忠肃庙矣。案余杭门即武林门也。

【译文】成化《杭州府志》中记载："杭州城的余杭门在北面，这里不可以出居民的棺材。"现在则是移到了候潮门。又说："很多居民都在天竺祈梦，求功名的人更多。"现在则是移到了于忠肃（于谦）庙。按余杭门就是武林门。案余杭门就是武林门。

铁 枪

王彦章，号王铁枪，今其迹犹存。又《旧五代史·王敬荛传》："能用铁枪，重三十斤。"是另一王铁枪也。《宋史纪事》："李全能运铁枪，号李铁枪。"嘉庆中，阮芸台协揆抚浙时，海氛不靖，有张永祥者，英勇过人，号张铁枪。协揆之治盗也，多资其力。后屠琴隖太守倬宰仪征，协揆以此人荐之。故太守之缉捕，有声于江南。

【译文】王彦章，号称王铁枪，现在他的事迹仍然流传。另外《旧五代史·王敬荛传》中说："能用铁枪，重三十斤。"这是另一个王铁枪。《宋史纪事》中说："李全能运铁枪，号李铁枪。"嘉庆时，协办大学士阮芸台（阮元）为浙江巡抚时，沿海一带不安定，有个叫张永祥的人，勇敢出众超过一般人，号称张铁枪。协办大学士惩治海盗时，大多依靠他出力协助。后来知府屠琴隖屠倬任仪征县令时，协办大学士把这个人推荐给他。所以屠知府的缉捕之名也闻名江南。

诗冢

陶篁村先生自订诗稿毕，其不入选者，以石匣藏而瘗之，名曰"诗冢"，索人题咏。山舟学士有句云："未必见投皆苦海，公然藏拙亦名山。"

【译文】陶篁村（陶元藻）先生自己编订诗稿之后，把那些没有入选的诗句，用石匣收藏然后埋藏起来，并取名为"诗冢"，找人为此题诗。山舟学士（梁同书）有句诗说："未必见投皆苦海，公然藏拙亦名山。"

以宋比周

陈孚《勿轩集》："周东迁而夫子出，宋南渡而文公生，世运升降之会，三纲五常之道所寄也。"香山黄宗大钺论学云："前之三代，由夏历殷而文成于周。后之三代，由汉历唐而文成于宋。"名理醇粹，周宋其齐轨乎？方正学诗云："前宋文章配两周。"以宋比周，三公之见略同。

【译文】陈孚《勿轩集》中说："周朝东迁后孔子出世了，宋朝南渡后朱文公（朱熹）出世了，世运变迁之际，都是三纲五常之道所寄托的地方。"广东香山人黄宗大黄钺论学说："前面三代，由夏朝经过殷商而文在周朝完成。后面三代，由汉朝经过唐朝而文在宋朝完成。"名理纯美，周、宋两代能并驾齐驱吗？方正学（方孝孺）有诗句说："前宋文章配两周。"以宋朝比周朝，三人之见大略相同。

黎 女

黎人妇女，面涅花卉虫蛾之属，号"绣面女"。其绣面非以为美，凡黎女将欲字人，各谅己妍媸而择配，心各悦服。男始为女文面，一如其祖所刺之式，毫不敢讹，自谓死后恐祖宗不识也。又先受聘则绣手，临嫁先一夕乃绣面，其花样皆男家所与，以为记号，使之不得再嫁，古所谓"雕题"是也。

【译文】黎族人妇女，脸上要纹花卉、虫蛾之类的图案，号称"绣面女"。其实绣面不是为了美，凡是黎族女子将要嫁人，都各自根据自己的美丑来选择配偶，彼此之间都心悦诚服了。男子才开始为女子纹面，都按照其祖辈所刺的样式，丝毫不敢出错，自称怕死后祖宗不认识了。另外，如果先接受聘礼的话就绣手，临出嫁的前一天晚上才绣面，它的花样图案都是男家给的，以这个为记号，使她不得再嫁，这就是古时所说的"雕题"。

厨 娘

廖莹中《江行杂录》言："京都中下户，生女长成，随其姿质，教以技艺，名目不一，有所谓身边人、本事人、供过人、针线人、堂前人、剧杂人、拆洗人、琴童、棋童、厨娘等级。就中厨娘最为下色，然非极富贵家不可用，盖以其縻费也。"大约此风后来不行于浙江，而行于江南。明季冒辟疆大宴天下名士于水绘园，先期延一有名厨娘至，问所需，曰："席有三等，主人将何等之从？"问其所以异，曰："席之上者，须羊五百只，中席三百只，下席一百只，他物称是。"主人曰："上太费，下太简，中可也。"如言，备物以待，顾观其如何处分。及期，厨娘至，从者以百十计，已则珠围翠绕，高座指挥，诸人奔走刀砧，悉仰颐气。先取三百之羊，每只割下唇肉一片备用，余皆弃置。叩之，曰："羊之美全萃于此，其他腥臊不足用也。"闻者错愕，其奢滥如此！

【译文】南宋廖莹中《江行杂录》说："京城中下等人家，生下女儿长大后，根据她的姿质，教给她技艺，所教名目不同，有所说的'身边人''本事人''供过人''针线人''堂前人''剧杂人''拆洗人''琴童''棋童''厨娘'等级别。其中厨娘是最下等的，然而不是极其富贵之家则不可用，这是因为花费太高。"好像这种风气后来不在浙江流行，而在江南流行。明末冒辟疆（冒襄）在水绘园设大宴招待天下名士，预先邀请了一位有名的厨娘，问她需要些什么东西，厨娘说："宴席共分三等，不知主人将用哪一等？"主人问她有什么不同，厨娘回答说："办上等席要五百只羊，办中等席要三百只，下等席要一百只。其他所需物品与此相当。"主人说："上等席太浪费，下等席又太简朴，中席就可以了。"像厨娘说的那样准备好物品等待她，看她如何处置。到了那天，厨娘来了，随从有百十来人，她自己却妆饰华丽，坐在高位进行指挥，随从在刀砧之间来回奔走，全都听从厨娘安排。只见先取了三百只羊，从每只身上割下一片唇肉备用，其余都丢弃在一边。主人问她原因，厨娘说："羊的美味精华全集中在此处，其他腥臊之肉不值得用。"听的人仓促间都感到非常惊愕，竟是如此奢侈浪费！

骨董鬼

　　凡作骨董之业,吾杭人目之为鬼,以其将赝作真,化贱为贵,而又依权附势,必凭借乎贵人。盖以鬼蜮之谋,行其鬼狐之技者也。姑就其大者言之:宋徽宗立花石纲,而以朱勔统之,凡民间之一草一石,悉辇归内府。故江南士庶,以家藏异物为不祥。见《宋稗类钞》。则朱勔者,道君之鬼也。高宗好搜访古玩,恨未辨真伪。毕少董良史载古器书画赴行在,帝大悦,月给俸二百千,后权知东明县,又搜求古书画载赴行在,人呼为毕骨董。见《三朝北盟会编》。则良史者,思陵之鬼也。贾相当轴,收古铜器法宝,所鉴画有悦生堂小印,皆谭玉辨验。见《三朝野史》。其书籍则门客廖莹中为之刊校。见《癸辛杂识》及《居易录》。案鬻书者,人亦目之为鬼,则谭、廖二公者,秋壑之鬼也。韩侂胄建阅古堂于临安,其图书皆向若水所定。若水即以兰亭殉葬者也。见《癸辛杂识》及《砚北杂志》。则若水者,平原之鬼也。严世蕃建听雨楼于京师半截胡同,藏弄珍玩书画,其门下汤勤实鉴别之,即戏剧所谓汤裱褙者是。则汤勤者,东楼之鬼也。其他比比,指不胜屈。此辈炫人,往往创为不经之论,而言彝器则必商、周,言砖瓦则必秦、汉,言字画则必晋、唐,丧志耗财,莫此为甚,谓之曰鬼,其实并鬼不若也。或曰若辈所售,皆前代手笔及丘垅中物,非人器也,鬼器也,故谓之鬼,于义亦通。

　　【译文】凡做古董这一行的,我们杭州人把他看作是鬼,因为他们把赝品当作真物，把低贱的东西变成宝贝，而且依赖权势，必定是凭借富贵之人。大概是依靠他们的阴谋，使用狡猾的技能（来生存）。姑且把其中较大的说一下吧：宋徽宗设立"花石纲"，让朱勔负责这件事，凡是民间的一草一石，都用车载回放到皇家仓库。所以当时江南人民都认为家里收藏珍异之物是不祥的，这件事参见《宋稗类钞》。那么朱勔就是道君皇帝（宋徽宗）的鬼。宋高宗喜好访求古玩，可惜不能辨别真伪。毕少董毕良史载了一车古物书画来到行在，宋高宗十分高兴，每月给他俸禄二百千，后代权知东明县时，又搜求到了很多古书，用车子载到行在，人们便称呼他为"毕骨董"。这件事参见《三朝北盟会编》。那么毕良史就是思陵（宋高宗）之鬼了。宰相贾似道执掌朝政时，收集的古铜器法宝，所鉴画还有一方"悦先堂小印"，都由谭玉辨验，这件事参见《三朝野史》。而书籍则由门客廖莹中为他刊校。这件事参见《癸辛杂识》和《居易录》。卖书的人，人们也称之为鬼，那么谭玉、廖莹中两人，便是贾秋壑（贾似道）的鬼了。韩侂胄在临安建造"阅古堂"，其中图画书籍都是向若水所校定的。向若水，就是用兰亭入葬的那位，这件事参见《癸辛杂识》和《研北杂志》。那么向若水，就是韩平原（韩侂胄）的鬼了。明朝严世蕃在京城半截胡同建造"听雨楼"，收藏珍玩书画，实际是门下人汤勤鉴别这些收藏品，他就是戏剧中所说的"汤裱褙"。那么汤勤，是严东楼（严世蕃）的鬼了。其他的比比皆是，数不胜数。这些迷惑他人的人，往往编造荒诞的言论，说彝器则必然是商、周的，说砖瓦必然是秦、汉的，说字画就必定是晋、唐的，玩物丧志耗费钱财，没有比这个更严重，称他们是鬼，其实连鬼都不如。有人说这些人所卖的，都是前代手笔和坟墓中的东西，不是人所用的物品，而是鬼用的物品，所以称之为鬼，从义理上这也讲得通的。

虫达印

昨岁游湖上，汪小米携示小玉印一方，上镌“虫达”二字，云：“一扬州人藏之，寄索题咏者。”案虫达系汉高功臣，亦封列侯，然《汉书》一见而外，他无可考。自来名士巨公，其手泽流传，或赝或真，业已充栋。因寻此极闲极冷之人，造为古迹以诱重价，使人谅其万万无作伪之理，而不知其正以作伪也。山鬼伎俩，一何可笑！

【译文】去年在湖上游玩，汪小米（汪远孙）带来一方小玉印给我看，上面刻着“虫达”二字，说：“这是一个扬州人收藏的，寄来索求题诗。”据说虫达是汉高祖时功臣，也被封为列侯，然而除《汉书》出现一次之外，其他无从查考。自古以来名士巨公，他们的遗物流传后世，或真或伪，已经很多了。借着找出这么一个无关紧要的人，造出古物来骗取重金，让人们认为这万万没有作假之理，而不知这正是在作假了，这些山鬼骗人手段，多么可笑。

高颖楼

忆在塾时，钱清高颖楼先生^第以自挽诗及告存诗寄征先君题咏，盖仿随园老人例也。业师何星桥夫子^娘谓余曰：“颖楼殆将死矣。”余作而对曰：“此等风流，本不可有二，矧文人游戏，厥事正多，何必此作印板文字，以唐突先辈耶？若竟以此卜修短，或恐未必然。”夫子曰：“子未读《礼》乎？《王制》云：‘八十

月告存。'简斋先生年臻耄耋，故用此二字。今颖楼年未盈四十，
而亦为此，是赵孟矣，其能久乎？"俄而果卒。

【译文】记得在读私塾时，浙江钱清人高颖楼先生高第将自挽诗
和告存诗寄给先父（梁祖恩）请求题诗，这大概是效仿随园老人（袁
枚）的先例吧。我的受业老师何星桥何烺对我说："颖楼大概要去世
了。"我起身回答说："这种风流人物，不会有第二个，况且文人游
戏，这种事很多，何必做这种印板文字，来冒犯先辈呢？倘若由此来占
卜其寿命，恐怕也不一定是对吧？"然而老师说："你没有读《礼》吗？
《王制》说：'八十月告存。'简斋先生（袁枚）年至八九十岁，因此可以
用这两个字。而颖楼现在还不到四十岁，却也这样做，这是又一个赵
孟啊，他还能活很久吗？"不久，高颖楼果然去世了。

相　似

曹孟德之横槊江上，似温太真之击楫中流，颇有义勇气。韩
平原之定议伐金，似周公瑾之力排降魏，颇有英雄气。秦缪丑之
自操笺奏，似陆忠宣之手缮章疏，颇有忠荩气。贾秋壑之幅巾鹤
氅，似诸葛公之羽扇纶巾，颇有潇洒气。桓元子之挂袍石上，似
羊太傅之流涕山头，颇有名贵气。严介溪之读书山堂，似范文正
之断齑僧寺，颇有苦节气。王介甫之囚垢诗书，似朱晦翁之寝馈
章句，颇有道学气。马贵阳之半壁笙歌，似文信国之故乡声伎，
颇有豪迈气。然而非其人，则谬以千里矣。

【译文】曹孟德(曹操)的"横槊江上",像温太真(温庭筠)的"击楫中流",很有义勇之气;韩平原(韩侂胄)的"定议伐金",像周公瑾(周瑜)的"力排降魏",很有英雄之气。秦缪丑(秦桧)的"自操笺奏",像陆忠宣(陆贽)的"手缮章疏",很有忠荩之气;贾秋壑(贾似道)的"幅巾鹤氅",像诸葛公(诸葛亮)的"羽扇伦巾",很有潇洒之气。桓元子(桓温)的"挂袍石上",像羊太傅(羊祜)的"流涕山头",很有名贵之气。严介溪(严嵩)的"读书山堂",像范文正(范仲淹)的"断齑僧寺",很有苦节之气。王介甫(王安石)的"囚垢诗书",像朱晦翁(朱熹)的"寝馈章句",很有道学之气。马贵阳的"半壁笙歌",像文信国(文天祥)的"故乡声伎",颇有豪迈之气。然而不是其本人,就谬以千里了。

加 高

今杭俗饮于酒肆,令当垆换酒,率曰加高。案耐得翁《都城纪胜》,酒楼名为山一山二山三,牌额写过山,谓酒力高远也。

【译文】如今杭州在酒馆喝酒时有个风俗,让卖酒者换酒时都说加高。据耐得翁《都城纪胜》记载,酒楼名为山一、山二、山三,牌额写"过山",是说明酒力高远。

问宅诗

余因先人官事,羁滞岭南,梦绕家山,益生惆怅。故乡人之流寓于此者,酒边谈次,以余住宅为问。因成七绝答之云:"花市营边井字楼，竹竿长巷巷西头。到门却请君回首，湖上青山点点秋。""当日先臣绿野堂，文庄既贵，始卜居于此。而今零落剩荒庄。试从和合桥头望，望见侬家薜荔墙。宅中墙四面皆薜荔，近更蔓延，垂出墙外。""木瓜香过木榍生，堂前后有木瓜树一株，老桂七株，皆百余年物也。花草平泉旧有名。闲说玉山堂外事，对门有客泪柴荆。玉山草堂，顾瑛读书处也。余家为顾且庵侍御旧宅，今其裔孙适安先生，尚住对门。""酒社诗坛迹已虚，当年裙屐乐何如？瓶花紫竹都无恙，几个儿孙读旧书。余家书屋，颜曰两般秋雨盦。先高伯祖菔林编修尝偕陈太仆句山、厉征君樊榭、吴尺凫焯、丁龙泓敬、金寿门农诸先生，月课诗社，不则集瓶花斋或紫竹山房。瓶花斋，尺凫先生斋名。紫竹山房，句山先生斋名也。""花记签名树记牌，云林片石藓痕埋。山舟学士性极爱花，凡兰菊诸品，悉手自标题，以待来年识认。所居曰假山馆，其山乃一张姓名手所堆者。至今门外行人过，犹指襄阳宝晋斋。""海棠庭院极清幽，我祖当年著作楼。插架尚余残稿在，何人更续鲁春秋？先祖夹庵府君著《左通》一书，未竟而殁。共分八门，今所刊者，《补释》一门耳。""青青三径最情牵，北辙南帆绝可怜。为语故乡知己道，江湖憔悴十三年。""屋后犹余圃一区，有松有竹有粉榆。这回归卧柴门去，添种梅花一百株。"

【译文】我因为父亲（梁祖恩）任官之事，被迫客居在岭南，梦里想念家乡，更生惆怅。流落住在这里的故乡人，在酒桌上言谈之际，问到我的住宅。因而写成一首七绝来回答他们："花市营边井字楼，竹杆长巷巷西头。到门却请君回首，湖上青山点点秋。""当日先臣绿野堂，文庄公（梁诗正）地位显贵以后，才选择住在这里。而今零落剩荒庄。试从和合桥头望，望见侬家薜荔墙。宅中墙壁四面都长满薜荔，最近更是四处蔓延，枝叶已经垂出墙外。""木瓜香过木樨生，堂前后有一株木瓜树，七株老桂树，都是一百多年的植物。花草平泉旧有名。闲说玉山堂外事，对门有客泪柴荆。玉山草堂，是顾瑛读书的地方。我家以前是侍御顾且庵（顾豹文）的旧宅，现在他的裔孙顾适安先生，还住在我家对门。""酒社诗坛迹已虚，当年裙屐乐何如？瓶花紫竹都无恙，几个儿孙读旧书。我家书屋，匾额题为"两般秋雨盦"。先高伯祖蓉林公（梁启心）编修曾带着太仆陈句山（陈兆仑）、征君厉樊榭（厉鹗）、吴尺凫（吴焯）、丁龙泓（丁敬）、金寿门（金农）诸先生，每月在诗社教习功课，否则就在瓶花斋或紫竹山房集会。瓶花斋，是尺凫先生书斋名。紫竹山房，是句山先生书斋名。""花记签名树记牌，云林片石藓痕埋。山舟学士（梁同书）生平十分爱花，凡是兰花菊花各种植物，都亲自标上题记，以待来年认识确认。所居住的地方称为"假山馆"，这座假山是一名张姓名手亲手堆积的。至今门外行人过，犹指襄阳宝晋斋。""海棠庭院极清幽，我祖当年著作楼。插架尚余残稿在，何人更续鲁春秋？先祖父央庵府君（梁履绳）著有《左通》一书，没有完成就去世了。《左通》共分八门，现在所刊行的，只是《左通补释》一门。""青青三径最情牵，北辙南帆绝可怜。为语故乡知己道，江湖憔悴十三年。""屋后犹余圃一区，有松有竹有粉榆。这回归卧柴门法，添种梅花一株。"

乡试命题

吾浙乡试，例不出《大学》题，以其不利也，广东亦然。或有犯者，非贡院被火，则主司有祸，而尤忌圣经一章，其理有不可解者。

【译文】我们浙江举行乡试，按照惯例是不出《大学》里的题目，因为它不吉利，广东也是这样。有时违反这个惯例，不是贡院失火，就是主考官遭祸，而且尤其忌讳圣经一章，其中道理有无法解释之处。

曾 点

《檀弓》："季武子之丧，曾点倚其门而歌。"曾点系圣门高弟，岂无故而发此狂兴，必当时居丧无哀戚之容，治丧多僭越之礼，故为此讽谕，亦主文谲谏之流也。王青萝云："孔门多乐道，然颜子之乐实，曾点之乐虚。"可谓名言。

【译文】《礼记·檀弓》记载："季武子的葬礼上，曾点倚在门上歌唱。"曾点是孔门高徒，难道会无缘无故地抒发这种豪放的兴致呢？必然是当时参加葬礼的人没有哀恸的面容，办理丧事大多违背礼制了，所以用这种做法来进行劝说，也是用譬喻来委婉规劝一类的做法。王青萝（王渐逵）说："儒家大多乐于道，然而颜回乐于实，曾点乐于虚。"这可以说是名言。

仆 碑

仆韩愈淮西碑，而用段文昌，韩遂以仆碑得名。仆郑械南园碑，而用陆务观，郑反以仆碑免祸。人之有幸有不幸，亦文之有幸有不幸也。案《南园记》，韩本以属杨万里，许以掖垣。万里曰："官可弃，记不可作。"韩恚，杨遂卧家十五年。见《余冬序录》。据此，则杨之高见，胜陆远矣。

【译文】推倒韩愈淮西碑,而用段文昌的,韩愈竟因此碑得名。推倒郑枢南园碑,而用陆务观(陆游)的,郑枢反而因碑被推倒而免除灾祸。一个人有幸有不幸,而文章也是有幸有不幸啊。据《南园记》,韩侂胄本来已经嘱托杨万里为他作记,答应给他一个朝廷要职。杨万里说:"宁可不做官,也不作记。"韩侂胄很生气,杨万里便闲居在家十五年。这件事参见《余冬序录》。由此看来,杨万里的见识,要远胜于陆游了。

招牌对

纪文达公尝集京师招牌,为对甚夥。如诚意高香,细心坚烛,学经蒙并授。店槽道俱全。之类,俱极工整。案《老学庵笔记》载:"临安扁榜对,有'干湿脚气四斤丸,偏正头风一字散';'三朝御裹陈忠翊,四代儒医陆大丞';'东京石朝议女婿乐驻泊药铺,西蜀费先生弟子寇保义卦肆'。"可谓无独有偶。

【译文】纪文达公(纪晓岚)曾收集京城中的招牌,能成对的很多。如:"诚意高香""细心坚烛""学经蒙并授。店槽道俱全。"之类,都很工整。《老学庵笔记》记载:"临安的匾额对,有'干湿脚气四斤丸,偏正头风一字散';'三朝御裹陈忠翊,四代儒医陆大丞。';'东京石朝议女婿乐驻泊药铺,西蜀费先生弟子寇保义卦肆'。可以说这两件事是无独有偶。

西江古迹

都督阎公婿《滕王阁序》，是其宿构，得王子安作，遂匿而不出，可见古人服善。意其文亦佳作也，惜稿不传。浔阳江琵琶一曲，千古艳称，然此妇姓名莫考。蒋苕生太史《四弦秋》传奇以为花退红，想亦寓言十九。余过西江作二绝云："落霞孤鹜叹奇才，紫盖青旗暗夺胎，可惜当年佳婿稿，不曾留付后人来。""夜半琵琶发曼声，青衫有客泪纵横。空江一个商人妇，传到而今没姓名。"

【译文】都督阎公女婿的《滕王阁序》是很早就构思的，得到王子安（王勃）的佳作，便收起来不给人看，可见古人佩服别人的长处。想来该文章也一定是佳作，可惜文稿没有流传下来。（白居易听到的）浔阳江琵琶一曲，艳称千古，然而那妇人姓名却无法查考。翰林蒋苕生（蒋士铨）《四弦秋》传奇认为她叫花退红，想必也是有所寄托。我路过西江，作了两首绝句，说："落霞孤鹜叹奇才，紫盖青旗暗夺胎。可惜当年佳婿稿，不曾留付后人来。""夜半琵琶发曼声，青衫有客泪纵横。空江一个商人妇，传到而今没姓名。"

称 寿

世之称寿者，率以十为数，至吾杭有以九为数者。岭南及江西宁都，则以十之一为数。魏禧谓："前之十年，必加一而成。后之十年，必从一而生。此大《易》贞元之义也，于礼为宜。"

【译文】世间贺寿的时候，大多以十为数，到我们杭州有用九为数的，而岭南及江西宁都则是以十分之一为数的。魏禧说："前十年，必然加上一才形成。后十年，必然从一开始才生成。这是大《易》贞元之义，是符合礼仪的。"

桃金娘

桃金娘，粤中草花也。花似梅而微锐，色似桃而倍赤，中茎纯紫，丝缀深黄，八九月实熟，青绀若牛乳状，味甘，可养血。粤歌曰："携手南山阳，采花香满筐。妾爱留求子，郎爱桃金娘。"案留求子，即使君子也。

【译文】桃金娘，是广东地区的草花。花像梅花而花瓣稍尖，颜色像桃花但更赤红，中茎是纯紫色，丝上点缀着深黄色，到了八九月果实就成熟，红青色好像牛乳一样，味道甜，可以养血。广东有歌谣说："携手南山阳，采花香满筐。妾爱留求子，郎爱桃金娘。"按语，留求子，就是"使君子"。

书 地

今人诗文酬答，于名上书地，往往好用古称，此大谬也。屈翁山《广东新语》一则云："近人称广东为岭南，考唐分天下为十道，其曰岭南道，合粤东西及安南国而言。宋则分广东为广南东路，广西为广南西路，今概曰岭南，则未知其为东乎？为西乎？

且昭代亦分广东为岭南三道矣，专言岭而不及海焉。廉、雷二州为海北道，琼州为海南道矣，专言海而不及岭焉。今徒曰岭南，则一分巡使者所辖已耳。且广东之地，天下尝以岭海兼称，今言岭则遗海，言海则遗岭，将称陶唐之南交乎？周之南粤乎？汉之南越乎？吴晋之交广乎？是皆非今日四封之所至也。凡为书必明乎书法，生乎唐则书岭南，生乎宋则书广南东路，生乎昭代则书广东，此著述之体也。尊制正名，以合乎国史，道端在是。"此言可以为法。

【译文】现在人们做诗文酬答，在名字上面写地名，往往喜欢用古称，这是很大的谬误啊。屈翁山（屈大均）《广东新语》有一则说："近代人称广东为岭南，据考唐朝将天下分成十道，其中一道是岭南道，这是将广东、广西及安南国合在一起说的。宋朝则分开称广东为广南东路，广西为广南西路，今天统称为岭南，就不知道说的是广东呢，还是广西呢？而现代也将广东分为岭南三道了，是专门说"岭"而不包括"海"了。廉州和雷州两地是海北道，琼州是海南道，这是专说"海"而不包括"岭"了。今天只说岭南，那不过是一个分巡使所管辖的地方而已。而且广东一地，天下曾用"岭海"二字兼称，今天说岭就遗漏了海，说海就遗漏了岭，这样又怎么称呼陶唐时代的南交、周朝的南粤、汉朝的南越、吴晋时期的交广呢？这都不是今天四方所能达到的。凡是写字必须明白写字的法则，生在唐代就写岭南，生在宋代就写广南东路，生在当代就写广东，这是写文章的规则。遵照规定写正确的地名，从而与国史相合，道理就在这里。"这些话可以作为法则。

女 侯

汉阴安侯，高帝伯兄妻，丘嫂也。临光侯，樊伉母吕媭也。妇人封侯，始见于此。

【译文】汉代的阴安侯，是汉高祖大哥的妻子，即丘嫂。临光侯，是樊伉的母亲吕媭。妇人被封为侯，起源于此。

九折臂

《左传》曰："三折肱知为良医。"《楚词·惜诵章》："九折臂而成医兮。"盖文异而义则同也。

【译文】《左传》说："三折肱知为良医。"《楚词·惜诵章》说："九折臂而成医兮。"大概是文字不同但意义是相同的。

少 君

《左传》："从我而朝少君。"外祖汪秋御先生绳祖曰："少君即小君，犹小卿为少卿，昭三十。小寝为少寝哀廿六。之类。"杜氏世族谱以少君为南子号，非也。案蒯瞆有杀母之心，故辄有拒父之事，亦业报也。

【译文】《左传》说："从我而朝少君。"外祖父汪秋御先生汪绳祖说:"少君就是小君,就像小卿为少卿,鲁昭公三十年。小寝为少寝鲁哀公廿六年。之类一样。"杜氏世族谱认为少君是卫国南子的号,这是错的。据考蒯聩(卫庄公)有杀母(南子)之心,所以姬辄(卫出公)有拒父(蒯聩)之事,也是业报啊。

丁鹤年

弘治中,四川周洪谟,泊舟邗江,夜梦一人曰:"吾子前身也,姓丁,号友鹤山人,家维扬。"后周官南京翰林,以诗寄扬州太守王恕曰:"生死轮回事杳冥,前身幻出鹤仙灵。当年一觉扬州梦,华表归来又姓丁。"王得诗,集著老问之,方知丁鹤年即友鹤山人,元末隐居,建文时没于成都,王以此复周。见《尧山堂外纪》。夫从来前身之说,或由自悟,或由人指点,未有以己告己者,岂佛家所谓身外身耶?

【译文】明孝宗弘治年间,四川人周洪谟停船靠在邗江岸边,夜里梦见一人说:"我是你的前世身,姓丁,号友鹤山人,家在维扬。"后来周洪谟官至南京翰林,写诗寄给扬州知府王恕说:"生死轮回事杳冥,前身幻出鹤仙灵。当年一觉扬州梦,华表归来又姓丁。"王知府得诗后,召集当地老年人询问,才知道丁鹤年就是友鹤山人,元末之时隐居,建文帝时死于成都,王知府将这件事回复周洪谟。这件事参见《尧山堂外纪》。自古以来,前世的说法,或由自己悟出,或由他人指点,还没有自己告诉自己的,这难道是佛家所说的"身外身"吗?

县 郡

《汉书·地理志》："始皇变封建而为郡县。"顾氏《日知录》历引《左传》《国策》《史记》以驳之，为郡县不始于始皇。不知当时诸侯私立郡县，大国有之，小国则否。至胥天下而为郡县，何尝不始于始皇？不过其名不自秦始耳。不然，班氏岂未读古书者耶？春秋县大而郡小，上大夫受县，下大夫受郡是也。战国郡大而县小，魏惠王后七年，上郡十五县是也。见《大事记》。又《逸周书·作雒篇》："千里百县，县有四郡。"据此，则郡县之名，自周初已然矣。

【译文】《汉书·地理志》："始皇变封建而为郡县。"顾炎武《日知录》中多次引用《左传》《战国策》《史记》来驳斥《地理志》的说法，认为郡县不始于秦始皇。不知道当时各诸侯曾经私立郡县，大国已有，而小国没有。至于全天下都为郡县，又何尝不是从秦始皇开始？不过这个名称不是从秦始皇开始的。否则，班固难道没有读过那些古书吗？春秋时县大而郡小，上大夫受县，下大夫受郡就是证据。战国时郡大而县小，魏惠王后七年，上郡十五县就是证据。这些参见《大事记》。又《逸周书·作雒篇》："千里百县，县有四郡。"根据这个，那么郡县的名称，从周代初年已经是这样的了。

老 伯

今人于父执，率称老伯。舅氏华春涛先生岑松则必比较年齿，长于父者曰老伯，少于父者曰老叔，截然不可紊也。昔米元章与人一帖云："承借剩员，其人不名，自称曰张大伯，是何老物，辄欲为人父之兄，若为大叔，犹之可也。"记此以博一哂。

【译文】现在人对于父亲一辈的人，大都称老伯。我舅舅华春涛先生华岑松却一定要比较年龄大小，年长于父亲的称为老伯，年少于父亲的称为老叔，界限分明，一点不可紊乱。从前米元章（米芾）写给人一帖说："承借剩员，其人不名，自称曰张大伯，是何老物，辄欲为人父之兄，若为大叔，犹之可也。"记下这些以博一笑。

左氏错简

《左僖二十五年传》："赵衰为原大夫，狐溱为温大夫。卫人平莒于我。十二月，盟于洮，修卫文公之好，且及莒平也。晋侯问原守于寺人勃鞮，对曰：'昔赵衰以壶飧从径，馁而弗食。'故使处原。"晋侯以下二十八字，当在卫人"平莒于我"之前，其曰"故使处原"，正说赵衰当为原大夫之由也，错简在下耳。见高邮王伯申师《经义述闻》。

【译文】《左僖二十五年传》："赵衰为原大夫，狐溱为温大夫。卫人平莒于我。十二月，盟于洮，修卫文公之好，且及莒平也。晋侯问原守于寺人勃鞮，对曰：'昔赵衰以壶飧从径，馁而弗食。'故使处原。"晋侯以下二十八个字，应放在卫人"平莒于我"之前，说"故使处原"，正是说赵衰应当为原大夫的原因。这是错简的原因放在了下面。具体参见高邮人、老师王伯申（王引之）《经义述闻》。

左氏创解

《桓五年传》："王亦能军。"杜注："虽身败军伤，犹殿而不奔，故言能军。"师解曰："王已伤矣，尚安能殿，亦当为不字，形相似而误，言王之余师，不复能成军耳。"《宣十二年传》："晋之余师不能军。"正与此同。若作亦字，于上下文义皆隔阂矣。

《庄十四年传》："寡人出，伯父无里言。"杜注："里言，无纳我之言。"师述庭训曰："里言，谓不通内言于外也。"《襄二十六年传》："卫献公使让太叔文子曰：'寡人淹恤在外，二三子皆使寡人朝夕闻卫国之言，吾子独不在寡人，寡人怨矣。'对曰：'臣不能贰，通外内之言以事君，臣之罪也。'"不通内外之言，即所谓无里言。

《僖九年传》："以是藐诸孤。"杜注曰："言其幼稚与诸子县藐。"顾宁人《杜解补正》曰："藐，小也。"惠定宇补注曰："吕忱《字林》曰：'藐，小儿笑也。'"师解之曰："杜以藐为县藐，诸为诸子，以是县藐诸子，孤斯为不词矣。《文选·寡妇赋》：'孤女藐焉始孩。'李善注：'《广雅》：藐，小也；孩，小儿笑也。'"俗本脱一"孩"字，惠遂以藐为小儿笑，其失甚矣。顾训藐为小，是也，但未解诸字。今案，诸即者字也，诸、者古字通。《郊特牲》曰："不知神之所在，于彼乎？于此乎？或诸远人乎？"或诸，即或者。《尔雅》释鱼："前弇诸果，后弇诸猎。"诸，亦者也。藐诸孤，犹言羸者阳耳。《周语》："此羸者，阳也。"

《僖三十二年传》："必死是间，余收尔骨焉。"杜注："以其深险故。"师解之曰："此非传意也，必死是间，余收尔骨者，言汝必在此间战死，不可在他处，死有定所，乃可收尔骨也。"《公羊传》："百里子与蹇叔子哭而送其子，戒之曰：'尔即死必于殽之嵚岩，吾将尸尔焉。'"《吕氏春秋·悔过篇》："蹇叔谓其子曰：'女死不于南方之岸，必于北方之岸，为吾尸汝之易。'"皆其证也。《宣十二年传》："逢大夫指木谓其二子曰：'尸汝于是。'"事与相类。

《宣十一年传》："诸侯县公皆庆寡人。"杜注："楚大夫县尹皆僭称公。"师解之曰："县公，犹县尹，与公侯之公不同，如谓楚僭称王，其臣僭称公，则楚贵官无如令尹司马，何皆不僭，而僭者反在县大夫乎？《襄二十五年传》：'齐棠公之妻。'杜注：'棠公，齐棠邑大夫。'齐县大夫亦称公，则非僭可知也。不然则公尊于侯，齐君但称侯，而臣乃僭公乎？"

《成三年传》："荀罃之在楚也，郑商人有将置诸褚中以出。"注疏不言褚为何物。师解曰："褚，装衣也。《玉篇》。褚，衣之囊也。《说文系传》。褚，囊也。《集韵》。《襄三十年传》：'取我衣冠而褚之。'注曰：'褚，畜也。'《吕氏春秋·乐成篇》作'子产贮之褚'。可装衣，亦可装物。《说文》：'𥿄，幐也。'又曰：'幐，载米𥿄也。'《系传》曰：'𥿄，囊也。'《庄子·至乐篇》：'褚，小者不可以怀大。'贾子《春秋篇》曰：'囊漏贮中。'《通俗文》曰：'装衣曰袊。'则褚、袊、贮、𥿄，并字异义同。褚可装物，亦可装人，故商人欲置褚中以出也。哀六年《公羊传》：'陈乞以巨囊载公子阳生。' 事与此类。"

《成十六年传》："韩之战, 惠公不振旅。箕之役, 先轸不反命。邲之师, 荀伯不复从。"杜注："林父奔走不复故道。"《释文》："从, 徐子容反, 或如字。"师述庭训曰："杜言'不复故道', 故徐读为踪迹之踪, 若读如字, 则不复从之下, 须加故道二字, 义始明白。且林父兵败而归, 未必不由故道也。从, 盖徒字之误, 邲之败, 舟中之指可掬, 则徒众之不反者多矣。故曰不复徒, 三句相对为文,《晋语》作'邲之役, 三军不整旅', 亦指徒众而言。"

此以上七则, 并详《经义述闻》, 窃爱其创解, 谨节录而恭识之。

【译文】《桓五年传》："王亦能军。"杜预注解说："虽身败军伤, 犹殿而不奔, 故言能军。"我的老师解释说："周王已经受伤了, 还怎能在后面, '亦'当为'不'字, 形相似而误, 是说'王之余师, 不复能成军耳'。"《宣十二年传》："晋之余师不能军。"正好与此相同。如果写作"亦"字, 于上下文之间的文义就不相通了。

《庄十四年传》："寡人出, 伯父无里言。"杜预注解说："里言, 无纳我之言。"老师教导我说："里言, 是说'不通内言于外'。"《襄二十六年传》："卫献公使让太叔文字曰：'寡人淹恤在外, 二三子皆使寡人朝夕闻卫国之言, 吾子独不在寡人, 寡人怨矣。' 对曰：'臣不能贰, 通外内之言以事君, 臣之罪也。'"不通内外之言, 就是所谓的"无里言"。

《僖九年传》："以是藐诸孤。"杜预注解说："言其幼稚与诸子县藐。"顾宁人（顾炎武）《杜解补正》说："藐, 小也。"惠定宇

（惠栋）《春秋左传补注》说："吕忱《字林》曰：'藐，小儿笑也。'"老师解释说："杜预以藐为县藐，诸为诸子，因此'愚藐诸子'，单独这句难成为文句。《文选·寡妇赋》：'孤女藐焉始孩。'李善注解：'《广雅》：藐，小也；孩，小儿笑也。'"通行本脱漏一个"孩"字，惠栋于是认为藐为小孩笑，这是大错特错。顾炎武将藐解释为小字，是对的，但没有解释诸字。现在考证，诸就是"者"字，诸与者是古今通假字。《郊特牲》说："不知神之所在，于彼乎？于此乎？或诸远人乎？""或诸"，就是"或者"。《尔雅》释鱼："前弇诸果，后弇诸猎。"诸，也是者。藐诸孤，就好像说"赢者阳"而已。《周语》："此赢者，阳也。"

《僖三十二年传》："必死是间，余收尔骨焉。"杜预解释说："以其深险故。"老师解释说："这不是《左传》的意思，'必死是间，余收尔骨'者，是说你必然在这当中战死，不能在他处，死有定所，才可以收葬你的尸骨。"《公羊传》："百里子与蹇叔子哭而送其子，戒之曰：'尔即死必于殽之嵚岩，吾将尸尔焉。'"《吕氏春秋·悔过篇》说："蹇叔谓其子曰：'女死不于南方之岸，必于北方之岸，为吾尸汝之易。'"都是它的证据。《宣十二年传》："逢大夫指木谓其二子曰："尸汝于是。"这些事情和上面相类似。

《宣十一年传》："诸侯县公皆庆寡人。"杜预解释说："楚大夫县尹皆僭称公。"老师解释说："县公，就像县尹，与公侯之公不相同，如果说楚僭越称王，其臣僭越称公，那么楚贵官没有像令尹司马，为何都不僭越，而僭越的反而在县大夫（这些小官）吗？《襄二十五年传》：'齐棠公之妻。'杜预解释为：'棠公，齐棠邑大夫。'齐县大夫也称公，就可以知道这不是僭越。不然，那么公比侯尊贵，齐君只称侯，而臣下竟然僭越称公吗？"

《成三年传》："荀罃之在楚也，郑商人有将置诸褚中以出。"注疏中没有说"褚"是什么东西。老师解说："褚，就是装衣。《玉篇》。褚，就是衣服的口袋。《说文系传》。褚，是囊的意思。《集韵》。
《襄十三年传》："取我衣冠而褚之。"注解说："褚，畜也。"《吕氏
春秋·乐成篇》作'子产贮之褚'。可以装衣，也可以装物。《说文》：
'齭，幍也。'又说：'幍，载米齭也。'《系传》说：'齭，囊也。'
《庄子·至乐篇》：'褚，小者不可以怀大。'贾子《春秋篇》说：'囊
漏贮中。'《通俗文》说：'装衣曰袎。'那么褚、袎、贮、齭，都是字
形不同而意义相同。褚，可以装物，也可以装人，所以"商人欲置褚
中以出"。鲁哀公六年《公羊传》：'陈乞以巨囊载公子阳生。'这些与
上面相类似。

《成十六年传》："韩之战，惠公不振旅。箕之役，先轸不反
命。邲之师，荀伯不复从。"杜预解释说："林父奔走不复故道。"
《释文》："从，徐子容反，或如字。"老师说："杜预说'不复故道'，
所以徐读为踪迹之踪，如果读本音，那么在'不复从'之下，要加上
'故道'二字，文义才明白。而且林父兵败而归，不一定不从故道。从
（繁体字为從），大概是'徒'字之误，晋楚邲之战晋林父战败，船中
被砍断的手指可以捧起来，那么徒众没有返回的就有很多了，所以说
'不复徒'，三句相对为文，《晋语》作'邲之役，三军不整旅'，也是
指徒众而言的。"

这以上七则，详细可见于《经义述闻》，我很喜欢他的创解，这
里节录一些而恭敬地记下来。

梅花诗

山谷云："欧阳公极赏林和靖梅花诗：'疏影横斜水清浅，暗
香浮动月黄昏。'"而不知和靖别有一联云："雪后园林才半树，水
边篱落忽横枝。"似胜前句。不知文忠何以弃此赏彼，文章大概亦

如女色，好恶止系于人。说见《苕溪渔隐丛话》。细玩二联，各有妙处，然今人但脍炙前二句，而不及后二句，何也?

【译文】黄山谷（黄庭坚）说："欧阳公极为欣赏林和靖梅花诗：'疏影横斜水清浅，暗香浮动月黄昏。'"而不知林和靖还有一联说："雪后园林才半树，水边篱落忽横枝。"似乎胜过前句。不知欧阳文忠为什么放弃这句欣赏那句，文章大概也像对女色一样，好恶要看个人角度了。这种说法参见《苕溪渔隐丛话》。仔细玩味这两联，其实各有妙处，然而今人只赞赏前二句，而不赞赏后二句，这是为什么呢?

咏盐诗

曾见《咏盐》诗二句云："调成天上中和鼎，煮出人间富贵家。"甚新，惜不知为何人所作。

【译文】曾经看到两句《咏盐》诗，说："调成天上中和鼎，煮出人间富贵家。"这很新奇，可惜不知是什么人所作。

胎 生

世传鹤胎生，其实鹤有卵，非胎生也。惟鸬鹚却是胎生，见《抱朴子》及《本草》。

【译文】世间相传鹤是胎生，其实鹤有蛋，不是胎生的。只有鸬鹚却是胎生的，可见《抱朴子》和《本草》。

秋 香

　　唐解元窃婢秋香事，小说家多艳称之。案南京旧院妓，有秋香，后从良，有旧相识求见，以扇画柳题诗拒之云："昔日章台舞细腰，任君攀折旧枝条。如今写入丹青里，不许东风再动摇。"见梅禹金《青泥莲花记》。祝枝山有题秋香便面诗云："晃玉摇银小扇图，五云楼阁女仙居。行间著过秋香字，知是成都薛校书。"是盖又一秋香也。

　　【译文】唐解元（唐寅）的娶婢女秋香之事，小说家都非常称美。据考，南京旧妓院中，有秋香这个人，后来从良了，有一个旧相识求见，她就用扇画柳题诗拒绝说："昔日章台舞细腰，任君攀枝旧枝条。如今写入丹青里，不许东风再动摇。"可见于梅禹金（梅鼎祚）《青泥莲花记》。祝枝山（祝允明）有题秋香便面诗说："晃玉摇银小扇图，五云楼阁女仙居。行间著过秋香字，知是成都薛校书。"这大概又是另外一个秋香吧。

苗夫人王夫人

　　唐张泌《妆楼记》云："苗夫人，其父太师，其舅张河东，其夫张延赏，其子弘靖，其婿韦皋。"妇人之贵，无如此者。然碧鹳郎君，延赏不识，而夫人独识之。则其卓鉴，又有夐绝千古者，非寻常巾帼可比也。又元载败事，其妻王夫人博闻强记，朝廷欲令为宫中女史。夫人曰："十六年太原节度使女，二十年宰相妻，谁能更记得长信昭阳之事。"主司上闻，俄亦赐死。其气节亦高出乃夫上矣。

【译文】唐朝张泌《妆楼记》说："苗夫人，她父亲是太师，舅舅是张河东，丈夫是张延赏，儿子是张弘靖，女婿是韦皋。"妇女地位尊贵的，没有能像她这样了。然而碧鹤郎君（女婿代称），延赏却不认识，只有苗夫人独具慧眼识别韦皋。那么她卓越的鉴人能力，又是超绝千古的，不是平常妇女可比的。还有，元载事败之后，他的妻子王夫人见闻广博，记忆力强，朝廷想封她为宫中女史。王夫人说："十六岁为太原节度使的女儿，二十岁为宰相的妻子，谁还能记得长信昭阳之事呢？"主管官员将这些话上报给皇上，很快也就被赐死了。她的气节也高出他丈夫之上了。

蔡氏两状元

蔡宗伯升元，传胪诗云："入对彤廷策万言，句胪高唱帝临轩。君恩独被臣家渥，十二年间两状元。"盖一谓蔡公启僔也，一时传诵焉。

【译文】宗伯蔡升元传胪诗说："入对彤廷策万言，句胪高唱帝临轩。君恩独被臣家渥，十二年间两状元。"大概另一位是蔡启僔先生，这首诗一时广为传诵。

摸龙阿太

仁和姚少宰三辰之祖业医，尝采药堕溪，手摸石，滑而蠕

动, 负姚上, 两目如灯, 照见须角, 委姚地上, 腾云去, 始知为
龙也。手触涎处, 香累月不散, 以手撮药, 病立愈。人呼之谓
"摸龙阿太"。

【译文】浙江仁和人、吏部侍郎姚三辰的祖上从事医生行业,
曾经在采药时掉进山中溪流, 手摸到一块石头, 感到很光滑而且在
蠕动, 有一物背着姚氏祖先向上游, 两眼如灯, 照见须和角, 把姚氏
安放在地上后, 便腾云而去, 姚氏祖先才知道这就是龙。手摸龙液
的地方, 香味数月不散, 用手撮过的药给病人, 立刻痊愈。人们称呼
他为"摸龙阿太"。

人隔天河

乾隆己未朝考诗题"赋得因风想玉珂"。袁简斋先生句云:
"声疑来禁苑, 人似隔天河。"阅卷者以语涉不庄, 将摈之。尹
文端公力争曰:"此人肯用心思, 必年少有才者。"于是众议始
定。先生馆选后, 乞假归娶。朝士赠诗络绎。毗陵程文恭公景伊
一绝曰:"金灯花下沸笙歌, 宝帐流香散绮罗。此日黄姑逢织女,
漫云人似隔天河。"盖调之也。

【译文】乾隆己未(乾隆四年, 1739)朝考诗题是"赋得因风想
玉珂"。袁简斋(袁枚)先生有诗句:"声疑来禁苑, 人似隔天河。"
阅卷的考官认为语言涉嫌不恭敬, 将要抛弃他。尹文端公(尹继
善)却努力争取说:"这个人肯用心思考, 必定是年少有才之人。"于
是众人才议定。先生被选任馆职之后, 请假回家娶妻。朝中官员赠

诗的络绎不绝。江苏毗陵人程文恭公程景伊先生送一首绝句："金灯花下沸笙歌，宝帐流香散绮罗。此日黄姑逢织女，漫云人似隔天河。"大概是调侃先生应试时的诗吧。

洗福禄

常州风俗，腊月二十六日浴，曰洗福禄。二十七日浴，曰洗啾唧。啾唧，即被除之意也。

【译文】常州有一种风俗，腊月二十六日洗澡，称为"洗福禄"。二十七日洗澡，称为"洗啾唧"。啾唧，就是除灾去邪的意思。

响铃坟

嘉禾梅里，俗传南宋王妃时云卿墓，人上其冢，有铃声，名响铃坟。赵味辛司马怀玉有诗云："纨扇珠襦一夕捐，松楸今属野人田。可怜委骨埋香日，已是残山剩水年。""玉钩一样怨秋萤，此地犹传有响铃。绝胜寒琼拾幽草，西陵夜夜哭冬青。"

【译文】嘉禾梅里，民间传为南宋王妃时云卿的墓地，有人到坟地上时，便有铃声响起，因此称为"响铃坟"。司马赵味辛赵怀玉有诗句说："纨扇珠襦一夕捐，松楸今属野人田。可怜委骨埋香日，已是残山剩水年。""玉钩一样怨秋萤，此地犹传有响铃。绝胜寒琼拾幽草，西陵夜夜哭冬青。"

温铜刀

漆其鞘以铜饰之，铜其茎以银镂之，茎得周尺七寸六分弱，身长三其茎而微不逮焉。冬月握茎不寒，故名温铜。传为明戎政尚书陆公完学遗物，思陵赐也。汝南许大令元基藏之。

【译文】给刀鞘涂漆用铜装饰它，用铜做刀茎以银雕刻它，刀茎周长为一尺七寸六分，刀身长是刀茎的三倍而略微不到。冬天握刀没有寒冷之感，所以称为"温铜"刀。相传是明朝戎政尚书陆先生陆完学的遗物。是思陵（明思宗）赐给他的。汝南许县令许元基收藏了这把刀。

蝴蝶会

今同人携酒一壶，肴二碟醵饮，名之曰蝴蝶会。匪仅谐声，亦以象形也。颇雅，可入吟咏。

【译文】现在朋友间提一壶酒，两碟菜，凑钱在一起饮酒，就称为"蝴蝶会"。不仅是形声，也是象形。这是高雅之事，可以作为吟诗题赋的素材。

朱锦山

锦山，乌程人，能陈二十四种乐器于前，以手口及头足动之，皆中节。又能奏各种曲，间以拇战等声，亦臻其妙。自言尝给事故相邸中，败后辞去，复还吴中，以素业糊口云。近广东亦有所谓锣鼓三者，正与之相类。

【译文】锦山，是浙江乌程人，他能在面前陈列二十四种乐器，用手、口及头、脚来操作，都可以合乎节奏。他还能演奏各种曲目，偶尔有划拳等各种声音，也达到绝妙处。他自己说曾经供职于宰相府中，宰相家衰败以后便离开，又回到吴中，以本业养家糊口。近来广东也有一个叫"锣鼓三"的人，正与这个人相类似。

李笠翁墓

笠翁晚年，卜筑于杭州云居山东麓，缘山构屋，名曰层园。卒，葬于方家峪九曜山之阳。钱唐令梁允植题其碣曰："湖上笠翁之墓。"日久就圮，仁和赵宽夫坦命守冢人沈德昭修筑之，复树故碣，且俾为券藏于家，可谓风雅好事者矣。

【译文】笠翁（李渔）晚年，选择在杭州云居山东麓定居，依山构建房屋，并取名为"层园"。他去世后，被葬在方家峪九曜山的南面。钱唐县令梁允植在他的墓碑上题字："湖上笠翁之墓。"但时间久了碑便倒塌了。浙江仁和人赵宽夫赵坦让守坟人沈德昭修筑墓地，又把原来的石碑竖了起来，并且派人为他描摹了一份收藏在家中，这可真是风雅好事之人。

燕台小乐府

京师奢靡，甲于天下，而诈伪亦甲于天下。余尝作燕台小乐府五首，《梨园伶》云：“软红十丈春风酣，不重美女重美男。宛转歌喉袅金缕，美男妆成如美女。楼台十二醉春风，过午花梢日影红。此际香车来巷陌，此时脆管出帘栊。帘栊掩映娇妆束，场屋频频滚弦索。须臾花枝照眼明，飞上九天歌一声。歌声未罢欢声满，就中谁得秋波转？曲罢翩然下坐旁，犹留粉晕与脂香。凭将眉语通心语，好把歌场换酒场。酒楼携得人如玉，自占藏春最高阁。闲泛鹅儿弄斝尊，不容鹦母窥帘幕。承颜伺色最聪明，射覆藏钩靡不精。欲即偏离抛又近，情无情处动人情。情多不及黄金贵，几束吴绫谋一醉。梦里温柔镜里人，甘心竟为他憔悴。憔悴青衫兴已阑，一鞭又跨别人鞍。试看花底秦宫活，谁念车傍范叔寒。”《赝骨董》云：“世间何者为古物？尺五青天一明月。世间何者为真灵？日星河岳贤圣经。彼食肉者何伧父，以假作真新作古。遂使市井售利徒，穷极妆点相欺诬。先秦铜鼎汉玉斝，阿房宫砖未央瓦，李斯古篆右军书，戴嵩老牛韩干马。湘帘棐几清绝尘，一一帖妥而横陈。若者商周若虞夏，平视群材高索价。吁嗟乎我生已后三千年，眼光那及前人前。矧乃宝物出非偶，鬼护神呵妖魅守。书言用器惟求新，当王者贵物最珍。羲皇以前瓦与石，纵在人间何足惜。君不见贫儿乞食善解嘲，原宪之杖颜回瓢。又不见奇珍从古无世寿，玉玺而今已非旧。”《跑热车》云：“雷声砉砉长安街，九逵大路扬尘霾。忽然到眼疾如驶，奇肱之车飞而来。车中之人美如玉,锦带吴钩新结束。车傍之仆秀且明,窄襟秃袖双貂缨。执鞭者如齐越石,意气骄人殊自得。此时可有阊门妻,窥见夫郎好颜色。试问轮蹄为底忙,来从何处去何方?却离罗绮开筵地,会向氍毹选色场。色围香阵销魂剧,镇日笙歌喧不绝。锦上繁花火里蛾,此车亦复因人热。热场热客自营营,冷眼看他襁褓行。直为炎官效奔走,非关汗马博功名。缁尘我亦驱驰客,敝车代步聊栖息。相看肥马气扬扬,自笑蹇驴行得得。若风从,若云从,骈而先者毛羽丰,真不愧车如流水马如龙。为鸡口,为牛后,跂而及者牛马走,未免叹车如鸡栖马如狗。”《花局子》云:“李桃应候开无差,烘而出之名唐花。先时者珍后时宝,开在当时转如草。挽回造化信有之,斫削元气良由斯。同根相煎何太急,阿奴火攻出下策。不须剪彩方隋宫,不须羯鼓挝春风。顷刻千红兼万紫,云罗霞锦开重重。京师女儿美如玉,最妙芳龄十五六。眼波秋水黛春山,灼灼花枝鲜耀目。颇闻罗帐夜横陈,暖炕熏笼熨体频。人亦如花娇养法,蕊珠烘透十分春。容颜转眼浑非旧,玉骨香桃可怜瘦。自是英华早发舒,面痕容易观何皱。矧兹弱植力无多,雨妒霜欺可奈何。纵有十重金步障,难留隔岁玉枝柯。世人看花惜花少,花若有知应亦恼。不若移根冷处栽,自开自落年年好。岂知好景发年年,争得非时竞逞妍。若使名花都有寿,何人肯费买春钱?”《八角鼓》云:“十棒花奴罢歌舞,新声乃有八角鼓。一木一扇一氍毹,演说亡是兼子虚。虚中生实无生有,别是人间一谈薮。操成北地土风音,生就东风滑稽口。有时按曲苏昆生,有时说书柳敬亭,有时郝隆作蛮语，有时公冶通鸟声。有时双盘旋空际，公孙大娘舞剑器；有时累丸掷空中，痀偻丈人承蜩功。须臾座中响弦索，引上雏儿一双玉。不习梨园旧谱声，自调菊部新翻曲。曲边人物尽风流，燕样身材莺样喉。入局先输钱买笑，当筵又费锦缠头。眼波眉语通消息，别有温柔描不得。巧谑新谐倍有情，秾歌艳舞都无色。由来此戏五方同，不及京师技最工。此辈亦须官样好，马伶无怪客严公。"

【译文】京城奢侈浪费，是天下第一，而巧诈虚伪也是天下第一。我曾作了五首燕台小乐府诗，其中《黎园伶》说："软红十丈春风酣，不重美女重美男。宛转歌喉袅金缕，美男妆成如美女。楼台十二醉春风，过午花梢日影红。此际香车来巷陌，此时脆管出帘栊。帘栊掩映娇妆来，场屋频频滚弦索。须臾花枝照眼明，飞上九天歌一声。歌声未罢欢声满，就中谁得秋波转？曲罢翩然下坐旁，犹留粉晕与脂香。凭将眉语通心语，好把歌场换酒场。酒楼携得人如玉，自占藏春最高阁。闲泛鹅儿弄羿尊，不容鹦母窥帘幕。承颜伺色最聪明，射覆藏钩靡不精。欲即偏离抛又近，情无情处动人情。情多不及黄金贵，几束吴绫谋一醉。梦里温柔镜里人，甘心竟为他憔悴。憔悴青衫兴已阑，一鞭又跨别人鞍。试看花底秦宫活，谁念车傍范叔寒。"《赝骨董》说："世间何者为古物？尺五青天一明月。世间何者为真灵？日星河岳贤圣经。彼食肉者何伧父，以假作真新作古。遂使市井售利徒，穷极妆点相欺诬。先秦铜鼎汉玉斝，阿房宫砖未央瓦，李斯古篆右军书，戴嵩老牛韩干马。湘帘棐几清绝尘，一一帖妥而横陈。若者商周若虞夏，平视群材高索价。吁嗟乎我生已后三千年，眼光那及前人前。矧乃宝物出非偶，鬼护神呵妖魅守。书言用器惟求新，当王者贵物最珍。羲皇以前瓦与石，纵在人间何足惜。君不见贫儿乞食善解嘲，原宪之杖颜回瓢。又不见奇珍从古无世寿，玉玺而今已非旧。"《跑热车》说："雷声昔昔长安街，九逵大路扬尘霾。忽然到眼疾如驶，奇肱之车飞而来。车中之人美如玉，锦带吴钩新结束。车傍之仆秀且明，窄襟秃袖双貂缨。执鞭者如齐越石，意气骄人殊自得。此时可有阃门妻，窥见夫郎好颜色。试问轮蹄为底忙，来从何处去何方？却离罗绮开筵地，会向氍毹选色场。色围香阵销魂剧，镇日笙歌喧不绝。锦上繁花火里蛾，此车亦复因人热。热场热客自营营，冷眼看他袘襫行。直为炎官效奔走，非关汗马博功名。缁尘我亦驱驰客，敝车代步聊栖息。相看肥马气扬扬，自笑蹇驴行得得。若风从，若云从，骖而先者毛羽丰，真不愧车如流水马如龙。为鸡口，为牛后，跂而及者牛马走，未免叹车如鸡栖马如狗。"《花局子》说："李桃应候开无差，烘而出之名唐花。先时者珍后时宝，开在当时转如草。挽回造化信有之，斫削元气良由斯。同根相煎何太急，阿奴火攻出下策。不须剪彩方隋宫，不须羯鼓挝春风。顷刻千红兼万紫，云罗霞锦开重重。京师女儿美如玉，最妙芳龄十五六。眼波秋水黛春山，灼灼花枝鲜耀目。颇闻罗帐夜横陈，暖炕熏笼熨体频。人亦如花娇养法，蕊珠烘透十分春。容颜转眼浑非旧，玉骨香桃可怜瘦。自是英华早发舒，面痕容易观何皱。矧兹弱植力无多，雨妒霜欺可奈何。纵有十重金步障，难留隔岁玉枝柯。世人看花惜花少，花若有知应亦恼。不若移根冷处栽，自开自落年年好。岂知好景发年年，争得非时竞逞妍。若使名花都有寿，何人肯费买春钱？"《八角鼓》说："十棒花奴罢歌舞，新声乃有八角鼓。一木一扇一氍毹，演说亡是兼子虚。虚中生实无生有，别是人间一谈薮。操成北地土风音，生就东方滑稽口。有时按曲苏昆生，有时说书柳敬亭，有时郝隆作蛮语，有时公冶通鸟声。有时双盘旋空际，公孙大娘舞剑器；有时累丸掷空中，痀偻丈人承蜩功。须臾座中响弦索，引上雏儿一双玉。不习梨园旧谱声，自调菊部新翻曲。

曲边人物尽风流，燕样身材莺样喉。入局先输钱买笑，当筵又费锦缠头。眼波眉语通消息，别有温柔描不得。巧谑新谐倍有情，秾歌艳舞都无色。由来此戏五方同，不及京师技最工。此辈亦须官样好，马伶无怪客严公。"

管杏花

史文靖公馆课庶常，以春日即事命题。管水初一清诗中一联云："两三点雨逢寒食，廿四番风到杏花。"史公击节，人因呼之曰"管杏花"。

【译文】史文靖公（史贻直）对庶吉士进行考试，用"春日即事"命题作诗。管水初管一清所写诗中有一联说："两三点雨逢寒食，廿四番风到杏花。"史文公打着节拍赞赏不绝，人们因此称管水初为"管杏花。"

铁 马

檐铁曰"铁马"，向不解马字之义，偶阅唐冯贽《南部烟花记》："临池观竹既枯，后每思其响，帝为作薄玉龙数十片，以缕线悬于檐外，夜中因风相击，听之与竹无异。民间效之，不敢用龙，以什骏代，故曰马也。"

【译文】檐铁称为"铁马"，过去不理解"马"字的意思，偶然翻阅唐朝冯贽《南部烟花记》，当中有说："到池边观竹时发现竹已枯死，皇后每天都想听竹叶的响声，皇上便为她作了数十片薄玉龙，用丝线穿起来悬挂在房檐外面，夜中借着风互相撞击，听起来和竹声没有差别。民间百姓纷纷仿效，但是不敢用'龙'，就用"什骏"代替，所以称为'马'。"

家书署姓

山舟学士尝见诸城刘文清相国与其父文正公家书，末署款云"男刘墉百拜"。赵味辛司马曾见明王文成与父太宰公书，名上亦书姓。盖当时风尚使然，今若效之，便哗然矣。

【译文】山舟学士（梁同书）曾看到山东诸城人刘文清相国（刘墉）给他父亲文正公（刘统勋）写的家信，信末落款是"男刘墉百拜"。司马赵味辛（赵怀玉）曾看到王文成（王守仁）写给其父亲、吏部尚书（王华）的家信，落款名上也写了姓。这是当时风尚所致，今天若是效仿它，就会议论纷纷。

马闸子

今人以皮为交床，名马闸子，官长多以自随，以便于取挈也。按唐明皇作逍遥座，远行携之，如折叠椅，盖即此物之权舆乎？

【译文】现在人们用皮条做成胡床，取名为"马匣子"，官长们大多把它随身携带，以便拿取。据考，唐玄宗做了一个"逍遥座"，出外远行时带着它，就像折叠椅一样，大概就是这东西的发端吧。

阳明之学

王文成公功业彪炳，卓然为一代之冠，惟以良知揭天下，稍累高明。而议者极意诋诃，至谓有明之天下，不亡于流贼，而亡于阳明。是何言欤？黄梨洲云："今之敢于骂象山、阳明者，以晦翁为之主，是犹豪奴之慢宾客，猘犬之逐行人。"斯言真刻酷矣。

【译文】王文成公（王守仁）功业辉煌，卓然超群为一代冠首，只是他高举"致良知"于天下之间，稍微连累他的高明。而评议的人极力诋毁苛责，甚至认为明朝的天下，不会因为流寇而灭亡，而是亡于王阳明。这是什么话呢？黄梨洲（黄宗羲）说："当今敢于骂陆象山（陆九渊）、王阳明的人，以朱熹为他的主人，这就像是豪奴怠慢宾客，疯狗追逐行人一样。"这话真是苛刻严酷啊！

笙磬同音

沈无咎，字子慕，乌程人，少工诗，性疏傲，尝以罾鱼为业。所居有渔庄亩许，得鱼则跣足入市，所需值不二言。又善结彩珠为灯，挟灯赴广陵求售。一日，过某商门，商素闻其名，还其灯，以白金一镒为赠。无咎大怒，委金于地曰："若较价值，吾不怪。牧猪奴何知，而令我受腥膻物耶？"毁其灯，不顾而去。客武进，一时士夫多与之交，其诗名《梦花集》。女子汤朝，武进吕氏侍儿也，字蕉云，亦能诗，见无咎诗而好之，因题四律以示无咎，遂聘为妻。于是朝诗益进，遂以所酬唱者合刻之，名曰《笙磬同音》。

【译文】沈无咎，字子慕，是浙江乌程人，年少时擅长写诗，性情粗疏傲慢，曾经以卖鱼为业。他居住的地方有渔庄一亩左右，他捞到鱼就光着脚到集市去卖，所卖鱼价没有虚假之言。他又擅长把彩珠连结成彩灯，带着灯赶到广陵去卖。一天，经过某商人的门前，商人一向听说他的的大名，把灯还给他，并且赠送他一镒白金。沈无咎大发脾气，把白金丢在地上，说："你若计较价格，我不怪你。牧猪奴知道什么，而让我接受这腥膻之物？"便毁掉彩灯，头都不回地离开了。后来客居武进时，一时间很多士大夫都与他交往，他有诗集名为《梦花集》。有一女子名为汤朝，是武进吕氏的侍女，字蕉云，也能作诗。她看了沈无咎的诗句而喜欢上他，因而便写了一首四律诗给沈无咎看，沈无咎便下聘礼娶她为妻。于是汤朝的诗日益增进，就把互相赠答唱和的诗合在一起刊刻出来，名为《笙磬同音》。

活孟子

明陈白沙以学为粤倡，其学一宗濂洛。姜进士麟者，始见白沙，曰："吾阅人多矣，如陈先生者，耳目口鼻人也，所以视听言动，殆非人也。"人问之，辄曰"活孟子，活孟子"云。白沙初应聘至省，观者数千万人，图其貌者以百数计，市井妇孺皆称为陈道统。入京，授翰林院检讨，以养母还山不仕。宪庙升遐，哀诏至，先生赋诗云："三旬白布裹乌纱，六载君恩许卧家。"家居尝戴玉台巾，玉台，山名，巾象之也。扶青玉杖，插花帽檐，往来山水之间。有诗云："惟有白头溪里影，至今犹带玉台巾。"又云："挂地撑天吾亦有，一茎青玉过眉长。"又云："两鬓馨香齐插了，赛兰花间木犀花。"其风流如此。白沙弟子百余六人，以林缉熙_光为最。白沙殁后，湛文简_露祀之于衡山岳麓精舍，其后文简卒，因以配享焉。

【译文】明朝陈白沙（陈献章）以其学问而成为广东先导，他的学问源自濂洛学派。进士姜麟，刚见到陈白沙，说："我见过的人很多，像陈先生这样的人，耳目口鼻是人的样子，所以看他的视听言动，大概不是人吧。"人们问他，他就说"是活孟子，活孟子"。陈白沙刚应召到省城时，观看他的有上千万人，画他肖像的有数百人，市井中妇女小孩都称他为"陈道统"。后来入京，被授予翰林院检讨，因为奉养母亲便还乡不出仕为官。明宪宗驾崩后，哀诏发到广东，先生写了一首诗："三旬白布裹乌纱，六载君恩许卧家。"在家闲居常戴玉台巾，_{玉台，山名，头巾形状像它}。手扶青玉杖，把花插在帽檐上，往来于山水之间。有诗句说："惟有白头溪里影，至今犹带玉台巾。"又有："挂地撑天吾亦有，一茎青玉过眉长。"又说："两鬓馨香齐插了，赛兰花间木犀花。"就是这样的风流雅致。陈白沙弟子有一百零六人，以林缉熙_{林光}最为出色。陈白沙死后，湛文简_{湛露}（湛若水）在衡山岳麓精舍祠奉陈白沙，后来湛文简去世，便与陈白沙合祭在一起。

不倒翁

赵云松观察作不倒翁诗，欲用"黄胖春游"四字，而未得其对。明日方浴, 忽忆"白题胡舞", 真绝对也。喜而一跃, 浴盆顿破。

【译文】道台赵云松(赵翼)写有不倒翁诗, 想用"黄胖春游"四字, 却没有想出与它相对的词。第二天正在洗澡, 忽然想到"白题胡舞"四字, 与"黄胖春游"真是绝妙之对。欢喜兴奋地一跃而起, 顿时便把浴盆弄破了。

不能诗

世传曾子固不能诗, 非不能也, 不过稍逊于文耳。唐张道古, 名眂, 博学善古文, 读书万卷, 而不好为诗。曾在张楚梦座上, 时久旱, 忽大雨, 众宾咏之, 道古最后方成绝句曰:"兀旸今已久, 喜雨自云倾。一点不斜去, 极多时下成。"此则真不能诗者矣。事见唐张鷟《耳目记》。

【译文】世人传曾子固(曾巩)不能作诗, 其实不是不能作, 不过是稍逊于文章罢了。唐朝张道古, 名眂, 学问渊博且擅长作古文。读书万卷, 却不喜欢作诗。曾在张楚梦家做客, 当时久旱, 忽降大雨, 众宾客便纷纷咏诗, 张道古到最后才作成一首绝句:"兀旸今已久, 喜雨自云倾。一点不斜去, 极多时下成。"这就是真不能作诗的。这件事可见于唐朝张鷟《耳目记》。

六和塔

吾杭江干开化寺塔, 曰六和塔。开宝三年, 智觉禅师延寿,始于钱氏南果园开山建塔，后废。宋绍兴二十六年，僧智昙重建。案《四朝闻见录》："卫泾，字清叔，自金幕奉召，而不入国门，翱翔于江上六合塔。"又宋《艺圃集》："李沇有《六合塔》诗。"然则和者，合之转音，今北人口音，呼合如和字。俗传六和塔，系元僧杨琏真伽哀宋陵骨而成，实非也。哀骨之塔曰镇南塔，俗呼一瓶塔，又曰白塔。吴僧《白塔寺》诗，所谓"到江吴地尽，隔岸越山多"，即此是也。案《清江集·穆陵行》云："江头白塔今不见。"则镇南塔自明初已划去之矣。又《江月松风集·白塔》诗："宋宫传自唐朝寺，白塔崔嵬寝殿前。"则在大内是又一白塔也。

【译文】我们杭州江干开化寺塔，称为"六和塔"。宋太祖开宝三年（970），智觉延寿禅师，开始在钱氏南果园开山建塔，后来衰败荒废了。宋高宗绍兴二十六年（1156），智昙和尚重新修建。《四朝闻见录》中记载："卫泾，字清叔，从金幕奉旨，而不入国门，在江上六合塔徘徊。"另外宋朝《艺圃集》说："李沇有《六合塔》诗。"那么"和"字，是"合"字的转音，今天北方人的口音中，"合"字发音像"和"字。民间相传六和塔，是元朝和尚杨琏真伽集取宋代皇陵骨而建成的，其实不是这样的。取骨之塔称为"镇南塔"，俗称为"一瓶塔"，又称为"白塔"。吴僧《白塔寺诗》所写的："到江吴地尽，隔岸越山多。"就是指的这个。按《清江集·穆陵行》说："江头白塔今不见。"那么镇南塔从明初已经被铲平了。另外《江月松风集·白塔》诗写到："宋宫传自唐朝寺，白塔崔嵬寝殿前。"那么在宫中的白塔，又是另一个白塔了。

姬姜被难

宋共姬待姆不至而死于火，楚贞姜待符不至而死于水，妇人之义，守礼大于避害，二夫人之事相同，皆能人之所难能者也。后之议者，谓其知守经而不知达权，误矣。

【译文】宋国共姬待姆不至宁可死于烈火，楚国贞姜待符不至宁可溺死于水，妇人的大义，把遵守礼仪看得比躲避危害要大得多，两位夫人所遇的事情相同，都是做了一般人所难做到的事。后来有人议论这件事，说她们只知遵循礼制而不知权变，错了啊。

名之显晦不同

郭翼《雪履斋笔记》："张俊有爱姬张秾，乃钱唐妓，颇涉书史。拓皋之役，俊发书嘱以家事，姬引霍去病、赵云以坚其心。俊以其书缴奏，上亲书奖谕。"张、韩皆中兴名将，皆有奇女子，又皆出微贱，亦奇矣！施彦执《北窗炙輠》："钱唐两处士，林和靖居孤山，徐冲晦居万松岭，夹湖相望。徐之孙忉犹守故庐，语人曰：'先祖有言，子孙世世勿离钱唐，永无兵燹。'"先生名爽，赐号冲晦。今人但知林和靖，而不及冲晦，盛称梁红玉，而不及张秾，亦有幸有不幸也。

【译文】郭翼《雪履斋笔记》说："张俊有一个叫张秾的宠妾，是钱唐的歌妓，涉猎了很多书史文章。宋金拓（柘）皋之战时，张俊写信给她嘱咐家事，张秾便引用霍去病、赵云的故事坚定他的信心。张俊便把她的回信呈给皇上看，皇上亲自写谕表彰张秾。"张俊、韩世忠两人都是南宋中兴名将，都有一个奇女子，而且都是出身卑微，这也是奇事啊。施彦执（施德操）《北窗炙輠录》记载："钱唐有两位处士，林和靖住在孤山，徐冲晦住在万松岭，两人隔湖相望。徐冲晦的孙子徐忉还守在他的旧居，曾对人说："先祖说过，子孙后世不要离开钱唐，便永远不遭战火。"徐先生名为奭，赐号冲晦。现在人只知道林和靖，而不知徐冲晦，极力称赞梁红玉，而不知道张秾，这也是有幸的有不幸的啊。

王坟豆

九曜山下有隙地焉，相传是明昌化伯邵林墓域。林为孝惠太后之父，旧称邵皇亲坟，杭人讹为邵王坟。其地产蚕豆甚佳，俗呼"王坟豆"，此可与"东陵瓜"同作邵氏典故。

【译文】九曜山下，有一块空地，相传是明代昌化伯邵林的墓地。邵林是孝惠太后邵氏的父亲，旧称为"邵皇亲坟"，杭州人误说为"邵王坟"。这块地出产的蚕豆特别好，俗称为"王坟豆"，这个可以和"东陵瓜"（汉代邵平所种之瓜）一同作为邵氏的典故。

鹧鸪米

渔洋山人《居易录》："弋阳汪少宰伟赴一中官请，设饭止半盂，而香滑异常。问米所从出，云：'四川以岁例进贡者，米生于鹧鸪尾，尾止二粒，取出放去，来年则更取之。'"其事甚异。先伯祖谏庵先生有《鹧鸪米歌》云："鹧鸪鹧鸪吾问尔，尔何不学雄鸡自断尾? 胡为苦唤行不得, 犹护尾中二粒米。鹧鸪向我鸣钩辀, 请对以臆知是不? 白鹭缞, 青凤裘, 鹤氅翠翎雄雉头, 征取羽毛助文采, 山林搜捕遭危殆。可怜更有触网罗, 燔炙煎烹调鼎鼐。岂若米自尾中生, 不劳播谷频催耕。各以两粒充玉食, 香净突过长腰粳。但使年年来去无羁缚, 予尾翛翛予亦乐。"

【译文】渔洋山人(王士禛)《居易录》说:"弋阳少宰汪伟受邀去一位太监的宴会, 席间只上了半碗饭, 米饭香滑可口异于寻常。汪伟就问米的产处, 太监说:'这是四川每年进贡朝廷的米, 米产自鹧鸪的尾巴, 只有二粒, 取出后把鹧鸪放走, 来年则可以再取。'"这件事极为怪异。"先伯祖谏庵(梁玉绳)先生有《鹧鸪米歌》, 说: "鹧鸪鹧鸪吾问尔, 尔何不学雄鸡自断尾? 胡为苦唤行不得, 犹护尾中二粒米。鹧鸪向我鸣钩辀, 请对以臆知是不? 白鹭缞, 青凤裘, 鹤氅翠翎雄雉头, 征取羽毛助文采, 山林搜捕遭危殆。可怜更有触网罗, 燔炙煎烹调鼎鼐。岂若米自尾中生, 不劳播谷频催耕。各以两粒充玉食, 香净突过长腰粳。但使年年来去无羁缚, 予尾翛翛予亦乐。"

讳

书传之论讳, 然亦有不可通者。先伯祖有《与卢抱经学士论讳书》及《书讳辩后》二篇, 极赅博精核, 爰敬录之。《书》云: "怦来辱书, 是前月十日所发, 毗陵至杭, 仅六百里, 奚迟滞如此。承示古人生不辟名, 卒哭乃讳, 引据精核, 先生之论详矣。然窃有疑焉。即以天子诸侯言之, 周襄王名郑, 而不闻郑国改封。鲁废具敖二山, 而有公孙敖。卫襄公名恶, 而其后有大夫齐

恶, 何以不讳? 齐有昭公, 而其兄孝公名昭。宋有成公, 其孙平
公名成。举谥则犯名, 讳名则废谥, 宜何如讳? 且有子孙与其先
世同名者, 高圉之父名辟方, 而孝王名辟方。厉王名胡, 而僖王名
胡。晋惠公名夷吾, 而灵公名夷皋。郑武公名掘突, 而厉公名突。
蔡文侯名申, 而昭侯名申杞。桓公名姑容, 而文公名益姑。莒渠
丘公名朱, 而犁比公名买朱鉏。若夫武王, 一代之宗也, 而卫有
公叔发, 郑有公子发。伯禽, 不祧之君也, 而有柳下惠展禽。兹
舆期, 莒之祖也, 而后世有兹丕公及展舆、庚舆。季胜, 赵之祖
也, 而春秋有赵胜, 战国有公子胜, 平原君亦名胜。陈完, 田齐之
始祖也, 而陈成子有兄曰完。凡此岂得援舍故讳新之例, 以为词
耶? 又有以祖父之名为氏, 如《杜世族谱》《郑氏族略》所载者,
则祖宗之名, 世世不可复讳, 亦不必入门而问矣。是皆愚昧所
未解, 愿先生再诲之。"《书后》云:"《旧唐书》讥退之《讳辨》
纰谬, 岂以李贺父名晋肃, 贺不举进士为是耶? 王观国《学林》
引唐人康骈《剧谈录》曰:'元微之以明经擢第, 愿结交李贺,
执贽造门, 贺览刺不答, 微之惭愤而退。后登要路, 因指贺祖名
进, 不合应进士举, 遂致轗轲。'乃知毁贺者, 微之也。惟称祖讳
进与言父晋肃异。然退之颇有误处。《史记·天官书》:'气来卑
而循车通。'《裴氏集解》谓'车通避汉武帝', 则不讳辙之说恐
非。杜上声, 度去声, 杜、度二字不同音。杜度, 见《晋书·卫恒传》, 非
杜操字伯度者也。治天下之治, 平声, 非去声, 且犯高宗正讳, 即宪
宗时高庙已祧, 不讳而讳, 辨中似不宜见此字。曾子父名点, 不
名晳。宇文化及逆党孟秉,《隋书·炀帝纪》《唐书·窦建德传》

并作孟景,以秉与昞同音而改之。李林甫上御定月令表,璇玑玉衡,以玑与基同音而改之,则不讳淧势秉机之语,殊未尽然。盖唐俗重讳,自天子迄士大夫家,虽二名嫌名亦避之,其弊至于父名乐,终身不听丝竹,不游嵩岱。父名石,平生不用石器,遇石不践。退之此辨,殆借以讽世欤?至周密《齐东野语》引《讳辨》云:'桓公名白,博有五皓之称。厉王名长,琴有修短之目。不闻为布帛为布皓,肾肠为肾修。'今文无之,此乃《颜氏家训·风操篇》语,弇阳老人误以为韩文也。"

【译文】典籍当中论述忌讳的地方,也有说不通的。我先伯祖(梁玉绳)有《与卢抱经学士论讳书》及《书讳辨后》二篇,极为渊博精辟翔实,于是恭敬抄录在这里。《与卢抱经学士论讳书》中说:"看到使者送来你的来信,是上个月初十发出的,毗陵到杭州,仅有六百里地,怎么会滞留这么久呢?承蒙惠示古人在生前不回避名字,死后被人哭泣才开始避讳其名,引证精辟翔实,先生的论述非常详细。然而我还有一些疑问。就拿天子诸侯来说吧,周襄王名字叫'郑',却没听说把郑国改名。鲁国人改名具敖二山,却又有公孙敖,没有人指责让他改名。卫襄公名叫'恶',而后来有大夫叫齐恶,为什么不避讳呢?齐国有齐昭公,而他哥哥齐孝公也叫昭。宋国有宋成公,他的孙子宋平公名字叫'成'。加谥号就犯了名字,避讳名字就得废除谥号,应该如何避讳呢?而且还有子孙和他们先祖同名的,高圉的父亲叫'辟方',然而周孝王名为'辟方'。周厉王名叫'胡',然而周僖王名'胡'。晋惠公名叫'夷吾',然而晋灵公叫'夷皋'。郑武公叫'掘突',然而郑厉公叫'突'。蔡文侯名叫'申',然而蔡昭侯名叫'申'。杞桓公叫'姑容',然而杞文公叫'益姑'。莒渠丘公名叫

'朱'，然而莒犁比公名为'买朱鉏'。如果说周武王，是周朝的一代之宗，可是卫国有公叔发，郑国有公子发。伯禽，是永不迁移神主的君主，然而也有柳下惠，字展禽与他同字。兹舆期，是莒国的祖先，然而后世有兹丕公和展舆、庚舆。季胜是赵国祖先，然而春秋时有赵胜，战国时有公子胜，平原君也叫'胜'。陈完是田齐的始祖，然而陈成子有一个哥哥就叫'完'。所有这些又怎么能用'舍故讳新'的方法来解释呢？另外还有用祖父的名字做姓氏的，如《杜世族谱》、郑樵《通志·氏族略》中所记载的，那么祖宗的名字，世世都不能避讳了，也不用入门问讳了。这些都是我愚昧不能明白的，还请先生再多多指教。"《书讳辨后》说："《旧唐书》讥评韩退之（韩愈）《讳辨》中的荒廖错误，怎么能因为李贺的父亲叫晋肃，李贺便不能考进士为例子呢？王观国在《学林》中引用唐朝康骈《剧谈录》说：'元微之（元稹）因为明经考中，想和李贺结交，带着礼物去拜访，李贺看看他的名帖没有答理他，元微之羞愧愤恨地离开了。后来元微之做了朝廷要职，便指称李贺父亲名叫进，不应该来考进士，这才致使他郁郁不得志。'才知道毁掉李贺的，是元微之。只不过是避讳祖父的名字"进"和避讳父亲的名字"晋肃"的差异罢了。然而韩退之也有差误的地方。《史记·天官书》说：'气来卑而循车通。'《裴氏集解》中说'车通是避汉武帝的名讳'，那么不避讳'辙'的说法恐怕不对。'杜'读音是上声，'度'为去声，杜、度两个字音不同。杜度，可见于《晋书·卫恒传》，这个杜度不是名为杜操字伯度那个人。'治天下'的'治'，是平声，不是去声，并且犯了唐高宗的名讳，到唐宪宗时唐高宗已入庙，就必须避讳了，《讳辨》中似乎不应该出现这个字。曾子的父亲叫点，不叫皙。宇文化及的同党孟秉，在《隋书·炀帝纪》和《唐书·窦建德传》都写成'孟景'，因为'秉'和'昞'同音才改掉的。李林甫上御定月令表中的'璿玑玉衡'，因为'玑'与'基'同音便改掉了，那么不避讳'浒势秉机'的说法，就不都是这个样子了。唐朝的风俗注重避讳，从天子到士大夫，就算两个字字音相近也要避讳，这弊端甚至到了其父名叫"乐"，那么其子便终身不能听音乐，不到嵩山、岱山游玩的地步。其父叫"石"，其子一生便不使用石器，碰到石头也不能践踏。韩愈《讳辨》，大概是借此来嘲讽世事的吧？到了周密《齐东野语》引用《讳辨》说：'桓公名白，博有五皓之称。厉王名长，琴有修短之目。不闻为布帛为布皓，肾肠为肾修。'现在的文章没有这个，这是《颜氏家训·风操篇》里的话，弁阳老人（周密）就误认为是韩愈的文章里的。"

解经可噱

群儒羽翼经传，而间有极可笑者。桓六年经书"实来"，杜注谓"承上五年冬州公如曹，故曰实来"。此解原属牵强，盖从阙文之说为是。而家氏铉翁引"子皮实来""巩伯实来"为证，以为"天王使人下聘"。毋论圣人不作此廋词隐语，且作经未成，而反引未来之传以为注解，有是理乎？襄二年，"葬小君齐姜"。九年，"葬小君穆姜"。左氏以齐姜为成公夫人，穆姜为宣公夫人，传文甚明。公羊独疑其词曰："齐姜与穆姜，则未知其为成夫人欤？宣夫人欤？"而何休直以齐姜为宣夫人，疏申之云："何氏以齐姜先薨，多是姑；穆姜后卒，理宜为妇。"夫姑后妇殁，妇先姑逝，亦修短之数，有何定例耶？此二段解经，殊属可笑。又鲁定公母不书薨，遂引仙传，以为服五加皮致不死。羊舌大夫以盗献羊埋头事发，掘舌为证，因而得姓，可谓不经之谈。

【译文】各个儒者阐释经传，其中有极其可笑的注解。如《春秋》鲁桓公六年写有"实来"，杜预注解说"承上五年冬州公如曹，故曰实来"，这种解释本来就属于牵强附会，大概是根据缺文之说为准。但是家铉翁引"子皮实来""巩伯实来"为证，认为"天子使人下聘"。不要说圣人不作这种廋词隐语。而且撰写《春秋》尚未完成，反而引用未来之传来做注释，有这种道理吗？鲁襄公二年，"葬小君齐姜"。鲁襄公九年，"葬小君穆姜"。左丘明认为齐姜是鲁成公夫人，穆姜是鲁宣公夫人，《左传》中文字很明白。唯独公羊却怀疑这种说法，说："齐姜和穆姜，那么未知谁是成夫人，谁是宣夫人？"而何休竟直接认为齐姜是宣夫人，注疏又进一步说："何氏认为齐姜先去世，大概率是婆婆；穆姜后去世，理应为媳妇。"婆婆去世后到媳妇去世，媳妇在婆婆之前去世，也是生命长短的命数，有什么一定的道理呢？"这两段解经，特别可笑。还有，鲁定公的母亲去世不写"薨"，于是引出仙传，认为是服食五加皮才使她不死的。羊舌大夫因为盗走献羊埋头的事被发现，掘出舌头作为证据，所以得"羊舌"之姓，可谓是荒诞没有根据的话。

封神传

《封神演义》一书，可谓诞且妄矣，然亦有所本。《旧唐书·礼乐志》引《六韬》云："武王伐纣，雪深丈余，五车二马，行无辙迹，诣营求谒，武王怪而问焉。太公对曰：'此必五方之神来受事耳。'遂以其名召入，各以其职命焉。"案五车二马，乃四海之神祝融、句芒、颛顼、蓐收、河伯、风伯、雨师也。又《史记·封禅书》："八神将太公以来作之。"则俗传不尽诬矣。今凡人家门户上，多贴"姜太公在此，诸神回避"，亦由此也。

【译文】《封神演义》一书，可谓是虚妄荒诞，然而也是有根据的。《旧唐书·礼乐志》引《六韬》说："周武王讨伐纣王，雪深有一丈多，五车二马，行走没有任何痕迹，来到营地求见武王，武王感到奇怪便问。姜太公对武王说：'这一定是五方之神来接受任职的。'于是以其名召入军中，都各自为他们任命职务。"据说五车二马，是四海之神，分别是：祝融、句芒、颛顼、蓐收、河伯、风伯、雨师。另外《史记·封禅书》说："八神将是太公后来分封的。"那么俗传也不都是捏造的。今天凡是人们家门上，大都贴"姜太公在此，诸神回避"这句话，也是由此而来的。

真 字

十三经无真字，盖正字，即古真字也。正鹄、正月、雨无正，皆是。今广东各艺招牌，如教识正银、正山水，皆不作真字，尚有古风。又经书中假字，皆作假借解，盖真假二字，古悉用诚伪也。

【译文】十三经里没有"真"字，大概"正"字，就是古时候的"真"字。正鹄、正月、雨无正，都是。现在广东各种技艺招牌，如教识正银、正山水，都不用"真"字，还保存着古风。另外，经书中的错字，都可用假借字来解释，大概真、假这两个字，古时候都是用诚、伪这两个字。

书卒异词

凡人死曰卒，曰殁，曰疾终，曰溘逝，曰厌世，曰弃养，曰长逝，曰捐馆舍，此夫人知之也。又曰弃堂帐，颜鲁公徐府君神道碑："夫人春秋六十有八，弃堂帐于相州之安阳。"又曰启手足，独孤及独孤公夫人韦氏墓志："启手足之日，长幼号啕。"权德舆杜岐公志铭："十一月辛启手足京师安仁里。"梁肃皇甫县尉志铭："启手足于嘉兴县私第。"宋李宗谔石保吉碑："启手足于丰义坊之私第。"又曰隐化，陈子昂为其父元敬志铭："隐化于私宫。"又曰迁神，柳宗元崔敬志铭："迁神于舟。"又道士卒曰解驾，见唐许长史旧馆坛碑。曰遁化，见颜鲁公李元靖先生碑。尼卒曰迁神，见李志暕唐兴圣尼法澄铭。曰迁化，见唐宣化寺尼见行塔铭。曰舍寿，见唐济度寺尼法愿志铭。僧卒曰迁形，亦曰迁化，见《唐道安禅师塔记》，及僧维新等经幢。曰示灭，见刘禹锡《牛头山融大师新塔记》。

【译文】大凡人去世了，可以称为卒、殁、疾终、溘逝、厌世、弃养、长逝、捐馆舍，这都是人们所知道的。又称为"弃堂帐"，颜鲁公（颜真卿）所写徐府君神道碑有说："夫人春秋六十有八，弃堂帐于相州之安阳。"又称为"启手足"，独孤及独孤公夫人韦氏墓志有说："启手足之日，长幼号啕。"权德舆杜岐公志铭写道："十一月辛启手足京师安仁里。"梁肃皇甫县尉志铭也说："启手足于嘉兴县私第。"宋朝李宗谔石保吉碑说："启手足于丰义坊之私第。"又称为"隐化"，陈子昂为其父陈元敬写墓志铭："隐化于私宫。"还称为"迁神"，柳宗元崔敬志铭说："迁神于舟。"另外还有道士去世了称为"解驾"，可见于唐朝许长史旧馆坛碑。又称为"遁化"，见于颜鲁公李元靖先生碑。尼姑去世了称为"迁神"，可见于李志暕唐兴圣尼法澄铭。称为"迁化"，可见于唐朝宣化寺尼见行塔铭。称为"舍寿"，可见于唐代济度寺尼法愿志铭。僧人去世了称为"迁形",也称为"迁化",见《唐道安禅师塔记》以及僧维新等经幢中。称为"示灭",可见于刘禹锡《牛头山融大师新塔记》。

徒法无益

《周书·酒诰》曰:"群饮,汝勿佚,尽执拘以归于周,予其杀。"饮酒之禁,何至其严如此?盖其时朝歌化纣之俗,酗酒太甚,故特设厉禁以止之,所谓刑乱国用重法也。明洪武初定例:"凡吸烟者杀无赦。"烟草本出于外域,可见当日亦以此为鸩毒,故立法如此之峻,而今则人易叶而户抗,奇矣!窃谓鸦片之禁,近日愈严而行愈广,余谓不及十年,必至人人吸之,如水菸旱菰而后止。地日产其戕生之物,而天亦不能不伤其好生之心,哀哉!

【译文】《周书·酒诰》说:"群饮,汝勿佚,尽执拘以归于周,予其杀。"饮酒的禁令,为何达到这样严厉的程度呢?大概是当时朝歌要消除商纣王留下的恶俗,酗酒太过分,所以特别制定严厉的禁令来制止饮酒。所谓是"治理动乱的国家,刑罚必须加重"呀。明太祖洪武初期制定条例:"凡是吸烟者都杀无赦。"烟草本来出自外国,可见那时也已经把它作为毒酒一样看待了,所以立法是那样的严峻。而现在的人却趋之不止,真是奇怪。我私下认为鸦片之禁,近来禁得越严却流行越广。我认为不到十年,必定会严重到人人都吸鸦片的程度,就像吸水烟食菰菜一样才停止。土地每天都生产出戕害生命的物品,而上天也不得不伤其好生之心了,悲哀啊!

孔子删诗

阮亭司寇《池北偶谈》谓孔子正乐而并未删诗。其论云："《论语》一则曰'诗三百'，再则曰'诵诗三百'，《家语》对哀公问郊，亦曰'臣闻诵诗三百，不可以一献'，知古诗本有三百，非孔氏手定也。又左氏列国卿大夫燕飨赋诗，率皆三百篇中，多在孔氏之前，其非夫子删定，了然可见。"然其说亦有未可尽通者，如《茅鸱》《河水》《新宫》《辔之》《柔矣》等篇，独非赋诗也乎？今则全篇逸去。其他"素以为绚兮"一句，"唐棣之华"四句，见于《论语》。"兆云询多"二句，"周道挺挺"四句，"祈招之愔愔"六句，见于《左传》。"昔吾有先正"五句，见于《小戴记·缁衣篇》。"鱼在在藻"六句，见于《大戴记·用兵篇》。"国有大命"三句，见于《荀子·臣道篇》。至《南陔》等六篇，有笙无词，《貍首》亦然，则谓三百篇外绝无删动，亦未见其允当。大约或篇或章，均系旧逸。而单词骈句，尚错杂于简端。孔子定诗时，则竟删去，以成三百五篇完好之作，亦述而不作之意也。如谓古诗三千，而删存止于三百，则马迁传闻之误，前人辨之详矣，其说殊不足信。惟《墨子·公益篇》有云："诵诗三百，弦诗三百，歌诗三百，舞诗三百。"诸子之说，固不足尽信，然凿凿言之，不知即此三百篇耶？抑别有所谓三百者耶？

【译文】司寇阮亭（王士禛）《池北偶谈》中说孔子曾经正乐但并未删定《诗经》，他的论据是："《论语》有一则说到'诗三百'，还有一则说'诵诗三百'。《孔子家语》回答鲁哀公问郊中，也说'臣闻诵诗三百,不可以一献',这就可知古《诗经》本来就有三百,并不是孔子删定的。还有左丘明中列国卿大夫燕飨赋诗,全都是三百篇中的,而这些多在孔子之前就有,所以这不是孔子删定的,已清楚可见。"然而这种说法也有不可全通之处。如《茅鸱》《河水》《新宫》《辔之》《柔矣》等篇,难道不是赋诗吗?现在则是全篇失传了。其他的像"素以为绚兮"一句,"唐棣之华"四句,可见于《论语》。"兆云询多"二句,"周道挺挺"四句,"祈招之愔愔"六句,可见于《左传》。"昔吾有先正"五句,可见于《小戴记·缁衣篇》。"鱼在在藻"六句,可见于《大戴记·用兵篇》。"国有大命"三句,可见于《荀子·臣道篇》。甚至《南陔》等六篇,有笙无词,《狸首》也是这样,则认为"三百篇"之外绝定没有删动,也未必见得恰当。大概有些篇有些章,全是从前就失传了。然而单词骈句,尚且在书简中还有出现错杂的。孔子定诗时便就删去了,才有了三百零五篇完好的作品,也是"述而不作"的意思。如果说古诗三千,删去后只保存三百篇,那就是司马迁传闻有误了,前人论辩很详细,但那些说法很不足信。只是《墨子·公益篇》有说:"诵诗三百,弦诗三百,歌诗三百,舞诗三百。"诸子之说,固然不足以全信,然而这确切之言,不知就是这三百篇呢?或者是另外还有所谓的三百篇呢?

麾 蚤

礼器不麾蚤,旧注训麾为快,谓祭不以蚤为快也。其说殊属晦涩。杭堇浦太史世骏《续礼记集说》引归安郑氏曰:"此言临祭之时,极其诚敬,不敢指麾,不敢搔爬,所谓手容恭也。蚤与搔,古字通耳。"似较旧说,于义为长。

【译文】"礼器不麾蚤"，旧注解释麾是快的意思，认为"祭不以蚤为快"。这种说法实在是晦涩难懂。翰林杭堇浦杭世骏《续礼记集说》中，引用归安人郑氏的说法："这句话是说在临祭之时，极其诚敬，不敢指麾，不敢搔爬，就是所谓的'手容恭'。蚤与搔，古字通耳。"似乎比前面的说法，在解释文义上更胜一筹。

韩公帕苏公笠

广东潮州妇女出行，则以皂布丈余蒙头，自首以下，双垂至膝，时或两手翕张其布以视人，状甚可怖，名曰"文公帕"，昌黎遗制也。惠州嘉应妇女多戴笠，笠周围缀以绸帛，以遮风日，名曰"苏公笠"，眉山遗制也。二物甚韵。

【译文】广东潮州妇女外出，就以一丈多的皂布蒙上头，从头向下，两边垂落到膝盖，有时用两手张开头布来看人，状貌非常可怕，取名为"文公帕"，是昌黎（韩愈）的遗制。惠州府嘉应县妇女大都戴斗笠，斗笠周围用绸帛装饰，用来遮风蔽日，取名为"苏公笠。"是眉山（苏东坡）的遗制。这两件东西非常有风致。

毛诗酒令

向在友人家小饮，行一酒令，须四言《毛诗》二句，合成一花，要并头、并蒂、连理，如"宜尔子孙，男子之祥"，隐宜男，此并头花也。"驾彼四牡，颜如渥丹"，隐牡丹，此并蒂花也。"不以其长，春日迟迟"，隐长春，此连理花也。此令甚新。

【译文】过去在友人家里饮酒，玩一行酒令，必须说二句四言的《毛诗》，组合成一个花名，要并头、并蒂、连理，如"宜尔子孙，男子之祥"，隐"宜男"花，这是并头花。"驾彼四牡，颜如渥丹"，隐"牡丹"花，这是并蒂花。"不以其长，春日迟迟"，隐"长春"花，这是连理花。这个行酒令很是新颖。

孟子始尊伊尹

孟子称伊尹之任，辨伊尹之志，论伊尹之出处，明伊尹之见道统，七篇之中，屡屡言之。而孔子口中，绝未论及，苓野之师，桐宫之放，事为其创，功罪俱难言之也。圣人之意深矣。

【译文】孟子称扬伊尹的政绩，辨明伊尹的志向，论说伊尹的出仕和隐退生平，阐明伊尹的理论，七篇文章中，屡屡提到。然而孔子口中，绝没有论及伊尹，而"苓野之师"（指伐桀之事）、"桐宫之放"（指囚禁太甲），这些事当时刚刚开始，是功是罪都很难说。圣人的用意太深奥了。

水 晶

古人之言，有未可尽信者，《格古要论》及刘贡父俱云："水晶为千年老冰。"然此物出于广东潮州，潮州乌得有冰？且有黄晶、紫晶、绿晶、茶晶、墨晶、发晶之别，其非冰也明矣。考《铁围山丛谈》载，"政和间，伊阳太和山崩，裂出水晶。"则是石中所产无疑。又案,刘贡父与一弁员同座,偶言及水晶系是何物,贡父曰:"不过多年老冰耳。"冰、兵同音,盖戏语也,本不可以为据。

【译文】古代人的言论,有些不可以全信,曹昭《格古要论》和刘贡父(刘敞)都说:"水晶是千年老冰。"然而此物却出自广东潮州,潮州怎么会有冰呢?而且有黄晶、紫晶、绿晶、茶晶、墨晶、发晶的区别,这不是冰也就很明白了。考查《铁围山丛谈》中记载,"政和间,伊阳太和山崩,裂出水晶。"那么这是石中所出产应该没有疑问了。又据刘贡父和一个武官同座,偶尔提到水晶一物应是何物,刘贡父说:"不过多年老冰耳。"冰、兵两字同音,大概是玩笑话吧,本不能作为依据。

市井食单

猪耳朵,名曰"俏冤家";猪大肠,名曰"佛扒墙",皆苏人市井食单名色。

【译文】猪耳朵,称为"俏冤家";猪大肠,称为"佛扒墙",都是苏州人市井里菜单上的名称。

殿寺新名

殿名多取堂皇冠冕字样,而光武洛阳有却飞殿,见《七修类稿》。寺名多取安禅祈福字样,而蜀中成都有相思寺,见

《香祖笔记》。

【译文】宫殿的名字大多用"冠冕堂皇"的字样，然而汉光武帝在洛阳却有一座"飞殿"，可见于郎瑛《七修类稿》。寺庙的名字大多用"安禅祈福"的字样，然而四川成都却有一座"相思寺"，可见于王士禛《香祖笔记》。

念珠钟声

念珠名牟尼珠。《庶物异名疏》："梵语钵塞，此名数珠，乃引接下根，牵果修业之具也。"《瓦釜漫记》："念珠凡一百零八枚，盖取十二月，二十四气，七十二候，准一岁之义。"其曰天罡地煞者，荒唐之言也。钟声一百零八下者，亦取此义，而击之法，各处小有不同。杭州歌云："前发三十六，后发三十六，中发三十六，声急，通共一百八声息。"绍兴歌云："紧十八，慢十八，六遍凑成一百八。"台州歌云："前击七，后击八，中间十八徐徐发，更兼临后击三声，三通共成一百八。"

【译文】念珠称为牟尼珠，《庶物异名疏》说："梵语为钵塞，这里称为数珠，乃是接引下根之人，牵果修因的工具。"《瓦釜漫记》记载："念珠总共一百零八枚，大概是取十二月，二十四气，七十二候，符合一岁之义。"有说是取自"天罡地煞"，这是荒谬的说法。钟声敲一百零八下，也是取这个意义，但敲击的方法，各个地方稍有不同。杭州歌谣说："前发三十六，后发三十六，中发三十六，声急，通共一百八声息。"绍兴歌谣说："紧十八，慢十八，六遍凑成一百八。"台州歌谣说："前击七，后击八，中间十八徐徐发，更兼临后击三声，三通共成一百八。"

和尚破荤

人馈得心大师鸡子若干枚。师大吞咽，作偈曰："混沌乾坤一壳包，也无皮骨也无毛，老僧带尔西天去，免在人间受一刀。"是大慈悲，大解脱。张献忠攻渝，见破山和尚，强之食肉。师曰："公不屠城，我便开戒。"献忠允之。师乃食肉，说偈曰："酒肉穿肠过，佛在当中坐。"是大功德，大作用。若唐僧人某，"但愿鹅生四脚，鳖着两裙"，人以为俊语。又某僧劈伽蓝作薪煮狗肉，有句云："狗肉锅中还未烂，伽蓝再取一尊来。"人以为洒脱，余谓此不但魔道，直是饿鬼道、畜生道矣。

【译文】有人送给得心大师几个鸡蛋。大师狼吞虎咽吃了下去，作偈说："混沌乾坤一壳包，也无皮骨也无毛，老僧带尔西天去，免在人间受一刀。"这是大慈悲、大解脱啊。张献忠攻打重庆，遇见破山和尚，强迫他吃肉。破山和尚说："公不屠城，我便开戒。"张献忠答应他，破山和尚于是把肉吃了，说了一首偈："酒肉穿肠过，佛在心中坐。"这是大功德、大作用。但是像唐朝某僧人，"但愿鹅生四脚，鳖着两裙"，人们认为这话是高明的言辞。还有某僧人用伽蓝作柴来煮狗肉，当中有说："狗肉锅中还未烂，伽蓝再取一尊来。"人们认为这很洒脱，而我认为这样做不但是魔道行为，简直是堕入饿鬼道、畜生道的行为。

任翼圣

任翼圣宪副启运九岁读《孟子》终，饮泣不食。乃祖问其故，曰："岂有读'然而无有乎尔'二语，而不悲者乎？"后晚年学《易》，研思极虑，忽神游乾坤图内，身如委蜕。一霎，八卦划然开朗，始苏。盖如卧如死者，已旬有七日矣，奇哉！见震泽任心斋兆麟《有竹斋集》。

【译文】宪副任翼圣任启运九岁时读《孟子》后，泪流满面十分悲痛，不吃东西。他祖父问他原因，任翼圣说："哪有读到'然而无有乎尔'两句，而不悲伤的呢？"后来晚年学《易》，反复钻研竭尽思虑，忽然神游于乾坤图内，身子好像羽化了一样。刹那间，八卦图豁然开朗，这才醒过来。大概像卧着死去的样子，已经过了十七天，真奇怪啊！这件事见于江苏震泽任心斋任兆麟《有竹斋集》。

武弁临终诗

明杭吴东昇，武弁也，年八十卒，临终诗曰："嘱咐儿孙送我终，衣衾棺椁莫丰隆。停丧只好经旬外，出殡须行径路中。念我行藏无大过，请僧超度有何功。掘坑埋了平生事，休信山家吉与凶。"杭人奢于丧而缓于葬者，当奉此诗为玉圭金臬。

【译文】明朝杭州人吴东昇，是一个武官，八十岁时过世，临终诗："嘱咐儿孙送我终，衣衾棺椁莫丰隆。停丧只好经旬外，出殡须行径路中。念我行藏无大过，请僧超度有何功。掘坑埋了平生事，休信山家吉与凶。"杭州人办丧事非常奢侈而迟迟不下葬，应当把这首诗奉为玉圭金臬。

胆 异

诸物之胆，皆附肝不动。蚒蛇之胆，随日而转，分上中下三旬。熊胆随时而转，分春夏秋冬。象胆随月而转，分十二建。盖象具十二肖肉，如正月建寅，胆在其虎肉是也。

【译文】生物的胆，大都是附在肝上不动的。然而，蚒蛇的胆，是随太阳转动的，分为上、中、下三旬。熊胆随着时令转动，分春、夏、秋冬四季。象胆随月份来转动，分十二建。因此象具有十二生肖动物的特点，比如正月寅建，胆在虎肉的地方。

聚珍版

沈存中云："庆历中，有毕昇为活字版，用胶泥烧成。"武英殿聚珍版，自易铜为木之后，近闻亦多散失。顷广东新制活字版一付，以黄杨坚木为之，现已有二万余字，随时增益，大约至五六万字，可以足用。吴石华兰修、曾勉士钊两学博，仪墨农孝廉克中主司其事，将来可成一巨观也。

【译文】沈存中（沈括）说："宋仁宗庆历年间，毕昇造出活字版，用胶泥烧制而成。"武英殿聚珍版，从改铜版为木版以后，近来听闻也多有散失。不久广东新制了一付活字印刷版，是用黄杨硬木做成，现在已有二万多字，随时增加，大概增加到五六万字，就足够用了。吴石华吴兰修、曾勉士曾钊两位学官，举人仪墨农仪克中主持这件事情，将来可以成为一大巨观。

优　剧

宋时大内中，许优伶以时事入科诨，作为戏笑，盖兼以广察舆情也。秦桧当国，和议既成，无迎还二圣意。又桧一日于朝堂假寐，误坠其巾，都察院吴某立置曲柄荷叶托首，安于椅后，遂名曰"太师椅"。有二优因戏于上前，一人捧太师椅，安排坐位，一人盛服缓步而出，耳后带大金镮二，垂至前肩。一人问曰："汝所带是何物？"曰："此名二胜镮。"一人直前，将双镮掷诸其背，曰："汝但坐太师交椅受用足矣。二胜之镮，丢之脑后可也。"韩侂胄当国，恃功妄作，诸事皆矫旨行之。偶值内宴，伶人王公瑾曰："今日之事，政如客人卖伞，不油里面。"史弥远当国，威福日盛，凡有夤缘者，必奔走其门。一日，伶人于上前演剧。一人扮颜夫子，喟然而叹。子贡在旁曰："子何忧之深也？"颜子曰："夫子之道，仰弥高，钻弥坚，未知何日望见，是以叹耳。"子贡曰："子误矣。今日之事，钻弥坚何益，只须钻弥远足矣。"余谓伶人之慧心壮胆，固属可嘉，而诸帝之侧闻谲谏，如聩如聋，何也？

【译文】宋朝皇宫里，允许优伶把国事编入科诨，作为戏曲玩笑，大概可以兼顾体察民众的意见态度。秦桧执掌朝政时，宋金和议已经完成，却无意迎回徽、钦二圣回朝。一天，秦桧在朝堂打瞌睡，无意间把汗巾落下，都察院吴某立刻拿来曲柄荷叶形的托首，安插在椅后，于是就称为"太师椅"。有两位优伶以这件事为本在皇上面前演戏，一人捧太师椅，安排坐位，一人穿着华服慢步而出，耳后带着两个大金镮，都垂到了肩上。一人问道："你带的是什么东西？"回答说："这叫二胜镮。"一人径直走上前面，将双镮扔在他的背上，说："你只要能坐上太师椅受用就足够了，这二胜镮，可以丢到脑后了。"韩侂胄把持朝政时，仗着他的功劳胡作妄为，很多事情都是假托圣旨来实行。偶然有次宫廷宴会，伶人王公瑾说："今日之事，政如客人卖伞，不油里面。"史弥远把持朝政时，作威作福日益增盛，凡是有攀附权势走关系的，必定会在他门前来回奔走。一天，伶人在皇上面前演戏，一人扮演颜回，喟然而叹。子贡在一旁说："子何忧之深也？"颜子说："夫子之道，仰弥高，钻弥坚，未知是何日望见，是以叹耳。"子贡说："你错了。今日做事，钻弥坚有何益，只须钻弥远就足够了。"我觉得，伶人们的慧心壮胆，固然应该嘉许，而这些皇帝在一边听到这种委婉规谏，就像耳聋了一样，这是为什么呢？

鲜鱼生葱

东坡《仇池笔记》，以徐问真啖鲜鱼生葱为异人。古人盖未知食鲊之说。所谓鲊者，特干鱼片子耳。今则南中以鲜鲊为佳品矣。至生葱之味，美实过于熟葱，北方人人啖之，南人亦十有五六，尤不足奇也。

【译文】东坡《仇池笔记》中，把徐问真吃鲜鱼生葱看做是异人。古人大概是不知道吃鲏鱼的事。所谓鲏鱼，不过是干鱼片子罢了。现在南方则以新鲜的干鱼片为佳品了。至于生葱的味道，其实比熟葱还鲜美，北方人人都生吃，南方人也是十有五六喜欢生吃，更不足为奇了。

戴　记

读《礼记》，删《丧服》，本无此法，必不得已，《檀弓》《三年问》二篇，不可删也。

【译文】读《礼记》，删除《丧服》，本来不应该这样，想必是不得已。《檀弓》《三年问》二篇，不可以删去。

富贵诗

作富贵诗而用金玉珠琲字样，此大忌也。宋李既方句云："书标卷数金泥字，树记花名玉篆牌。"寒乞之相，反令人不可耐。

【译文】作"富贵诗"却用金玉珠琲字样，这是大忌。宋朝李既方有诗句说："书标卷数金泥字，树记花名玉篆牌。"这是寒酸乞丐的相貌，反倒令人无法忍受。

三十而立

《一夕话》载三十而立破题云："两个十五之年，虽有椅杌而不坐焉。"又《钗钏记》传奇中亦有此科诨，而不知确有此典也。《北梦琐言》："魏博节度使韩简，性粗质，每对文士，不晓其说，心甚耻之。乃召一孝廉令讲《论语》，及讲至《为政篇》，明日，谓诸从政曰：'仆近知古人淳朴，年至三十，方能行立。'闻者无不绝倒。"但不知此公善悟，别具会心，抑孝廉口授时，即出此秘解也？

【译文】《一夕话》记载三十而立破题说："两个十五之年，虽有椅杌而不坐焉。"另外《钗钏记》传奇中也有这样的科诨，却不知道的确有这样的典故。孙光宪《北梦琐言》记载："唐代魏博节度使韩简，生性粗疏质朴，每每和文人们交谈，不明白别人在说什么，内心甚感羞耻。就请一位考廉让他讲《论语》，当考廉讲到《为政篇》时，第二天，便和诸位幕僚说：'我最近才知古人的纯朴，年龄到了三十岁，才能行走站立。'听到的人无不笑得前仰后合。"不知道是这人善悟，别具慧心，还是考廉授课时，说出这种不为人知的解释。

三 阵

员半千，本名余庆，师王义方谓之曰："五百年一贤，足下当之矣。"遂改名半千。初应六科举，授武陟尉。又应岳牧举，高宗御武成殿，召诸举人亲问曰："兵书所云天阵、地阵、人阵，各何谓也？"半千越次对曰："臣观载籍多矣，或谓天阵，星宿孤虚也。地阵，山川向背也。人阵，偏伍弥缝也。以臣见则不然，夫师出以义，有若时雨，得天利，此天阵也。兵在足食，且耕且织，得地利, 此地阵也。卒乘轻利, 将帅和睦, 此人阵也。去此三者, 其何以战?"高宗深加嗟赏, 对策上第。见唐刘肃《大唐新语》。愚谓此数语, 不但词理正大, 兼有以消其握奇逞谲之谋, 而动其休养仁爱之念也。

【译文】员半千, 本名余庆, 老师王义方对他说: "五百年才能出一个贤人, 你当之无愧。"于是改名叫"半千"。起初应试六科举, 被授封为武陟尉。后来又应试岳牧举, 唐高宗亲临武成殿, 召集诸位举人亲自问道: "兵书所说天阵、地阵、人阵, 都是什么意思啊?"半千越出位次回答说: "臣所看的典籍很多, 有的说天阵, 就是用天上星宿推算吉凶祸福及事之成败。地阵, 就是山川向背。人阵, 就是调和军队的排列。以臣之见则不是这样。以义出师, 就像及时雨, 得天之利, 这是天阵。用兵时粮草充足, 耕织结合, 得地之利, 这是地阵。士兵战车轻便捷利, 将帅和睦, 这就是人阵。去掉这三点, 那么用什么来打仗呢?"唐高宗大为赞叹称赏, 将员半千评为对策得第一名。这件事可见唐朝刘肃《大唐新语》。我认为这几句话, 不但词理正确宏大, 又能消除那些用奇异方法施展诡谲之术的阴谋做法, 还可以触动休养仁爱的想法。

急急如律令

急急如律令, 道家敕语也。解之者曰: "律令, 雷部之兽, 其行最速, 故以为比。"然宣和中, 陕右人发地得一檄云: "永初二年六月丁未朔, 廿日丙寅, 得车骑将军幕府文书, 上郡属国都尉二千石守丞廷义三水, 十月丁未, 到府受印, 发夫讨畔羌, 急急如律令。马四十匹，驴二百头，给内侍"云云。此檄梁师成得之以入石，然则急急如律令，乃汉之公移常语。张天师汉人，故沿用五字，道家得其祖述耳。

【译文】"急急如律令"，是道家的敕语。解释它的人说："律令，是雷部的一种兽，它跑得最快，因此用它作比喻。"然而宋徽宗宣和年间，陕右人挖地时得到一份檄文说："永初二年六月丁未朔，廿日丙寅，得车骑将军幕府文书，上郡属国都尉二千石守丞廷义三水，十月丁未，到府受印，发夫讨畔羌，急急如律令。马四十匹，驴二百头，给内侍"等等。这檄文被梁师成得到后写进石碑中。如此说来，急急如律令，乃是汉朝公文常用语。张天师是汉代时人，所以沿用这五字，道家效法这种做法。

逼人太甚

卿宗与崔杼远近，如明公之于陈恒，天生此一对篡贼。卿宗与萧何远近，如明公之于曹参，天生此同时相国。此不过一时相谑之词耳。若陆机入朝，卢志问曰："陆逊、陆抗，于君远近？"机云："如君于卢毓、卢珽。"此则逼人太甚矣，宜其贾祸也。《南史·王俭传》，政府见一选人姓谭，戏曰："齐侯灭谭，那得有卿？"对曰："谭子奔莒，所以有仆。"可谓捷给矣。

【译文】您宗族与崔杼的远近关系，就像明公对于陈恒，天生此一对篡贼。您宗族与萧何的远近关系，就像明公对于曹参，天生此同时相国。这不过是人们一时相互开玩笑的话。就像陆机上朝，卢志问："陆逊、陆抗，与你关系谁远谁近？"陆机说："就像你和卢毓、卢珽一样。"这就逼人太甚了，当然会自招祸患。《南史·王俭传》记载中，官府看到一个候选人姓谭，开玩笑说："齐侯灭谭，怎会有你呢？"姓谭的人回答说："谭子奔莒，所以有我。"可谓是口才敏捷，擅长应对啊。

烧尾宴

烧尾之义，向但知鲤鱼将化龙，过龙门，惟尾不化，天火自后烧之，乃成龙去。又一说云："烧尾者，虎豹化人，惟尾不化，必以火烧之，乃成人。"见叶梦得《石林燕语》。二说不同。又烧尾宴，《唐书》大臣拜官，献食于天子，名曰"烧尾宴"。而小说所载，乃云："凡士子初登科，及在官者迁除，朋僚慰贺，皆盛置酒馔音乐宴之，名曰烧尾宴。"二说亦不同。

【译文】"烧尾"的意思，向来只知道是鲤鱼将化为龙，过了龙门，只有尾巴不能变化，需要有天火从后面烧尾，才能化龙而去。另一个说法是："烧尾，是虎豹将要化人，只有尾巴不能变化，必须用火烧尾才能成人。可见于叶梦得《石林燕语》。两种说法是不同的。还有称为"烧尾宴"的，《唐书》中说大臣受官时，向天子进献食物，名为"烧尾宴"。而小说所记载的，却说："凡是士子刚刚登科，以及做官的升迁，朋友同僚慰问祝贺，都会置办酒席设音乐宴请大家，称为'烧尾宴'。"这两种说法也不同。

挽 联

挽联不知起于何时，古但有挽词而已。即或有脍炙二句者，亦其项腹联耳。《石林燕语》载："韩康公得解，过省殿试，皆第三人，后为相四迁，皆在熙宁中。苏子容挽云：'三登庆历三人第，四入熙宁四辅中。'"此则的是挽联之体矣。

【译文】挽联不知从什么时候开始的，古时候只有挽词而已。即使有脍炙二句，那也只是项腹联罢了。《石林燕语》记载说："韩康公（韩绛）考中解元，过省殿试，都是第三名，后四次为相，都在宋神宗熙宁年间。苏子容（苏颂）送挽说：'三登庆历三人第，四入熙宁四辅中。'"这就是挽联的体制了。

硬 记

小儿读书，勉强背诵，名曰"硬记"，亦可谓之"热记"。见叶梦得《避暑录话》。

【译文】小孩读书，勉强背诵，称为"硬记"，也可说是"熟记"。可见于叶梦得《避暑录话》。

缩骨痨

葛秋生姑丈以病瘵卒，身首渐小。医者云："此名缩骨痨。"

其病罕闻。按宋彭乘《墨客挥犀》载："吕缙叔以知制诰知颍州，忽得疾，但缩小，临终仅如小儿。"此其是欤？

【译文】姑丈葛秋生（葛庆曾）因瘆病而死，身体渐渐变小，医生说："这叫'缩骨瘆'。"这种病非常罕见。据宋代彭乘《墨客挥犀》记载："吕缙叔（吕夏卿）以知制诰身份任颍州知州，忽然得了一种病，就是身体不断缩小，临终时仅如小孩一样小。"这就是那种病吗？

烧 香

《尚书》："至于岱宗，柴望秩于山川。"又："柴望大告武成。"柴虽祭名，考之礼："焚柴泰坛。"《周礼》："升烟燔牲首。"则是祭前燔柴升烟，皆是求神定仪，初无所谓烧香之说也。宋赵彦卫《云麓漫钞》云："近人崇释氏，多好用香。盖西方出香，释氏动辄焚香，以示洁净，道家亦然。"今人祀社稷，祭夫子，于迎神之后，奠币之前，行三上香礼，郡邑或有之，朝廷则无是，宋时犹存古制也，今则又不然矣。

【译文】《尚书》说："至于岱宗，柴望秩于山川。"又说："柴望大告武成。"柴虽是祭祀名称，考查《礼记》说："焚柴泰坛。"《周礼》说："升烟燔牲首。"可见这就是在祭祀前烧柴升烟，都是求神时不变的仪式，最初无所谓"烧香"的说法。宋朝赵彦卫《云麓漫钞》说："近代的人崇信佛教，大多喜欢用香。大概是西方产香，佛家常常焚香来表示洁净，道家也是如此。"现在人们祭祀社稷、孔子，在迎神之后，奠币之前，要行礼上三炷香。郡县或许是有的，但朝廷中则是没有的，宋朝时尚且保存着这种古制，现在又不这样了。

王荆公

公久居枢要，有谏官言：“公宅枕乾刚，貌类艺祖。”公上疏请罪云：“宅枕乾刚，乃朝廷所赐。貌类艺祖，乃父母所生。”仁庙嘉纳，此官直是没得说。夫安石弊政，何不可劾而乃言及此耶？

【译文】王荆公（王安石）久居要职，有谏官说：“您的住宅头枕乾刚，貌似艺祖。”王荆公向皇上上疏请罪说：“住宅头枕乾刚，是朝廷所赐。貌似艺祖，是父母所生。”宋仁宗赞许并采纳了，这个谏官简直是无话可说。王安石推行的弊政那么多，为什么不弹劾那些问题而竟说这些没用的呢？

蔑

隐元年，“公及邾仪父盟于蔑”。惠栋《春秋左传补注》云：“蔑，本姑蔑，定十二年，败诸姑蔑是也。隐公名息姑，当时史官为之讳，犹定公名宋。《哀廿四年传》：孝、惠娶于商，不云宋也。古人舍故讳新，故哀为定讳，定不为隐讳。《汲郡古文》云：鲁隐公及邾庄公盟于姑蔑。魏史不为鲁讳，则此为隐讳明矣。”愚按此说不然，讳有改文，而无删文，况为地名，尤无笔削之理。且历考《春秋》，庄公名同，而十六年书“同盟于幽”，二十七年书“同盟于幽”。僖公名申，而五年书“晋侯杀其世子申生"，七年书"郑杀其大夫申侯"，十六年书"戊申朔，陨石于宋五"，"壬申，公子季友卒"，"丙申，鄑季姬卒"，二十一年书"楚人使宜申来献捷"，二十八年书"壬申，公朝于王所"。成公名黑肱，而十年书"魏侯之弟黑背，帅师侵郑"。襄公名午，而六年书"壬午，杞伯姑容卒"，十年书"甲午，遂灭逼阳"，十七年书"庚午，邾子牼卒"，十八年书"楚公子午帅师伐郑"，二十六年书"甲午，卫侯衎复归于卫"，"壬午，许男宁卒于楚"，二十九年书"庚午，卫侯衎卒"，三十年书"甲午，宋灾。"定公名宋，而元年书"晋人执宋仲几"，四年书公会刘子、晋侯、宋公某某"于召陵"，六年书"晋人执宋行人乐祁犁"，十年书"宋乐大心出奔曹"，"宋公子地出奔陈"，"宋公之弟辰暨仲陀、石彄出奔陈"，十一年"宋公之弟辰及仲佗、石彄、公子地自陈入于萧以叛"，"乐大心自曹入于萧"，十四年书"卫赵阳出奔宋"，"齐侯、宋公会于洮"，"宋公之弟辰自萧来奔"，十五年书"郑罕达帅师伐宋"。俱直书不讳，何独于隐而异之？若云隐为首公，亦讳始祖之意，则纪载之文，宜归一例。闵元年书"公及齐侯盟于落姑"，襄六年"杞伯姑容卒"，昭六年"杞伯益姑卒"，哀三年"齐国夏、卫石曼姑帅师围戚"。何又不讳也？杜注云："蔑，姑蔑，一地而二名。"何必更为穿凿耶？

【译文】鲁隐公元年，"公及邾仪父盟于蔑"。惠栋《春秋左传补注》说："蔑，本姑蔑，鲁定公十二年，在姑蔑被打败就是。鲁隐公名息姑，当时史官为之避讳，就像鲁定公名宋（避讳宋字）一样。《哀廿四年传》记载：孝、惠娶于商，不云宋也。古人舍故讳新，所以鲁哀公为鲁定公避讳，鲁定公不为鲁隐公避讳。《汲郡古文》说：鲁隐公及邾庄公在姑蔑结盟。魏国史官不为鲁国避讳，那么这个为鲁隐公避讳明显可见了。"我认为这种说法不合理，避讳有改字，而没有删字，何况是地名，尤其没有省略的道理。而且遍考《春秋》，鲁庄公叫同，而鲁庄公十六年写"同盟于幽"，鲁庄公二十七年写"同盟于幽"。鲁僖公叫申，而鲁僖公五年写"晋侯杀其世子申生"，鲁僖公七年写"郑杀其大夫申侯"，鲁僖公十六年写"戊申朔，陨石于宋五"，"壬申，公子季友卒"，"丙申，鄫侯季姬卒"，鲁僖公二十一年写"楚人使宜申来献捷"，鲁僖公二十八年写"壬申，公朝于王所"。鲁成公叫黑肱，而鲁成公十年写"魏侯之弟黑背，帅师侵郑"。鲁襄公叫午，而鲁襄公六年写"壬午，杞伯姑容卒"，鲁襄公十年写"甲午，遂灭逼阳"。鲁襄公十七年写"庚午，邾子牼卒"，鲁襄公十八年写"楚公子午帅师伐郑"，鲁襄公二十六年写"甲午，卫侯衎复归于卫"，"壬午，许男宁卒于楚"，鲁襄公二十九年写"庚午，卫侯衎卒"。鲁襄公三十年写"甲午，宋灾"。鲁定公叫宋，而鲁定公元年写"晋人执宋仲几"，鲁定公四年写公会刘子、晋侯、宋公某某"于召陵"，鲁定公六年写"晋人执宋行人乐祁犁"，鲁定公十年写"宋乐大心是奔曹"，"宋公子地奔陈"，"宋公之弟辰暨仲佗、石彄出奔陈"，鲁定公十一年"宋公之弟辰及仲陀、石彄、公子地自陈入于萧以叛"，"乐大心自曹入于萧"，鲁定公十四年写"卫赵阳出奔宋"，"齐侯宋公会于洮"，"宋公之弟辰自萧来奔"，鲁定公十五年写"郑罕达帅师伐宋"。都是直书不讳，为什么单单在鲁隐公而不同呢？如果说鲁隐公是鲁国第一公，也是避讳始祖的意思，那么所记载的文字，应该归为一类。鲁闵公元年写"公及齐侯盟于落姑"，鲁襄公六年"杞伯姑容卒"，鲁昭公六年"杞伯益姑卒"，鲁哀公三年"齐国夏、卫石曼姑帅师围戚"。为什么又不避讳呢？杜预注解说："蔑，姑蔑，是一地而有两个名字。"何必作如此牵强的解释呢？

卷 七

古今人比拟

明穆文简孔晖以鲧比王安石，其论曰："鲧名重，安石亦名重；鲧圮族，安石亦圮族；鲧湮汨，安石亦湮汨；鲧志在平水土，而有害无利；安石志在谋富庶，而亦有害无利。"袁简斋大令以刘后主比齐桓公，其论曰："桓公，庸主也；禅，亦庸主也。然桓公虽嬖易牙、竖刁等，而独信任管仲。后主虽宠中官黄皓等，而独信任武侯。卒不使二人为群小所挠也。"先伯祖谏庵公以周宣王比唐玄宗，论曰："宣王之与玄宗，皆两截人。宣王中兴，玄宗亦中兴，而末路则皆不振。宣王《车攻》以下，皆颂扬之诗；《祈父》以下，皆讽刺之作。玄宗开元以前，姚、宋相而治；天宝以后，杨、李相而乱。盖有英武之才以创其始，而无沉厚之德以持其终也。"此等比拟，俱极贴切。

【译文】明朝穆文简穆孔晖用"鲧"来比作王安石，其论说："鲧叫重，王安石也叫重；鲧毁害百姓，王安石也毁害百姓；鲧惑乱湮灭，王安石亦惑乱湮灭；鲧立志治理好洪水之灾，然而有害无利；王安石也是立志为民谋富，然而也是有害无利。"县令袁简斋（袁枚）用三国蜀汉刘后主来比齐桓公，其论说："齐桓公是庸主，刘禅也是庸主。然而齐桓公虽庞幸易牙、竖刁等人，但是只信任管仲。后主虽宠爱中官黄皓等人，也是只信任武侯诸葛亮。最终没有使这两人被众小人所搅扰。"我的伯祖谏庵公（梁玉绳）用周宣王来比拟唐玄宗，说："宣王与玄宗都是前后不一的人。宣王有中兴时代，玄宗也有中兴时代，而末期都不可拯救。宣王《车攻》以下，都是颂扬之诗；《祈父》以下，都是讽刺之作。玄宗开元以前，姚崇、宋璟为相而国家大治；天宝以后，杨国忠、李林甫为相而天下大乱。所以都是有英武之士为他开创辉煌，而没有沉厚的德才之人帮他保持至终。"这些比拟，都极为贴切。

陈三元

桂林相国陈文恭公，世居横山村，筑培远堂。嘉庆丙子，相第不戒于火。五世孙喆臣守睿，癸酉解元，尝梦状元名继昌，遂改名，以庚辰领会状，年甫三十。前明正德二年，有云南按察司副使包裕游还珠岩诗刻云："岩中石合状元征，此语分明自昔闻。巢凤山钟王世则，飞鸾峰毓赵观文。应知奎聚开昌运，会见胪传现庆云。天子圣神贤哲出，庙廊继步策华勋。"后四句，陈公名字悉见，亦一奇也。相传伏波岩下，有石如砠，向离岩二尺许，谶云："岩连石出状元近。"则竟相连矣。状元夫人为李侍郎宗瀚女侄。李寄诗云："矫矫文公五世孙，南交科第夺中原。三头掌故今双绝，千佛名经有几尊？独秀高擎天极柱，一枝青出桂林村。相期位业齐王宋，培远贻谋属相门。""胪传大宋已更名，世美家声叶凤鸣。刚道珠岩浮柱合，又传石刻满城惊。七千里外荒真破，三百年前谶早成。圣代得人方共庆，肯教温饱负生平。""剥复天心未易量，祝融荡扫亦嘉祥。重新上界神仙府，依旧平泉宰相庄。人羡唐夫年始壮，我怀君子泽弥长。泥金漫说门楣喜，白叟黄童尽若狂。"先是广西贡院前大楼久圮，形家谓宜改建，甫落成，而陈遂捷三元。制军阮宫保诗云："文运原因天运开，一枝真自桂林来。圣朝得士三元盛，贤相传家五世才。史奏庆云合名字，人占佳气说楼台。若从师友抢魁鼎，门下门生已六回。"注，近科状元吴信中、洪莹、蒋立镛、吴其浚、陈沆及陈继昌，皆予门生门下之门生也。陈会试卷在第一房，王楷堂比部_{延绍}所荐。荐之夜，总裁黄左田宗伯_钺梦有人持阮元名帖来拜，及定元，竟以广西卷书榜，知得两元。大司农卢南石先生谓黄曰："梦合矣。"楷堂札述其备细于阮宫保，宫保答诗云："第一房中蓉镜开，荐贤我亦梦中来。事从天定必成瑞，喜入人心真是才。魁首早知抢桂岭，姓名端合借云台。凭君入格非常事，应有朱衣暗里回。"真一则玉堂佳话也。

【译文】广西桂林人、相国陈文恭公（陈宏谋），世代住在横山村，建造了"培远堂"。嘉庆丙子（嘉庆二十一年，1816），相府不慎失火。他的五世孙陈喆臣_{陈守睿}为嘉庆十八年（1813）癸酉科乡试解元，曾梦到状元名叫继昌，于是改名，果然在嘉庆二十五年（1820）考取庚辰科会试状元，年纪才三十岁。明武宗正德二年（1507），云南按察司副使包裕游还珠岩，作诗刻在石上，说："岩中石合状元征，此语分明自昔闻。巢凤山钟王世则，飞鸾峰毓赵观文。应知奎聚开昌运，会见胪传现庆云，天子圣神贤哲出，庙廊继步策华勋"。后面四句，陈公的名字全在其中，也是一奇啊。相传，伏坡岩下有块砫状石头，离岩大概二尺的地方，刻了一句预言："岩连石出状元近。"而岩与石竟然真的相连了。状元夫人是李侍郎李宗瀚的侄女。李侍郎寄诗说："矫矫文公五世孙，南交科夺中原。三头掌故今双绝，千佛名经有几尊？独秀高擎天极柱，一枝青出桂林村。相期立业齐王宋，培远贻谋属相门。""胪传大宋已更名，世美家声叶凤鸣。刚道珠岩浮柱合，又传石刻满堂惊。七千里外荒真破，三百年前谶早成。圣代得人方共庆，肯教温饱负生平。""剥复天心未易量，祝融扫荡亦嘉祥。重新上界神仙府，依旧平泉宰相庄。人美唐夫年始壮，我怀君子泽弥长。泥金漫说门楣喜，白叟黄童尽若狂。"在此以前，广西贡院前大楼倒塌很久了，堪舆家说应该改建，才建成，而陈家就报捷中三元，总督、太子少保阮元有诗句说："文运原因天运开，一枝真自桂林来。圣朝得士三元盛，贤相传家五世才。史奏庆云合名字，人占佳气说楼台。若从师友抢魁鼎，门下门生已六回。"注：近科状元吴信中、洪莹、蒋立镛、吴其浚、陈沆及陈继昌，都是我的门生门下之门生。陈继昌会试的卷子在第一房，由比部王楷堂王廷绍所推荐。推荐当夜，总裁是宗伯黄左田黄钺梦见有人持阮元的名帖来拜见，等到确定了状元，竟把广西卷写在榜上，知道得了两元。户部尚书卢南石（卢荫溥）先生对黄钺说："梦是相合的。"王楷堂给阮宫保（阮元）写信详细叙说这件事，阮宫保写诗答复说："第一房中蓉镜开，荐贤我亦梦中来。事从天定必成瑞，喜入人心是真才。魁首早知抢桂岭，姓名端合借云台。凭君入格非常事，应有朱衣暗里来。"真是一则翰林院里的佳话啊！

思归诗

方坦庵宫詹诗云:"老妻书至劝归家,为数乡园乐事赊。彭泽鲤鱼无锡酒,宣州栗子霍山茶。牵萝已补床头漏,扁豆犹开屋角花。旧布衣裳新米粥,为谁留滞在天涯?"可想见其性情之恬逸矣。

【译文】太子詹事方坦庵(方拱乾)有诗:"老妻书至劝归家,为数乡园乐事赊。彭泽鲤鱼元锡酒,宣州栗子霍山茶。牵萝已补床头漏,扁豆犹开屋角花。旧布衣裳新米粥,为谁留滞在天涯。"可以想到他清静安逸的性情。

土司妻

广西云贵多有土司,虽有降罚处分,例不革职。其废弛不法者,奏革后,择其子袭之,故俗谓土司曰"铁纱帽"。土官娶妻,以五色璎珞盛印为聘,过门时乃悬之项下,谓之"挂印夫人"。娶后,印即掌于其妻,呼为"护印夫人",筑高楼以居之,曰"印楼"。民间税契者,例价千钱之外,另折钱一百五十文,名"印色钱",即护印夫人之花粉钱也。

【译文】广西、云贵这一带有很多土司,虽然会有降罚处分,但照例是不革职的。那些废弃懈怠不守法的,可以奏请革职,然后选他的儿子继承职位。所以民间把土司称为"铁纱帽"。土司娶妻时,用五色璎珞盛印做为聘礼，妻子过门时就把印挂在她的脖子上，称为"挂印夫人"。娶回来之后，印就交给妻子掌管，称为"护印夫人"，建筑高楼来给妻子居住，此楼便称为"印楼"。民间收取税契的人，照例收取千钱之外，还要折钱一百五十文，称为"印色钱"，这就是"护印夫人"的花粉钱。

太白小像

通州齐春帆进士元发，官崖州牧。封翁星垣先生，迎养在署，襟怀坦荡。尝游骨董市，得竹刻李太白小像，以龛供之，旁镌小楷一联云："谢宣城何许人？只江上五言诗，令先生低首；韩荆州差解事，放阶前盈尺地，让国士扬眉。"可谓风雅好事者矣。

【译文】通州进士齐春帆齐元发，官至崖州知府。其父齐星垣先生被迎养在府上，胸襟开阔、心地坦白。齐星垣曾在古董市上游玩，得到一尊竹刻的李太白小像，把它供奉在神龛中，神龛旁边还刻了一联小楷："谢宣城何许人？只江上五言诗，令先生低头；韩荆州差解事，放阶前盈尺地，让国士扬眉。"可谓是风雅好事之人。

义 髻

天宝末，童谣云："义髻抛河内，黄裙逐水流。"因贵妃以假髻作首饰，而好服黄裙故也。见《太真外传》。假髻曰"义髻"，二字甚新。

【译文】唐玄宗天宝末年，有一首童谣说："义髻抛河内，黄裙逐水流。"这是因为杨贵妃拿假髻来作首饰，而且还喜欢穿黄裙的缘故。可见于《太真外传》。"假髻"就叫"义髻"，这二字很新奇。

重拜花烛

冯潜斋先生成修，广东人，幼牧牛，梦有持扇为障日者，扇上有"贵州学政"四字，因发奋读书。年三十四，始游庠。逾年，登贤书，联捷，点庶常，改部曹，典蜀试，又典闽试，得蓝生彩元作解首。先是为王安国尚书典试所赏，必欲中元。因与正主试不合，争之不得。尚书曰："姑置之，此人不中元，吾不信也。"阅二十年，果发解，尚书喜极，而蓝老矣。先生嗣出贵州学差，果符梦兆，旋罢归。好论文，有冯八股之目，年九十余始卒。乾隆壬寅八袠，与夫人同庚，康健无恙，届结缡周甲之期，亲友门生，骈集称庆，重行花烛交拜之礼，自署其门云："子未必肖，孙未必贤，屡忝科名，只为老年娱晚景；夫岂能刚，妻岂能顺，重烧花烛，幸邀天眷锡遐龄。"至乾隆壬子，重赴鹿鸣，洵美谈也。

【译文】冯潜斋先生冯成修，广东人，幼年曾放牛，梦见有人拿着扇子为他遮蔽阳光，扇子上有"贵州学政"四个字，因此发奋读书。到了三十四岁，开始就读于州县的学宫之中。过了一年，乡试中试，而后连连捷报，点中庶吉士，改任部曹，主持四川考试，又主持福建考试，获得考生蓝彩元作了解首。之前被尚书王安国在典试时所欣赏，一定要让他中试。后来因为和正主试意见不合,争取依旧不得。尚书便说:"姑且先放一放,这人要考不中,我不相信。"过了二十年,果然考中解元,尚书极为欣喜,然而蓝生已年老了。先生后来出任贵州学差,果然与昔日梦兆相符,不久便罢官归乡。喜欢做论文,有"冯八股"的称号。九十多岁时才过世。乾隆壬寅(乾隆四十七年,1782)他八十岁,和同岁的夫人,都康健无病,在他们结婚六十年时,亲友门生,都聚集而来为他庆祝,重新行花烛交拜之礼。自己还在门旁题字:"子未必肖,孙未必贤,屡添科名,只为老年娱晚景;夫岂能刚,妻岂能顺,重烧花烛,幸邀天眷锡遐龄。"到乾隆壬子(乾隆五十七年,1792),再次赴鹿鸣宴,确实是一桩美谈啊。

振 振

螽斯振振兮,振振,多也。麟趾振振,公子振振,仁厚也。殷其雷振振,君子振振,信实也。《公羊》葵丘之会,桓公振振然,振振,矜夸也。《左传》均服振振,振振,盛也。一字五解。

【译文】"螽斯振振兮",这里的"振振",解释为多。"麟趾振振","公子振振",这里的"振振",解释为仁厚。"殷其雷振振","君子振振",这里的"振振",解释为信实。《公羊传》中"葵丘之会,桓公振振然",这里的"振振",解释为矜夸。《左传》中"均服振振",这里的"振振",解释为盛。(由此可见)一个字就有五种解释。

祁阳竹枝词

方秋白^{希文}，南海布衣也。《祁阳竹枝》云："鹧鸪塘下水生波，郎住塘西妾对河。恨杀两边行不得，断肠声里唤哥哥。"风致绝佳。

【译文】方秋白方希文，是南海的平民。他的《祁阳竹枝词》说："鹧鸪塘下水生波，郎住塘西妾对河。恨杀两边行不得，断肠声里唤哥哥。"这诗的风格韵味非常好。

醋溜鱼

西湖醋溜鱼相传是宋五嫂遗制，近则工料简涩，直不见其佳处，然名留刀匕，四远皆知。番禺方橡坪孝廉^{恒泰}《西湖词》云："小泊湖边五柳居，当筵举网得鲜鱼。味酸最爱银刀鲙，河鲤河魴总不如。"读此诗，觉此鱼顿然生色。甚矣文人之笔，足以移情也。

【译文】西湖名菜醋溜鱼，相传是宋五嫂遗制，近来工料却不精美，真看不出好在哪里，然而美名流芳，四方皆知。广东番禺县举人方橡坪方恒泰《西湖词》说："小泊湖边五柳居，当筵举网得鲜鱼。味酸最爱银刀鲙，河鲤河魴总不如。"读了这首诗，就感觉这鱼立刻鲜明生动了。文人的笔太厉害了，足以改变人的情志。

徐闻县

雷州徐闻县，其始县城逼近海壖，每潮汛汹涌，闻者震恐，后徙筑县城。居民喜曰："海边潮至，庶徐徐闻乎？"因改名徐闻县。方橡坪曰："取对'陌上花开，可缓缓归矣'，可谓巧对。"

【译文】雷州府徐闻县，最初县城靠近海边，每次涨潮时浪涛汹涌，让人听了非常震惊恐惧，后来迁移重建县城。居民欣喜地说："海边潮至，庶徐徐闻乎？"因而改名为"徐闻县"。方橡坪说："以'陌上花开，可缓缓归矣'与之组成对子，可真是巧妙的对子。"

三垂冈

乌程严松龄进士遂成著《海珊诗钞》。《三垂冈》云："英雄立马起沙陀，奈此朱梁跋扈何。只手难扶唐社稷，连城且拥晋山河。风雪帐下奇儿在，鼓角灯前老泪多。萧瑟三垂冈畔路，至今人唱百年歌。"格高调响，逼近唐音。集中"风通花气全归枕，月转楼阴倒入池"；"雕盘大漠寒无影，冰裂黄河夜有声"；"凉笛生于无月夜，晓莺啼及未花天"，皆可传之句也。

【译文】浙江乌程县进士严松龄严遂成著有《海珊诗钞》。其中《三垂冈》说："英雄立马起沙陀，奈此朱梁跋扈河。只手难扶唐社稷，连城且拥晋山河。风雪帐下奇儿在，鼓角灯前老泪多。萧瑟三垂冈畔路，至今人唱百年歌。"这首诗格高调响，极为接近唐诗风格。

诗集中的"风通花气全归枕,月转楼阴倒入池";"雕盘大漠寒无影,冰裂黄河夜有声";"凉笛生于无月夜,晓莺啼及未花天",这些都是可传世的好诗句。

出关诗

山海关诗,不难于雄壮悲凉,而难于工稳熨贴。长白贵梦荚侍郎^庆句云:"群山尽作窥边势,大海能销出塞声。"笔力健举。又某公谪戍出关诗云:"马后桃花马前雪,教人那得不回头。"凄凉之语,出以蕴藉之笔,更佳。

【译文】描写山海关的诗句,写出雄壮悲凉的诗句不难,但是要写得工稳熨贴就难了。长白人侍郎贵梦荚^{贵庆}有诗句说:"群山尽作窥边势,大海能销出塞声。"这诗笔力刚健挺拔。又有某公被贬出关有诗句说:"马后桃花马前雪,教人那得不回头。"凄凉的言语,出自含蓄不外露之笔,更妙。

黑 蝶

热河东砂石坂地,产黑蝶,大者五六寸,土人呼为"黑蛾",蒙古人呼为"额尔伯克伊"。

【译文】热河东砂石坂地,出产黑蝶,大的长达五六寸,当地人称之为"黑蛾",蒙古人则称为"额尔伯克伊"。

桃源诗

福建莆田黄桐石著《战古堂诗》。《桃源》云："草木自生无税地，子孙长读未烧书。"极新颖。

【译文】福建莆田人黄桐石著有《战古堂诗》。《桃源》写道："草木自生无税地，子孙长读未烧书。"这首诗写得极为新颖。

下第诗

下第诗，忌牢骚怒骂。赵瓯北先生壬申下第三首之一云："也知得失等鸿毛，舍此将何术改操？亲老河难人寿俟，时清星敢少微高。长鸣栈马还思豆，未解庖牛忍善刀。回首短檠残烛在，搬姜自笑鼠徒劳。"和平中正，宜其掇巍科，享盛名，臻耆耇也。

【译文】下第诗，最忌讳满是牢骚怒骂之辞。赵瓯北（赵翼）先生壬申（乾隆十七年，1752）下第有三首诗，其中一首说："也知得失等鸿毛，舍此将何术改操？亲老河难人寿俟，时清星散少微高。长鸣栈马远思豆，未解庖牛忍善刀。回首短檠残烛在，搬姜自笑鼠徒劳。"这诗写得中正平和，应该让他考取高第，享受盛名，成为年高望重的人。

太 太

汉哀帝尊祖母定陶恭王太后傅氏为帝太太后，后又尊为皇太太后，此妇人称太太之始也。古者妇人称太最重，故列侯夫人，非子复为列侯，不得称太夫人。见《汉书·文帝纪》注。今则无贵贱，皆称太太矣。太太二字，未有入诗者。近广东某洋商《黄埔竹枝词》云："丈量看到中舱货，太太今年税较多。"初不知所谓，后阅粤海关报税单，开载"某船太太一十二名，该税九十六元之数"，始知外夷因中国妇人尊称太太，故带来夷妇，皆呼太太，以示矜贵也。

【译文】汉哀帝尊奉祖母定陶恭王太后傅氏为帝太太后，后来又尊称为皇太太后，这就是妇人被称为太太的开始。古时候妇人称"太"是最尊重的，因此列侯夫人，如果不是她儿子复为列侯，就不能称太夫人。可见于《汉书·文帝纪》注。今天就没有贵贱之分了，都可称为"太太"。"太太"二字，还没有入过诗中。近来广东某洋商《黄埔竹枝词》有说："丈量看到中舱货，太太今年税较多。"开始不知所指是什么，后来翻阅粤海关的报税单，开载"某船太太十二名，该税九十六元之数"，才知道外国人因为中国妇人的尊称为"太太"，因此把带来的外国妇人都称呼为"太太"，以显示她们的矜持高贵。

诗中之时

"美酒饮教微醉后，好花看及半开时"，此不可或失之时也。

"绝顶楼台人散后，满场袍笏戏阑时"，此无可奈何之时也。

【译文】"美酒饮教微醉后，好花看及半开时"，这是不可或失之时。"绝顶楼台人散候，满场袍笏戏阑时"，这是无可奈何之时。

夫己氏

《左文十六年传》曰："夫己氏。"余杭邵学士晋涵解云："桓公内嬖如夫人者六人，懿公母密姬，位次在六，故以甲乙之数名之，适当己字。"然以传考之，密姬第五，非第六也，不若亭林顾氏引彼己之子作证为确。

【译文】《左文十六年传》说："夫己氏。"浙江余杭邵学士邵晋涵解释说："鲁桓公宠妾有六人，鲁懿公的母亲密姬排在第六，所以用甲乙的顺序来叫名，密姬正好到'己'字。"然而根据传记来考究，密姬应排在第五，而非第六，不如亭林顾氏（顾炎武）所引的"彼己之子"来作证更为准确。

大连少连

二人见于《戴记》，少连又见《论语》，他无考焉。德清严九能元照曾购日本所刻七经，《孟子考文补遗》一书前列物茂卿序，其图记有"大连苗裔"四字，知贤泽之流传，久而远矣。

【译文】大连、少连这两人在《戴记》出现，少连在《论语》出现，其他典籍没有看到。浙江德清人严九能严元照曾经购买了日本国所刻的七经，《孟子考文补遗》一书前面列有物茂卿序，其中图记有"大连苗裔"四个字，可知这是贤人光泽的流传，非常久远了。

珠江竹枝词

李环浦珠，新会人，著《珠江竹枝词》二十首。录其四云："古墓为田长素馨，素馨斜外草青青。采茶人唱花田曲，舟泊桥边隔树听。""梦回斜日透窗纱，新试盘头顾渚茶。岸上不如船上乐，青山绿水是儿家。""船泊沙头莫便开，卯潮才退午潮来。请看鱼藻门前水，流到滘洲也却回。""黄木湾深粉蝶飞，白鹅潭涨锦鳞肥。今朝正好游花埭，玫瑰花开夹紫薇。"

【译文】李环浦李珠，广东新会人，著有《珠江竹枝词》二十首。选录其中四首："古墓为田长素馨，素馨斜外草青青。采茶人唱花田曲，舟泊桥边隔树听。""梦回斜日透窗纱，新试盘头顾渚茶。岸上不如船上乐，青山绿水是儿家。""船泊沙头莫便开，卯潮才退午潮来。请看鱼藻门前水，流到滘洲也却回。""黄木湾深粉蝶飞，白鹅潭涨锦鳞肥。今朝正好游花埭，玫瑰花开夹紫薇。"

瞽人填词

陈孟周，瞽人也。闻郑板桥填词，问其调。为诵太白《菩萨蛮》《忆秦娥》二阕，不数日即填《忆秦娥》词："光阴泻，春风记得花开夜。花开夜,明珠双赠,相逢未嫁。 旧时明月如钩挂,只今提起心还怕。心还怕,漏声初定,玉楼人下。"

【译文】陈孟周,是个盲人。听说郑板桥填词,问他词调。郑板桥为他吟诵太白的《菩萨蛮》《忆秦娥》二阕,没过几天,陈孟周就填出了《忆秦娥》一词:"光阴泻,春风记得花开夜。花开夜,明珠双赠,相逢未嫁。 旧时明月如钩挂,只今提起心还怕。心还怕,漏声初定,玉楼人下。"

羊肾羹

彭文勤《跋龙洲道人集》云:"龙洲尝在辛稼轩席上赋《羊肾羹》云:'拔毫已付管城子,烂胃曾封关内侯。死后不知身外物,也随樽俎伴风流。'"诗甚风趣。按"羊肾羹"可对"牛心炙"。

【译文】彭文勤(彭元瑞)《跋龙洲道人集》说:"龙洲(刘过)曾经在辛稼轩(辛弃疾)的席上作了《羊肾羹》的诗,说:'拔毫已付管城子,烂胃曾封关内侯。死后不知身外物,也随樽俎伴风流。'"这诗写得很风趣。按"羊肾羹"可与"牛心炙"组成一个对子。

参 商

不睦曰"参商"。按《左传》:"迁阏伯于商丘,迁实沉于大夏。"一主辰星,一主参星,参辰乃星名,夏商乃地名也。故《法言》曰："吾不睹参辰之相比也。"苏武诗云："昔为鸳与鸯，今为参与辰。"后人有用参商者，盖错举之以成文耳。

【译文】"不睦"称为"参商"。据《左传》说："迁阏伯于商丘，迁实沈于大夏。"一主辰星，一主参星。参、辰是星名，夏、商是地名。所以《法言》说："吾不睹参辰之相比也。"苏武有诗句说："昔为鸳与鸯，今为参与辰。"后人有用"参商"的，这大概是互相错用已成惯例了。

土 炕

北人以土为床，而空其下以置火，名之曰炕，古无其制。《左传》："寺人柳炽炭于位，将至则去之。"《新序》："宛春谓卫灵公曰：'君衣狐裘，坐熊席，奥隅有灶。'"《汉书·苏武传》："凿地为坎，置煴火。"是皆近之而非也。《旧唐书·辽东高丽传》："冬月皆作长坑，下然煴火以取暖。"此则土炕之始，但炕作坑字耳。

【译文】北方人用土做床，把中间挖空来放火烧，称它为"炕"，古时候没有这种做法。《左传》说："寺人柳炽炭于位，将至则去之。"《新序》说："宛春对卫灵公说：'君衣狐裘，坐熊席，奥隅有灶。'"《汉书·苏武传》说："凿地为坎，置煴火。"这些都是和炕比较相近但不是炕。《旧唐书·辽东高丽传》说："冬月皆作长坑，下然煴火以取暖。"这才是土炕最初的记载。只是把"炕"写成"坑"字罢了。

余椒云

余椒云司马瀚，山阴人，官广东，由县丞历知县，有吏才，好谈诗。《即事》云："平生心力半消磨，无限烟云眼底过。昨夜月明今夜雨，来宵情事更如何？"宦海升沉，人情冷暖，盖有慨乎其言之。

【译文】司马余椒云余瀚，浙江山阴人，在广东做官，从县丞到知县，有为政的才能，喜好谈论诗词。有一首《即事》说："平生心力半消磨，无限烟云眼底过。昨夜月明今夜雨，来宵情事更如何？"面对官场的升沉、人情的冷暖，他的诗句很有感慨啊。

闵子弟

闵子曰："母在一子寒，母去三子单。"二子何人，经传罕见。有人至山东，谒闵子祠，见正像傍立二主，乃闵子两弟也。一名蒙，一名革，家庙所奉，必有可据，况以卦命名，尤不谬也。

【译文】闵子说："母在一子寒，母去三子单。"其他二子是什么人，经传中很少见到。有人到山东，拜访闵子祠，看到正像旁边还立有两尊像，那是闵子的两个弟弟。一个叫蒙，一个叫革，家庙所奉，必然是有根据的，况且以卦命名，尤其不会出错的。

青

青与黑殊色，今北人往往谓黑为青。案《戴记·郊特牲》"或素或青，夏造殷因"，此盖青字之所昉。又《禹贡》"厥土青黎"，王肃云："青黑色。"

【译文】青与黑是两种不同的颜色，今天北方人往往把黑说成青。据《戴记郊特牲》说"或素、或青，夏造殷因"，这大概是"青"字的起始。另外《禹贡》说"厥土青黎"，王肃说："青是黑色。"

文 字

古人言文不言字。《左传》"于文止戈为武"，"故文反正为乏"，"于文皿虫为蛊"，"又有文在其手"，及《论语》"史阙文"，《中庸》"书同文"，并不言字也。《周易》"女子贞不字，十年乃字"，《诗》"牛羊腓字之"，《左传》"其僚无子，使字敬叔"，皆训为乳。《书·康诰》"于父不能字厥子"，《左传》"乐王鲋字而敬"，《孟子》"以大字小者"，亦取爱养之义。惟《仪礼·士冠礼》"宾字之"，《礼记·曲礼》"冠而字，笄而字"，《郊特牲》"冠而字之，敬其名也"，与文字之义稍近，然卒不以文为字也。以文为字，始于秦始皇琅玡台石刻曰："同书文字。"《说文序》云："依类象形谓之文，形声相益谓之字。文者，物象之本。字者，孳乳而生。"《周礼》："外史掌达书名于四方。"注云："古曰名，今曰字。"《仪礼·聘礼》注云："名书文也，今谓之字。"则字之名，由秦而立，自汉而显也。三代以上，言文不言字。斯邈出，文降而为字矣。三代以上，言音不言韵。禺约出，音降而为韵矣。李斯、程邈、周禺、沈约。

【译文】古人说文不说字。《左传》中"于文止戈为武"，"故文反正为乏"，"于文皿虫为蛊"，又有"有文在其手"，以及《论语》有"史阙文"，《中庸》有"书同文"，这些并没有说"字"。《周易》有"女子贞不字，十年乃字"，《诗》有"牛羊腓字之"，《左传》有"其僚无子，使字敬叔"，这些都解释为"乳"。《尚书·康浩》"于父不能字厥子"，《左传》有"乐王鲋字而敬"，《孟子》有"以大字小者"，也是取爱养的意思。只有《仪礼·士冠礼》有"宾字之"，《礼记·曲礼》有"冠而字，笄而字"，《郊特牲》有"冠而字之，敬其名也"，这些与"文"的意思稍微接近，然而终究不是以"文"为"字"。以"文"为"字"，始于秦始皇琅琊台石刻说："同书文字。"《说文序》说："依类象形谓之文，形声相益谓之字。文者，物象之本。字者，孳乳而生。"《周礼》说"外史掌达书名于四方。"注解说："古时叫名，今天叫字。"《仪礼·聘礼》注解说："名书文也，今谓之字。"那么"字"这个名称，是从秦朝开始确立，到汉朝才普遍可见。三代以前都是用文不用字。从斯、邈出现后，"文"字降而用"字"了。三代以前，说"音"而不说"韵"，自从禺、约出现后，"音"字降而说"韵"字了。斯、邈、禺、约分别是李斯、程邈、周禺、沈约。

平山堂

扬州平山堂，余曾两游。第一次尚有园亭丘壑之胜，然已太半倾颓。二次则衰草斜阳，愈增寥寂矣。因忆陶篁邨先生有《由红桥至平山堂》三绝云:"遥闻天半起笙歌,面面雕空瞰碧波。若计扬州二分月,红桥应占一分多。""亚字墙围万柳条,枣花帘北酒旗飘。不教尺地清闲过,更遣长廊接画桥。""平山堂接古名蓝,太守遗踪仔细探。山色有无何处领,一帘烟雨望江南。"想见当日文酒笙歌之盛。又平山堂楹联:"隔江诸山,在此堂下;太守之饮,与众宾欢。"伊墨卿太守秉绶所题也。

【译文】扬州平山堂,我曾经游过两次。第一次还有园亭丘壑等美景,然而已有大半倾倒颓废。第二次则已经是一片衰草斜阳的景象了,倍增寂寥之感。因此想起陶篁村(陶元藻)先生《由红桥至平山堂》三首绝句:"遥闻天半起笙歌,面面雕空瞰碧波。若计扬州二分月,红桥应占一分多。""亚字墙围万柳条,枣花帘北酒旗飘。不教尺地清闲过,更遣长廊接画桥。""平山堂接古名蓝,太守遗踪仔细探。山色有无何处领,一帘烟雨望江南。"想必当时有"文酒笙歌"之盛景。另外平山堂楹联写有:"隔江诸山,在此堂下;太守之饮,与众宾欢。"这是知府伊墨卿伊秉绶所题的。

江 西

江有南北而无东西,况豫省辖地,并在江南,西何以称焉?考六朝以前,其称江西者,并在秦郡今六合、历阳今和州、庐江今庐州之境。盖大江自历阳斜北下京口,故有东西之名。《魏武帝纪》:"进军屯江西。"《吴主传》:"民转相惊,自庐江、九江、蕲春、广陵户十余万,皆东渡江。江西遂虚。"《桓伊传》:"进督豫州之十二郡，扬州之江西五郡事。"昔之所谓江西，今之所谓江北也。故晋《地理志》以"庐江、九江自合淝以北，至寿春，皆谓之江西。"今则以饶、洪、吉诸州为江西，是因唐贞观十年分天下为十道，其八曰江南道。开元二十年又分天下为十五道，而江南为东西二道，江南东道理苏州，江南西道理洪州，后人省文，但称江东、江西耳，亦犹广南东路、广南西路，今但称广东、广西也。

【译文】长江有南北而没有东西，况且江西管辖的地方，都在江南境内。那么"西"以哪些地方来称呢？考证六朝以前，其中称江西的，都在秦郡今六合、历阳今和州、庐江今庐州的境内。大概大江从历阳斜流向北直下京口，所以才有东西之称。《魏武帝纪》说："进军屯江西。"《吴主传》说："民转相惊，自庐江、九江、蕲春、广陵户十余万，皆东渡江。江西遂虚。"《桓伊传》说："进督豫州之十二郡，扬州之江西五郡事。"从前所说的江西，就是今天所谓的江北。所以《晋书·地理志》认为"庐江、九江、从合肥以北，至寿春，都可称为江西。"今天则以饶州、洪州、吉安诸州为江西，是因为唐太宗贞观十年（636）时，把天下分为十道，其中第八道为"江南道"。唐玄宗开元二十年（732）时，又把天下分为十五道，这就把江南道分为东、西二道了。江南东道统理苏州，江南西道统理洪州，后人省文简称，只称江东、江西了，也好像说广南东路、广南西路，现在只称为广东、广西一样。

五大夫

秦封泰山松为五大夫。桂未谷曰："五大夫，秦爵之第九级。"《史记》"曹参由七大夫迁五大夫"是也。唐宋人诗云："不羡五株封。"又云："堪笑五株乔岳下，肯将直节事嬴秦。"误以松之封大夫者五株。今泰山种五松，立石曰"五大夫"，沿而弗察也。

【译文】秦朝封泰山松为"五大夫"。桂未谷（桂馥）说："五大夫，秦爵之第九级。"《史记》"曹参由七大夫迁至五大夫"，就是这样。唐宋时期有人写诗句说："不羡五株封。"又说："堪笑五株乔岳下，肯将直节事嬴秦。"这是误以为被封为大夫的松树只有五珠。而今泰山上种了五棵松树，并立起石碑，说"五大夫"，这样沿传下去不会再有人发觉（其中错误）了。

岳庙对

京师东岳庙对云："云行雨施，不崇朝而遍天下；理大物博，祖阳气之发东方。"汪文端公由敦所书，句则赵瓯北先生所撰也。

【译文】京城东岳庙有一对联："云行雨施，不崇朝而遍天下；理大物博，祖阳气之发东方。"这是汪文端公汪由敦所写的，赵瓯北（赵翼）先生所撰的。

武庙对

西湖秋水观，祀武帝，在岳忠武庙之左。门对云："德必有邻，把臂呼岳家父子；忠能择主，鼎足定汉室君臣。"缪昌期手笔也。

【译文】西湖秋水观，是祭祀武帝的，它建在岳忠武（岳飞）庙的左边。门上有一对联，说："德必有邻，把臂呼岳家父子；忠能择主，鼎足定汉室君臣。"这是缪昌期的手笔。

侍郎林

曲阜城东，有颜氏族葬之域，呼曰"侍郎林"。桂未谷曰："侍郎者，石楠之转语也。"引任昉《述异记》云："曲阜古城，有颜回墓，墓上石楠二株，可三四十围，土人云：'颜子手植之木。'"孔林植楷，千载共云；颜林树石楠，人罕知者。

【译文】在山东曲阜城东面，有颜氏家族所葬之地，称为"侍郎林"。桂未谷（桂馥）说："侍郎者，石楠之转语也。"引用任昉《述异记》说："曲阜古城，有一座颜回墓，墓地有石楠二株，达三四十围，当地人说：'这是颜子手植之木。'"孔林种有楷树，千年以来世人皆赞；颜林种有石楠，知道的人就很少了。

亲 戚

《史记·宋世家》："箕子，纣亲戚也。"《路史》谓"但言亲戚，则非诸父昆弟之称"，而不知非也。古人称一家之人，亦曰亲戚。《韩诗外传》："曾子曰：'亲戚既殁，虽欲孝，谁为孝。'"此以亲戚为父母也。《左僖二十四年传》："封建亲戚以蕃屏周。"此以亲戚为伯叔子弟也。《昭二十年传》："棠君尚谓其弟员曰：'亲戚为戮，不可以莫之报也。'"此以亲戚为父兄也。《战国策》："苏秦曰：'富贵则亲戚畏惧。'"此以亲戚为妻嫂也。

【译文】《史记·宋世家》说："箕子，纣亲戚也。"《路史》说"只说亲戚，那么不是诸父昆弟之称"，而不知错误。古人称一家人，也叫"亲戚"。《韩诗外传》："曾子说：'亲戚既殁，虽欲孝，谁为孝。'"这是把"亲戚"指为父母。《左僖二十四年传》说："封建亲戚以蕃屏周。"这是把"亲戚"指为伯叔子弟。《昭二十年传》说："棠君尚对其弟员说：'亲戚为戮，不可以莫之报也。'"这是把"亲戚"指为父兄。《战国策》："苏秦说：'富贵则亲戚畏惧。'"这是把"亲戚"指为妻嫂。

饯优诗

梁石痴枢，顺德人，工画而懒于诗。所识孔生，拉往珠江花舫，则与优儿饯，优，衡阳人，依孔三载，至是言旋。或曰："今日

之酒，不可无诗，无则不许入席。"梁曰："诗亦非难，但论工不
工耳。余不工，故不作。今必欲强就，子不我工，亦不得入席。"
因援笔立成四句曰："昔自衡阳来，今返衡阳去。风送衡阳舟，目
断衡阳树。"于是众睋眙而俱搁笔。

【译文】梁石痴梁枢，广东顺德人，擅长作画而懒于写诗。他的
朋友孔生，拉他同往珠江花舫，为优人饯行。那个优人是衡阳人，
依靠孔生三年了，现在说要回家。席中有人说："今日酒会，不可以没
有诗，没有就不许入席。"梁石痴说："作诗也不难，只是要看擅长
不擅长了。我不擅长，所以不作。今天一定要强求我作，你若是还不
如我，也不许入席。"于是提笔立即写出四句："昔自衡阳来，今返衡
阳去。风送衡阳舟，目断衡阳树。"看到这四句诗，众人都惊奇地注
视着，便都搁笔不写了。

撕

以手离物，俗谓之撕。撕即斯也。《说文》："斯，析也。"
《释诂》："斯，离也。"《诗·陈风》："墓门有棘，斧以斯之。"
笺："惟斧可以开析之。"然此犹假物以为用者。《吕览·报更
篇》："赵孟见桑下饿人，与之脯一胊，曰：'斯食之。'"注：
"斯，析也。"此则以手离物之确证。

【译文】用手分开物品，一般称为"撕"。"撕"即是"斯"。《说
文解字》说："斯，析也。"《释诂》："斯，离也。"《诗经·陈风》说：
"墓门有棘，斧以斯之。"注解说："惟斧可以开析之。"然而这好

像是假借来用的。《吕氏春秋·报更篇》说："赵孟看见桑下有一位饥饿之人，就给他喂下一块干肉，说：'斯食之。'"注解为："斯，析也。"这就是用手分开物品的确切证据。

贼 秃

今人骂僧曰"贼秃"。按梁荀济表云："朝夕敬妖怪之胡鬼，曲躬供贪淫之贼秃。"则此语六朝已有之。

【译文】现在人们骂和尚称为"贼秃。"据南北朝时期梁朝荀济表说："朝夕敬妖怪之胡鬼，曲躬供贪淫之贼秃。"可见这个词语六朝时就已经有了。

老

今人友朋相呼，称其姓而带以老字者，亦有所本。白香山诗："每被老元偷格律。"谓微之也。"试觅老刘看"，谓梦得也。又有称人字之一字而系以老者，东坡诗曰："老可能为竹写真。"谓文与可也。

【译文】现在人朋友之间相互称呼，都在姓前带个"老"字，这也是有来源的。白香山（白居易）有诗句说："每被老元偷格律。"这是指微之（元稹）。"试觅老刘看"，是说梦得（刘禹锡）。还有在别人的字中选一个字，再加一个"老"字的，苏东坡有诗说："老可能为竹写真。"这指的就是文与可（文同）。

苔

古无苔字，合，即苔也。《释诂》："合，对也。"《左宣二年传》："对曰：非马也，其人也，既合而来奔。"杜注："合，犹苔也。叔祥言毕，遂奔鲁。"

【译文】古时没有苔字，合就是苔。《释诂》说："合，对也。"《左宣公二年传》说："对曰：非马也，其人也，既合而来奔。"杜预注解说："合，犹苔也。叔祥言毕，遂奔鲁。"

烈皇惨诀

李自成陷京师，上命传皇太子、二皇子至。犹盛服入，上曰："此何时而不易服乎？"亟命持敝衣来，上为解其衣换之，且手系其带告之曰："汝今日为太子，明日为平人，在乱离中匿迹藏名，见年老者呼之以翁，少者呼之以伯叔，万一得全，报父母仇，毋忘吾今日戒也。"见王誉昌《崇祯宫词注》。此语出自帝王之口，沉痛极矣。

【译文】李自成攻陷京城后，皇上命人传皇太子、二皇子上殿。两位皇子依旧穿着华丽的服饰进门，皇上说："这是什么时候了还不换衣服？"立刻命人拿粗布衣来，皇上为他们解衣换上，并且在用手给他们系衣带时告诉他们说："你们今天是太子，明天就是平民百姓了。在动乱流离中匿迹藏名，看到年老的人便呼为翁，看到年少的便呼为伯叔，万一能保全性命，一定要为父母报仇，不要忘记我今天的戒语啊。"可见于王誉昌《崇祯宫词注》。这话出自帝王之口，沉痛至极啊！

一 壮

医人用艾一灼曰一壮，向以为一撞，谓其坟起如撞物然，而不知非也。《埤雅》："壮者，以壮人为法，其言若干壮者，为壮人当以此为数准也。其余老弱羸病，量力而减之耳。"

【译文】医生用艾"一灼"称为"一壮"，以往我认为是"一撞"，就是说它凸起如撞物一样，却不知这是错的。《埤雅》说："壮者，以壮人为标准，说用多少壮为壮人，应当以此为基准。而其余老弱病残的人，则应量力减少。"

四壬子图

本朝方尔止，画四壬子图，绘陶渊明、杜子美、白乐天，自执诗卷请教，盖仿后汉赵邠卿也。邠卿图子产、叔向、晏婴、季札四人居宾位，而自画其像居主位，皆模蠡铸岛之滥觞耳。

【译文】清朝方尔止（方文）画了一幅四壬子图，绘有陶渊明、杜子美、白乐天，还有他自己拿着诗卷请教，大概是模仿东汉赵邠卿（赵岐）吧。赵邠卿把子产、叔向、晏婴、季札四个人画在宾客的位置上，而把自己画在主人位上，这都是"模蠡铸岛"的起源。

名姓之误

齐将孙膑以刑为名，非真名也。汉将黥布以刑为姓，非真姓也。乃《姓谱》收黥为姓，而今武人有名孙再膑者，可发一笑也。

【译文】齐将孙膑用刑法名称作为名字，不是他的真名。汉将黥布用刑法名称作为姓氏，不是他的真姓。至于《姓谱》中收录"黥"字做为姓氏，而现在军人还有名叫孙再膑的，可以引人一笑。

先臣先妾

人臣对君，称父曰先臣。晏婴辞齐景公更宅曰："君之先臣容焉。"称母可曰先妾。《战国策》："匡章对齐威王曰：'臣非不能更葬先妾也。'"

【译文】为人臣子面对君主时，称自己的父亲为先臣。晏婴辞谢齐景公给他换新房子时，说："君之先臣容焉。"称自己的母亲为"先妾"。《战国策》说："匡章对齐威王说：'臣非不能更葬先妾也。'"

颜 子

《高士传》："颜回有郭外之田六十亩，以供饘粥。有郭内之圃六十亩，以供丝麻。"若是，则小康之家矣，何至箪瓢陋巷，不堪其忧耶？其说殊不足信。

【译文】《高士传》说："颜回有六十亩田地在城外，来供他吃饭。有六十亩园圃在城内，来供他做丝麻。"如果是这样，那么他应是小康之家了，何至于到了箪瓢陋巷、不堪其忧的地步呢？这种说法实在不可信。

大明湖趵突泉

二处皆济南胜境。刘少宣《咏湖》句云："舟行着色屏风里，人在回文锦字中。"张云庄《咏泉》诗云："平地忽堆三尺雪，四时长吼半空雷。"可想见两地光景。

【译文】大明湖、趵突泉两处都是济南的胜境。刘少宣（刘勋）《咏湖》说："舟行着色屏风里，人在回文锦字中。"张云庄（张养浩）《咏泉诗》说："平地忽堆三尺雪，四时长吼半空雷。"由此可以想到这两处光景的殊胜。

先大父夹庵公传

卢抱经学士所撰，敬录于此："梁君处素，名履绳，余益友也。善读书，既撷其精，并正其误，与其兄曜北相砦错，一时有元方、季方之目。余老而衰，漫思考订群书，有所遗忘及错误，君率为余审定之。两君皆厚余，其气象，曜北侃侃然，君则訚訚然，和易近人，人尤乐亲之。曜北弃举子业，专精《史记》学。乾隆戊申，预行己酉科，君举浙江乡试，人咸意其发名成业，正未有涯也。再试南宫，不遇，归途风日燥烈，尘起涨天，热毒往往中人，然抵家犹无恙也。会葬其先考侍郎公，在山阅月余，亲程畚筑之劳维谨。茔面富春江，时当秋末，江风射人作寒。君自以素强壮，不为意，然君之受病已深矣。两害俱发，卧床未几，即失音。越日，而客传其逝。余闻而惊讶，往视之信，为之失声长恸，悲夫！广我见闻者，今少此一益友也。呜呼！君生宦家，家门鼎盛，祖则大学士文庄公，父则工部侍郎冲泉公，伯祖编修蔎林公，伯父余同年友山舟侍讲。设以常人处之，不为裙屐风流，则为裘马清狂，以游戏征逐为事，不复知有文字之乐者，比比然矣。君独萧然若寒士，衣不求新，出则徒步，不以所能病人，不以所不知愧人，博学而屡守之，故名不涉于爱憎之口。自其曾大父溪父先生以来，学问文章，照耀海内。代精八法，得其片楮，珍同珙璧。君克自奋厉，继承家学，其于众经中，尤精《左氏传》，盖其舅氏元和陈君树华著有《春秋内外传考证》，君复汇辑诸家之说，而折其衷，胪为六门，先以其成者示余。余读而善之，其续纂者尚未竟也。遗草具在，捡拾而加以整比，将后之人是赖已。君诗清新越俗，有集若干卷，尝与其兄及所亲合刻《梅竹联吟》，亦可见其崖略。书法虽不名家，然端谨不苟，如其人。且通《说文》，下笔无俗字。使老其材，其成就乌能测其所至。乃年仅四十有六，而竟早世，时乾隆五十八年十一月三日也。在梁氏失一佳子弟，在宇内少一读书人，则又不独老人失一益友也，哀哉！君娶于曲阜孔氏，孔氏多学人。余友孔君继汾，为君之外舅，以君处族党间，可以无愧色矣。一子曰祖恩，孙曰绍壬，在长逝者或可无憾，而未死者乌能免于憾也。余颓唐之笔，不足为君重，但为之志其略，亦聊以抒余之哀而已。"

【译文】传文是学士卢抱经（卢文弨）所作，敬录在这里："梁君字处素，名履绳，是对我有教益的朋友。梁君擅长读书，既能取其精华，又能修正其中的差误，和其兄长梁曜北（梁玉绳）相互切磋研讨，两人不分高下，一时间被视为元方、季方。我年纪大了，身体衰弱，随意想到要考据订正群书典籍，每当有遗忘或记错的时候，梁君都为我审定。梁氏两君都对我很优待，观察你们的举止、气度，曜北中正和敬，梁君则很平和快乐，温和平易使人容易接近，人们尤其喜欢亲近你。曜北放弃科举考试，专门精研《史记》。乾隆戊申（乾隆五十三年，1788）提前准备乾隆五十四年（1789）己酉科考试，梁君参加浙江乡试，人们都认为你必会扬名立业，不可限量。后来你再次参加会试，没有考中，回家途中风吹日晒燥热猛烈，沙尘漫天，许多人往往会中热毒，然而回到家时也没见你患病。当时正赶上安葬你的先父侍郎公，你在山中察看了一个多月，亲自操办父亲的入坟之事。坟头面向富春江，当时正值深秋，江风袭人，让人很容易受寒。但你自认为平素身体强壮，而没有在意，然而你的病其实已经很深了。这两次遭遇终于一起爆发，使你卧床不久，便不能说话了，次日，便有人传来你去世的消息。我听到后大为惊讶，过去看你才相信，悲恸气噎，哭不成声，痛心啊！这个增长我见识的人，而今我失去这个好友了。悲伤啊！你生在官宦家庭，家世兴旺，祖父是大学士文庄公（梁诗正），父亲是工部侍郎冲泉公（梁敦书），伯祖是编修蔎林公（梁启心），伯父是我同年好友侍讲山舟学士（梁同书）。假设一般人处在这样的家庭，不是像富家子弟一样潇洒风流，便是放逸不羁，整日追逐游戏，不再知道有读书之乐的，比比皆是。唯独你像寒士那样简陋，不追求穿新衣服，出门则走路，不因为自己有能力而责备别人，不因为自己有所不知而感到惭愧，广博地学习，谨小慎微地守持学业，所以你的名字不会出现在爱憎是非的言论中。自你的曾祖父溪父先生（梁文濂）以来，学问文章，名誉海内。每代人都精通书法，得到梁家只言片纸，都如同得到珍宝一样。你能够奋发勉励，继承家学，在众多经典中，尤其精通《左传》。你的舅舅元和人陈树华先生著有《春秋内外传考证》一书，你又汇集各家学说，调和他们的说法使之适中，编为六部，先把写好的部分给我看。我读后非常赞许，可惜续编的部分还没有完成。留下的草稿都还在，至于把它收拾加以整理的工作，恐怕要依靠后人了吧。你的诗清新脱俗，有若干卷诗集，曾经与兄长及其他亲友合刻了《梅竹联吟》，也可以看出大略。书法虽然没有成为名家，然而端正严谨，一丝不苟，就像你的为人一样。而且还精通《说文》，下笔没有俗体字。假使能长时间锻炼，你的成就是不可限量的。可惜你仅有四十六岁，竟然早早离世，时间是乾隆五十八年十一月初三（1793年12月5日）。这在梁家是失去了一个好子弟，在天下是少了一个读书人，这就不仅是我失去一个好朋友了，悲哀呀！他娶了曲阜孔家的女儿，孔家有很多做学问的人，我的朋友孔继汾先生，是你的岳父，把你放在这些族人中间，可以毫无愧色了。留下一个儿子叫祖恩，一个孙子叫绍壬，在死去的人来说可以无憾了，然而活着的人又怎么能避免遗憾呢。我衰颓的笔法，不足以被你重视，只是为你记下生平大概，也借以抒发我的哀恸之情罢了。

雌雄牝牡

雌雄属禽，牝牡属兽，然而"雉鸣求牡"，"牝鸡司晨"，禽

亦可言牝牡。"雄狐绥绥","雌兔迷离",兽亦可言雌雄。至
《墨子·非乐》曰:"雄不耕稼穑树艺,雌不纺绩织纴。"以男女
为雌雄,奇文也。

【译文】雌雄是对禽类来说的,牝牡是对兽类来说的,然而有说
"雄鸣求牝","牝鸡司晨",可见禽类也可以说牝牡。"雄狐绥绥",
"雌兔迷离",可见兽类也可以说雌雄。至于《墨子·非乐》中说:
"雄不耕嫁穑树艺,雌不纺绩织纫。"把男女称为雌雄,奇文啊。

点 心

今以午前午后小食曰"点心"。按《唐书》"郑傪为江淮留
后,家人备夫人晨馔。夫人顾其弟曰:'治妆未毕,我未及餐,尔
且可点心。'"此二字见纪载之始。又宋帝谓某臣曰:"朕当为卿
设点心。"

【译文】现在把午前午后的小吃称为"点心"。据《唐书》记载
"郑傪做江淮留后,家人准备夫人的早饭。夫人看着他弟弟说:'化
妆还没结束,我来不及吃饭,你暂且吃些点心吧。'"这二字是"点
心"记载的开始。另外宋帝对某臣说:"朕应该为你安排'点心'。"

朝朝寒食夜夜元宵

俗谚艳称富贵家有此二句。人俱以为歌舞繁华景象,而不

知上句乃极冷淡语也。寒食一节，古无赏心乐事。豪家俾昼作夜，中宵酣戏，比晓高眠，客之至其门者，见突虚灶冷，颇有若寒食禁烟之象，故以是比之也。

【译文】民间谚语中美慕赞美富贵人家有这二句。人们都认为是描述歌舞繁华的景象，然而不知它上句却是极其冷淡的话。寒食节这天，古时候没有赏心乐事。富豪之家把白天当作夜晚，半夜仍在饮酒作乐，到了早上才高枕而眠，客人来到门前，看到烟囱不冒烟，灶下不生火，很像寒食节禁烟火的景象，因此用这句话来比喻。

序班诗

鸿胪寺序班一官，皆考取大宛生员为之，河间纪象庭二尹，晓岚宗伯之少子，尝为此职。有自嘲诗云："秀才每自叹途穷，一进鸿胪气便雄。金顶朝珠同太史，蟒袍补褂僭王公。螭头告示双行白，门角封皮两道红。更有待官仪注狠，坐看道府打三躬。"

【译文】"鸿胪寺序班"这个官职，都是由考取大宛的生员来担任。河间人、二尹纪象庭，是宗伯纪晓岚的幼子，曾经担任这个职务。他有一首自嘲诗说："秀才每自叹途穷，一进鸿胪气便雄。金顶朝珠同太史，蟒袍补褂僭王公。螭头告示双行白，门角封皮二道红。更有待官仪注狠，坐看道府打三躬。"

象胆獭肝

谚曰："人心象胆，世事獭肝。"象胆无定位，十二月分属遍体，故以比人心，言难见也。獭肝凡十二析，月腐一析，则他一析更新，循环岁更，故以比世事，言刻刻翻新也。

【译文】谚语说："人心象胆，世事獭肝。"象胆没有固定位置，十二月分属全身，因此以这个比作人心，是说"难见"的意思。獭肝总共十二析，每月腐败一析，那么其他一析更新，循环往复每年一换，因此以这个比作世事，是说"刻刻翻新"的意思。

左　右

人道尚右，以右为尊，故尊文曰"右文"，尊武曰"右武"，莫能尚者，曰"无出其右"，重右也。失谋曰"左计"，异端曰"左道"，降秩曰"左迁"，卑左也。然今之序官及位次，则皆尚左矣。

【译文】人道崇尚右，以右为尊，因此重视文称为"右文"，重视武称为"右武"，没有能胜过的，称为"无出其右"，是重视右的意思。计谋失误称为"左计"，异端称为"左道"，降低官职称为"左迁"，是轻视左的意思。然而现在序官和位次，则都崇尚左。

者　这

者回、者番、者般、者时、者边、者个，者之为言此也。今改作这字,这乃鱼战切,迎也。郭忠恕《佩觿》集云:"以迎这之这,为者回之者,其顺非有如此者。"

【译文】者回、者番、者般、者时、者边、者个,者是说"此"的意思。现在改成这字,这乃鱼战切,是迎的意思。郭忠恕《佩觿》集说:"以迎这之这,为者回之者,沿袭错误有像这样的。"

制义碍诗

不从制义入手者,诗多不工,前辈多论之者。而工制义者,又往往不工诗,盖鱼熊本难兼美。且一则妙索环中,一则神游象外,其间固微有区别也。袁简斋先生曰:"老子云:'仁义者,道德之蘧庐也。可一蹴而不可久处也。'其制义之谓乎?"

【译文】不从八股文入手的,诗大多不擅长,前辈常论及这些。而擅长八股文的,又常常不擅长作诗,大概鱼与熊原本就难以两样擅长。而且一则妙索环中,一则神游象外,其中固然有稍微区别。袁简斋先生(袁枚)说:"老子说:'仁义,就像道德临时居住的旅舍。可以一举足到那里而不可以长久住在那里。'大概八股文就是这样的吧?"

西域诗

长洲褚筠心廷璋,官侍读学士,赋西域诗八首,序云:"璋备员史局,八载于兹,承修《西域图志》《同文志》诸书,考索印证，纪圣朝之疆索，阐前代之见闻，编次之余，爰成此什，志天山南北都会城郭之大略，以补史乘所未备，且借以咏歌盛烈，窃附于江汉常武之义云。"《乌鲁木齐》云："额鲁公孙此建瓴，地为额鲁特公族噶尔丹多尔济之昂吉。天戈万里下风霆。山围蒲类分西谷，汉蒲类国地治天山西流榆谷。云护沙陀拱北庭。唐为北庭大都护府，北接沙陀突厥地。不断角声横月白，无边草色入天青。辑怀城上新建城名。舒雄眺，尽把耕畴换牧垌。"《伊黎》云："人驱风雪兽驱烟，犹见乌孙立国年。为汉乌孙建廷处，乌孙为行国，逐水草。海气万重吞丽水，伊黎河，唐时名伊丽河，亦曰伊黎水。西北流入巴尔喀什淖尔彼中海也。山容三面负祁连。伊黎为计腾格里山，即古祁连山东西南三面分支环抱。盘雕红寺朝鸣角，有海弩克、固尔札两庙。散马青原夜控弦。纪绩穹碑衔落日，固尔札庙东建有前后勒铭伊黎碑。英灵班鄂想回旋。定北将军班第、议政大臣鄂容安尽节于此。"《雅尔》云："多逻川外夜吹芦，雉堞新城接上腴。塞月已寒三叶护，唐三姓叶护地，在北廷西北金山之西。边风犹动五单于。汉呼揭、车犁、乌藉、振闰、郅支五单于地。名藩甲卷烟消漠，西北接左哈萨大界，大兵追阿木尔撒纳入其地，哈萨克撒帐数千里因而内附。健将弓开血洒芜。巴图鲁侍卫奇彻布克敌制胜于此。不是皇威宣北徼，春光谁遣遍坟垆。"《额尔齐斯》云："西州直北势凭陵，瀚海迢遥过白登。铃泽风高奔怒马，今烘郭图淖尔，译言铃泽。金山雪暗下饥鹰。今阿勒坦鄂拉，译言金山。曾传旧壤开都伯，旧为都尔伯特游牧处，四卫拉特之一也。都尔伯特，急读则成都伯。仅见降王保策凌。都尔伯特有三策凌者，首先归附，封王爵，今存。四部虫沙成底事，好将忠谨化骁腾。"《吹》云："梯空劲旅倚屠颜，巴图鲁阿玉锡以二十五人败六千余众于格登山，在吹东境。径出盘雕落雁间。波浪远翻图库水，图斯库尔，急读则成图库，唐碎叶水也。风云高护格登山。千屯此日开榆塞，自图斯库尔北岸，傍吹河西北行五百余里，总名曰吹，今为屯种之所。十箭当年阻玉关。唐沙钵罗咥利失可汗分十部，部授一箭，曰十箭，居碎叶东西境。碎叶长川流不极，吹河为唐碎叶川。犹悬边月照潺湲。"《哈喇沙尔》云："风雨犹疑铁骑屯，至今沙戟有遗痕。焉耆镇启龙游远，唐设焉耆都会府为四镇之一。都护城悬乌垒尊。西境为汉乌垒城，都护居于此，西域为中。弓挂轮台飞皎月，西有地名王古尔，汉轮台地。剑磨蒲海射晴暾。南有罗卜淖尔，为古蒲昌海，河源，至此潜行。戍楼高处分襟带，山水遗经费讨论。"《阿尔苏》云："天边冰雪郁嵯峨，木素峰高朔气多。城北有木数尔岭，多冰雪，回语木数尔，冰也。壕上射生城落雁，军前飨士帐鸣鼍。东萦姑墨千年碛，阿克苏东塔里木河北岸，为古墨国地。南走于阗一线河。和阗河北流至此，入塔里木河。待把方言垂竹笔，回人用竹笔。阿苏温宿谩承讹。阿克苏为古温宿地。"《和阗》云："毗沙府号古于阗，和阗为古于阗，唐设毗沙都督府，西倚葱岭。葱岭千盘积翠连。大乘西来留法显，《水经注》："释法显至于阗，其国有大乘学。"重源东下问张骞。《汉书》："河有两源，一出于阗。"渔人秋采河边玉，于阗有绿玉河、黑玉河，即今玉陇哈喇哈什诸河也。战马春耕陇上田。今日六城歌舞地，六城曰额里齐，曰玉陇哈什，曰哈喇哈什，曰齐尔拉，曰塔克，曰克勒底雅。唐家风雨汉家烟。"八诗风格高搴，音调圆响，洵可传之作也。

【译文】江苏长洲人褚筠心褚廷璋，官至侍读学士，写有西域诗八首，序言说："我供职于史馆，已有八年，奉命纂修《西域图志》《同文志》诸书，考查探究互相证明，记载圣朝的疆域，阐释前代的见闻，编纂之余，于是写成这些诗句，记下天山南北都会城郭的大概情况，以补充史书所没有完备的，而且借以歌咏盛大的功业，私自附于江汉常武之义等。"《乌鲁木齐》说："额鲁公孙此建瓴，该地为额鲁特公族噶尔丹多尔济之昂吉。天戈万里下风霆。山围蒲类分西谷，汉代蒲类国都城天山西流榆谷。云护沙陀拱北庭。唐代为北庭大都护府，向北接壤沙陀突厥地。不断角声横月白，无边草色入天青。辑怀城上新建城名。舒雄眺，尽把耕畴换牧坰。"《伊黎》说："人驱风雪兽驱烟，犹见乌孙立国年。为汉代乌孙建廷的地方，乌孙为游牧国家，逐水草而居。海气万重吞丽水，伊黎河，唐代时名为伊丽河，也称为伊黎水。向西北流入巴尔喀什淖尔彼中海。山容三面负祁连。伊黎为计腾格里山，即古祁连山东、西、南三面分支环抱。盘雕红寺朝鸣角，有海弩克、固尔札两座寺庙。散马青原夜控弦。纪绩穹碑衔落日，固尔札庙东面建有前后勒铭伊黎碑。英灵班鄂想回旋。定北将军班第、议政大臣鄂容安在这里殉国。"《雅尔》说："多逻川外夜吹芦，雉堞新城接上腴。塞月已寒三叶护，唐代三姓叶护地，在北廷西北金山的西面。边风犹动五单于。汉代呼揭、车犁、乌藉、振闰、郅支五单于地。名藩甲卷烟消漠，西北接壤为哈萨大界，清兵追阿木尔撒纳入其地，哈萨克撒帐数千里因而内附朝廷。健将弓开血洒芜。巴图鲁侍卫奇彻布在这里克敌制胜。不是皇威宣北徼，春光谁遣遍坟垆。"《额尔齐斯》说："西州直北势凭陵，瀚海迢遥过白登。钤泽风高奔怒马，现在的烘郭图淖尔，译为钤泽。金山雪暗下饥鹰。现在的阿勒坦鄂拉，译为金山。曾传旧壤开都伯，旧为都尔伯特游牧的地方，是四卫拉特之一。都尔伯特，快读则读成都伯。仅见降王保策凌。都尔伯特有一位三策凌，最先归附，封为王爵，如今在世。四部虫沙成底事，好将忠谨化骁腾。"《吹》说："梯空劲旅倚屏颜，巴图鲁阿玉锡以二十五人在格登山打败六千多敌人，该山在吹东境。径出盘雕落雁间。波浪远翻图库水，图斯库尔，快读则读成图库，是唐代的碎叶水。风云高护格登山。千屯此日开榆塞，自图斯库尔北岸，沿着吹河西北行走五百多里，统称为吹，现在为屯种之所。十箭当年阻玉关。唐代沙钵罗咥利失可汗分十部，部授一箭，称为十箭，住在碎叶东西境内。碎叶长川流不极，吹河为唐代的碎叶川。犹悬边月照潺湲。"《哈喇沙尔》说："风雨犹疑铁骑屯，至今沙戟有遗痕。焉耆镇启龙游远，唐代设焉耆都会府，为四镇之一。都护城悬乌垒尊。西境为汉代的乌垒城，都护居住在这里，西域为中。弓挂轮台飞皎月，西面有地名王古尔，是汉代的轮台地。剑磨蒲海射晴暾。南面有罗卜淖尔，为古蒲昌海，河流源头，到这里潜行。戍楼高处分襟带，山水遗经费讨论。"《阿尔苏》说："天边冰雪郁嵯峨，木素峰高朔气多。城北有木数尔岭，常有冰雪，回语所说的木数尔，指的是冰。壕上射生城落雁，军前飨士帐鸣鼍。东萦姑墨千年碛，阿克苏东塔里木河北岸，为古墨国地。南走于阗一线河。和阗河向北流到这里，汇入塔里木河。待把方言垂竹笔，回人用竹笔。阿苏温宿谩承讹。阿克苏为古温宿地。"《和阗》说："毗沙府号古于阗，和阗为古于阗，唐代设毗沙都督府，西面依靠葱岭。葱岭千盘积翠连。大乘西来留法显，《水经注》："僧人法显到达于阗，该国有大乘学。"重源东下问张骞。《汉书》："该河有两处源头，其中一处出自于阗。"渔人秋采河边玉，于阗有绿玉河、黑玉河，就是如今的玉陇哈喇哈什诸河。战马春耕陇上田。今日六城歌舞地，六城分别为额里齐、玉陇哈什、哈喇哈什、齐尔拉、塔克、克勒底雅。唐家风雨汉家烟。"八首诗风格高远，音调圆响，几乎可作为传世之作。

行 状

　　山舟学士遗命不作行状，极高见也。《通鉴》注云："行状者，状其平生之行实，上之朝廷，以请谥。"今既不在谥典，何必作耶？今寻常一命之员，亦立行状，不识何所用诸？

【译文】山舟学士（梁同书）留下遗嘱不写行状，这是极为高明远大的见解。《通鉴》注解说："所谓行状，描写其人平生的生平事迹，上报给朝廷，来请求谥号。"如今既不在谥典，为何要撰写行状呢？现在平常最低官职的人员，也撰写行状，不知道会用在哪里？

履 历

今之履历，古之脚色也。《通鉴》："隋虞世基掌选曹，受纳贿赂，多者超越等伦，无者注色而已。"注色者，注其入仕所历之色也。宋末参选者，具脚色状，今谓之根脚。又宋人注状，其始有并非元祐党人亲戚字样，其后有并非蔡京、童贯亲戚字样。

【译文】现在的履历，就是古代的脚色。《通鉴》："隋朝虞世基主管选曹，收受贿赂，贿赂多的人就超越同辈，没有贿赂的只是'注色'。"所谓注色，登记其人入仕所经历的名色。宋代末期参加选拔的人，备有脚色等事，现在称为根脚。还有宋代人登记事迹，开始有都不是"元祐党人亲戚"的字样，后来有都不是"蔡京、童贯亲戚"的字样。

阮亭司寇对联

殷彦来誉庆颂王文简对联："天下文章莫大乎是，一时贤士皆从之游。"又钱亮功名世游京师，除夕以联送文简云："尚书天北斗，司寇鲁东家。"由是知名。

【译文】殷誉庆（字彦来）赞颂王文简（王士禛）写有一副对联：
"天下文章莫大乎是，一时贤士皆从之游。"还有钱名世（字亮功）
在京城游玩，除夕时用对联送给王文简说："尚书天北斗，司寇鲁东
家。"由此闻名天下。

名字之妄

士希贤圣，窃比前人，于名字中寓意，往往有之。然尊如尧
舜，圣若宣尼，夫谁敢比迹哉？而梁太常丞有唐尧，汉有临武
长虞舜，北魏有都督曹仲尼，唐武后时有拾遗鲁孔丘，何其狂
妄若是？

【译文】士人希冀为贤圣，私自比附前人，在名字之中寓意，常
常有这种情况。然而尊如尧舜，圣若宣尼，谁敢能和他们并驾齐驱
呢？但是汉代有临武长虞舜，梁代太常丞有唐尧，北魏有都督曹仲
尼，唐朝武后时期有拾遗鲁孔丘，多么狂妄到这种地步？

谦语成谶

陈桂林文恭，性谦下，尹文端居首揆，素所推仰。一日，文恭
病，文端往视曰："吾辈均老，不知谁先作古人。"文恭拱手曰：
"还让中堂。"盖习于撝谦，初不觉也。文端默然。及文恭予告
归，方戒途，传闻文端骑箕之信，欲回京一吊，家人力阻，行至韩
庄而薨。

【译文】广西桂林人陈文恭（陈宏谋），性情谦逊，尹文端（尹继善）位居首揆，素来推重敬仰他。一天，陈文恭生病，尹文端前往探视他说："我们都已年迈，不知谁先作古人（意指先去世）。"陈文恭拱手说："还让中堂。"因为习惯于谦逊，开始没有发觉其中不妥。尹文端没有说话。到陈文恭被批准告老还乡，刚准备启程，传闻尹文端去世的讣闻，陈文恭想回京吊唁，家人极力劝阻，走到山东韩庄时他就去世了。

相　士

先六世祖溪父公，少时诣一相士问曰："得一第乎?"答曰："不仅是，更向上。"曰："翰林乎?"曰："更向上。"曰："京堂卿贰乎?"答如前。公曰："然则作相矣。"对曰："真者不能，假者可致。"同人曰："盖协揆耳。"后以明经学博老，而以文庄贵，受大学士封。此事载阮吾山《茶余客话》。偶阅唐李固《幽闲鼓吹》，载苗晋卿落第，遇一老父，能知前事。问曰："某应举已久，有一第分乎?"曰："大有事，但更问。"苗曰："某困于穷变，然爱一郡，可得乎?"曰："更向上。"曰："廉察乎?"曰："更向上。"曰："将相乎?"曰："更向上。"苗公怒曰："将相更向上，作天子乎?"老父曰："真者即不得，假者即得。"苗公以为怪诞，后果为将相，及德宗升遐，冢宰居摄三日。二事古今绝相类。

【译文】我的先六世祖溪父公（梁文濂），年少时往一位相士问他说："能考中科举吗?"相士回答说："不仅能考中，而且更向上。"溪父公问:"是翰林吗?"相士说:"更向上。"溪父公问:"是京堂卿贰吗?"相士依旧回答:"更向上。"溪父公说:"那么担任相职了。"相士回答说:"真宰相做不到,假宰相可以做到。"朋友说:"大概是协办大学士了。"后来溪父公以明经学博身份终老,却以文庄公(梁诗正)显贵,被封为大学士。这件事记载在阮吾山(阮葵生)《茶余客话》。偶然读到唐代李固《幽闲鼓吹》,记载苗晋卿科考不中,遇到一位老人,能知道前代之事。苗晋卿问他说:"我参加科举很久了,有考中科举的命运吗?"老人说:"大有事,但更问。"苗晋卿说:"我处于困境之中,但是为一郡长官,可以得到吗?"老人说:"更向上。"苗晋卿说:"是廉察使吗?"老人说:"更向上。"苗晋卿说:"是将相吗?"老人说:"更向上。"苗晋卿生气说:"将相再向上,难道是天子吗?"老人说:"真者即不得,假者即得。"苗晋卿认为这是怪诞之言,后来苗晋卿果然为将相,到唐德宗驾崩,苗晋卿以吏部尚书身份代理朝政三天。这两件事古今很是相似。

相门对

相传张文端予告归里,榜门云:"绿水青山,让老夫逍遥岁月;紫宸黄阁,看吾儿燮理阴阳。"此有所仿。明王文成父海,晚年偶书门联云:"看儿曹整顿乾坤,任老子婆娑风月。"愚谓此皆是谢太傅对客语中化来,特不如其蕴藉耳。

【译文】相传张文端(张宏谋)被批准告老还乡,在门上张榜说:"绿水青山,让老夫逍遥岁月;紫宸黄阁,看吾儿燮理阴阳。"这是有所仿效的。明代王文成(王守仁)之父王海,晚年偶然写有门联说:"看儿曹整顿乾坤,任老子婆娑风月。"我认为这都是化用东晋谢太傅（谢安）回答客人的话而来的，只是不如谢太傅含蓄而已。

毛西河

西河先生以腾口之辩才，而多师心之议论。尝与阎百诗辨地理，多穿凿。百诗太息曰："汪尧峰私造典礼，李天生杜撰故实，毛大可割裂经文，贻误后学不浅。"

【译文】西河先生（毛奇龄）以张口放言的辩论才能，却常有自以为是的议论。曾经和阎百诗（阎若璩）争论地理，大多牵强附会。阎百诗叹息说："汪尧峰（汪琬）私自编造典礼，李天生（李因笃）杜撰典故，毛大可割裂经文，给后世学者留下不浅的错误。"

僧　道

高宗御制诗："御史有以沙汰僧道为请者，朕谓沙汰何难，即尽去之，不过一纸之颁，天下有不奉行者乎？但今之僧道，实不比昔日之横恣，有赖于儒氏辞而辟之，盖彼教已式微矣。且借以养流民，分田授井之制，既不可行，将此数千百万无衣无食游手好闲之人，置之何处？故为诗以见意云：'颓波日下岂能回，二氏于今亦可哀。何必辟邪犹泥古，留资画景与诗材。'"大哉王言，足以遏邪说而息迂谈矣。

【译文】清高宗御制诗说："御史有以淘汰僧道为奏请的，朕认为淘汰有什么难，就是全部摒弃，不过是一纸之颁，天下有不奉行的吗？只是今天的僧道，实在不比以前的强横放肆，有赖于儒家排斥反驳他们，因为那些教派已经衰微了。而且借口来养流民，分田授井之制，已经不可能实行，将这些数千百万无衣无食游手好闲之人，安排在哪里呢？因此撰写诗句来表达我的意思：'颓波日下岂能回，二氏于今亦可哀。何必辟邪犹泥古，留资画景与诗材。'"皇帝这番话真是伟大啊，足以遏制歪理邪说而停止迂腐言谈了。

侯元经

侯元经嘉繙号夷门，台州才士也。词赋敏赡，屡困场屋。年五十，官江左县丞，解饷户部，为库吏需索，不即予批回，侯大窘。时先文庄公为侍郎，见侯名，曰："夷门也。"顾司官曰："某尚书祭文，诸君谦让不下笔，盍属之。"即传至户部堂后，授笔札，不移晷，成骈体，极壮丽。某司官复进曰："此堂官祭文，诸曹司尚需一首，亦以相浼。"侯磨墨濡笔，复成四言韵文。一时堂上下称讶不已。彼管库者已袖批文，俟侯出而即付之，明日束装成行矣。

【译文】侯元经侯嘉繙，号夷门，是台州有才华的文人。诗词歌赋机灵多智，屡次科举不中。年已五十，官至江左县丞，运送银粮交到户部，被库吏勒索，不给就批回，侯元经大为窘迫。当时先文庄公（梁诗正）为户部侍郎，看见侯元经的名字，说："是夷门。"对主管官员说："我上司尚书的祭文，诸君谦让没有下笔，何不让他来写？"即时传侯元经到户部堂后，给他笔札，不一会儿，写成骈体，极为壮丽。某主管官员又上前说："这是堂官祭文，各位曹司还需一首，也以此相托。"侯元经磨墨沾笔,又写成四言韵文。一时之间,部堂上下称赞惊讶不已。那个管库者已将批文藏在袖子里,等侯元经出来就交给他,第二天收拾行李就出发了。

赌 空

今酒令猜枚,辄相谓曰:"前后手不赌空。"按此说其来已久。元人姚文奂诗曰:"剥将莲子猜拳子,玉手双开不赌空。"正谓此也。

【译文】现在行酒令猜枚,就相互说:"前后手不赌空。"据这个说法由来已久。元代人姚文奂有诗说:"剥将莲子猜拳子,玉手双开不赌空。"就是说这个。

绝命词

洪武中,刑部尚书杨靖,字仲宁,有才识,乃未竟其用,以冤死。临难之日,作词云:"可惜跌破了照世界的轩辕镜,可惜颠折了无私曲的量天秤,可惜吹熄了一盏须弥有道灯,可惜陨碎了龙凤冠中白玉簪,三时三刻休,前世前缘定。"亦可悲矣。

【译文】明太祖洪武年间,刑部尚书杨靖,字仲宁,有才华器识,可惜没能用上他的才能,就因为冤枉而死。临难之日,杨靖写词说:"可惜跌破了照世界的轩辕镜,可惜颠折了无私曲的量天秤,可惜吹熄了一盏须弥有道灯,可惜陨碎了龙凤冠中白玉簪,三时三刻休,前世前缘定。"也是值得可悲啊。

金乌玉兔

张衡《灵宪》："日者，太阳之精，积而成鸟，象乌，阳之类，其数奇；月，阴之精，积而成兽，象兔，阴之类，其数偶。"此分阴阳而言之。范育曰："日出于卯，卯属兔，而兔之宅乃在月中。月出于酉，酉属鸡，而鸡之宅乃在日中。"此又阴阳之精，互藏其宅也。总之，乃日月之积气，非真有乌兔耳。

【译文】张衡《灵宪》："所谓日，是太阳之精，累积而形成鸟，像金乌一样，阳的东西，其数是奇数的；所谓月，是阴之精，累积而形成兽，像玉兔一样，阴的东西，其数是偶数的。"这是分阴阳而说的。范育说："日出于卯，卯属兔，而玉兔的住所是在月中。月出于酉，酉属鸡，而鸡的住所是在日中。"这又说阴阳之精，互相藏在其中。总之，阴阳是日月之积气，不是真的有金乌、玉兔而已。

爷爷

《玉篇》"俗呼父曰爷"，《木兰诗》"不闻爷娘唤女声"，杜诗"见爷背面啼"，"爷娘妻子走相送"，俱以父为爷也。今北人呼祖为爷爷。宋燕山府永清县大佛寺内有石幢，系王士宗建，末云："亡爷爷王安，娘娘刘氏。"是称其大父、大母也。则此称自宋时已有之，然则当时北军有宗爷爷、岳爷爷之称，直以祖尊之矣。

【译文】《玉篇》"俗呼父曰爷"，《木兰诗》"不闻爷娘唤女声"，杜甫诗"见爷背面啼""爷娘妻子走相送"，都把父称为爷。现在北方人称祖父为爷爷。宋代燕山府永清县大佛寺内有一处石幢，是王士宗所建，文末说："亡爷爷王安，娘娘刘氏。"这是称其祖父、祖母。说明这个称呼自宋代时就已经有了，那么当时金朝军中有宗爷爷、岳爷爷的称呼，正是以祖父之名尊重他们。

赵秋谷

赵宫赞，本与阮亭有隙，罢职后，益修憾焉。尝游吴中，与吴修龄为莫逆交。一日，酒酣，语修龄曰："尔来论诗，惟位尊年高者，斯称巨手耳。"时宋商丘方巡抚吴门，闻是语，遂述于阮翁。阮翁寄诗云："尚书北阙霜侵鬓，开府江南雪满头。谁识朱颜两年少，王扬州与宋黄州。"语极蕴藉。

【译文】赵宫赞（赵执信），原本就与阮亭（王士禛）有隔阂，赵宫赞免职后，更加修补怨恨。赵宫赞曾游览吴中，与吴修龄（吴乔）结为莫逆之交。一天，酒酣之际，赵宫赞对吴修龄说："你评论诗句，只有位置尊贵年纪大的，才能称为巨手。"当时宋商丘（宋荦）正巡抚吴门，听到这句话，就说给阮翁听。阮翁寄诗给他说："尚书北阙霜侵鬓，开府江南雪满头。谁识朱颜两年少，王扬州与宋黄州。"语言极为含蓄。

十万卷楼

萧山王毂塍先生_{宗炎}释褐后，遂不出山，里居数十年，闭户著书, 搜藏甚富, 颜其居曰 "十万卷楼"。

【译文】浙江萧山人王毂塍先生王宗炎考中科举后, 于是不出山, 在家数十年, 闭户著书, 搜藏十分丰富, 在住的地方题上匾额为 "十万卷楼"。

三字狱

《宰辅编年录》: 岳鄂王狱具, 秦桧言: "岳云与张宪书, 其事必须有。" 蕲王争曰: "必须有三字, 何以使人甘心?" 今皆作莫须有。桧以险狠, 故入人罪, 必欲使爰书有据, 决不以摸棱语了事也, 似宜从 "必须有" 为是。

【译文】《宰辅编年录》: 岳鄂王 (岳飞) 罪案已定, 秦桧说: "岳云与张宪的书信, (反叛) 这件事 '必须有'。" 蕲王 (韩世忠) 争论说: "'必须有' 三字, 如何使人甘心?" 现在都写成 '莫须有'。秦桧以险恶狠毒的本性, 因此判人有罪, 必然想让判书有所根据, 决不以模棱两可的言语来敷衍了事, 似乎应根据 "必须有" 为正确。

文幂酒

《知稼翁集注》: "临安人, 以黜卷幂酒缸。" 可与 "覆酱瓿" 作的对。

【译文】《知稼翁集注》: "临安人, 将不要的科举卷子盖在酒缸上。""幂酒缸"可以与"覆酱瓿"组成一个贴切的对子。

挂 冠

挂冠之事，清时则鸣高，衰世则避祸，往往有之。绍兴中，周大理以不肯勘问岳飞狱，挂冠而去。天启中，林祭酒以陆万名请魏忠贤从祀孔庙，挂冠而去。此等挂冠，荣于锦旋多矣。

【译文】挂冠（辞官）之事，清平之时则自鸣清高，衰败之世则躲避灾祸，常常有这种情况。宋高宗绍兴年间，周大理因为不肯审问岳飞冤狱，挂冠而去。明熹宗天启年间，林祭酒（林钎）因为陆万名（应为陆万龄）奏请魏忠贤从祀孔庙，挂冠而去。这种挂冠，比衣锦荣归更荣耀。

诗占身分

张南华鹏翮应制赋《汤圆》句云："甘白俱能受，升沉总不惊。"度量可想。庄滋圃有恭朝考《春蚕作茧》诗："经纶犹有待，吐属已非凡。"抱负可想。

【译文】张南华张鹏翮奉命撰写《汤圆》，其中诗句说："甘白俱能受，升沉总不惊。"其人度量由想可知。庄滋圃庄有恭朝考《春蚕作茧》诗："经纶犹有待，吐属已非凡。"其人抱负由想可知。

药别名

　　唐进士侯宁极撰《药谱》一卷，尽出新意，改立别名，凡一百九十品。兹择其雅而趣者录之：黄芩曰"苦督邮"，石南叶曰"冷翠金刚"，沉香曰"远秀卿"，神曲曰"化米先生"，白芷曰"三闾小玉"，甘遂曰"随阳给事中"，酸枣仁曰"调睡参军"，紫苏曰"水状元"，藿香曰"玲珑藿去病"，大黄曰"无声虎"，蛇床子曰"建阳八座"，半夏曰"痰宫劈历"，艾曰"肚里屏风"，细辛曰"绿须姜"，寄生曰"混沌螟蛉"，知母曰"孝梗"，甘草曰"偷蜜珊瑚肉"，豆蔻曰"脾家瑞气"，附子曰"正坐丹砂"，生姜曰"百辣云"，枇杷叶曰"无忧扇"，皂荚曰"元房仲长统"，薄荷曰"冰侯尉"。俱有意义。德州田山姜，癖好新奇，凡病，医以方进，书俗名者不饮也。则知此书之作，千载后有知音者矣。

　　【译文】唐代进士侯宁极撰有《药谱》一卷，全都出自新意，改立别称，总共一百九十品。这里选择那些文雅而有趣的记录下来：黄芩称为"苦督邮"，石南叶称为"冷翠金刚"，沉香称为"远秀卿"，神曲称为"化米先生"，白芷称为"三闾小玉"，甘遂称为"随阳给事中"，酸枣仁称为"调睡参军"，紫苏称为"水状元"，藿香称为"玲珑藿去病"，大黄称为"无声虎"，蛇床子称为"建阳八座"，半夏称为"痰宫劈历"，艾称为"肚里屏风"，细辛称为"绿须姜"，寄生称为"混沌螟蛉"，知母称为"孝梗"，甘草称为"偷蜜珊瑚肉"，豆蔻称为"脾家瑞气"，附子称为"正坐丹砂"，生姜称为"百辣云"，枇杷叶称为"无忧扇"，皂荚称为"元房仲长统"，薄荷称为"冰侯尉"。全都有意义。济南府德州田山姜（田雯），特别爱好新奇,凡是生病,医生将药方给他,写俗名的药物不喝。那么可知这部书,千年之后也有知音了。

圆 梦

苏人于况太守庙祈梦。有二人于秋闱前诣焉,梦神各予象棋卒子一枚,醒而不解所谓。一人曰:"隔河有圆梦者,君待此,吾往问焉。"至则占之者曰:"卒之为言止也,非大吉兆。然象棋之卒,以渡河为贵。君之卒已渡河,今秋售后,将来可得一县令。所以不大显达者,以卒虽渡河,亦止准行一步也。彼不渡河之卒,一步不可行,其殆以诸生老乎?"已而果然。昔唐沈嶓初求县宰,梦渡江船覆,水分为二,西则清,东则浊,遂沿东而过。占之友人,贺曰:"君当授浙江分水县矣。"后旬日,果应,见谢于友。友勉之曰:"为政宜清,昨夜入浊,非佳。"后嶓果以滥致命。事见唐于逖《闻奇录》。此等圆梦,极有意趣。

【译文】苏州人在况太守(况钟)庙祈求梦兆。有两人在秋闱之前前去祈求,梦见神各自给他们一枚象棋卒子,两人醒后而不理解其中意思。一人说:"河对岸有圆梦的人,你待在这里,我前去询问。"那人到了之后,占卦的人说:"卒之是说'止也',不是大吉之兆。然而象棋之卒,以渡河为贵。你的卒已经渡河,今年秋季考中后,将来可以得到一方县令。之所以不大显达的,是因为卒即使渡河,也只能前行一步。那个不渡河之卒,一步不能前行,难道会以诸生的身份终老吗?"不久果然如他所说。从前,唐代沈嶓起初求县宰,梦见渡江翻船,江水一分为二,西面则清,东面则浊,于是沿着东面而过江。向友人问卜,友人祝贺说:"你应当被授予浙江分水县啊。"十日之后,果然应验,于是向友人道谢。友人勉励他说:"为政宜清,昨夜入浊,不是很好。"后来沈嶓果然以滥致命。这件事参见唐代于逊《闻奇录》。这种圆梦,十分有意趣。

怀 嬴

晋文公取怀嬴,于此言之,则侄妇也。于彼言之,则甥女也。名分之间,紊乱已极。较之乃翁烝齐姜,乃弟烝贾君,未达一间耳。

【译文】晋文公娶怀嬴,对男方来说,是娶侄妻子。对女方来说,这是娶外甥女。名分之间,非常紊乱。但比起他父亲娶齐姜,他弟弟娶贾君来说,则相去几微而已。

葡 萄

北地葡萄最美,有客问南中何以敌此。汪钝翁曰:"橘柚秋黄,杨梅夏紫。"此与千里莼丝,末下盐豉,春初早韭,秋末晚菘,同一风致。

【译文】北方的葡萄最美味,有客人问南方有什么可以与它匹敌的,汪钝翁(汪琬)说:"橘柚秋黄,杨梅夏紫。"这与千里莼丝、末下临豉、春初早韭、秋末晚菘",是同一种风味。

头

牛羊称若干头，而食物亦可称头。晋元帝谢赐功德净馔一头，又谢赏功德食一头。又刘孝威谢果食一头。奴亦可以称头。梁简文帝书，言安成王饷胡子一头。并见唐段公路《北户录》。

【译文】牛、羊可以称若干头，而食物也可以称头。晋元帝时谢赐功德净馔一头，又有谢赏功德食一头。又有刘孝威谢果食一头。奴隶也可以称头。梁简文帝的书信，说安成王赠送胡子一头。这些都可见于唐朝段公路《北户录》。

槟 榔

《南史》：刘穆之以金柈盛槟榔，宴妻兄弟。则此品六朝已尚之。《本草》："槟榔，大腹皮子也。"陶隐居曰："尖长而有紫纹者曰槟，圆而矮者曰榔。"出交州者小而味甘，出广州者大而味涩。粤人以蛎房灰染红，包浮留藤叶俗呼蒌叶。食之，每一包曰一口。按梁陆倕谢安成王赐槟榔一千口，见《北户录》。则口之为称，其来已久。其食也，满口咀嚼，吐汁鲜红。丘濬《赠五羊太守》诗云："阶下腥臊堆蚬子，口中脓血吐槟榔。"此言其鲜者。干者，本地人不常食，多行于外省。京师人亦嗜此品，杂砂仁豆蔻，贮荷包中，竟日细嚼，唇摇齿转，恶状可憎。渔洋山人《调程给事》诗云："趋朝问夜未渠央，听鼓应官有底忙？行到前门门未启，轿中端坐吃槟榔。"读之失笑。然程系南海人，固无足怪。

今之士大夫往往耽之。余三滞京师，两游岭海，酒酣以往，手奉难辞，间一效颦，则蹙额攒眉，苦涩难忍，而甘之如饴者，其别有肺肠耶？

【译文】《南史》记载：刘穆之用金柈装槟榔，宴请妻子的兄弟。可知这东西在六朝时已受尊崇。《本草》记载："槟榔，大腹皮子也。"陶隐居（陶弘景）说："尖长有紫纹的称为槟，圆而矮的称为榔。"交州出产的小而味道甜，广州出产的大而味道涩。广东人以蛎房灰染红，包浮留藤叶俗称蒌叶。而吃它，每一包称为一口。据南朝梁代陆倕道谢安成王赐槟榔一千口，可见于《北户录》。那么用"口"来称呼它，由来已久了。吃的时候，是要满口咀嚼，吐出唾液是鲜红色的。丘濬《赠五羊太守》有诗句说："阶下腥臊堆蚬子，口中脓血吐槟榔。"这说的是鲜槟榔。干槟榔，本地人不常吃，很多运往外省了。京城人也爱吃这口，把砂仁、豆蔻和它夹杂放于荷包中，整天细细咀嚼，唇摇齿转，其恶状令人可憎。渔洋山人（王士禛）《调程给事》诗说："趋朝问夜未渠央，听鼓应官有底忙？行到前门门未启，轿中端坐吃槟榔。"读后不禁发笑。然而程给事是南海人，就不足以为怪了。现在士大夫往往特别喜爱吃。我三次滞留京城，两次游走岭海，酒酣以往，手里拿着难以推辞，偶然像当地人吃槟榔，就眉头额头紧皱，苦涩难以下咽，然而那些吃起来像甘之如饴的，难道是别有一副肺肠吗？

文士浅陋

国朝磨勘诸生诗学策内，有称唐之王阮亭，宋之白乐天，此亦可与问尧、舜一人二人者，步后尘矣。

【译文】清朝磨勘诸生诗学策内，有称唐朝的王阮亭（王士禛），宋朝的白乐天（白居易）的，这也就可以和那些问尧、舜是一个人还是两个人的人一样，步人后尘了。

林抚军奏疏

江苏赋税甲于天下，自元迄今，未之有改，丰年尚可支持，歉岁即形拮据。比来连年水旱，劝捐议赈，一而再三，国帑多靡，民财告匮，巡抚林公一摺，剀切敷陈，因全录之："道光十三年十一月十三日，江苏巡抚林则徐片奏：再江苏连年灾歉，民情竭蹶异常，望岁之心，人人急切。今夏雨旸调顺，满望得一丰收，稍补从前积歉。乃自七月间江潮盛涨，沿江各县业已被水成灾。其时苏、松等属棉稻青葱，犹冀以江南之盈，补江北之绌。盖本省漕赋在江北仅十之一，而江南居十之九，故苏、松等属秋收关系尤重。惟所种俱系晚稻，成熟最迟。秋分后稻始扬花，偏值风雨阴寒，遂多秀而不实，然大概犹不失为中稔。迨九月后，仍复晴少雨多，昼则雾气迷濛，夜则霜威寒重，虽已结成颗粒，仅得半浆。乡农传说暗荒，臣犹不信，于立冬前后，亲坐小舟密往各处察看，见一穗所结，多属空秕，半浆之禾变成焦黑，实为先前所不及料。然犹盼望晴霁，庶可收晒上砻。不意十月以来，滂沱不止，迅雷闪电，昼夜数番，自江宁以至苏、松，见闻如一。臣率属虔诚礼祷，悚惧滋深，虽中间偶尔见晴，而阳光熹微，不敌连旬盛雨。在田未割之稻，难免被淹，即已割者，欲晒无从，亦多发芽霉烂。乡民烘焙，勉强试砻，而米粒已酥，上砻即碎，是以业田之户至今未得收租。臣先因钦奉谕旨，新漕提前赶办。当经钦遵严饬各属，勒令先具限结，将何日开仓，何日征完，何日兑足开行，登载结内，并声明如有逾期，愿甘参办字样呈送；如不具限状，即以才力不能胜任，立予参撤，不使恋栈贻误。各属尚皆具结遵办。然赋从租出，租未收纳，赋自何来？当此情形屡变之余，实深焦灼。又各属沙地只宜种植木棉，男妇织纺为生者十居五六，连岁棉荒歇业，生计维艰。今年早花已被风摇，而晚棉结铃尚旺，如得晴暄天气，犹可收之桑榆。乃以雨雾风霜，青苞腐脱，计收成仅只一二分。小民纺织无资，率皆停机坐食。且节候已交冬至，即赶紧种麦，犹恐过时，况又雨雪纷乘，至今未已，田皆积水，难种春花。接济无资，民情更形窘迫。此在臣奏报秋灾以后，歉象加增日甚一日之情形也。地方官以秋灾不出九月，不许妄报，原系遵守定例。然值连阴苦雨，人心难免惶惶，外县城乡不无抢掠滋闹之事。臣饬委文武大员分投弹压，现已安静。除宝山乡民因补报歉收挤至县署一案，另折奏明严拿提审外，其余情节较轻例不应奏者，亦当随案照例惩办，以戢刁风。惟据续报歉收情形，勘明属实，不得不照续被灾伤之例，酌请缓征。正在缮折具奏间，承准军机大臣字寄：'钦奉上谕："近来江苏等省几于无岁不缓，无年不赈。国家经费有常，岂容以展缓旷典，年复一年，视为相沿成例？"并奉上谕："该督抚等不肯为国任怨，不以国计为亟，是国家徒有加惠之名，而百姓无受惠之实，无非不堪官吏私充囊橐，大吏只知博取声誉"，等因。钦此。'臣跪诵之下，兢凛惭惶，莫能言状。伏念臣渥蒙恩遇，任重封圻，且居此财赋最繁之地，乃不能修明政事，感召和甘，致地方屡有偏灾。极知经费有常，而不得不为赈恤蠲缓之请，抚衷循省，已无时不汗背腼颜，乃蒙皇上不加严谴，训饬周详，凡有人心，皆当如何感愧？况臣受恩深重，何敢自昧天良？若避怨沽名，不以国计为亟，则无以仰对君父，即为覆载之所不容。臣虽至愚，何忍出此？即如上年臣到苏之后，秋成仅六分有余，而苏、松等四府一州于征兑新漕之外，尚带运十一年留漕二十万石，合计米数将及一百八十万，为历来所未有之多。原因天庾正供，不敢不竭力筹办。其辛卯年地丁，督同藩司陈銮催提严紧，亦于奏销前扫数全完，业经专折奏蒙圣鉴在案。窃惟尽职之道，原以国计为最先，而国计与民生，实相维系，朝廷之度支积贮，无一不出于民，故下恤民生，正所以上筹国计，所谓民惟邦本也。本年江潮之盛涨，系由黔、蜀、湖广、江西、安徽各省大水，并入长江，其破圩淹灌之处，原不止上元六县，臣所请抚恤，第举其最重者而言。仰蒙皇上天恩，准给口粮，灾黎感沦肌髓，嗣经官绅捐资抚恤，臣即复行奏请毋庸动项，惟将所发上元、江宁、句容、江浦、仪征五县银两，留为办赈之需。其丹徒一县，捐项已有五万余两，并足以敷赈济，当将前发之银，提回司库。凡此稍可节省之处，均不敢轻费帑金。惟于灾分较重，又难猝集之区，则不得不酌给例赈。臣等另折请拨之十三万两，仅分给十二县卫军民，虽地方广而户口多，亦只得搏节动拨。此外无非倡率劝捐，以冀随时接济。惟频年以来，屡劝捐输，即绅富之家，实亦力疲难继。查道光三年大灾，通省捐至一百九十五万余两，至道光十一年，灾分与前相埒，仅能捐至一百四十二万余两。其余各年捐项较绌，此时间阎匮乏，劝谕愈难。然睹此待哺灾黎，要不能不勉筹推解。臣与督臣率同司、道等，各先捐廉倡导，以冀官绅富户观感乐施。凡此情形，皆人所共闻共睹。如果不肖州县捏灾冒赈，地方刁生劣监，岂肯不为举发？而绅富之家又安肯听其劝谕？捐资助赈，至再至三，且捏灾而转自捐廉，似亦无此愚拙之州县也！至展缓之举，只能缓其目前，仍须征于异日，非如蠲免之项，虑有侵吞。州县之于钱漕，未有不愿征而愿缓者，至必不得已而请缓，且年复一年，则地方凋敝情形，早已难逃圣鉴，然臣初亦不料其凋敝之一至于是！今漕务濒于决裂，时刻可虞，臣不得不将现在实情，为我皇上密陈梗概。查苏、松、常、镇、太仓四府一州之地，延袤仅五百余里，岁征地丁漕项正耗额银二百数十万两，漕白正耗米一百五十余万石，又漕赠行月南屯局恤等米三十余万石，比较浙省征粮多至一倍，较江西则三倍，较湖广且十余倍不止。在米贱之年，一百八九十万石之米即合银五百数十万两，若米少价昂，则暗增一二百万两而人不觉。况有一石之米即有一石之费，逐层推计，无非百姓脂膏。民间终岁勤劳，每亩所收除完纳钱漕外，丰年亦仅余数斗。自道光三年水灾以来，岁无上稔，十一年又经大水，民力愈见拮据。是以近年漕欠最多，州县买米垫完，留串待征，谓之漕尾，此即亏空之一端，曾经臣缕晰奏闻，然其势已不可禁止矣。臣上冬督办漕务，将新旧一并交帮，嗣因震泽县张亨衢办漕迟误，奏参革审，而漕米仍设法起运，不任短少，皆因正供紧要，办理不敢从宽也。今岁秋禾约收已逊去年，兹复节节受伤，发芽霉烂，询之老农云：现在纵能即晴赶晒糟朽之谷，比之上年每亩已少收五六斗。就苏州一府额田六百万亩计之，即已少米三百余万石。合之四府一州，短少之米有不堪设想者。民间积歉已久，盖藏本极空虚。当此秋成之时，粮价日昂，实从来所未见，来岁青黄不接，不知更当何如？小民口食无资，而欲强其完纳，即追呼敲扑，法令亦有时而穷。前此漕船临开，间有缺米，州县尚能买补。近且累中加累，告贷无门。今冬情形，不但无垫米之银，更恐无可买之米。至曩时苏、松之繁富，由于百货之流通，挹彼注兹，尚堪补救。近年以来，不独江苏屡歉，即邻近各省，亦连被偏灾，布匹丝绸销售稀少，权子母者即无可谋之利，任筋力者遂无可趁之工。故此次虽系勘不成灾，其实困苦之情，竟与全灾无异。臣惟有一面多劝捐资，妥为安抚，一面督同道府州县，将漕务设法筹办，总不使借口耽延。但本年已请缓征之处，尚不过十分中之二分有余，此外常、镇等处亦已纷纷续禀。臣复其情形略轻者，无不先行驳饬。但天时如此，日后情形如何，臣实不能预料。昼见阴霾之象，自省愆尤，宵闻风雨之声，难安枕席。并与督臣陶澍书函往复，于捐赈办漕等事，思艰图易，反复商筹，楮墨之间，不禁声泪俱下。从此即能晴霁，歉象尚不至更加，如其不然，臣惟有再行据实奏闻，仰求训示遵办。大江南北为各省通衢，且中外仕宦最多，一切实情，难瞒众人耳目。臣如捏饰，非无可以告发之人。我圣主子惠黎元，恩施无已，正恐一夫不获，是以查核务严，但民间困苦颠连，尚非语言所能尽。本年漕务自须极力督办，而睹此景象，时时恐滋事端。至京仓储蓄情形，臣本未能深悉，倘通盘筹画，有可暂纾民力之处，总求恩出自上，多宽一分追呼，即多培一分元气。天心与圣心相应，定见祥和普被，屡见绥丰，长使国计民生，悉臻饶裕。臣不胜延颈颂祷之至！"

【译文】江苏的赋税天下第一，从元朝到现在，未有改变。丰收之年还可以支持，荒年就立现拮据。近来连年遭遇水旱灾害，劝捐义赈，接连不断，国家财政多有浪费，百姓财用宣告匮乏，巡抚林则徐先生有一道奏章，切中事理而陈述详尽，因而在这里全部抄录如下："道光十三年十一月十三日（1833年12月23日），江苏巡抚林则徐片奏：江苏连年受灾歉收，百姓生活困苦非常，人们盼望丰收的心情非常急切。今年夏天雨水及时，满心希望有一个丰收年，能够稍稍补充之前的饥荒。但从七月份江湖水势猛涨，沿长江的各县已经遭受水灾。当时苏州、松江等地棉花、稻谷浓绿可爱，还希望用江南的丰收，来补充江北的荒歉。因为江苏的漕粮赋税在江北仅占十分之一，而江南占十分之九，所以苏州、松江一带秋季收成的好坏关系非常重大。只是所栽种的全是晚稻，成熟最晚，秋分后稻子才开花，偏偏又赶上刮风下雨，天气阴湿寒冷，致使很多水稻只开花不结果，然而大概还算是中等收成。到九月以后，仍然是晴天少雨天多，白天雾气迷蒙，晚上霜大，寒气又重，虽然稻谷已经结成颗粒，也仅仅灌了一半浆。乡下农民传说算是一半灾荒，我还不相信，在立冬前后，便亲自坐小船秘密到各地察看，看到稻穗所结，大多干瘪，半浆之禾变成焦黑，实在是先前所料不及的。然而还是盼着天气晴朗，或许还能将稻谷收到耷上凉晒。没想到自十月以来，大雨滂沱，无休无止，急雷闪电，昼夜不断，从江宁到苏州、松江一带，所见所闻一模一样。我率领属下虔诚礼拜祈祷，怕雨更大，虽然期间偶尔见到晴天，然而阳光微弱，敌不过接连数旬的暴雨。田中没割的稻谷，难免被淹，即使已经收割了的，却也无法凉晒，也大多发芽霉烂了。乡民们勉强在田耷烘晒，然而米粒已经苏散了，上耷便碎掉了，所以业田之户至今也无法收上田租。我起先因为奉了圣旨，新漕粮食要提前赶办。应该严格要求属下，让他们提前说好期限，将哪天开仓、哪天征完、哪天开船，都登记下来，并写下"如有逾期，愿甘参办"的字样呈送；属下如果不按期送到，便以他才力不能胜任，立刻予以弹劾撤职，不使他们贪恋禄位而贻误大事。属下人都按要求照办。然而赋税从收租而来，田租还没收，赋税又从哪里来呢？在这情形多变之时，我深感焦躁忧虑。另外各处沙地只适合种植木棉，当地男女从事纺织的占了十分之五、六，连年棉地荒废停歇作业，生计十分艰难。今年早先棉花已遭风吹摇落，而晚棉结铃还算旺盛，如果得遇晴暖天气，还可以补救一些。但因雨雾风霜不断袭击，青苞腐败脱落，计算收成只有十分之一、二。百姓想纺织却没有材料，只能停下机器坐吃山空。而且气候已近冬至，即使赶紧种麦子，仍恐过了时令，何况雨雪纷纷而来，至今不停，田里都积满了水，难以耕种。接济没有资本，百姓会更加困苦。这在我上奏报灾以后，歉收情况加重，情形一天比一天坏。地方官员因为秋灾不超过九月，不许妄报，原本是应该遵守定例。然而赶上接连的阴雨天，人心难免惶惶不安，外县城乡也出现了抢掠闹事的事。我命令文武官员分头带人镇压，现在已经安静了。除了宝山乡民因补报歉收情况时蜂拥挤到县衙一案，在另外奏摺上已奏明严拿提审外，其他情节较轻的照例不应该上奏的，也都根据案件照例一一整办、以便严肃邪风。只有根据续报歉收的情况，查明属实，不得不按照先前被灾伤之例，请求酌情暂缓征收。正在准备这份奏摺的时候，承准军机大臣寄信说：'钦奉上谕："近来江苏等省几乎没有一年赋税不暂缓的，没有一年不需要国家赈济的。国家的经费都有一定的用途，岂能容许以延缓征收旷废法典，年复一年，竟成了沿袭的惯例？"又奉皇帝圣旨："江苏督抚等人不肯为国分忧，不为国家大事着急，这是让国家只有施恩的名声，而百姓没有实在的恩惠，无非是不法官吏中饱私囊，大官只知博取声誉"，等原因，钦此。'我跪诵之下，心中恐惧惭愧惶恐，不能言状。想到我蒙圣上恩宠，委以重任，而且在这最繁华富足的地方做事，竟不能修明政事，感召风调雨顺，致使这里屡屡遭受灾荒。深知经费常有，又不能不为赈灾免除暂缓赋税请愿，摸着良心省察反思，已经是汗流浃背耳红面赤了，承蒙皇上没有严加谴责，训饬周详，凡有心人，都应感到怎样的羞愧？何况我受皇恩深重，又怎敢昧着良心做事呢？如果逃避怨谤，沽名钓誉，不以国家大事为急，那就无以面对君父，为天地之所不容。我即使十分愚蠢，又怎么忍心这样呢？比如去年我到江苏以后，秋收只有六分多，而苏州、松江等四府一州在征收新漕粮之外，还连带着道光十一年（1831）留漕粮二十万，合计米数将达一百八十万，是历年来所没有过的事。原因天庚正供，不敢不竭力筹办。其辛卯年（道光十一年，1831）地丁，督同藩司陈銮催提严紧，也在奏销前全数交完。已经专摺奏蒙圣鉴在案。我只是尽守职责，向来都以国家大计为最先，而国计和民生，实在是联系紧密，朝廷的预算与积累，无不是来自百姓，所以向下体恤民生，也正是向上为了国家大计，所谓是'民惟邦本'。今年江湖暴涨，是由于贵州、四川、湖广、江西、安徽各省的大水，全都流入长江，其中冲破堤坝被淹灌的地方，原本不止上元等六个县，我所请求抚恤的，只是拿最严重的来说。仰望皇上天恩，准许发放口粮，受灾黎民必会深深感激，之后经官绅捐资抚恤，我就再奏请不用动项，将发给上元、江宁、句容、江浦、仪征五县的银两，留下做为赈灾款即可。丹徒一个县，捐款已经有五万多两，已经足够赈灾济困所用了，应该把以前发放的银两，提回司库。凡是像这样稍微可以节省的地方，都不敢轻易浪费钱财。只在那些灾情较重，又不容易敛财的地区，才不得不酌情给些救灾款。我在另外奏摺中请求拨出十三万两，仅分给十二县卫军民，虽然地方广大而人口众多，也只能撙节动拨。此外无非倡导捐款，希望能随时接济。只是多年来，屡屡劝请捐款，即使是富有人家，实在也难以为继了。据调查道光三年（1823）发生大灾，全省捐款达到一百九十五万多两，到了道光十一年（1831），灾情同以前差不多，只能捐到一百四十六万多两。其余各年捐赠的日益减少，现在百姓匮乏，劝说他们越来越难。然而看到等待吃饭的灾民，又不能勉力筹措。我和督臣及司、道等官，都各自率先捐款倡导，以寄希望感动官绅富户愿意跟随施舍。所有这些情况，都是人人知道的。如果那些差劲的州县官员假借灾名冒领赈灾款项，地方上那些刁生劣监，怎能不被检举出来呢？然而那些官绅富户之家又怎么肯听从他们的话？捐资助赈，三番五次，并且假冒灾荒而自己捐钱，似乎也没有这样愚蠢的州县。至于展缓之举，也只是目前先缓征赋税，以后还是要征收回来，并非像那些减免的款项，担心被侵吞。州县没有愿意缓征钱漕的，有所请求也是迫不得已，这样年复一年，致使地方凋敝的情形，早被圣上知道了，然而我当初也没料到这凋敝的情况会糟到这种地步！到现在漕务濒于决裂，时时刻刻值得忧虑，我不得不将现在真实情况，向我圣上秘密报告大概。经查苏州、松江、常熟、镇江、太仓四府一州之地，方圆仅五百余里，每年征收地丁漕项达二百数十万银两，漕白正耗米达一百五十余万石，还有漕赠行月南屯局恤等米三十余万石，比起在浙江征收到的粮食多了一倍，比江西多三倍，比湖广多十余倍还不止。在米价低廉的年头，一百八九十万石粮食就合银两五百数十万两，如果米价稍微升高，又能暗增多出一二百万两而人不发觉。况且有一石之米就有一石的费用，逐层推计，无不是民脂民膏啊。百姓们辛苦一年，每亩地所收的粮食交完租税后，丰收年也不过仅剩下几斗而已。从道光三年（1823）水灾以来，没有一个好年景，道光十一年（1831）又发了大水，民力越发拮据，因此这几年漕欠最多，州县买米垫款，也等着征收，称为漕尾，这是一项亏空，曾经我详尽而清楚地向皇上禀奏过，然而现在局势已经很难禁止了。我去年冬天督办漕务，把新旧事务一起办理，后来因为震泽县张亨衢办事迟缓出了差错，已经奏请将他撤职审查了，而漕米仍旧想办法运回，没有短少，都是因为正供紧要，办理起来不敢有一丝一毫的疏忽。今年秋收的情况已经不如去年，现在又节节受伤，发芽霉烂，向老农询问，他们说：现在纵然能即刻天晴，抓紧时间晒糟杇的谷子，和去年比，每亩已经少收五六斗了。就用苏洲一府的六百万亩额田来计算，就已经少收三百多万石稻米了。合计四府一州，少收的稻米，真是不堪设想。民间积歉已经很久了，因为收藏的本就极空虚了。在这秋收的时候，粮价一天比一天贵，实在是从来没见过的，来年青黄不接的时候，不知道又该怎么办呢？百姓们连口粮都没有，还想强迫他们交完赋税，即使追赶扑打，也达不到目的。在此之前，运送漕粮的船开前，那些缺米的州县，还能买些米补上。最近情形越来越坏，连借贷都借不到了。今年冬天的情形，不但没有买米的银两，恐怕连可买的米都没有了。从前苏州、松江一带繁华富足，由于百货流通，商业发达，此处卖彼处买，尚且可以补救。近年以来，不只是江苏屡次歉收，就连邻近的各省同样受灾，布匹丝绸的买卖也少了，做生意的既无利可图，做工的便也就无工可做。所以这次虽然灾祸不大，其实艰难困苦的情况，竟然和全面受灾没有差异。我只有一面多劝大家捐钱，安抚百姓，一面督促道府州县，把漕务所需设法筹办，决不会找借口拖延。然而今年请求缓征的地方，尚且不过十分之二有余而已。另外常熟、镇江等地都已经纷纷向我禀告。我核实情况，将略轻的地方，先已驳回。只是这样的天时，今后情形怎样，我实在无法预料。白天看见阴霾的景象，自省我的罪过，晚上听到风声雨声，都难以安枕而眠。我和督臣陶澍经常写信互通情况，在捐款赈灾办理漕务等事上，考虑周详希望易于行动，反复商讨，在通信之间，竟声泪俱下。从现在开始如果能稍微天晴，灾荒尚不至于更惨，如果不是这样，我只有再次向皇上据实禀奏，仰求皇上训导指示。大江南北，是各省的交通要路，而且中外官宦人士最多，一切实情，难以隐瞒众人的耳目。我如果掩饰造假，并非没有可以告发我的人。我圣主眷顾百姓，恩惠无比，我正恐'一夫不获，时予之辜'，因此务必广泛调查，只是民间苦难颠连，还不是语言能说得尽的。今年的漕务，我定会极力督办，但看到这种景象，每时每刻都怕再滋生事端。至于京城仓库储蓄的情况，我本来不能深入了解，如果要从整体筹划，有能暂时舒缓民力的地方，总是请求圣上施恩，呼吁多宽限一分，就能多培养一分元气。天心和圣心相应，肯定会使天下普被祥和，多多想着百姓，会有利于国计民生。话就说这么多了，臣下恭贺圣上安好！"

东 周

"吾其为东周乎？"孙履斋奕《示儿编》云："此是反辞，言必兴起西周之盛，岂肯复为东周之衰乎？"说本伊川，较旧注颇胜。

【译文】"吾其为东周乎？"，孙履斋孙奕《示儿编》中说："这是反语。说话必先起兴西周的强盛，怎么肯再回到东周的衰败呢？"这种说法本于伊川（程颐），比旧注要好很多。

斫

斫, 之若切, 今人读若坎。张文潜《明道杂志》云:"世传朱全忠作四镇时, 一日偶出游, 全忠忽指一方地曰:'此可建一神祠。'试召视地工验之。工久不至, 全忠怒甚, 左右皆失色。良久工至, 全忠指地示之。工再拜贺曰:'此所谓乾上龙尾地, 建庙固宜, 然非大贵人不见此地。'全忠大喜, 薄赐而遣之。工出, 宾僚戏之曰:'尔若非乾上龙尾, 便当坎下驴头。'"则知呼斫为坎, 此音之讹, 由来已久。

【译文】"斫"字, 之若切, 现在人们读如"坎"音。张文潜(张耒)《明道杂志》说:"世间相传朱全忠镇守四镇时, 一天偶然出游, 朱全忠忽然指向一方地说:'这地方可以建造一座神祠。'尝试叫来一个视地工来验此地。视地工很久都未到, 朱全忠很生气, 身边侍从都吓得脸色发白。过了很久, 视地工才到, 朱全忠便指地给他看, 视地工拜了又拜祝贺道:'此所谓乾上龙尾之地, 建庙固然合适, 然而不是大贵之人, 是发现不了此地的。'朱全忠听后大喜, 薄赏了视地工就打发他走了。视地工出来后, 他的同僚们都开玩笑说:'你若不是说了乾上龙尾, 便要坎下驴头了。'"由此可知, 称呼"斫"为"坎", 这读音的讹传, 由来已久了。

破 瓜

乐府:"碧玉破瓜时, 郎为情颠倒。"破瓜字为二八, 指十六岁时也。《谈苑》载张洎诗云:"功成应在破瓜年。"后洎以六十四岁卒。破瓜字亦二八也。则此二字，老少男女俱可用之。

【译文】乐府说："碧玉破瓜时，郎为情颠倒。""破瓜"二字就是"二八"，是指十六岁的时候。《谈苑》记载了张洎的诗："功成应在破瓜年。"后来张洎是在六十四岁时死的。"破瓜"还是指二八。那么这二字，男女老少都可以用。

口 采

口采，吉语也。宋高宗自建康避入浙东，至萧山，有拜于道左者。上问为谁？对曰："宗室赵不衰。"上大喜曰："符兆如此，吾无忧矣。"见《挥麈后录》。赵丞相鼎当国，有荐会稽士人钱唐休者，赵适阅边报，见其名，因不悦曰："钱唐遂休乎？"因竟弃置不用。见《鸡肋编》。中兴君相，俱沾沾于谶语之吉凶如此，无怪近日杭人，动辄须讨口采也。

【译文】口采，是吉祥语。宋高宗从建康避入浙东时，来到萧山，有人在路边拜见高宗。高宗问是谁，那人回答说："宗室赵不衰。"高宗听后非常高兴，说："有这么好的预兆，我没有忧虑了。"可见于王明清《挥麈后录》。丞相赵鼎主持国事，有人推荐浙江会稽士人钱唐休，丞相正好在批阅边报，见了钱唐休的名字，因而很不愉悦，说："钱唐遂休乎？"因此竟然弃置一旁不任用他。可见于庄绰《鸡肋编》。中兴君相，对于谶语的吉凶都如此执着，难怪近来杭州人，动不动就讨口采。

偷书官儿

明司礼监大藏经厂，贮列朝书籍甚富。杨新都秉钧，升庵太史挟父势，屡至阁翻书，多所攘取。其后主事李继先奉命查封，又复盗易宋刻精本。至熹庙时，已寥寥矣。尝于六月六日奏请晒晾，玉音卒问曰："嘉靖间偷书的杨姓官儿，何处人？"左右莫能对。盖上在青宫时，与闻于光庙也。

【译文】明朝司礼监大藏经厂，贮存了非常丰富的各朝书籍。杨新都（杨廷和）执掌朝政，翰林杨升庵（杨慎）倚仗父亲的权势，多次到书阁翻书，并带走很多而据为己有。后来主事者李继先奉命查封，又盗取易宋刻精本。到明熹宗时，所剩藏书已寥寥无几。曾在某年六月初六，奏请晾晒。明熹宗终于问到："嘉靖年间偷书的姓杨官员，是何处人？"左右人都不知道。大概是明熹宗在东宫时，在明光宗那里知道这件事吧！

明左藏

有明三百年，帑藏颇盈，即闯贼出奔，犹辇大内金银数十车以去，何至末造之贫如此。王露湑誉昌《崇祯宫词注》："魏阉被谴，出都之日，自言曰：'上若此，我祸酷矣，然彼亦未为福也。'"盖籍注与厚藏之所甚密，阉不以告，而思陵忧勤十七载，竟未之知也。

【译文】明朝三百年，国库非常盈满，即使是闯王李自成逃走时，仍运走了宫内数十车金银而去，为什么到末期国家如此贫困呢？王露湑王誉昌《崇祯宫词注》中记载："阉党魏忠贤被贬谪，离开京城那天，自言自语说：'皇上要这么做，我的灾祸就重了，然而他也未必是福。'"大概籍注和厚藏之地非常隐秘，魏忠贤不告诉明思宗，因此明思宗忧勤十七年，竟然不知道东西所在。

避　讳

叶文敏方霭官翰林学士，修《四书讲义》，至"羔裘元冠不以吊"，为圣讳，商于同僚，俱未有以对。翰林典簿穆维乾进曰："大字当仍原字以尊经，小注改元字以避讳。"文敏问何所本？对曰："《中庸》慎独乃原字，小注改谨字。"文敏大悟曰："余自幼疑此，始知朱子为避讳也。"深加敬礼。

【译文】叶文敏叶方霭官至翰林学士，编修《四书讲义》，到"羔裘元冠不以吊"一句，（其中玄字）为清圣祖名讳，与同僚们商量，都没有人能回答。翰林典簿穆维乾上前说："大字当仍原字以尊经，小注改元字以避讳。"文敏问所说有什么根据？穆维乾回答说："《中庸》慎独是原字，小注改为谨字。"文敏大有所悟，说："我从小就有这个疑问，现在才知道朱子是为了避讳。"因而更加礼敬穆维乾。

公　牍

公牍字义，有不可解者。查，浮木也。今云查理、查勘，有切实义。吊，伤也，愍也。今云吊卷、吊册，有索取意。绰，宽也。今云巡绰、查绰，有严紧义。当有所本，未之考也。嘉应杨滋圃游幕南阳，作楹帖云："劳形于详验关咨移檄牒，寓目在钦蒙奉准据为承。"

【译文】官方文告中的字义，有不可解释的。查，是浮木的意思。今天说的查理、查勘，有切实的意思。吊，是伤、愍的意思。今天说吊卷、吊册，有索取的意思。绰，是宽的意思。今天所说的巡绰、查绰，有严紧的意思。应当是有所根据的，只是没有考证。广东嘉应人杨滋圃离乡在南阳为幕僚时，作了一副楹联："劳形于详验关咨移檄牒，寓目在钦蒙奉准据为承。"

隋唐演义

《隋唐演义》，小说也，叙炀帝、明皇宫闱事甚悉，而皆有所本。其叙土木之功，御女之车，矮民王义及侯夫人自经诗词，则见于《迷楼记》。其叙杨素密谋，西苑十六院名号，美人名姓，泛舟北海遇陈后主，杨梅、玉李开花，及司马戡逼帝，朱贵儿殉节等事，并见于《海山记》。其叙宫中阅广陵图，麻叔谋开河食小儿，冢中见宋襄公，狄去邪入地穴，皇甫君击大鼠，殿脚女挽龙舟等事，并见于《开河记》。三记皆韩偓撰。其叙唐宫事，则杂采刘餗《隋唐嘉话》、曹邺《梅妃传》、郑处海《明皇杂录》、柳理《常侍言旨》、郑棨《开天传信记》、王仁裕《开元天宝遗事》、无名氏《大唐传载》、李德裕《次柳氏旧闻》、史官乐史之《太真外传》、陈鸿之《长恨歌传》，复纬之以本纪、列传而成者，可谓无一字无来历矣。

【译文】《隋唐演义》，是一本小说，讲述隋炀帝、唐玄宗他们宫廷之事很详细，而这些都是有根据的。其中叙述土木之功、御女之车、矮民王义及侯夫人上吊自杀诗词，则可见于《迷楼记》。其中叙述杨素密谋，西苑十六院名号，美人名姓，泛舟北海遇陈后主，杨梅、玉李开花，以及司马戡逼帝、朱贵儿殉节等事，都可见于《海山记》。其中叙述宫中阅广陵图、麻叔谋开河食小儿、冢中见宋襄公、狄去邪入地穴、皇甫君击大鼠、殿脚女挽龙舟等事，都可见于《开河记》。上述三记都是韩偓所撰。叙说唐宫事，则是广泛采集刘餗《隋唐嘉话》、曹邺《梅妃传》、郑处诲《明皇杂录》、柳珵《常侍言旨》、郑棨《开天传信记》、王仁裕《开元天宝遗事》、无名氏《大唐传载》、李德裕《次柳氏旧闻》、史官乐史《太真外传》、陈鸿《长恨歌传》，再安排组织本纪、列传来撰成，可以说没有一个字是没有来历的。

言可樵

常熟言可樵尚焜著《雨翠山房诗钞》四卷。五言云："池平鱼意静，稻熟鸟声酣。"七言云："长风劲与松楸战，秋气逼成江海潮。"

【译文】江苏常熟人言可樵言尚焜著有《雨翠山房诗钞》四卷。有一首五言诗说："池平鱼意静，稻熟鸟声酣。"有一首七言诗说："长风劲与松楸战，秋气逼成江海潮。"

父母称呼

称父曰"爷"，曰"翁"，曰"爹"，曰"爸"，而惟闽人之称"郎罢"为最奇。称母曰"妈"，曰"姥"，曰"奶"，曰"孃"，而惟粤人之称"阿吉"为最奇。按，满人亦呼阿吉，然彼则有翻译也。宋高宗称徽宗曰"爹爹"，见《四朝闻见录》。宋太祖称杜太后曰"娘娘"，见《铁围山丛谈》。近日杭人大族之称，大约本此。《旧唐书·王琚传》："明皇称睿宗为四哥。"明皇子棣王传，棣王称明皇为"三哥"。《四朝闻见录》：高宗称韦太后曰"大姊姊"，此则一时习惯，不可为训耳。

【译文】称父亲可以叫"爷""翁""爹""爸"，而只有福建人称"郎罢"最为奇怪。称母亲可以叫"妈""姥""奶""孃"，而只有广东人称"阿吉"最为奇异。按：满人也称母亲为阿吉，但他们是有翻译的。宋高宗称宋徽宗叫"爹爹"，可见于《四朝闻见录》。宋太祖称杜太后叫"娘娘"，可见于《铁围山丛谈》。最近杭州大户人家的称呼，大约是源于此。《旧唐书·王琚传》："唐玄宗称睿宗为'四哥'。"唐玄宗之子棣王李琰本传，棣王称玄宗为"三哥"。《四朝闻见录》：宋高宗称韦太后叫"大姊姊"，这个不过是一时的习惯称呼，不能当作范例。

杀 人

尝闻先辈云："士君子无操刀杀人事，然有不手刃而甚于杀者二：一曰授徒，一曰行医。"言之凛然，不可不慎也。

【译文】曾经听先辈说："士君子没有操刀杀人的事，但有不用刀而比杀人还厉害的事有两件，一是'授徒'，一是'行医'。"这是值得敬畏的话，不可以不慎重。

函丈方丈

《曲礼》："席间函丈。"函，容也，谓席间之地，可容一丈也。《孟子》："食前方丈。"谓罗列馔品，宽至一丈也。若僧舍曰"方丈"，则取维摩石室，以手板纵横量之，得十笏，名"方丈室"，与《孟子》方丈异。

【译文】《曲礼》："席间函丈，"函，是容的意思，是说席间的空地，要容下一丈。《孟子》："食前方丈。"是说罗列的菜肴，宽达到一丈。而僧舍称为"方丈"，则是采取维摩石室，用手板纵横量，得到十个手板的做法，称为"方丈室"，与《孟子》的"方丈"不同。

无稽之谈

《释文》："尧杀长子考监明。"《尸子》："舜兄狂弟傲。"《竹书纪年》："太甲杀伊尹。"《韩诗外传》："柳下惠杀身以成其信。"《淮南·人间训》："曹共公欲观晋文公骈胁，使袒而捕鱼。"《墨子·明鬼》："郑穆公见勾芒神锡寿十九。"《史通杂说》："自古刑余之人，惟以弥子瑕为始。"《风俗通》："秦穆公杀百里奚而非其罪。"《说苑·尊贤》："介之推十五相荆，仲尼使人往视。"《墨子·非儒下篇》："晏子对齐景公曰：'孔丘之荆，知白公之谋，而奉以石乞。'"《论衡·问孔篇》："孔子见阳货，汗流却走。"《癸辛杂识》："仲尼本名兵，已乃去其下二笔。"《论衡·龙虚篇》："子贡灭须为妇人。"何休《公羊注》："定姜服五加皮不死。"《颜氏家训·劝学篇》："曾子七十乃学。""齐宣王见屠羊者，哀其无罪，以豕易之。"此见《幽求子》。皆无稽之谈也。

【译文】《释文》："尧杀长子考监明。"《尸子》："舜兄狂弟傲。"《竹书纪年》："太甲杀伊尹。"《韩诗外传》："柳下惠杀身以成其信。"《淮南子·人间训》："曹共公欲观晋文公骈胁，使袒而捕鱼。"《墨子·明鬼》："郑穆公见勾芒神锡寿十九。"《史通杂说》："自古刑余之人，惟以弥子瑕为始。"《风俗通》："秦穆公杀百里奚而非其罪。"《说苑·尊贤》："介之推十五相荆，仲尼使人往视。"《墨子·非儒下篇》："晏子对齐景公曰：'孔丘之荆，知白公之谋，而奉以石乞。'"《论衡·问孔篇》："孔子见阳货，汗流却走。"《癸辛杂识》："仲尼本名兵，已乃去其下二笔。"《论衡·龙虚篇》："子贡灭须为妇人。"何休《公羊注》："定姜服五加皮不死。"《颜氏家训·劝学篇》："曾子七十乃学。""齐宣王见屠羊者，哀其无罪，以豕易之。"这个则见于《幽求子》。上述都是无稽之谈啊。

佛 诞

《春秋》："庄七年夏四月辛卯夜，恒星不见，夜中星陨如雨。"相传是日为佛降生之日。按辛卯为四月初五日,然则初八浴佛,乃循世俗三朝洗儿之说也。

【译文】《春秋》记载:"庄七年夏四月辛卯夜,恒星不见,夜中星陨如雨。"相传这一天是佛降生的日子。据查辛卯这一天为四月初五,那么初八是"浴佛日",这是遵循世俗三朝洗儿的说法吧。

纸 褥

云南腾越州,善制纸褥,一床可用六七年,坚滑驯软,无其匹也。广东始兴清化山人,亦能作之,然不如滇制。洞庭蔡洗凡廷栋为余言。又贵州出纸砚,先伯祖谏庵公有一方,用之历年,余曾见之,可入水涤,亦一奇也。

【译文】云南腾越州,擅长制造纸褥,一床可以用六七年,坚固光滑和顺柔软,没有可与之匹敌的。广东始兴清化山人,也能做出纸褥,然而比不上云南制造的。洞庭人蔡洗凡蔡廷栋跟我说这些事。又有贵州出纸砚,先伯祖谏庵公(梁玉绳)曾有一方纸砚,用了好多年,我曾经见过,可以在水中清洗,也是一奇啊。

女 娲

金桧门宗伯奉命祭古帝陵,归奏:"女娲圣皇,乃陵殿塑女像,村妇咸往祈祀,殊骇见闻,请有司更正。"奉旨照所请行。后数年，中州人至京，好事者问之，曰："像虽议改，尚未举行，缘彼处香火之盛，皆由女像，故可耸动妇女，庙祝以为奇货，即地方官吏亦有裨焉。若更易男像，恐香火顿衰。"于冰璜云："何不另立男像，而以原像为帝后，其香税不更盛耶？"事见阮吾山《茶余客话》。调停之论，实足解颐。然考女娲氏，《三坟》以为伏羲后。卢仝与马异结交诗，以为伏羲妇。《风俗通》以为伏羲妹。而《路史》称为皇母。《易系疏》引《世纪》称曰女皇。《外纪》称曰女帝。《淮南·览冥》注称曰阴帝。《须弥四域经》称为宝吉祥菩萨。《列子》注云："女娲，古天子。"《山海经》注云："女娲，古神女而帝者。"而唐人贡媚武氏，遂有吉祥御宇之语。又《论衡·顺鼓》云："董仲舒言久雨不霁，则攻社祭女娲，俗图女娲之像作妇人形。"审是则以女娲为女，自汉已然，不自近世始也，积重难返，更之匪易矣。

【译文】宗伯金桧门（金德瑛）奉命祭扫古帝陵，回来启奏说："女娲圣皇，居然陵殿塑有女像，村妇都去祈求祭祀，实在骇人听闻，请相关部门更正。"奉旨照他说的去办。过了几年，有中州人进京，有好事者问他们，说："圣像虽然提议更改，但还没实施，原因是那里香火之盛，都是由于女像的缘故，才可耸动妇女，庙祝以此为奇货，就是地方官吏也有受益。如果更改为男像，恐怕香火顿衰。"于冰璜说："为什么不另外立男像呢，而以原像为帝后。那么香税不是更兴盛了吗？"这件事可见阮吾山（阮葵生）《茶余客话》。这种调整安排，实在是可笑。然而考证女娲氏，《三坟》认为是伏羲后，卢仝与马异结交诗，认为是伏羲妇，而《风俗通》认为是伏羲的妹妹，而《路史》称做皇母，《易系疏》引《世纪》称为女皇。《外纪》说是女帝。《淮南子·览冥》注解称为阴帝。《须弥四域经》称为宝吉祥菩萨。《列子》注解说："女娲，古天子。"《山海经》注解说："女娲，古神女而为帝者。"而唐朝献媚武则天，遂有"吉祥御字"之语。另外《论衡·顺鼓》说："董仲舒说久雨不晴，则击鼓惩戒土地神，到社庙祭女娲，民间女娲像都是妇人形象。"明白这些那么把女娲看作女人，从汉朝就已这样，不是从近代开始的，错误已经积重难返，更改不易啊。

败 子

今人呼不肖子曰"败子"。或曰："败当作稗。稗，所以害苗也。"《宝积经》说："僧之无行者，譬如田中生稗子，其形不可分别也。"此说亦通。

【译文】今天人们称不肖之子为"败子"。有人说："败应当是'稗'。稗，是指祸害秧苗的。"《宝积经》说："行为不端的僧人，就像田中生出的稗子，外形无法分辨清楚。"这种说法也讲得通。

达语不可为训

李文饶《平泉草木记》云："以吾平泉一草一木与人者，非吾子孙也。"欧阳公诮其庸愚。唐杜暹家藏书，每卷后题云："清俸买来手自校，子孙读之知圣道，鬻及借人为不孝。"后人谓其所见不广。然余谓达观之见，止可自扩心胸，不可垂训子孙。三代鼎钟，皆圣贤之制，款识具在，不曰"永宝用"，则曰"子子孙孙永用享"，岂圣人超然远览，不能忘情于一物耶？彼李、杜二公，亦岂不知身后之保守与否不能逆料，而故作是语者，以为垂训之体，不得不然也。自庄、列之说兴，遂以天地为逆旅，形骸为外物，创浮云敝屣之谈，而不为硕果苞桑之想，是乌可以为法哉？惟向若水尽纳宝器书画于圹内，米海岳悉焚法书名绘于生前，则真不达观耳。

【译文】李文饶（李德裕）《平泉草木记》说："把我平泉的一草一木赠给别人的，不是我的子孙。"欧阳公讥讽他的庸下愚昧。唐朝杜暹家里有藏书，每卷书后都题字说："用清廉的俸禄买来这些书亲手校订，子孙读了便会知道圣人之道，把它卖了或借给别人就是对我的不孝。"后人都说他见识不广。然而要我说对达观的看法，只可以开阔自己的心胸，不可以垂训子孙。夏、商、周三代留下的鼎钟，都是圣贤所制，上面的款识都在，不是说"永宝用"，就是说"子子孙孙永用享"，难道圣人超然物外，目光远大，还不能忘却区区一物吗？李德裕、杜暹两人，也难道会不知道他们死后那些东西能否保得住是不能预料的，而故意说这些话，来训导子孙，是不得不这样做啊。自从庄子、列子的学说兴起，人们便把天地当成了旅店，将躯体当成外物，创出生死如浮云荣华像破鞋的说法，不再有硕果累累根深蒂固的想法，这怎么可以做为法度呢？只有向若水把宝器书画都带进坟墓之内，米海岳（米芾）在生前把书法名画全部烧掉，则是真不达观而已。

银 槎

　　道光乙酉，胡书农学士敬以朱碧山银槎饮客，上镌至正乙酉年造，有碧山款识，计翻花甲，第九巡矣。学士首唱咏之，诸秋士明府嘉乐、庄芝阶舍人仲方、吴子律衡照、孙雨人同元两学博、汪小米中翰远孙暨家大人，皆有和作。因考王阮亭、朱竹垞皆有《碧山银槎歌》，诗序注中，言之甚详，系元至正壬寅年所造。朱以锻银出名，所造固不止一槎也。今阅《茶余客话》云："见一槎杯，首有'岳寿无疆'四字，左朱华玉造，右至正乙酉年，底镌'槎杯'二字。杯尾诗云：'欲造明河隔上阑，时人浪说贯银湾。如何不觅天孙锦，只带支机片石还。'图书'碧山'二字。"此槎本孙北海所藏，后归宋玉叔。施愚山、曹实庵各赋长歌。玉叔没，流落至京。高江村复于市上得之，亦赋长歌纪事，所谓"二十年中有聚散，宋孙墓木拱可悲"。此杯后归陆费丹叔墀，是又一银槎也。按碧山特一寻常银工，当日与陆子纲治玉，濮仲谦治竹，归懋德治锡，吕爱山治金，王小溪治玛瑙，蒋抱云治铜，时大彬治砂，江千里治嵌漆，屈尚钧治图章，顾青娘治砚，李马勋治扇齐名。而手泽留传，代有题咏，何其幸欤？

　　【译文】道光乙酉（道光五年，1825），学士胡书农胡敬用朱碧山银槎请客喝酒，上面刻着"至正乙酉年造"，有朱碧山的落款，按照花甲之年计算，现在是第九巡了（道光乙酉至至正乙酉共四百八十年）。胡学士首先倡导吟咏它，县令诸秋士诸嘉乐、舍人庄芝阶庄仲芳、吴子律吴衡照、孙雨人孙同元两位学官、中翰汪小米汪远孙及我父亲

（梁祖恩）都有唱和诗。据查王阮亭（王士禛）、朱竹垞（朱彝尊）都有《碧山银槎歌》，诗序注中，说得很详细，它是元惠宗至正壬寅（至正二十二年，1362）壬寅所造。朱碧山以锻银出名，所造固然不止这一只。今天看《茶余客话》说："看见一槎杯，头部有'岳寿无疆'四字，左刻'朱华玉造'，右刻'至正乙酉年'，底刻'槎杯'二字。杯尾有诗句说：'欲造明河隔上阑，时人浪说贯银湾。如何不寻天孙锦，只带支机片石还。'图书'碧山'二字。"此杯原本由孙北海（孙承泽）所藏，后来归宋玉叔（宋琬）所有。施愚山（施闰章）、曹实庵（曹贞吉）都作赋长歌。宋玉叔死后，此杯流落到京城，高江村（高士奇）又在市上买到它，也赋长歌来记其事，所谓"二十年中有聚散，宋孙墓木拱可悲"。这杯子后归陆丹叔陆费墀所有，这又是另外一只银槎了。据查朱碧山只是一个寻常银匠，那时和玉匠陆子纲、竹匠濮仲谦、锡匠归懋德、金匠吕爱山、玛瑙匠王小溪、铜匠蒋抱云、砂匠时太彬、漆匠江千里、图章匠屈尚钧、砚匠顾青娘、扇匠李马勋齐名。而他的遗物流传后世，代代都有题咏，是怎样幸运呢？

定风螺蜈蚣剑

孙雨人学博，家藏右旋定风螺一枚，又旧剑一柄，其鞘系蜈蚣巨壳所为，百足之痕，犹隐隐焉。二物皆质库中满出者。

【译文】学官孙雨人（孙同元）家里收藏了一枚右旋定风螺，还有一柄旧剑，剑鞘是蜈蚣巨壳所做，百足的痕迹，仍然隐隐可见。这两件物件都是从质库（即当铺）里期满流出的。

耳 诵

凡读书聪敏者，曰"过目成诵"。唐宋若昭《牛应贞传》云："少而聪颖，经耳必诵。"耳诵甚新，可与耳学作证。应贞，牛肃女，年十三，一夜梦中读《左传》三十卷，醒而成诵，亦一奇也。

【译文】凡是读书聪敏的，可以说"过目成诵"。唐朝宋若昭《牛应贞传》说："少而聪颖，经耳必诵"。"耳诵"一说很新颖，可与"耳学"作证。牛应贞是牛肃的女儿，十三岁时，一夜梦中读《左传》三十卷，醒来就可以背诵，也是一件奇事。

樱桃青衣

汤玉茗《邯郸梦》，全组织唐李泌《枕中记》而成；而岂知《枕中记》又与任蕃《梦游录》中樱桃青衣一则形影相似。一曰开元，一曰天宝，不知孰相沿袭也？

【译文】汤玉茗（汤显祖）《邯郸梦》全是组织了唐朝李泌《枕中记》而写成的；然而怎么知道《枕中记》又和任蕃《梦游录》中"樱桃青衣"一则非常相似。一个是说在唐玄宗开元年间，一个是说在唐玄宗天宝年间，不知道是谁抄袭谁的？

圣穀篇语

国朝《岭南文钞》张南山《圣穀篇》语云："果中有核，肉中有骨，言中有物。"三语括尽要旨，修辞家宜奉为玉圭金臬。

【译文】清朝《岭南文钞》，其中张南山（张维屏）《圣毂篇》说："果中有核，肉中有骨，言之有物。"三句话概括了全部要旨，修辞家应把它奉为玉圭金臬。

杨讱庵

其论二苏文云："东坡得浩然之气，颍滨得粹然之气。"句山先生以为名论。

【译文】杨讱庵评论苏轼、苏辙两人的文章说："东坡得浩然之气，颍滨得粹然之气。"句山（陈兆仑）先生把它作为名论。

米 价

《愧郯录》："温公曰：'太平兴国时，米一斗十余钱。'"此其至贱者也。《明史·李橒传》："永宁宣抚奢崇明反，攻贵阳，官廪告竭，米升直二十金。"此其至贵者也。

【译文】岳珂《愧郯录》中说：温公（司马光）说："太宗太平兴国时，米一斗十余钱。"这是它最便宜的时候。《明史·李儒传》说："永宁宣抚奢崇明造反，攻打贵阳，官仓告急，米价升到二十金。"这是米最贵的时候。

东坡行二

世称东坡为长公，而实则行二也。公字和仲，序次显然。黄涪翁《题李氏园》诗云："题诗未有惊人句，会唤谪仙苏二来。"欧阳公《苏明允墓志》云："生三子，曰景早卒。"公又字子平，见《文丹渊集》。

【译文】世人都称苏东坡是长公，而实际上他排行第二。苏东坡字和仲，排行显而易见。黄涪翁（黄庭坚）《避暑李氏园》说："题诗未有惊人句，会唤谪仙苏二来。"欧阳修《苏明允墓志》说："生三子，曰景早卒。"东坡又字子平，可见于《文丹渊集》。

测 字

崇祯末年，流寇信急，上日夜忧勤。一夕，遣内臣易服出禁，探听民间消息，遇一测字者，因举一"友"字询之。问："何占？"曰："国事。"曰："不佳，反贼早出头了。"急改口曰："非此'友'字，乃'有无'之'有'。"曰："更不佳，大明已去其半矣。"又改口曰："非也，'申酉'之'酉'耳。"曰："愈不佳，天子为至尊，至尊已斩头截脚。"内臣咋舌而还。又南昌张曼胥储，大学士张位之弟，医卜堪舆风鉴之术，靡不通晓。万历间游辽东，归语人云："吾观王气在辽左，又观人家葬地，三十年后，皆当大富贵。闾巷儿童走卒，往往多王侯将相，天下其多事乎？"人以为狂，既而果一一皆验。乃知真龙之兴，非偶然也。

【译文】崇祯末年，流寇很猖狂，明思宗日夜忧虑操劳。一天晚上，派内臣换服装出宫，了解民间消息，遇到一个测字先生，便举出一个"友"字问他。先生问："要占卜什么？"内臣说："国事。"先生说："不好，反贼早就出头了。"内臣急忙改口说："不是这个'友'字，而是有无的'有'。"先生说："更不好，大明已去掉一半了。"内臣又改口说："不是，是申酉的'酉'。"先生说："更加不好，天子为至尊，至尊已斩头截脚。"内臣惊异地说不出话，便回去了。还有南昌人张曼胥张储，是大学士张位的弟弟，医卜、堪舆、风鉴之术，无所不精。明神宗万历年间游览辽东，回来后对人说："我观察帝王之气在辽左，又观察人家葬地，三十年后，子孙都应当大富贵。民间儿童走卒，往往多有王侯将相的气象，天下难道又要多事了吗？"人们认为他狂妄，不久果然一一应验。才知道真龙天子之兴，决非偶然。

朝鲜诗

康熙十七年，命一等侍卫狼曋，颁孝昭皇后尊谥于朝鲜。因令采东国诗归奏。副行孙致弥遂撰《朝鲜采风录》，诗多近体，渔洋山人采之，不下数十首。余于其中爱三人焉，因节录之。金净《江南春思》云："江南残梦日恹恹，愁逐年华日日添。双燕来时春欲暮，杏花微雨下重帘。"郑知常《醉后》云："桃花红雨燕呢喃，绕屋春山间翠岚，一顶乌纱慵不整，醉眠花坞梦江南。"李植《泊汉江》云："春风急水下轻艒，朝发骊阳暮汉江。篙子熟眠双橹静，青山无数过船窗。"虽中华能为诗者，何以过此。

【译文】康熙十七年（1678），清圣祖命令一等侍卫狼瞳，到朝鲜颁布孝昭皇后钮祜禄氏的尊谥。因此命人采集朝鲜诗词归来后上呈皇上。副行孙致弥便撰成《朝鲜采风录》一书，其中多为近体诗。渔洋山人（王士禛）在当中采选了一些，不下数十首。我最喜欢其中三个人的诗句，因此在这里节录下来。金净《江南春思》说："江南残梦日恹恹，愁逐年华日日添。双燕来时春欲暮，杏花微雨下重帘。"郑知常《醉后》说："桃花红雨燕呢喃，绕屋春山间翠岚。一顶乌纱慵不整，醉眠花坞梦江南。"李植《泊汉江》说："春风急水下轻艭，朝发骊阳暮汉江。篙子熟眠双橹静，青山无数过船窗。"虽然我中华能作诗的人有很多，但是有谁可以超过上述三人这几首呢？

惊 燕

凡画轴装裱既成，以纸二条附于上，若垂带然，名曰"惊燕"。其纸条古人不粘，因恐燕泥点污，故使因风飞动以恐之也。见高江村《天禄识余》。

【译文】大凡画轴装裱完成后，会用两条纸系在上面，就像垂下的丝带一样，取名为"惊燕"。这纸条古人是不粘的，因为怕燕子衔的泥玷污了画，所以使它凭风吹动来惊吓飞燕。这可见于高江村（高士奇）《天禄识余》。

赊抵折

无钱取物曰"赊"，以物质物曰"抵"，买物减价曰"折"。

《周礼·地官·司市》："以泉府同货而敛赊。"注云："无货则赊贳而予之。"此赊字之始也。又《泉府》："买者各从其抵。"此抵字之始也。《尚书》："关石和钧。"注："关者，谓彼此通同而无折阅。"此折字之始也。

【译文】没有钱去买东西称为"赊"，以物换物称为"抵"，买东西减价称为"折"。《周礼·地官·司市》说："以泉府同货而敛赊。"注解说："无货则赊贳而予之。"这是"赊"字出现的开始。另外《泉府》说："买者各从其抵。"这是"抵"字出现的开始，《尚书》："关石和钧。"注解："关者，谓彼此通同而无折阅。"这是"折"字出现的开始。

诗 魔

"先后笋争滕薛长，往来鸥背晋秦盟。"句纤已极，然犹有巧思。偶阅宋人诗，有云："岭松立雪周官束，坞竹藏云商易深。"求新至此，真魔道矣。

【译文】"先后笋争滕薛长，往来鸥背晋秦盟。"诗句极其纤细，然而还有巧妙之处。我偶然读到宋代人的诗，有说："岭松立雪周官束，坞竹藏云商易深。"求新到此地步，真是入魔道了！

须 臾

《仪礼·聘礼》："通宾辞曰：'寡君有不腆之酒，请吾子与寡君须臾焉。'"注:"须臾,言不敢久。"古者,乐不逾辰,燕不移漏。其解颇协。而《丹铅录》云:"须,待也。《左传》'寡君须矣'是也。臾者,从申,从乙。乙,屈也,犹今人言恭俟屈降也。"其说未免牵强。

【译文】《仪礼·聘礼》说:"通宾辞曰:'寡君有不腆之酒,请吾子与寡君须臾焉。'"注解:"须臾,言不敢久。"古人娱乐不超时,宴会不会太久。这种解释很合适。而《丹铅录》说:"须,待也。《左传》'寡君须矣'就是这个意思。臾者,从申,从乙。乙,是屈的意思,就像现在人说'恭俟屈降'一样。"这种说法不免有些牵强了。

怅怀词

余中年丧偶,不欲再娶,因于粤中置一妾,张姓,顺德人。貌端雅,性亦柔顺,以故三载以来,上下帷闼俱无闲言。先君弃世,余以官事留逗穗城,眷属先归,因命其侍太夫人启行,亦唯唯无异词。会当改岁,乞赋归宁。余以新年而兼将远离,勉从所请。孰意杯酒之间,密谋起矣。太夫人定于上元次日起身,届期仆婢在舟,行李在道,车马在门,母来送行,坚辞不去,再三谕之,遂剪发自誓,余不得已遣之。酒阑灯地,未免有情,因赋《怅怀词》四章云:"红销翠歇惹愁多,闷倚阑干唤奈何。月在雨前微有晕,风行水上易生波。椰儿酒熟迷么妹,楝子花开逞孟婆。十二金铃齐坠地,晓来飞报有鹦哥。""桃花流水碧沉沉,知比愁深比恨深。齿溅青梅太酸楚,手拈红豆费沉吟。剖脾已见蜂腰

断，刓骨空将雀脑寻。卿是张星侬是角，迢迢银汉两般心。""飞
燕生生避伯劳，非关撇李又寻桃。可怜明月新团扇，断送春风快
剪刀。衔木鹊巢欹不稳，胃花蛛网湿难牢。尊前莫唱章台柳，容
易星星感鬓毛。""悔将花网一分宽，鸠鸟飞来祟合欢。强弩末
难穿鲁缟，空箱秋忍弃齐纨。茶丁绿比莲心苦，梅子黄嫌枣树
酸。闻说蓬山今不远，教人何处觅青鸾。"

　　【译文】我中年丧妻，不想再娶，因此在广东娶了一位妾，她
姓张，广东顺德人。容貌庄重文雅，性格柔顺，因此三年以来，上
上下下家里家外都对她没有闲言闲语。父亲（梁祖恩）去世后，我
因为在官府任职滞留在广州，家里人都要先回家乡，因此让她侍奉
母亲启程，她也听从没有意见。正赶上要过新年，她请求回娘家看
看。我因为新年将至且家人又将远离，就勉强答应了她的请求。谁
会想到在杯酒之间，她已经秘密地计划事情了。母亲定于元宵节第
二天动身，到了动身之时，仆人婢女都已上船，行李搬到了道旁，车
马停驻在门前，母亲也来送行，但她坚决不走，再三开导她，她便
剪掉头发赌咒发誓，我不得已遣返了她。酒筵将尽灯火将息，未免
触景生情，因而作了《怅怀词》四章："红销翠歇惹愁多，闷倚阑干
唤奈何。月在雨前微有晕，风行水上易生波。椰儿酒熟迷么妹，楝
子花开逞孟婆。十二金铃齐坠地，晓来飞报有鹦哥。""桃花流水
碧沉沉，知比愁深比恨深。齿沏青梅太酸楚，手拈红豆费沉吟。剖
脾已见蜂腰断，刓骨空将雀脑寻。卿是张星侬是角，迢迢银汉两般
心。""飞燕生生避伯劳，非关撇李又寻桃。可怜明月新团扇，断送
春风快剪刀。衔木鹊巢欹不稳，胃花蛛网湿难牢。尊前莫唱章台柳，
容易星星感鬓毛。""悔将花网一分宽，鸠鸟飞来祟合欢。强弩末

难穿鲁缟，空箱秋忍弃齐纨。茶丁绿比莲心苦，梅子黄嫌枣树酸。闻说蓬山今不远，教人何处觅青鸾。"

一 丁

《谈征》云："《唐书》：挽两石弓，不如识一丁字。"按《续世说》："此乃个字，盖丁与个似，误传写也。"其说颇得。

【译文】《谈征》说："《唐书》：挽两石弓，不如识一丁字。"据《续世说》："这是'个'字，大概丁与个相似，传写过程中写错了。"这说法很得当。

厘毫丝忽

厘，《易纬通卦验》谓："马尾也，十马尾为一分。"毫，孟康注《汉书》曰："兔毫也，十毫为厘。"忽，《孙子算术》曰："蚕丝也，蚕所吐丝为一忽。"

【译文】厘，《易纬通卦验》说："是指马尾，十马尾为一分。"毫，孟康注《汉书》说："是指兔毫，十毫为厘。"忽，《孙子算术》说："是指蚕丝，蚕所吐之丝为一忽。"

大 太

此二字，广东始兴人呼之互易。如称太阳曰大阳，太爷曰大爷。大兄大弟，反曰太兄太弟。若欲称大人大老爷，视其所书，则必曰太人太老爷，百口谕之，终不可破。因录《东谷所见》一则，以资笑柄：一主一仆行役，忽登一山，穹碑大书"大行山"三字。主欣然曰："今日得见太行山。"仆笑曰："官人不识字，只有大行山，安得太行山？"主叱之，仆曰："官人试问此间土人，若是太行山，某罚一贯；若是大行山，官人赏一贯。"主人笑而许之。至一村学，老儒出接，主具述其事。老儒笑曰："主当赏仆矣，此只是大行山。"主不得已，退而赏之。仆即欣然沽饮，而主意卒不能平。复见老儒曰："将谓公土居，又有书可证，何亦如蠢仆之言耶？"老儒大笑曰："公可谓不晓事，一贯钱细事耳，好教此辈永不识是太行山。"老儒之言，颇有意味，盖有真是非，遇无识者，正不必与之辨也。《山海经》："太行山一名五行山。"《列子》作大行山，则二字本当如字读。此仆之考核，胜乃主多多矣。

【译文】"大""太"二字，广东始兴人常互相交换称呼。如，称"太阳"为"大阳"，"太爷"为"大爷"。大兄大弟反而称为"太兄太弟"。若要称"大人""大老爷"，看他们所写的则必定为"太人""太老爷"，费尽口舌告诉他们，始终不能改变。因此摘录《东谷所见》一则故事，可以作为笑料：一主一仆两人出行，忽然登上一座山，看见一圆顶高大的石碑上写着"大行山"三个大字。主人欣然说："今天终于看到太行山了。"仆人笑道："官人不识字，只有大行山，哪有太行山？"主人叱责他，仆人说："官人可以问问这里的当地人，如果是太行山，罚我一贯钱；如果是大行山，官人赏我一贯钱。"主人笑着同意了他的提议。到了一个村塾，一个老学儒出来接待，主人详细地叙说了这件事。老儒笑着说："主人应当赏给仆人，这里只是大行山。"主人不得已，只好退出去而赏钱给仆人。仆人便高兴地去买酒喝，而主人心意始终不能平复。又去拜见老儒，说："我认为你是当地人，还有书可考证，为什么也像蠢仆之语呢？"老儒大笑说："公子你可谓不晓事，用一贯钱这么小的事，正好教此辈永远不识太行山。"老儒说的话，很有意味，大概有真正的"是"与"非"，遇到没有见识的人，是不必去与他辨别的。《山海经》说："太行山一名五行山。"《列子》写成大行山，那么这两字原本应当读本音。这个仆的考核，胜过他的主人太多了。

题驿诗

"帆力劈开千顷浪，马蹄踏破五陵青。浮名浮利过于酒，醉得人间死不醒。"此题驿亭诗也，读之使人豪气顿消。

【译文】"帆力劈开千顷浪，马蹄踏破五陵青。浮名浮利过于酒，醉得人间死不醒。"这是一首题在驿亭的诗，读后令人豪气顿消。

称 名

林穆庵明伦云："孔子之语门人亦曰丘，韩子之答后进亦曰愈，足见圣贤真挚。"

【译文】林穆庵林明伦说："孔子之语，他的学生也称他为丘；韩子之答，后辈也称他为'愈'，足以想见圣贤真诚恳切。"

命名双声叠韵

钱竹汀宫詹云:"古人以二字命名者, 多取双声叠韵, 与夷犁、来涛涂、弥明、弥牟、灭明、由余、余姚, 皆双声也。龙降、台骀、鉏吾、围龟、且居、髡顽、州仇、魁垒, 皆叠韵也。"

【译文】太子詹事钱竹汀(钱大昕)说:"古人以二字命名的, 大多取双声叠韵。与夷犁、来涛涂、弥明、弥牟、灭明、由余、余姚, 都是双声。龙降、台骀、鉏吾、围龟、且居、髡顽、州仇、魁垒, 都是叠韵。"

四书令

忆少时集驾部许周生先生宅, 为长夜之饮。席间举四子书为令, 以两句凑成古人姓名, 而此二字只许书中一见者。"曹交问曰, 植其杖而云曹植。""爱及姜女, 曲肱而枕之姜肱。""孟子自范之齐, 以追蠡范蠡。""会计当而已矣, 反其旄倪计倪。""昔者公刘好货, 晨门曰刘晨。""井上有李, 文理密察李密。""而在萧墙之内也, 公孙衍萧衍。"诸如此类。又集四声句,"何以报德","康子馈药","天下大悦","君子上达","兄弟既翕","妻子好合","兵刃既接","能者在职", 诸人苦思, 仅得八句耳。

【译文】想到小时候到驾部许周生(许宗彦)先生家, 通宵饮酒。席间用四书里的文字为酒令, 用两句话凑成古人姓名, 而这二字只可在书中出现一次。"曹交问曰,植其杖而芸即"曹植"。""爰及姜女,曲肱而枕之即"姜肱"。""孟子自范之齐,以追蠡即"范蠡"。""会计当而已矣,反其旄倪即"计倪"。""昔者公刘好货,晨门曰即"刘晨"。""井上有李,文理密查即"李密"。""而在萧墙之内也,公孙衍即"萧衍"。"诸如此类。又集四声句,"何以报德","康子馈药","天下大悦","君子上达","兄弟既翕","妻子好合","兵刃既接","能者在职",众人苦思,仅仅得到这八句。

晋文公梦

城濮文公之梦,子犯解得极巧。而《潜夫·梦列篇》云:"晋文梦楚子伏己而盬其脑,是大恶也。及战,乃大胜。此极反之梦也。"又《说文》梦字系传,王符曰:"梦寐征怪,所以警人,晋文梦伏己盬脑,以其有文德之教,能自警戒,故能败楚。"此说极其迂阔。

【译文】晋楚城濮之战前,晋文公的梦境,子犯解得极为巧妙。然而《潜夫论·梦列篇》说:"晋文公梦到楚成王趴在他身上吸他的脑汁,这是一个大恶之梦。等到双方交战,晋国竟大获全胜,这是极其相反的梦。"又有《说文》梦字系传,王符说:"梦寐征怪,是用来警示人的。晋文公梦见楚王趴在他身上吸他的脑汁,是因为他有礼乐的教化,能够自我警戒,所以能打败楚国。"这种说法极其迂阔。

宋孝宗

光尧内禅,寿皇穷天下之养以奉,经营德寿宫,数倍大内,

巧丽无匹。宫内设立小市,因不免有私酿者。右正言袁孚奏北内
私酤,光尧大怒。帝谓袁曰:"昨太上怒甚。宫中夜宴,太上遣赐
酒一壶,御笔亲书'德寿私酒'四字。"因寝其奏,事见《桯史》。
又当时征敛无节,装载者必须夤缘宫掖字样,乃可以免。辛稼轩
云:"曾见粪船旗号。"见《宋稗类钞》。于此见高宗之庇护,而孝
宗之体贴入微也。乃其后不得于其子妇,"天寒,官家且饮酒"
一语,恶妇口吻,千载犹堪切齿矣。

【译文】光尧(宋高宗)退位,寿皇(宋孝宗)穷尽天下的贡献
来赡养他,筹划营造德寿宫,比大内皇宫大好几倍,美妙华丽无可
匹敌。宫内设了小市,因此难免有私下酿酒的。右正言袁孚上奏说皇
宫中有人私自酿酒,宋高宗大怒。宋孝宗对袁孚说:"昨天太上皇很
生气。宫中夜宴,太上皇赐酒一壶,并亲笔写'德寿私酒'四字。"因
而搁置了他的奏请,这件事参见《桯史》。另外当时征收赋税没有节
制,装载者一定要攀附"宫掖"的字样,才可以免税。辛稼轩(辛弃
疾)说:"曾见粪船上都有皇宫的旗号。"可见于《宋稗类钞》。从这
里可见宋高宗的庇护,宋孝宗的体贴入微。没想到后来宋孝宗却得
不到其子光宗与儿媳李皇后的孝敬与善待,(宋光宗要去探视宋孝
宗,不料李皇后说)"天气太寒冷了,皇上您还是留在这里喝酒吧"
一句,实在是恶妇人的口吻,即使千年后还是会遭受骂名的呀。

异才戾气

吕不韦以阳翟大贾,而文学如此渊博,石季伦以江洋大盗,
而诗笔如此奇丽。同一富贵,而卒归乌有,此天生一种异才,亦

天生一种戾气也。

【译文】吕不韦以阳翟的大商人著称，然而他的文学竟如此渊博；石季伦（石崇）是一个江洋大盗，然而他的诗词文章竟如此奇丽。同样的富贵，而最终化为乌有，这是天生的一种异才，也是天生的一种戾气啊！

大 行

宫车晏驾曰"大行"。大行者，不返之词也。宋理宗之丧，湖州教官刘亿读祝，行字作去声，以为"大行受大名，细行受细名者，谥法也。天子新崩，尚未有谥，故且称大行皇帝也"。其说于义亦通，见《癸辛杂识》。

【译文】皇帝去世后称为"大行"。"大行"，就是不返回的意思。宋理宗去世时，湖州教官刘亿在祭祀时宣读祝告文，把行字读作去声，认为"'大行应受大名，细行应受细名'，是谥法所规定的。而天子刚刚过世，还没有谥号，所以暂且称为'大行皇帝'"。这种说法在意义上也是讲得通的，可见于《癸辛杂识》。

汲冢书

《汲冢书》出魏安厘王墓中，共七十五篇，其言大率与经史相反，"益于启位，启杀之。""太甲杀伊尹。""夏历多于殷。"安得此无稽之谈。至谓"文王杀季历"、则以大圣人而诬以弑父弑君，是诚何心哉？此种书惜出秦火之后。

【译文】《汲冢书》，出土于魏安厘王墓中，共七十五篇，里面言论大多与经史相反，"益干启位，启杀之。""太甲杀伊尹。""夏历多于殷。"怎能有这些无稽之谈？甚至说"文王杀季历"，那么把大圣人诬陷为"弑父弑君"的人，这究竟是什么心思呢？这种书可惜是出于秦朝焚书之后。

酒 卢

《前汉·食货志》："作酒一均，开卢以卖。"臣瓒注："卢，酒瓮。"非也。卢者，卖酒之处，累土所筑，形如锻卢，所以温酒者。文君当卢，黄公酒卢是也。且开卢以卖，其文甚明，即今店家热拆零沽酒耳。

【译文】《汉书·食货志》说："作酒一均，开卢以卖。"臣瓒注解："卢，酒瓮。"是错的。所谓卢，是卖酒的地方，用土累成，形状如同锻卢一样，可以用来温酒。"文君当卢""黄公酒卢"就是这个。况且"开卢以卖"，这文字很明白了，也就是现在店家温酒散卖的地方。

化 鹤

丁令威化鹤，见干宝《搜神记》，此人人知之也。又《神仙传》："苏仙公，桂阳人，升云而去，后有白鹤来止郡城楼，人或弹之，以爪书曰：'城郭是，人民非，三百甲子一来归。我是苏

君，弹我何为？'"故黄涪翁次韵苏翰林出游诗云："人间化鹤
三千岁，海上看羊十九年。"并用苏家典故也。

【译文】丁令威化为鹤，可见于干宝《搜神记》，这是人人都知
道的。又有《神仙传》说："有一位苏仙公，是桂阳人，升云而去，后
来有白鹤飞来停在郡城楼上，有人用手弹它，白鹤用爪写下文字说：
"城郭是，人民非，三百甲子一来归。我是苏君，弹我何为？"所以黄
涪翁（黄庭坚）次韵苏翰林（苏轼）出游诗说："人间化鹤三千岁，海
上看羊十九年。"都是用的苏家典故。

子呼公

晁错父呼子为公，陆贾呼子为公，蔡京呼子为公。蔡犹带
呼，晁、陆则专呼也。

【译文】晁错的父亲称呼儿子为"公"，陆贾称呼儿子为"公"，
蔡京称呼儿子为"公"。蔡京还是随口称呼，而晁错、陆贾两人则是专
门称呼了。

酒价酒味

唐人白乐天诗："共把十千沽斗酒。"李白诗："金尊斗酒沽
十千。"王维诗："新丰美酒斗十千。"许浑诗："十千沽酒留君
醉。"一斗酒卖十千钱，价乃昂贵若是。惟少陵诗："速令相就饮
一斗，恰有三百青铜钱。"此则近理。按唐《食货志》云："德宗

建中三年, 禁民酤, 以佐军费, 置肆酿酒, 斛收值三千。"又杨松
玠《谈薮》载, 北齐卢思道常云:"长安酒贱, 斗价三百。"此皆可
证也。汉酒价每斗一千。《典论》曰:"孝灵帝末年, 有司湎酒, 一
斗直千文。"较之唐且三倍有奇矣。或曰:"唐人好饮甜酒。"引
子美诗曰"人生几何春与夏, 不放醇酒如蜜甜", 退之诗曰"一
尊春酒甘若饴, 丈人此乐无人知"为证。不知以酒比饴蜜者, 谓
其醇耳, 非谓甜也。白公诗曰:"甘露太甜非正味, 醴泉虽洁不
芳馨。"又曰:"户大嫌甜酒, 才高笑小诗。"又曰:"瓮揭开时香
酷烈, 瓶封贮后味甘辛。"然则不好甜酒之证明矣。借曰好之,
亦非大户可知, 古今口味, 岂有异嗜哉。

【译文】唐朝白乐天(白居易)有诗句说:"共把十千沽斗酒。"
李白诗说:"金尊斗酒沽十千。"王维诗说:"新丰美酒斗十千。"许
浑诗说:"十千沽酒留春醉。"一斗酒卖十千钱, 价钱竟是如此昂贵。
只有少陵(杜甫)诗说:"速令相就饮一斗, 恰有三百青铜钱。"这才
近乎常理。据《唐书·食货志》说:"唐德宗建中三年(782), 禁止民
间卖酒, 为补充军费开支, 官府开办酒肆酿酒, 一斛收价三千。"另外
杨松玠《谈薮》记载, 北齐卢思道常说:"长安的酒很便宜, 一斗才
三百。"这些都可做证明。汉朝酒价每斗一千。《典论》说:"孝灵帝
末年, 有司湎酒, 一斗值千文。"比唐朝有三倍多。有人说:"唐人喜
好喝甜酒。"还引用子美(杜甫)的诗句"人先几何春与夏, 不放醇酒
如蜜甜", 退之(韩愈)的诗句"一尊春酒甘若饴, 丈人此乐无人知"
来做证。却不知把酒比作饴蜜者, 那是说它醇厚, 而不是说它甜。白
公(白居易)诗说:"甘露太甜非正味, 醴泉虽洁不芳馨。"又说:"户
大嫌甜酒, 才高笑小诗。"又说"瓮揭开时香酷烈, 瓶封贮后味甘

辛。"既然如此,那么不喜好甜酒的例证就清楚了。假托说"好之",由此可知也不是大户,古今口味,难道会有不同的嗜好?

二形一声

一身具二形者,俗呼阴阳人。晋《五行志》谓之"人疴"。《遗教经》谓之"半变"。佛书谓之"博叉牟释迦"。一人具二声者,古谓之"译",今俗呼"通事",南蕃海舶谓之"唐帕",西方蛮瑶谓之"蒲叉"。

【译文】一身具有男女两种器官的人,一般叫"阴阳人"。《晋书·五行志》称为"人疴"。《遗教经》称为"半变"。佛书称为"博叉牟释迦"。一人可以说两种语言的,古代称为"译",现在一般叫"通事",南疆海舶称为"唐帕",西方蛮瑶称为"蒲叉"。

精 灵

宋盛大监勋,绍兴初知襄阳府,治有一楼,为公退时燕息之所。大监常独居楼上,命一老兵守其下,卧榻前置大浴斛,取汉江水满注其中,日易新水。老兵久而疑之,隙壁梯而窃视,乃一大鲤鱼,金鳞赪鬣,游泳斛中,如觉有人注目窥者,凝然久之。老兵惊惧趋下。自是撤斛不复取水。见宋郭象《睽车志》。宋杨戬为节度使,署后一楼,戬屏左右,独处其上。一日,有偷儿昼伏其室之梁间,见浴盆中有一金色大虾蟆,奋迅而戏,转瞬不

见，而杨已偃息在床。偷儿惊坠于地，杨若预见之者，掷一银球
与之，似嘱其勿泄。自杨公去任后，始敢稍稍言之。见《宋稗类
钞》。宋米海岳知无为军，晨兴，呼谯门鼓吏，问夜来三更，何
以不闻鼓声，对曰："中夜有巨白蛇缠绕其鼓，故不敢击。"米额
之，叱吏去，不复问。人于是皆疑其为蟒精。见《襄阳志林》。钱
武肃王宫中，一日有人见一甚巨蜥蜴，金睛闪烁，伏于油缸之上
吸油，大惧而退。次日，王谓宫人曰："吾昨夜三更，梦有人请食
麻膏过饱。"宫中人有泄昨言于上者，亦额之而不责也。见《鹤林
玉露》。盖转轮中有所谓星精僧者，并皆有之，此其精类也。阿
麽大鼠，禄山猪龙，岂妄纪哉？

【译文】宋代盛大监勋，绍兴初年为襄阳知府，修筑了一座楼，
是他下班后休息的地方。大监常常独自一人居住在楼上，让一个老
兵守在下面，卧榻前放了一个大澡盆，从汉江取水注满其中，每天换
一次新水。时间久了，老兵有些怀疑，就在有缝隙的壁梯上去偷看，
竟看到一条大鲤鱼，金色鱼鳞赤色小鳍，在盆里游泳，好像发觉有
人注目窥视，便静止不动了很久。老兵惊慌恐惧迅速退下。从那以
后便撤了盆不再取水。这件事可见于宋朝郭象《睽车志》。宋朝杨戬
为节度使，府衙后有一座楼，杨戬屏退左右，独居楼上。一天，有一
个小偷白天潜伏在房梁上，看到浴盆中有一只金色大虾蟆，精神振
奋，迅速地游动嬉戏，转眼就不见了，而杨戬已经在床上休息。小偷
惊吓地掉在地上。杨戬好像预先知道一样，扔了一个银球给他，似
乎嘱咐他不要泄露出去。等到杨公离职后，才敢偶尔谈及该事。这件
事可见于《宋稗类钞》。宋朝米海岳（米芾）为无为知军，早晨起来，
叫来城门掌鼓的官吏，问他夜里三更时，为什么听不到鼓声，鼓吏回

答说："半夜有巨大的白蛇缠绕在鼓上，所以不敢击鼓。"米海岳听后点点头，叱令鼓吏退下，不再多问。人们于是都怀疑他是蟒蛇精。这件事可见于《襄阳志林》。钱武肃王（钱镠）的宫中，一天有人看到一只巨大的蜥蜴，金睛闪烁，趴在油缸上吸油，人们大惊而退。第二天，武肃王对宫人说："我昨晚三更时，梦见有人请我吃麻油，吃得很饱。"宫里有人把昨晚所见告诉武肃王，武肃王点点头没有责怪。这件事可见于《鹤林玉露》。大概轮回中有所谓"星精僧"的，都是存在的，这是其中成精的一类。那么像"阿麛大鼠""禄山猪龙"之类，难道是虚妄的记载吗？

王 介

宋王介，性轻率，喜怒易形于色，与人鲜有合者，而独与荆公友善。工诗，除湖州知府。一日，谒荆公，荆公口占一绝赠之曰："吴兴太守美如何？太守诗才未足多。遥想郡人迎下担，白蘋一夜起苍波。"盖以其性易触怒，亦以规劝之也。介得诗，悻悻而去。和云："吴兴太守美如何？太守从来恶祝鮀。生若不为上柱国，死时犹合署阎罗。"明日盛气而诵于荆公。荆公笑曰："阎罗现缺，请速赴任。"不意以荆公之刚愎躁率，而居然犹有过之者。

【译文】宋代王介，性格轻率，喜欢发怒很容易表现在脸上，很少有人跟他合得来。然而唯独与荆公（王安石）友好和善。他擅长作诗，任湖州知府。有一天，去拜访王荆公，王荆公即兴作了一首绝句赠给他："吴与太守美如何？太守诗才未足多。遥想郡人迎下担，白蘋一夜起苍波。"大概是看到王介性情易怒，也是想用这诗来规劝他。王介拿着诗后，悻悻离开。回家便和了一首诗说："吴兴太守美如何？太守从来恶祝鮀。生若不为上柱国，死时犹合署阎罗。"第二天盛气十足地在王荆公面前吟诵起来。王荆公笑着说："现在正缺阎罗，请快快赴任。"想不到以王荆公的刚愎、急躁、轻率，然而居然还有超过他的人。

互用典故

李湜撰东林寺舍利碑云："庞统以才高位下，遂滞题舆；陈蕃以德峻名沉，初膺展骥。"展骥是庞统事，题舆是陈蕃事，而乃颠倒用之，其误耶，抑两典并用，故以为文之错综耶？

【译文】李湜撰写的东林寺舍利碑说："庞统以才高位下，遂滞题舆；陈蕃以德峻名沉，初膺展骥。"展骥是指庞统的事，题舆是指陈蕃的事，而竟然颠倒来用，这是搞错了呢，还是把两个典故并在一起，从而成为错综之文呢？

经语诙谐

闲谈以经语诙谐，亦是侮圣人之言，然有足以捧腹者。戚友家有素事，余吊后，适坐帐房，司帐者时不在，有姚姓老翁，取酒独饮，误斟于几，仓猝间取几上谢帖巺之。俗以纸御水曰巺。司帐者来，问曰："是谁手闲，糟塌一张谢帖？"旁有一人曰："尧老而舜摄也。"又有兄弟二人双生，其友人某往往误认。一日，遇其兄，遽呼之曰："二老。"旁有知之者曰："渠大老也。"其人曰："总是一般的。二老者，天下之大老也。"又有一商家子举殡，车马引导之盛，穷极侈靡，有述之者曰："今日某家丧事，从未见有如是之阔者。"杭俗以盛为阔。座中一人曰："此所谓吁嗟阔兮，不我活兮是也。"

【译文】闲谈时用经书的话来开玩笑，也是有辱圣人之言的，然而也有让人捧腹大笑的。亲戚朋友家办丧事，我吊唁后，坐在帐房里，恰好管理帐房的人不在，有一个姓姚的老翁，在独自喝酒，斟酒时不小心倒在茶几上，慌忙中拿了一张茶几上谢帖来擦酒。民间以纸御水称为冪。管理帐房的人回来后，问道："是谁手闲？糟塌了一张谢帖？"旁边有一个人说："尧老而舜摄也（指姚老拿去擦酒水了）。"另外有兄弟二人是双胞胎，他们的朋友常常会认错。有一天，遇到其中的兄长，马上打招呼说："二老。"旁边有知道的人，说："渠大老也。"那个人说："都是一样的。二老，就是天下的大老。"还有一个商家之子举行殡礼，车水马龙，人山人海，场面盛大，十分豪华。有人叙述说："今日某家办理丧事，我从来没见过如此阔气的。"杭州一般把盛称为阔。座席中有一个人说："这就是所谓的'吁嗟阔兮，不我活兮'。"

安 吉

湖州以南宋潘丙之乱，改名安吉。潘安、丙吉，仍寓人名，此史相之狡狯也，与子瞻儋州，子由雷州，鲁直黄州，同一心智。

【译文】湖州因为南宋的潘丙之乱，改为"安吉"。潘安、丙吉，该地名仍然寓有人名，这是史相（史弥远）的狡诈奸猾，和子瞻（苏轼）被贬儋州，子由（苏辙）被贬雷州，鲁直（黄庭坚）被贬黄州，是相同的心智。

卑之无甚高论

"卑之无甚高论"，今人以为所论甚卑，非也。汉《张释之传》："释之朝毕，因前言便宜事。文帝曰：'卑之，无甚高论，令今可行也。'张因陈秦汉间得失，文帝称善。"盖文帝惧释之言三皇五帝之事，无益于时，故使卑其语而勿烦高论，自当分作两句读。今人连读之，故失古人言下之意也。

【译文】"卑之无甚高论"，现在人认为是所论十分低下，其实不是的。《汉书·张释之传》记载："张释之朝见后，趁机上前谈及便宜之事，汉文帝说：'卑之，无甚高论，令今可行也。'张释之因上陈秦汉之间得失，汉文帝称赞他。"大概是汉文帝怕张释之说三皇五帝之事，于时事无益，因此让他简单说说而不要高谈阔论，这句话应当分作两个句读。今人连在一起读，所以错解了古人的言下之意。

望 帝

杜鹃，向以为蜀帝之魂，非也。《华阳国志·蜀志》云："蚕丛鱼凫之后，有王曰杜宇，称帝曰望帝，更名蒲卑，自以功德高于诸王。会有水灾，其相开明，决玉垒山以除水害。帝遂委以政事，禅位于开明，乃升西山隐居焉。时适二月，子规鸣，蜀人悲之，闻杜鹃之声，则曰望帝也。"然则因鸟思帝，非帝之化鸟矣。

【译文】杜鹃，向来以为是蜀帝之魂，其实不是的。《华阳国志·蜀志》说："蚕丛鱼凫之后，有一位王名为杜宇，称帝后为望帝，改名为蒲卑，自以为功德比诸王都高。恰好遇到水灾，他的宰相开明，便决玉垒山来除水害。望帝于是把政事交给宰相，并把帝位禅让给开明宰相，自己就到西山去隐居了。当时恰巧是二月，子规开始鸣叫，蜀人因为望帝的离开而悲伤，所以一听见杜鹃的叫声，就说'望帝'。"那么这是因为鸟才思念望帝，而不是望帝化成了杜鹃鸟。

卷 八

太字通世

太、世二字,大约古人有时而通。明堂世室,《公羊》《穀梁》俱作大室。卫大叔仪,《公羊》作世叔。齐乐大心,作乐世心。郑子大叔,《论语》作世叔。天子之子曰大子,而《春秋》传曰"会王世子于首止"。诸侯之子曰世子,而申生、子华、终生等,并称大子。

【译文】"太""世"这两个字,大概古人有时候会通用。"明堂世室",在《公羊传》《穀梁传》中都写为"大室"。卫国的"大叔仪",在《公羊传》中写为"世叔"。齐国的"乐大心",写为"乐世心"。郑国的"子大叔",在《论语》中写为"世叔"。天子之子称为"大子",而在《春秋》传中却说"会王世子于首止"。诸侯之子称为"世子",而申生、子华、终生等人,却都被称为"大子"。

忽 亲

今俗乘凶纳妇,名曰"忽亲",又曰"拜材头"。古者居父母丧而婚娶，见于经传者，惟宣公元年三月"遂以夫人妇姜至自齐"一事，所谓不待贬绝而自见也。《旧唐书·张茂宗传》：德宗曰："如今人家有借吉为婚嫁者。"谏官蒋乂曰："人家有不甚知礼教者，或女居父母服，借吉就亲。"男子借吉婚娶，从古未闻。宋时民庶之家，祖父母、父母老疾，无人侍奉，子孙居丧，听尊长自陈，验实，方许婚娶，未有居然冒丧易吉而婚娶者，此俗不可不禁也。

【译文】现在的俗语"乘凶纳妇"，称为"忽亲"，又称为"拜材头"。古代人在为父母服丧期间而进行婚娶，记载在经传中的，只有在鲁宣公元年三月"遂以夫人妇姜至自齐"一事，所谓不需等别人贬低到极处而自我显露出来。《旧唐书·张茂宗传》中记载：德宗说："现在人家有子女在为父母服丧期间嫁娶的。"谏官蒋乂说："家族有不甚明了礼教的人，有的女子在为父母服丧期间，嫁娶成亲。"男子借吉娶亲，从古到今没有听说过。宋代时百姓家庭，祖父母、父母在年老生病时，没有人侍奉，子孙为其服丧时，要听从尊长自行陈述，验明情况，才允许娶亲，没有竟然敢不顾丧事而改行嫁娶的，这个风俗不能不禁止。

阴 寿

阴寿者，生忌也。阴而系之以寿，寿而冠之以阴，奇文也。人以喜丧为对，工切无比。杭人以福寿备而死者，俗呼喜丧。阴寿之说，各省不行，而吾杭为甚。二十年前，不过营斋营奠，至亲素服展拜而已。近则笙歌宴席，无异称觞，子若孙者，彩衣将事，忍乎？

【译文】"阴寿"，是生者为已逝的长辈生辰而祭祀。"阴"而又关联"寿"字，"寿"字前头又加了一个"阴"字，真是奇特的词语。人们常常用"喜丧"与"阴寿"相对，非常的整齐、妥贴。杭州人把福寿双全的人去世了俗称为"喜丧"。"阴寿"的说法，各省都不流行，而我们杭州却流行很广。在二十年前，不过是陈设祭品祭奠，至亲穿上素服拜谒而已。而近来摆设笙歌宴席，无异于祝贺，那些子孙，身穿彩衣来操办，怎么能忍心这样做？

首阳山

《诗·唐风》："首阳之巅。"《论语》："饿于首阳之下。"马融曰："首阳山在蒲阪河曲之中。"一曰首山。《左传》："宣子田于首山。"《寰宇记》云："首阳，即雷首之南阜，或称首山。"《汉·地理志》："蒲反有首山。"《郊祀志》："黄帝采首山铜。"一曰独头山。《水经注》："阚骃曰：'首阳山一名独头山，夷、齐所隐也。'"一曰襄山。《穆天子传》云："东巡自河首襄山。"一名薄山。《穆天子传》："登薄山置軨之隥。"一名尧山。《水经注》云："雷首山，临大河北去蒲阪三十里，俗亦谓之尧山也。"一名中条山。《元和志》云："雷首，一名中条，在河东县南十五里，永乐县北三十里。"一名陑山。汤伐桀，升自陑。注："在河曲南。"《寰宇记》云："尧山，即雷首山。山有九名，亦即陑山。"一名历山，一名甘枣山，一名渠猪山。并见《括地志》。总名之曰雷首山。《禹贡》曰："壶口雷首。"是山西起雷首，东至吴坂，长亘数百里，故随地异名也。

【译文】《诗经·唐风》中说："首阳之巅。"《论语》中说："饿于首阳之下。"马融说："首阳山在蒲阪河曲县境内。"又称为首山。《左传》中说："宣子田于首山。"《寰宇记》说："首阳，即雷首之南阜，或称首山"。《汉书·地理志》中说："蒲反有首山"。《郊祀志》中说："黄帝采首山铜"。又称为独头山。《水经注》中说："阚骃曰：'首阳山一名独头山，夷、齐所隐也。'"又称为襄山。《穆天子传》中说："东巡自河首襄山。"又称为薄山。《穆天子传》中说："登薄山置軨之隥。"又称为尧山。《水经注》中说："雷首山，临大河北去蒲阪三十里，俗亦谓之尧山也。"又字称为中条山。《元和志》中说："雷首，一名中条，在河东县南十五里，永乐县北三十里。"又称为陑山。商汤伐夏桀，从陑山上来。注解："在河曲南。"《寰宇记》中说："尧山，即雷首山。山有九名，亦即陑山。"又称为历山、甘枣山、渠猪山。都记载在《括地志》中。总名称为雷首山。《禹贡》中说："壶口雷首。"这是从山西雷首山开始，向东到吴坂，绵延数百里，因此随地而有不同的名称。

左传对

先大父好读《左传》，山舟学士集句手书以赐云："行道有福，能勤有继；居安思危，在约思纯。"

【译文】我祖父（梁履绳）喜欢读《左传》，山舟学士（梁同书）辑取文句亲手写并送给他："行道有福，能勤有继；居安思危，在约思纯。"

佘太君

小说称杨老令婆曰"佘太君"，不知何本。按毕尚书沅《关中金石记》云："杨业妻，乃折德扆之女，世以为折太君。"

【译文】小说中称杨令公的夫人为"佘太君"，不知根据什么版本。考查尚书毕沅《关中金石记》中记载："杨业的夫人，是折德扆的女儿，世人称为折太君。"（折作为姓氏时，与佘读音相同）

戒杀生

戒杀，亦善事也。虔奉之固不必，痛辟之亦不可。裴晋公曰："鸡猪鱼蒜，逢着便吃。生老病死，时至即行。"此妙法也。又某相国问僧曰："戒杀如何？"曰："不杀是慈悲，杀是解脱。"曰："然则尽食无害乎？"曰："食是相公的禄，不食是相公的福。"此妙解也。经言"菩萨元制食三净肉，谓不见为我杀，不闻为我杀，不疑为我杀，复益之以自死鸟残，为五净肉"。是佛亦未尝食素也。然必穷极珍异，变法烹炮，则固不可。袁简斋《随园食单》云："钩刀取生鸡之肝，烧地炙热鹅之掌，至为惨毒，物为人用，使之死可也，使之求死不得，不可也。"至哉言乎！

【译文】戒杀，是一件善事。虔敬地奉行虽然没有必要，但是痛切地驳斥也不可以。裴晋公（裴度）说："鸡猪鱼蒜，逢着便吃。生老病死，时至即行。"这是一个巧妙之计。有一位某位相国问僧人说：
"戒杀怎么样？"僧人回答说："不杀是一种慈悲，杀是一种解脱。"
相国问："既然这样，那么尽管吃没有妨害吧？"僧人回答说："吃是
相公的禄，不吃是相公的福。"这是一种巧妙的解释。经中说"菩萨
元制食三净肉，谓不见为我杀，不闻为我杀，不疑为我杀，复益之以自
死鸟残，为五净肉"。说明佛也未必吃素。然而必须极尽珍禽异兽，
变法烹制，则是固然不可以的。袁简斋（袁枚）在《随园食单》中说：
"用钩刀生取鸡的肝，把地面烧热炙烤鹅掌，这样做极为惨毒，物
是为人所用的，使它死可以，但是使它求死不得，是不可以的。"这句
话十分伟大啊。

山魈僬侥

张船山太守有二仆，一曰刘升，甚长，名之曰山魈；一曰张
芳，甚矮，名之曰僬侥。太守作诗合咏之云："一僮短小如僬侥，
一奴长细如山魈。奴能抄书僮识字，一屋高低有奇致。先生或赋
诗，僬侥磨墨亦若有所思，诗成弃其草，山魈缮写偷作床头稿。
先生燕居常闭门，僬侥侍立如无人。先生出游行颇速，山魈一过
市人缩。先生醉后山魈扶，僬侥趔趔犹提壶。先生贫极僬侥瘦，
山魈摇摇如学究。僬侥喜，山魈愁，笑啼幻作双狖猴。山魈立，
僬侥坐，俯仰云泥人两个。山魈一嗽僬侥惊，忽如天半闻雷声。
僬侥一怒山魈伏，左右如葵卫其足。吁嗟乎！先生无聊只好奇，
僬侥山魈亦颇落落无威仪。无威仪，先生怒，山魈文，僬侥趣。"
诗谑而隽。

【译文】知府张船山（张问陶）有两个仆人，一个叫刘升，身高很高，因此叫他为"山魈"；一个叫张芳，身高很矮，因此称他为"僬侥"。张知府作了一首诗来描述他们两个人说："一僮短小如僬侥，一奴长细如山魈。奴能抄书僮识字，一屋高低有奇致。先生或赋诗，僬侥磨墨亦若有所思，诗成弃其草，山魈缮写偷作床头稿。先生燕居常闭门，僬侥侍立如无人。先生出游行颇速，山魈一过市人缩。先生醉后山魈扶，僬侥趱趱犹提壶。先生贫极僬侥瘦，山魈摇摇如学究。僬侥喜，山魈愁，笑啼幻作双狒猴。山魈立，僬侥坐，俯仰云泥人两个。山魈一嗽僬侥惊，忽如天半闻雷声。僬侥一怒山魈伏，左右如葵卫其足。吁嗟乎！先生无聊只好奇，僬侥山魈亦颇落落无威仪。无威仪，先生怒，山魈文，僬侥趣。"这首诗写得诙谐逗趣而且耐人寻味。

愿为人妇

船山先生诗才超妙，性格风流，四海骚人，靡不倾仰。秀水金筠泉孝继忽告其所亲，愿化作绝代丽姝，为船山执箕帚。又无锡马云题灿赠诗云："我愿来生作君妇，只愁清不到梅花。"以船山夫人有"修到人间才子妇，不辞清瘦似梅花"之句也。其倾倒之心，爱才而兼种情，可谓至矣。先生戏成二律以谢云："飞来绮语太缠绵，不独青娥爱少年。人尽愿为夫子妾，天教多结再生缘。累他名士皆求死，引我痴情欲放颠。为告山妻须料理，典衣早蓄买花钱。""名流争现女郎身，一笑残冬四座春。击壁此时无妒妇，倾城他日尽诗人。只愁隔世红裙小，未免先生白发新。宋玉年来伤积毁，登墙何事苦窥臣。"亦词坛一则雅谑也。

【译文】船山（张问陶）先生写诗的才能高超美妙，性格风流潇洒，各地的诗人墨客，没有不倾倒、仰慕他的。浙江秀水人金筠泉金孝继忽然告诉他的亲人，说希望化作绝代美女，为船山料理家务。又有江苏无锡的马云题马灿赠诗给他说："我愿来生作君妇，只愁清不到梅花。"因为船山夫人有"修到人间才子妇，不辞清瘦似梅花"的诗句。他的倾心、爱慕之心，爱才而又兼种情，可以说到了极处。先生也戏谑地写了两首律诗答谢他："飞来绮语太缠绵，不独青娥爱少年。人尽愿为夫子妾，天教多结再生缘。累他名士皆求死，引我痴情欲放颠。为告山妻须料理，典衣早蓄买花钱。""名流争现女郎身，一笑残冬四座春。击壁此时无妒妇，倾城他日尽诗人。只愁隔世红裙小，未免先生白发新。宋玉年来伤积毁，登墙何事苦窥臣。"这也是词坛一则高雅的玩笑！

蔗 虫

蔗虫性凉，吾杭极贵，出痘险者，赖以助浆，然不可多得也。广东潮州，蔗田接壤，蔗虫往往有之，形似蚕蛹而小，味极甘美，居人每炙以佐酒。姚秋芷丈承宪尝赋二律咏之。其次首云："蕴隆连日赋虫虫，浊念寒浆解热中。佳境不须疑有蛊，庶生原可庆斯螽。凡草植之则正生，此嫡出也。甘蔗以斜生，所谓庶出也。吕惠卿对宋仁宗语。似谁折节吟腰细，笑彼衔花蜜口空。毕竟冰心难共语，一樽愁绝对蛮风。"状物极工。

【译文】蔗虫性凉，在我们杭州极为珍贵，出痘病情危急的病人，依靠蔗虫制成的浆来治病，然而蔗虫却非常难得。广东潮州蔗田相连，往往有很多蔗虫，它的形状像蚕蛹但是很小，味道非常甘美。当地人常常把它烤着吃用来下酒。姚秋芷姚承宪老先生曾经写了两首律诗来歌咏它。第二首诗写道："蕴隆连日赋虫虫，浊念寒浆解热中。佳境不须疑有蛊，庶生原可庆斯螽。凡是用草种下的就是正生，就是嫡出。甘蔗因为斜生，就是所说的庶出。这是吕惠卿回答宋仁宗的言语。似谁折节吟腰细，笑彼衔花蜜口空。毕竟冰心难共语，一樽愁绝对蛮凤。"这首诗写得极为精致、巧妙。

徐中山女

中山第三女，名妙秀。当靖难时，金川门失守，宫中火起，传言驾崩。女愤痛曰："当御正殿以俟之，奈何出此？"高见卓论，此与姚少师之姊同为一时奇女。

【译文】中山（徐达）的第三个女儿，名为妙秀。当靖难之变时，金川门失守，宫中起火，传言说建文帝驾崩。妙秀愤怒、悲痛地说道："应在正殿等待，如何会出现这种事？"她高远卓越的见解言论，与姚少师（姚广孝）的姐姐同为当时的奇女子。

野 合

男女私奔名曰"野合"。高江村《天禄识余》云："女子七七四十九而阴绝，男子八八六十四而阳绝，过此为婚，则为野合。"此又一说也。

【译文】男女私奔被称为"野合"。高江村（高士奇）在《天禄识余》中说："女子七七四十九而阴绝，男子八八六十四而阳绝，过了这个年龄后结婚，则称为野合。"这又是一种说法。

寓 钱

寓钱，纸钱也。寓者，谓寄形象于纸也。见唐唐临《冥报录》。

【译文】寓钱，就是纸钱。寓，指寄形象在纸上。这种说法参见唐代唐临《冥报录》。

步

《周书》："王朝步自周。"黄公绍曰："步，辇也。人荷不驾马也。"殆即后世轿之权舆。

【译文】《周书》中说："王朝步自周。"黄公绍说："步，就是辇。用人肩扛而不驾马。"这大概就是后世轿子的起始吧。

三苏祠对

闽有三苏祠，其联云："一门父子三词客，千古文章八大家。"长泰戴方伯燨手笔。见周栎园先生《闽小纪》。

【译文】福建有一座三苏祠，它的对联题为："一门父子三词客，千古文章八大家。"是福建长泰人、布政使戴燠亲手所写。见于周栎园（周亮工）先生《闽小纪》。

腹 葬

遐黎，生婺岭以北，椰瓢蔽体，父母过五十，则烹而食之，云葬于腹中，谓之得所。见陆次云《峒溪纤志》。此较之天葬、火葬、鸟葬、水葬，尤为蔑伦绝理，真禽兽之不若矣！

【译文】遐黎，在婺岭以北生活，用椰壳制成的瓢来遮蔽身体，父母年过五十，就烹制而吃掉，说这是葬在腹中，称为"得所"。这件事参见陆次云《峒溪纤志》。这种比天葬、火葬、鸟葬、水葬，更加蔑灭人伦断绝天理，真是禽兽不如啊！

鬼畏桃

殡除桃茢，门设桃符，相传桃可辟鬼。按《淮南·诠言训》："羿死于桃棓。"注："棓，大杖，以桃木为之，以击杀羿，由是以来，鬼畏桃也。"

【译文】祭于殡用桃杖与扫帚，门上挂桃符（来辟除不祥），相传桃木可以避鬼。考查《淮南子·诠言训》中记载道："羿死于桃棓。"注解："棓，大杖的意思，用桃木制成，以用来击杀后羿，从这以来，鬼就害怕桃木。"

方夫人诗卷

山舟学士，嘉庆丁卯重赴鹿鸣，赋纪恩诗四章，一时和者不下百余人。学士品题，以芷斋方夫人为最。夫人时年八十，手书和章，笔力苍劲，出入南宫，宜其福与慧兼，为吾杭闺秀弁冕。是卷，学士殁后年余，先君于故纸中捡得之，亟装裱以供珍玩。后吾妹右纫适方芑堂明府懋嗣令郎，实夫人之从孙妇也，遂以此卷媵之。诗云："公堂济济肃冠裳，白发当筵倍有光。蕊榜曾占芝草秀，宫袍重染桂枝香。但论才望无前辈，若在朝班亦首行。共道凤皇将九子，晚晴颜色似朝阳。""前贤也复遇宾兴，主眷如斯得未曾。挥翰玉堂干气象，感恩金阙梦舣棱。_{公答客诗云："他生愿作衔环雀，飞上舣棱高处来。"}春风语吉看重听，冬集书存有凤征。_{公有前丁卯题名录诗。}天子知公文福大，头衔仍赐一条冰。""四诗清越戛瑶瑛，才算升平雅颂声。有识尽能知姓氏，重公原不为科名。已传凤诏倾当世，定说龙门与后生。最是老怀欣阿买，得随杖履拜恩荣。"_{犹子懋嗣，今科中式。}三篇真不愧作手。

【译文】山舟学士（梁同书）在嘉庆丁卯（嘉庆十二年，1807）重赴鹿鸣，写下了纪恩诗四章，一时应和者不少于百余人。山舟学士品评这些和诗的内容，认为芷斋方夫人写的诗最佳。夫人当时已八十岁，亲手所写的和章，笔力苍劲有力，出入南宫，应是她福德与智慧兼备，堪称杭州闺秀中的魁首。这篇诗卷，在学士去世后一年多，先父（梁祖恩）在旧纸中捡到的，赶紧装裱起来以供珍藏玩赏。后来我妹妹梁右纫嫁给县令方芑堂_{方懋嗣}的儿子，实际是夫人兄弟的孙妻子,于是就把这首诗卷送给她。诗中说:"公堂济济肃冠裳,白发当筵倍有光。蕊榜曾占芝草秀,宫袍重染桂枝香。但论才望无前辈,若在朝班亦首行。共道凤皇将九子,晚晴颜色似朝阳。""前贤也复遇宾兴,主眷如斯得未曾。挥翰玉堂干气象,感恩金阙梦觚棱。山舟学士答客诗说:"他生愿作衔环雀,飞上觚棱高处来。"春风语吉看重听,冬集书存有夙征。山舟学士有前丁卯题名录诗。天子知公文福大,头衔仍赐一条冰。""四诗清越夏瑶瑛,才算升平雅颂声。有识尽能知姓氏,重公原不为科名。已传凤诏倾当世,定说龙门与后生。最是老怀欣阿买,得随杖履拜恩荣。"侄子方懋嗣,考中丁卯科。这三篇诗文真不愧为行家名手。

蜕岩词

夏日访姚丈秋芷于羊城寓舍,适逢其启箧曝书,手诗余一帙示余曰:"余不工此,而子嗜之笃,盍举以赠。"余欣然受赐,归而读之,钞录未精,而校仇甚核,丹黄点笔,意义灿然。首颜曰《蜕岩词》,署曰"河东张翥仲举填"。亟观跋尾,则樊榭老人手笔也。跋云:"蜕岩,河东人,幼从父官于杭,与贞居子张伯雨俱学于仇山村先生之门。故诗文俱有源本,而词笔亦复俊雅不凡,足继白石、梅溪、草窗、玉田之后。惜山村、伯雨诗集仅存,而词止三数阕,使人有零珠断璧之恨,不若《蜕岩词》二卷一百二十余首之完好无恙也。是本为余友金君绘卤钞于龚田居侍御家,余从绘卤令子以宁借钞,遂得充几席研玩之娱。侍御所藏,异书甚多。生平清介自处,罢官后绝不竿牍当事,贫至食粥,闻其身后书籍大半散佚矣,为之累叹。雍正改元十月二十三日,樊榭生厉鹗书后。"又二行云:"近得张外史《贞居词》一卷,又校定《蜕岩词》讹字,消遣余春,殊不冷落。"第一卷内《水龙吟·咏西池败荷》一阕,尾亦有二跋。词云:"水宫仙子归来,为谁独立西风背。凌波梦断,可怜零落一奁环珮。雨叶敲寒,露房倒影,秋声惊碎。问西亭翠被,将愁何处? 空留得余香在。 最爱双飞白鹭,镇相依蓼边蘋外,舞衫歌扇,有人绣出水情云态。西子湖边,越娘舟上,忆曾同采。甚人今以上四十字,龚氏原钞本缺。未老,花应依旧约明年。"再跋云:"此词前段妙绝,后段不全,令人闷恨不已。"又跋云:"雍正甲辰,在赵谷林小山堂得李西涯南词本校添,为之大快。"其他佳词,不及备录,此本未知已付梓与否,当携归以俟好事者之采摭焉。

【译文】某年夏天,去羊城寓舍拜访姚秋芷(姚承宪)。恰好遇到他开书箱晒书,他手拿余下的一帙给我看说:"我不擅长写诗,而你非常爱好,何不把诗都赠给你。"我欣然接受。回到家中阅读,诗文抄录不细致,但校对却很仔细严谨,用丹黄笔点校文字,意义显明。诗的首篇为《蜕岩词》,署名为"河东张翥仲举填"。急忙看末尾的跋文,则是樊榭老人(厉鹗)的手笔。跋文说:蜕岩(张翥),是河东人,幼时跟随父亲到杭州做官,与贞居子张伯雨(张雨)都在仇山村(仇远)先生门下求学。所以诗文都有本源,而词笔也俊雅不凡。足以继白石(姜夔)、梅溪(史达祖)、草窗(周密)、玉田(张炎)之后。可惜仅存山村、伯雨两诗集,而词只有三数阕,使人难免有零珠断壁的遗憾,不如《蜕岩词》两卷一百二十余首都完好无缺的保存下来。这本为我的朋友金绘卣(金志章)在侍御龚田居(龚翔麟)家中抄得,我从金绘卣的儿子金以宁处借来抄到,才得以充几席研玩之娱。侍御家中所藏,有很多珍贵罕见的书。他生平以清高耿直自居,罢官后绝不以书信请求现任官员,贫苦到家中只能食粥,听说他去世后书籍大半都散失了,为他感到叹息。雍正元年十月二十三日(1723年11月20日),樊榭生厉鹗书后。"还有两行说:"近日得到张外史《贞居词》一卷,又校定了《蜕岩词》的错字,以此来消遣余春,竟然不觉冷清。"第一卷内《水龙吟·咏西池败荷》一阕,诗文末尾也有两篇跋词,词中写道:"水宫仙子归来,为谁独立西风背。凌波梦断,可怜零落一奁环佩。雨叶敲寒,露房倒影,秋声惊碎。问西亭翠被,将愁何处?空留得余香在。　最爱双飞白鹭,镇相依蓼边蘋外,舞衫歌扇,有人绣出水情云态。西子湖边,越娘舟上,忆曾同采。甚人今以上四十字,龚氏原钞本缺少。未老,花应依旧约明年。"还有一篇跋词写道"这首词前段非常巧妙,后段不全,令人闷恨不已。"另有一跋文写道:"雍正甲辰(雍正二年,1724),在赵谷林(赵昱)小山堂得李西涯(李东阳)南词本校添,为之大快。"其他佳词,来不及全部抄录,这版本不知是否已经刊印,应当带回去让好事者从中采集摘录。

知训见字

　　古人于知字,往往作见字解。《左传》:"晋侯闻之,而后喜可知也。"注云:"喜见于颜色。"《吕氏春秋》:"文侯不悦,知于颜色。"注:"知,犹见也。"《淮南·修务训》:"奉一爵酒,不知于色。"亦作见字解。

　　【译文】古人把"知"字,常常当作"见"字解释。《左传》中说:"晋侯闻之,而后喜可知也。"注文说:"喜见于颜色。"《吕氏春秋》中说:"文侯不悦,知于颜色。"注文为:"知,犹见也。"《淮南子·修务训》中说："奉一爵酒，不知于色。"也当作"见"字来解释。

程少山

程少山晋，杭之名诸生也。连试秋闱，不售，遂橐笔遨游。始而江西，继而广东，名公钜卿，争迎倒屣。余在家，初未识面，至粤中，始得订交，深相结契。雅善作书，行楷篆隶，靡不精妙。尤工铁笔，尝为余作七十二鸳鸯楼印一方，章法匀整，笔意遒媚，边跋古雅，直造山堂、小松之室。诗词多不自收拾，曾为余书聚头扇，因录存数首。《莫愁湖》云："春愁乡思两模糊，怕忆家山好画图。刚把西湖抛撇了，又教侬见莫愁湖。""幼妇新词四壁收，至今争说旧风流。美人不是无情物，未必当时竟莫愁。"《无题》云："卍字栏杆亚字墙，玉梅花下小兰房。金镮低扣声先透，银烛轻摇影故藏。入座渐闻香子细，隔帘徐听佩丁当。等闲未肯轻相见，半是销磨杜牧狂。""沉沉良夜解明珰，细数闲愁睡不遑。惯作长吁眉锁黛，时闻小语口生香。银釭焰冷还相对，铁马声凄更自伤。知道夜深寒气重，褪将半臂却分郎。"亦可以见一斑矣。

【译文】程少山程晋，是杭州有名的的生员。接连几次秋季乡试，都没有考中，于是便持橐籍笔游览山水。开始是去江西，继而又到了广东，各地有名望的权贵，都争相迎请。我在家，初时没有见面，到了广东，才结为朋友，彼此非常投缘。他平素擅长书法，行楷篆隶各种字体，无不精致巧妙，尤其擅长铁笔，曾经为我作了一方

"七十二鸳鸯楼"印,章法均匀整齐,笔意苍劲而妩媚,边款古朴雅致,直达山堂(蒋仁)、小松(黄易)之室。他所写的诗词自己多不整理,曾为我书写过折扇诗,因此记录下数首诗词。《莫愁湖》中写道:"春愁乡思雨模糊,怕忆家山好画图。刚把西湖抛撇了,又教侬见莫愁湖。""幼妇新词四壁收,至今争说旧风流。美人不是无情物,未必当时竟莫愁。"《无题》中写道:"卍字栏杆亚字墙,玉梅花下小兰房。金镶低扣声先透,银烛轻摇影故藏。入座渐闻香子细,隔帘徐听佩丁当。等闲未肯轻相见,半是销磨杜牧狂。""沉沉良夜解明珰,细数闲愁睡不遑。惯作长吁眉锁黛,时闻小语口生香。银釭焰冷还相对,铁马声凄更自伤。知道夜深寒气重,褪将半臂却分郎。"他的诗词意境,从中也可见一斑。

觱 栗

《说文》:"觱,羌人吹角也。"其声悲栗,故名觱栗。冬月寒气骤发,其声似之。《豳风》:"一之日觱发,二之日栗烈。"注:"觱发,风寒也。栗烈,气寒也。"《吴下田家志》引谚云:"三九二十七,篱头吹觱栗。"正谓风吹篱落,声似觱栗,与诗意合。田家之歌咏,可以上媲风骚矣。

【译文】《说文解字》中写道:"觱,是指羌人吹角。"它的声音悲凉,所以名为"觱栗"。冬月寒气突然生发,它的声音很相似。《诗经·豳风》中写道:"一之日觱发,二之日栗烈。"注解为:"觱发,是指寒风。栗烈,是指寒气。"《吴下田家志》中引用谚语说道:"三九二十七,篱头吹觱栗。"正所谓风吹篱笆,声音好似觱栗,与诗意相契合。田家的歌咏,可以向上与风骚相媲美了。

袍

《逸雅》："袍，丈夫着，下至跗者也。"《事物纪原》以为"始于宇文护"，《困学纪闻》以为"始于隋大业"，皆非也。汉《舆服志》："周公抱成王燕居，故以袍。"《物原》："傅说作袍。"《古今注》："袍者，有虞氏即有之。"则其制由来远矣。

【译文】《逸雅》中说道："袍，为男子所穿服饰，下至脚背。"《事物纪原》中认为是"从宇文护开始"的，《困学纪闻》中认为是"从隋炀帝大业年间开始"的，其实都不是。《后汉书·舆服志》中记载："周公抱周成王闲居，所以穿袍。"《物原》中记载："傅说制作袍。"《古今注》中说："袍，有虞氏时就已经有了。"那么袍应该由来已久。

尖头靴

《释名》："靴，本武服，赵武灵王所制，常短勒，以黄皮为之，后渐以长勒。"唐马周以麻为之，杀其勒，加以毡。开元中，裴叔通以羊毛为之。《笔谈》曰："北齐全用长勒靴。"《续事始》曰："故事，皮靴不许着入殿省，马周加饰，乃许也。"周辉《北辕录》："淳熙中，张子政往贺金国生辰，其俗无贵贱，皆着尖头靴。"又，钉靴见《明史·礼志》："百官入朝遇雨，皆蹑钉靴，声彻殿陛。太祖令为软底皮鞋，冒于靴外，出朝则释之。"

【译文】《释名》中说道："靴，本为武服，是赵武灵王所制，常为短勒，用黄皮制成，后来逐渐变成了长勒。"唐代马周用麻制成靴，去掉鞋鞡，加上氊。唐玄宗开元年间，裴叔通用羊毛制作。《笔谈》中说道：“北齐全用长鞡靴。”《续事始》中说道：“按照旧例，不许穿着皮靴入殿省，马周加上饰物，才准许。”周辉《北辕录》中说道：“宋孝宗淳熙年间，张子政为使者前往金国贺生辰，当地的风俗是无论贵贱都穿尖头靴。”又，钉靴见于《明史·礼志》，当中记载：“百官入朝遇到下雨，都踩着钉靴，声音响彻宫城。太祖下令用软底皮鞋，套在靴外，出朝后就脱下。”

频罗庵诗

山舟学士以书名海内，而诗为所掩。然一篇之成，名流脍炙，隽词独绝，逸趣横生。洪稚存太史评其诗如“山半钟鱼，响参天籁”是也。公尝曰：“吾已为人役书，那堪更为人役诗。”因不常作。公又自言：“吾诗无所师承。”而许周生驾部独谓其瓣香丹渊，学士亦以为知言也。

【译文】山舟学士（梁同书）因书法名扬于海内，而诗却多被掩没。然而偶成一篇诗文，就被名士称颂，隽词独绝，逸趣横生。翰林洪稚存（洪亮吉）品评他的诗说：“山半钟鱼，响参天籁。”山舟学士曾经说过：“我已经为人写书法，怎能还为人作诗？”因此不常作诗。山舟学士又自言道：“我的诗没有师承。”而唯独驾部许周生（许宗彦）认为他师承丹渊，山舟学士也以为是知音之言。

云贞寄外书

毛云贞，楚人，夫戍伊犁。毛以书寄至山东道上，有人拆而阅之，遂流传其稿，洋洋数千言，词意条鬯，神情凄惋，真好家书也。是书缪莲仙先生艮曾刻入《文章游戏》中。近广东有人于随笔诗话中采列，点窜涂改，全不成文，后之读者，宜从缪本为是。

【译文】毛云贞，是楚地人，她的丈夫驻守伊犁。毛云贞给她丈夫写的书信寄到山东的途中，有人拆开看了这封信，于是便被广为流传，她的书信中洋洋数千言，词意畅达，神情凄惋，真是一封好家书。这封书信，缪莲仙先生缪艮曾把它刻入到《文章游戏》中。近来广东有人将它从随笔诗话中辨列出来，字句修整涂改，全不成文，后面的读者，应当采用缪本为准。

河东山西

河东、山西，一地也。唐京师在关中，而其东则河，故曰河东。元京师在蓟门，而其西则山，故曰山西。各就畿甸所近言之也。

【译文】河东、山西，是指同一地方。唐朝京城位于关中，而关中的东面是黄河，所以称为"河东"。元朝京城位于蓟门，而它的西面是山，所以称为"山西"。各自依照朝代京城所临近的地方来命名。

双 声

《南史》"既佳光景，当得剧棋"一语，四双声，以今音考

之，"光景"二字不协，"景"字须作"耿"字音方合。然考隋避
"丙"字，以"景"字代之，则音又不同，究未知"景"字六朝作
何音也。

《南史·羊戎传》中"既佳光景，当得剧棋"一语，含有四个
双声词，用现在的字音来考校，"光景"二字不协调，"景"字应作
"耿"字音，才符合。然而参考《隋书》避讳"丙"字（唐高祖李渊
之父李昞），用"景"字来代替，则音又不同，终归是不知道"景"字
在六朝时作什么读音。

黄雀银鱼

《明史》言"桂文襄萼在位，有素丝之节"。按文襄当轴，
其故人自家遣仆人至京，道地送黄雀银鱼二坛，其实中皆黄白
镪也。桂谓仆人曰："此地不好，传语而主，南京去罢。"不日，除
南京大理寺卿。故时有句云："若非黄雀银鱼力，安得南京大理
卿。"审是，则史言不实矣。

【译文】《明史》中记载"桂文襄桂萼在位时，操守非常清廉"。
据说在桂文襄当政时，他的一位老朋友从家中差遣仆人到京城，特
地送给他两坛黄雀银鱼，其实里面都是黄金、白银。桂文襄对那位
仆人说："这里不好，转达你的主人，让他去南京吧。"不久，那位老
朋友便被任命为南京大理寺卿。所以当时有句话说："若非黄雀银鱼
力，安得南京大理卿。"果然这样，那么史书上的话就是不真实了。

土馒头

古语云："纵有千年铁门槛，终须一个土馒头。"谓坟也。近有人又有句云："城外多少土馒头，城中尽是馒头馅。"更警动。

【译文】古语说道："纵有千年铁门槛，终须一个土馒头。"指的是坟墓。近来有人又写有句话说："城外多少土馒头，城中尽是馒头馅。"这更加让人震惊。

罢官诗

王笠舫大令衍梅罢官后，赠李芸甫水部句云："春在花光浓淡里，官如山色有无中。"读之失笑。严少峰太守罢守杭州，许周生驾部宴之于孤山苏公祠，赠长律一首，句云："无端冷暖天难测，如此湖山感易生。"读之发慨。

【译文】县令王笠舫王衍梅罢官后，赠给水部李芸甫（李秉绶）诗句说："春在花光浓淡里，官如山色有无中"。读后让人忍不住发笑。知府严少峰（严荣）在罢官后居住在杭州，驾部许周生（许宗彦）在孤山苏公祠宴请严少峰，并赠一首长律诗，其中有诗句说："无端冷暖天难测，如此湖山感易生。"读后让人不禁感慨。

馌妇吟诗

东坡闻新会有仙，访之。至古博里，遇村妇肩馌具，蓬发短衣，胸露两乳，口占诗曰："蓬发星星两乳乌，朝朝担饭去寻夫。"妇应声曰："是非只为多开口，记得朝廷贬汝无？"言讫不见，见《考甄志》。

【译文】苏东坡听说广东新会那里有神仙，便前去寻访。走到古博里，路遇一个村妇肩担着餐盒去田里送饭，只见她蓬松散乱的头发，穿着短衣，胸露两乳，苏东坡随口说了一句诗道："蓬发星星两乳乌，朝朝担饭去寻夫。"村妇随声应和说："是非只为多开口，记得朝廷贬汝无。"说完人就不见了，这件事于《考甄志》中有记载。

百花冢

广东番禺白云山，有百花冢。明季有彭梦阳者，眷一妓，曰张乔。乔殁后，埋香于此，诸名士各执一花，环植其墓，因谓之曰"百花冢"。今已颓圮，有钟君者，纠同志重修之。

【译文】广东番禺白云山，有一座百花冢。明朝有一个叫彭梦阳的人，爱恋一个妓女，叫张乔。在张乔去世后，香骨便埋葬在此地，诸多名士都各自手拿一枝花，种植在坟墓的周围，因此称它为"百花冢"。现在已经倒塌了，后来有一位姓钟的人，召集了一些志同道合的人重修了此墓。

翰苑吏

前明翰林院有孔目吏，每学士制草出，必据案细读，疑误辄告。刘嗣明尝作皇子剃胎发文，内用"克长克君"之语，吏持以请。嗣明曰："此言堪为长，堪为君，真善颂也。"吏曰："内中读文书不如是，最以语忌为嫌，既克长，又克君，殆不可用也。"刘乃悚然易之。此吏可谓深识体裁者矣。

【译文】明朝翰林院，有一个掌管文书档案的小吏，每当学士将诏令的文稿写完后，他必要伏案细读，如有不清楚或错误处便会指正出来。刘嗣明曾经写过一篇关于皇子剃胎发的文章，里面用了"克长克君"的词语。这位小吏便拿着这篇文章去请教刘嗣明。刘嗣明说："这句话是说可以为长、可以为君的意思，是真正颂扬君、长的。"小吏说："宫廷里读文书不是这样，以语言上的忌讳最为嫌忌。既克长、又克君，危险啊，几乎不能用。"刘嗣明听后很恐惧而换了这个词语。这个小吏可谓是深谙国家的体制、规则。

西施封神

萧山土地祠为西施，阎百诗有诗纪之，见《潜丘札记》。又毛西河《九怀词》载："宋淳熙中，敕封西施为土谷神，曰苎萝村土地先施娘娘。"

【译文】浙江萧山土地祠中，供奉的是西施。阎百诗（阎若璩）有首诗记录这件事，见于《潜丘札记》中。又有毛西河（毛奇龄）《九怀词》中记载道："宋孝宗淳熙年间，敕封西施为'土谷神'，称为苎萝村土地先施娘娘。"

朝 舞

陈士元《孟子杂记》："转附朝儛，朝当读如朝夕之朝。卫有朝歌，齐有朝儛，皆以俗好嬉游，故名其地。"其说甚新。

【译文】陈士元在《孟子杂记》中说道："'转附朝舞'中的'朝'，应当读作'朝夕'中的'朝'音。卫国有朝歌，齐国有朝舞，都因为流俗喜好嬉戏游乐，所以用它做为地名。"这种说法甚为新奇。

郭汾阳

郭子仪封汾阳王，而郭淮亦封汾阳子，是古今有两郭汾阳矣。然以令公之勋，空前绝后，则伯济之迹，不足言也。

【译文】郭子仪被封为"汾阳王"，而郭淮也被封为"汾阳子"，所以古今共有两位"郭汾阳"。然而令公（郭子仪）的功勋空前绝后，则伯济（郭淮）的事迹就不值一提了。

通 文

李太白寻常谈论，俱成文理，此其天才隽逸，岂人所能及者。今有人信口谈吐，好为藻饰，而又钩辀格磔，舌本连蜷，使听者倦而思卧，无怪宋义康王云："身不读书，毋庸以才语相对也。"

【译文】李太白平常的言谈议论，都很有文理，这是因为他天赋俊秀不凡，岂是平常人所能企及的。现在有人不假思索任意开言，喜好藻饰，而且又文句艰涩不畅达，舌根连卷，让听的人疲倦而想睡觉，不怪宋义康王说："自身不读书，不必用机巧的言辞或文字相应对。"

家弟家孙

今人于尊者言家，于卑者不言家。晋戴逯呼戴逵曰"家弟"，班固书集称孙曰"家孙"，则知古人反不拘此。又谢安石谓王献之曰："君书何如家尊？"谓其父右军也。则称人之父，亦可曰"家尊"。

【译文】现在的人对地位尊贵的人称为"家"，对于地位卑下的人不称为"家"。晋朝戴逯称戴逵为"家弟"。班固在书集中称孙子为"家孙"，从这里知道古人反而不拘泥于这些。另有谢安石对王献之说："君书何如家尊？"这里的"家尊"说的是王献之的父亲王羲之。所以称别人的父亲，也可以称为"家尊"。

李东白

京山李东白，以能诗名，《黄鹤楼》七律最佳。后舟过云梦，吟诗，拍手一笑，跃入水死。见渔洋《香祖笔记》。何姓名踪迹，俱与太白相类耶？

【译文】湖北京山李东白,以擅长写诗而有名,他所作的七言律诗《黄鹤楼》为最佳。后来他坐船经云梦时,口中吟诗拍手一笑,跳入水中淹死了。这件事见于渔洋山人(王士禛)《香祖笔记》中。为何里面所写的姓名、踪迹,都与李太白相似呢?

物 理

物理之精微,多有不可解者。石脾入水则干,出水则湿。独活有风不动,无风则动。南倭海蚌泪着色,昼隐夜显。沃山石滴水着色,夜隐昼显。禾结实于野,而粟缺于仓。蚕珥丝于室,而弦绝于户。狐夜察蚊蚋,而昼不辨山岳。龙目眜诸物,而力能破金石。他如雪至洁也,而有蛆。银至坚也,而有蚁。火至热也,而有鼠。冰至寒也,而有蚕。虮听以掌,鳖孕以目,水母目虾,琐珸腹蟹,蚁以倒行,蝇以仰栖,莩荙化铜,胡桃断铁,翡翠屑金,羚羊破钻,角遇甘草而坚,牙遇木贼而软,水之冷而有温泉,火之炎而有寒焰,橘逾淮而为枳,樟过赣而化榕,蜓蚰至弱而杀蜈蚣,鼯鼠至小而制癫象,诸如此类,不可枚举,则穷理之功难矣。

【译文】物理的精深微妙,有很多难以解释的地方。含有大量矿物质的咸水蒸发后凝结成石脾入水就干,出水就湿。独活草遇风不动,没有风才动。南倭海蚌的眼泪有颜色,白天隐藏,夜晚才显现。沃山石滴水有颜色,夜晚隐藏,白天显现出来。禾苗在田野里结果实,而粮仓里却缺粟谷。蚕在室内吐丝,在屋中却断绝丝弦。狐狸夜晚能看到蚊子,而白天却辨认不出山岳。龙常眜眼视物,而它的力量却能击破金石。其他比如雪非常洁白,而雪山中却有冰蛆。银子非常坚硬，而白蚁却可以蚕食。火非常炎热，而里面却有火鼠。冰非常寒冷，而却有冰蚕。虬龙用爪子听，鳖用眼孕育，水母用虾做为眼睛，琐珣腹中有小蟹，蚂蚁倒着走，苍蝇仰着栖息，荸荠可以化铜，胡桃能够断铁，翡翠能让金器落下金屑，羚羊角可以击破钻石，角遇甘草会变坚硬，牙遇木贼草就变软，水很冷而却有温泉，火很炎热而却有寒焰，橘子越过淮河成为枳，樟树过了江西变成了榕树，蜓蚰非常弱小却能杀死蜈蚣，鼫鼠体型虽小却能制服癫象，诸如此类，无法一一列举，想要弄清楚真相很难。

举皋陶

吕望举于钓，夫人知之。《后汉书》冯衍《显志赋》："皋陶钓于雷泽兮，得虞舜而后亲。"则亦举于钓也。

【译文】吕望在钓鱼时被周文王发现而选拔出来的，这是人人皆知的事情。《后汉书》中冯衍《显志赋》写道："皋陶钓于雷泽兮，得虞舜而后亲。"那么皋陶也是在钓鱼时被虞舜选拔出来的。

冥　婚

今俗男女已聘未婚而死者，女或抱主成亲，男或迎柩归葬，此虽俗情，亦有礼意。宋康誉之《昨梦录》云："北俗，男女年当嫁娶，未婚而死者，两家命媒互求之，谓之鬼媒人。"则真奇闻矣。然《周礼·地官》媒氏禁嫁殇者，则冥婚之说，似古已有之。

【译文】现在的风俗，如果男女已经定婚但还没有正式结婚就有一方去世了，就让女的抱着男方的牌位成亲，或者男方迎女方的灵枢运回故乡埋葬，这虽然是民间风俗，也含有礼节道义。宋朝康誉之（或为康与之）在《昨梦录》中说道："北方的风俗，男女到了年龄应当嫁娶，没有结婚就去世的，两家便命媒人互求，称为'鬼媒人'。"这真是一件奇闻。然而《周礼·地官》媒氏中记载禁止为未成年而去世的人婚嫁，那么冥婚的说法，似乎自古就有。

名字通用

甲第，贵宅也，科目也。蒲卢，蒲苇也，螟也，《夏小正》："十月，元雉入于淮为螟。"注："螟，蒲卢也。"果裸也。禁中，大内也，囹圄也。阑干，廊蔽也，眼眶也，夜深也。图书，经史也，印章也。玉版，笺也，帖也，笋也。葳蕤，花也，锁也。鸱夷，盛物器也，河豚也。黄门，奄人也，给事也。貂珰，贵戚也，近侍也。典刑，老成人也，大辟也。飞廉，人名也，兽名也。管仲，人名也，药名也。皋陶，人名也，古木也。《考工记》："辉人为皋陶。"郑司农注："古木也。"阃内，闺门也，国门也。摴蒱，博具也，海蜇也。苜蓿，马刍也，训士，官禄也。缁衣，僧号也，《诗》《礼》，篇名也。王孙，芳草也，蟋蟀也。杜鹃，花名也，鸟名也。龙钟，竹也，老态也。芙蓉，水花也，木花也，山峰也，剑也，面也，镜也，帐也。琅玕，美石也，竹也。船，舟也，衣领也。三尺，剑也，刑法也。玳瑁，美石也，龟甲也。玉环，贵妃名也，唐睿宗所御琵琶名也。夜光，萤火也，珠也，璧也，月也，酒杯也。玉楼，仙人所居也，两肩也。胸蠢腮润，蚯蚓也，汉县名也。丹书，刑书也，誓书也。屠苏，庵也，酒也。五经，圣籍也，酒器也。大有，卦名也，丰年也。玉堂，嬖幸之舍也，翰林也。夕阳，山西也，斜日也。郎中，官名也，医士也。五更，养老名也，谯鼓也。庶子，官名也，支子也。庸峭，耸拔也，承梁小木也。小蛮，美人名也，酒榼也。一流，人品也，银数也。律令，国法也，咒语也。枇杷，果名也，农器也。金井，井栏也，梧桐叶上花纹也。秋水，剑也，眼也。绣球，狮卵也，花名也。满天星，花名也，爆竹也。过山龙，吸酒器也，山轿也。虞美人，花名也，人名也，词牌名也。元宵，节名也，汤团也。九华，山也，塔也，灯也。牙签，剔齿也，书签也。参差，不齐也，笙也。消息，《周易》卦气也，花名也，词牌名也。鱼目，假珠也，汉武马名也。

【译文】甲第，是贵族的宅第，又是科目名称。蒲卢，是蒲苇，也是螟，《夏小正》："十月，元雉入于淮为螟。"注解："螟，蒲卢也。"是果裸。禁中，是帝王所居的大内，又是监狱。阑干，是栏杆，是眼眶，是夜深。图书，是经史，是印章。玉版，是笺，是帖、笋。葳蕤，是花，也是锁名。鸱夷，是盛物的器物，是河豚。黄门，是阉人，是给事侍郎。貂珰，是皇亲国戚，是近侍宦官。典刑，是德高望重的人，也是死刑。飞廉，是人名，也是兽名。管仲，是人名，又是药名。皋陶，是人名，也是古木。《考工记》："韗人为皋陶。"司农郑众注解："古木也。"闺内，是闺门，也是国门。摴蒲，是一种古代赌博用具，又是海蜇。苜蓿，是喂马的草。训士，是官禄。缁衣，是僧人的称号。《诗》《礼》，是篇名。王孙，是一种芳草，又是蟋蟀的别名。杜鹃，是花名，也是鸟名。龙钟，是一种竹子，也指年老行动不便的样子。芙蓉，是一种水生花，还是一种木本花，又是山峰名，还有芙蓉剑、芙蓉面、芙蓉镜、芙蓉帐。琅玕，是一种美石，也是翠竹的美称。船，是舟，也指衣领。三尽，是剑名，也是刑法名。玳瑁，是美石，也指龟甲。玉環，是杨贵妃的名字，也是唐睿宗所用的琵琶名。夜光，是一种萤火，也是宝珠、璧玉、月、酒杯的名字。玉楼，是仙人的居所，又指两肩。胊蠡朐润是蚯蚓，也是汉代的一个县名。丹书，是刑书名，也是誓书名。屠苏，是庵名，也是古代一种酒名。五经，是圣贤的典籍名，也是酒器名。大有，是《易经》的卦名，也指丰年。玉堂，是受宠爱者的房屋，也指翰林院。夕阳，指山西，也指傍晚西斜的太阳。郎中，是官名，也指医生。五更，指养老名，又是楼鼓名。庶子，是官名，也指旁支之子。庯峭，指人的仪表高耸挺拔，也指承重房梁上的小木条。小蛮，是美人的名字，也指酒杯。一流，指人的品类，也指钱币的计算单位。律令，是指国家的法律，也是咒语。枇杷，是一种水果名，也是一种农具。金井，是指井栏，也指梧桐叶上的花纹。秋水，是剑名，也指眼睛。绣球，是狮子滚绣球，又是花名。满天星，是花名，也指爆竹。过山龙，是吸酒的器具，也指登山的轿子。虞美人，是花名，也是人名，又是一种词牌名。元宵，是节日的名称，也指汤圆。九华，是山名，还是灯、塔的名字。牙签，可以剔齿，也是书签。参差，指不齐，也指笙。消息，是《周易》卦气，也是花名，还是词牌名。鱼目，指假珠子，也是汉武帝的马名。

十二时

古无十二时之说。《洪范》言岁月日而不言时。《周礼》冯相氏言岁月日辰而不言时。古所谓时者，三时四时，皆指春夏秋冬也。后世历法渐密，于是乎日分为时。《左传》卜楚邱曰："日之数十，故有十时。"杜注则以为十二时。虽不立干支之名目，然其曰夜半者，即今之所谓子也；鸡鸣者，丑也；平旦者，寅也；日出者，卯也；食时者，辰也；禺中者，巳也；日中者，午也；日昳者，未也；晡时者，申也；日入者，酉也；黄昏者，戌也；人定者，亥也。日分为时，始见于此。后世一日分十二时，每时又分为二，曰初曰正，而选择家以子初为壬时，丑初为癸时，寅初为艮时，卯初为甲时，辰初为乙时，巳初为巽时，午初为丙时，未初为丁时，申初为坤时，酉初为庚时，戌初为辛时，亥初为乾时，即今《宪书》所谓"寅申巳亥月，宜用甲丙庚壬时，子午卯酉月，宜用艮巽坤乾时，辰戌丑未月，宜用癸乙丁辛时"是也。钱辛楣曰："都门法源寺，见辽舍利函后题甲时。"又戒坛寺辽法禅师碑后题乾时。又辽石幢二，一题庚时，一题坤时。盖金辽石刻，多用斯为记也。

【译文】古代没有十二时的说法，在《洪范》中说岁、月、日而不说时。在《周礼》中冯相氏说岁、月、日、辰也不说时。古代所谓的时，三时四时，都是指春、夏、秋、冬。后世的历法逐渐精密，于是把日细分到时。《左传》卜楚邱说："日为天干，天干数十，所以有十时。"杜预注解中则认为是十二时，虽然不立干支的名目，然而其中的夜半，就是现在所说的子时，鸡鸣为丑时，天亮为寅时，日出为卯时，吃饭为辰时，将近中午为巳时，正午为午时，太阳偏西为未时，下午饭时为申时，太阳落山为酉时，黄昏为戌时，夜深人定为亥时。把一日分为时，从这里可以看出。后世把一日分为十二时，每时又分为二，为初时和正时，选择家以子初为壬时，丑初为癸时，寅初为艮时，卯初为甲时，辰初为乙时，巳初为巽时，午初为丙时，未初为丁时，申初为坤时，酉初为庚时，戌初为辛时，亥初为乾时，就是现在《宪书》中所谓的"寅申巳亥月，宜用甲丙庚壬时，子午卯酉月，宜用辰巽坤乾时，辰戌丑未月，宜用癸乙丁辛时"。钱辛楣（钱大昕）说："在京城法源寺，见到辽代舍利函后面题字‘甲时’。"又有戒坛寺辽法禅师碑后题"乾时"二字。还有两个辽代石幢上，一个题"庚时"，一个题"坤时"。大概古代金辽两代的石刻，多用这种方法记时。

薜 荔

薜荔，蔓生墙垣，俗名巴山虎，山谷间多有之。《楚词·山鬼》云"被薜荔兮带女萝"是也。梵言薜荔，犹此言饿鬼，出《大藏》服字函。渔洋山人《香祖笔记》载之。因思薜荔所结之果，俗呼鬼莲蓬，杭人取其子，沁作凉菜，名"目连豆腐"，皆有所本也。

【译文】薜荔，蔓生于墙院，俗名为"巴山虎"，在山谷间有很多。《楚词·山鬼》中说"被薜荔兮带女萝"，说的就是这种植物。梵语称为"薜荔"，就像指饿鬼，出自《大藏》服字函。在渔洋山人（王士禛）《香祖笔记》中有记载。因为薜荔所结的果实，俗称"鬼莲蓬"，杭州人取它的莲子，沁作凉菜，名叫"目连豆腐"，都有根据。

朱 儒

人之形貌，由于天赋。晏子不满七尺，而为齐相。裴公不满七尺，而为唐相。夫何害焉？然古人往往贵长而贱短，《诗》曰："颀而长兮。"又曰："硕人颀颀。"邹忌八尺而自娱，曹交九尺而自负。至臧武仲则鲁人有侏儒之诮。侏儒，本训短柱，《广雅》作株檽，即梲也。故以况短人。《初学记·人部下》引《占梦书》

曰:"凡梦侏儒事不成,举事中止后无名,百姓所笑人所轻。"矮子之为人姗笑如此,可怪也。

【译文】人的外形和相貌是天生的。晏子虽不满七尺,但却做了齐国的丞相。裴公身高也不足七尺,却做了唐朝的宰相。这有什么妨害呢? 然而古人往往重视长而轻视短。《诗经》中说:"颀而长兮。"又说:"硕人颀颀。"邹忌身高八尺而自以为乐,曹交身高九尺而自以为了不起。到了藏武仲,鲁国人就有了"侏儒"这个嘲讽的称呼。"侏儒"字,本来解释为"短柱",在《广雅》中为"株儒",即"棁"的意思。所以用这个词来比喻个子矮小的人。《初学记·人部下》引用《占梦书》中的话说:"凡梦侏儒事不成,举事中止后无名,百姓所笑人所轻。"矮子被人如此讥笑,真是奇怪啊。

对 联

尝见有人写对句云:"拳石画临黄子久,胆瓶花插紫丁香。"爱其工巧,不知为何人之句。频罗老人尝集苏句,屡喜书之:"独携天上小团月茶也,自拨床头一瓮云酒也。"

【译文】曾经见到过有人写的一副对联:"拳石画临黄子久,胆瓶花插紫丁香。"非常喜爱它的工整、巧妙,不知是谁写的句子。频罗老人曾经会集苏东坡的诗句,并多次喜欢书写:"独携天上小团月写的是茶,自拨床头一瓮云写的是酒。"

姒 娌

娣姒，《广雅》始作姒娌。《方言》作筑娌。郭璞曰："关东兄弟妇相呼曰筑里。"

【译文】"娣姒"，在《广雅》中开始写成"姒娌"，《方言》为"筑娌"。郭璞说："关东兄弟的妻子之间互相称为'筑里'。"

妻作夫志铭

妻作夫志铭，古今止一见。高文虎《蓼花洲闲录》载云："熙宁末，洛中有人耕于凤凰山下，获石碣，方广二尺余，乃妇人撰夫志铭。其文曰：'君姓曹氏，名裡，字礼夫，世为洛阳人。三十岁，两举不第，卒于长安道中。朝廷卿大夫乡关故老闻之，莫不哀其孝友睦姻，笃行能文，何其夭之如此也。惟余闻之，独不然。乃慰其母曰："家有南亩，足以养其亲。室有遗文，足以教其子。凡累乎阴阳之间者，生死数不可逃，夫何悲喜之有哉？"丙子年三月十八日卒，以其年十月十五日葬于凤凰山之原。余姓周氏，君妻也。归君室八载，生子一人，尚幼，以其恩义之不可忘，故为铭焉。铭曰：其生也天，其死也天，苟达此理，哀哉何言！其生也浮，其死也休，终何为哉，慰母之忧。'妇人而能文达理如此，亦所罕见。"按此志洪容斋《五笔》亦载之，而较此为略，岂传闻异词耶？

【译文】妻子为丈夫作墓志铭，从古至今只有一例。在高文虎《蓼花洲闲录》中记载道："宋神宗熙宁末年，洛中有人在凤凰山下耕地，发现了一块石碣，方长有二尺多，是一个妇人为她丈夫撰写的墓志铭。铭文上写道：'我的夫君姓曹，名裡，字礼夫。祖籍为洛阳人。三十岁，两次科举不中，在长安道中去世。朝廷卿大夫及家乡的父老听到这个消息，无不哀思他孝敬父母，友爱兄弟，和睦姻亲，力行所学，擅长属文，怎么会这么早就去世了。只有我听后不是这样想。于是安慰婆婆说道："我们家有农田，足以赡养亲人。家里有留下的书文，足以教育孩子。凡人被阴阳所束缚，生死命数都不能逃脱，有什么值得悲喜呢？"我的夫君在丙子年三月十八日去世，在当年十月十五日埋葬在凤凰山的平原上。我姓周，是他的妻子。我与夫君生活了八年，生下一子，年纪尚幼，因为夫君的恩义不能忘记，所以写下这墓志铭。铭文上写道："生也由天定，死也由天定。如果能通达这个道理，还有什么值得悲哀的！人生像浮萍一样，死了就如休息，最终能做些什么呢？安慰母亲的忧愁。"这个妇人能如此知书达理，真是少见啊。"考查这个墓志铭在洪容斋（洪迈）《容斋五笔》中有记载。而和这段墓志铭比较要简略一些，难道是传说不一致吗？

帐

今谓簿籍曰"帐目"。按《汉武帝纪》："明堂朝诸侯受郡国计。"注：颜师古曰："计，若今诸州之计帐。"则此字之来已古。然韵书只训帱训帷，而无以簿籍为义者，俗作账，非。

【译文】现在把簿籍称作"帐目"。考查《汉武帝纪》中说："明堂朝诸侯受郡国计。"注解：颜师古说："计，就像现在各州的计帐册。"那么这个字由来已久。然而在韵书中"帐"字的字义只解释为帱、帷,而没有薄籍这个含义,俗称作"账",是错的。

葵 扇

广东新会县出葵扇。葵,非蕉也。骚人诗词,往往俱赋蕉扇,其实蕉不可以为扇,故并无是物。且古人亦止言蒲葵,不知何以讹为蕉耳。

【译文】广东新会县出产葵扇。"葵",不是指"蕉"。可是文人骚客的诗词,往往都写作"蕉扇",其实蕉不能做成扇,因此并没有蕉扇这个东西。况且古人也只说蒲葵,不知怎么就讹传为"蕉"了。

柴 窑

"雨过天青云破处,者般颜色作将来。"想见当日出样之巧。陆鲁望诗:"九秋风露越窑开,夺得千峰翠色来。"此尚在柴窑之先,不知何时所作。渔洋山人言:"曾见一贵人买一柴窑碗,其色正碧,流光四溢。"余昔见何梦华丈为芸台宫保办贡,得柴窑一片,镶作墨床,色亦葱倩可爱,而光采殊晦,或尚是均窑混真,然价已二十金矣。

【译文】"雨过天青云破处,者般颜色作将来。"从这句诗中可以想象它当日出窑时的精巧。陆鲁望(陆龟蒙)的诗中说道:"九秋风露越窑开,夺得千峰翠色来。"这首诗尚且写在柴窑出世之前,不知是什么时候所作。渔洋山人（王士禛）说："曾看见一个贵人买了一个柴窑碗，纯正的碧色，流光四溢。"我过去曾经见过何梦华（何元锡）老人为太子少保阮芸台（阮元）置办贡品，所得的一片柴窑，被镶成墨床，颜色青翠可爱，可是光彩十分晦暗，或许是用均窑以假乱真，然而价值却有二十两银子。

诗 评

洪稚存太史作诗评，共一百余人，每人系以八字。中惟孙渊如先生独加"少日"二字，曰："孙观察星衍，少日诗，如天仙化人，足不履地。"岂以晚年癖耽金石，有伤风雅耶？

【译文】翰林洪稚存（洪亮吉）写诗评，共有一百多位诗人，每人都是用八字来作评论。其中只有在作孙渊如（孙星衍）先生的诗评时，唯独加了"少日"两个字，洪稚存说："孙观察星衍，少日诗，如天仙化人，足不履地。"怎么会因为他晚年沉迷金石，而有伤风雅呢？"

咏旗亭画壁诗

田大令溥句云："地当梅市宜浮白，诗入梨园亦汗青。"对仗工切。

【译文】田县令田溥有诗句说道："地当梅市宜浮白，诗入梨园亦汗青。"上下两句对仗工整、贴切。

秩

王制九十日有秩，故以九十为九秩。据此，亦止九十可称，余不当通用也。然《容斋随笔》云："十年为一秩。"白公诗云："已开第七秩，饱食仍安眠。"又云："年开第七秩，屈指几多人？"盖秩有次序之义，故借作十字用也。今人曰七裘八裘，又改秩为裘。裘，书衣也，并未有作十字解者，不知何以传讹也。或曰："唐《萧至忠传》'官袟益轻'，杜少陵赋'六官咸袟'，本秩序之秩，误从衣从失，今之讹亦由此来耳。"

【译文】《礼记·王制》中说："九十日有秩，所以以九十为九秩。"根据这种说法也只有九十可以称秩，其他的不能通用。然而在《容斋随笔》中说："十年为一秩。"白公（白居易）诗说："已开第七秩，饱食仍安眠。"又说："年开等七秩，屈指几多人？"大概"秩"还有次序的含义，所以被借作十来用。现在人说"七裘八裘"，又把秩改为裘。裘，是指书的封皮，并没有当作十来解释，不知道是怎么被以讹传讹了。有人说："《新唐书·萧至忠传》中说'官袟益轻'，杜少陵（杜甫）写的'六官咸袟'，'袟'本来应是秩序的秩字，误写成衣字旁的'袟'，现在的错误也是从这来的。

任城太白酒楼诗

任城太白酒楼诗，多矣。余最爱大兴舒铁云先生七古一篇云："结客须结贺知章，相士须相郭汾阳。此时当浮三大白，天地中间一酒国。公不必饮酒楼上眠，楼不必因公被酒传。但道公曾饮此地，至今往往有酒气。七尺之躯百尺楼，出亦愁，入亦愁，作诗尚有杜工部，上书安得韩荆州？除非天津桥南董糟邱，为公屈注庐山瀑，横卷沧海流。汉江三百绿鸭头，黄河之水天上不再收。感公痛饮日，惜公狂吟身，读公古乐府，知公谪仙人。一斗亦醉一石醉，万古长愁无价卖。海上钓鳌鳌无竿，江上骑鲸鲸无鞍。身不愿封万户侯，但愿一脱千金裘，飞上凤皇台，踢翻鹦鹉洲。沉香亭，花见羞，夜郎国，鬼与谋，须臾汤泉火城貉一邱，惟有青莲花开千秋。我欲醉折花枝当酒筹，而乃眼前突兀见此楼。"奇气郁勃，读之可下酒一斗。

【译文】山东任城太白酒楼的诗很多。我最喜爱大兴人舒铁云（舒位）先生的一篇七古诗，诗中写道："结客须结贺知章，相士须相郭汾阳。此时当浮三大白，天地中间一酒国。公不必饮酒楼上眠，楼不必因公被酒传。但道公曾饮此地，至今往往有酒气。七尺之躯百尺楼，出亦愁，入亦愁，作诗尚有杜工部，上书安得韩荆州？除非天津桥南董糟邱，为公屈注庐山瀑，横卷沧海流。汉江三百绿鸭头，黄河之水天上不再收。感公痛饮日，惜公狂吟身，读公古乐府，知公谪仙人。一斗亦醉一石醉，万古长愁无价卖。海上钓鳌鳌无竿，江上骑鲸鲸无鞍。身不愿封万户侯，但愿一脱千金裘，飞上凤皇台，踢翻鹦鹉洲。沉香亭，花见羞，夜郎国，鬼与谋，须臾汤泉火城貉一邱，惟有青莲花开千秋。我欲醉折花枝当酒筹，而乃眼前突兀见此楼。"写得气势不凡，读后可以喝下一斗酒。

砚 瓦

《演繁露》："唐以前无石砚，多用瓦砚。"今天下通用石，而犹概言砚瓦也。一说唐用凤池砚，中凹如瓦，故曰砚瓦。米元章云："唐凤池砚中凹受墨，故用笔一援，墨饱而笔锋已圆，作书无不如志。今砚面平正，一经蘸墨，笔锋或扁或侧，此其所以不如古制也。"是非精于书者，不能知之。

【译文】《演繁露》中说道："唐代之前没有石砚，大多用瓦砚。"现在天下通用石砚，而仍总称为"砚瓦"。一种说法是唐朝用凤池砚，中间低凹如瓦，所以称为"砚瓦"。米元章（米芾）说："唐朝凤池砚中凹受墨，所以用笔一援，墨饱满而笔锋已圆，书写没有不顺意的。现在的砚面平正，一经蘸墨，笔锋或偏或侧，这就是它不如古代所制砚瓦的地方。"这是不精通书法的人，所不能了解的。

太 公

孟子曰："若太公望。"是太公名望也。《史记·齐世家》云："吕尚者，东海上人，其先祖尝为四岳，佐禹平水土有功，封于吕，尚其苗裔，本姓姜氏，从其封姓，故曰吕尚。"是又名尚也。《索隐》引谯周曰："姓姜名牙，炎帝之裔，伯夷之后。"是又名牙也。《路史·炎帝纪》云："吕渭，字子牙。"是又名渭也。《太平御览·鳞介部》七引《符子》曰："太公涓，钓于隐溪。"是又名涓也。一人五名，将何适之从？以臆断之，望是其名，子牙是其字，尚是其官名，所谓师尚父是。渭，则以得太公于渭阳，因以名渭附会。涓，则又渭字之讹也。

【译文】孟子说："若太公望。"是说太公名为望。《史记·齐世家》中说："吕尚，是东海上人，其先祖曾为分管四方的诸侯，辅佐大禹治理水土有功，受封于吕，尚的后代子孙，本姓姜，从其封地为姓，所以叫吕尚。"他又名为尚。《史记索隐》引谯周的话说："姓姜名牙，炎帝之裔，伯夷之后。"他又名为牙。《路史·炎帝纪》中说："吕渭，字子牙。"这里他又名为渭。《太平御览·鳞介部》七引《符子》说："太公涓，钓于隐溪。"这里他又称为涓。一人有五名，将怎样选用合适的呢？以主观推断，望是他的名，子牙是字，尚是他的官名，所谓"师尚父"就是此意。渭，是因为太公于渭阳得来，所以附会称为渭。涓，则是又由渭附会误传而来。

行酒之法

行酒以碧筒为最雅，鞋杯则俗矣。虢国夫人以鹿肠悬于梁间，结其两头，实酒其中，欲饮则去其结，而以口就吸之，虽豪而实不韵。金章宗以软金叶，薄如冬瓜片，制为酒器，令饮者愈吸愈不尽，名曰"醉如泥"，但究不知其制若何。宋杨某谄事卞、绘，令其妻以两手捧酒，就其口饮之，名曰"白玉莲花盏"，抑何无耻！

【译文】行酒用碧筒为最雅致，用鞋杯就非常俗气。唐代虢国夫人把鹿肠悬挂在房梁上，两头打结，里面装酒，想要饮酒便去掉结口，用口吸酒，这样饮酒虽很奢豪却不雅致。金章宗用软金叶，制成了薄如冬瓜片的酒器，让饮酒的人喝也喝不完，取名为"醉如泥"，只是不知道到底是怎么制作的。宋朝有一个姓杨的人谄媚逢迎窦卞、杨绘，就让他的妻子用两手捧着酒，凑近他们的口让他们饮酒，称为"白玉莲花盏"，这是多么无耻的行为啊！

邓 会

吾杭学使者去任后，例于西湖设长生禄位，门弟子春秋瓣香，名曰某会，而其始则权舆于邓会也。聊城邓东长宗伯钟岳督学浙江，山舟学士于其岁试，补博士弟子员。去后，因纠集同门创为此举，迄今几及八十年，香火不衰，春秋来者，皆本人之孙曾辈矣。邓公督学江左时，有童生，年四十余，视其卷，署祖名可法。询之，真阁部孙也。盖督师赴扬，寄孥白下，有孕妾，沧桑后生一子，延史氏之脉，因家焉。阅其文，疵颣百出。公曰："是不可以文论。"录之邑庠，而刻石署壁以记其事。

【译文】我们杭州的督学在卸任后，按照惯例会在西湖上为他设立一个长生禄位，他的门人弟子会在春秋两季祭祀，称为"某会"，而开始是起于"邓会"。聊城人、宗伯邓东长邓钟岳在浙江督学，山舟学士（梁同书）在他任职期间参加岁试，补为博士弟子员。在考中后，便联合同门，为邓东长设立了长生禄位，到现在差不多八十多年，香火不衰，现在春秋两季去祭祀的人，都是当时那些门生的孙辈及曾孙辈了。邓公当年在江左督学时，有一个童生，已经四十多岁，看他的试卷，写祖先的名字为可法。询问他，果真是阁部

（史可法）的孙子。当年史督师去扬州，把妻子和儿女寄托在白下，有一妾正值有孕在身，历经沧桑后生下一子，延续了史氏的血脉，因此就在这里住下。审阅史氏后人的试卷，见到他的文章舛讹百出。邓公说："这不能用文章来评定。"便把他录为邑庠生，然后刻石署壁来记载这件事。

伏　波

今人但知马援为伏波将军，不知汉武帝时，路博德讨南越，封伏波将军，又《三国志》魏将夏侯惇亦封伏波将军。

【译文】现在人们只知道马援为伏波将军，不知在汉武帝时，路博德讨伐南越，也被封为伏波将军，还有在《三国志》中，魏将夏侯惇也被封为伏波将军。

寿　堂

今人于父母诞辰，铺陈庆祝之地，名曰"寿堂"，大不可也。陆士衡《挽歌》云："寿堂延魑魅。"注："寿堂，祭祀之所也。"又和靖先生《寿堂》诗曰："湖外青山对结庐，坟前修竹亦萧疏。茂陵他日求遗稿，犹喜曾无封禅书。"读此可知矣。

【译文】现在人们在父母诞辰日，布置庆祝的地方，称为"寿堂"，真不应这样做。陆士衡（陆机）《挽歌诗》中说道："寿堂延魑魅。"注解说："寿堂，是祭祀的场所。"另外，林和靖（林逋）先生《寿堂》诗中说："湖外青山对结庐，坟前修竹亦萧疏。茂陵他日求遗稿，犹喜曾对封禅书。"读这首诗便知其意。

姬

叶石林《燕语》曰："妇人无名，以姓为名。"如王姬、伯姬，皆姓也。后世不知，遂以姬为通称，甚至虞美人亦称虞姬。然按左氏太伯、虞仲，太王之昭也，虞独非姬姓乎? 美人，虞国之后，独不得称姬乎? 惟后人以为姬妾之姬，则失其初耳。

【译文】叶石林（叶梦得）在《石林燕语》中说道："妇人没有名字，以姓为名。"如王姬、伯姬中的姬都指的是姓。后世人不知，于是便以姬为她们的通称，甚至虞美人也称为虞姬。然而考查《左传》鲁僖公五年中说："太伯和虞仲，是太王的儿子。"虞仲难道不是姬姓吗? 美人，是虞国的王后，难道不是姓姬吗? 只是后人却以为是姬妾之姬，竟然失去了它最初的含意。

马精化蚕

干宝《搜神记》谓"马皮卷女而化为蚕"。其说不经。然马之与蚕，两相感召，古者后妃享先蚕天驷也。又蚕神曰"马头娘"。又《周礼》："禁原蚕者，恐伤马也。"又僵蚕擦马齿，马即不食。又蚕蛹治马瘟。其理不可解。马精化蚕，或者有之。而干宝之说，则与槃弧娶颛顼女生男为犬戎，一例荒唐也。

【译文】干宝《搜神记》中说："马皮卷女而化为蚕。"这种说法荒诞不合情理。然而马与蚕，互相感召，古代的后妃祭祀先蚕，先蚕就是天驷星。蚕神又称为"马头娘"。在《周礼》中说："禁原蚕者，恐伤马也。"又有用僵蚕擦马的牙齿，马就不食草的说法。还有用蚕蛹治马瘟的。这个原理让人不能理解。马精化成蚕，或许有。而干宝这个说法，则与槃弧娶颛顼的女儿生下一个男孩为犬戎的说法，就是一例荒唐事啊。

白 发

《说郛》载有人咏镊鬓云："劝君莫镊鬓毛斑，鬓到斑时也自难。多少朱门年少客，被风吹上北邙山。"较坡翁白发诗尤为婉挚。又"公道世间惟白发，贵人头上不曾饶"，别有感慨。袁简斋大令诗云："美人自古如名将，不许人间见白头。"此另是一副议论。文人之笔，何所不可。

【译文】 在《说郛》中记载：有人写诗吟咏镊鬓，说道："劝君莫镊鬓毛斑，鬓到斑时也自难。多少朱门年少客，被风吹上北邙山。"这首诗和苏东坡白发诗相较更为委婉、真挚。还有"公道世间惟白发，贵人头上不曾饶"，此句读后真是别有一番感慨。县令袁简斋（袁枚）有一句诗写道："美人自古如名将，不许人间见白头。"这又是一种见解。可见文人的妙笔，没有什么不可以写的。

苏小小

苏小小有二人，皆钱唐名倡。一南齐人，人人所知也。一宋人，见《武林纪事》。明郎仁宝《七修类稿》述其事云："苏小小，钱唐名倡也。容俊丽，工诗词。姊名盼奴，与太学生赵不敏款洽二年。赵益贫，盼奴周之，使笃于业，遂捷南省，得官授襄阳府司户。盼奴未能落籍，不能偕行。赵赴官三载卒，有禄俸余资，嘱其弟赵院判分作二分，一以与弟，一致盼奴。且言盼奴妹小小，可谋致之，佳偶也。院判如言，至钱唐。有宗人为杭倅，托召盼奴，而盼奴已一月前没矣。小小亦为於潜官绢事，系厅监。倅遂呼小小诘之曰：'於潜官绢，汝诱商人百匹，何以偿之？'小小曰：'此亡姊盼奴事，乞赐周旋，非惟小小感生成之德，盼奴泉下亦不忘也。'倅喜其言婉顺，因问：'汝识襄阳赵司户耶？'小小曰：'赵司户未仕之日，盼奴周给，后授官去久，盼奴想念，因是致疾不起。'倅曰：'赵司户亦谢世矣，遣人附一缄及余物一奁，外有伊弟院判寄汝一缄。'乃拆书，惟一诗云：'昔时名妓镇东吴，不恋黄金只好书。试问钱唐苏小小，风流还似大苏无？'小小默然。倅令和之，和云：'君住襄阳妾住吴，无情人寄有情书。当年若也来相访，还有於潜绢事无？'倅乃尽以所寄与之，力主命小小归院判，偕老焉。"元遗山《虞美人》词云："槐阴别院宜清昼，人坐春风秀，美人图子阿谁留？都是宣和名笔内家收。莺莺燕燕分飞后，粉淡梨花瘦，只除苏小不风流，斜插一枝萱草凤钗头。"此赵氏之苏小小也。《春渚纪闻》载："南齐苏小小墓，在钱唐县廨舍后。"县原在钱唐门边，去西泠桥不远。而元人张光弼诗："香骨沉埋县治前，西陵魂梦隔风烟。好花好月年年在，潮落潮生最可怜。"注："坟在嘉兴县前。"此必宋小小坟耳。院判吴人，安知不住嘉兴耶？竹垞老人力辨小小坟在秀州，以钱唐之墓为妆点，若知此条，则杭嘉各得其一，何必蹈争墩之习耶？

【译文】苏小小有两人，都是钱唐的名妓。一位是南齐人，是人人都知道的。一位是宋代时期的人，参见《武林纪事》。明朝郎仁宝（郎瑛）《七修类稿》讲述了她的故事："苏小小，是钱唐的名妓。容貌俊俏秀丽，擅长诗词。她的姐姐名叫盼奴，与太学生赵不敏交往了两年。赵不敏日益贫困，盼奴便周济他，使他能专心于学业，后来赵不敏在南省的会考中高中，被授予襄阳府司户的官职。因为盼奴没能从娼妓的乐籍上除名，所以不能与赵不敏同行。赵不敏在上任三年后就去世了，他还有一些禄俸余资，便嘱咐他的弟弟赵院判把它分成两份，一份给他的弟弟，一份送给盼奴。还说到盼奴的妹妹小小，可以娶她为妻，两人是般配的佳偶。院判听了他哥哥的话，去到钱唐。他的一位族人在杭州任副官，他便托这位副官叫来盼奴，而盼奴在一个月前已去世了。小小也因於潜官绢事件，被拘囚在厅监。副官于是便把小小唤来责问她说：'於潜官绢，你诱骗商人一百匹官绢，用什么偿还呢？'小小说：'这些官绢是我亡姊盼奴的事，乞求大人从中周旋，不仅小小会感您再生之德，盼奴在九泉之下也不会忘记的。'副官喜欢小小的言语委婉温顺，接着问道：'你认识襄阳的赵司户吗？'小小回答说：'赵司户还未做官时，盼奴曾周济过他，后来做了官离开此地很久了，盼奴因为想念，而终致疾病不起。'副官说：'赵司户也去世了，他派人送来一封信和一罨余物，还有他弟弟赵院判寄给你一封信。'小小于是把信拆开，只有一首诗写道：'昔时名妓镇东吴，不恋黄金只好书。试问钱唐苏小小，风流还似大苏无？'小小看后沉默不语。副官便让她和答这首诗，和诗写道：'君住襄阳妾住吴，无情人寄有情书。当年若也来相访，还有於潜绢事无？'副官于是将所寄的东西全交与小小，并极力主张让小小嫁给院判，白头到老。"元遗山(元好问)《虞美人》词中写道:"槐阴别院宜清昼,人坐春风秀,美人图子阿谁留?都是宣和名笔内家收。莺莺燕燕分飞后,粉淡梨花瘦,只除苏小不风流,斜插一枝萱草凤钗头。"这里说的是赵宋时代的苏小小。根据《春渚纪闻》中记载:"南齐苏小小的坟墓,在钱唐县廨舍后面。县治原来在钱唐门边,距离西泠桥不远。而元朝人张光弼作诗说:"香骨沉埋县治前,西陵魂梦隔风烟。好花好月年年在,潮落潮生最可怜。"注解说:"坟在浙江嘉兴县。"前面所说必定是宋朝苏小小的坟墓。赵院判是吴人,怎么知道他不住在嘉兴呢?而竹垞(朱彝尊)老人却极力争辨小小的坟在秀州,钱唐的坟墓只是做为妆点,如果知道这一条,那么杭州和嘉兴各得一座坟墓,何必有争夺名人坟墓的习气呢?

邱 嫂

《楚元王传》:"高祖过邱嫂餐,闻更羹声。"张晏曰:"邱者,大也,长嫂之称也。"应劭曰:"邱者,嫂之姓也。"孟康曰:"西方呼亡婿曰邱婿。邱者,空也,言兄已亡,空有嫂也。"三说似张为长。

【译文】《楚元王传》中说:"高祖过邱嫂餐,闻更羹声。(汉高祖刘邦到嫂子家吃饭,听到嫂子刮盆底的声音。)"张晏注解说:"邱,是大的意思,是长嫂的称呼。"应劭说:"邱,指嫂子的姓氏。"孟康说:"西方人称去世的女婿为邱婿。邱,是空的意思,是说兄长已去世,只有嫂子在世。"这三种说法,似乎张晏的说法更为准确。

吴日章

《七修类稿》："吴日章，成化时澉浦军人，恒以诗句断人祸福。有县佐问之，批曰：'癸巳年，喜连连，正月十五打秋千。'至期缢死。有书手方六七岁，其父以命问之。批曰：'袖中一管羊毫笔，写得杭城神鬼惊。'后乃擅名书手。一举人问之，批曰：'人间金榜出，天上玉楼成。'后会试放榜之次日病卒。"陶篁村《全浙诗话》引某书亦载此人，但吴作胡，判一人云："一双紫燕落池塘，红粉佳人绕画梁。"后二子戏于池边，同时溺死，其妻悲愤自缢。又判一人云："待等明年五月五，枯竹丛中苦又苦。"果以次年端午日山行，竹根刺足，坠崖而死。术亦神矣哉！

【译文】《七修类稿》中写道："吴日章，是明宪宗成化年间浙江澉浦的军人，常用诗句来断人的祸福。有一位县佐问吴日章关于自己的祸福，吴日章批断说：'癸巳年，喜连连，正月十五打秋千。'他果然在那天上吊而死。有一个书手才六、七岁的时候，他的父亲问他的命运如何。吴日章批断说：'袖中一管羊毫笔，写得杭城神鬼惊。'后来这个书手果然成为一名书法家。一个举人问祸福，吴日章批断说：'人间金榜出，天上玉楼成。'后来举人参加会试，在放榜后的第二日生病去世。"陶篁村（陶元藻）《全浙诗话》中引某书也记载了这个人，但吴写成了胡，他曾判一人说："一双紫燕落池塘，红粉佳人绕画梁。"后来那人的两个儿子在池塘边玩耍，同时落水淹死了，他的妻子悲愤地上吊自杀。又判一人说："待等明年五月五，枯竹丛中苦又苦。"果然在第二年的端午节，那人在山中行走时被竹根刺伤了脚，坠崖而死。他的道术真灵验啊！

进士不读史记

宋荔裳方伯在塾读书时，有岸然而来者，则一老甲榜也。问小儿读何书？以《史记》对。问何人所作？曰："太史公。"问史公是何科进士？曰："汉太史，非今进士也。"遂取书阅之，不数行，辄弃去，曰："亦不见佳，读之何益？"乃昂然而出。此事王新城尚书《香祖笔记》中载之。夫方伯非妄语者也，尚书非妄记者也，世果有如是之甲榜耶？异矣！

【译文】布政使宋荔裳（宋琬）在私塾读书的时候，有一位高傲的人前来，是一位老进士。老进士问小儿读什么书啊？宋荔裳以读《史记》来回答。老进士问是谁写的？宋荔裳回答说："为太史公所写。"老进士又问太史公是哪科的进士？宋荔裳回答说："他是汉朝的太史，并非现在的进士。"那人便取书来翻阅，没读几行，就放下了，说："也不见得很好，读了有什么好处？"于是便高傲地离去。这件事在新城人王尚书（王士禛）《香祖笔记》中有记载。布政使并非妄语的人，尚书也并非胡乱记载的人，世上果真有这样的进士？真是太奇怪了。

口语成谶

金主亮制尖靴，极长，取于便镫，足底处不及指，时谓之"不到头"。又制短鞭，时谓之"没下稍"。宣和间，妇人鞋底以二色帛合成之，名曰"错到底"；理宗朝宫人梳髻，曰"快上马"，曰"不走落"，后俱成谶，皆服妖也。

【译文】金朝皇帝完颜亮自制尖靴，靴子很长，方便脱靴与踩脚镫，脚趾不到鞋尖，当时称为"不到头"。又自制短鞭，当时称为"没下梢"。宋徽宗宣和年间，妇女的鞋底用两种颜色的帛合成，称为"错到底"；宋理宗时期，宫人梳髻，称为"快上马"或"不走落"，这些后来都一语成谶，真是"服妖"。

虎 狼

人之刚烈过分者，固猝不可近，然尚有可解。而阴柔者遇之，则有死无生。夫虎性至刚烈也，然历观类书所载，义虎救人之事，不一而足，而狼则从无闻焉。此虎所以或有比大人君子之时，而狼则亘古得小人之目也。

【译文】人太过刚烈，固然不好接近，然而还可理解。而遇到太过阴柔的人，就会有死无生。老虎性情极为刚烈，然而遍观类书辞典中所记载的，义虎救人的事情却很多，无法一一列举，而狼却从来没有听说过。这就是有时把老虎比作大人君子的时候，而狼却永远只得与小人同类了。

后 身

轮回之说，释氏乐道，而儒者勿言。然古今记载，往往有之。如周穆王为丹朱后身，韦皋为诸葛后身，王曾为曾子后身，苏轼为邹阳后身，王十朋为严伯威后身，张方平为琅玡寺僧后身，岳武穆、张睢阳为张桓侯后身，宋高宗为钱武肃后身，赵鼎为李德裕后身，南唐后主为钱假后身，真西山为草庵和尚后身，史弥远为觉阇黎后身，胡濙为天池僧后身，常遇春为关壮缪后身，王阳明为天台僧后身，史阁部为文信国后身，则再来之说，或亦有之，未可以为尽渺茫也。

【译文】轮回转世的说法，佛教常喜谈论，而儒家却不谈及。然而古今记载，常常有这些文字。例如周穆王是丹朱的后身，韦皋是诸葛亮的后身，王曾是曾子的后身，苏轼是邹阳的后身，王十朋是严伯威的后身，张方平是琅玡寺僧人的后身，岳武穆（岳飞）、张睢阳（张巡）是张桓侯（张飞）的后身"，"宋高宗是钱武肃（钱镠）的后身"，"赵鼎是李德裕的后身"，"南唐后主是钱俶的后身"，"真西山是草庵和尚的后身，史弥远是觉阇黎的后身，胡濙（应为胡濙）是天池僧的后身，常遇春是关壮缪（关羽）的后身，王阳明（王守仁）是天台僧人的后身，史阁部（史可法）是文信国（文天祥）的后身。那么来生的说法，或许真的有，不能认为都是虚幻渺茫的。

同气之异

伍员、伍尚之各行其志，孔明、子瑾之各事其主，皆并行而不悖也。而文文溪璧则异是。信国之忠义，照曜天壤，为之弟者，不死犹可也，从而仕元，无耻甚矣。当时讥以诗云："江南见说好溪山，兄也难时弟也难。可惜梅花各心事，南枝向暖北枝寒。"其实兄难而弟不难也。

【译文】伍员（伍子胥）、伍尚兄弟二人各自依照自己的志愿去做，孔明、子瑾兄弟二人各自尽忠于自己的主人，都是并行于世而不冲突。但文文溪文璧则不是这样。信国（文天祥）的忠义，照耀天地，而作为他的弟弟，不死尚可，竟然归顺了元人还做了官，简直是太无耻了。当时有人写诗讥刺他说道："江南见说好溪山，兄也难时弟也难。可惜梅花各心事，南枝向暖北枝寒。"其实是兄难而弟不难。

阿　蛮

杨妃小字，外传及诸书皆曰玉环，而唐狄昌诗云："马嵬烟柳正依依，又见銮舆幸蜀归。地下阿蛮应有语，这回休更怨杨妃。"似妃又小字阿蛮，然遍考他书，未有见者。且阿蛮、杨妃并用，文法亦似重叠。若以蛮、瞒音近，明皇小字阿瞒，则本朝天子，臣下不应如此轻薄，姑存之以待博识者。

【译文】杨贵妃的小名，外传及各书都称她为"玉环"。而唐朝狄（归）昌诗中却写道："马嵬烟柳正依依，又见銮舆幸蜀归。地下阿蛮应有语，这回休更怨杨妃。"似乎杨贵妃还有一个小名叫"阿蛮"，然而查遍他书，也没有看到。而且阿蛮、杨妃同时使用，从文法上看也有所重叠。如因蛮、瞒二字字音相同，唐玄宗的小名为阿瞒，那么作为当朝天子，臣下不应该如此轻薄（地称呼他的小名），在这姑且保留，等待学识广博的人考证。

妒　律

尝见《妒律》一书，题广野居士述，不知何人。虽属游戏，亦颇组织，因全录之以资笑剧。

名例：

一，凡妇梳头临镜，驾言从镜中见夫与婢目挑，遂生嗔毒骂，并及丈夫者，拟坐以断罪不以律例，杖七十，徒一年半。判曰：迷网沉沦，闻蚁声而惊梦；疑团莫解，饮弓影而成疴。是以披画图而含哀，询洛神而赴水，群狐满腹，载鬼一车。以莫须有之情，比将毋同之律，罪由自召，人亦何尤。

一，凡妇允夫宿妾，日间反覆议明，及至更深，犹复令妾针纫，若或忘之者，拟坐以公事应行稽程律，笞二十，迟至三更者，加一等。判曰：春秋盟会，成事定于一言；战国纵横，趋向决于片语。乃尔拘牵薄务，似存退悔之心；演习虚文，无非出纳之吝。虽曰健亡，当不至此。爰引律法，犹觉从宽。

一，夫与婢有染，妻乃去婢小衣，以秦椒等辛辣之物，纳入婢女私处。比照以秽污人人口律，加等发黑龙江给披甲为奴。判曰：豆蔻犹含，殊苦盐梅之味；牡丹初放，何堪姜桂之投。即蛇蝎以为心，无此毒也；本豺狼而成性，岂其然乎？按律无可援引，加等从严究拟。

吏部：

一，凡妇见夫外入，故拈针线，兀坐不语，及再三询之，一推而起，拟坐以无故不朝参公座律，杖八十，徒二年。判曰：慵拈倦绣，只念远人；默坐低头，为怀游子。未有室家静好，琴瑟和谐，见良人而转嗔，闻温言而添恨者也。妇德无极，女怨无终。律以朝参，正斯壸范。

一，凡妇有病在床，沉沉药饵，仍令腹婢稽查丈夫与姜偶语等情，拟坐以纳交近侍官员律，杖一百，流三千里。判曰：珠沉玉碎，肯使鸾镜尘埋；柳折花残，不许莺簧舌啭。即日关心者乱，奚须壁后置人；若云在家必闻，夫岂沙中偶语。今乃展转反侧，殊多密探之烦；而迷梦沉吟，只厪他山之虑。官箴有玷，自当屏绝于遐荒；壶范斯惩，勿致悍成于跋扈。

一，凡妇每见人之内眷，必苦劝不可令夫纳妾，娓娓不倦，拟坐以同僚代判文案律，杖八十，徒二年。判曰：画楼秘阁，共谈阃内之私；密室柔情，细诉胸中之垒。联床握手，附耳订谋，岂诚永漏话长，只为深闺计远。老珰衣钵，官家勿使空闲；少妇传灯，阿郎决难二色。比目何堪瘤赘，并头那许骈枝。第彼妇各具肺肠，漫劳人别参帷幄。家有制度，事属越庖；自谋已非，代人难恕。

户部：

一，凡妇每同婢妾触牌点韵，嘻笑一堂，忽闻主人声息，悉皆屏去，拟坐以脱漏户口律，杖六十，徒一年。判曰：紫鬖平铺，象牌齐翻玉笋；霞笺试展，班管漫揿瑶词。乃老子兴复不浅，而群芳吹散因何。是岂楚卒闻歌，竞解中宵之甲；抑亦苏生挟策，惟深兼并之防。罪坐发纵，奔逸免究。

一，凡妇值夫偶宿妾室，便偃卧不起，只推有病，及再三安慰，不觉盈盈泪下，拟坐以户役不均律，杖八十，徒二年。判曰：自是桃贪结子，故寻树底留红；原非浪逐痴儿，疑作花间恋蝶。不知樛木下逮，方可螽斯衍庆。尔乃鸟啼残梦，怜春色之将阑；

花扰独愁，恨秋梧之早落。犹然心怀固宠，念旧爱而情伤；志切专房，分新恩而肠断。菀枯顿异，徒杖有归。

一，凡妇容夫纳妾，限夫往妾所，止以一更为率，迟归则怨望詈骂，拟坐以丁夫差遣不平律，杖六十。判曰：命将出师，最忌从中掣肘；济人利物，应须忘分推心。如其箝制刻期，恐致工多限促；必欲束缚计晷，定然此怨彼嗟。苟发纵之不公，当援律而予杖。

一，凡妇无子，畏人清议，阳为娶妾，私禁冷室，不令丈夫见面，拟坐以田地荒芜律，杖七十，徒一年半。判曰：历岁深耕，既无薄获，憎人多口，爰挟阴谋。纵不学司马公，夫人饰之入院；何至如白太傅，内子不使进帷。鸦过长门，梦断朝阳日影；鱼封永巷，魂消巫峡云踪。女有罪而幽囚，郎何辜而乏后。荒我田畴，律难轻贷。

一，凡妇见妾生子，故将家业施舍僧尼，搬运母家，并与出嫁女狼藉无度，拟坐以盗卖田宅律，杖八十，徒二年。判曰：珠非蚌出，奚怜金穴铜山；箧自我操，即欲沙挥泥洒。绮纨蔽野，翠玉成尘。神诞佛生，结福缘于渺渺；老妪少妇，填溪壑于年年。甘心若敖之鬼，宁惜叔孙之儿。恶其纵恣，律以攘窃。

一，凡妇闻亲戚朋友娶妾，即行毒骂，并自咒以及丈夫，拟坐以把持行市律，杖八十，徒二年。判曰：城门失火，未尝殃及池鱼；滕国防危，便尔忧先筑薛。含沙射影，足征鬼域之衷；打草惊蛇，预作绸缪之计。罪状似难比拟，情形那可姑容。律以把持，实为允协。

一，凡妇无子，恐夫买妾，强立己侄，或抱螟蛉，拟坐以斩人宗祀律，杖一百，刺配宁古塔，绝产没官。父母兄弟不行解劝，连坐。判曰：妒蚌难胎，久虑蛾眉之入室；牝狐幻术，阴营螺负之良图。乃欲代马以牛，更恐以武继李。科其罪状，投豺虎而谁怜；揆厥私衷，馁祖宗而莫顾。拟减等于大辟，宏施法外之仁；籍绝产而入官，讵资异姓之孽。在昔设谋决计，事虽首自妖姬；然而党恶模棱，罚难逭于丑类。祸因滋蔓，连坐非苛。

一，凡妇归宁父母，必将丈夫爱妾，挈之同往，拟坐以拐带人口律，杖七十，徒一年半。判曰：情怀水火，原非兰茞之和；意介干戈，素乏埙篪之雅。携手同归，是何心也；与子偕往，保无他乎。察其略取之情，治彼杖徒之罪。

一，凡妇与夫议明，或三六九，或二八日，分润于妾，乃至期龃龉，不令夫往，拟坐以收支留难律，笞五十，再犯者加一等，三次者杖六十，徒一年。判曰：三分有二，宜加服事之诚；取二用三，古有贪残之戒。尔乃渝盟割地，辄怀犹豫之衷；役志侵渔，渐现饕餮之态。当与不与，律固有条，初犯从轻，再犯加等。

一，凡妇故令陋婢，强夫枕席，以塞娶妾之念，拟坐以良贱为婚律，主婚者杖七十，徒一年半。判曰：锦衾璀璨，自宜软玉温香；绣帐氤氲，可无秾桃翠柳。虽实命不同，允共莩菲薄采；而承恩非貌，奚堪魑魅偕欢。因浊酒粗布之谣，岂丑妻恶妾之解。进以匪匹，实为乱群，责有攸归，谁职其咎？

一，凡妇使婢年已长大，不令蓄发，恐丈夫有见猎之喜。拟坐以嫁娶失时律，杖七十，徒一年半。判曰：芳草无情，随春来而渐茂；绿杨何意，因时至而垂丝。恶竹笋之冲檐，删其凤羽；嗔蔷薇之逾架，翦彼蓬心。自崔夫人不许丽服，而袁绍妻遂使髡头。乃虞掷果而禁投桃，未咏摽梅而歌冰泮。不疑他意，只问失时。

礼部：

一，凡妇年已衰迈，犹然脂粉翠钿以固宠幸，拟坐以服饰违式律，笞五十，逐出免供。判曰：翠鬟香云，艳质曾邀帝宠；柳眉桃靥，娇姿准拟人看。不知出塞明妃，颜华已非旧日；抱痾婕好，形容顿异当时。乞怜未必希恩，掩袖殊令憎恶。态固难堪，情犹可悯。

一，凡妇蓄妾，原非得已，乃自夸贤德，冀人赞美，拟坐以现任官辄自立碑律，杖一百，徒三年。判曰：膏雨和风，令望应流于万里；深仁厚泽，芳誉自播于千年。故口碑载道，逢人惟说岘山；而尸祝由心，至今咏思棠芾。何乃事因情近，名与实违，诩向人言，攘为己德。苟传闻不察，几欲勒之贞珉；久假不归，竟尔厕于贤哲。盗名有禁，功令宜遵。

一，凡妇暗令腹婢，借名骂奴仆，因及夫妾，并有子之妾，拟坐以公差人员役欺凌长官律，杖六十，徒一年，主妇辨非主使，记过一次。判曰：浪蝶狂蜂，奚顾新蓓嫩蕊；暴风骤雨，那管细果花胎。犹如狐假虎威，岂惜鼠投器忌。虽护身有符，苟犯法无赦。主妇记过，牙爪必惩。

一，凡妇买妾入门，必使魇镇，或挂己裤于门首，或置棒槌于门限内，种种不一，拟坐以禁止师巫邪说律，杖一百，流三千里。判曰：玉颜未入，轮回九转之肠；象管初吹，声断百年之梦。不用千金买赋，阴求片铁铸符。一纸殊书，宜投蛛网；数行秘篆，忽坠迷途。性情制以鹦哥，精爽摄为虎伥。是盖幻而无迹，即或杀之泯踪者也。淫觋邪巫，痛惩远屏。

一，凡妇因夫买妾，便设经堂，修斋礼忏，惟同僧尼往来，拟坐以左道惑众律，杖一百，流三千里。判曰：杨柳新栽，昨夜几番风雨；荼蘼初架，晓来无数葛藤。蛾眉入而粉黛衰，鸦鬓添而鸾镜掩。妆阁因而绣佛，琴堂用以翻经。寄怨毒于瞿昙，发幽愤于般若。淫艳姐尼，藉禅和而入室；贪痴释子，披缁戒而踵门。闺阃从此逾闲，性情由之难制。是用履霜杜渐，故为首禁严惩。

一，凡妇嫉夫有妾，从旁嫁祸，造作流言，拟坐以术士妄言祸福律，杖一百，流三千里。判曰：深情厚貌，须眉误中其猜嫌；伏阱隐机，脂粉亦忘其忮忌。是以不言掩鼻，郑哀以巧爱而毙楚姬；覆被杀儿，武瞾以忍心而殒唐后。临风搧毒，向影吹沙。不第谗言离间，盖实溺陷死生者也。所当满杖，远配遐陬。

兵部：

一，凡妇每夜卧，必将床前暗置桌椅等物，周匝布密，以防夫有他适。拟坐以假宿卫人仪杖律，杖一百，徒三年。判曰：秦王宫里，未失狐白之裘；汉后禁中，谁通赭马之迹。不虞窃符之魏姬，特恐偷香之韩寿。岂乏防意如城之谋，爰效入苙招豚之计。坐以假借，罚其愚呆。

一，凡妇因夫夜起溲溺，不行通知，即疑其私婢，生嗔毒骂，拟坐以夜禁不严律，笞五十。判曰：床内青铜，原属怀奸之具；枕边玉盒，用为护身之符。乃崇垣何处飞奴，帘外勿惊人影。醒来梦话，郎已梦到高唐；醉后消魂，身遂魂游楚馆。彼固失告，此则疏防。

一，凡妇使用婢女，不许面粉鬓油，止令破衣敝履，充作夜不收，打听丈夫外事，拟坐以私渡关津律，杖八十，徒二年。判曰：粉黛三千，既无藏娇之屋；金钗十二，屈为下陈之材。况罗刹夜叉，分途勾摄；而山精水怪，匿影潜窥。出入自有关防，内外岂容飞越。爰书有禁，城旦何辞。

一，凡妇见夫入妾房言语，即假借公事，突入冲散，拟坐以擅闯辕门律。如止诨扰，不作嗔状，引例未减，笞五十，免供。判曰：翡翠床前，方调鹦鹉之舌；水晶帘外，忽来狮吼之声。不徒花上晒衣，未免腹中藏剑。有心心术不端，无心见识不到。

一，凡妇度妾与夫正值绸缪之际，忽唤妾起，属以他事，拟坐以擅调官军律，杖一百，发边远充军。判曰：酣战方深，浪子春风一度；金牌忽召，夫人号令三申。既撤白登之围，讵有黄龙之望。隳功西徼，先轸之唾固宜；掣肘东窗，长舌之罪难贳。宥以生令，犹为宽典。

督捕：

一，凡夫入妾室，妾虑主母之嗔，因而逃入妻所，妻遂闭之，不令出户，拟坐以窝隐逃人律，杖一百，流徒尚阳堡。判曰：桃源有路，本期接引渔郎；梅子多酸，未便相延洞口。效红拂之宵征，非得已也；岂文君之私奔，意何为乎？尔乃冥心已会，故托于李上蔡逐客之书；妙谛全窥，竟不学鲁男子闭户之美。汝既有意于窝逃,吾将按律而问拟。

刑部:

一,凡妇见夫与妾就寝,故意不卧,隔房频问琐屑事务,拟坐以听讼应回避不回避律,笞四十。判曰:鸳梦初谐,正虑窥帏鹦唤;蝶栖未稳,何堪聒耳蛙鸣。既干回避之条,难辞挠法之谴。量从薄儆,以蔽厥辜。

一,凡妇设榻于自己卧房,妾侍夫寝,必抱衾裯以就,即使合欢,不令畅遂,并不得谑语一字。拟坐以不应禁而禁律,杖六十。判曰:卧榻之侧,本非鼾睡之乡;忌者之前,又岂诙谐之地。桃花三汲,犹虞浪动潜鳞;莺啭一声,更怕惊翻宿蝶。是宜通禁,允此严惩。

一,凡妇因夫偶饮妓家,遂令端跪床前,自仍假寐,更余不允发放。拟坐以告状不受理律,杖一百,徒三年。判曰:蛱蝶偶入花丛,原非贪宿;蜻蜓薄游水际,未免沾濡。况风过带香,何关薄幸;而衣沾剩粉,聊以娱情。尔乃顿发娇嗔,罔顾黄金之膝;居然假寐,任凭玉漏之催。真变羊之巫可诳,而逆鳞之怒难批矣。县案过情,杖遣不枉。

一,凡夫调婢,婢极力洒脱,以致颊红肉颤,妻乃不察,仍挦婢毒打。拟坐以官司故出入人罪律,杖六十,以增减轻重论。判曰:狭路相逢,几饵身于豺虎;投梭峻拒,得幸脱于鹰鹯。颤断香肌,盖为云横烟锁;红堆粉面,岂关雨后霞生。不申法于强梁,反宣威于弱质。故出故入,按律何辞。

一,夫与妾寝,旦入妻房,妻乃托故启衅,需索首饰衣服。

拟坐以因公科敛律，计赃从重论。赃未入手者，杖六十。判曰：终年交颈，曾无感于寸衷；一旦分甘，遂矜怀于大赉。翠环金缕，非可要挟而求；宝钿绣衣，务在随宜而锡。尔需索既出于机心，将拟罪应同于科敛。

一，凡妇因夫娶妾，假病卧床，不吃茶饭，其夫委曲劝解，仍忿言诟骂。及腹婢私进饮食，则啄之，人至，辄复藏匿。拟坐以夤缘作弊律，杖一百，流三千里。判曰：银牙正辟，何心翠釜紫驼；绣户无人，辄啖金齑玉粒。若彼阴险之情，为鬼为蜮，业已觇其一斑；矧其闭藏之迹，如虺如蛇，宁能防之久后。纵兹不治，长此安穷。

一，凡婢薄有姿色，见其悄悄修容，辄以诱汉痛诋，拟坐以故勘平人律，杖八十。判曰：桃花沐雨，夫岂有意呈娇；梅子含酸，遽谓揉脂献媚。必丫头尽属花面，即毒口见其蛇心。尔太多疑，罪同故勘。

一，凡妇看戏，见有演及妾妓者，辄哓哓不止，并骂点戏之人，以及自己丈夫。拟坐以决罚不当律，笞五十。判曰：雅剧新声，不过逢场偶作；芳姿艳质，藉以合席同欢。事争选靡丽之情，词必出佳人之口。尔乃睹花容而色沮，闻莺啭而神伤。触目惊心，当歌疑讕。谁家薄幸，故开作俑之端；郎实猖狂，冀效跳梁之习。衾裯鼎沸，姻友波腾，鼓焰无端，笞惩有律。

一，凡妇责婢，惯及下体私处，拟坐以决罚不如法，于人虚怯处非法殴打律，成伤者笞四十。判曰：前代腐刑，爰书久削；编民阉割，宪典严惩。在男子而已然，况女子乎何有？尔乃借公泄怨，声罪讨于包茅；乘兴宣威，肆戈矛于夹谷。如验有伤，按律究拟。

一，凡妇值夫外出，即将夫妾，并有妊之妾阴卖，并不择人论价。迨妾知觉不从，或以烧香等事，诳骗出门。拟坐以监守自盗律，杖一百，发尚阳堡。同谋杖一百，流三千里。判曰：小往大来，本蓄分甘之怨；母以子贵，愈深固宠之忧。讵料君子之远行，恰值红颜之薄命。一副狼心辣手，早定调虎离山，拔去眼钉，推入火坑。辱当垆而不惜，虽换马亦欣然。伤情极矣，惨何如之！其最毒之元凶，固应远徙；即为从之恶党，勿令网遗。

一，凡妇端坐，令夫跪受刑杖。如不依从，即号哭不已。拟坐以威势制缚人律，杖一百，徒三年。判曰：毒龙飞怒，白日晦而海水扬；乳虎横行，谷风生而狐兔伏。吼声正厉，鼻息敢舒。彼既肆无忌惮，我持律以重惩。

一，凡妇多蓄婢女，每同夫对饮，不许婢立己后，恐美目之盼，向夫传情。拟坐以诱人犯法律，杖一百，流三千里。判曰：锦绣成行，勿使肉屏障后；鸳鸯罗列，莫教花阵当前。盖防对面芙蓉，密订同心之约；灯前秋水，暗邀月下之期。不知慢藏之招，实为冶容之诲。尔故陷之，罪还责尔。

一，凡妇毒打婢女，其夫一言劝解，便谓私婢，愈加鞭笞。拟坐以冤屈平民为盗律，杖六十，徒一年。判曰：毒手老拳，势难坐视；缨冠披发，迹涉嫌疑。乃词以情迁，卦因变动，贪非盗璧，浪指怀春。屈法枉赃，拟徒决杖。

一，凡妇不能容妾，反饰嗔作喜，以市贤名，愿称姊妹，无分大小。及妾入门，非禁即卖。拟坐以欺诈官私取财律，杖八十，徒二年。判曰：梦中之兰玉未占，被底之鸳鸯难共。琵琶隔院，声已远而莫疑；鹦鹉异笼，语屡调而勿觉。顾耳属于垣，趾不旋踵。王丞相之驱车，为凌诸婢；戚少保之肉祖，奚获二雏。尔乃蜜里藏刀，必欲花间逐蝶，狡亦甚矣，罚岂容轻。

一，凡妇与夫小有间言，便呼兄唤弟，肆行强横，以压制夫妾。拟坐以假冒官兵律，杖七十，徒一年半。判曰：日丽云闲，风忽变而成飓；波恬浪静，石偶激而生澜。巧令如虎如狼，哄然吠声吠影；骇当猛鸷搏鹰，不啻群鸦噪凤。蠢兹丑类，法所必惩。孰为主谋，讯明发遣。

一，凡妇举动恣肆，因夫稍违，辄指称听信婢妾之言，哭诉妯娌乡党。拟坐以越诉律，如污人名节，杖一百，发烟瘴充军。判曰：冀握大权在手，先以虿语螫人。盖因蛊惑于心，奚啻含沙于口。不知盗嫂之事，犹可解也；至若通妹之诬，岂能堪乎？天谴难逃，王章莫贷。

一，凡妇见夫有恙，便归罪婢妾，丑言播告众人。拟坐以假公营私律，杖六十，徒一年。判曰：纸帐呻吟，遽称此风之始；竹林偃仰，遂生为厉之阶。岂知闺阃之事，甚于画眉；乃以中菁之言，指为墙茨。意欲如将军体恙，因人言而驱姬；恐难同太傅暮年，以老病而放妾。假借衅端，诳诬加等。

一，凡妇打骂婢妾，吼声震外，并骂及亲友者，拟坐以辱骂尊长律，无服，笞二十，有服，笞五十。期亲同胞，杖一百。伯叔师友各加一等。判曰：虎牙横噬，岂避贤豪；烈火蔓延，宁分玉石。

西楚大呼，铁骑重围辟易；河东一吼，拄杖落手茫然。鱼无耳而深藏，鸟高飞而色举。此盖司晨之牝，非特门内之妖已也。就族党之尊卑，定科条之轻重，量从分别，予以自新。

一，凡婢年稍大，妇恐夫沾染，即行鬻卖，另买小者供用。拟坐以略卖人口律，杖八十，徒二年。若略卖至三口以上，枷号一个月，发边卫充军，并追价入官。判曰：丝柳初垂，便关心于黄鸟；夭桃未放，早留意于游蜂。以防微杜渐之怀，作出陈易新之举。刈绿竹以植黄杨，驱修翎而蓄蚱蜢。律以略卖，允蔽厥辜。

一，凡妇见婢垂鬈，夫或属意，竟不谋之于夫，擅配家奴。拟坐以屏去人服食律，杖八十。判曰：桃花含蕊，何须便嫁东风；蚌孕独胎，岂遂扬辉北渚。预作纳履之猜，何其遽也；阴为掩袭之计，不亦泰乎？拟以重杖，抑彼机心。

一，凡妇知妾有妊，故使劳力以致堕胎，并令产中饮食失时。拟坐以窝弓杀伤人律，杖一百，徒三年。判曰：海棠新放，将有色而无香；豆蔻初含，幸渐开而结实。满园春色，谁是宜男？共祝天生，若为乞巧？甫征兰梦，旋起鸩谋。致使瓜未熟而蒂已离，木向荣而心先蠹。覆巢岂容完卵，杀母必更伤儿。讵止暗地害人，是且明欲绝后。置之徽纆，大快人心。

一，凡妇因事与夫反目，即驾言宠妾，身投尼室，经宿不回。拟坐以背夫逃走律，杖一百，流三千里。判曰：久蓄疑猜，苦无半隙；稔怀怨恨，巧驾片言。禅关蓝室，允为解脱之门；妖庙淫祠，本是藏奸之薮。纵非红拂之奔，难洗缁流之辱。投之有北，永绝南还。

一，凡妇抓碎丈夫面皮，并啮伤肌肤者，拟坐以妻妾殴夫律，杖一百，徒三年，愿离者听。判曰：情绪偶乖，笑裂千端锦绣；幽思乍触，怒敲七尺珊瑚。狂飙发而松柏摧，惊涛轰而兰蕙损。金闺虎坐，玉润羊眠。既昧三从，须严七出。

一，凡妇特令腹婢私行窥探，互相谈论，以致妇之面色忽白忽青，微微冷笑。拟坐以窃盗不得财律，笞五十，免刺。判曰：纱窗隙底，潜聆蚁斗之声；脂粉场中，化作鸥张之态。百萤惑眼，千蛊祟心。蜀碎芙蓉，吹上桃花之面；南香含笑，如啼汉女之妆。薄笞少惩，姑免深究。

一，凡妇闻妓女送夫扇巾等物，必搜寻裂碎，拟坐以毁弃器物律，准窃盗已行而不得财律，笞四十。判曰：采兰赠芍，虽属淫风；煮鹤烹琴，殊亏大雅。况适情引趣，非尽溪水之纱；贻管呈愍，误认江皋之珮。留之增为韵事，毁之自取其尤。

工部：

一，凡妇置妾衾裯，床笫故令窄小，止堪一人独卧者，拟坐以造作不如法律，笞四十。判曰：花萼谊重，曾传大被之风；燕雀情深，夙着联床之美。即眉公之新式，未闻狭彼规模；非楚宫之细腰，何故减其绳尺。既稽古而无征，曷据律以示戒。

一，凡妇因夫欲往妾所，乃身先诱敌，及酣战良久，已挫其锋，始令就妾。拟坐以虚费工力采取不堪用律，坐赃论罪，杖一百，徒三年。判曰：嫩柳堪折，方图良夜佳期；而老蚌馋涎，反欲争先夺食。壮哉锐进之气，此处不饶；休矣罢乏之兵，彼将何补？罪不止于阻挠，律应坐以虚费。粤稽赃迹，虽城旦而犹轻；

究厥奸谋，迅决杖以发遣。

【译文】我曾经见到《妒律》一书，题有"广野居士述"，不知是哪里人。虽属游戏之词，但文章结构也颇有条理，因此把它全部记录下来以给大家提供一些笑谈。

名例：

一，凡是妇人对着镜子梳头，借口从镜中看到丈夫与婢女眉目传情，便心生瞋恨，并连同丈夫一起咒骂的，拟定以不依法律行事论罪，杖责七十下，关押为一年半。判词说：迷网沉沦，闻蚁声而惊梦；疑团莫解，饮弓影而成疴。是以披画图而含哀，询洛神而赴水，群狐满腹，载鬼一车。以莫须有之情，比将毋同一律。罪由自召，人亦何尤。

一，凡是妇人同意丈夫与妾同住，白天已反复商议明确，直到深夜，仍还让妾作针线，好像将事情忘了的，拟定以公事延误行程判罪，鞭打二十下，如迟到三更则罪加一等。判词说：春秋盟会，成事定于一言；战国纵横，趋向决于片语。乃尔拘牵薄务，似存退悔之心；演习虚文，无非出纳之吝。虽曰健忘，当不至此。爰引律法，犹觉从宽。

一，凡是丈夫和婢女有奸情，妻子就脱去婢女的内衣，用花椒等辛辣之物，放到婢女的私处。这件事应参照以秽污入人口的法律来定罪，罪加一等把妻发放到黑龙江给披甲人为奴。判词说：豆蔻犹含，殊苦盐梅之味；牡丹初放，何堪姜桂之投。即蛇蝎以为心，无此毒也；本豺狼而成性，岂其然乎？按律无可援引，加等从严究拟。"

吏部：

一，凡是妇人看见丈夫从外边入内，还故意拿着针线，端坐不说话，丈夫再三询问，推开丈夫起身的，拟定将妻子以无故不朝参公座而定罪，杖责八十下，关押两年。判词说：慵拈倦绣，只念远人；默坐低头，为怀游子。未有室家静好，琴瑟和谐，见良人而转嗔，闻温言而添恨者也。妇德无极，女怨无终。律以朝参，正期壶范。

一，凡是妇人生病在床，不停地吃药，仍让心腹婢女稽查丈夫和妾私语等事的，拟定以纳交近侍官员判罪，杖责一百下，流放三千里。判词说：珠沉玉碎，肯使鸾镜尘埋；柳折花残，不许莺簧舌啭。即日关心者乱，奚须壁后置人；若云在家必闻，夫岂沙中偶语。今乃展转反侧，殊多密探之烦；而迷梦沉吟，只厪他山之虑。官箴有玷，自当屏绝于遐荒；壶范斯惩，勿致悍成于趺扈。

一，凡是妇人每次见到别人的内眷，必定苦苦劝告不要让她的丈夫纳妾，说个没完，不知疲倦的，拟定按同僚代办文案判罪，杖责八十，关押两年。判词说：画楼秘阁，共谈闺内之私；密室柔情，细诉胸中之垒。联床握手，附耳订谋，岂诚永漏活长，只为深闺计远。老珰衣钵，官家勿使空闲；少妇传灯，阿郎决难二色。比目何堪瘤赘，并头那许骈枝。第彼妇各具肺肠，漫劳人别参帷幄。家有制度，事属越疱；自谋已非，代人难恕。

户部：

一，凡是妇人每与婢女、侍妾打牌取乐、满堂欢笑时，忽然听见丈夫回来的动静，便将她们全都赶走的，拟定以脱漏户口判罪，杖责六十，关押一年。判词说：紫翩平铺，象牌齐翻玉笋；霞笺试展，班管漫搋瑶词。乃老子兴复不浅，而群芳吹散因何。是岂楚卒闻歌，竞解中宵之甲；抑亦苏生挟策，惟深兼并之防。罪坐发纵，奔逸免究。

一，凡是妇人遇到丈夫偶宿在妾室，就卧床不起，找借口说有病。等到丈夫过来再三安慰，便盈盈哭泣的，拟定按户役不均判罪，杖责八十，关押两年。判词说：自是桃贪结子，故寻树底留红；原非浪逐痴儿，疑作花间恋蝶。不知樛木下逮，方可螽斯衍庆。尔乃鸟啼残梦，怜春色之将阑；花扰独愁，恨秋梧之早落。犹然心怀固宠，念旧爱而情伤；志切专房，分新恩而断肠。苑枯顿异，徒杖有归。

一，凡是妇人容许丈夫纳妾，却限制丈夫去妾室，在一起也以一更时间为约束，晚归便会恶言辱骂的，拟定按丁夫差遣不平定罪，杖责六十。判词说：命将出师，最忌从中掣肘；济人利物，应须忘分推心。如其箝制刻期，恐致工多限促；必欲束缚计晷，定然此怨彼嗟。苟发纵之不公，当援律而予杖。

一，凡是妇人没有孩子，怕别人议论，表面上为丈夫娶妾，私下却又将妾关在冷室，不让丈夫与她见面的，拟定以田地荒芜来定罪，杖责七十，关押一年半。判词说：历岁深耕，既无薄获，憎人多口，爱挟阴谋。纵不学司马公，夫人饰之入院；何至如白太傅，内子不使进帷。鸦过长门，梦断朝阳日影；鱼封永巷，魂消巫峡云踪。女有罪而幽囚，郎何辜而乏后。荒我田畴，律难轻贷。

一，凡是妇人见到妾生了孩子，便将家业布施僧尼，或搬到娘家，并和出嫁的女儿一起放纵无度的，拟定按盗卖田宅判罪，杖责八十，关押二年。判词说：珠非蚌出，奚惜金穴铜山；篚自我操，即欲沙挥泥洒。绮纨蔽野，翠玉成尘。神延佛生，结福缘于渺渺；老妪少妇，填溪壑于年年。甘心若敖之鬼，宁惜叔孙之儿。恶其纵恣，律以攘窃。

一，凡是妇人听说亲戚朋友要娶妾，便狠毒的咒骂，并诅咒自己和丈夫的，拟定按把持行市判罪，杖责八十，关押二年。判词说：城门失火，未尝殃及池鱼；滕国防危，便尔忧先筑薛。含沙射影，足征鬼蜮之衷；打草惊蛇，预作绸缪之计。罪状似难比拟，情形不易姑容。律以把持，实为允协。

一，凡是妇人没有孩子，害怕丈夫买妾，便强立自己的侄子为子，或者收养义子的，拟定按斩人宗祀来定罪，杖责一百，在脸上刺字并发配到宁古塔，财产没收入官。父母兄弟如不加劝解，连带受罚。判词说：妒蚌难胎，久虑蛾眉之入室；牝狐幻术，阴营螟蛉之良图。乃欲代马以牛，更恐以武继李。科其罪状，投豺虎而谁怜；搀厥私衷，馁祖宗而莫顾。拟减等于大辟，宏施法外之仁；籍绝产而入官，讵资异姓之孽。在昔设谋决计，事虽首自妖姬；然而党恶模棱，罚难逭于丑类。祸因滋蔓，连坐非苛。

一，凡是妇人回娘家看望父母，必将丈夫的爱妾，一同带去的，拟定按拐带人口定罪，杖责七十，关押一年半。判词说：情怀水火，原非兰茝之和；意介干戈，素乏埙篪之雅。携手同归，是何心也；与子偕往，保无他乎。察其略取之心，治彼杖徒之罪。

一，凡是妇人与丈夫商量好，允许丈夫逢三六九日，或二八日，与妾同室，如果到日子却有抵触，不让丈夫去的，拟定按收支留难来定罪，笞打五十，如果再犯则罪加一等，如犯三次杖打六十，关押一年。判词说：三分有二，宜加服事之诚；取二用三，古有贪残之戒。尔乃渝盟割地，辄怀犹豫之衷；役志侵渔，渐现饕餮之态。当与不与，律固有条。初犯从轻，再犯加等。

一，凡是妇人故意将丑陋的婢女，强行让丈夫陪伴，来打消他娶妾的念头的，拟定按良贱为婚来定罪，主婚者杖责七十，关押一年半。判词说：锦衾璀璨，自宜软玉温香；绣帐氤氲，可无秾桃翠柳。虽实命不同，允共荂菲薄采；而承恩非貌，奚堪魑魅偕欢。因浊酒粗布之谣，岂丑妻恶妾之解。进以匪匹，实为乱群，责有改归，谁职其咎？

一，凡是妇人不让已经成年的婢女蓄发，怕丈夫见色动念的，拟定按嫁娶失时来论罪，杖责七十，关押一年半。判词说：芳草无情，随春来而渐茂；绿杨何意，因时至而垂丝。恶竹笋之冲檐，删其风羽；嗔蔷薇之逾架，翦彼蓬心。自崔夫人不许丽服，而袁绍妻遂使髡头。乃虞掷果而禁投桃，未咏摽梅而歌冰泮。不疑他意，只问失时。

礼部：

一，凡是妇人已年老体衰，却仍然化妆打扮来稳固丈夫对自己宠幸的，拟定按服饰违式罪判罪，笞打五十，从家中逐出，不予供养。

判词说：翠鬟香云，艳质曾邀帝宠；柳眉桃靥，娇姿准拟人看。不知出塞明妃，颜华已非旧日；抱疴婕好，形容顿异当时。乞怜未必希恩，掩袖殊堪憎恶。态固难堪，情犹可悯。

一，凡是妇人为丈夫蓄妾，原非出于自己的本意，却自夸贤德，希望别人赞美的，拟定以现任官员擅自为自己立碑来判罪，杖责一百，关押三年。判词说：膏雨和风，令望应流于万里；深仁厚泽，芳誉自播于千年。故口碑载道，逢人惟说岘山；而尸祝由心，至今永思棠芾。何乃事因情近，名与实违，诩向人言，攘为己德。苟传闻不察，几欲勒之贞珉；久假不归，竟尔厕于贤哲。盗名有禁，功令宜遵。

一，凡是妇人暗地里命心腹婢女，假借名义骂奴仆，牵连到丈夫和妾，以及有子的妾的，拟定按公差人员欺凌长官定罪，杖责六十，关押一年，如果主妇仍狡辩说自己不是主使，则记过一次。判词说：浪蝶狂蜂，羡顾新蓓嫩蕊；暴风骤雨，那管细果花胎。犹如狐假虎威，岂惜鼠投器忌。虽护身有符，苟犯法无赦。主妇记过，牙爪必惩。

一，凡是妇人买妾入家门，用巫术镇服她，或者把自己的裤子挂在门口，或者把棒槌放在门槛内，种种巫术不同，拟定按禁止师巫邪说判罪，杖责一百，流放三千里。判词说：玉颜未入，轮回九转之肠；象管初吹，声断百年之梦。不用千金买赋，阴求片铁铸符。一纸朱书，宜投蛛网；数行秘箓，忽坠迷途。性情制以鹦哥，精爽摄为虎伥。是盖幻而无迹，即或杀之泯踪者也。淫觋邪巫，痛惩远屏。

凡是妇人因为丈夫买妾，便设佛堂，吃斋礼忏，只同僧尼往来的，拟定按左道惑众判罪，杖责一百，流放三千里。判词说：杨柳新栽，昨夜几番风雨；荼蘼初架，晓来无数葛藤。蛾眉入而粉黛衰，鸦鬟添而鸾镜掩。妆阁因而绣佛，琴堂用以翻经。寄怨毒于瞿昙，发幽愤于般若。淫艳姌尼，藉禅和而入室；贪痴释子，披缁戒而踵门。闺闱从此逾闲，性情由之难制。是用履霜杜渐，故为首禁严惩。

一，凡是妇人嫉妒丈夫纳妾，便从旁嫁祸，捏造流言，想要对妾赶尽杀绝的，按术士妄言祸福罪判罪，杖责一百，流放三千里。判词说：深情厚貌，须眉误中其猜嫌；伏阱隐机，脂粉亦忘其忮忌。是以不言掩鼻，郑衰以巧爱而毙楚姬；覆被杀儿，武瞾以忍心而殒唐后。临风搧毒，向影吹沙。不第谗言离间，盖实溺陷死生者也。所当满杖，远配遐陬。

兵部：

一，凡是妇人夜晚睡觉，在床前偷偷放置桌椅等物，周围严密布置，以防止丈夫到他处去的，拟定按假宿卫人仪仗罪论处，杖责一百，关押三年。判词说：秦王宫里，未失狐白之裘；汉后禁中，谁通赭马之迹。不虞窃符之魏姬，特恐偷香之韩寿。岂乏防意如城之谋，爰效入苙招豚之计。坐以假借，罚其愚呆。

一，凡是妇人因为丈夫夜间起床上厕所，没有告诉她，便怀疑他私通婢女，就发怒狠毒咒骂的，拟定按夜禁不严罪判罪，笞打五十。判词说：床内青铜，原属怀奸之具；枕边玉盒，用为护身之符。乃崇垣何处飞奴，帘外勿惊人影。醒来梦话，郎已梦到高唐；醉后消魂，身遂魂游楚馆。彼固失告，此则疏防。

一，凡是妇人使用婢女，不许她搽胭抹粉，只让她穿破衣旧鞋，充当探子，打听丈夫在外边的事情的，拟定按偷渡关卡罪判罪，杖责八十，关押二年。判词说：粉黛三千，既无藏娇之屋；金钗十二，屈为下陈之材。况罗刹夜叉，分途勾摄；而山精水怪，匿影潜窥。出入自有关防，内外岂容飞越。爰书有禁，城旦何辞。

一，凡是妇人看到丈夫进入妾的房间里面说话，便假借公事，突然入内把他们冲散的，拟定按擅闯衙门来判罪。如果只是进去开玩笑式的搅扰，而没有生气的样子，引用判例从轻论罪，笞打五十下，不予供养。判词说：翡翠床前，方调鹦鹉之舌；水晶帘外，忽来狮吼之声。不徒花上晒衣，未免腹中藏剑。有心心术不端，无心见识不到。

一，凡是妇人推算妾与丈夫正在缠绵之际，忽然叫妾起来，让她去干其他事的，拟定按擅调官军判罪，杖责一百，发配到边远的地方充军。判词说：酣战方深，浪子春风一度；金牌忽召，夫人号令三申。既撤白登之围，讵有黄龙之望。骧功西徼，先轸之唾固宜；掣肘东窗，长舌之罪难贳。宥以生令，犹为宽典。

督捕：

一，凡是丈夫进入妾的房间，妾担心主妇嗔怒，便逃到妻的房间，妻子于是将妾关在屋里，不让她出门，拟定按窝藏逃犯来判罪，杖责一百，流放到尚阳堡。判词说：桃源有路，本期接引渔郎；梅子多酸，未便相延洞口。效红拂之宵征，非得已也；岂文君之私奔，意何为乎？尔乃冥心已会，故托于李上蔡逐客之书；妙谛全窥，竟不学鲁男子闭户之美。汝既有意于窝逃，吾将按律而问拟。

刑部：

一，凡是妇人见到丈夫与妾就寝，故意不睡觉，而隔着房间频繁询问繁琐家事的，拟定按审案应当回避却不回避来判罪，笞打四十。判词说：鸳梦初谐，正虑窥帘鹦唤；蝶栖未稳，何堪聒耳蛙鸣。既干回避之条，难辞挠法之谴。量从薄儆，以蔽厥辜。

一，凡是妇人在自己卧房设置床榻，妾侍奉丈夫就寝，抱着自己的被子过去跟她同睡。即使合欢，也不令其顺畅，并且连句玩笑都不能说。拟定按不应禁而禁来判罪，杖责六十下。判词说：卧榻之侧，本非鼾睡之乡；忌者之前，又岂诙谐之地。桃花三汲，犹虞浪动潜鳞；莺啭一声，更怕惊翻宿蝶。是宜通禁，允此严惩。

一，凡是妇人因为丈夫偶而在妓院喝酒，便令他在床头端正下跪，自己仍旧假装睡觉，过了几个时辰还不让丈夫起来的，拟定按告状不受理来判罪，杖责一百，关押三年。判词说：蛱蝶偶入花丛，原非贪宿；蜻蜓薄游水际，未免沾濡。况风过带香，何关薄幸；而衣沾剩粉，聊以娱情。尔乃顿发娇嗔，罔顾黄金之膝；居然假寐，任凭玉漏之催。真变羊之巫可诳，而逆鳞之怒难批矣。县案过情，杖遣不枉。

一，凡是丈夫调戏婢女，婢女竭力挣脱，以致于脸红肉颤。妻子不去分辨，仍旧扯婢女毒打的，拟定按官司缘故出入人来判罪，杖责六十，以情节轻重来增减。判词说：狭路相逢，几饵身于豺虎；投梭峻拒，得幸脱于鹰鹯。颤断香肌，盖为云横烟锁；红堆粉面，岂关雨后霞生。不申法于强梁，反宣威于弱质。故出故入，按律何辞。

一，凡是丈夫与妾同寝，早晨进入妻子房间，妻子借故挑事，索要首饰和衣服的，拟定按因公事敛财来判罪，计算赃物的多少来判定轻重。赃物还没入手的，杖责六十。判词说：终年交颈，曾无感于寸衷；一旦分甘，遂矜怀于大赉。翠环金缕，非可要挟而求；宝钿绣衣，务在随宜而锡。尔需索既出于机心，将拟罪应同于科敛。

一，凡是妇人因为丈夫娶妾，便假装生病而卧床不起，不吃不喝，丈夫苦心劝解，可是她仍然愤怒的辱骂。等心腹婢女偷偷给她送吃的，她才吃，有人来了，马上又藏起来。拟定按夤缘作弊来判罪，杖责一百，流放三千里。判词说：银牙正辟，何心翠釜紫驼；绣户无人，辄啖金齑玉粒。若彼阴险之情，为鬼为蜮，业已觇其一斑；矧其闭藏之迹，如虺如蛇，宁能防之久后。纵兹不治，长此安穷。

一，凡是婢女略有姿色，妇人见到她悄悄梳妆打扮，便痛斥她引诱男人的，拟定按诬告来判罪，杖责八十。判词说：桃花沐雨，夫岂有意呈娇；梅子含酸，遽谓揉脂献媚。必丫头尽属花面，即毒口见其蛇心。尔太多疑，罪同故勘。

一，凡是妇人看戏，看到戏中有关于妾、妓的戏幕，就不停吵嚷，并谩骂点戏的人以及自己的丈夫。拟定以处罚不当来判罪，笞打五十下。判词说：雅剧新声，不过逢场偶作；芳姿艳质，藉以合席同欢。事争选靡丽之情，词必出佳人之口。尔乃睹花容而色沮，闻莺啭而神伤。触目惊心，当歌疑谶。谁家薄幸，故开作俑之端；郎实猖狂，冀效跳梁之习。衾裯鼎沸，姻友波腾，鼓焰无端，笞惩有律。

一，凡是妇人责罚婢女，习惯伤及她下体私处的，拟定按决罚不合理、在人虚怯处非法殴打来判罪，如已造成伤害的，鞭打四十下。判词说：前代腐刑，爰书久削；编民阉割，宪典严惩。在男子而已然，况女子乎何有？尔乃借公泄忿，声罪讨于包茅；乘兴宣威，肆戈矛于夹谷。如验有伤，按律究拟。

一，凡是妇人遇到丈夫外出，便将丈夫的妾，及有身孕的妾偷偷卖掉，也并不选择适当的人及议价。等到妾发现后不服从，她便以烧香等借口，把她哄骗出门的，拟定按监守自盗来判罪，杖责一百，发配到尚阳堡。同谋的人杖责一百，流放三千里。判词说：小往大来，本蓄分甘之怨；母以子贵，愈深固宠之忧。讵料君子之远行，恰值红颜之薄命。一副狼心辣手，早定调虎离山，拔去眼钉，推入火坑。辱当垆而不惜，虽换马亦欣然。伤情极矣，惨何如之！其最毒之元凶，固应远徙；即为从之恶党，勿令网遗。

一，凡是妇人自己端身而坐，却让丈夫跪受刑杖杖。如果丈夫不依从，便痛哭不已的，拟定按以威势制缚人来判罪，杖责一百，关押三年。判词说：毒龙飞怒，白日晦而海水扬；乳虎横行，谷风生而狐兔伏。吼声正厉，鼻息敢舒。彼既肆无忌惮，我持律以重惩。

一，凡是妇人家中养了很多婢女，每当自己与丈夫对坐饮酒时，都不许婢女站在自己身后，恐怕她向丈夫眉眼传情的，拟定按诱人犯法来判罪，杖责一百，流放三千里。判词说：锦绣成行，勿使肉屏障后；鸳鸯罗列，莫教花阵当前。盖防对面芙蓉，密订同心之约；灯前秋水，暗邀月下之期。不知慢藏之招，实为冶容之诲。尔故陷之，罪还责尔。

一，凡是妇人毒打婢女，她的丈夫开言劝解，便说丈夫私通婢女，便打得更严重的，拟定按冤屈平民为盗来判罪，杖责六十，关押一年。判词说：毒手老拳，势难坐视；缨冠披发，迹涉嫌疑。乃词以情迁，卦因变动，贪非盗璧，浪指怀春。屈法枉赃，拟徒决杖。

一，凡是妇人不能容忍丈夫娶妾，却掩饰愤恨而装作欢喜，来求取好名声，称愿意与妾称为姐妹，不分大小，等妾进门后，却不是被关禁就是被卖掉，拟定按欺诈官私取财来判罪，杖责八十，关押二年。判词说：梦中之兰玉未占，被底之鸳鸯难共。琵琶隔院，声已远而莫疑；鹦鹉异笼，语屡调而勿觉。顾耳属于垣，趾不旋踵。王丞相之驱车，为凌诸婢；戚少保之肉袒，奚获二雏。尔乃蜜里藏刀，必欲花间逐蝶，狡亦甚矣，罚岂容轻。

一，凡是妇人与丈夫稍有嫌隙，便招呼自己的兄弟，骄横跋扈，来压制丈夫和妾的，拟定按假冒官兵来判罪，杖责七十，关押一年半。判词说：日丽云闲，风忽变而成飓；波恬浪静，石偶激而生澜。巧令如虎如狼，哄然吠声吠影；骇当猛鸷搏鹰，不啻群鸦噪凤。蠢兹丑类，法所必惩。孰为主谋，讯明发遣。

一，凡是妇人举止骄纵，因丈夫对她稍有违背，便指责说他听信婢妾的话，向妯娌、族人哭诉的，拟定按越级上诉来判罪，如玷污了别人的名节，杖责一百，发配到烟瘴之地去充军。判词说：冀握大权在手，先以蜚语螫人。盖因蛊惑于心，奚啻含沙于口。不知盗嫂之事，犹可解也；至若通妹之诬，岂能堪乎？天谴难逃，王章莫贷。

一，凡是妇人看到丈夫生病，就把过错归于婢妾，向众人传播非常难听的话，拟定按假公营私来判罪，杖责六十，关押一年。判词说：纸帐呻吟，遽称此风之始；竹林偃仰，遂生为厉之阶。岂知闺阃之事，甚于画眉；乃以中冓之言，指为墙茨。意欲如将军体恙，因人言而驱姬；恐难同太傅暮年，以老病而放妾。假借衅端，诬诬加等。

一，凡是妇人打骂婢妾，吼骂声震到外面，并且连亲友也一同骂的，拟定按辱骂尊长来判罪。如果她所骂的亲友不是五服近亲，则鞭打二十下；如果是五服内亲人，鞭打五十下。如为同胞亲属，则杖打一百下。如骂的是伯叔师友，便罪加一等。判词说：虎牙横噬，岂避贤豪；烈火蔓延，宁分玉石。西楚大呼，铁骑重围辟易；河东一吼，挂杖落手茫然。鱼无耳而深藏，鸟高飞而色举。此盖司晨之牝，非特门内之妖已也。就族党之尊卑，定科条之轻重，量从分别，予以自新。

一，凡是婢女年龄稍大点的，妇人害怕她与丈夫有染，便将其卖掉，另外买小的婢女以供使用，拟定按掠取贩卖人口来判罪，杖责八十，关押二年。如果略卖三人以上，带枷示众一个月，发配到边境的卫所充军，并追回所得上交官府。判词说：丝柳初垂，便关心于黄鸟；夭桃未放，早留意于游蜂。以防微杜渐之怀，作出陈易新之举。刘绿竹以植黄杨，驱修翎而蓄蚱蜢。律以略卖，允蔽厥辜。

一，凡是妇人见婢女成年，丈夫或许有意，竟然不为丈夫谋划，却擅自将她许配给家奴的，拟定按屏去人衣服和食物来判罪，杖责八十。判词说：桃花含蕊，何须便嫁东风；蚌孕独胎，岂遂扬辉北渚。预作纳履之猜，何其遽也；阴为掩袭之计，不亦泰乎？拟以重杖，抑彼机心。

一，凡是妇人明知道妾已怀孕，却故意让她做体力重活导致堕胎，并使产中饮食不按时，拟定按窝弓杀伤人来判罪，杖责一百，关押三年。判词说：海棠新放，将有色而无香；豆蔻初含，幸渐开而结实。满园春色，谁是宜男？共祝天生，若为乞巧？甫征兰梦，旋起鸩谋。致使瓜未熟而蒂已离，木向荣而心先蠹。覆巢岂容完卵，杀母必更伤儿。讵止暗地害人，是且明欲绝后。置之徽纆，大快人心。

一，凡是妇人因事与丈夫不和，便托言是丈夫宠爱妾，自己前往尼姑庵，过夜也不回的，拟定按背夫逃走来判罪，杖责一百，流放三千里。判词说：久蓄疑猜，苦无半隙；稔怀怨恨，巧驾片言。禅关蓝室，允为解脱之门；妖庙淫祠，本是藏奸之薮。纵非红拂之奔，难洗缁流之辱。投之有北，永绝南还。

一，凡是妇人抓破丈夫的脸皮，并咬伤丈夫皮肤的，拟定按妻妾殴夫来判罪，杖责一百，关押三年。判词说：情绪偶乖，笑裂千端锦绣；幽思乍触，怒敲七尺珊瑚。狂飙发而松柏摧，惊涛轰而兰蕙损。金闺虎坐，玉润羊眠。既昧三从，须严七出。

一，凡是妇人特命心腹婢女私下暗中窥探，两人互相谈论，以致妇人的脸色一会白一会青，并微微冷笑的，拟定按盗窃不得财来判罪，笞打五十下，免于脸上刺字。判词说：纱窗隙底，潜聆蚁斗之声；脂粉场中，化作鸥张之态。百萤惑眼，千蛊祟心。蜀碎芙蓉，吹上桃花之面；南香含笑，如啼汉女之妆。薄笞少惩，姑免深究。

一，凡是妇人听说妓女送给丈夫扇子、手帕等东西，一定要把东西搜出来并撕碎的，拟定按毁弃器物，和已有盗窃行为却不得财来判罪，笞打四十下。判词说：采兰赠芍，虽属淫风；煮鹤烹琴，殊亏大雅。况适情引趣，非尽溪水之纱；贻管呈憨，误认江皋之珮。留之增为韵事，毁之自取其尤。

工部：

一，凡是妇人布置妾的被褥等卧具，故意使她的床窄小，只能容下一人独睡的，拟定按造作不如法来判罪，笞打四十下。判词说：花萼谊重，曾传大被之风；燕雀情深，凤着联床之美。即眉公之新式，未闻狭彼规模；非楚宫之细腰，何故减其绳尺。既稽古而无征，曷据律以示戒。

一，凡是妇人因为丈夫要去妾室，便自己先引诱丈夫，等到丈夫与自己交欢很久，丈夫已经没有力气，才让他去妾室，拟定按虚费劳力采取不当来判罪，杖责一百，关押三年。判词说：嫩柳堪折，方图良夜佳期；而老蚌馋涎，反欲争先夺食。壮哉锐进之气，此处不饶；休矣罢乏之兵，彼将何补？罪不止于阻挠，律应坐以虚费。粤稽赃迹，虽城旦而犹轻；究厥奸谋，迅决杖以发遣。

史阁部书

顺治元年六月，摄政王遣南来副将韩拱薇等，致书明大学士史可法，曰："予向在沈阳，即知燕京物望，咸推司马。后入关破贼，得与都人士相接，识介弟于清班，曾托其手泐平安，拳致衷曲，未审以何时得达。比闻道路纷纷，多谓金陵有自立者。夫君父之仇，不共戴天，《春秋》之义，有贼不讨，则故君不得书葬，新君不得书即位，所以防乱臣贼子，法至严也。闯贼李自成称兵犯阙，荼毒君亲，中国臣民，不闻加遗一矢。平西王吴三桂界在东邮，独效包胥之哭。朝廷感其忠义，念累世之夙好，弃近日之小嫌，爰整貔貅，驱除枭獍。入京之日，首崇怀宗帝后谥号，卜葬山陵，悉如典礼。亲郡王将军以下，一仍故封，不加改削。勋戚文武诸臣，咸在朝列，恩礼有加。耕市不惊，秋毫无扰。方拟秋高气爽，遣将西征，传檄江南，连兵河朔，陈师鞠旅，戮力同心，报乃君国之仇，彰我朝廷之德。岂意南州诸君子苟安旦夕，弗审事机，聊慕虚名，顿忘实害，予甚惑之。国家之抚定燕京，乃得之于闯贼，非取之于明朝也。贼毁明朝之庙主，辱及先人，我国家不惮征缮之劳，悉索敝赋，代为雪耻。孝子仁人，当如何感恩图报。兹乃乘逆寇羁诛，王师暂息，遂欲雄据江南，坐享渔人之利。揆诸情理，岂可谓平？将以为天堑不能飞渡，投鞭不足断流耶？夫闯贼但为明朝崇耳，未尝得罪于我国家也。徒以薄海同仇，特申大义。今若拥号称尊，便是天有二日，俨为敌国。予将简西行之锐卒，转旆东征。且拟释彼重诛，命为前导。夫以中华全力，受困潢池，而欲以江左一隅，兼支大国，胜负之数，无待蓍龟矣。予闻君子之爱人也以德，细人则以姑息，诸君子果识时知命，笃念故主，厚爱贤王，宜劝令削号归藩，永绥福禄。朝廷当待以虞宾，统承礼物，带砺山河，位在诸王侯上，庶不负朝廷伸义讨贼，兴灭继绝之初心。至南州群彦，翩然来仪，则尔公尔侯，列爵分土，有平西王之典例在，惟执事实图利之。挽近士大夫好高树名义，而不顾国家之急，每有大事，辄同筑舍。昔宋人议论未定，兵已渡河，可为殷鉴。先生领袖名流，主持至计，必能深惟终始，宁忍随俗浮沉，取舍从违，应早审定。兵行在即，可西可东，南国安危，在此一举，愿诸君子同以讨贼为心，毋贪一身瞬息之荣，而重故国无穷之祸，为乱臣贼子所笑，余实有厚望焉！记有之，惟善人能受尽言，敬布腹心，伫闻明教，江天在望，延跂为劳，书不宣意。"

可法旋答书曰："大明国督师兵部尚书兼东阁大学士史可法，顿首谨启大清国摄政王殿下：南中向接好音，法随遣使问讯吴大将军，未敢遽通左右，非委隆谊于草莽也。诚以大夫无私交，《春秋》之义。今倥偬之际，忽捧琬琰之章，真不啻从天而降也。循读再三，殷殷致意，若以逆贼尚稽天讨，烦贵国忧，法且感且愧。惧左右不察，谓南中臣民偷安江左，竟忘君父之仇，敬为贵国一详陈之：我大行皇帝敬天法祖，勤政爱民，真尧、舜之主也。以庸臣误国，致有三月十九日之事。法待罪南枢，救援莫及，师次淮上，凶问遂来，地折天崩，山枯海泣。嗟乎！人孰无君，虽肆法于市朝，以为泄泄者之戒，亦奚足谢先皇帝于地下哉？尔时南中臣民，哀恸如丧考妣，无不拊膺切齿，欲悉东南之甲，立翦凶仇。而二三老臣，谓国破君亡，宗社为重，相与迎立今上，以系中外之心。今上非他，神宗之孙，光宗犹子，而大行皇帝之兄也。名正言顺，天与人归。五月朔日，驾临南都，万姓夹道欢呼，声闻数里。群臣劝进，今上悲不自胜，让再让三，仅允监国。迨臣民伏阙屡请，始以十五日正位南都。从前凤集河清，瑞应非一，即告庙之日，紫云如盖，祝文升霄，万目共瞻，欣传盛事。大江涌出柟梓数十万章，助修宫殿，岂非天意也哉？越数日，遂命法视师江北，刻日西征。忽传我大将军吴三桂借兵贵国，破走逆贼，为我先皇帝后发丧成礼，扫清宫阙，抚辑群黎。且罢薙发之令，示不忘本朝。此等举动，振古铄今，凡为大明臣子，无不长跪北向，顶礼叩额，岂但如明谕所云感恩图报已乎？谨于八月，薄具筐篚，遣使犒师，兼欲请命鸿裁，连兵西讨。是以王师既发，复次江淮。乃承明诲，引《春秋》大义来相诘责，善哉言乎！推而言之，然此文为列国君薨，世子应立，有贼未讨，不忍死其君者立说耳。若夫天下共主，身殉社稷，青宫皇子，惨变非常，而犹拘牵不即位之文，坐昧大一统之义，中原鼎沸，仓卒出师，将何以维系人心，号召忠义？紫阳《纲目》，踵事《春秋》，其间特书，如莽移汉鼎，光武中兴；丕废山阳，昭烈践祚；怀愍亡国，晋元嗣基；徽钦蒙尘，宋高缵统。是皆于国仇未翦之日，亟正位号，《纲目》未尝斥为自立，率皆以正统予之。甚至如玄宗幸蜀，太子即位于灵武，议者疵之，亦未尝不许以行权，幸其光复旧物也。本朝传世十六，正统相承，自治冠带之族，继绝存亡，仁恩遐被。贵国昔在先朝，凤膺封号，载在盟府，宁不闻乎？今痛心本朝之难，驱除乱逆，可谓大义复著于《春秋》矣。昔契丹和宋，止岁输以金缯。回纥助唐，原不利其土地。况贵国笃念世好，兵以义动，万代瞻仰，在此一举。若乃乘我蒙难，弃好崇仇，窥此幅员，为德不卒，是以义始而以利终，为贼人所窃笑也。贵国岂其然乎？往者先帝轸念潢池，不忍尽戮，剿抚互用，贻误至今。今上天纵英武，刻刻以复仇为念，庙堂之上，和衷体国。介胄之士，饮泣枕戈。忠义民兵，愿为国死。窃以天亡逆闯，当不越于斯时矣。语曰：'树德务滋，除恶务尽。'今逆贼未服天诛，谍知卷土西秦，方图报复，此不独本朝不共戴天之恨，抑亦贵国除恶未尽之忧。伏乞坚同仇之谊，全始终之德，合师进讨，问罪秦中，共枭逆贼之头，以泄敷天之愤，则贵国义问，照耀千秋。本朝图报，惟力是视。从此两国世通盟好，传之无穷，不亦休乎！至于牛耳之盟，本朝使臣，久已在道，不日抵燕，奉盘盂从事矣。法北望陵庙，无涕可挥，身陷大戮，罪应万死。所以不即从先帝者，实为社稷之故。《传》曰：'竭股肱之力，继之以忠贞。'法处今日，鞠躬致命，克尽臣节，所以报也，惟殿下实昭鉴之。弘光甲申九月十五日。"

按史阁部答书，用红帖写，皮面写启字，盖印即系"督师辅臣之印"六字。每页四行，连抬头共二十字。原书存内阁。摄政王书载本传，而阁部覆书不载，想当时讳之也。高宗纯皇帝圣谕云："朕幼年即羡闻我摄政睿亲王致书明臣史可法事，而未见其文。昨辑宗室王公功绩表传，乃得读其文，所为揭大义而示正理，引《春秋》之法，斥偏安之非，旨正辞严，心实嘉之。而所云可法旋遣人报书，语多不屈，固未尝载其书语也。夫可法，明臣也，其不屈正也。不载其语，不有失忠臣之心乎？且其语不载，则后世之人，将不知其何所谓，必有疑恶其语而去之者，是大不可也。因命儒臣物色之书市及藏书家，则亦不可得。复命索之于内阁册库，乃始得焉。卒读一再，惜可法之孤忠，叹福王之不慧，有如此臣而不能信用，使权奸掣其肘，而卒致沦亡也。夫福王即信用可法，其能守长江而为南宋之偏安与否，犹未可知。而况燕雀处堂，无深谋远虑，使兵饷顿竭，忠臣流涕顿足而叹，无能为力，惟有一死以报国，不亦大可哀乎！且可法书语，初无诡谇不经之言，虽心折于睿王，而不得不强辞以辩，亦仍明臣尊明之意也。予以为不必讳，亦不可讳，故书其事如右，而可法之书，并命附录于后。夫可法即拟之文天祥，实无不可。而《明史》本传，乃称其母梦天祥而生，则出稗野之附会，失之不经矣。"恭读一过，仰见我烈祖圣度之大。

【译文】顺治元年（1644）六月，摄政王多尔衮派遣南来副将韩拱薇等，致信给明朝大学士史可法，信中说道："我向来居住在沈阳，就知道在燕京城中，大家都推举司马声望最高。后来进入关里攻破贼人，得以与京城人士相交，在清班中认识了您的弟弟，我曾托他与你写信问候，恳切地传达我的衷情，不知书信何时能到。近来听闻京城中众说纷纭，很多人说金陵有人自立称王。君父的仇恨，不共戴天，依《春秋》中的大义，有贼不讨伐，那么先国君就不能写"葬"，新国君不能写"即位"，为了防范那些乱臣贼子，法度非常严明。闯贼李自成兴兵入犯朝廷，毒害君主，中原臣民，没有听说加留一兵一箭。平西王吴三桂处在东部边境，效法包胥之哭。朝廷感念他的忠义，念及世代交好，不计较近日的小嫌隙，整治军队，入关驱除那些大逆不道之人。进入京城后，首先追谥尊崇祯帝为怀宗端皇帝、皇后为烈皇后，将他们安葬于山陵，一切遵循典法礼仪。前朝的亲王、郡王、将军及以下的官员，完全依循原来的封号，不加以改变削职。有功勋的皇亲国戚及文武大臣，也都在朝班，对他们礼遇有加。农商百姓，丝毫没有惊扰。正准备秋高气爽之时，派遣兵将去西征，声讨江南，集结军队，整军誓师，齐心合力，以报国家和君主之仇，彰显我朝廷的威德。怎会想到南方的君子们只贪图眼前的安逸，不审视事机，贪慕虚名，却竟然忘记了真正的危害，我非常的疑惑不解。大清平定燕京，是从闯贼李自成的手中得来，不是从大明朝廷的手中取得。闯贼毁坏了明朝的宗庙，使祖先受到侮辱，我国不畏惧征伐的劳苦，全力追讨闯贼，替大明朝洗去耻辱。这些孝子仁人，应该如何感恩报答。现在有人乘我们讨伐逆寇之时，我军暂时休息之机，便想要占据江南，坐享渔人之利。从情理上来看，这怎么能称得上公平呢？难道以为长江天堑不能飞渡、投鞭不能断流吗？闯贼李自成只是明朝的祸害，但却并没有得罪我国。我们只是因为对他同仇，所以才伸张正义。现在若有人自立名号称帝，便是天有二日，就会成为敌国。我如果挑选西行的精锐军队，转旗东征。而且我打算赦免李自成的重罪，让他们做为前导。凭中华的国力，却受困于潢池，而想以江东一隅，来支撑诺大一个国家，谁胜谁负，不用占卜就可以知道。我听闻君子因为道德而爱人，而小人则没有原则，诸位君子如果能识时务、知天命，深切怀念先主，厚爱贤王，就应当劝告贤王去掉帝号、恢复为藩王，才能永保富贵。朝廷自当会以贵宾之礼对待，继承祖宗传下来的礼器，治理国家，地位在诸王侯之上，这才不辜负朝廷伸张正义、讨伐奸贼，复兴灭国、继承绝世的本意。至于南方的各英才，欣然来归顺，那么将来为公为侯，分列爵位、分封土地，有平西王吴三桂的例子在前，希望执事转告能够予以考虑斟酌。近来士大夫常常喜好高调夸耀树立自己的名节、道义，而全然不顾国家的危急，每当有大事，就如同盖房子却与路人商议。从前宋朝人还没商论出结果，金兵已经渡河，可以引以为借鉴。先生领导各界名士，主持最高的决策，必定会深思熟虑，岂可忍受随波逐流，取舍选择，应当早作决断。兵行在即，到底是向西还是向东，南明朝的安危，就在此一举了。希望诸位君子能够以讨贼作为我们的共同目标，不要贪恋短暂的荣华，而加重故国无穷的灾难，被那些乱臣贼子所耻笑，我对您充满了厚望。记得古书中说过：只有善人才能接受别人毫无保留的直言。真心诚意的把心里话说给您了，敬闻高教，殷切仰慕，企盼回信，文字不能表达我的心意。"

史可法旋即回信说："大明国督师兵部尚书兼东阁大学士史可法，顿首谨启大清国摄政王殿下：从南方接到一个好消息，我随后要派遣使者去问候吴三桂大将军，不敢马上通知身边左右，这不是我不顾您的情谊。实在是因为大丈夫之间不应有私交，这是《春秋》中的大义。现如今纷繁乱世之际，忽然接到了您的书信，如同从天而降。反复拜读，感受到您深切的厚意。如果说逆贼李自成尚且需要上天的惩治，却因此成为贵国的烦忧，可法感到既感激又惭愧。我担心身边的人不明真相，说南方的臣子和民众在江东偷安，竟忘记了君主被杀的仇恨，敬请听我为贵国详细陈述道来：我们先帝敬畏上天、效法祖先，勤政爱民，真是像尧、舜一样的圣主。但因为庸臣而误了国事，以致于有了三月十九日的事（指崇祯帝自缢之事）。可法供职于南京，还没来得及救援，军队刚到淮河边上，便传来了先帝的死讯，真如地裂天崩，川枯海竭一样。唉，谁人没有国君呢，即使把我暴尸于众，以此来为那些君子做为警戒，也难以向地下的先帝谢罪啊？那时南方的臣子和百姓，都如爹娘去世了一样悲痛万分，无不抚胸切齿，想要尽东南方的全部军队，立即去歼灭仇人。但朝中的几位老臣，却称国破君亡，应以国家社稷为重，商议迎立当今的皇帝，来安定内外的人心。如今的圣上不是别人，他是神宗的孙子，光宗的侄子，先帝的兄长。名正言顺，上承天命，人心所向。五月初一，新帝驾临南都，百姓们夹道欢呼，声音传播数里。群臣劝说他登基，新帝悲痛不已，再三推让，只应允为监国。等到大臣百姓多次劝请，新帝才于十五日在南都登上天子之位。此前，凤凰来集，黄河水清，吉祥的预兆很多，在祭告祖庙那天，祥云缭绕，祝词焚烧后升天，万目共睹，大家都高兴的流传此盛事。长江里涌出数十万珍贵木材，帮助修建宫殿，这难道不是天意吗？过了几日，新帝便命可法督帅江北，即日去西征。忽然传来消息说大将军吴三桂向贵国借兵，攻破了逆贼，殿下进入都城，为我先帝、先后按照礼仪办理丧事，扫清了宫闱余孽，安抚了百姓。并且免除了剃发的命令，以示不忘明朝。如此举动，超越古今，凡是大明朝的臣子，没有不向北长跪，顶礼叩拜的，岂会只是像您信中明示所说的'感恩图报'而已？因此我谨在八月携带薄礼，派遣使者犒劳贵军，同时也想向殿下请命，一起联合军队向西讨伐叛贼。因此我大军已经出发，又行进到江淮一带。但却收到您的书信，引用《春秋》大义来谴责我们，话说的真的很好！进一步来说，《春秋》文中是列国的国君去世了，应立世子继位，而还有奸贼尚未讨伐，是因为不忍心国君已逝的说法。如果国君为社稷殉国，宫庭中的皇子，遭到了非常悲惨的变化，而却仍然拘泥于那些不能即位的条文，愚昧地失去了国家的大义，使得中原纷乱，仓猝出兵，将如何来凝聚人心，号召忠心报国？朱熹《通鉴纲目》，继承了《春秋》，其中特别书写了一些事例，如王莽移汉鼎建立新朝，光武帝刘秀又推翻了他使得汉朝中兴；曹丕废除汉献帝，刘备即位；西晋的怀帝、愍帝被俘杀亡国后，晋元帝登基；宋徽宗、宋钦宗被金朝俘虏，高宗即位。这些事例都是在国仇还未报的时候，便立刻继承王位，《通鉴纲目》中没有斥责自立为皇帝，而全都以正统来看待。甚至像唐玄宗逃到四川，太子在灵武即位，都有人议论是过失，但也没有不许他权宜行事，庆幸他光复了唐朝。本朝共有十六代皇帝相传，都是正统相继承，治理士人官吏，延续断绝了的贵族世家，仁德恩泽四方。贵国在前朝多次受封，都记载在盟誓上，难道没有听说吗？如今贵国痛心本朝的国难，而出兵驱除反贼，可说是《春秋》的大义又重现于史了。过去契丹与宋朝讲和，只是每年送一些金银财物。回纥襄助大唐，原并没有给它割让土地。何况贵国笃念与我朝世代友好，发兵完全是出于道义，这一举，真可谓是万代敬仰。如若贵国趁我朝蒙难之时，放弃友好与我为敌，伺机图谋我朝领土，没有把好事办到底，因此由道义开始而最后却以谋利结束，会被奸贼偷笑的。贵国怎么会这样做？过去先帝顾念潢池，不忍心斩尽杀绝，围剿和安抚并用，使得才贻误到今天这种局面。当今皇上是上天赋予的英明神武，时刻都把复仇放在心上，在朝廷之上，百官和睦同心，体念国家。全军上下，都饮泣备战。忠义的将士、百姓，都甘愿为国而死。我认为上天要灭除闯贼，应当不会超过这几天了。古语说：'树德务滋，除恶务尽。'如今逆贼李自成还未诛灭，有谍报说他们想要从陕西一带卷土重来，欲谋报复。这不只是我朝不共戴天的仇恨，也是贵国没有完全铲除奸贼的忧患。恳求坚定我们同仇敌忾的友谊，坚持有始有终的德行，共同合兵讨伐逆贼，问罪于秦中，一起铲掉反贼的首级，以泄普天的愤恨。那么贵国道义的美名，照耀千秋万代。本朝感恩报答，一定会尽力而行。从此以后两国世代结盟友好，永远流传，不是很美好吗？至于牛耳歃血之盟，本朝的使臣早已在路上了，很快就会抵达燕京，向执事签订盟书。可法北望皇陵、宗庙，欲哭无泪，身犯重罪，罪当万死。之所以没有马上追随先帝而去，是因为实在是为国家的原因。《传》说：'竭尽全力，效法古人的忠贞报国，死而后已。'可法处于今日，鞠躬尽瘁，克尽自己作为臣子的节气而已。来报答国家之恩，希望殿下明鉴。弘光甲申九月十五日（1644年10月15日）。"

据考查史阁部的回信，是用红帖书写的，封面上写着启字，盖印为"督师辅臣之印"六个字。每页四行，连抬头一共二十字。原信存于内阁。摄政王的书信记载本传中，但史阁部的回信却没有记载，想来当时一定是有所避讳。清高宗纯皇帝圣谕上说："我幼年就听闻我摄政睿亲王写书信给明朝大臣史可法的事，却没有见到这封信。昨天整理辑录宗室王公功绩表，才得以读到此信。信中揭示大义而显示正理，引《春秋》之义理，驳斥'偏安'的错误，主旨正当，措辞严厉，心中实为嘉许。书中说史可法随后又派人回信，语气多坚贞不屈，所以没有记载他书信中的话语。史可法，是明朝的忠臣，他坚贞不屈，是因为他正直。不记载他的话语，不是有失他的一片忠臣之心吗？而且他的话不记载，那么后世的人们将怎样评论他，必定会有人怀疑、厌恶他而去攻击他，这样就不应该了。因此命文臣到书市及藏书家那里去访求，还是没有找到。又下令到内阁大库中去寻找，这才找到。反复拜读，很惋惜史可法的忠贞自持，慨叹福王的愚笨，有这样忠贞的大臣却不能听信任用，让奸臣阻挠他，致使国家沦陷灭亡。如果福王能够听信任用史可法，他能否守住长江，而如南宋一样苟安于一方，也很难说。何况任用那些不知居安思危、没有深谋远虑的小人，使得军队困顿粮饷耗竭，忠臣痛哭流涕跺脚叹息，却无能为力，只能以一死来报国，这岂不是太可悲了？而且史可法的回信中，开始并没有辱骂不合常理的话，即使他不能心中折服于睿亲王，还是不得不强辞辩解。这也仍然是明朝大臣尊崇明朝之意。我以为不必避讳，也不应避讳，所以把这件事记录下来，而史可法的回信，命令附录在后面。把史可法和文天祥相比，实际是可以的。但《明史》本传中说，他的母亲梦见文天祥后史可法才出生，则是出于稗官野史的附会之谈，不合常理。"我恭读一遍，可以仰见我大清祖先圣王恢弘的气度。

万 岁

　　马伏波平蛮，吏民皆伏呼万岁，此犹曰对将军而颂天子耳。吴良传注《东观记》曰："门下掾王望诣称太守功德，掾吏皆呼万岁。"则诞妄矣。又《新序》，梁君出猎，见白雁群，公孙捷下车拂矢云云。梁君援其手上车，入庙门，呼万岁，曰："幸哉，他人猎得禽兽，吾猎得善言也。"自称万岁，更奇。

【译文】马伏波（马援）在平定了蛮夷之乱后，当地的官民都伏在地上大呼万岁，这好像说对着将军如同称颂天子一样！吴良传注解《东观汉记》说："太守门下掾王望谄媚称这是太守的功德，掾吏等都呼称万岁。"这一说法荒诞虚妄。另外《新序》中写道，梁君外出打猎，见到白雁群，公孙捷下车拔箭等等。梁君扶他的手上车，入庙门后，高呼万岁，说："真是幸运啊，他人猎得禽兽，而我却猎得了善言。"像这样自称万岁的，更是新奇。

钢

世所谓钢铁者，用铁屈盘之，乃以生铁陷其间，泥封炼之，锻令相入，谓之团钢，亦曰灌钢，此乃伪钢耳。铁之有钢也，如面中之有筋，濯尽柔面，则面筋乃见。炼钢亦然，但取精铁锻之百余火，每锻称之，一锻一轻，至累锻而斤两不减，则纯钢矣。见宋沈存中括《梦溪笔谈》。

【译文】世间所谓的钢铁，是用铁曲折盘绕，然后把生铁包含在其中，泥封后用火烧炼，锻打让它们相熔合，称为"团钢"，也称为"灌钢"，这属于伪钢。铁中有钢，就如同面中有筋一样，面洗净后再继续揉，则面筋就会显露出来。炼钢也是这样，精铁经过百余次火的锻打，每锻打一次都要称重量，每次锻打都会轻一些，直至多次锻打而重量没有减少，就是纯钢了。这件事在宋朝沈括《梦溪笔谈》中有记载。

修竹杨家

唐杨相国收，江州人，四子发、假、收、严，发以春为义，其房子以祝、以乘为名。假以夏为义，其房子以煛为名。收以秋为义，其房子以钜、鳞、镰、鑑为名。严以冬为义，其房子以注、涉、洞为名。尽有文学，登高第，人呼修竹杨家。所以别于静恭诸杨，亦犹桐树韩家也。其取子名亦有谢庄风月山水景之意。

【译文】唐朝相国杨收，是江州人，四子分别为：杨发、杨假、杨收、杨严。发取春的意思，其本房所生之子取名为"祝"和"乘"。假取夏的意思，其本房所生之子取名为取名为"煛"；收取秋的意思，其本房所生之子取名为"钜""鳞""镰""鑑"；严取冬的意思，其本房所生之子取名为"注""涉""洞"。这些后代都很有学问，高中科第，人称为"修竹杨家"。之所以不同于"静恭诸杨"，也就像"桐木韩家"一样（不同于"昌黎韩家"）。他给儿子取名也有谢庄风月山水景的意思。

古 字

古字不全，往往借字。如古无顺字。若，顺也。古无真字。诚，真也。古无是字。时，是也。又古未有双声，而其机已见。如不可为叵，何不为盍，如是为尔，而已为耳，之乎为诸之类。此二合之音,切字之原,与声俱生,莫知所从来也。

【译文】古字不全面,往往使用借字。如古时没有"顺"字。若,便借用为顺字;古时没有"真"字。诚,便借用为"真"字。古时没有"是"字。时,便借用为"时"字。另外古时也没有双声字,但迹象已初见。如不可拼合成"叵"字、何不拼合成"盍"字、如是拼合成"尔"字、而已拼合成"耳"字、之乎拼合成"诸"字之类。这种以两个音(声母和韵母)拼合成一个字的方法,是反切注音的源头,是与声一起产生的,(但)不知是从何而来的。

李 赤

李赤自比李白,后为厕神所祟而死,见《柳子厚集》。赤有十诗,在姑熟堂下,署李白名,东坡读之,以为浅陋不类太白也。

【译文】李赤把自己比作李白,后来因厕神作祟而死,这件事在《柳子厚集》中有记载。李赤共作有十首诗,收藏在姑熟堂下,署名为"李白",苏东坡读后,觉得诗浅薄鄙陋不像李太白所作。

丹青引

杜子美《丹青引》云:"至尊含笑催赐金,圉人太仆皆惆怅。"说者曰:"帝喜霸之能写真,故催金赐之,而圉人太仆自愧叹无技以蒙恩赉耳。"宋张邦基《墨庄漫录》云:"此深讥肃宗也。考是诗始云：'先帝天马玉花骢，画工如山貌不同。是日牵来赤墀下，迥立阊阖生长风。'帝既见先帝之马，当轸羹墙之念，反含笑而赐金，曾不若圉人太仆见马能惆怅而怀先帝也。"此解新奇而有理。

【译文】杜子美（杜甫）《丹青引》写道："至尊含笑催赐金，圉人太仆皆惆怅。"有解释说道："皇帝喜欢画家曹霸能画逼真的画像，所以催促左右赏赐他黄金，而圉人（养马的人）和太仆们都自愧感叹没有才艺来蒙受皇帝赏赐。"宋代张邦基《墨庄漫录》中却说道："这话是在讥讽唐肃宗。考查此句的前面有'先帝天马玉花骢，画工如山貌不同。是日牵来赤墀下，迥立阊阖生长风'的诗句。肃宗既然见到先帝的马，应当有怀念祖先的念头，怎么会反而含笑而赐金呢？这样还不如圉人和太仆见到马而惆怅地缅怀先帝呢。"这种解释既新奇还很有道理。

莼 菜

《漫录》又载："杜子美祭房相国，九月用茶藕莼鲫之奠。晋张翰亦以秋风思莼鲈。莼生于春，至秋则不可食。何二公皆用于秋。"云云。不知莼菜春秋二生，秋莼更肥于春莼，江南人于早秋宴客，必荐此品，北产固不解也。

【译文】在《墨庄漫录》中又记载说："杜子美祭祀房相国（房玄龄），九月用茶、藕、莼菜、鲫鱼祭奠。晋朝张翰也因为秋风吹起而思念家乡的莼菜和鲈鱼。莼菜，生于春天，到秋天就不能食用了。

为什么两位先生的诗中秋天都有莼菜呢?"如此的例子很多。其实莼菜分春秋两个季节生长,而秋天的莼菜比春莼更加肥美,江南人在早秋时节宴客,必定会推荐这道菜,而北方产的就不清楚了。

绣帐锦帐

司马温公娶子妇,闻其家有绣帐陪赠,毅然不许入门。王荆公嫁女于蔡卞,以锦为帐,未成礼,而华俊已闻于外。一日,神宗问介甫云:"卿大儒之家,亦用锦帐嫁女,急舍之开宝寺福胜阁下为佛帐。"夫以宰相之尊,一帐之间,矜重如此。近日苏、杭嫁资糜费,帷帐至有饰以珠玉者,其他之僭侈无论已。伤哉!谁挽此颓风也。

【译文】司马温公(司马光)为儿子娶妻子,听说女方有绣帐作为陪嫁,毅然不让新妻子带进门。王荆公(王安石)把女儿嫁给蔡卞,用锦做帐子,婚礼还没有举行,而豪华奢侈的名声却已流传开来。一天,宋神宗问王介甫:"您是大儒之家,也用锦帐嫁女儿,连忙把它布施到开宝寺福胜阁下做佛帐。"王安石贵为宰相,在一帐之间,也是如此的夸耀注重。近来苏杭一带女儿出嫁时的陪嫁非常奢侈浪费,帷帐甚至还有用珠玉装饰的,其他过分的奢华更不必说了。伤心啊!谁能挽救这些颓败的风气呢?

禽兽殉难

唐明皇每大朝会,有舞象,禄山在长安见而羡之。及篡位,欲以夸诸胡，宴凝碧池，令牵象出。象见非帝，不肯拜舞，鞭之，号叫彻殿陛，遂以不食死。唐昭宗蓄一猴，善诸戏。帝爱之，名孙供奉。后全忠篡位，此猴见座上非帝，跳跃号哭，触阶而死。宋帝昺，蓄一白鹇，后见帝蹈海，遂连笼自投于海中。余谓毛羽之属，尽义者多，尽忠者少，此可以立一庙合而祭之，以愧夫天下之人面兽心者。

【译文】唐玄宗每次在诸侯、群臣或外国使者朝谒时，都会安排舞象，安禄山在长安见到此场景非常羡慕。等到他篡位之后，他也想以此在胡人面前夸耀，便在凝碧池设宴，让人把象牵出。象见到不是唐玄宗，便不肯拜舞，鞭打它，号叫声响彻宫殿，后来绝食而死。唐昭宗养了一只猿猴，擅长各种玩耍。昭宗很喜爱它，给它取名为"孙供奉"。后来朱全忠（朱温）篡位，这只猿猴看到座上不是昭宗，就跳跃哭号，后来撞阶而死。宋帝赵昺养了一只白鹇，后来看到宋帝投海自尽，于是自己连同笼子也一起投于海中。我以为它们都属于禽兽，尽义的多，尽忠的少，可以建一座庙来祭祀这些义兽，以此来羞辱天下那些人面兽心的人。

帝王别号

宋高宗自标其室曰"损斋"，后人以为帝王别号之始。阅《墨庄漫录》载："宣和间，蔡宝臣致君，收南唐后主书数轴，来京师，内有发愿看经文，自称莲峰居士。"则五代已有之。

【译文】宋高宗在他的卧室自我标榜为"损斋"，后人认为这是帝王别号的开始。翻阅《墨庄漫录》中有记载："宋徽宗宣和年间，蔡宝臣（致君）收南唐后主的书数轴，来到京城，里面有一篇发愿看经文，后主自称为'莲峰居士'。"从此处可知，帝王的别号从五代时就有了。

成语对

"刘蕡下第，我辈登科；雍齿且侯，吾属何患？"成语天然，东坡所对。见释惠洪《冷斋夜话》。

【译文】"刘蕡下第，我辈登科；雍齿且侯，吾属何患？"这两句是自然生成之语，被苏东坡所题对。这件事参见北宋诗僧惠洪《冷斋夜话》。

粤僧诗

广东海幢寺僧今种《鲁连台诗》，沈文悫收入别裁。此外，又有《约游山阴》五律一首云："最恨秦淮柳，长条复短条，秋风吹落叶，一夜别南朝。范蠡湖边客，相将荡画桡，言寻大禹穴，直渡浙江潮。"一片神行，有不可攫拿之势。

【译文】广东海幢寺僧人今种《鲁连台诗》，沈文悫（沈德潜）将此收入在《明诗别裁集》中。此外，还有一首五言律诗《约游山阴》写道："最恨秦淮柳，长条复短条，秋风吹落叶，一夜别南朝。范蠡湖边客，相将荡画桡，言寻大禹穴，直渡浙江潮。"这首诗一片神行，有不可夺取之势。

文人诗

从来工制艺者，未必工诗，以心无二用也。然余谓非真文人耳。若真文人，未有不能诗者。且文人之诗，方能入细。有明至今，骚坛之卓卓者，非即台阁之铮铮者乎？熊钟陵《姑苏怀古》诗云："旧时江水旧时潮，难怪行人说六朝。飞过夕阳鸦点点，散来秋草马萧萧。多年王气山头寂，昨夜钟声梦里消。欲问兴亡向何处，秦淮沽酒破无聊。"风流悲壮，何尝有一点学究气也。

【译文】从来擅长八股文的人未必擅长作诗，因为一心不可以二用。然而我认为那样不是真文人。如果是真正的文人，没有不能作诗的。而且文人的诗，才能深入精微处。从明朝到现在，文坛中杰出的文人，不正是那些官府中才华出众的人吗？熊钟陵（熊伯龙）《姑苏怀古》诗中写道："旧时江水旧时潮，难怪行人说六朝。飞过夕阳鸦点点，散来秋草马萧萧。多年王气山头寂，昨夜钟声梦里消。欲问兴亡向何处，秦淮沽酒破无聊。"这首诗写得风流悲壮，不曾有一点学究气。

动物出土

宁波、奉化濒海一带，有业种蚶者，血肉之品，出以种植，奇矣，然犹湿生化生之物耳。至西域种羊，理尤难解。又大竹林中有物，名笋根稚子，鼹鼠之类，略似人形，烹食极其鲜美，江西饶州一路多有之。东坡有笋根稚子诗。

【译文】宁波、奉化靠海一带，有以种蚶为职业的，这种血肉之品，却靠种植而出产，真是奇特，然而它仍属于湿生、化生之物。到西域还有种羊的，这道理更是让人难以理解。还有大竹林中有种动物，称为笋根稚子，属于鼫鼠之类，长得有点像人形，烹食起来味道极为鲜美。在江西饶州沿路有很多这种笋根稚子。苏东坡写有笋根稚子的诗句。

公 牍

孙伯纯知苏州，有不逞子弟，与人争伏字，犬当从大，因而构讼。靖康中，小民易子而食，有以肥瘠不均因而涉讼。此等公牍甚奇。

【译文】孙伯纯（孙冕）知苏州时，有一个不得志的年轻人，与人争论"伏"字中的"犬"，应从"大"，因此还引起了诉讼。靖康之乱期间，有百姓交换孩子而充饥食用，有因为肥瘦不均而打官司的。这种公文真是新奇。

误出经题

乾隆甲寅，浙江乡试，《易经》题误出"离为目为火"。宋方勺《泊宅编》载，符建中，浙江乡试，《易经》题误出"为布为金"。无独有偶如此。

【译文】乾隆甲寅（乾隆五十九年，1794），浙江乡试中，《易经》

题误出"离为目为火"。宋朝方勺《泊宅编》中记载说，符建中，浙江乡试中，《易经》题误出"为布为金"。这样的事情竟无独有偶！

饧 字

《嬾真子》载："唐人作寒食诗，欲押饧字，以无出处，遂不用。"按刘梦得不敢押糕字，人人知之。押饧字不敢者，不知何人。

【译文】《嬾真子》中有记载："唐人写寒食诗，想要押'饧'字韵，因为没有出处，于是便没有用。"查刘梦得（刘禹锡）不敢押"糕"字韵，这是人人都知道的。不敢押"饧"字韵的，不知是什么人。

押木字

王禹玉秋解试《瑚琏赋》："上希颜氏，愿为可铸之金；下笑宰予，耻作不雕之木。"木，端木，官韵。他卷率云"粤惟孔门，厥有端木"，并押于第二韵，此独于第六韵别意押之，无不以为奇巧。

【译文】王禹玉（王珪）在秋季举办的科举考试中所作《瑚琏赋》中写道："上希颜氏，愿为可铸之金；下笑宰予，耻作不雕之木。"木，端木，为官韵。其他卷子也都遵循写"粤惟孔门，厥有端木"，并押于第二韵，而此处却独押第六韵，真是别出心裁的押韵，没有不认为押得新奇巧妙的。

太公年

太公八十遇文王，相传之说也。宋玉楚词云："太公九十乃显荣兮，仍未遇其匡合。"东方朔云："太公体仁行义，年七十二，乃设用于文武。"刚遇东方朔减了八岁，却被宋玉硬展了十年，幸而此老寿长，拚再钓鱼三千六百日可也。

【译文】姜太公在八十岁时遇到周文王，这是民间传说的说法。宋玉在楚词中说："太公九十岁才显荣，确实因为没有遇到与他相合的明主。"东方朔说："太公躬行仁义，七十二岁才被文王、武王任用。"刚好东方朔把太公的年纪减了八岁，却又被宋玉强行延长了十年，幸亏太公很长寿，豁出去再钓三千六百天鱼也是可以的。

里老答县官

前明慈溪令某公下车，欲厉威严，乃进里老谓之曰："汝曹知灭门刺史、破家县令乎？"有桂姓者答曰："邑士多习《诗》，但知岂弟君子，民之父母，他未之前闻也。"令默然。

【译文】明朝慈溪县令某公初上任时，想要树立自己的威信，便对乡里的里长说："你们知道灭门刺史、破家县令吗？"有一个姓桂的里长回答说："城里读书人大多学习《诗经》，我只知'岂弟君子，民之父母'，其他的之前没有听说过。"县令顿时沉默不言。

讳

国讳，公法也；宪讳，私情也。下为上讳，下之尽礼也。上责下讳，上之不情也。宋田登作郡，自讳其名，人有触之者，即怒。于是举州皆讳灯为火。上元放花灯，吏人遂书榜揭于闹市曰："本州依例放火三日。"又宋宗室名宗汉，自恶人犯其名，谓汉曰"兵士"。其妻斋罗汉，其子授《汉书》，宫人传语曰："今日夫人供十八阿罗兵士，太保请官点兵士书。"都下哄然，传以为笑。刻意为此，必有尔许话柄。又某朝官谄事蔡京，呼之为父，合家不许犯京字，眷属犯申饬，奴婢犯棰笞，宾客犯罚酒，自犯手披其颊，其无耻乃至于此。又《宋稗类钞》载："有上官某名申，最恶人犯其名。一日，有知县进见，问曰：'某案如何矣？'曰：'业已申郡。'上官微露其意曰：'汝便不申也罢。'对曰：'此事断含糊不得，卑职申郡守不理，即申监司，申监司不理，即申台院。一次不理，申二次，二次不理，申三次。申来申去，直待申死方休。'上官虽怒之，而无如何，反笑而遣之。"惹人抢白，是亦何苦。善乎杜祁公之言曰："父母之名，耳可得而闻，口不可得而言。"则反讳在我而已，他人何预焉？公帅邠州三日，孔目吏请家讳，公曰："下官无所讳，惟讳取枉法赃。"吏悚然而退。父母之讳且不必，而况己名乎？

【译文】避讳国君的名字，是国家的法令所规定的；下属要避讳上级长官的名字，属于私情。在下位者避讳上位者，是下位者在尽自己的礼仪。而上位者责怪下位者冒犯他的名讳，则是上者不近人情了。宋朝田登做了太守时，自己很避讳别人称他的名字，如有人触犯，他便大怒。于是全州的人都避讳而把"灯"称为"火"。元宵时放花灯，差役便在闹市中张榜，说："本州依例放火三日。"又北宋宗室有一位叫赵宗汉得，非常憎恶别人触犯他的名讳，便把"汉"称为"兵士"。他的妻子斋供罗汉，他的儿子正在读《汉书》，府中的下人传话说："今日夫人供十八阿罗兵士，太保请官点兵士书。"这件事在京城议论纷纷，传为笑谈。如果刻意到这种程度，便必定会产生这样的谈资笑柄。又有某个朝廷的官员对蔡京谄媚逢迎，称呼蔡京为父，全家人都不许触犯"京"字，眷属如有违犯就会受到叱责，奴婢犯了就会受到鞭打，宾客犯了就会被罚酒，自己犯了就会打自己的耳光，这人竟然无耻到这种程度。另有《宋稗类钞》中记载："有一个名叫申的高官，最厌恶别人犯他的名讳。一天，有一位知县进见，他问道：'某案怎么样了？'知县回答说：'已经申报到郡上了。'高官微微露出不悦，说：'你不申报也罢。'知县说：'这件事绝对不能含糊，我申报给郡守如果不理，就继续申报给监司，如果申报到监司也不理，我就申报到台院。一次不理，申报二次，二次不理，我便申报三次。申来申去，直到申报到死才罢休。'高官虽然很生气，却又不能怎么样，只得反笑着送走了知县。"被人当面嘲讽，这又何苦呢！杜祁公（杜衍）的一段话说得很好："父母的名字，耳可以听闻，但是口却不能言说。"因此该避讳的在我自己而已，与他人又有什么关系呢？杜衍到并州做官不到三日，有一个孔目吏来请示家讳，杜衍说："我没有什么避讳的，唯独避讳枉法的贼人。"孔目吏听后恐惧地退了出去。父母的名字尚且不必避讳，更何况自己的名字呢？

孪生次序

双生男女，或以后生者为长，谓受胎在前也。或以先生者为长, 谓先后有序也。愚谓当以先生者为兄。夫纪年者, 纪生者将来所得之年。假令二人一生于除夕亥时, 一生于元旦子时, 则先生者不但长一时一日, 而且长一岁矣。即使将来同年月日时死, 而纪寿总高一岁, 乌得不为兄耶?

【译文】双胞胎男女, 有时以后出生的为长, 说是因为受胎在前。有时以先出生的为长, 说是按照先后出生顺序。我认为应当以先出生的为兄长。计算年龄, 是计算人的寿命。假设两人, 一个在除夕日的亥时出生, 一个在新年元旦的子时出生, 那么先出生的那个不但大一个时辰一天, 而且还年长一岁。即使两人将来同年同月同日同时死, 而在计算寿命时也是先出生的总是大一岁。怎能不为兄长呢?

四 克

宋张汝弼大正乡试, 主司命题:"平康正直, 强弗友刚克, 燮友柔克, 沉潜刚克, 高明柔克。"榜发被放。梦神人告曰:"汝若再遇四克, 始克有济。"自以为经中再无四克, 此生科名休矣。后淳熙丁酉题云:"抚于五辰, 庶绩其凝, 无教逸欲有邦, 兢兢业业, 一日二日万几。"场中同舍, 有与张相识者, 厉声曰:"汝弼可贺, 题中有四克矣。"遂获隽。

【译文】宋代张汝弼大正参加乡试, 主考官命题为:"平康正直, 强弗友刚克, 燮友柔克, 沉潜刚克, 高明柔克。"放榜后张汝弼没有考中。夜晚, 梦见一个神人对他说:"你如果再遇到四克, 才能有所成就。"而他认为经中再也没有四克,此生的科举功名没有希望了。后来张汝弼又参加了宋孝宗淳熙四年(1177)的丁酉科考试,考题为,"抚于五辰,庶绩其凝,无教逸欲有邦,兢兢业业,一日二日万几。"同考场中,有一位和他相识的人,声音严厉地对他说:"祝贺汝弼,考题中有四克啊。"张汝弼遂在当年的科举中登科。

日月灯

王荆公在经义局,因言佛书有日月灯光明佛,灯光岂足以配日月。吕惠卿曰:"日煜乎昼,月煜乎夜,灯煜乎日月所不及,其用无差别也。"公大首肯。见宋永亨《搜采异闻录》。

【译文】王荆公(王安石)在经义局,说佛经中有日月灯光明佛,灯光怎能以和日月相配。吕惠卿说:"太阳照耀着白昼,月亮照耀着黑夜,而灯光照耀着日月所照不到的地方,它们的作用没有差别。"王安石公非常认可这种说法。这件事见于宋永亨《搜采异闻录》。

拾遗记

王子年《拾遗记》云:"少昊以金德王,母曰皇娥,处璇宫而夜织,或乘桴木而昼游,经历穷桑沧茫之浦。时有神童,容貌绝俗,称为白帝之子,即太白之精,降乎水际,与皇娥宴戏,奏嫔娟之乐,游漾忘归。穷桑者,西海之滨,有孤桑之树,直上千寻,叶红椹紫,万岁一实,食之后天而老。帝子与皇娥泛于海上,以桂枝为表,结薰茅为旌,刻玉为鸠,置于表端,言鸠知四时之候。

故《春秋传》曰'司至'是也。今之相风，此之遗象也。帝子与皇娥并坐，抚桐峰梓瑟。皇娥倚瑟而清歌曰：'天清地旷浩茫茫，万象回薄化无方。沧天荡荡望沧沧，乘桴轻漾着日傍。当其何所至穷桑，心知和乐悦未央。'世俗谓游宴之处，为桑中也。《诗》中《卫风》云：'期我乎桑中。'盖类此也。白帝子答歌：'四维八埏渺难测，驱光逐影穷水域，璇宫夜静当轩织。桐峰文梓千寻直，伐梓作器成琴瑟。清歌流畅乐难极，沧湄海浦来栖息。'及皇娥生少昊，曰穷桑氏，亦曰桑丘。"此等事迹，原属渺茫不足信，而所写则一则淫艳浮词也。然其笔墨之间，何等空灵缥渺，自是晋人吐属。若使唐人写之，不免冗长；若使宋以后人写之，便粘皮带骨，恶状难堪矣。故前人以小说惟汉为最雅最趣，观极猥亵如《秘辛》一录可知。

【译文】王子年《拾遗记》中写道："少昊为金德王，他的母亲是"皇娥"，皇娥在璇宫中夜里织布，有时乘着木筏在白天行游，游历在穷桑苍茫的水滨。这时有一个神童，容貌脱俗，称为是白帝的儿子，就是'太白之精'，降临在水边，与皇娥宴饮嬉戏，弹琴歌唱，游玩忘返。穷桑，在西海之滨，山丘上种满了孤桑树，直上千寻之高，叶红椹紫，此树一万年结一次果实，如果吃了可以长生不老。帝子与皇娥泛舟于海上，用桂枝做船的表，用薰茅结成旌旗，用玉雕刻成鸠鸟，放在表端，认为鸠鸟能知晓四时的时节。所以《春秋传》中说"司至"就是。现在的相风，就是这个遗象。帝子与皇娥并肩而坐，抚奏着桐峰梓瑟。皇娥倚瑟而清脆嘹亮地歌唱道：'天清地旷浩茫茫，万象回薄化无方。沧天荡荡望沧沧，乘桴轻漾着日傍。当其何所至穷桑，心知和乐悦未央。'世人认为他们游乐的地方，就是桑中。

《诗经·卫风》中写道："期我乎桑中。"大概两个"桑中"的意思相同。帝子答歌和道：'四维八埏渺难测，驱光逐影穷水域，璇宫夜静当轩织。桐峰文梓千寻直，伐梓作器成琴瑟。清歌流畅乐难极，沧湄海浦来栖息。'后来皇娥生下了少昊，称做'穷桑氏'，也叫'桑丘'。"这些传说，原属于虚无渺茫不足以为信，而写出来的则为一则淫艳虚浮之词。然而在笔墨之中，又是何等的空灵缥缈，自然是晋人的文辞。如果是让唐人来写，不免会冗长；如果是让宋朝以后的人来写，便会黏皮带骨，粗鄙难堪。因此前人认为只有汉朝所写的"小说"最为风雅有趣，像《秘辛》一录写得十分下流不庄重便可知晓。

尚 主

前五代诸驸马，以尚主为苦。宋孝武朝，至有连名具冤单者，可笑也。天子之女，骄贵自不必言，然恃势凌虐，则不可也。唐宣宗选于琮为婿，连拜秘书省校书郎，右拾遗赐绯，左补阙赐紫，尚永福公主，事忽中寝。丞相上审圣旨，上曰："朕此女子近因会食一处，对朕辄折匕箸，性情如此，恐不可为士大夫妻。"许琮别尚广德公主，亦上次女也。天子之女，且不可任性，况其下者乎？

【译文】前五代各位驸马，都以娶公主做妻子为苦。南北朝宋孝武帝时期，甚至还有联名写鸣冤状纸的驸马，太可笑了。天子的女儿，骄贵自不需要言说，然而倚仗势力欺凌虐待，则是不允许的。唐宣宗选于琮做女婿，接连授予他秘书省校书郎、右拾遗赐绯、左补阙赐紫的官职，要他娶永福公主为妻，但后来婚事忽然中止了。丞相向皇帝询问原因，皇帝说："朕的这个女儿近日因为聚在一起吃饭，竟然对朕任性地折断了筷子，这样的性情，恐怕不能做士大夫的妻子。"便让于琮另娶广德公主为妻，她也是皇上的次女。天子的女儿，尚且不能任性，更何况地位低下的女子呢？

台阁诗

高文良公《谢恩赐花翎黄马褂》诗云："冠飘雀翠天风细，衣染鹅黄御气浓。"齐次风宗伯《观御射》诗云："容节中和天子射，弛张高下圣人弓。"何等正大。先文庄公《恭和御制行灶》诗云："依山列幔随疏密，因地为垆各浅深。穿穴不须陶冶埴，拾薪端可溉烹鬻。升烟遥结千庐白，移垒空存万突黔。莫讶风餐兼露爨，自来增减重韬钤。"当时为人所称，孰谓应制体不能工也。

【译文】高文良公（高其倬）《谢恩赐花翎黄马褂》诗中写道："冠飘雀翠天风细，衣染鹅黄御气浓。"宗伯齐次风（齐召南）《观御射》诗中说："容节中和天子射，弛张高下圣人弓。"这首诗是何等的光明正大。先文庄公（梁诗正）《恭和御制行灶》诗说："依山列幔随疏密，因地为垆各浅深。穿穴不须陶冶埴，拾薪端可溉烹鬻。升烟遥结千庐白，移垒空存万突黔。莫讶风餐兼露爨，自来增减重韬钤。"这首诗被当时的人们所称颂，谁说应制体诗不能工巧呢？

奇 逢

国初浙东乱时，诸暨陈氏女，年甫十八，为杭镇拨什库所得，鬻于银工。逼之，坚不肯从。杭人朱胆生尚御、郭宗臣创义，醵金赎难民，知女之义，赎之。方至，忽友人某赎一童子，问之，即其夫也。翼日，赎一妪至，乃其母也。继又赎一妪至，乃其姑也。有两翁觅妻，跟跄而至门，即其父及翁也。两家骨肉，一时完聚，遂合卺结装而归之。此较李笠翁《巧团圆》更奇，莫谓天下无异事也。

【译文】清朝初期，浙东乱时，诸暨有一个姓陈的女子，年刚十八岁，被杭镇拨什库所得，后来被卖给了一个银匠。银匠逼陈氏女成亲，她坚决不从。杭州人朱胆生尚御、郭宗臣提议大家，凑钱赎那些逃难的老百姓，他们听说了陈氏女的贞节，便把她赎了出来。刚赎回，忽然一个朋友某氏赎回来一个童子，询问他，知道竟是陈氏女的丈夫。第二天，赎一个老妇回来，是陈氏女的母亲。接着又赎回来一个老妇，是陈氏女的婆婆。有两个老头寻找妻子，跟跄地来到门前，这两人是陈氏女的父亲和公公。两家骨肉，一时都团圆了，于是为两人成亲收拾行李一同回家。这件事情比李笠翁（李渔）《巧团圆》中的情节更为称奇，不要说天下没有奇闻异事啊。

日月如丸如扇

《梦溪笔谈》："或问余日月之形，如丸如扇耶？即平圆浑圆。余曰：'如丸，以月盈亏可验也。月无光，日之曜乃光耳。光之初生，日在其傍，故光侧，而所见才如钩。日渐远则斜照，而光稍满，如弹丸，以粉涂其半。侧视之，则粉处如钩。对视之，则正圆，此有以知其如丸也。'"日月气也，有形而无质，故虽相值而不相碍，涂粉之喻，明显之至。

【译文】沈括《梦溪笔谈》中有记载："有人问我日月的形状，像丸子还是像扇子呢？就是说平圆还是浑圆。我答道：'像丸子一样，用月亮的盈亏就可以验证。月本身没有光，太阳的照耀才使它有了光。月光初生的时候，太阳在它的旁边，因此只有侧面有光，这时我们所看见的月亮像弯钩一样。太阳和月亮逐渐远离，太阳光斜着照射过来，而月光也稍满一些，这时的月亮像弹丸一样，像粉涂它的一半，从侧面看，用粉涂的地方如弯钩。从正面看，是个正圆形，从这就可以知道它像丸子。'"日月，是由气构成，有形体却没有真实的物质，所以虽然相遇却不相妨碍，用涂粉来做比喻，非常清楚、明白。

阳朔县

阮芸台协揆督粤时，有属吏欲求剧县，托宫保相知某公道地。宫保曰："官可自择乎？可自择，则吾舍节钺而为阳朔令矣。"某问故。公曰："阳朔荔浦，山水奇秀，甲于寰区，吾于阅兵时经过，今犹梦寐不忘。"向以为一时戏言，而不知语有所本。五代孙光宪《北梦琐言》云："王侍郎赞，中朝名士。有弘农杨蘧者，曾到岭外，见阳朔荔浦山水，谈不容口。一日，不觉从容形于言曰：'侍郎曾见阳朔荔浦山水乎？'公曰：'某未曾打人，唇绽齿落，何由而见？'因之大笑。后杨宰求选彼邑，挈家南去，亦州县官中一高士也。"乃知才人吐属，真无一字无来历者。

【译文】协办大学士阮芸台（阮元）在广东任总督时，有一个下属官吏请求到政务繁重的县分去任职，便请托与太子少保相交好的某公帮忙疏通。太子少保说："官可以自己选择的吗？如果可以选择，那我就舍弃象征我官职的节钺去做阳朔县令了。"某公问他缘故。太子少保说："阳朔荔浦，山水奇特秀美，天下第一，我在阅兵时曾经去过那里，到现在仍然梦寐不忘。"曾经以为这只是他的一时戏言，却不知确实语出有所根据。五代孙光宪在《北梦琐言》中记载道："侍郎王赞，为中朝名士。有一位弘农人杨蘧，曾到岭外，见到阳朔荔浦山水，赞不绝口。"一日，杨蘧不觉得意地说道：'侍郎曾经见过阳朔荔浦山水吗？'侍郎回答：'我不曾打人，唇绽齿落的情况，从何处见到呢？'于是大笑。后来杨蘧请求到阳朔县去做官，便携带家眷一同南去，他也可称得上是州县官中的一位高士了。"到此就知道才子文人的言谈，真是无一字是没有来历的。

典故歧出

阇黎饭后钟事及御沟流红叶事，屡见纪载，而各异其人，究不知当以何为据。

【译文】阇黎饭后钟之事（指事后行为）和御沟流红叶之事（指良缘巧合），这两个典故，常常在书中看到记载，而典故中的人物却各不相同，始终也不知道应当依据哪个。

附录：后序

　　夫苕华刻玉，异代摹鸟迹之纹；安石碎金，小史赞龙威之秘。不有作者，畴发新型；弗生后贤，罔开尘网。然世之拘文牵义者，以呫哗章句为可传；祸枣灾梨者，以敝帚享金为能事。孰识古人惩劝之旨，半寓方言；稗官附会之辞，补徵文献。冰瓯浣笔，罗雅俗于操觚；雪案谟觞，汇古今而洒墨。此余姻丈钱唐梁晋竹先生《两般秋雨盦随笔》一书所由作也。先生性贯灵犀，手为天马。博涉经典，铜鼓扣识于茂先；绮丽文章，花管梦生于太白。荒搜黄竹，岂独成遥；奥垟淄蒲，匪徒志异。仿小《虞初志》而比事订讹，参《新唐书》文而辑金缀玉。随之时义大而简，不敢珍秘枕中；笔所未到气已吞，宜其风行海内。奈经动地鼓鼙，熏天妖孽，化茵成溷，煮鹤焚琴，顿使此书原版，湮没无存。而坊间翻刻，利在混珠，谬增鱼豕。谁为刻翠，再辨骊黄？先生贤甥许秦兆明府，宦游鄂渚，谊笃渭阳。慨兹籍之失真，集同人而雠校。分汉水之一勺，剞劂重新；溯粤梦于三生，精灵如晤。越四月而事竣，适余来汉皋，嘱为后序，义不获辞。虽觍缕冗俗，而愉快志神。

譬之鱴俞审音，疾雷不觉其响；猱人运斫，成风弗钝于微。矧导美在先，忍淹韩陵之片玉；因人成事，愧乏江郎之彩毫。从此复汪伦之旧梓，延梁苑之菁华。秋雨声多，春风嘘暖。传堪附骥，乐泚笔于归帆；迹可留鸿，寄遥情于江表。

光绪岁次甲申季夏，姻晚仁和王坤厚山甫拜手谨序于嘉禾舟次。

【译文】自从夏桀在苕玉和华玉上刻字以纪念琬琰二女，之后不同朝代都模仿刻玉上的鸟篆纹路；自从谢安石写下给简文帝谥号的奏议之文，那碎金般夺目的精致文辞，使小史之官得以分辨帝王龙威的奥秘。没有开创者推陈出新，就不会有后世的贤者大才，就不能挣脱如尘网般旧形态的束缚。然而世上那些拘泥于文字、被义理所牵累的文人，认为那些被诵读的（刻板教条的）经典章句可以传世。那些糟蹋浪费枣梨刻板而滥刻无用之书的人，所做之事就是敝帚自珍，把废物当成价值千金的宝物。有谁知道古人惩恶劝善的宗旨，是以半寓言的形式来言说。那些稗官（对其真实内涵只会用）牵强附会的言辞（来表述），（只会对）文献内容修修补补。在冰瓯中洗净笔，持简而运笔写作，将雅俗众生网罗其中；在映雪几案、谟觞石室中创作，融汇古今见闻而挥毫泼墨。正是源于这个理想，我的姻丈——钱唐县梁晋竹先生，写下《两般秋雨盦随笔》一书。

先生天性灵犀，挥毫之手，笔下文思如天马行空。涉猎经典之广博，犹如张茂先知晓蜀地桐木可扣响石鼓一样博学多识；行文写作辞藻华美，如李太白一样梦笔生花。广泛地搜罗诸如《黄竹》一般的诗篇，时间何止有那么久远；居住在深墙黑庵中，不仅仅记录奇闻异事。仿效《虞初志》通过排比史实来订正文字谬误，参照《新唐书》的文风写出全玉般的文章。能随时局大义的动向做出宏观而又简明扼要的论断，对珍秘书籍中的玄思秘闻保持敬畏之心，不敢妄加评判。还未下笔胸中就已气象万千，（如此文采），难怪能驰名海内。

怎奈何经历了大地震动，灾害频发，不吉祥的征兆和势力气势熏天。世道变迁的无形之力将如茵绿草化作污水塘。那些珍贵的东西，便如同烹煮仙鹤、焚毁名琴一般被暴殄天物。如此情势之下，此书的原版湮没，不能存世。而坊间翻刻，为谋利鱼目混珠，增添了把"鲁"写成"鱼"、把"亥"写成"豕"这般的文字印刻错误。谁能将此书重新精心刻印，能像伯乐推荐九方皋为秦穆公辨识骊黄骏马一样，再次鉴赏这部书呢？

先生的贤甥许秦兆明府，在鄂渚地区做官，在渭阳地区广交朋友。他感慨先生之书传写失真，集合了同道之人一起校对。重新刻印的内容体量之大，就像分汉水中的一勺。以三生三世的时间去追溯粤梦之源头，而能和先生的精神与灵魂相见。

历时四个月完成了这件大事，正逢我来到汉皋，被嘱托为此书写后序，这是义不容辞的事。虽然繁琐冗杂的俗事缠身，但是心神愉悦。就像觚俞分辨音调时的专注，不觉疾雷的震响。就像猱人挥动刀斧，雕琢凤凰时不因其微小（难于操作）而手法迟钝。更何况，我的序文只为在前导引出至美的篇章，又怎么忍心淹没了那如韩陵片石碑铭玉石般闪耀的文字呢？借先生之书而促成这篇序文，我很惭愧没有江郎的出彩文笔。从此能让此书彰显，就如同李白赠汪伦的诗篇曾经那样传世，如同延续梁苑昔日的繁华。秋雨声声入耳，春风嘘寒问暖。非常高兴在归途的船上以笔沾墨，希望文章能像附在千里马上广为流传；在江上向着远方寄托情谊，希望能在世间留下鸿迹。

光绪甲申年，岁次季夏时节；姻亲晚辈仁和县王坤，字厚山；船停在嘉禾，拜手恭敬地写下这篇序文。